据史为基，以文抒情

一部反映祖国自然风光、名山大川、五湖四海、名胜古迹、历史文化、神话故事、民间传说等的中国风景名胜大全

大美中华

朱万春 著

北方文艺出版社

图书在版编目（CIP）数据

大美中华 / 朱万春著 . -- 哈尔滨 : 北方文艺出版
社 , 2025. 1. -- ISBN 978-7-5317-6266-9

Ⅰ . I267

中国国家版本馆 CIP 数据核字第 20243AX298 号

大美中华

DAMEI ZHONGHUA

作　　者 / 朱万春
责任编辑 / 滕　蕾　　　　　　　　封面设计 / 叶郝佳
　　　　　　　　　　　　　　　　　封面题词 / 谢谦华

出版发行 / 北方文艺出版社　　　　邮　　编 / 150008
发行电话 / (0451) 86825533　　　经　　销 / 新华书店
地　　址 / 哈尔滨市南岗区宣庆小区 1 号楼　　网　　址 / www.bfwy.com

印　　刷 / 三河市华东印刷有限公司　　开　　本 / 787×1092　1/16
字　　数 / 350 千字　　　　　　　　印　　张 / 29
版　　次 / 2025 年 1 月第 1 版　　　印　　次 / 2025 年 1 月第 1 次印刷

书　　号 / ISBN 978-7-5317-6266-9　　定　　价 / 128.00 元

序

　　摆放在读者面前的《大美中华》涵盖了中华人民共和国 23 个行政省、5 个自治区、4 个直辖市、2 个特别行政区、50 个地区州盟、661 个市等地的自然风光、名胜古迹、江海湖泊、名山大川、历史文化、旅游风景、风土特色、民间传说、神话故事等，是一本包罗万象的集锦巨作。讴歌了中华民族勤劳善良，质朴的美德。作者全文以敏锐的洞察力，以史为据，落笔精美，细致入微地描写了中华民族的大好河山，人文景观、历史古迹等。作者以文学艺术的心路，还原了历史再现的场景人和事；是一部贯穿中国历史上第一个有文字记载的夏朝、商、西周、春秋战国、秦朝、汉朝、三国；唐、宋、元、明、清、民国、到中华人民共和国成立，至今 4223 年历史延续的长篇史诗，精美的文章，感人至深。书中起始从国旗升起的"北京"到红色"井冈山"、血染的"金沙江"、中国从这里走来的"西柏坡"；从万里长城的终点"嘉峪关"到黄河奇观的"壶口瀑布"；从历史故都"南京"到风景如画的"西湖"；从长白山的"天池"到冰川世界的哈尔滨；从十里洋场的"上海滩"到尘封千年的"兵马俑"；从五岳归来不看山的"黄山"到天下第一关的"山海关"，从大漠草原到黄土高坡等等，尽情展示了大美中华的锦绣疆土和人文历史文化。作者着重书写了古风文人，如：欧阳修的醉翁亭、李白与敬亭山、桃花潭的故事，曹操的《观沧海》气吞山河的英雄气概等；四大名阁，三孔古刹等。作者追溯历史，事实堆砌，笔墨刻画，抒情诠释，严谨考证，不作伪，不夸张，笔锋雄浑，凄楚幽婉，仿佛用笔指挥一阕大型交响曲，堪称旷世精品之作。《大美中华》是一部独具魅力的人文景观百科大全，作者倾注精力，叙述朴实，文字精辟，挖掘了文化深层的真谛，为祖国的辉煌历史和文化底蕴谱写了新的篇章。

林寿山

2023 年 1 月 16 日

前　言

　　我们能够生长在这个时代，也深刻懂得今天的幸福生活来之不易。怀着感恩心，我游历了祖国的许多山山水水，在欣赏祖国无限风光、开拓视野的同时，也萌发了编写《大美中华》的念头。

　　中华民族历史悠久，文化底蕴深厚。从元谋人，三皇五帝，仓颉造字，夏、商、西周、春秋战国，到秦灭韩、赵、魏、楚、燕、齐六国，又历经汉、三国、唐、宋、元、明、清、民国等，到中华人民共和国成立，中华民族延绵不绝，具有百万年的人类史、一万年的文化史和五千多年的文明史。诗经、楚辞、唐诗、宋词，青铜铸就的编钟，威武阵容的兵马俑，延绵万里的长城，漫长遥远的古丝路，国力强盛的大唐，称霸四方的大酋长成吉思汗，民族一统的康乾盛世，直至今天以高质量发展推进中国式现代化建设，全面建设社会主义现代化国家迈出坚实步伐，无不反映出中华民族在这片土地上不断地发展进步。

　　中华大地地域辽阔，风景名胜众多。形成于6亿年前震旦纪的海蚀地貌沉积岩标本、"凝固的动物世界"、"天然地质博物馆、神力雕塑的公园"等，是全人类最珍贵的自然遗产。波澜的长江黄河，壮丽的黄山泰山，秀美的江南水乡，繁华的大中城市，静雅的边陲古镇，辽阔的青青草原，奇观的冰雪世界，茂密的原始森林，碧绿的大海湖泊，湛蓝的浩瀚天空，壮观的万千苍鹭，还有知名的山水湖泉、亭台楼阁、园林洞窟、宫殿寺庙、塔幢墓碑、奇花异木、现代建筑和博物馆，……一切的一切，风光旖旎，不胜枚举，美不胜收，加之各地多少年来为革命英烈和遗址打造的红色景区，每一处都令人流连忘返。

　　这些都给《大美中华》的写作增添了深邃的内涵。《大美中华》以史为基，汲取大量文献之精华，汇入了中国34个省市自治区的历史文化和风景名胜，包括民族风情、神话故事、民间传说、民间艺术、名山大川、江河岛屿、特产美食等，从多角度、多元化展现了祖国大地的繁荣昌盛、中国人民的聪明才智，以及中华民族人文景观和自然风光的独特魅力。可以说，它是一本全中国的旅游大全，也是一部实在的爱国主义教材。

　　谨以此作献给新中国成立 75 周年，献给热爱祖国、喜爱旅游的人们。

作者：朱万春

2023 年 1 月 1 日

目　录

第一篇　北京——京畿重地

北京市，简称"京"，古称北平、燕京，是中华人民共和国首都、直辖市、国家中心城市、超大城市，全国政治中心、文化中心、国际交流中心、科技创新中心，是中国共产党中央委员会、中华人民共和国中央人民政府所在地。北京地处华北大平原的北部，东面与天津市毗连，其余与河北省相邻。北京的气候为典型的北温带半湿润大陆性季风气候。北纬39°56'、东经116°20'。北京历史悠久，是国家历史文化名城，中国四大古都之一，拥有世界文化遗产数量最多的城市。70万年前，北京周口店地区就出现了原始人群部落"北京人"。北京具有3060年的建城史，公元前1045年，北京成为蓟、燕等诸侯国的都城。公元938年以来，北京先后成为辽金中都、元大都、明、清国都、中华民国政府首都，1949年10月1日成为中华人民共和国首都。北京被全球权威机构GAWC评为世界一线城市。联合国报告指出北京人类发展指数居中国城市第二位。

北京是弘扬中国历史文化的重要窗口，兼容了现代化城市的风貌和独特的胡同文化；传承了古老的历史文化，绽放了中华民族新时代的风采。北京有许多著名的历史古迹和文化遗产，故宫、长城、天坛、颐和园等，这些古迹和文化遗产都是中华民族的瑰宝，是中华民族的文化遗产，具有重要的历史意义和文化价值。北京除了人文历史博衷精髓，都市风貌也伟岸壮丽。北京现代化信息化繁荣昌盛，在国贸、王府井、西单等繁华商圈，高楼大厦耸立，商业街区流光溢彩，霓虹灯彻夜通明照亮了整个城市。奥林匹克公园，无论是白天的清新风光还是夜晚的璀璨灯光，都让人感受到现代都市的魅力。这让更多的人了解华夏历史文化的内涵，从而增强中华民族的文化自强和凝聚力。

北京的风景名胜优美，三山五园，万寿山、香山、玉泉山、清漪园、静宜园、静明园、畅春园、圆明园唯美。北京的胡同文化，独特的小巷子、四合院、小店铺和各色小吃让人们感受到了老北京的风土人情。北京的美食令人垂涎，全聚德烤鸭更是驰名中外；炸酱面、老北京涮羊肉、豆汁焦圈、爆肚儿、糖火烧、卤煮火烧、炒肝儿、灌肠等美食，都是北京独特的传统美食。北京还有很多丰富的特产，北京二锅头、稻香村糕点、北京酥糖、驴打滚、茯苓夹饼、北京果脯、桂花陈酒、六必居酱菜、大磨盘柿等都很美味独特。

第一章 天安门广场

北京天安门广场，位于北京市中心，占地面积是 44 万平方米，南北长 880 米，东西宽 500 米，可容纳 100 万人举行盛大集会。天安门广场是世界最大的城市广场，也是中华民族国家重要的象征。天安门广场地面全部由特殊工艺技术处理的浅色花岗岩条石铺成，有防滑经久耐用功能。天安门广场正前方是天安门城楼，坐落在广场的北端。天安门城门五阙，重楼九楹，通高 33.7 米。广场沿中轴线由北向南依次矗立着国旗杆、人民英雄纪念碑、毛主席纪念堂、正阳门城楼。天安门两边是劳动人民文化宫、中山公园，与天安门浑然一体，共同构成天安门广场，成为北京的一大胜景。

北京天安门广场，拥有古老丰富的历史文化遗产，是明清时代的皇家广场，建始源于明朝永乐年间；是皇家的祭祀场，也是清朝皇帝举行大典和重要政务的场所。在民国时期，天安门广场曾是五四运动等重大事件的发生地。中华人民共和国成立后，天安门广场成为政治、文化、旅游于一体的开放空间，也是中华民族的精神象征。天安门广场历史悠久，它历经了几千年沧海桑田的演变、朝代兴衰的更迭。如今焕发出朝气蓬勃的新气象，展示了新时代大国形象。它也是现代化中国的标志性地标。国庆阅兵仪式，展示了国家实力和风采。每当春节、元旦、国庆等重要节日，都会在广场举行丰富多彩的文化活动，让人们深刻地了解中国传统文化，感受到中华民族的伟大精神不屈不挠的民族气节。

北京天安门广场是国旗升起的地方。每天清晨，当火红的太阳冉冉升起，天安门广场上的国旗也随之升起。这里是全国国旗升旗最早的地方，也是中国人民心中的圣地。国旗是中国人引以为傲的荣光，也是中华人民共和国团结凝聚力的旗帜。因而，天安门广场成为爱国主义教育的园地。每当国旗升起时，整个天安门广场都沐浴在一片庄严而神圣的氛围中。国旗代表了人民的福祉和民族的尊严。升旗仪式开始，国旗护卫队的官兵们精神抖擞、队列整齐，迎着朝霞向国旗敬礼。在雄壮的国歌声中，鲜艳的五星红旗在天安门广场上空升起，迎风招展，场面蔚

为壮观。升旗仪式是一种爱国主义精神寄托，它鼓舞人心，催人奋进。鲜红的国旗，代表了人们美好的愿望，激励着人们为祖国的繁荣昌盛、国泰民安而努力奋斗；它是中华民族永恒的象征，永远屹立在人们的心中。

第二章　长　城

长城是中国古代的军事防御工事，也是一道高大、坚固且连绵不断的长垣，主要修筑于秦朝和明朝等朝代。它起源于西周时期，秦灭六国统一天下后，连接和修缮战国长城，形成了万里长城的雏形。人们所看到的长城多是在明朝修筑的。长城不仅是一道孤立的城墙，而是以城墙为主体，同大量的城、障、亭、标相结合的防御体系。长城主要分布在河北、北京、天津、山西等 15 个省、自治区、直辖市。万里长城，总长度超过 2.1 万千米。明长城总长度为 8851.8 千米，秦汉长城超过 10000 千米。其中河北省境内长度超过 2000 千米，陕西省境内长度为 1838 千米。

八达岭长城位于中国北京市延庆区军都山关沟古道北口。宏伟壮观、完善的基础设施和深厚的历史文化内涵，吸引着全世界的人光顾。八达岭长城作为中国万里长城的一部分，有着重要的历史意义。在明隆庆三年（1569 年）至万历十年（1582 年）间，人们为了防御敌人入侵，曾在各口修建障塞，并在各口两侧的山上建起边城、梢墙、挡马墙等。随着时间的推移，这些设施逐渐演变为长城的一部分，并成为现今的旅游胜地。

八达岭长城的景色十分壮观，让人感受到古人的智慧。长城依山势向两侧展开，雄峙危崖，陡壁悬崖上古人所书的"天险"二字，概括了八达岭位置的军事重要性。在八达岭长城附近，有个"望京石"，从元代到清代的摩崖石刻，这些石刻记录了历史的痕迹，诉说着一段感人至深凄美的"孟姜女哭长城"的爱情故事。

八达岭长城壮丽的景观，令人心旷神怡。特别是在春秋季，这里的景色更是如诗如画。除了欣赏长城的壮观景色之外，人们还可以参观八达岭饭店等现代化的旅游服务设施，并在不同的季节里欣赏到迷人的自然风光。同时，这里也有着多样的文化活动，如梦幻长城球幕影院、长城博物馆等，让人们可以更加深入地了解中国的历史和文化。

第三章　故　宫

故宫位于中国北京市中心，是中国明清两代的皇家宫殿，也是世界上最大的宫殿之一。它与法国的凡尔赛宫、英国的白金汉宫、美国的白宫以及俄罗斯的克里姆林宫并列，享有世界五大宫的盛誉。故宫的建筑群布局严谨、中轴线对称，体现了中国古代城市规划的理想模式。整个故宫建筑群层次分明，布局深邃，廊檐飞架，雕梁画栋，富丽堂皇。其建筑风格和装饰艺术既展示了中国古代建筑的艺术成就，也反映了封建社会的文化特点。故宫的建筑群以木结构为主，采用抬梁式结构，以斗拱承重。屋顶采用歇山式、悬山式和庑殿式等多种形式，颜色丰富多样。这些建筑在精美的雕饰和鲜艳的彩绘之下显得格外华丽，故宫的建筑群代表了中国古代建筑的最高水平。

故宫始建于明朝永乐年间（公元 1406 年），历时 14 年完成。自此之后，故宫成为明朝、清朝两代皇家的政治、文化中心。在漫长的历史长河中，故宫经历了多次战火和自然灾害，但都得以幸存并保持其原有风貌。穿越午门，迈进太和殿，一览紫禁城的辉煌。太和殿俗称金銮殿，位于宫城中轴线上，是故宫最大的宫殿，也是中国古代宫殿建筑中最大的木结构宫殿之一。它的建筑结构、雕刻细节、空间布局，都体现了古代宫殿建筑精湛的技艺和独特的审美观。故宫的西六宫是皇帝和皇后居住的地方。

九龙壁是故宫内的一处重要景观，高 3.5 米，长 12.5 米，由 270 块琉璃瓦拼接而成。九条龙栩栩如生，宛若腾云驾雾。在阳光的照射下，九龙壁折射出绚丽的光彩。紫禁城，这座历经沧桑的古建筑群，见证了中国千年的历史变迁和文化沉淀。它不仅是中国古代皇宫建筑的代表，更是人类文化遗产的宝藏。

故宫独具匠心的建筑雕刻让人震撼，这里保存着流传千年的文物，它们是中

国历史和文化的重要载体。故宫的红墙绿瓦，浸透着这座古老的文化遗产，这些历史遗产是传承和发扬中华文化的基石，也是世界文化遗产。故宫作为中国封建社会文化的代表，展现了中华民族在历史进程中的智慧与创造力。

第四章　颐和园

　　北京颐和园于北京市的西郊，是中国著名的皇家园林，也是世界上保存最完整的皇家园林之一，占地面积约 2.97 平方公里；是中国园林艺术的珍品和园林博物馆。颐和园原名清漪园，是清朝乾隆皇帝为了孝敬母亲而修建的园林。它以自然山水为基础，结合了南北园林的特点，布局精巧，景色秀丽。

　　颐和园里有许多著名的景点，最著名的是昆明湖，它是颐和园的主要水体，也是园内最美丽的湖泊之一。湖水清澈和周围的自然景色相辅相成，构成了优美的风景带。湖畔有九曲桥、玉带桥、南薰桥等著名古桥。颐和园还有许多别具一格的景点，如德胜门、万寿山、排云殿、乐寿堂等。其中最著名的是长寿寺，这座寺庙位于万寿山前，是颐和园内规模最大的佛教寺庙，也是中国皇家园林中唯一保存下来的佛教寺庙。颐和园的建筑也十分有特色，其中最有代表性的是九九御膳房。这是清朝皇帝的皇家厨房，有着浓郁的宫廷文化气息。

　　走进颐和园，山青水绿，别具洞天。万寿山巍峨耸立，展示着往昔的辉煌与沧桑。昆明湖波光粼粼，犹如一面巨大的镜子，映照着蓝天白云的飘逸。在湖中央矗立的亭台楼阁，雕梁画栋，体现了古代工匠们的巧思妙想。颐和园不仅是一座美丽的园林，更是一座历史文化宝库。它是中国历史的变迁和发展的载体，也是中华民族历史文化的精髓。颐和园是一座充满历史底蕴和文化内涵的园林，是人类文明智慧创造的精品。浏览颐和园，领略的是中华民族文化的博大精深，源远流长。颐和园的魅力是古老历史文化的创造结晶，在新时代里继续闪耀璀璨的光芒。

第五章　天　坛

　　天坛是皇家祭祀的神圣禁地，位于北京市东城区天坛内东里 7 号。总面积 273 公顷。明永乐十八年（1420 年）始建于明朝，明嘉靖九年（1530 年）改名为"天坛"，成为明清两代皇帝祭天祈谷的场所。天坛由两道坛墙环绕，被分为"内坛""外坛"两部分。北呈圆形，南为方形，寓意"天圆地方"的深邃哲学。公园内主要有春季祈祷丰年的祈谷坛、冬至日祭天的圆丘坛、皇帝祭祀前居住的斋宫、演习祭祀礼乐的神乐署等四大古建筑群。其中祈谷坛中的祈年殿是北京市的标志性建筑。

　　1918 年，1 月 1 日，天坛对外开放，是国家 5A 级旅游景区。天坛内的古柏林也十分著名。这座拥有悠久历史的皇家祭祀建筑群，承载了明清两代皇帝对天的敬畏与祈愿。在这座神圣的建筑中，无数历史与现实交织在一起，向人们展现了中华民族深厚的文化底蕴。

　　祈谷坛与圆丘坛是公园内的两大标志性建筑。春季，当万物复苏，人们会在祈谷坛举行仪式，祈祷丰收。冬至日，圆丘坛上将举行庄严的祭天仪式，皇帝在此表达对上天的敬畏与感恩。这些古老的建筑群落，宛如一部生动的历史长卷，展现了中华民族对天地、对自然的敬畏之心。天坛的每一寸土地都弥漫着历史的痕迹。

　　走在天坛的青石小径上，似乎能听到历史的回声。在欣赏古建筑壮丽与雄伟的同时，也感受到古柏林的庄严与神秘。这些参天古树经历了岁月风雨侵蚀和历史沧桑巨变，仍然是一个个鲜活的文化载体。天坛是一部凝固历史的文卷，让人们品味古人的智慧与哲学，感受中华民族深厚的文化底蕴。

第六章　香　山

香山位于北京市海淀区，距离市区约 20 公里，是北京的名山之一，也是国家 5A 级旅游景区。香山是一座充满自然美景和人文景观的旅游胜地。香山主峰是香山顶，海拔 578 米，是一个峰峦起伏、山势峻拔的自然风景区。在香山上，你可以欣赏到四季不同的自然风光和植物景观，尤其是枫树林和香山红叶最为著名。香山枫叶红，是北京秋天的一道靓丽的风景线。每年秋天，香山的枫叶红遍了山野，站在山顶上，放眼望去，一片片红色的枫叶在阳光照耀下闪闪发光，如同火焰，美丽动人。香山的枫叶种类很多，其中以黄栌树最为著名。这些黄栌树是清代乾隆年间栽植的，经过多年的生长，现在已经形成了一个拥有 94000 株黄栌树林区。每年 10 月中旬到 11 月下旬是观赏红叶的最好季节，红叶的延续时间为 1 个月左右。此时，香山公园内的红叶如火似霞，与青松翠柏交相辉映，形成了一幅美丽的画卷，吸引了无数人前来观赏。

香山除了自然风光，香山公园还有着丰富的人文景观。香山公园内有许多古建筑、文化遗址和园林景区。其中，见心斋是一个依山傍水的花园，古朴典雅、环境宜人，是香山公园内的文化景点之一。此外，香山公园内还有许多动物，如松鼠、喜鹊、猴子等。在游览香山时，不时会遇到这些小动物在树林中穿梭嬉戏，给游客带来趣味惊喜。

香山是一座集自然美景、人文景观和动物生态于一体的旅游胜地。香山是一座自然风光秀美的名山。在中国革命历史中，香山是一个重要的革命根据地，这里拥有许多珍贵的历史实物、影像、文物，展示记录了中国革命的艰辛和伟大，让人们更加深刻地认识到中国共产党的伟大历史使命，深刻地体会到，没有共产党就没有新中国。香山革命纪念馆，回顾了中国共产党的光辉历程。从嘉兴南湖的红船到井冈山的革命根据地，从爬雪山过草地的长征到艰苦卓绝的十四年抗战，从宝塔窑洞延安到敢于斗争敢于胜利的西柏坡，最后到新中国的诞生和今天的国富民强国泰民安，中国共产党经历了无数的风雨险关，才有了中华人民共和国的成立。除了香山革命纪念馆，香山还有许多其他的景点，如香山公园、碧云寺、香山寺等古建筑和文化遗址，以及见心斋、听松轩等园林景区。在这些景点既可以欣赏到美丽的然风光，也可以感受到中国传统文化的氛围和历史底蕴。

第七章　十三陵

十三陵是中国明朝皇帝的墓葬群，坐落在北京西北郊昌平区境内的燕山山麓的天寿山。这里自永乐七年（1409 年）五月始作为长陵，到明朝最后一帝崇祯葬入思陵止，其间 230 多年，先后修建了十三座皇帝陵墓、七座妃子墓、一座太监墓，共埋葬了十三位皇帝、二十三位皇后、两位太子、三十余位妃嫔、一位太监。很多人对明十三陵的概念比较模糊，以为是看十三个陵墓，其实不是的，在这一片区域，共有十三个陵，但目前只有三个开放。这里是文化长廊、历史的宝库。

明十三陵是明代帝王的陵墓，也是中国封建社会等级制度和皇权象征的体现。明十三陵的兴建始于明朝永乐年间，直至清朝嘉庆年间才最终完成。在这漫长的岁月里，明皇帝将自己的陵寝建在这片壮丽的风景区域内，形成了一座宏伟壮丽的宫殿建筑群。明十三陵既代表了帝王的尊贵身份，也彰显了皇家的荣耀。

在中国古代，礼制极为重要，皇帝作为至高无上的权威，死后葬于何处自然也是极为讲究的。明十三陵的规模宏大、建筑精美，凸显了明清帝王的尊贵身份。每一座陵墓都如同一座小型的宫殿，庄重大气，富于艺术感。黄色的琉璃瓦、红色的墙、精致的石雕和彩画无一不展示了中国古代工匠的智慧和审美追求。

明十三陵的建筑风格完美地融合了中国传统建筑与自然景观，每一座陵墓都选址高处，依山傍水，营造出一种崇山峻岭的氛围。宏伟的门楼、宫殿、墓道等建筑物错落有致，与周围的自然景观互映衬，构成了一幅壮丽的画卷。这种建筑风格既展现了中国古代建筑艺术，也体现了明宫廷建筑的独特风格。明十三陵不仅是一座座陵墓，它们还是中国历史和文化的重要组成部分。

第八章　什刹海

　　什刹海分前海、后海和西海（又称积水潭）三个水域。景区有梅兰芳故居、北京辅仁大学旧址、齐白石旧居、宋庆龄故居、鼓楼钟楼、南锣鼓巷等。什刹海的历史可追溯至元朝，甚至更早。那时，它是一个天然的港口，是货物进出口的重要通道。如今，它是一个繁忙的商业中心、一个充满生活气息的休闲胜地。

　　早晨的什刹海，犹如一位睡美人沐浴在晨光里，清新婉约。微风吹拂着积水潭，波光粼粼荡起层层涟漪，岸边碧绿的树木草丛里，绽开了含露的小野花。晨练的人环水跑步，打太极的、跳晨舞的、遛狗的、散步的，享受着那份从容的悠闲和恬静。

　　午后的什刹海，则呈现出另一番景象。太阳高悬，水波光熠，一片生机勃勃。小船轻摇，人们在树荫下坐，闲话家常。沿岸的酒吧、茶馆和小吃摊也十分热闹，美食飘香、欢声笑语，构成了一幅生动的太平惬意的画卷。

　　夜晚的什刹海，变得妩媚而神秘。月光洒在水面上，给人一种梦幻般的感觉。周围的建筑和树木在灯光的映衬下，更显古朴典雅。人们在夜幕下欣赏夜景、品茗茶酒、畅谈人生，让心灵得到了极大的放松。

　　美丽的什刹海像一块碧绿的翡翠镶嵌在繁华城市之中，是魅力水域的象征。宁静、深沉、温暖的生活气息，是人们寻觅那份久违的宁静和归属感。什刹海是北京的一张名片，也是人们心中向往的家园。

第九章　恭王府

　　恭王府位于北京市西城区什刹海地区，是北京城内保存最完整、规模最大的清代王府，其建筑艺术和装饰艺术均具有很高历史和文化价值，是清朝王府建筑的代表之一。这座府邸是中国古代建筑的精华，也是清朝历史宠臣奢侈的象征。恭王府始建于清朝乾隆年间，是大贪官和珅的府邸，因乾隆皇帝的宠爱，和珅建造了这座豪宅，占地面积广阔，建筑布局严谨，中轴线对称，体现了中国古代传统建筑的风格和特点。恭王府内部的装饰和布局体现了浓厚的吉祥文化。和珅重视宅内的吉祥环境营造，如宫门镶嵌着 63 个金色门钉，房间有"99 间半"，蝙蝠形状的石头堆砌等，都体现了吉祥文化的独特风格。恭王府建造极其奢华，它是全世界最昂贵的四合院，就是它里面的一根柱子都价值不菲。嘉庆四年（1799年）正月初三太上皇乾隆驾崩后，嘉庆皇帝宣布和珅二十条大罪，下旨抄家。据说抄家和珅匿藏财产相当于当时清政府十五年收入，时人称"和珅跌倒，嘉庆吃饱"。和珅死后，此宅易主恭亲王奕䜣，将宅改名为"恭王府"。这座宅子的建筑和故宫的内部结构非常相似。据说，和珅当年建筑是按照皇宫风格效仿建造的，所有屋子隔断都是用金丝楠木建造，堪比皇宫的豪华。

恭王府的建筑风格独特，采用四合院布局，四面房屋围合成院落，中间为庭院。府内建筑装饰精美，雕刻细致，府内的木雕、石雕、砖雕等装饰，都代表着清朝时期的雕刻艺术水平。恭王府作为清朝皇室的重要居所，曾有多位清朝皇帝和亲王、郡王等贵族在这里居住过；这里曾经发生过许多重要的历史事件。

恭王府历史悠久，历经了曲折坎坷的命运。在 20 世纪 80 年代初，恭王府是数百居户的大杂院，据说有近 200 余家住户。如今重新开放，向世人展示着中国古代建筑的壮丽和历史的深邃。恭王府历史文化底蕴深厚，它的独特艺术价值是珍贵的历史记忆和文化遗产。

第十章　王府井

王府井大街，主要展示明清及中华人民共和国成立初期北京商业风貌，南起东长安街，北至中国美术馆，是北京最著名的百年历史的商业街。在老北京的王府井，大街小巷中，商贩们的叫卖声此起彼伏，各色货物琳琅满目。达官贵人乘

坐着轿子，在街上悠然自得地穿梭。王府井是皇亲国戚、达官贵人聚居之地。那时的王府井大街，商铺林立，酒旗招展，熙攘的人群络绎不绝。据说，王府井是清朝的王府所在地，因街面繁华、商业茂盛，古人称商业区为"市井"，故被称为"王府井"，也是彰显王府占有一条街的繁荣辉煌。

而今，王府井大街是充满历史厚重繁华商业街的象征。王府井大街依然保留着那份古朴的风貌特色。那些矗立数百年的古建筑、曾经辉煌的商铺，已换成了各种现代的商店。每当夜幕降临，王府井大街的灯光便会亮起，五颜六色的灯光映照在古朴的石板路和古建筑上，给人一种穿越时空的神秘感。人们悠然自得地在街上穿梭，无暇顾忌昔日尘封的历史，奔着时尚现代化的脚步，寻觅自己的所爱、钟情之物，或许这就是王府井大街的独特之处吧。

第十一章　雍和宫

雍和宫，据说是龙潜福地，本来是宫殿并不是寺庙，雍和宫建筑，精美华丽，具有将汉、满、蒙、藏等多种建筑艺术融为一体的独特艺术风格，现在仍有众多的僧侣在其中修行。雍和宫灵验，口口相传，名声在外，很多人来这儿拜拜非常灵验。许愿后都会实现，它成为北京香火最旺的寺院之一。每逢初一、十五上香的日子，更是人满为患。

雍和宫，曾经是一座规模宏大的皇家宫殿，建于明成化九年（1473 年），当时的名字叫作"保国寺"。那时，这里是皇帝祭祀天地的地方。到了清康熙三十二年（1693 年），它被改为喇嘛庙，成了藏传佛教的重要场所。康熙皇帝还将这座寺庙命名为"永佑寺"，寓意是保佑大清江山永固。随着历史的推移，雍和宫的地位逐渐上升。乾隆九年（1744 年），雍和宫被改为藏传佛教格鲁派寺院，成了中国最大的藏传佛教寺庙之一。从此，这里成了藏传佛教的圣地，吸引了无数信徒前来朝拜。

雍和宫在动荡的年代，也经历了无数次磨难，在战争和政治动荡中，曾遭受了严重的破坏。直到中华人民共和国成立后，雍和宫才得到了全面的修缮和保护。

当人们走进雍和宫，这里的佛像、壁画、经卷都充满了艺术价值，那些虔诚的信徒更为这里增添了一份神圣的气息。雍和宫的历史变迁，不仅是一座寺庙的兴衰史，更是中国历史的缩影。这里的一砖一瓦、一佛一像都记录了那段风雨岁月的故事。如今，雍和宫历经数百年依然屹立不倒，继续传承中华民族悠久的历史和文化。

第二篇　上海——东方巴黎

　　上海市是中华人民共和国直辖市，位于中国华东地区，地处太平洋西岸，亚洲大陆东沿，是长江三角洲冲积平原的一部分。上海是国际化大都市，是经济、金融中心。上海是中国最大的城市之一，也是世界上最大的城市之一。上海的平均海拔高度为 2.19 米，大金山岛是上海的最高点，海拔高度为 103.7 米。上海属于亚热带季风气候，具有四季分明、温暖湿润的特点。它位于东经 120° 52'-122° 12' 和北纬 30° 40'-31° 53' 之间。上海市下辖 16 个市辖区，包括浦东新区、徐汇区、黄浦区、静安区、宝山区等。上海市是中国的经济中心之一。上海拥有完善的交通和通信基础设施，包括上海浦东国际机场、上海虹桥国际机场、火车站、公路网络。上海市也是中国的通信枢纽之一。

　　上海是个美丽迷人的城市，上海的建筑也十分独特。这里有万国建筑群等古老的建筑，也有像东方明珠电视塔这样具有现代风格的新型建筑。上海是一座洋溢着生机活力的城市，走在宽阔的街道上，看着熙熙攘攘的人群，你会感受到这座城市的繁荣和忙碌。上海有着丰富多彩的文化氛围，包括上海话、海派文化、石库门建筑等。上海还有许多著名的旅游景点，如外滩、东方明珠塔、南京路步行街、上海森林公园，豫园、博物馆、田子坊等。上海特产丰富，如上海梨膏糖、七宝方糕、白切羊肉、枫泾丁蹄、金山农民画、金枫黄酒等，品质上乘，深受人们的喜爱。上海的美食也很多，如蟹壳黄、白斩鸡、汤圆、葱油饼、馄饨、南翔小笼、生煎包、蟹粉汤团等，具有特色风味。

第一章　外　滩

　　外滩是上海最著名的景点之一，位于黄浦江畔，是上海最具代表性的城市靓丽风景线。它是从旧时光纸醉金迷中走向新面貌的江岸花园，也是上海黄浦江畔最具代表性的地标之一。当人们远离了高楼大厦繁华街市的喧嚣，沿着浓荫的街道来到上海外滩，映入眼帘的是一片宽阔的江面，江水波涛翻滚，轮船鸣着汽笛。岸上的行人、情侣，成群结队，悠闲地漫步在上海外滩上，浏览观赏着江水风光。

　　上海有着深厚的历史文化底蕴，也是中国重要的经济大城市。自 19 世纪中期起，这里便是西方列强在上海的"十里洋场"。高楼大厦的西式建筑群与传统的石库门居民屋错落交织，演变着上海滩的兴衰荣辱。在这里，人们可以清晰地看到中国最早的外滩建筑群，领略风格各异的万国建筑博览。随着时代的变迁，上海外滩已经是历史的过往。而今的上海滩焕发出的勃勃生机，是新时代向世界展示的大国风采。夜幕下，华灯迷离，笼罩着黄浦江，上海外滩在月光柔辉普照下，显得温婉俏丽，如梦如幻，人们流连忘返，沉浸在温情的上海外滩，迟迟不肯返回。流光溢彩的霓虹灯与黄浦江面上的风景交相辉映，让人感觉仿佛置身于蓬莱仙境。

　　站在黄浦江边，思绪飞扬，仿佛看到了旧上海的奢靡沉浮，租界里洋人趾高气扬，飞扬跋扈"华人与狗不得入内"肆意妄为的丑陋嘴脸，还有日本魔爪伸进上海犯下的滔天罪行。是中国共产党赶走了侵略者，拯救了上海人民，使上海获得了新生。1949 年 5 月 27 日中国人民解放军解放了上海。在那些风雨飘摇的岁月，无数无畏烈士的鲜血染红了上海滩。岁月荏苒，史记犹新。为纪念在上海革命斗争和解放战争中英勇牺牲的英雄们，上海市 1993 年在外滩建成了上海人民英雄纪念塔，它是上海市的重要纪念地标之一。整个纪念塔由基座、身柱和顶部组成，高约 30 米，由花岗岩建造而成。基座呈圆形，上刻有铭文，记录了战争的胜利和英雄们的牺牲事迹。身柱为四方形，上刻有纪念词，表达对英雄们的缅怀。上海市人民英雄纪念塔是镌刻印刻在上海人民心中的丰碑，亘古不磨灭

对英烈们的敬意和怀念。

而今，上海外滩焕发出鲜活的青春活力，人们在幸福中回望历史，在欢笑中展望未来。上海滩在改革开放中拓展，在与时俱进中增长，在新时代突飞猛进。上海滩记载了中国历史文化的变迁与发展，展现了中国崛起大上海腾飞的宏伟蓝图。

第二章　东方明珠塔

东方明珠塔位于浦东新区陆家嘴，塔高 468 米，共有 263 层，是上海的标志性文化景观之一，也是国家首批 5A 级旅游景区。东方明珠广播电视塔，乘高速电梯到 350 米的高度，是一个全封闭式的银圆球太空舱。太空舱是最高的观光层，共有 15 个观光层。东方明珠塔的建筑特点独树一帜，外形犹如一个巨大的陀螺，由三个球体和两个人造地球卫星组成，寓意着上海这座国际化大都市的地位和影响力。

东方明珠塔设计具有创新精神。建筑是多筒结构，以风力作为控制主体结构为要素。主干是 3 根直径 9 米、高 287 米的空心擎天大柱，大柱间有 6 米高的横梁连接；在 93 米标高处，由 3 根直径 7 米的斜柱支撑着，斜柱与地面呈 60° 交角。该建筑有 425 根基桩入地 12 米，上千吨的 3 个钢结构圆球分别悬挂在塔身 112 米、295 米和 350 米的高空，钢筋混凝土的建筑加 3 根近百米高的斜撑。塔身具有较强的稳定性，其设计抗震标准为"7 级不动，8 级不裂，9 级不倒"。此外，该建筑还有着良好的抗风性能。

东方明珠塔 263 米为主观光层，悬空观光廊全长 150 米，宽 2.1 米，"花瓣"状钢化透明夹胶玻璃组成，单元建筑面积 17.29 平方米。塔内设施一应俱全，观景台、休闲室、娱乐设施等。空中旋转餐厅为 267 米球体，营业面积为 1500 平方米，可同时容纳 350 位客人用餐。

东方明珠塔是中国对外文化交流的重要窗口，每年吸引着无数国际友人来此参观。站在 263 米高的观景台上，俯瞰繁华的城市，就像置身于云端，感受的是上海独特风光和国际大都市的魅力。东方明珠塔，这座屹立在黄浦江畔的摩天大楼，如同一个璀璨的明珠，照亮了整个上海。东方明珠塔是上海的标志，是中国对外开放的象征，也是人类建筑史上的杰作。

第三章　南京路

南京路位于上海市黄浦区，东起外滩，西至静安寺，全长约 15 公里，是上海最著名的商业街之一，也是中国最繁华的商业街之一。南京路的历史可以追溯到 19 世纪中叶。随着上海开埠，西方列强在此设立租界，南京路逐渐发展成为商业中心，繁荣达到了鼎盛，商铺林立，人流如织。这个时期，南京路的建筑风格形成了独特的"中西合璧"风格。上海南京路是中国第一条有轨电车线路，是中国最早有霓虹灯广告的地方，拥有中国第一家麦当劳餐厅。古老的南京路上，有四种商品备受青睐，亨达利钟表、冠生园食品、新新公司化妆品、先施公司百货。这四种商品被誉为"南京路上四大名品"，成为南京路商业文化的代表之一。上海南京路被誉为"中华商业第一街"，是上海繁华历史交织的标志性路段。

随着上海的改革开放和城市发展，南京路继续繁荣发展。琳琅满目的商品、比比皆是的商场店铺、各式各样的餐馆等，应有尽有。南京路不仅是一条繁华的商业街，而是历史与文化交融一道独特的风景线。老式的石库门建筑、欧式的西式建筑，与现代的高楼大厦融为一体，彰显了南京路的多元化魅力。夜晚的南京路，灯光璀璨，霓虹灯下，古老的建筑、熙攘的人群，在街头巷尾穿梭，欢声笑语汇成一首美妙的小夜曲，让人感到舒适惬意，充满了生机与活力。

南京路有着丰富的历史文化和多元化底蕴。它是上海几百年历史沧桑演变的延伸，也是中国古老的商业历史文化为数不多的标本，承载了这座城市的历史文化和兴旺昌盛。

第四章　黄浦江

　　黄浦江是上海的母亲河。黄浦江的水丰润养人，江水波光粼粼，流淌的是岁月时光，伴随的是青涩的记忆。人们对于上海这座城市的认知了解，黄浦江是不可缺少的一部分。黄浦江的波涛是这座城市沸腾的血脉，它是上海旷世难求的风水宝地，滋养着上海两千四百多万人的饮食起居。黄浦江也是上海繁荣昌盛的源头。黄浦江的历史可以追溯到公元前 220 年，当时秦始皇统一六国后，派军队到黄浦江边屯垦。随着经济繁荣和人口的增加，黄浦江逐渐成为水上交通的要道。到了明清时期，黄浦江更是中国对外贸易的重要港口之一。

　　黄浦江曾经历过无数的沧桑和苦难。19 世纪中叶，西方列强入侵中国，黄浦江被迫开放为通商口岸。此后，上海便成了租界，黄浦江也遭受了严重的污染和破坏。直到 20 世纪 80 年代，中国实行改革开放政策，上海开始重新崛起，黄浦江也迎来了新的生命力。

　　如今，黄浦江已经成为上海的标志性景点之一。两岸高楼林立，风景秀丽，游人如织。同时，黄浦江也是上海经济发展的重要支撑点，从航运、贸易、金融、科技，黄浦江两岸聚集了大量的企业和机构，为上海乃至全国的经济发展做出了巨大贡献。黄浦江蕴藏着上海从一个小渔村发展成为国际大都市的历史。黄浦江是上海这座城市的生命文化之根、历史之魂。正是因为有了黄浦江，上海才有了今天的繁荣与活力。

第五章　豫　园

　　上海豫园位于上海市老城厢东北部，北靠福佑路，东临安仁街，西南与上海老城隍庙毗邻，是明朝都察院左都御史、刑部尚书潘允端(1526—1601，字充庵)于明代嘉靖、万历年间在家乡上海建造的私家园林。豫园占地七十余亩，由明朝园林家张南阳设计，亲自参与施工建成。取名"豫园"，因豫有"平安""安泰"之意，有"豫悦老亲"的意思。

豫园的建筑包括厅、堂、轩、楼、阁、亭、榭、舫等功能项目。拥有三穗堂、铁狮子、快楼、得月楼、玉玲珑、仰山堂、晴雪堂、点春堂、绮藻堂、萃秀堂、卷雨楼、积玉水廊、听涛阁、观涛楼、涵碧楼、鱼乐榭、凤凰亭、织亭、内园静观大厅、古戏台等亭台楼阁以及假山、池塘等40多处古代建筑。豫园内风景色彩斑斓，依山傍水，目不暇接。曲槛临渊，槛后有回廊，假山倒池景，临水赏月跨于溪流之上，溪上筑一垛隔水花墙，墙上有漏窗，墙下处有半洞门，水从洞门流去。以"水波如绮"，"藻彩纷披"，堂檐下有100个不同字体的木雕"寿"字，称为"百寿图"极富民族特色。堂前一天井，内有匾额："人境壶天"，墙上有清代"广寒宫"砖刻。扇裙板上刻有"耕织图"。静观大厅有砖雕《郭子仪上寿图》，旁有泥塑龙墙，北接"洞天福地"，南连"别有天"等。湖中有水榭，湖心亭、九龙池、九曲桥。藏书楼又名书画楼，内有文物珍藏甚多。豫园的繁华无法用语言形容，古人称赞豫园"奇秀甲于东南"、"东南名园冠"。豫园是江南古典园林的典范，园内有江南三大名石玉玲珑，亭台楼阁、泥塑砖雕、名树古木、石峰小桥，一应俱全，布局紧凑而曲折幽深。全园共有乔灌木670余株，花草不计其数，堪称万园之最。

第一次鸦片战争爆发后，1842年(清道光二十二年)外国侵略者入侵上海，英国军队强占豫园，大肆践踏。在城内烧杀抢掠，豫园被严重破坏，点春堂、香雪堂、桂花厅、得月楼等建筑都被付之一炬。清咸丰五年(1885年)，上海小刀会响应太平天国革命，在上海发动起义失败。1956豫园得以重新修缮，1961年开始对公众开放，1982年被国务院列为全国重点文物保护单位。豫园是上海历史变迁的遗迹，也是海派文化的重要象征。

第六章　大世界

　　上海大世界是上海著名的游乐中心，以游艺、杂耍、南北戏剧、曲艺等特色著称。始建于 1917 年，创办人是黄楚九。大世界曾经是旧上海最吸引人的娱乐场所，里面设有许多小型戏台，轮番表演各种戏曲、曲艺、歌舞和游艺杂耍等，中间有露天的空中环游飞船，还设有电影院、商场、小吃摊和中西餐馆等。

　　大世界的建筑颇具特色，由 12 根圆柱支撑的多层六角形奶黄色尖塔构成，主楼分别由 3 幢 4 层高的建筑群体合璧相连，另有两幢附属建筑。大世界游乐中心由"游乐世界""博览世界""竞技世界""美食世界"四部分组成，推出了八大系列的游乐项目。

　　20 世纪 90 年代初推出的"竞技世界"中的"大世界擂台"及"吉尼斯纪录擂台"赛，吸引了全国各地的绝技高手，创造了世界和国内众多的"唯一"和"第一"的纪录。大世界有着强烈的海派文化色彩，追求时代气息的娱乐设施，吸引着成千上万的海内外宾客到此云集。从 2008 年起，为了修缮保养，大世界闭门谢客。2017 年是上海大世界的建成 100 周年，上海市人民政府决定于 2016 年 11 月 26 日重新对外开放。

　　上海大世界是座多元化的娱乐城，独具风格的建筑，宏伟得令人震撼。它既有传统的中国建筑元素，又有西方的装饰艺术，让人耳目一新。上海大世界是旧上海的缩影，独具风貌地展示了上海历史文化多元化的包容性，是保存完整的历史文化建筑珍物。

第七章　杜莎夫人蜡像馆

上海杜莎夫人蜡像馆，是全球第六座杜莎夫人蜡像馆的落脚地。杜莎集团看中的是中国巨大的明星优势和广阔的市场前景。经冗长的候选精挑细选，每位入选者都是大多数中国人渴望见到的名人。上海杜莎夫人蜡像馆分为"在幕后"、"上海魅力"、"历史名人和国家领袖"、电影、音乐、运动、速度七个主题展区，观众除了可以与 80 多尊乱真的中外明星蜡像留下亲密合影外，还可以加入与"明星"对歌、拍电影、打篮球等互动体验中去。

杜莎夫人 (1761–1850) 原名为玛丽·格劳舒兹，生于法国的斯特拉斯堡，于 1770 年在巴黎创办了蜡像馆，并转移到了巴黎的皇宫。她是世界"蜡像艺术第一人"、蜡像创始的先驱人物。她自小随一名医生学习蜡像制作技艺，法国作家伏尔泰的蜡像是她的成名作。1835 年，她 74 岁高龄时，在伦敦贝克街设立了一座永久性的展馆。馆内设有九个主题展区，包括奥黛丽·赫本、姚明、刘翔、林丹、贝克汉姆、邓丽君、张国荣、周杰伦、李宇春、李冰冰、张艺谋、成龙、吴奇隆、玛丽莲·梦露、爱因斯坦、戴安娜王妃、比尔·盖茨、奥巴马、Lady Gaga、冯小刚、谢霆锋、陈坤、东方神起、蔡依林、张智霖等近百余尊栩栩如生的名人蜡像，配合精彩无比的视听效果及高科技的互动体验，可让参观者仿佛置身于名人当中，与心爱的偶像近距离接触，感受明星的魅力风采。

第八章　朱家角镇

朱家角镇"上海后花园"属于上海市青浦区内，是典型的江南水乡古镇，号称"上海第一大镇"，是市级文物保护单位、上海四大历史文化名镇之一、中国历史文化名镇。朱家角有北大街、东井街、西井街、大新街、东市街、胜利街、漕河街、东湖街、西湖街等几条老街。北大街为"上海市十大休闲街"之一。朱家角地处上海、苏州、嘉兴三个城市围成的三角形中心。朱家角镇因经济繁荣、文化昌明，宗教活动也源远流长，非常活跃。早在南宋建炎初年，淀山顶上就建有普光寺，为朱家角地区有历史记载的最早寺院，有相当的规模。明清时期为佛教活动全盛时期，有不同类型的庙宇20多处，规模较大的有圆津禅院、慈门寺等。建于元代至正年间的圆津禅院，以典藏名家书画而成为清代名刹。位于淀山湖畔的报国寺是上海玉佛寺下院，建于明代，明崇祯十三年（1640年）重修后，二三百年香火不断，佛光普照，人气极盛。报国寺于20世纪80年代后几次修缮扩建，现占地面积38.5亩，建筑面积5000平方米。气势恢宏，香客盈门。还有道教、天主教、基督教、伊斯兰教等，都在朱家角镇建活动场所。

第九章　新世纪广场

新世纪广场坐落在上海浦东新区，是浦东的地标之一。广场的建筑风格现代化宽阔大气，如同上海的精神面貌，充满了朝气和活力。广场中央的水景，音乐喷泉，水珠随着音乐，在空中飞舞跳跃，水花洒落在池中，泛起层层涟漪，仿佛是一首流动的配乐诗歌。

当华灯初上，新世纪广场，夜晚的灯光，璀璨如梦，天空中高悬的上玄月，光辉如洗，星辰闪烁，映照着广场如白昼。人们陆续汇集在广场，围着水景或坐或立，感受着水的灵动与城市的繁荣。广场上宁静与喧嚣交织在一起。孩子们嬉笑打闹着，人们有的高谈阔论，有的窃窃私语，有的静怡地欣赏音乐美景，千姿百态与时同频共振，汇成一曲大都市的交响乐章。

世纪广场是浦东的一道亮丽风景线，建筑风格独特，展现出现代都市的时尚与前卫。巨大的玻璃幕墙在阳光下熠熠生辉，彰显出一种简洁现代的美感。无论是购物中心内琳琅满目的商品、装饰精美的餐厅，还是高耸入云的办公楼，都彰显出上海大都市的风貌。

新世纪广场，是国际化大都市的标志性场所，也是现代都市的繁华象征。新世纪广场是一个购物天堂、一个充满创意的文化中心。这里经常举办各种艺术展览、文化活动和时尚秀场，丰富人们的文化生活。新世纪广场更是一个美食聚集地，各种风味的美食应有尽有，在品尝美食的同时，感受一个舒适的休闲环境。

第十章　中共一大纪念馆

中国共产党第一次全国代表大会纪念馆，简称中共一大纪念馆，位于上海市黄浦区黄陂南路 374 号，占地面积 1300 余平方米，隶属上海市文物管理委员会，是一座社会科学类历史遗址专题博物馆。1952 年，中国共产党第一次全国代表大会会址修缮后作为上海革命历史纪念馆第一馆，内部开放。1958 年，按当年建筑原状修复后重新开放。1998 年，西侧扩建新馆。1999 年，中国共产党第一次全国代表大会纪念馆竣工并对外开放。2009 年 6 月，一大纪念馆专题陈列室改建竣工。一大纪念馆藏品有 55768 件 / 套，一大纪念馆先后被评为国家一级博物馆、全国爱国主义教育示范基地、上海市文物保护单位、上海市爱国主义教育基地。

第十一章　国际会议中心

上海国际会议中心，地处陆家嘴金融贸易中心，毗邻东方明珠电视塔，与外滩万国建筑群隔江相望，交通设施方便快捷，地理位置得天独厚，于 1999 年 8 月落成对外营业。总建筑面积 11 万平方米，多功能厅 4300 平方米，新闻中心 3600 平方米，可容纳 50—800 人的会议厅 30 多个。拥有现代化的会议场馆，豪华宾馆客房，总统套房、商务套房、标准间 270 套，还有高级餐饮设施、舒适的

休闲场所等。上海国际会议中心是上海标志性新景观，被评为建国五十年十大经典建筑之一，以举办大型国际会议、商务论坛而蜚声海内外。1999 年 9 月，20世纪最后一次"财富"世界论坛就是在这里举行的《财富》全球论坛·上海年会，国家主席江泽民出席开幕式并作主题演讲。

上海国际会议中心以独特的魅力，吸引了世界各地的人前来参观和交流。会议中心建筑设计新颖，风格独特，呈现出一种简洁而有力的美感。从远处看，它像是一座巨大的水晶宫殿，矗立在浦东的地面上。它的中央结构象征着上海国际大都市的气魄和壮观，镜面般的玻璃幕墙反射出城市的风景，把整个城市都装在它的怀抱中。走进会议中心，气场大得令人震撼。高挑的中庭，优雅的弧形楼梯，那悬挂在天花板上巨大的水晶吊灯，富丽堂皇，金辉闪耀，美观壮丽。

上海国际会议中心是一座宏伟的建筑艺术品，更是一座通向世界的桥梁。在上海国际会议中心，各种国际会议、论坛以及各类大型活动络绎不绝。人们从世界各地汇集到这里，进行交流、学习、合作，推动了上海的经济发展，也促进了世界的文化经济交流。上海国际会议中心不仅是上海的新地标，也是中国走向世界的一个窗口，它体现了中国改革开放的新风貌，也展示了上海国际大都市地位和影响力。

第十二章　迪士尼

上海迪士尼度假区位于上海市浦东新区黄赵路 310 号，是中国大陆地区第一座迪士尼度假区，也是全球第六个迪士尼度假区。规划面积为 24.7 平方公里，包括上海迪士尼乐园、迪士尼小镇和两家带有主题风格的酒店。上海迪士尼乐园拥有多个主题园区和游乐设施，包括"奇幻童话城堡""七个小矮人矿山车""冰雪奇缘""加勒比海盗"等。

上海迪士尼度假区是个"童话世界"的乐园。在这里，可以回归纯真的童年时光。缤纷的童话城堡，明亮的迪士尼小镇，都弥漫着欢声笑语，让人被感染感动。在上海迪士尼乐园，孩子们可以自由在童话世界里奔跑嬉戏，体验刺激的过山车。午餐时间，享受迪士尼特色餐厅的美食，感观独特的迪士尼文化。下午，来到湖畔的草坪上踏青，碧绿的草坪、清新的空气、美味的餐点，都让人感到爽心舒适。在开心愉快的时光中，迎来了迪士尼乐园里的大型花车游开始，各种色彩斑斓的花车和卡通形象，让人目不暇接。傍晚，在迪士尼小镇观看夜间烟花秀，璀璨的烟花在夜空中绽放，与城堡的灯光交相辉映，给人一种神奇般的梦幻。上海迪士尼度假区充满童话与趣味，这里拥有最纯粹的快乐和幸福。

第十三章　杜公馆

杜公馆位于上海市宁海西路 182 号（旧称华格臬路），是杜月笙生前真正居住的，由一幢中式两层石库门楼房和一幢中西合璧风格的三层楼房组成。该建筑前后三进的独立住宅，富丽堂皇，镶金贴银，豪华奢侈。建筑面积 1062 平方米，2 层砖木结构主楼内的整个客厅的用材都是当年黄金荣送给杜月笙的，包括一根楠木雕花大梁，更是时价值不菲。

杜公馆在旧上海滩、十里洋场的繁华掩盖下，是江湖厮杀、帮派争斗筹谋的据点。杜月笙效命于黄金荣，出生入死，单刀赴会独闯兵营，以死相救黄金荣，声名大振，与黄金荣以兄弟相称。无奈江湖险恶，风云突变，因美人断情义，为争夺反目成仇。旧上海十里洋场黑恶帮派的残暴、危害无辜，以及旧社会人吃人的残酷现象都在杜公馆里上演。

第十四章　海洋世界

海洋世界位于上海市浦东新区陆家嘴环路 138 号，是亚洲最大的海洋公园之一。这里不仅有各种奇妙的海洋生物，还有令人惊叹的海洋表演和互动体验，让人仿佛置身于一个蔚蓝的梦幻世界。一走进海洋世界，就被那浓厚的海洋气息所

包围。深蓝色的海水被玻璃窗紧紧地框住，各种鲜艳的鱼儿在其中自由自在地游弋，包括憨态可掬的海豹、威风凛凛的鲨鱼，还有那翩翩起舞的海豚。每一个展区都有其独特的主题，让人们深入了解大海的奥秘。在珊瑚礁展区，人们看到了五彩斑斓的珊瑚，它们随着水流摇曳生姿，与各种颜色鲜艳的小鱼共舞。而在深海展区，人们被那些巨大的深海生物所震撼，比如身形庞大的鲸鱼和前所未见的深海鱼。

另外，这里还有从世界各地收集来的各种珍稀贝壳，让人大开眼界。除了观赏海洋生物，海洋世界还有精彩的表演。最让人难以忘怀的是海豚表演，那些聪明可爱的海豚在训练师的指挥下，表现出各种高难度动作，如跳跃、旋转和翻腾等。看着它们在水中自由穿梭，人们仿佛也融入了这美妙的海洋世界。

海洋世界还为孩子们设有互动体验区。在这里，孩子们可以亲手喂食小动物、触摸海星等，感受海洋生物带来的知识和感动。在繁华的城市中心，有让人们亲近海洋、了解海洋、认识海洋，与海洋亲密接触的场所，不禁让人惊喜赞叹这片蔚蓝的海洋世界。

第三篇　天津——渤海明珠

　　天津市是中华人民共和国直辖市，位于中国北方东部沿海地区，环渤海经济圈的中心位置。天津是北方重要港口城市、滨海新区核心城市。东临渤海，北依燕山，西靠北京，与河北相邻，位于东经116°43'至118°04'，北纬38°34'至40°15'之间。天津也是中国重要的工业基地之一，主要以加工制造业为主，涵盖了机械、化工、电子、纺织、医药等多个领域。天津是一个经济发展迅速、文化底蕴深厚的城市，是中国北方的重要交通枢纽。天津的历史文化背景可以追溯到公元前3000年左右的新石器时代，天津在唐朝中叶以后成为南方粮、绸北运的水陆码头，而金朝则在直沽设"直沽寨"，元朝设"海津镇"，明朝永乐二年（1404年）正式筑城，是中国古代唯一有确切建城时间记录的城市。清朝咸丰十年（1860年），天津被辟为通商口岸，成为中国北方开放的前沿和近代中国洋务运动的基地。天津也是著名的历史文化名城，全国重点文物保护单位15处，包括独乐寺、大沽口炮台、望海楼教堂、义和团吕祖堂坛口遗址等。

　　天津黄崖关古长城是世界文化遗产，有各种造型的烽火台20多座，盘旋于群山峻岭之中。天津历史文化背景独特，是中国北方的重要城市之一。天津有许多著名的景点和历史遗迹，如鼓楼、黄崖关长城、滨海妈祖文化园、静园、庆王府旧址、大沽口炮台遗址、博物馆、独乐寺、大悲禅院，古文化街、五大道、盘山风景区等。天津特色产品也很著名，如泥人张彩塑、杨柳青年画、十八街麻花、狗不理包子、耳朵眼炸糕、芝兰斋糕、果仁张、小宝栗子、银丝卷、崩豆张等著名传统特色工艺和美食。

第一章　大沽炮台

　　大沽炮台位于天津市滨海新区海河干流北塘口西侧，是明、清时期天津海口抗击外侮的重要海防设施。它始建于明代，由戚继光督建，是中国古代重要的海防设施之一。从明朝开始，大沽炮台就是防御外敌的重要据点。大沽炮台地理位置优越，具有险要的海口和宽阔的场地，可以容纳大量的兵力和装备。在历史上，大沽炮台曾经历过多次修缮和扩建，逐渐形成了由炮台、城墙、护城河等组成的完整防御体系。大沽炮台在近代也经历了战争和侵略。在第二次鸦片战争期间，英法联军攻占大沽炮台在此登陆，对中国进行了野蛮的侵略和掠夺。大沽炮台又经历了多次战争和破坏，最终于 1901 年被迫拆除。如今，大沽炮台遗址是全国重点文物保护单位，进行了保护和修复。

　　大沽炮台是中国近代史上重要的海防设施，具有重要的历史和文化意义。大沽炮台是中华民族抵御外侮的重要见证。大沽炮台记录了中华民族抵御外来侵略英勇无畏的精神，体现了中国古代军事防御的智慧和技艺，大沽炮台的建筑风格和武器装备也反映了中国古代军事发展水平。大沽炮台是一个重要的爱国主义教育基地，也是许多影视作品的重要取景地，为人们呈现了中国近代历史的沧桑巨变。

第二章　石家大院

　　天津石家大院位于天津市西青区杨柳青镇估衣街 47 号，原为清末天津八大家之一石元士住宅，是晚清民居建筑群。这座大院始建于清朝光绪年间，占地6000 多平方米。坐北朝南，南北长 96 米，东西宽 62 米。石家大院设计考究、做工精细，建筑风格别具一格，从宏伟的建筑外观到内部的雕梁画栋，彰显着曾经的繁荣与辉煌。大院因收藏了历代杨柳青木版年画、砖雕等民间艺术品而闻名。石家大院在雍正年间，由山东石姓先人来到天津经营，逐渐发展起来。到了乾隆五十年（1785年），石家落户杨柳青，逐渐发展成为津门大家族。其中，福善堂、正廉堂、天锡堂、尊美堂是四大门系。只有尊美堂保持繁荣，成为津门大家。石家大院在1991年被辟为杨柳青博物馆，国家4A级旅游景区。石家大院的民俗文化浓厚，是天津众多旅游景区中最独特的景区之一。

石家大院具有浓厚历史和文化底蕴，它不仅是一座建筑的历史，更是一段家族的传承。石家大院是一处集历史、文化、艺术于一体的旅游景点。它经历了清朝末年的风云变幻，承载着深厚的历史变迁，展示了精湛的匠心工艺和艺术价值。在石家大院不仅可以领略到历史的韵味，还能感受到中国传统文化的独特魅力。

第三章　张学良故居

天津张学良故居位于天津市和平区赤峰道78号，是一座民国时期的小型民居建筑。张学良故居为三层砖木结构小楼，建于1920年末期。张学良是中国近代史上的重要人物之一，他曾任东北军首领、国民政府军事委员会副委员长等职。这座小楼也成了张学良将军在天津的重要活动场所，随着张学良将军地位的提高和政治环境的变化，这座小楼几经易主。

张学良故居承载了许多历史故事和人文情怀，也是中国近现代史上的重要见证之一。九一八事变后，张学良将军曾在此居住和办公；抗战期间，这里被日军占领作为司令部使用。这些历史事件使这座小楼遭受影响，也是历史的变迁。

张学良故居是一座历史文化气息底蕴深厚的建筑。这里的每一件物品、每一个细节都蕴含着中国传统文化的精髓。张学良故居的建筑风格，贯穿了中国传统式的高墙厚砖、飞檐瓦顶以及西洋式的圆拱形门窗和罗马回廊等元素，充分体现了当时中国传统文化与西方文化交融的特点。这里还保存了许多珍贵的艺术品和文物，如书画、家具、陶瓷器皿等，都具有较高的艺术价值和历史价值。张学良

故居是私人宅地，记载着许多重要的历史事件和人文情怀。

第四章　意大利风情街

意大利风情街位于天津市河北区，是一个充满异域风情的旅游景点，由五经路、博爱道、胜利路、建国道合围而成的四方形地区，占地 28.45 公顷，拥有保存完整的百年历史欧洲建筑一百余座，具有浓郁的意大利风情。街区以一条特色的商业街为主线，是游览意大利风情区的必经之地，周围别墅，房顶多为意式角亭，有圆亭、方亭之别，圆柱和方柱之分，分别用圆拱、平拱、尖拱、连拱、垂柱进行点缀。游览意大利风情街，仿佛置身于欧洲小镇，感受着浓郁的异域风情。街区的建筑风格独具特色，以意式建筑为主，高大的穹顶、精美的雕刻，以及错落有致的阳台，房屋多以红、白、黄等鲜艳的颜色装饰，每一栋房屋各异。马可·波罗广场位于街区的中心，一个巨大的喷泉在阳光下熠熠生辉。孩子们在喷泉旁嬉戏，大人们坐在旁边的长椅上聊天，享受着悠闲时光。咖啡馆、餐厅、商店生意兴隆；意大利面、比萨、提拉米苏、冰淇淋，都美味无穷。在商店里可以购买到各种意大利商品，如葡萄酒、巧克力、皮具等。意大利风情街是一个独具特色、异域风情浓厚的地方。无论是白天夜晚都绽放异彩，让人感受到不同风景和魅力。

第五章　盘　山

盘山风景区位于天津市蓟州区西北 15 公里处，占地面积 106 平方公里。因雄踞北京之东，有"京东第一山"之誉，是国家 5A 级景区、国家级风景名胜区，也是自然山水与名胜古迹并著、佛教文化与皇家文化相融的旅游休闲胜地。相传东汉末年，无功名士田畴不受献帝封赏，隐居山中，化名为田盘山，所以此山得名盘山。盘山自然风光秀丽，动植物繁衍旺盛；盘山以怪石、奇松、雄峰、林秀的奇特景观著名。盘山的风景名胜有天成寺、塔林、万松寺、神牛福地、乾隆御碑、环翠亭、元宝石、漱峡、迎客松、大石桥、卧云楼、千年银杏树等。

沿着山路前行，翠绿的植物、清澈的溪流，苍松翠柏，清幽深邃。山间的空气清新，舒适宜人。半山腰有一处古色古香的"入胜亭"，在此小憩片刻，欣赏着山间的美景，倍感恬静舒雅。盘山风光无限、壮观奇特，这里重峦叠嶂、峰林秀丽、山水如画，美不胜收，让人仿佛置身于一幅壮美的山水画卷之中。

盘山的景点众多，最为著名的要数天成寺和万松寺。天成寺位于盘山之巅，是一座古朴典雅的寺庙。这里香火鼎盛，前来朝拜的人们络绎不绝。万松寺位于盘山的中部，是一处幽静肃穆的寺庙，让人感受到一种超脱尘世的庄严。天成寺内有一座高耸的红塔，在塔前，长着两棵参天的银杏树，树姿雄伟，植于宋朝，已有近千年的历史，是盘山历史沧桑的见证。塔前还有棵松树，树上挂满了红绳，据说只要抱一下松树就会交好运，因此有许多人都去拥抱这棵松树。

盘山是儒家文化和佛教文化的交汇之地。盘山历史悠久，文化内涵丰富，曾是清朝乾隆皇帝的行宫，乾隆皇帝对盘山的钟爱，可谓情有独钟。据史书记载，乾隆皇帝曾 32 次游历盘山，留下了 1366 首赞美盘山的诗篇。他对盘山的喜爱可见一斑。历代文人墨客竞相游历盘山，留下丰富的历史文化遗迹。诗曰，"盘山行尽一重山，万法都归眼自闲。信步云峦爱秀气，满前清景是天然"；"万里山峦一线天，东西南北尽盘旋。浮云洞口探幽径，峰上松风拂翠烟"；"遥想当年圣主赐，仙鹤相伴乐逍遥。盘山景色美如画，峰峦叠嶂入云端。松柏青翠遮天日，流水潺潺绕山间"。这些赞美盘山的诗篇是盘山历史文化底蕴的再现，也是中华民族历史文化的传承。盘山是历史文化的遗产，也是永恒的历史丰碑。

第六章　天津之眼

天津之眼，又称天津永乐桥摩天轮，位于中国天津市河北区，是一座跨河建设桥轮合一的摩天轮，兼具观光和交通功能。该摩天轮直径为 110 米，轮外装挂

48 个 360 度透明座舱，每个座舱可乘坐 8 个人，同时供 384 个人观光，旋转一周所需时间为 28 分钟，顶点高度为 119.8 米。2010 年 10 月 20 日，天津之眼是国家 4A 级旅游景区。天津之眼，这座天津城市的地标性建筑，犹如一颗璀璨的明珠，镶嵌在海河的怀抱，唯美耀眼，名震四海。

置身于天津之眼，可以俯瞰整个天津城市的美景。随着摩天轮的缓缓转动，城市的繁华与海河的宁静交织在一起，形成了一幅独特的美画卷。远处的建筑物耸立在阳光下，犹如披上一件五彩缤纷的彩霞衣闪闪发光，近处的海河碧波荡漾，流水潺潺，一望无际的水面上帆船乘风破浪，好一幅盛世繁华的美景。

乘上天津之眼的座舱，仿佛进入了一个梦幻的世界。随着高度的不断提升，人们可以感受到一种超越尘世的升华，仿佛整个心情都在飞翔。到达最高点时，整个天津的美景尽收眼底，让人不禁感叹，登高望远的博大宽阔胸怀。天津之眼带领人们不仅领略无限美好的风光，更感悟了天津文化独特的魅力和现代都市蓬勃发展的蓝图。

第七章　五大道

五大道风景区，位于天津市中心城区的和平区，是一个集住宅、商业、文化、旅游等多功能于一体的旅游景区。拥有纵横 23 条道路，道路长度共 17 公里，区域面积 1.28 平方公里。五大道风景区，建筑大多建于 20 世纪二三十年代，其中近现代名人故居 200 多处，被誉为独具特色的"万国建筑博物馆"。这里的建筑风格多样，包括哥特式、巴洛克式、罗曼式、拜占庭式，以及中世纪的南欧风格、19 世纪的折中主义风格等，汇集了英、法、意、德、西班牙等国的建筑多达 230 多幢，被称作"世界建筑博览会"。五大道地区还有不同国家建筑风格的小洋楼 2000 多所，是天津乃至全国保留得最为完整的洋楼建筑群。五大道风景区除了建筑景观外，还有丰富的文化活动和特色旅游服务和美食，意大利面、咖啡，欣赏艺术表演，到富有个性的店铺里购买特色手工艺品等。

五大道风景区是一个融合了中西建筑风格和历史文化的博览集聚地，五大道也是天津近代历史和文化的重要窗口。五大道是指马场道、睦南道、大理道、常德道、重庆道这五条道路。五大道风景区内具有典型风貌建筑有 300 余幢，英式建筑 89 所、意式建筑 41 所、法式建筑 6 所、德式建筑 4 所、西班牙式建筑 3 所，还有众多的文艺复兴式建筑、古典主义建筑、折中主义建筑、巴洛克式建筑、庭院式建筑以及中西合璧式建筑等，被称为"万国建筑博览苑"。在五大道地区，还可以欣赏到各种风格的洋楼，马场道 121 号小洋楼，这座典型的西班牙花园别墅是五大道上最早的建筑，原为英侨学者达文士居住，称"达文士楼"。睦南道 20 号孙殿英旧宅，是一座三层带地下室的西洋古典公馆，很豪华气派。328 号的罗马柱廊意式公馆，这是天津八大家"李善人"后代李叔福旧居。另外，还有历史人物故居和博物馆，如梅江公馆、邮电博物馆、意式风情街、津门故居、河北道教文化博物馆等。

第八章　古文化街

天津古文化街位于天津市南开区东北角东门外、海河西岸商业步行街，是国家 5A 级旅游景区。作为津门十景之一，天津古文化街一直坚持"中国味、天津味、文化味、古特味"的经营特色，多以经营文化用品为主。古文化街内有近百家店堂，是天津老字号店民间手工艺品店的集中地。有地道美食狗不理包子、耳朵眼炸糕、煎饼果子、老翟药糖、张家水铺、天津麻花等。有天后宫"风筝魏"风筝、泥人张彩塑等。天津古文化街是一条充满历史韵味与人文气息的街道。在古文化街，能亲身体验到古代天津的繁华与热闹。街道两旁，古色古香的建筑鳞次栉比，仿佛是一幅幅历史的画卷。这些建筑不仅具有独特的外观，而且蕴含着深厚的历史文化底蕴。它们见证了天津的繁荣与发展，也见证了中华民族的沧桑巨变。

天后宫则是天津古文化街的一大名胜。这座古老的庙宇寄托着天津人民对于海神的信仰与敬畏。每年农历三月二十三日，这里都会举行盛大的庙会，人们纷纷前来烧香祈福，祈求一年的平安与吉祥。在古文化街上，人们会感受到天津人民热情好客的豪爽性格。店家们都非常友善、乐于助人，为你提供优质的服务，

为你介绍有趣的历史文化典故。来到天津古文化街，亲身体验天津的传统文化和地方特色以及这座城市的独特魅力，还有最美的天津人民质朴的美德——是中华民族文明向上的精神，值得彰显传承。

第九章　望海楼教堂

　　望海楼教堂，旧称圣母得胜堂，位于天津市河北区狮子林大街西端北侧。望海楼教堂，建于清同治八年（1869年），是天主教传入天津后建造的第一座教堂，占地面积3000平方米。望海楼教堂曾两次被焚毁，在清同治九年（1870年）反洋教斗争和清光绪二十六年（1900年）义和团运动中两次被焚毁。在清光绪三十年（1904年），教堂得以重建。然而，在1976年的地震中，教堂受到了严重损坏。在1983年，政府进行了修缮。1988年，被国务院公布为第三批全国重点文物保护单位。

　　望海楼教堂是一座建于清代康熙年间的望海楼，是清代皇帝出巡到天津时游玩的地方。这一带车船交会、商贩云集，是水陆交通的要道。望海楼原址崇禧观旁还有望海寺等庙宇。第二次鸦片战争后，英、法等国强迫清政府签订了丧权辱国的《北京条约》，使法国获得在中国"各省租买地"和"建造自便"的"权利"。清同治元年（1862年）法国攫取了望海楼一带方圆15亩地为"永租权"。清光绪二十二年（1896年）12月，法国传教士主持拆掉了崇禧观，在原来地基上盖起一座大规模的天主教堂，按照典型的哥特式建造，呈长方形，正立面筑有平顶钟塔楼三个，仿佛三个笔筒。法国传教士给这座教堂取名为"圣母胜利之后堂"，并将此名用法文刻在教堂钟楼正面的大理石上。这就是望海楼教堂的来历。望海楼有着悠久的历史、独特的地理位置、精美的建筑风格，是西方列强侵犯中国的历史遗迹，现在已成了当地文化的地标和旅游之地。

第十章 义和团吕祖堂坛口遗址

义和团吕祖堂坛口遗址，位于天津红桥区如意庵大街何家胡同 18 号，是国家重点文物保护单位。1985 年修复后建立了天津"义和团纪念馆"。义和团吕祖堂坛口遗址，始建于明宣德八年 (1433 年)，清康熙五十八年改建为吕祖堂，成为津门道教名观，因供奉"纯阳吕祖吕洞宾"而得名。清康熙、乾隆、道光、咸丰及民国年间，这座建筑曾多次修葺。占地面积约 1300 平方米，建筑风格属于中国传统的道教建筑风格，结构严谨，中轴线对称，主建筑由山门、前殿、后殿和西侧殿 (五仙堂) 组成等。这种布局体现了道教思想中"天人合一"的理念；建材采用木材和砖石，结构坚固，经久耐用，并采用了大量的砖雕、石雕和木雕等装饰手法，让建筑外观显得精美华丽。建筑色彩为红色和黄色，体现了中国传统建筑的特点，也符合道教建筑的色彩审美。门窗上的木雕、檐角上的龙头装饰等都很精致。义和团吕祖堂坛口遗址的建筑是具有很高价值珍贵文物和历史资料。

清光绪二十六年 (公元 1900 年) 义和团运动在中国北方兴起，席卷全国，天津是重要中心之一。同年 6 月，义和团首领曹福田率众攻打并占领了天津的紫竹林租界，在此处设立了"天津义和团总坛口"，成为当时义和团活动的中心。义和团的起义"武装斗争"，以"雄迈之势"炽燃华北，北京、天津并波及全国。最终以"悲壮的结局"落幕，但在反抗压迫，反清抗争的历史斗争中，用鲜血写下了光辉的一页，也成为中国历史上的重要事件。为了纪念这场伟大的反帝爱国运动，天津市 1985 年将义和团吕祖堂坛口遗址命名为义和团纪念馆，成为天津市的爱国主义教育基地。

第四篇　重庆——巴渝山城

　　重庆市，简称"渝"，别称山城，是中华人民共和国直辖市，位于中国内陆西南部、长江上游，四川盆地东部边缘，东临湖北、湖南，南接贵州，西靠四川，北连陕西。东经105°11'—110°11'、北纬28°10'—32°13'之间，总面积8.24万平方公里，拥有悠久的历史和文化。它是国家中心城市、超大城市、国家重要中心城市之一、长江上游地区经济中心、国家重要的现代制造业基地、西南地区综合交通枢纽。辖26个区、8个县、4个自治县。

　　重庆历史文化和旅游资源丰富，有：洪崖洞、朝天门、长江索道、大足石刻、白公馆、渣滓洞、濯水古镇、磁器口古镇、武隆天生三桥、解放碑步行街、人民大礼堂、三峡博物馆、红岩村、沙坪坝、磁器口、歌乐山、观音桥、曾家岩、杨家坪、洋人街、烈士墓；四面山风景区、南山一棵树观景台、庆云阳龙缸国家地质公园、县石宝寨、歌乐山森林公园、缙云山景区、金佛山、北泉风景区、统景温泉风景区、阿依河旅游景区等。重庆特产很丰富，如江津米花糖、武隆羊角豆干、重庆蝶花牌怪味胡豆、火锅底料、白市驿板鸭、磁器口陈麻花、北碚北泉水磨手工面、合川桃片、涪陵榨菜、城口老腊肉、渝北土沱麻饼等。重庆美食也很著名，被誉为"美食之都"，如重庆火锅、酸辣粉、重庆小面、豆花鱼、万州烤鱼、重庆鸡公煲、重庆鸡杂、毛血旺、黔江鸡杂、合川桃片、米花糖、串串香等。

第一章　朝天门

朝天门位于重庆市渝中区渝中半岛的嘉陵江与长江交会处，是城市的心脏地带，也是重庆十七座古城门之一。南宋时期，钦差自长江经过城门来传圣旨，所以有了朝天门这个名字。朝天门左侧嘉陵江纳细流汇小川，纵流 1119 千米，注入长江。朝天门是两江枢纽，也是重庆最大的水路客运码头。朝天门是"重庆十大文化符号"之一，是重庆的重要门户，也是历史变迁和文化发展的象征。

朝天门是重庆的政治、文化和商业中心。随着历史的变幻沉浮，朝天门逐渐失去了它的重要地位。到了明清时期，由于战争等因素朝天门的建筑设施遭到了严重的破坏；清朝末年，朝天门沦为了贫民窟，这里的居民多以船夫、搬运工和苦力为主。随着重庆的改革开放，朝天门在城市重建中，重新打造成一个综合历史文化繁华的现代化商业街，朝天门是重庆的焦点建筑。

朝天门犹如一艘远行的巨轮，承载着重庆历史的荣耀和传统文化的光环。当人们置身在这艘巨轮上，站在"船头"，欣赏嘉陵江优雅的风光，朝天门挺拔屹立在岸边，犹如天神守卫在重庆这块美丽富饶的土地。朝天门是一个充满活力的地方，无论是白天还是夜晚，都展现出独特的风貌和韵味，那是一种自然和谐的美，是人类智慧的结晶。

第二章　解放碑

解放碑，位于重庆市渝中区解放碑广场，商业步行街中心地带。原为 1947 年建成的"抗战胜利纪功碑"，是中国唯独一座纪念中华民族抗日战争胜利的纪念碑，也是中国人民反法西斯战争取得胜利的象征。1950 年，经西南军政委员

会核准改名为"人民解放纪念碑"。解放碑高 27.5 米，边长 2.55 米，碑内连地下共八层，设有旋梯达于碑顶，碑顶向街口的四面装有自鸣钟。该碑是重庆市人民政府公布为第一批市级文物保护单位，国家重点文物保护单位、已被列入中国 20 世纪建筑遗产名录、当选"成渝十大文旅新地标"。解放碑历经沧桑巨变巍然屹立，它是中国人民英勇奋斗不屈不挠的精神丰碑，是中国人民抗日战争胜利的象征，也是中国革命历史的重要见证。

这座碑的设计和建造充满了中国人民的智慧和力量，它向世界展示了中国人民在抗战中的坚强意志和伟大的民族精神，也记录了重庆在解放战争时期，为全国的解放事业做出了重要的贡献，也见证了重庆在中华人民共和国成立后的建设和发展。

解放碑是重庆市的文化活动中心之一，这里经常举办各种文化活动和庆祝活动，为人们提供丰富多彩的文化体验。解放碑具有深远的历史意义和重要的文化价值。

第三章　南山一棵树

南山一棵树是一棵巨大的千年黄桷古树，位于重庆南山风景区内。重庆南山旅游风景区，建筑面积 1570 平方米，野外休闲区占地面积 120 亩。南山旅游风景区保持原有的风格基础上，将浏览空间延伸，拓展了 14 个项目，形成了日观重庆城市全貌的靓丽风景线。南山一棵树，耸立千年，枝繁叶茂，雄姿壮观，被誉为重庆的精神符号。南山一棵树，生长在南山之巅，树干粗壮，枝叶遮天，好似一把巨大的绿伞，为行走山间的人们提供了一片纳凉歇脚的休闲之地。南山风景区的这棵黄桷树，历经了千年的风霜雨雪，以顽强的生命力，在沧海兴衰中巍然屹立。

南山一棵树是大自然馈赠的绚丽色彩。秋冬季节，满树黄叶，像金色的花瓣飘洒铺满了山间，造就了一个金灿灿的世界，美丽极了。站在一棵树旁瞭望远方，重峦叠嶂，云天雾绕，青山绿水，宁静安详。夜幕降临，城市高楼林立，车水马龙；星月朦胧，笼罩着大地，霓虹灯闪烁着五颜六色的光芒，人们自由自在地休闲散步，那份舒适惬意的幸福，都写在了满面笑容的脸上。南山一棵树是来渝宾客观赏山城夜景的最美景点。南山一棵树是一座山、一段情、一种人与自然和睦的传奇，南山一棵树是人类和谐共生发展的良性衍生。

第四章　涞滩二佛寺

涞滩二佛寺位于重庆合川区涞滩镇涞滩古镇内 30 公里处的鹫峰山上。原名鹫峰禅寺，建于南宋，背依鹫峰，四周翠竹茂林，处于鹫峰山脉之中，海拔 375 米。该寺初为佛教禅宗兰若明代万历年间重修，并改建大佛殿，塑造释迦牟尼佛像，增塑南海观音像。大佛殿两侧建有南殿、后殿，外有厢房三间，皆系古色古香的悬山式建筑。1958 年，二佛寺被列为"四旧"，拆毁部分建筑，大佛像被砸毁。1980 年，政府落实宗教政策，将二佛寺归还佛教团体。1982 年落实宗教政策后恢复宗教活动，建立了清规戒律制度。1983 年 10 月 20 日，涞滩二佛寺被国务院列为汉族地区佛教全国重点寺院。

涞滩二佛寺自然风光优美，环境清新雅致，山门肃穆庄严，依序山门、玉皇殿、大雄宝殿、观音殿。左右分设社仓、禅房等建筑，呈四合院布局，尤其是大雄宝殿，殿堂正中原来的三尊泥塑金身的主佛高五米，栩栩如生，佛光闪烁。大雄宝殿内 4 根石柱高约 13 米，由整条巨石制成，挺拔壮观，堪称历代文化建筑一绝。

涞滩二佛寺下殿最大尊释迦牟尼佛像开凿于宋代，通高 12.5 米，依岩镌凿，被称为"蜀中第二佛"。涞滩二佛寺历史文化底蕴深厚，始建于唐代，兴盛于宋代，历经多次修缮，分上下两殿。涞滩二佛寺内珍藏着大量宝贵的佛教文物和历史文献，具有极高的文化价值。这些文物和文献对于研究佛教文化、中国佛教史以及古代历史都具有重要的意义。涞滩二佛寺的建筑风格融合了唐代和宋代的建筑特点，具有较高的艺术价值。寺内建筑气势宏伟，宗教氛围浓厚。其中，释迦牟尼佛像的雕刻细腻，是中国石刻艺术第三个高潮的典型代表，具有深厚的历史文化价值。涞滩二佛寺是重庆市重要的文化景点和佛教活动场所。

第五章　白公馆

　　白公馆位于重庆市沙坪坝区，是四川军阀白驹的郊外别墅。白驹自诩是白居易的后代，借用白居易别名香山居士，把别墅取名为香山别墅，人们称为"白公馆"。1939 年，军统特务头子戴笠用 30 两黄金将它买下，改造成秘密监狱，关押军统局认为案情比较严重或是级别比较高的政治犯。原楼十余间住房改为牢房，地下储藏室改为地牢。1947 年春，抗日爱国将领黄显声、同济大学校长周均时、共产党员宋绮云，罗世文、许晓轩、徐林侠夫妇及幼子"小萝卜头"等烈士都曾被囚于此。白公馆最多关押人员达 100 多人。

　　白公馆建筑风格独特，是中国西合并式的产物。白公馆留有许多历史的遗迹，如国民党军统局的本部办公室、监狱、刑讯室、拘留所、电影院等。1941 年，日本"偷袭珍珠港事件"发生之后，美国海军为了从国民党当局获取对日作战的情报，与国民党秘密签订了条约，1943 年成立了"中美特种技术合作所"，简称"中美合作所"。"中美合作所"位于重庆西北部歌乐山下的群山之中，建设有 800 多间房屋，建有办公厅、餐厅、跳舞厅、宿舍、军火库等以及 20 多处监狱，白公馆和渣滓洞是其中最大的两个监狱。

　　白公馆、渣滓洞监狱旧址，是洒满烈士鲜血的遗址，也是红岩精神的传承。这里曾关押过许多共产党员和进步人士，他们为了民族独立和人民幸福而奋斗，付出了巨大的牺牲。在黑暗的牢房里，国民党军统局特务用尽严刑拷打，中国共产党党员宁死不屈。江竹筠十指钉满竹签，受尽酷刑坚贞不屈；叶挺将军的《囚歌》，"为人进出的门紧锁着，为狗爬出的洞敞开着，一个声音高叫着：爬出来吧，给你自由！我渴望自由，但也深深知道，人的身躯哪能从狗洞里爬出！我希望有一天，地下的烈火，将我连这活棺材一齐烧掉，我应该在烈火与热血中得到永生！"叶挺将军大义凛然，浩然正气，震撼宇宙；陈然烈士的《我的自白书》："任脚下响着沉重的铁镣，任你把皮鞭举得高高，我不需要什么'自白'，哪怕胸口对着带血的刺刀！人不能低下高贵的头，只有怕死鬼才乞求'自由'；毒刑拷打算得了什么，死亡也无法叫我开口！对着死亡我放声大笑，魔鬼的宫殿在笑声中动摇，这就是我—个共产党员的'自白'，高唱凯歌埋葬蒋家王朝！"这壮烈高昂的信念，视死如归的革命精神，犹如一曲悲壮的挽歌。这就是共产党人大无畏的红岩精神。重庆解放前夕，国民党反动派用机枪扫射，杀害了317名党员、革命志士、学生、妇女和孩子，只有白公馆19人、渣滓洞15人逃出幸存。

第六章　洪崖洞

　　洪崖洞位于重庆市中心，是山城石窟，承载着重庆的历史记忆。洪崖洞的建筑风格是中国传统建筑的典型代表，吊脚楼群依山就势，利用木条、竹方，悬虚构屋，陡壁悬挑，体现了山地民居的特色。这些吊脚楼在建筑美学上有着重要的价值，也展示了巴渝人民因地制宜、勤劳智慧的精神。洪崖洞内保留了许多历史文化遗产。洪崖洞一楼入口处有一尊石刻"汉阙"，它是按照三峡库区巫山出土的文物所仿造，距今已有2000多年的历史。洪崖洞景区内还陈列了许多铜雕，这些铜雕由重庆大学人文艺术学院院长郭选昌精心创作，主雕"记忆山城"传承宣扬巴渝文化刚毅果敢的精神。

　　洪崖洞的夜景也很绚丽。夜幕降临时，整个洪崖洞景区灯火通明，流光溢彩，美轮美奂。远远望去，仿佛看到一座金碧辉煌的"天空之城"。洪崖洞延续着古老的神话传说，融汇丰富的历史文化遗产，也是重庆独特的重要景点，充满了浓厚的巴渝文化特色。

第七章　大足石刻

　　大足石刻旅游景区位于四川盆地东南部，长江与嘉陵江汇流处，重庆市大足

区城北 1.5 公里的北山，是唐末、宋初时期的宗教摩崖石刻，中国著名的古代石刻艺术，全国重点文物保护单位、世界文化遗产。大足石刻以佛教题材为主，最初开凿于晚唐景福元年（892 年），历经后梁、后唐、后晋、后汉、后周五代至南宋绍兴三十二年（1162 年）完成，历时 270 年。现存雕刻造像 4600 多尊，是中国晚期石窟艺术中的优秀代表。

大足石刻是中国乃至世界石窟艺术最后一座丰碑。大足石刻是一座集儒、释、道三教合一的文化艺术宝库，三教文化相互交融，共同构建了一个独特的文化体系。通过石刻艺术的形式，呈现了中华民族的文化精神。大足石刻以佛教造像为主，兼有儒教、道教造像，这三教造像在同一地区、同一时期、同一施主所造的三教合一，是世界独一无二的造像特征。大足石刻以民族化、世俗化、生活化为特色，是佛教文化、中国石窟艺术独树一帜典型杰作。

大足石刻以大量的实物形象和文字史料，展示了从唐末至宋代中国石窟艺术的风格，民间宗教信仰发展和变化，被誉为中国石窟艺术宝库。这里山清水秀，人杰地灵，素有"石刻之乡"的美誉。最初的开凿者，是一位不满当时政的僧人，他选择在山石如林的巴蜀之地开始了这项宏大的工程。历经宋、元、明、清四朝，大足石刻逐渐形成规模。其中，宋代是大足石刻发展的黄金时期，这期间开凿数量最多，技法高超。五代十国时期、宋代初期的宗教摩崖石刻盛名作品成熟。题材内容丰富，宗教、政治、文化等各个领域均有所涉及。大足石刻是一座巨大的宗教文化宝库，从第一刀的开凿到今日的盛名远播，大足石刻凝结了几代工匠的心血与智慧。这不仅是一座石刻艺术展示，更是中华民族不懈追求与创新精神的体现。

第八章 北 泉

北泉风景区位重庆的北碚区，北濒嘉陵江，南倚缙云山，是重庆市风景名胜区。这里曾是温泉寺，初建于南朝宋景平元年（423 年），重建于明宣德七年（1432 年）。1927 年卢作孚在此创办嘉陵江温泉公园，增建温泉游泳池、浴室、餐厅等旅游设施，更名为重庆北温泉公园。

北泉依自然地形而建，楼台亭阁错落有致，古韵翠竹，苍树葱茏，山水清秀，风景如画。景区以四大殿为中心：关圣殿、接引殿、大佛殿、观音殿。大佛殿内供奉一尊明代佛像；殿前一对石狮怀抱小狮，十分别致。观音殿以石柱支撑，铁瓦盖顶，俗称"铁瓦殿"。关圣殿，又称三圣殿，为温泉寺山门。殿后有山泉细流汇成的方池，石桥栏杆上刻有麒麟、芭蕉、花鸟等图案，皆为明代之作。四大殿东有古香园、石刻园、观鱼池、荷花池，北有乳花洞、五潭印月等景点。古香园，古为缙云寺下院，庙宇辉煌，石雕甚多，寺内香火兴旺。因北周武帝和唐武宗两度灭佛，毁坏严重。唐贞宗时期，幽谷净满禅师重建庙宇，并在后山岩刻摩崖佛。

园中古木参天，浓荫蔽日，存有宋、明、清三代僧人墓塔，其中明代盘龙塔为石刻珍品。石刻园内有很多宋、明、清三代的石刻作品。北泉风景区拥有悠久的历史文化背景。在古代这里曾是佛教寺庙的所在地，供奉着许多佛像和经文。这里也是文人墨客喜欢的地方，许多诗人在这里留下了千古佳话。唐代李益《军次阳城烽舍北流泉》："何地可潸然，阳城烽树边。今朝望乡客，不饮北流泉。"唐代李益《赴渭北宿石泉驿南望黄堆烽》："边城已在虏城中，烽火南飞入汉宫。汉庭议事先黄老，麟阁何人定战功。"唐代卢象《追凉历下古城西北隅，此地有清泉乔木》："谢跳出华省，王祥贻佩刀。前贤真可慕，衰病意空劳。贞悔不自卜，游随共尔曹。未能齐得丧，时复诵离骚。"这些都是古人以景色抒发情怀的名文真言。

重庆北泉风景名胜区是一个融自然风光、人文景观和历史文化于一体的地方，拥有众多古迹，吸引着众多的人们前来游览和探访。

第九章　磁器口古镇

磁器口古镇位于重庆市沙坪坝区磁南街 1 号、嘉陵江畔，是国家 4A 级景区、中国历史文化名街、重庆市重点保护传统街、重庆"新巴渝十二景"。重庆巴渝

民俗文化，一条石板路，千年磁器口，是重庆古城的缩影。磁器口古镇拥有"一江两溪三山四街"独特的地貌，形成天然良港，是嘉陵江边重要的水陆码头。磁器口古镇始建于宋代，拥有丰富的巴渝文化、沙磁文化、红岩文化、民间文化等多种元素。"白日里千人拱手，入夜后万盏明灯"，各具特色的繁盛。磁器口古镇的建筑风格古朴典雅，多为明清时期的建筑，石板路两旁的店铺错落有致，是重庆的独具特色历史文化遗产。每逢节日，古镇上便会举行各种民俗活动，如川剧、评书、茶艺等，这些活动为古镇增添了浓厚的文化气息。

磁器口古镇作为中国重要的历史文化名胜区，其独特的文化价值有很重的地位。人们在观光磁器口古镇的时候，欣赏的不仅是这座古镇的独特魅力，而是历史文化的韵味，传承的是宝贵的历史文化遗产。

第十章　钓鱼城古战场遗址

钓鱼城古战场遗址位于中国重庆市合川区东城半岛东北部，海拔 186—391.22 米的钓鱼山上，地处嘉陵江、渠江、涪江之口，控扼三江，自古为"巴蜀要冲"。钓鱼城古战场遗址总面积 2.5 平方千米，三山耸峙，三江汇流，山水相拥。在钓鱼城古战场遗址上，现存有总长 8 公里的城垣、8 座城门，以及炮台、墩台、栈道、暗道出口、水军码头、兵工作坊、武道衙门、军营、校场、皇宫、天池、泉井等南宋军事及生活设施遗址。此外，还有钓鱼台、护国寺、悬佛寺、千佛石窟、皇洞、天泉洞、飞檐洞等名胜古迹。1961 年，钓鱼城古战场遗址被列为四川省重点文物保护单位。钓鱼城古战场遗址当选重庆十大文化符号、巴蜀文化旅游走廊新地标。

钓鱼城古战场遗址保存完好，主要景观有城门、城墙、皇宫、武道衙门、步军营、水军码头等遗址，还有元、明、清三代遗留的大量诗赋辞章、浮雕碑刻。钓鱼城古战场遗址经历了多次历史变迁。在 13 世纪初，铁木真建立大蒙古汗国后，派遣使者前往南宋，要求南宋臣服遭拒绝。蒙古便发动了对南宋的战争。在这场战争中，钓鱼城成了南宋的军事要地之一，为了抵抗蒙古的进攻，南宋在此地驻扎了重兵。在蒙哥汗时期，蒙古对南宋发动了全面的进攻，钓鱼城成了双方争夺的焦点。蒙哥汗亲率右路军经关中进攻四川，试图攻占重庆，东下夔门，与左路军和南翼军会师于鄂州，再顺流东下，直捣临安，灭亡南宋。在蒙哥去世后，忽必烈即大汗位，改变了先取巴蜀的灭宋战略，逐渐把进攻重点转移到长江中游的荆襄战区。钓鱼城进入相持状态。作为重庆前哨的钓鱼城与嘉陵江、长江沿岸诸多山城相互支持、依存，足以控扼东川，因而仍是蒙宋争夺的焦点。1278 年农历二月元年攻破重庆城，绍庆、南平、夔、施、思、播等。但钓鱼城在主将王坚与副将张珏的顽强抗击下，尽管蒙哥铁骑东征西讨，所向披靡，却不能越雷池半步。然而大厦将倾、独木难支。1279 年正月钓鱼城守将、合州安抚使王立，以不可屠城为条件终止抵抗，开城降元。为南宋坚守了 36 年的钓鱼城至此最后陷落。

第五篇　河北——燕赵大地

　　河北省，简称"冀"，是中华人民共和国省级行政区，省会石家庄，地处华北，漳河以北，东临渤海，北接京津，南依河南省，西邻山西省。地势复杂，地貌多样。内环京津，西为太行山地，是中国唯一兼有高原、山地、丘陵、平原、湖泊和海滨的省份。位于北纬36°05'-42°40'，东经113°27'-119°50'之间，总面积18.88万平方千米。河北省下辖石家庄、唐山、保定等11个地级市，共有49个市辖区、21个县级市、91个县、6个自治县。河北省是中华民族的发祥地之一，省内河流湖泊众多，有滦河、永定河、拒马河等；白洋淀、衡水湖等湖泊和湿地。

　　河北省的历史文化，源远流长，丰富多彩，有着华夏5000多年的文明历史。春秋战国时期，地域内有燕国、赵国等诸侯国文化鼎盛，名扬四海。近代河北省英雄辈出，为了祖国的独立和解放做出了巨大的贡献。河北文化底蕴深厚，具有避暑山庄、清东陵、金山岭长城等；还有白洋淀、野三坡、七里海、白石山、秦皇岛、北戴河、黄帝城、泥河湾遗址、中华三祖堂、万里长城、清远楼等众多风景名胜文化遗产。河北民间艺术丰富，如泥塑、剪纸、皮影戏等。民俗文化，河北梆子、评剧、戏曲表演以及民间舞蹈、花会等民俗文化活动，都充分展示了河北独特魅力。河北特产很丰富，如衡水老白干、保定驴肉火烧、大名府小磨香油、金凤扒鸡、沧州金丝小枣、承德剪纸、衡水内画、河北剪纸等。除此外，河北的美食也很有特色，驴肉火烧、麻辣豆腐、承德杏仁酥、唐山麻糖、石家庄缸炉烧饼等，食之香甜，口感鲜美，很受欢迎。

第一章 石家庄

石家庄市，旧称石门，是河北省省会、I型大城市、京津冀地区重要的中心城市，总面积 14530 平方千米。石家庄拥有着许多美丽的景点和历史的文化。赵州石桥已有 1400 多年的历史，是中国古代桥梁建筑的代表之一。石家庄市博物馆收藏了许多珍贵的历史文物，包括石器、陶器、玉器等，是了解石家庄历史文化宝库。石家庄保留了大量的唐、宋、元、明、清、民国和现代建筑。有"九楼四塔八大寺"、中山古城遗址公园，距今 2000 多年，是隐匿的"神秘王国"。石家庄还有山国王陵陈列馆、中山王厝墓、中山文创园等。这些景点和文化遗产都展示了石家庄悠久的历史和丰富的文化内涵。石家庄植物园，有各种各样的花卉和植物，色彩斑斓，香气四溢。

第二章 西柏坡

西柏坡位于石家庄市平山县境内，风光秀美的小山村，原名"柏卜"，始建于唐代。西柏坡是解放战争时期中央工委、中共中央和解放军总部的所在地。这里召开了中国共产党全国土地会议，通过了《中国土地法大纲》；指挥了辽沈、淮海、平津三大战役；召开了中国共产党七届二中全会。1949 年 3 月 23 日，中共中央和解放军总部离开西柏坡，西柏坡也成为我党解放全中国的最后一个农村指挥所，素有"新中国从这里走来"的美誉。西柏坡有中共中央旧址，毛泽东、朱德、刘少奇、周恩来、任弼时同志旧居，中国共产党七届二中全会会址、军委作战室旧址、九月会议会址等。1982 年，西柏坡中共中央旧址被列为全国重点文物保护单位。位于中央大院的西北角，是中央工委自己动手建造的大伙房，建筑面积 112 平方

米，是中央大院里最大的房子。中共中央于 1948 年 9 月 8 日至 13 日，在西柏坡召开了撤离延安后第一次政治局扩大会议，史称"九月会议"。

第三章　秦皇岛

秦皇岛，别称港城、临榆，是河北省辖地级市，中国环渤海地区重要的港口城市和全国唯一以皇帝名字命名的城市。这里有山、海、长城、湿地等丰富的自然景观，是旅游、休闲、度假胜地。秦皇岛风景优美，东部沿海区域，海水清澈，沙质细软，缓坡海滩，盐度适中，是天然优良海滨浴场。秦皇岛除了海滨浴场，还有鹰角石、金山嘴、老虎石、东西联峰山、莲花石、观音寺、望海亭等多处风景名胜。秦皇岛的山海关景区，名胜古迹荟萃、风光旖旎、气候宜人。有老龙头、孟姜女庙、角山、天下第一关、长寿山、燕塞湖六大风景区。还有黄金海岸、祖山、角山等风景名胜。

秦皇岛历史悠久可以追溯到新石器时代，距今约 6000 年。春秋以前，秦皇岛属孤竹国，战国时期属燕国。秦汉时期，秦皇岛属右北平郡、辽西郡。唐代，秦皇岛属平州、营州。元代时，秦皇岛属中书省平州和辽阳行省瑞州，后平州改为兴平府、平滦路、永平路。明代，永平路改为平滦府，后改为永平府。清代沿袭旧制，仍属永平府辖制。历史上秦皇岛曾是一座岛屿，秦始皇求仙入海，东巡驻在此处得名。在清道光年间，秦皇岛与陆地相连，成为陆连岛。1898 年，光绪帝朱批秦皇岛开埠通商。随着秦皇岛码头的修建和京奉铁路（今出入港线）改线绕行，秦皇岛逐渐成为商业和贸易中心。

秦皇岛的生态环境也非常优美，有着独特的自然风光和丰富的生物多样性。秦皇岛的生态环境优质，森林覆盖率 41.9%，城市区绿化覆盖率 45.6%，空气质量好于二级的天数在 350 天以上，宛如一座"天然氧吧"。此外，秦皇岛市还有许多珍稀动植物，如候鸟、珍稀鸟类、河豚鱼等，其中昌黎县河豚鱼总产量占全国的三分之一，是全国第一大河豚鱼养殖基地。秦皇岛还有许多生态景点，如北戴河湿地、滨海森林公园、人工鸟巢等。这些生态环境是秦皇岛的重要载体，也是优美城市的丰富资源。

第四章　北戴河

　　北戴河位于河北省秦皇岛市、渤海湾北岸中部，是中国著名的海滨旅游胜地和历史文化名城。北戴河曾是清朝皇家的度假胜地，素有"天下名滩、唐人胜地、帝王秘苑"之美誉，也是新中国领导人进行外事活动的重要场所。北戴河的历史可以追溯到商、周时期，是中国的历史文化名城之一，至今保留许多厉史文化遗产。

　　古朝代时期，有许多历史人物和文人墨客在北戴河留下不朽的诗篇。《浪淘沙·北戴河》："大雨落幽燕，白浪滔天，秦皇岛外打鱼船。一片汪洋都不见，知向谁边？往事越千年，魏武挥鞭，东临碣石有遗篇。萧瑟秋风今又是，换了人间"。东汉三国曹操的《观沧海》："东临碣石，以观沧海。水何澹澹，山岛竦峙。树木丛生，百草丰茂。秋风萧瑟，洪波涌起。日月之行，若出其中；星汉灿烂，若出其里。幸甚至哉，歌以咏志。"还有《北戴河赠四友诗赠焕之》《北戴河赠匹友诗赠曹禺》《北戴河赠四友诗赠李可染》《北戴河赠四友诗赠阳翰笙》等。这些诗歌描绘了北戴河的自然风光和历史文化，抒发寄托了诗人的情感和情怀，是中华民族文化象征的重要部分。

　　北戴河的鸽子窝公园，又称鹰角公园，位于北戴河海滨东北角，毗邻滨海大道，是观看日出欣赏海滨美景的绝佳地方，也是北戴河风景区四大名景之一。在鸽子窝观看日出时，时常可见"浴日"的奇景。著名散文作家峻青撰文鸽子窝观日出，淋漓尽致地描绘了鸽子窝日出的壮景。鸽子窝公园，每年春秋时节，数以万计的珍稀候鸟在这里觅食栖息。公园内还有鹰角亭、鸽子窝大潮坪、鸳鸯湖、望海长廊等。

　　北戴河风景壮丽，海疆广袤，波涛、大雨、白浪、汪洋，让人不禁感慨波浪滔天的大海，淹没了古人踌躇满志，吞吐日月的胸怀，留下了大气磅礴，千古流芳的诗篇。北戴河是一首史诗长歌，记载着历史的足印，推动时代滚滚向前永不停歇。

第五章　避暑山庄

河北承德避暑山庄是一个清凉世界的诗意栖息腹地，一座充满历史韵味的世外桃源。避暑山庄以精美的园林景观、丰富的历史文化以及独特的建筑风格，吸引着全国各地的人光顾。避暑山庄是中国现存占地最大的古代帝王宫苑，也被誉为中国四大名园之一。避暑山庄占地面积广阔，约为564万平方米，有着独特的园林布局和建筑风格。在园林中，山、水、树、石相映成趣，建筑风格充满了中华传统文化的精髓，每一座建筑都有其独特的意义和历史背景。避暑山庄内的建筑大多以木材为主要材料，雕刻精细，装饰华丽，充满了浓厚的皇家气息。这些建筑不仅具有实用性，更是艺术工艺品。在山庄内，还有许多古老的文物和历史遗迹，如乾隆御笔的《避暑山庄百韵诗》等，都是历史文化的珍贵作品。避暑山庄是清朝皇帝夏日避暑和处理政务的重要场所。每年夏天，皇帝都会来到这里办公，处理政务以及举行各种活动。在这里，远离了繁杂的宫廷生活，享受着清凉宁静的自然环境。河北避暑山庄，不仅是一座美丽的园林景观，也是博大精深的历史文化缩影，更是中华民族历史文化宝藏。

第六章　山海关

山海关，又称"天下第一关"，位于河北省秦皇岛市东北，是冀辽之界、山海关东北部与辽宁省绥中县接壤、西北部与秦皇岛市中心隔一海港区毗邻。关城北倚燕山，南连渤海，故得名山海关。山海关是明朝时期的军事重地，也是万里长城的重要组成部分。它坐落在河北省与辽宁省的交界处，以其险峻的地势和宏伟的建筑，成了历史与文化的交会点。山海关的城楼高耸，城墙坚固，彰显了明朝时期的建筑风格。在城楼上，可以俯瞰整个城市，远山如黛，近水如镜。这里的风景如画，美不胜收。山海关不仅是雄伟的建筑景观，更是历史朝代更迭的史记。

山海关是中原王朝与北方游牧民族的分界线。在古代，山海关是烽火连天，金戈铁马之地，也是商贾云集，交换货物、交流文化的商贸流通区域。山海关是内陆与沿海的重要枢纽。1840 年鸦片战争后，列强纷至沓来，山海关成了中国与西方列强交锋的前沿阵地。明朝末年，烽烟四起。明朝将领吴三桂，手握重兵，镇守山海关。他英勇善战，为明朝立下了赫赫战功。"英雄难过美人关"，吴三桂爱上歌妓陈圆圆。李自成攻破北京城，陈圆圆却被李自成所掳。吴三桂得知消息，"冲冠一怒为红颜"，他背叛明朝，投降清廷，打开山海关城门，引清兵入关，联手打败李自成，夺回了陈圆圆，致使李自成逃离京城。

山海关是明长城东端起点，是中国的三大奇观之一。山海关是明朝重要军事关隘，曾经历过无数次的战争和硝烟。山海关史书记载着成千上万的英雄豪杰，为了维护国家利益和民族尊严，奋勇拼杀可歌可泣的故事，激励着一代又一代后人，以保家卫国为己任，用勤劳和智慧守护建设自己的家园。

第七章　清东陵

清东陵位于河北省唐山市遵化市西北 30 公里处，西距北京市区 125 公里，占地面积 80 平方公里。清东陵于顺治十八年（1661 年）开始修建，历时 247 年，陆续建成 217 座宫殿牌楼，组成大小 15 座陵园。埋葬着 5 位皇帝、15 位皇后、136 位妃嫔、3 位阿哥、2 位公主，共 161 人，是中国现存规模最大的皇家陵墓建筑群之一。清东陵 1961 年被列入第一批全国重点文物保护单位，2000 年 11 月被列入世界遗产名录，是国家 5A 级旅游景区。清东陵被誉为清史研究的"活字典"和"博物院"。清东陵有着几百年的风雨变迁的历史痕迹。它是昔日皇家贵族的祭祀之地，如今已成为历史和艺术的重要载体。踏上这片土地，映入眼帘的是一片庄严肃穆的景象，重新修建的广场虽然缺少了帝王陵寝的豪华，但仍然显得庄重而神圣。广场上的超大屏幕循环播放着清朝的历史和帝妃的生活，仿佛在讲述一个古老而神秘的

故事。

　　进入陵区，神道两侧的石像引人注目，这些石像各姿各态顺势排列，仿佛在守护着这片神圣的土地。它们有的昂首挺胸，有的低头沉思，有的平视前方，仿佛在监视着每一个进入陵区的人。乾隆陵，是整个陵区最为豪华的建筑之一。它分为地上宫殿和地下宫殿两部分，富丽堂皇，金碧辉煌。琉璃瓦罩顶，显示了皇家威严与气派。躺在棺床上的乾隆，仿佛还在安享着他的天堂。然而，他没有想到，在他死后会有这么多的人闯入他的地宫打扰他。慈禧地宫前的镂空雕刻具有深远的历史意义，却未能保佑慈禧死后的安宁。清朝统治王朝的女人，死后也未能继续享受荣华富贵和统治的霸气。

　　走出慈禧地宫，拾级而上，远处的山峦相连，秀色可餐。野外的青冢，杂草丛生，与地宫的豪华形成了鲜明的对比。清东陵是历史遗迹清代的缩影，清东陵是一座文化的殿堂，也是一座历史的宝库。

第八章　白洋淀

　　白洋淀是中国海河流域大清河水系湖泊，位于河北省保定市雄安新区境内，水域辽阔，烟波浩渺，素有"华北明珠"和"北地西湖"之誉。是著名的革命文化景点。在抗日战争时期，白洋淀成为抗日根据地，雁翎队利用有利地形，驱船为马、投苇当枪，神出鬼没出入莽莽芦荡，打击敌人，为抗日做出了巨大的贡献。白洋淀景区内有许多景点，如白洋淀雁翎队纪念馆、白洋淀荷花大观园、元妃荷园等。

　　白洋淀是河北第一大内陆湖，夏日里荷花盛开，景色宜人。白洋淀，犹如一幅泼墨的山水画，又好似一首委婉的诗词歌赋。它宁静湖面，泛着涟漪，清新可人，微风轻拂，婀娜多姿的杨柳随风摇摆，绽放新绿，勾勒出岁月的轮廓。白洋淀的芦苇，茂盛如绿色的海洋。它们排列成两排，夏天和秋天开花。芦苇的用途很多，杆可作造纸和人造棉、人造丝原料，也供织席、帘等作用。根状茎和芦苇的根可以入药，可以清胃火、除肺热。

白洋淀的湖水清澈，映照着天空和白云。白洋淀的美随着季节和气候的变化而变化。无论是春天的柳树，夏天的芦苇，秋天的湖水，冬天的雪景，都可以听风的轻语，看到水的流动，感受到大自然的温暖和自然的生命活力。白洋淀是一首诗，是一首歌，是闪耀河北大地上的璀璨明珠。

第九章　野三坡

野三坡风景名胜区，位于北京西部、河北省保定市涞水县境内，是中国北方著名的旅游胜地，也是国家 5A 级重点风景名胜区、世界地质公园、国家级风景名胜区、国家森林公园、国家生态旅游示范区、国家文化产业示范基地以及全国科普教育基地。野三坡位于"太行山脉和燕山山脉"两大山脉交会处。总面积498.5 平方公里，这里旅游资源丰富，如百里峡景区、拒马河景区、龙门天关景区、白草畔森林游览区、鱼谷洞、上天沟、印象野三坡等，是中国北方极为罕见的雄山、碧水、奇峡、怪泉、文物古迹、名树古禅集于一体的风景名胜区。

野三坡以"雄、险、奇、幽"的自然景观、古老的历史文物，被誉为天然的"世外桃源"。野三坡的风景异秀绝顶，嶂谷神奇，森林繁茂，风光旖旎，九瀑飞泻，集"泰山之雄、黄山之奇、华山之险"的奇特风光，带着古老的历史文化，浓郁的民族风情，隐藏在自然宠爱中，悠然自得。

野三坡的奇美景致，让人爱不释手，重峦叠嶂，沟壑纵横，带着野性原始的美，野三坡是一幅被时间雕琢的画卷。陡峭的山崖、深邃的峡谷、清澈的溪流，延绵的山脉，孕育出独特的文化和传统。这里的民间艺术和音乐，就是在山涧的号子、崖边的舞蹈、河流的吟唱中诞生的。

野三坡的历史可以追溯到远古的夏、商朝代。野三坡的历史长河中，英雄人物层出不穷。有的是英勇的战士，有的是智慧的先知，有的是民众领导者。这些故事是野三坡的历史印记，也是野三坡文化景观和历史传承的重要组成部分。野三坡是人与自然和谐共生的根基，在追求现代化发展的过程中，保护原有生态环境，创造出更丰富的文化延续，使野三坡焕发出更加炫目的光彩。

第十章　天桂山

天桂山风景区是一个山岳古刹型风景名胜区，位于河北省会石家庄市西北80公里处的平山县境内。景区由青龙观道院、玄武峰、万佛岩、翠屏山、银河洞、天桥山、白毛女艺术陈列馆等景区组成。天桂山主峰海拔1270米，总面积60平方公里。这里素有"皇家道院"之称、"北方桂林"之誉。2001年天桂山风景区获得国家4A级旅游区，2002年被国务院审定为国家重点风景名胜区，2003年被国家旅游局和共青团中央授予"全国青年文明号"单位。

天桂山风景区气候、地形、地貌也十分独特。最高峰黑狗尖海拔1426米，其次是杀九坨海拔1296米，天桂山主景区三清峰海拔1054米。河坊村险溢河谷地海拔最低处。冬天在沟头崖壁，还可以看到冰挂景观。河北天桂山风景区以险峻的山峰、古刹、道观、溪流、森林等自然景观著名，成为我国北方著名的山岳古刹型风景名胜区。境内奇峰突起，怪石林立，洞泉遍布，林繁花茂，云环雾绕，古刹众多，既有雄秀交融的天然风光，又有皇家园林的高贵气韵，更有道家仙山的庄严气势，是名副其实的"皇家道院"北方桂林，也是中国名山大川中一朵瑰丽的奇苑。有诗赞美天桂山风景："春光美，最美看春山。柳色坡头描浅绿，桃花岭上笑轻寒。翠鸟唱林间。千峰翠，野径树含烟。点点风吹飘绿雾，滴滴雨落挂晶帘。人在水云间。天桂忆，最忆是秋天。十里丹峰皆胜景，几泓碧水尽奇观。霜色醉群山。青龙观，负雪立山巅。碧竹青青吟玉宇，青松奕奕傲霜天。钟鼓响云端。"

天桂山历史文化深厚，到处可见皇家贵族的足迹，古老的建筑、古石刻、古树木等。天桂山有著名的历史人物、政治家、军事家、文学家、书法家魏武书写的诗歌，是中国文学史上的经典之作。天会桂山风景区是中国历史文化的宝贵遗产，也是自然风光的珍贵瑰宝。

第六篇　山西——乌金沙海

　　山西省,简称"晋",又称"三晋",是中华人民共和国省级行政区,省会太原市,位于中国华北, 东与河北省为邻, 西与陕西省相望, 南与河南省接壤, 北与内蒙古自治区毗连。地貌有山地、丘陵、高原、盆地、台地等, 山地、丘陵占80%。地势东北高西南低, 高原起伏不平, 河谷纵横。山西省是黄河、海河两大水系的分水岭, 属于自产外流型水系, 温带大陆性季风气候, 北纬34° 34'-4044', 东经110° 14'-114° 33'之间。面积约为15.67万平方千米, 下辖11个地级市, 市辖区26个、县级市11个、县80个。山西土地丰足、矿产资源丰富, 如煤炭、铁矿等;晋中盆地一直被称作华北"鱼米之乡"。"三晋文化"是秦晋文化区的历史代表。山西自然景观和历史文化遗迹深厚, 如雁门关、边靖楼、阿育王塔、杨家祠堂、赵果观等。山西传统工艺著名, 如澄泥砚、琉璃制品等。山西美食非常著名, 如刀削面、牛肉面、炒麻花、豆腐脑、油茶、太原头脑、忻州瓦酥、六味斋酱肉等。山西美食风味独特、誉满三晋、饮誉中华, 跻身于中国名吃行列。

第一章　太　原

　　太原市是山西省政治、经济、文化中心。位于中部地区的重要城市太原，是一座以能源和重化工为主的地级市，面积为 6988 平方千米。太原是拥有两千多年历史的古都，是国家历史文化名城。太原文化遗产资源丰富，如晋祠、白云寺、太山龙泉寺、宝莲寺、双塔寺、纯阳宫、晋窦大夫祠、阎氏故居、西吴北极宫、天龙山石窟、悬瓮山、永祚寺、晋商博物院等。太原也是中国重要工业能源基地之一，拥有许多知名企业，如山西焦煤集团、太原钢铁集团等。太原的迎泽公园是城市中心的一片绿洲，绿水、古树、鲜花、草地、熙攘的人群，互相衬托，点缀得迎泽公园繁花似锦。

　　太原拥有美丽的自然风光和人文景观，素有"锦绣太原城"的美誉。从古至今，许多文人墨客为太原留下不朽的诗篇。宋代周必大："翊戴南阳第一春，驰驱北伐太原津。"唐代杜牧："汉武惭夸朔方地，周宣休道太原师。"唐代鲍溶："岁久晋阳道，谁能向太原。"唐代吴少微："护赠单于使，休绍太原郭。"唐代王勃："粤自太原，播祖江滋。"这些诗篇都是太原历史文化遗产的象征，也是太原珍贵的人文宝藏。

第二章　恒　山

　　恒山位于山西省大同市浑源县，是中国五岳之一的北岳。恒山因地势险要，被誉为"绝塞名山"。沿着恒山古道，步步登高，绿树掩映，山花烂漫，百鸟歌唱，动物奔跑，好一幅山林写生图。到达恒山之巅，俯瞰群山连绵起伏，云海翻腾，让人心潮澎湃。恒山是道家、儒家、佛家三教的圣地。恒山历史悠久，人文底蕴丰富。攀登而来，到处可见庙宇和名胜古迹，如飞石窟、北岳殿、会仙台等。恒山的庙宇都是建设在十分险峻的地方，让人看了不禁感叹古人的智慧。来到了恒山主峰天峰岭，一场暴雨洗涤了北岳。雨后的山谷里乱云飞渡，山峦忽隐忽现，被一层薄纱雾影遮盖着不见天日。忽然，一阵疾风掠过，吹散了云雾，令人眼前一亮，山峰的美景尽收视野，耸立着的柱石峰，无根凌虚无底，巍峨矗立插向天宇。云层岚雾在阳光的照耀下纷纷消失在谷涯，群峰灿若镶金配玉，让人看了神魂迷离，好似到了太虚幻境。

　　恒山脚下的古建筑群，具有中国古代建筑的风格和特色。此外，恒山还有许多历史名人留下的诗词、碑刻和传说故事，让人们感受到恒山文化的博大精深。唐朝贾岛的《北岳庙》："天地有五岳，恒岳居其北。岩峦叠万重，诡怪浩难测。人来不敢入，祠宇白日黑。有时起霖雨，一洒天地德。神兮安在哉，永康我王国。"这首诗描绘了恒山的险峻和自然生态的敬畏之情。遗山先生元好问的《登恒山》："大茂维岳古帝孙，太朴未散真巧存。乾坤自有灵境在，奠位岂合他山尊。椒原旌旗白日跃，山界楼观苍烟屯。谁能借我两黄鹄，长袖一拂元都门。"这首诗都表达了恒山的自然风光和诗人心中高远的志向。

第三章　五台山

　　五台山是文殊菩萨的道场，是中国四大佛教名山之一、世界文化遗产，有着丰富的佛教文化和历史，也是中国唯一的青庙和黄庙交相辉映的佛教道场。五台拥有众多古刹和文化遗址。菩萨顶是五台山的一处标志性景点，菩萨顶上有关帝庙，殿内供奉着关公神像。塔院寺建于唐代，是五台山五大禅处之一，寺内有大白塔和钟楼等建筑。还有显通寺、殊像寺、罗睺寺、佛光寺都建于唐代，经过多次修葺，现存建筑多为明代遗物。五台山有着许多历史古迹，例如唐代壁画、唐代雕塑等。相传五台山受历代清朝廷供奉，因为顺治皇帝在五台山出家。所以五台山香火旺盛。据说五台山非常灵验，只要诚心膜拜，有求必应。文革时期，林彪下令炸毁五台山的五郎庙和金刚窟，两座寺庙被炸时，爆破的烟尘在天空形成

奇特的云雾，有人当场拍下照片，发现烟尘中赫然出现文殊菩萨的形象，这张照片现存于五台山大显通寺内的一间铜殿内，非常清晰，被视为文殊菩萨显灵的依据。从此以后，五台山成了文殊菩萨的道场，吸引众多虔诚的人们前来朝拜。这个故事展现了人们的宗教信仰，也体现了人们对和平向善的慈悲情怀。

第四章　雁门关

　　雁门关位于中国山西省忻州市代县以北约20公里处的雁门山中，是长城上的重要关隘，以"险"著称，被誉为"中华第一关"，有"天下九塞，雁门为首"之说。与宁武关、偏关合称为"外三关"。在历史上，大将李牧曾率军在雁门关抵御匈奴10万铁骑。汉代刘邦也曾率领军队出雁门关外，北上攻击匈奴。在东晋之时，北方混乱，北魏一统北方势力，随后迁都洛阳。在五代十国之时，后晋皇帝将大片土地割让给了契丹。到了北宋时期，雁门关战略地位变得更加重要，成了与辽国的分界线，因此有了杨家将的故事。雁门关，这座古老而雄伟的关隘，见证了数不清的历史故事和英勇传奇。雁门关，自古以来就是中原王朝抵御北方游牧民族南侵的重要屏障。这里的地势险要，重峦叠嶂，只有一条狭窄的通道可以穿越。

　　在雁门关的西侧，有一座名为"西陉关"的古关隘。这里曾是古代丝绸之路的重要通道，也是晋商发源地之一。在西陉关的南口，有一座古戏台，是当年杨家将在此演绎忠义传世的故事。唐代诗人李贺的《雁门太守行》："黑云压城城欲摧，甲光向日金鳞开。角声满天秋色里，塞上燕脂凝夜紫。半卷红旗临易水，霜重鼓寒声不起。报君黄金台上意，提携玉龙为君死。"该诗表达了将士们甘愿献出生命、精忠报国的忠君信念。

　　站在雁门关，思绪千万。这座古老沧桑的关隘，侵蚀印烙着朝代的更迭，民族兴衰的荣辱。它像一座巨人，屹立万年不倒，守护着国土家园。

第五章 杨忠武祠

杨忠武祠，俗称杨家祠堂，位于山西忻州代县城东北的鹿蹄涧村，是杨业后代为祭祀杨业夫妇暨杨氏后代英烈而建造的祠堂，距今有800多年历史，占12000平方米。祠堂对面楼台三间为祭台，上有"颂德楼"题匾，祠堂门前筑台阶24级，阶下有石狮一对蹲踞左右。祠门三间，每间前檐各悬金字巨匾一面，中书"奕世将略"，左书"一堂忠义"，右书"三晋良将"。门楣上立一盘龙蓝底大匾，上有宋太宗皇帝赐谥号"忠武祠"三个金字。祠门内高悬木匾一块，上面抄录了北宋皇帝关于杨家的诰敕十篇，有赠杨业太尉中书令一篇，加封杨延朗开国公誓券一篇，给杨延朗敕旨六篇，给杨宗保、杨文广敕书各一篇。

正殿五间，中额书"忠勋世美"。廊前双柱上有一副木刻金字楹联："丰功伟烈著边疆，勇冠千军称无敌；浩气英风留古塞，声威万代佩长城。"廊两厢还有元代以来石碑四通。正殿前檐悬匾一块，上书"敕建"二字。正殿内，正中一龛，塑杨业与佘太君像。看到塑像那种饱经风霜、老而弥坚的神态，不禁令人肃然起敬。左右两旁塑杨令公八子及宋、元、明历代杨氏功臣名将像共二十尊，无不气宇轩昂，姿容伟俊。

杨忠武祠是目前国内保存最完整的一座祠堂，这些珍贵文物和卷宗能得到完好地保存，主要是鹿蹄涧村半数以上生活者都是杨家后人。他们的生活信念保存杨家遗迹、遗物，让人们了解杨家祖先们在战场上铁骨铮铮的精神。鹿蹄涧村还有一轴十分珍贵的杨族史卷，这轴族史卷长2.7丈，宽1.3尺，以素绢为幅。卷轴中裱有黄绫御旨一幅，杨族历代武将名臣的传记四幅、画像五幅、赞词五幅，共计十五幅，并保存有杨家历代名臣武将的画像、传记、生平以及赞词。

第六章　云冈石窟

云冈石窟位于山西省阳泉市,是中国四大石窟之一、世界文化遗产。它以精湛的佛教石刻艺术工艺、丰富的历史文化内涵而闻名于世。进入云冈石窟,享受的是视觉震撼盛宴,数以千计的佛像在山壁上林立,形态各异,栩栩如生。高大的达数十米,小的只有几厘米,但每一尊都是倾注精工巧匠的心血作品。云冈石窟佛像造型优美,庄严肃穆,令人叹为观止。置身在云冈石窟中,有一种穿越千年的意念。石窟中呈现的是北魏时期的文化艺术,是皇家贵族祭祀先祖、祈求平安而修建。石窟内许多壁画和石刻,都描绘了当时社会生活、宗教信仰和战争场面。这些壁画和石刻不仅有艺术价值,也是沉淀的历史文化宝库。

在云冈石窟中,有一尊特殊的"胡人"形象佛像,是当时印度佛教传入中国后,与中国文化相互融合的杰作。这些佛像和壁画不仅展示了古代人们的信仰和智慧,也为揭示了古代不同民族和文化之间的交流与融合。云冈石窟体现了古代人的匠心,创造了佛教文化艺术的巅峰,开启了千年的历史之韵,为世人和世界留下了珍贵的佛教历史文化财富。

第七章　晋祠博物馆

晋祠博物馆位于山西省太原市晋源区,是国家 5A 级旅游景区、国家重点保护文物区。晋祠博物馆是集古代祭祀建筑、园林、雕塑、碑刻、古树名木,为一体的历史文化遗产。晋祠始建于北魏,为纪念周武王次子叔虞而建。这里殿宇、亭台、楼阁、古桥、古木参天,依山傍水,文物荟萃,是一座古建园林,被誉为山西的"小江南",也是国家少有的大型祠堂古典园林,建筑规模宏大,高大的殿堂、庄重的祭祀器皿，每一件物品都充满了历史的痕迹。在祭祀池边，聚集很多人，在谈评感叹历史的辉煌。晋祠博物馆里，每一件文物都凝结着古代人的智慧。陶器、铜器、玉器、书画、雕塑，无不体现古人的思想情怀和精湛的技艺。晋祠博物馆的历史是一部波澜壮阔的史诗，承载的是一段繁华昌盛的历史文化。

　　晋祠博物馆以圣母殿、侍女像、鱼沼飞梁、难老泉等景点是晋祠风景区的精华。祠内的周柏、难老泉、宋塑侍女像被誉为"晋祠三绝"。圣母殿前的鱼沼飞梁，建于北魏时期，距今已有1500多年的历史。鱼沼飞梁四周有勾栏围护可凭依。古人以圆者为池，方者为沼。因沼中原为晋水第二大源头石柱，柱顶架斗拱和枕梁，承托着十字形桥面，就是飞梁。东西桥面长15.5米，宽5米，高出流量甚或大，游鱼甚多，所以取名鱼沼。沼内立34根小八角形距离地面1.3米，东西向连接圣母殿与献殿。飞梁南北桥面的东南北桥面长18.8米，宽3.3米，两端下斜至岸边，与地面平。整个造型犹如展翅欲飞的大鸟，故称"飞梁"，造型生动，两侧幼狮嬉戏。这种十字形桥也是中国现存古桥梁中的孤例，有很高的历史价值、科学价值和艺术价值。晋祠博物馆以悠久的历史和丰富的文化遗产而驰名中外。

第八章　壶口瀑布

　　壶口瀑布位于山西临汾市，晋陕峡谷中黄龙山和吕梁山之间，离吉县25公里，是国家地质公园、国家重点风景名胜区、世界自然遗产、中国旅游胜地四十佳。壶口瀑布因形状酷似一把巨大的茶壶得名。壶口瀑布也是著名的黄河瀑布、中国第二大瀑布、世界上最大的黄色瀑布。壶口瀑布是唯一黄色大瀑布，号称"黄河奇观"。壶口瀑布的壮丽景观，集黄河峡谷、黄土高原、古塬村寨为一体，展现了黄河流域的自然景观和丰富的历史文化。

　　壶口瀑布，天水合一。瀑布飞流直下，撞击着壶壁，流水从壶口喷涌，泼洒着千万颗琥珀玛瑙似的水珠跌落黄河，掀起滚滚波涛，震撼人们的心灵。黄河水经九曲黄河自北流至吉县龙王山，浩瀚水面骤然收成一束，倾泻在高差30余米深的十里龙槽中，形似巨壶注水，故名壶口。壶口瀑布是一幅流动的画卷、一首

激昂的诗篇。奔腾的河水，犹如千军万马，以雷霆万钧之气势，带着嘶鸣的泥浆，豪情万丈地倾泻而下，如同巨龙出海，势不可挡。壶口瀑布，是大自然赋予人类的壮美景观，也是黄河神奇的力量源泉。

站在壶口瀑布观景台上，看着那黄色河水倒挂的瀑布，感叹大自然生生不息的神奇。壶口瀑布是黄河的咽喉，它是黄河文化几千年文明历史的丰碑。壶口瀑布四季各异，风景如画。春天山间，万物复苏，瀑布的水流也开始变得柔和。夏季雨水充沛，瀑布水量大增，显得激情跳跃壮观。秋天里，满山红叶，映托着瀑布温润谦和，平添了几分诗情画意。冬季的水流减少，但壶口瀑布依旧保持着旺盛的生命力，日夜川流不息地向前。

壶口景区的自然景观，雄厚壮观，独特唯一，任何景观都不可替代。因季节和水流变幻而形成"水底冒烟、旱地行船、霓虹戏水、山飞海立、晴空洒雨、旱天惊雷、冰峰倒挂、十里龙槽"八大奇观，是中华奇观的宝藏。电影《黄河绝恋》是一部反映革命年代的故事，在汹涌澎湃的壶口瀑布演绎了一曲壮烈的恋歌。该片是著名导演冯小宁 1999 年的电影作品。

第九章　平遥古城

平遥古城位于山西省中部平遥县内，是国家 5A 级旅游景区、世界文化遗产、中国汉族文化在明清时期城市的范例，是保存最为完好的四大古城之一，列入《世界遗产名录》。古城始建于西周宣王时期（公元前 827 年—公元前 782 年），西周大将尹吉甫曾驻军于此。春秋时属晋国，战国属赵国。秦置平陶县，汉置中都县，为宗亲代王的都城。北魏改名为平遥县。明朝初年，为防御外族南扰，始建城墙。洪武三年（1370 年）扩建。平遥古城是中国汉族文化展现的集锦和历史遗产，也是中国历史古城人文景观繁华的象征。它是山西的历史文化宝库，是中国古城历史文化的宝藏，也是中国发展历程中，政治、经济、文化、艺术发展的实物标本。

平遥，旧称古陶，北魏时（424 年）为避太武定讳改名平遥。明朝初年洪武、景泰、正德、嘉靖、隆庆、万历，各代修葺十次；更新城楼，增设炮台。康熙四十三年，皇帝西巡路经平遥，筑建了四面大城楼，使城池更加壮观。平遥城墙总周长 6163 米，墙高 12 米，面积约 2.25 平方公里。底宽 8—12 米，顶宽 3—6 米，城墙有垛口 3000 个、敌楼 71 个、魁星楼 1 个，象征孔子 3000 弟子 72 贤人。包砖夯土，6 道城门。主要大街 6 条，8 条小街，72 条小巷，纵横交织布局井然。平遥迥异隔两世界。城内街道、铺面、市楼保留明清风貌；城外称新城，是古代与现代建筑交相辉映。

平遥古城，形状像只巨大的"乌龟"，取长寿吉祥，金汤永固。南门为龟头，北门为龟尾，东西四门为龟四条腿，南门外侧有两口水井，像乌龟眼睛，城内街巷交叉如乌龟背。

平遥古城热闹非凡，街的两旁有日升昌票号，为"100 年中国票号博物馆"，是中国银行业的历史里程碑。清朝时，平遥经济繁荣，贸易发达，是票号的发祥地。为保障商人安全，产生了众多镖局，有协同庆票号、百川通票号、蔚盛长票号、蔚泰厚票、华北第一镖局、中国镖局、同兴镖局、东北镖局等。武术盛行广泛流传，有二十多种拳术，长拳，通臂拳、太极拳、八卦拳、八极拳、霸王拳等。

平遥还有古衙署、城隍庙、双林寺、清虚观等景观。平遥的建筑很有特色，古居大多是组合型，四水归堂结构、垂花门；砖雕、木雕、石雕、彩绘，用剪纸窗花装饰，美丽极了。平遥民间艺术丰富多彩，平遥古城最高建筑中心，楼上有"抛绣球相亲"的节目："男同胞，有福啦，背个媳妇回家吧。"不管哪里来到人都可以参加。据说当年慈禧南下逃难，路经此地看到"抛绣球相亲"觉得很有趣，一直延续至今。还有旱船、高跷、抬阁、龙灯、竹马、秧歌，有舞有唱，"四六句子"《观五京》《十盏灯》《王祥孝母》等。平遥特产丰富，如牛肉、槟干、长山药粉、推光漆器。最著名的是工艺精湛的佛教彩塑，保存了宋、元、明、清代的 2000 多尊雕塑。平遥风味小吃也很有特色，据说有 300 多种，如碗坨、牛肉面、刀削面、炸酱面等。

第十章　悬空寺

　　悬空寺位于山西省大同市浑源县恒山金龙峡西侧翠屏峰的峭壁间，是国家A4级旅游区、国家重点文物保护单位。"悬空寺，半天高，三根马尾空中吊"的俚语，以"如临深渊"的险峻著称。建成于1500年前北魏，是中国仅存的佛、道、儒三教合一的独特寺庙。悬空寺，原叫"玄空阁"，"玄"取自于中国道教教理，"空"则来源于佛教的教理，后改名为"悬空寺"，因为整座寺院犹如悬空挂在山崖上，因此得名。

　　悬空寺建于北魏太和十五年（公元491年），是国内现存唯一佛、道、儒三教合一的寺庙。历代都对悬空寺做过修缮，北魏王朝将道家的道坛从平城"大同"，南移到此，古代工匠根据道家"不闻鸡鸣犬吠之声"的建设要求，将悬空寺修建在恒山金龙峡西侧翠屏峰的悬崖峭壁间。整个寺院，面朝恒山、上载危岩、下临深谷、背岩依龛、寺门向南，以西为正，楼阁悬空、结构巧奇。悬空寺共有殿阁四十间，利用力学原理半插飞梁为基，巧借岩石暗托，梁柱上下一体，廊栏左右紧连，曲折出奇，虚实相生。寺内有铜、铁、石、泥佛像八十多尊，寺下岩石上"壮观"二字，是唐代大诗人李白亲笔所书。笔力遒劲，气势磅礴，令人叹为观止。明代旅人徐霞客感叹悬空寺为"天下巨观"。"蜃楼疑海上，鸟道没云中"。唐代李白的《夜宿山寺》："危楼高百尺，手可摘星辰，不敢高声语，恐惊天上人。"

　　悬空寺距地面高约60米，寺内共有殿阁40间，表面看上去支撑它们的是十几根碗口粗的木柱，其实木柱根本不受力。据说在悬空寺建成时，没木桩，人们看见悬空寺没有任何支撑，害怕走上去会掉下来。为了让人们放心，在寺底下安置了这些木柱，所以人们形容悬空寺三根马尾空中吊，有凌空欲飞之势。

　　悬空寺建筑构造颇具特色，多彩丰富，屋檐有单檐、重檐、三层檐。整体设计"奇、悬、巧"，布局立体在空间，山门、大殿、配殿等都设计得巧妙精致。悬空寺是恒山十八景"第一胜景"，是世界岌岌可危十大建筑。

第十一章　乔家大院

乔家大院是山西省著名的民居建筑之一，以其宏伟的建筑和深厚的历史文化底蕴而闻名。最初的乔家大院只是一个小农庄中一座简陋的房屋，由乔氏家族先祖建立。随着时间的推移，繁衍逐渐崛起，成了当地的名门望族。乔家大院繁荣始于清朝时期，以经营布匹、茶叶、药材等生意为主业，逐渐积累了财富，成为当时的商业巨子。便开始购置地产，大兴土木扩建房舍，瞬时一座座精美的建筑拔地而起，彰显了乔氏家族的繁荣和富贵。

在中国的近代史上，乔家大院经过历史的变迁，社会的动荡和战争的影响，遭受严重的破坏，许多精美的建筑被毁，珍贵的文物也丧失殆尽。经历了战争的洗礼后，乔家大院得以重建。大规模的修缮和扩建，使得这座古老的建筑焕发出新的生机。走进乔家大院，犹如走回时间隧道；古老的建筑、精美的雕刻，传统的国画，都记载着中国的历史文化和乔氏家族的兴衰。站在乔家大院的高处俯瞰，这座古老的建筑，经历了数百年的风雨，面带沧桑巍然屹立不倒，它是中国历史变迁和发展的见证，也中华民族文化遗产的传承。

第十二章　荀子故里

荀子故里位于山西省中南部，临汾市东北，太岳山东南麓，是国家级生态示范区，总面积1 967平方公里，是战国著名的思想家荀子的成长地。司马迁在《史记·孟子荀卿列传》中"荀卿、赵人"寥寥数语记载，说明荀子故里为河北邯郸。荀子（公元313—前238）名况，号卿，又称荀卿。荀子从小聪慧过人，过目不忘，学问深厚，10岁被誉为神童，长大后更是学识卓。但因相貌丑陋，周游列国，

无人赏识。直到 50 岁，齐襄王招纳贤士，发现荀子文笔出众，清致典雅，荀子被重用，从秀才晋升到中书侍郎。留一书叫《典言》。

荀子受齐王尊敬，被封为"列大夫"，当了齐国的顾问。朝中权贵不免眼红，到处说荀子的坏话。齐王听信谗言后，渐渐和荀子疏远。荀子 81 岁离开齐国去楚国，被楚君任"兰陵令"，遭人排挤被辞。荀子也 98 岁了，辞了官，写了 32 篇文章，这就是流传后世的儒家名著《荀子》。荀子劝学："青，取之于蓝，而青于蓝；冰，水为之，而寒于水。故不登高山，不知天之高也；不临深溪，不知地之厚也。"

第七篇 辽宁——冰雪天国

　　辽宁省，简称"辽"，是中华人民共和国的一个省级行政区，省会沈阳市。辽宁取辽河流域永远安宁之意得名，它位于东北地区的南部，南临黄海、渤海，西南与河北省接壤，西北与内蒙古自治区相邻，东北与吉林省相邻，东南以鸭绿江为界与朝鲜相邻。辽宁省地势大致为自北向南、自东西两侧向中部倾斜属于温带季风气候，总面积14.8万平方千米。东经118°53′至125°46′，北纬38°43′至43°26′之间。辽宁省历史悠久，夏商时期为幽州、营州之地，周时分封属燕国。春秋时期开始设郡、县，燕国置辽东、辽西两郡，秦置辽东、辽西、右北平三郡。公孙度时期置平州。东北沦陷时期，辽宁地区分为奉天、锦州、安东三省及关东州等。辽宁省是中国工业的摇篮，为中国贡献了"1000多个全国第一"，被誉为"共和国长子""辽老大"。辽宁省基础设施完善，是全国率先实现陆地县全部通高速的省份之一。下辖14个地级市。辽宁的自然景观十分秀美，重峦叠嶂、河流纵横、湖泊星罗棋布，田野广袤。辽宁名胜古迹，人文景观丰富，有沈阳故宫、金石滩本溪水洞、觉华岛、锦州市博物馆、东鸡冠山景区、红河谷漂流、仙浴湾度假区、月亮湖公园、棒棰岛、清凉山、凤凰山名胜区、大芦花景区、沈阳世博园等。辽宁拥有着独特的民间艺术，如评书、二人转等，都是民间文化的瑰宝。辽宁美食文化也很著名，如辽宁烧烤、辽宁炖菜等，都是美食中的精品。

第一章　沈　阳

　　沈阳是辽宁省省会城市，也是一座历史文化名城，素有"东方鲁尔"之称；是中国重要的工业、科技、文化和金融中心之一。沈阳的历史可以追溯到公元前3000年左右的青铜时代，自古以来就是中国东北地区的政治、文化、经济中心。沈阳保存了大量的历史遗迹和文化景观，如沈阳故宫、张氏帅府、北陵公园等。

　　沈阳的自然景观也很秀美，田野辽阔，山水秀丽。植物园、动物园、滑雪场、温泉等都尽展自然风光之美。沈阳是一座充满着魅力的城市，这里有着厚重的历史文化，丰富多彩的自然景观和美食文化。如辽宁菜味道醇厚、烧烤和炖菜等，沈阳的糕点和糖果也十分出名，如油茶面、糯米烧卖等，都是人们必尝的特色小吃。

第一节　沈阳故宫

　　沈阳故宫是中国现存最完整的古代宫殿建筑群之一，又称盛京皇宫，位于辽宁省沈阳市沈河区，为清朝初期的皇宫。它始建于清太祖天命十年，占地面积63272平方米。沈阳故宫不仅是中国仅存的两大皇家宫殿建筑群之一，也是中国关外唯一的一座皇家建筑群。清朝迁都北京后，沈阳故宫被称作"陪都宫殿"、"留都宫殿"。沈阳故宫按照建筑布局和建造先后，可以分为三个部分：东路、中路和西路。东路包括努尔哈赤时期建造的大政殿与十王亭，是皇帝举行大典和八旗大臣办公的地方。中路为清太宗时期续建，是皇帝进行政治活动和后妃居住的场所。西路则是清朝皇帝东巡盛京时，读书看戏和存放书籍的地方。

　　沈阳故宫是在明王朝走向衰弱，满族不断崛起的历史背景下创建的。16世纪末至17世纪初，发祥于中国东北长白山林的建州女真人，在努尔哈赤的领导下，经过36年的征战，完成了女真的统一大业。努尔哈赤在女真人原有狩猎组织牛录的基础上，创建了八旗制度，规定每300人设一牛录额真（佐领），五牛录设一甲喇额真（参领），五甲喇设一固山额真（都统），是为一旗，共有正黄、正白、正红、正蓝、镶黄、镶白、镶红、镶蓝八旗。全民入旗，以旗统军、以旗统民，将女真社会的政治、军事、经济、行政、司法等融为一体，使原分散的女真各部变为一个组织严密、生机勃勃的社会机体，为满族登上历史舞台做好了一切准备。沈阳故宫展示的不仅是清朝早期宫廷风貌，也是中国历史的重要见证。

第二节　"九·一八"历史博物馆

"九·一八"历史博物馆位于辽宁省沈阳市大东区望花南街 46 号。是国内外唯一反映"九·一八"事变的博物馆。始建于 1991 年"九·一八"事变 60 周年。1999 年 9 月 18 日正式落成开馆，由江泽民为馆题名。占地面积 35000 平方米，建筑面积 12600 平方米，开放面积 9180 平方米，展线长 510 米。博物馆共设有 7 个展厅，展览照片 800 余幅，实物 300 余件，文献、档案资料近 100 件，大小型场景 19 组，雕塑 4 尊，油画、国画等 20 余幅，电脑触摸屏 14 台、大屏幕电视录像机 2 台。配备有分区广播、影视报告厅、电子阅览室、多媒体电脑国际互联网等设。"九·一八"历史博物馆是国家级爱国主义教育基地、国家 4A 级旅游景区、国家一级博物馆、辽宁省对台交流基地。

"九·一八"历史博物馆有三个特殊的景观，纪念碑、残历碑、炸弹碑。它以独特的艺术造型记录着"九·一八"事变的发生过程，那个永难忘记的悲愤日子，以及国人"勿忘国耻、振兴中华"深邃的思想。博物馆正式落成开馆以来，接待了数以万计的人们前来参观。国民党荣誉主席连战参观"九·一八"历史博物馆时留言："收拾历史的凛凛风寒，翼护河山的涓涓春暖"。台湾亲民党主席宋楚瑜参观时留言"勿忘国耻，庄敬自强"。台湾新党主席郁慕明参观时留言"敬向所有抗日军民敬礼"。张学良将军妹妹张怀敏携丈夫、儿子参观了博物馆,并留言"勿忘国耻"。日本首相桥本龙太郎参观"九·一八"历史博物馆，在残历碑前写下"以和为贵"四个字。日本驻华特命全权大使宫本雄二留言"和为贵"。2000 年 9 月 18 日，曾在抚顺战犯管理所服刑的 20 名日本战犯，在"九·一八"历史博物馆残历碑前虔诚地低下头，默默地向死难的烈士们谢罪，部分战犯长跪不起，向中国人民谢罪。2000 年 9 月 24 日，12 位日本遗孤，他们都是抗战期间的日军遗孤，在东北抚养大，专程从日本来到沈阳，拜谒了安置在"九·一八"历史博物馆的养父母碑，感恩缅怀中国养父母的养育之情。"九·一八"历史博物馆是历史长

河的纪念碑，"九·一八"警钟长鸣。

第二章　本溪水洞

　　本溪水洞景区，位于辽宁省本溪市小市镇谢家崴子村。是国家5A级旅游景区，也是世界第一长地下水溶洞，被誉为"北国一宝"、"亚洲一流"、"世界罕见"、"天下奇观"。本溪水洞分水、旱两洞。水洞深邃宽阔，一条蜿蜒5800米的地下长河贯穿全洞，有九曲银河之称。已开放的2800米中有三峡、七宫、九湾等，步步是景，处处惊奇。洞内水流终年不竭，平均水深1.5米，最深处7米。"源头天地"、"玉女宫"等500米暗河景观别有天地，洞内常年保持10℃的恒温，四季如春，景象奇特，绚丽雄伟。

　　本溪水洞座南朝北，洞口高16米，宽25米，呈半月形状，上端刻有薄一波手书"本溪水洞"四个大字。进洞口是一座高宽达20多米，气势磅礴，可容纳千人的"迎客厅"。洞内岩壁钟乳石，呈现各种惟妙惟肖的物象，宛若龙宫水景，洞尽头是一泓清潭，洁净如镜，深不见底，水气袭人，凄神寒骨。

　　本溪水洞，在5亿7千万年前曾是一片汪洋大海。由于水动力的淘洗和磨浊下沉，长时间沉积形成了不同类型的生物碳酸盐和化碳酸盐。本溪水洞的石灰岩就是在奥陶系下统亮山组和中统马家沟组时，经过岩化作用发育而成。后来由于地壳运动，海水退去，这里便缓慢升为陆地，石灰岩在地质运动中受到外力作用不断溶蚀，日积月累，经过亿万年的演变，逐渐形成水洞。本溪水洞景区由：水洞、温泉寺、汤沟、关门山、铁刹山、庙后山6个景区组成。沿太子河呈带状分布，总面积44.72平方公里。集山、水、洞、泉、湖、古人类文化遗址于一体。洞中流水终年不竭，清澈见底，洞内四周岩壁钟乳石，千姿百态，温泉水摄氏44℃。庙后山古文化遗址，是中国东北地区旧石器时代早期洞穴遗址，对研究辽东古人类分布、古代地理有重要价值。大厅正面，是通往水洞的码头，千余平方米的水面，宛如幽静别致的"港湾"，灯光迷离，水中游船、洞中石景倒映水中，如梦如幻，仿佛进入仙境。从护岸石阶而下，通过长廊行至码头上船，码头规模很大，同时可停泊 40 艘游船。泛舟畅游水洞，沿途观赏水洞的宽大深遂、飞瀑美景，可谓："钟乳奇峰景万千，轻舟碧水诗画间，钟秀只应仙界有，人间独此一洞天"。洞中迂回曲折，飞泉迎客、宝瓶口、海潮、宝莲灯、群猴、福寿星、玉米塔、宝鼎、仙丹石、龙角岩、剑群、麒麟岩、瀑布、独角犀、春笋、垂幕、三塔、斜塔、玉象、倚天长剑、孔雀岩、雪山等奇景，形象逼真，栩栩如生。特别是玉米塔、玉象、雪山三景，更是名副其实，以假乱真。银河两岸钟乳林立，石笋如画，形态各异，光怪离奇，洞顶空窿钟乳高悬，晶莹斑斓，神貌盎然，景点多达 100 余处，各具特色，让人目不暇接。

旱洞长 300 米，洞内怪石嶙峋，起伏多变，洞穴高低错落，洞中有洞，曲折迷离，各有洞天，有古井、龙潭、百步池等。洞外盘缘山腰的古式回廊，别具风韵，人工湖、水榭亭台，使水洞内外景观相得益彰，在灯光的照耀下，五彩斑斓，美轮美奂，犹如置身一个神话世界。暗河长达 3000 米，人们乘船游览，有一种不仅欣赏大自然雕琢的奇妙景致，而是探索宇宙的神秘感。水洞周边还有呐喊喷泉、高空飞翼、东北第一玻璃桥等景观，为人们平添了动心的体验。

第三章　大　连

大连是一座美丽的海滨城市，拥有着得天独厚的地理位置和丰富的自然与人文资源。大连的自然风光秀丽宜人，绵延的海岸线，宽阔的沙滩，碧波荡漾的海水，都让人流连忘返，是个消暑避热的胜地。冬季的大连，一年一度的冰雪节，让人们尽享童话世界里冰雪水晶梦幻的情趣。大连拥有着丰富的文化资源和悠久历史资源。俄罗斯风情街和德国风情街，可以体验异国文化，欣赏异国建筑的艺术。大连的老虎滩海洋公园，可以观赏到各种奇妙的海洋生物和极地动物。由海蚀地貌组成的金石滩，被誉为"神力雕塑公园"，很值得一看。大连的圣亚海洋世界是中国最大的海洋公园之一，拥有各种海洋生物和极地动物。大连森林动物园，可以近距离观察到大熊猫、袋鼠等动物。星海公园是亚洲最大的城市广场之一，可以欣赏到大连的海景和城市景观。大连的棒棰岛是欣赏到海岛风光和历史

遗迹最佳地方，需要户外活动的人可以去大连冰峪沟旅游度假区。总之，大连可观光的地方很多，大连的风景区还有白云山、傅家庄公园等。

第一节　棒棰岛

棒棰岛风景区位于大连市金州区，距离市中心约 10 公里。这里有着美丽的海滩、清澈的海水、奇特的海蚀地貌和丰富的海洋生态，礁石、古树和独特的文化旅游资源而闻名。棒棰岛，形似一个棒槌，其名来自一个神话故事。相传很久以前，离海岸不远的地方，有一个无名小岛，住着一位勤劳美丽的少女，她把小岛装饰得像花园一样秀丽。据说少女有一种神奇的力量，能用海水洗去尘世的烦恼。有一天，一位邪恶的海妖企图霸占小岛，兴风作浪，掀起阵阵巨浪，淹没小岛和岸边民居。一位名叫海娃的青年渔夫见义勇为，帮助少女驱逐海妖，经过一番斗争，海娃和少女成功地击败了海妖，保住了小岛。他们两人又帮助岸上的民居，修复被海妖毁坏的房屋。从此两人便幸福地生活在岛上，相亲相爱。但好景不长，原来少女是天上的棒槌仙子，私自下凡和海娃成婚犯了天条，被天庭捉拿回去，分离时仙子把一个小棒槌送给海娃，说：海水不干，爱念不断。并告诉海娃小棒槌是个法器，如果海妖再来侵犯，可以拿出小棒槌保护小岛和岸上的居民平安。果然，海妖得知仙子被捉拿回天庭，再次来侵犯，海娃拿出小棒槌打向海妖，顷刻间小棒槌变成巨大的石棒槌，把海妖压在了海底形成一个棒槌式的岛屿，这就棒槌岛永恒的传说。

身临棒棰岛，人们会被岛上的美景所震撼，绿树遮天，鲜花盛开，鸟语花香，海风阵阵。碧澄辽阔的海疆上，成群的海鸟在翱翔，海浪层层涌进，拍打着岸边的礁石，发出涛声轰鸣的悠扬。在棒棰岛眺望大连城市，高楼大厦与蔚蓝的海岸线连成一体，构成了一幅美丽的图画。据说，棒棰岛是唐代诗仙李白因"霓裳曲""借问汉宫谁得似？可怜飞燕倚新妆。"影射杨贵妃是殇国辱权的红颜祸水赵飞燕，得罪了唐玄宗李隆基，被发配流放的地方。棒棰岛不仅有美丽的传说和厚重的历史和文化，也是大连的象征之一、城市的明信片。

第二节　金石滩

金石滩位于辽宁大连市，是国家 5A 级风景名胜区、国务院批准成立的第一批国家级旅游度假区之一，被世界地质学界称为"凝固的动物世界""天然地质博物馆""神力雕塑的公园"，是集锦了低山丘陵、海蚀地貌、海滨风光等一体的自然景观。金石滩海岸线延绵 30 多公里，陆地面积 62 平方公里，具有 3—9 亿年的地质奇观，岩石散落蜿蜒 13 华里，东西半岛之间腹地开阔，组成了天然海水浴场。这里是滨海度假、体育休闲、商务娱乐、游览观光、地质考察等最佳选择的地方。

金石滩的旅游资源丰富，这里云集滨海国家地质公园、大连金石蜡像馆、生命奥秘博物馆、石文化博览园、毛泽东历史珍藏馆、球幕体验馆、奇幻艺术体验馆、金石缘公园、中华武馆、狩猎场、十里黄金海岸、大连模特艺术学校、影视艺术中心、金湾高尔夫俱乐部、万福鼎公园、滨海国家地质公园、金石发现王国主题公园等景区。

金石滩三面环海，四季分明，冬无严寒，夏无酷暑，海域不淤不冻，属暖温带半湿润气候，有"东北小江南"的美誉。"灵石奇宝"艺术馆，石文化博览园，建筑面积 3000 平方米，分为"天、地、人、和"四大主题展区。在天地方圆，万物灵秀中，展现了金滩海的石文化、石界名品、禅意奇石、特色奇石等，具有奇石交易、品鉴、收藏、科研、文化交流等功能。从远古到现代，演绎着奇石文化的精髓。这里是保存地球"亿万年记忆"的资料库。

金石滩东部奇石景区，海蚀地貌随处可见，有近百处景点。沉积岩石、古生物化石、海蚀崖、海蚀洞，海石柱、石林、龟裂石等，龟裂石被称为"天下第一奇石"。世界地质学权威、美国的克劳德教授参观后曾说，"世界之大，最美的龟裂石，在中国大连的金石滩"。沉积岩标本，形成于 6 亿年前的震旦纪，是世界上目前发现最大、结构显露最清晰的绝景，形态犹如观音石像、炎黄子孙、层岩叠彩、大象吸水、猛虎扑食、恐龙吞海等。人和动物造型石头共有三百多种矗立在海岸沿线，惟妙惟肖、栩栩如生，逼真极了。这里被世界地质学界称"天然地质陈列馆"。玫瑰园景区有石猴观海、猛虎回头、群鲸登陆、哮天犬等。龙宫奇景有，恐龙探海、九龙画壁、将军石、相亲石、贝多芬头像等。南秀园除龟裂石外，还有大鹏展翅、刺猬觅食、仙人巨肘、枯木逢春、骆驼卧海。鳌滩景区有海龟上

岸、神龟寻子等。海蚀洞龙宫，原是大海地壳变迁，形成了海蚀，进入海蚀溶洞中大约有20米高，涨潮可行船，退潮可徒步。这里洞中有洞，洞洞相通。岩壁纹理扭曲、缠绕着极像九龙壁。还有龙王鼎、龙王床、龙宫钟楼等。

金石滩长达13华里的海岸线上，怪石林立，各种海蚀岸、海蚀洞、海蚀柱被大自然雕琢得千姿百态，地质地貌、沉积岩石、古生物化石形成了玫瑰园、金石园、恐龙园、南秀园、鳌滩等。这些天然景色，诞生于6–9亿年前震旦纪、寒武纪。金石滩堪称"奇石的园林"，植物繁茂、礁石林立、怪石众多、山海相间、景色秀美。跨越7亿年前海藻植物化石、堆积形成大片粉红色的礁石，好似巨大的花朵、盛开的"玫瑰园"。数百块高达数丈金碧辉煌的石头，奇景怪石巧妙组成了金石园。它们陪衬着蓝天碧海，绿波海水，潮起潮落，像永不凋零的花儿，鲜艳耀目，但又与世无争，甘愿千万年就这样，寂寞孤独地守着辽阔的海疆，这就是金石滩风景的魅力。

第四章　千　山

千山，古称积翠山，位于辽宁省鞍山市铁东区东南17公里处，总面积125平方公里。是国家5A级旅游景区、国家级风景名胜区、全国十大文明风景区。千山是长白山余脉，素有"东北明珠"之称，以峰秀、石峭、谷幽、庙古、佛高、松奇、花盛而著称，是著名的旅游胜地。千山风景区由999座山峰、状似莲花的奇峰组成，最高峰仙人台海拔708.5米。远望若青莲接天，故又称千朵莲花山，简称千山。这里自然风光秀丽，山峰陡峭，是道教主流全真派圣地。千山风景壮丽，山峰高耸入云，每一座山峰都有独特的形状和魅力。溪流清澈见底，潺潺流淌，带给人们异常清凉舒爽。神奇的洞穴、奇特的岩石和钟乳石，让人们惊叹大自然赋予的神奇巧功。茂密的森林，各种树木和植物，绿意盎然生机勃勃，给人们传递着一种生命的能力。瀑布千丈倾泻而下，飞溅起万朵水花，撒在人们的脸颊上，非常舒适温润。千山，莲花千千，朵朵纯洁清净，是神仙的家园，洗涤心灵的圣地。千山的美，是圣洁的美。千山的魅力，是神魂相交的寄托。千山是永恒的诗篇、亘古不朽的画卷。千山是大自然馈赠给人类的礼赞，镌刻在人们心中的奇遇。

第五章　笔架山

　　笔架山是道教圣地，山海奇观，位于辽宁省西部，面对渤海，毗邻锦州港，在锦州经济技术开发区内。是坐落在中国辽宁省锦州市的山峰，笔架山因山有三峰，二低一高，形如笔架，被人们称为笔架山。笔架山风景区主要景点，大致分为岛上游览、海上观光、岸边娱乐、沙滩海浴、度假修养五个区域。自然景点密集，有马鞍桥、一线天、神龟出海、石猴洄渡、虎陷洞、梦兰湾等。总面积8平方公里，其中陆地面积4.72平方公里，海域面积3.28平方公里。这里山水秀丽，环境优美，物产资源丰富，生活服务设施配套，交通便利。

　　从海岸到笔架山岛有一条长长的卵石通道，神奇的是这条路是随着潮汐而形成的水中天路，它象一条蛟龙在潮涨潮落中若隐若现，把海岸和山岛连在一起，只有潮落时方可通过，每当潮退之后，山与海岸之间便呈现出一条30余米宽，2公里长的路，可通车马，人称"天桥"，简直就是人间奇观，堪称"天下一绝"。

　　笔架山悬崖陡峭，奇峰林立，自然风光迷人。人文景观，自下而上建有山门、真人观、吕祖亭、太阳殿、雷公祠、电母祠、五母宫、方丈院、三清阁等众多道教庙宇及点缀，其中以主峰之上的三清阁最为精美，阁共6层，通高26.2米，为纯一色花岩石仿木结构建筑，石墙、石廊、石门、石窗、石龛和石梯组成，八角攒尖顶，飞檐翘角，门神壁画，也全都是用石头刻成。殿宇、阁楼的位置、布局和装饰，设计巧，组合精，在对称中有变化，分散中相连接，堪称楼阁建筑之上乘，尤其是石门的雕刻，刀工细腻，纹质逼真，开合自如。整个建筑既有传统的艺术风格，又吸收了西方古建筑之特点，内奉汉白玉石雕道教造像37尊，各高2米以上，雕工精美，神态各异，独具风格。阁中现存大小汉白玉石佛43尊，三清阁是供奉道家、儒家、佛家，为三教合一的寺庙。

第六章　兴城古城

  兴城古城，位于辽宁省葫芦岛市兴城市老城区中心，是一座明代卫城，城墙南北长 821 米，东西宽 816 米，周长 3247 米，占地面积 700520 平方米，是国家重点文物保护单位，4A 级风景区，中国十佳古城。兴城古城与西安古城、荆州古城、山西平遥古城，被列为中国迄今保留最完整的四座明代古城之一。兴城古城分东、南、西、北四条主街，每条主街内历史建筑林立。城墙内，特意设立了明代一条街，两侧共计 120 余家店铺，整体都保留着明清时期的建筑格局。走进古城，就像穿越到了明朝，古老的城墙高耸入云，古色古香的石坊和文庙诉说着古城的历史变迁。

  兴城古城是古代兵家必争之地和军事要塞，始建于明宣德三年（1428 年），由镇守辽东总兵官巫凯、都御史包怀德及奏请朝廷修筑，宣德五年（1430 年）竣工，时称宁远卫城。是明朝关外防御体系中集卫城、所城、堡城、驿城、烽台、海防、海岛、屯田、屯粮于一体的重要军事重镇。清代重修后，改称宁远州城。古城大致呈正方形，四面正中均设有城门，门外有半圆形瓮城，城墙四角高筑炮台，用于架设红夷大炮。古城内正中央有一座钟鼓楼，东南角建有魁星楼，蓟辽都师府位于古城西门内，古城原分内城和外城，历经近 600 年风雨侵蚀，外城已不复存在，内城经历代维修基本保持原貌。古城内不仅有钟鼓楼、祖氏石坊、兴城文庙、蓟辽督师府、将军府等历史古迹，还成为《三进山城》《远东阴谋》《平原游击队》《济南战役》《荒唐王爷》《老大的幸福》等影视剧的取景地。

  兴城古城墙高 8.8 米，周长 3200 米，四面正中皆有城门，东春和、南延辉、西永宁、北威远。城门外有半圆形瓮城，城墙基砌青色条石，外砌大块青砖，内垒巨型块石，中间夹夯黄土，城上各有两层楼阁、围廊式箭楼，分别各有坡形砌登道，分外城和内城。当年明清宁远之役，清太祖努尔哈赤就是被兴城古城红夷大炮击中，身负重伤，回盛京之后不久身亡。城内东、西、南、北大街十字相交，钟鼓楼坐阵古城正中，凌空飞架，雄伟壮观，与四座城门箭楼遥相乎应。

兴城古城内还有国家重点文物保护单位兴城文庙、它是东北三省保存最古老的一座文庙，占地 16800 平方米，内有状元门、状元桥、大成殿、论语墙、圣迹图等，还有植物奇观古柏育桐、卧桐成林。庙里有孔子像、论语碑墙、供奉先贤 79 位，先儒 63 位等。古城内南大街（延辉街）矗立着两座雄伟壮观的石坊，是明朝末代皇帝朱由检为表彰当时镇守辽西的大将祖大寿、祖大乐兄弟卫明抗清的功劳，为他们建立的旌功牌坊。这两座石坊为全国重点文物保护单位。南坊距南门 108 米，北坊距鼓楼 194 米，两坊相距 85 米，均为岩石料雕琢而成，造型都是仿木结构牌坊，四柱三间五楼式，单檐庑殿顶。

第七章　凤凰山

凤凰山，古称龙山，位于辽宁省朝阳市，是国家 4A 级景区、国家级森林公园。最高峰海拔 660 米，占地 183 平方公里。拥有"泰山之雄伟，华山之险峻，庐山之幽静，黄山之奇特，峨眉之秀美"的自然风光。素以"雄伟险峻，泉洞清幽，花木奇异，四季景丽"闻世。凤凰山丘陵延绵，峰峦叠嶂，林木茂密，谷狭壑险，群山横黛，有着"苍龙游云，怪兽卧岭"奇特险峻的风景，秀佳天下。凤凰山一年四季风景如画，春季万物萌动，郁郁葱葱；夏季百花争艳，姹紫嫣红：秋季红叶满山，五彩缤纷；冬季银装素裹，白雪皑皑。凤凰山终年云雾缭绕，仙气笼罩，溪水潺潺，芳草满山遍野。它是一方远离红尘、幽雅安宁的净土，卓绝瑰丽的风姿，人世间罕见。

凤凰山原名叫三燕山，唐贞观年间，太宗李世民游览此山，看到有凤凰飞来落在宝塔上礼拜佛祖，太宗大悦,遂赐名"凤凰山"。因皇帝赐名，有人也叫它龙山。辽金时期凤凰山享有盛誉。据《晋书》及《十六国春秋辑补》记载，晋咸康七年（341年），燕王慕容皝建都龙城，位置在柳北龙西福德之地。1660 年，燕王慕容皝修建了凤凰山龙翔佛寺，为东北佛教第一寺。龙翔佛寺高僧释昙无竭率 25 人赴天竺取经，成功求得《观世音菩萨授记经》，成为中国历史上最早西行求法僧人之一，早于唐玄奘 207 年。凤凰山也因此成为东北佛教的"祖庭"。隋朝时期，据《资

治通鉴》记载，文帝十六年（596年）隋文帝曾诏命于营州，为龙山立祠。唐朝时期，凤凰山步入了第一个兴盛平稳发展阶段。宋辽时期，凤凰山再度兴旺。凌霄塔、摩云塔、大宝塔均建立起来，同时兴建了华严寺、天庆寺、观音洞、观音堂，刻玉石观音诗碑，大兴土木，盛极一时。此时又叫龙山。清朝乾隆皇帝游此山，按《诗经》中的"凤凰鸣矣，于彼高岗；梧桐生矣，于彼朝阳"的诗句，把此山又改名凤凰山，按"凤鸣朝阳"之意，把龙城改名朝阳。至今乾隆皇帝御笔诗《过朝阳县》还在流传。

凤凰山是辽西的名山，凤凰山古文化遗址27处，文物景点18处，最多的还是佛教建筑。凤凰山的凤凰山经三燕、隋、辽、清等历代累建，形成了一龛（凤凰山瘗窟－摩崖佛龛），两洞（卧佛古洞、倒坐观音洞），三塔（凌霄塔、摩云塔、大宝塔），四寺（延寿寺、天庆寺、云接寺、华严寺）；降香十八盘、海昌墓塔、圣水古井等佛教建筑群落。山门牌楼、九凤壁、日月亭、梦溪亭、风雨亭、女神像、露天观音等一批景观建筑。古刹林立，晨钟暮鼓见1600多年的佛教文化传承，千年佛指柏、菩提树，已经有500多年树龄。凤凰山供奉着释迦牟尼佛和燃灯古佛，两佛真身舍利，也是世界上首次发现，两佛舍利共驻一山。

第八章　大芦花

大芦花风景区位于辽宁省北镇市鲍家乡桃园村境内，占地5.4平方公里，以山势险峻，石耸峰峭，闻名于世。大芦花主峰海拔630.1米，整个山峰如同一块巨大的灵石直插云霄，气势磅礴，雄伟壮观。据考古，两亿多年前，大芦花曾是一望无际的汪洋大海，由于地球板块运动，亚洲板块抬高，形成了峰山，留下漫山遍野芦苇。大芦花历史文化悠久，它跨越了唐、宋、辽、金、元、明、清七个朝代。景区有古刹八座，云岩寺、圆通宝殿、灵岩寺、关帝庙、药王庙、南天寺等。人文景观26处，自然景观16处，分4个景区，有平顶山景区、南山景区、十八盘景区、芦花景区。大芦花自然景观和人文景观，星罗棋布，相互交融，奇美无比，还有著名的阊山大峡谷、奇巅平顶山、三星对语石等景观。

每到深秋季节，芦花漫天飞舞，特殊的景色，异常美丽。大芦花坐落闾山中南部，山势险峻，石耸峰峭，有着得天独厚的自然环境，森林植物茂盛，山脉拥有东北亚最大的黑油松林，空气中负氧离子丰富，被誉为"空气维生素"。大芦花一年四季美景常胜，春季树碧花红，千峰竞秀，风光怡人；夏季古树遮天，绿芦满山，清新瑰丽；秋季芦花飘舞，山泉涌溢，幽静深邃；冬季洁白无垠，玉树琼枝，晶莹别透。大芦花具有塞北名山的冷峻粗犷，也有江南秀岭的温婉细腻。山涧的芦苇丛中，溪水潺潺，深潭飞瀑，花香遍地，动植物品类繁多；更有奇观闾山不冻奇泉流于山涧；自然迎宾石、听泉石、福禄寿三星的三星对语石、鹰嘴石、药王石、芦花湖呐喊喷泉、芦花古洞、十八神松、仙人过桥等，每个景点都有一段超凡的传说。

大芦花历史上曾几度遭劫，大革命冲击、日寇飞机轰炸、文革时期被毁严重。直到2004年10月国家投入巨资，恢复大芦花古遗址，景区正式对开放。现在已经成为国家级旅游度假区、国家全域旅游示范区。

第九章　红海滩

红海滩位于辽宁省盘锦市大洼区赵圈河镇境内。总面积20余万亩，是国家5A级景区。红海滩的特色，以湿地资源为依托，以芦苇荡为背景，碧波浩渺的苇海，一望无际的浅海滩涂，火红的碱蓬草，形成了自然环境与人文景观结合的绿色生态链，被喻为"红色春天"的自然景观。红海滩著名景点有爱情宣言廊、情人岛、廊桥爱梦、稻梦空间、向海同心、岁月小栈、踏霞漫步、小岛闲情、卧龙湖码头、依水云舟等。

红海滩以壮观的红色碱蓬草景观而闻名。红海滩的美丽，是深沉炽热的红与碧绿的海水在蔚蓝的天空下，形成一幅动人心魄的壮丽画卷。红海滩以自然的壮美与生命的律动，谱写着碱蓬草的诗篇，它以自己独特的红色装点了这片海滩。在海风吹拂下摇曳的碱蓬草，如同燃烧的火焰，在海滩上热烈地舞动奔放，它是生命的赞歌、大地的生机活力。

碱蓬草像变色龙一样，会随着季节而变换色彩，从初春的嫩绿到深秋的鲜红，随着时间的流转生命的更迭，千万年不停地循环往复。红海滩也是候鸟的天堂，每当秋天来临，数以万计的候鸟会在这里栖息和觅食。红海滩的美不仅只有自然风光，还有生命的守候、信息的传递、情感的寄托。在这里，人们可以寻觅到一种心灵上的慰藉。

第十章　绿江村

绿江村位于辽宁省丹东市宽甸满族自治县振江镇，与吉林接壤，与朝鲜仅一江之隔，绿江村距宽甸县城130公里，距集安110公里，距桓仁110公里左右，是两国、两省、两江、三县的交汇处。鸭绿江水与浑江水在这里犹如二龙聚首，形成了独特的山水相依的自然风光。鸭绿村为国家重点风景名胜区，被誉为"东北香格里拉""辽东第一村""天然氧吧"。这里有着原始生态和淳朴民俗风情，环境优越、人文荟萃、景色旎旖、驰名中外。鸭绿村的风景线，由绿江、水丰、太平湾、虎山、大桥、江口六大景区，100多个景点组成，其地理位置独特，一览两国风光，凭吊历史遗迹，兼容度假休养、科学考察、异国旅游于一体的河川风景名胜区。

绿江村有14个居民组，550多户农民居住，有2000多人口，百分之60的农户以打渔为生，主要有汉、满、鲜三个民族构成。这里青山绿水，风景灵秀，空气清新，山峦壮丽，两岸风光无限。国务院授予无污染区，绿江水可以直接饮用，是生态旅游的特点。自驾旅游，"车在路上行，人在画中游"风景优美，引人入胜。绿江村地方不大，但五脏俱全。有观日出的地方，也有赏日落的地方，有渔火，也有云海……不同的季节，不一样的景色，随着季节变换。春天，油菜花金黄灿烂，漫山遍野，夏天，江水清澈见底，绿树成荫，秋天，枫叶如火，五彩斑斓，冬天，白雪皑皑，银装素裹。无论哪个季节来到绿江村，都能感受到大自然恩赐给予的美好祥和。

绿江村每年在江水消退，冰雪消融时，江面上便露出片片岛屿，农民在岛屿上种植农作物，如：小麦、油菜、土豆等，这些农作物随着江水来潮的早迟而定产量。如果江水来得早，可能就白辛苦了，江水来的晚，就会有丰收的喜悦。岛屿上的土质肥沃，无需上化肥及农药，人们在绿江村除了欣赏到优美的风光，还能吃到纯天然的绿色食品。

　　绿江村沿岸绿树成荫，江水宽阔，湖光山色，蓝天白云，山风吹拂，清凉惬意。乘船游览，观光一江碧水两国景色，渔民在江上捕捞作业，依山傍水而建的农户村落，翠柳飞扬，农田绿油，这里有着丽江的灵动，桂林的秀美，还有江南水乡的风情。岸边低洼处芦苇丛生，五颜六色的小野花绚丽烂漫，飞鸟翔翔，牛羊成群，游人漫步欣赏着江山景色，犹如走进了清明上河图。绿江村拥有富饶的土地，茂密的山林、源头不断的江水，还有渔船，有花、有草、有牧地、有牛羊，更有人们的欢声笑语。

第八篇　吉林——雾凇长白

　　吉林省，简称"吉"，是中华人民共和国省级行政区，省会长春市，位于中国东北地区中部，地处沿海，与辽宁省、内蒙古自治区、黑龙江省相连，并与俄罗斯、朝鲜接壤，地处东北亚地理中心位置。地势由东南向西北倾斜，呈现出东南高、西北低的特征，属于温带大陆性季风气候。面积 18.74 万平方公里，北纬 40° 52′ ～ 46° 18′，东经 121° 38′ ～ 131° 19′ 之间。吉林是中国对外贸易交流的重要通道、首批国家新型城镇化综合试点区，是国家"一带一路"向北开放的重要窗口。下辖 9 个地级行政区、8 个地级市、1 个自治州。吉林是老工业基地，加工制造业发达，汽车、石化、食品、装备制造、医药健康为五大重点产业，尤其是汽车、高铁制造在国内处于领先水平。吉林也是国家重要的商品粮生产基地，享誉世界的"黄金玉米带"和"黄金水稻带"，拥有自然保护区 51 个，被联合国确定为"人与生物圈"，有东北虎、东方白鹤等国际濒危野生动物。吉林的冰雪特色运动也很丰富，拥有亚洲最大的万达国际滑雪场和鲁能胜地滑雪场、和平滑雪场三个大型滑雪运动场。

　　吉林的名胜古迹和自然风光很多，有长春市伪满皇宫博物院、净月潭风景名胜区、长白山脉、向海国家自然保护区、松花江、查干湖、六鼎山风景区、防川风景区等。吉林的特色产品也很丰富，有人参、貂皮、鹿茸、林蛙油、熊胆、蜂蜜、吉林大米、延边黄牛肉、吉林松花砚等。吉林的美食也很有特色，如延吉冷面、铁锅炖大鹅、伊通烧鸽子、李连贵熏肉大饼等都是吉林著名的特色传统风味美味佳肴。

第一章 长 春

　　长春市，别称"北国春城"，古称喜都、茶啊冲。长春是吉林的政治、经济、科教、文化中心，中国东北地区亚经济圈城市，著名的中国老工业基地，中国最早的汽车工业基地，电影制作基地；是中国轨道客车、光电技术、应用化学、生物制品等产业发展的摇篮。长春一汽集团、长春电影制片厂等是中国老牌企业人文景观的先驱。国兴隆寺、玉皇阁、北山木塔寺等寺庙道观，有着深厚的历史遗迹，是中国宗教文化的重要延续。

　　长春的风景区很美，如长春雕塑公园、南湖公园、净月潭国家森林公园等。尤其是净月潭国家森林公园的木栈道，是景区一道重要的风景线。观潭桥、净月湿地，蜿蜒曲折穿越于森林，长达 14 公里。长影的世纪城是中国电影的发源地。冰雪奇观是长春的一张名片。丰富多彩的民间传统节日和风俗活动是满族民俗生动文化展示，如二人转、东北大鼓等，非物质文遗产的传承。长春市的文化底蕴深厚，具有丰富的历史、民俗文化，传统手工艺，如剪纸、刺绣等。长春的饮食文化，是代代相传的重要组成部分，长春小笼包、老边饺子、吴记火锅、酸菜白肉炖粉条等美食是长春菜系不可或缺的一部分。这些资源不仅对长春的文化建设和发展起到积极的推动作用，也对整个东北地区乃至中国的文化传承和创新具有重要意义。

第一节 净月潭

　　净月潭风景区位于吉林省长春市东南部长春净月经济开发区，距市中心人民广场仅 18 公里。净月潭因形似弯月，含沙净水，被称为净月潭，与台湾的日月潭共称为姊妹潭，是"吉林八景"之一，被誉为"净月神秀"。净月潭山峦环绕、草木茂密呈水库型游览区，风光独特。该景区已通过 ISO9002 国际质量管理体系认证和 ISO14001 环境管理体系国际认证。净月潭是国家 5A 级旅游景区，国家级

风景名胜区、国家森林公园、全国文明风景旅游区示范点、国家级水利风景区、国家级全民健身户外活动基地。净月潭景区面积为 96.38 平方公里，水域面积为 5.3 平方公里，森林覆盖率达到 96% 以上。净月潭是在 1934 年由人工修建的第一座为长春市城区供水的水源地，在沦陷时期称"水源地"或"贮水池"。净月潭的名字为"伪满洲国总理大臣"郑孝胥的二儿子，时任"伪满洲国国都建设局局长"的郑禹所起。净月潭景区森林绿荫茂盛，含有 30 多个树种，鸟语花香，生态优越，形成了"喧嚣都市中的一块净土"，有"亚洲第一人工林海""绿海明珠""都市氧吧"的美誉，是吉林城市生态绿化的名片。

净月潭秀丽的风光、丰富的人文景观和历史文化遗迹，都吸引着数以百万计的人前来探访。这里曾是伪满洲国的皇家园林，古老的建筑、精美的园林、古老的文物，都是中华民族文化的传承。净月潭的美，美就美在净月潭的水，湖水清澈见底，波光粼粼，仿佛一块巨大的翡翠镶嵌在大地之上。湖畔边绿树成荫，芳草萋萋，远处山峦起伏。湖边的树木倒映在湖水中与蓝天相接，宛如一幅天然的山水画。岸边的树荫静谧、清新、美丽的自然环境，是人们纳凉、休闲、散步的好地方。生态环境的优美给人们带来了超值的享受和幸福感。净月潭是历史文化的记载，也是人们热爱的幸福家园。

第二节　伪满皇宫博物院

伪满皇宫博物院位于吉林省长春市宽城区光复路北侧，是清朝末代皇帝爱新觉罗·溥仪居住的伪满洲国傀儡皇宫改建的博物院、国内保存较完整的宫廷遗址，是日本武力侵占中国东北、推行法西斯殖民统治的最典型的历史遗迹，也是中国现存的三大宫廷遗址之一。伪满皇宫博物院建于 1962 年，占地面积 12 公顷。主要建筑有勤民楼、怀远楼、嘉乐殿、勤民楼、花园、假山、养鱼池、游泳池、网球场、高尔夫球场、跑马场以及书画库等场所。

伪满皇宫博物院建筑风格布局和设计，都体现了中国传统宫殿建筑的特点，同时也融入了一些日本建筑风格。同德殿是溥仪和皇后婉容的居所，这座建筑以红墙绿瓦、雕梁画栋为主要特点，整个建筑群显得庄重典雅。缉熙楼是溥仪处理政务的地方，这座建筑以黄色琉璃瓦、红墙、白玉栏杆为主要特点，整个建筑群显得高贵豪华。勤民楼也是溥仪的办公场所，这座建筑以灰色琉璃瓦、红墙、白色栏杆为主要特点，整个建筑群显得简洁庄重。怀远楼是溥仪的私人居所，这座建筑以绿色琉璃瓦、红墙、白色栏杆为主要特点，整个建筑群显得幽静典雅。

伪满皇宫博物院，有原状陈列 50 个、大型陈列 2 个、专题展览 3 个、举办临时展览 33 个、中国国内巡展 17 个、出国展览 11 个，还收藏了大批伪满宫廷文物、日本近现代文物、东北近现代文物、民俗文物、书画、雕刻、非遗传承人作品等艺术精品。伪满皇宫博物院，展示了伪满洲国的历史和文物，也呈现了中国东北地区近代历史的沧桑巨变。它是清朝既往史的回顾，也是中华民族历史文化的体现。

第二章　长白山

长白山位于中国吉林省的东南部，被誉为"关东第一山"，是中国十大著名山峰之一。长白山的壮丽风光和丰富的生态资源，以及深厚的文化底蕴吸引了无数人们前来观光。长白山景区主要分为北、西、南三大景区。天池是长白山的必赏之景，也是人们祈福的胜地。长白山景区有高山花园、长白瀑布、锦江大峡谷、谷底林海、高山温泉等。长白山是一座休眠的火山，主峰火山锥顶部的天池，海拔 2400 米的山巅，是中国较大的火山口湖，也是世界海拔最高的火山湖。

长白山盛产的人参，是中国东北古老的珍贵药材。长白山人参也被称为"百草之王"。人参生长的环境十分独特，需要阳光、水分、土壤和气候的完美结合。长白山的人参在海拔 1500 米以上的高山地带，需要 5—6 年才能完全生长成熟，被誉为中国四大名贵药材之一。在过去的几百年里，长白山人参一直是皇家贵族的贡品，有着"千年人参"的美誉。长白山人参也是吉林的重要特产之一。长白山是满族的发祥地，也是满族文化的重要载体。

长白山有着丰富的文化底蕴，有着许多美丽的传说和故事。传说，天池原本是一个喷发的火山口，受火魔控制，危害人间。有一位美丽善良的姑娘，召集了很多人，跪在长白山脚下，祈求神灵，除魔降妖保太平。姑娘一人登上长白山巅峰，到了火山口，纵身跳进火口，这时，风、雨、冰、雪，四神各自施展法力神

术，移来一座山峰填在火山口中，山峰被火烧得通红，随着一声巨响，山峰坍塌变成了巨坑，冷却的水化为一汪碧清的天池水。

长白山风景如画，攀登到长白山最高峰，举目远眺，这边风景独好！群峰叠嶂，茫茫林海，松涛阵阵，绿荫蔽日，河水连天形成一条曲弯的银链，天池在蓝天白云的映照下，犹如清澈纯净的宝石一尘不染。那明镜般的天池，幽美地沉睡着，任凭风云变幻，宠若不惊，犹如避世的雅士高人，不闻不问，凡尘俗事。长白山亘古不变地屹立在大地怀抱，千万年依然风华正茂。长白山是吉林省的吉祥山，也是人们心中留恋的吉祥之地。

第一节　天　池

长白山天池，也被称为白头山天池，坐落在吉林省东南部的长白山自然保护区内，是中国和朝鲜的界湖。天池的南北长约4400米，东西宽约3370米，其池水的海拔高度为2189.1米，最深处为373米，平均深度为204米，水面面积为9.82平方千米，周长为13.1千米。据《长白山江冈志略》记载，天池在长白山巅的中心点，群峰环抱，离地高20余里，因此被称为天池。

长白山天池是中国境内保存最为完整的新生代多成因复合火山，自宋朝以后就有多次火山喷发活动。清光绪三十四年起，刘建封登上白云山，为天池十六峰命名，并探明了鸭绿、松花、图们三江的源头。长白山天池周围火山口壁陡峭，形成了十几座环状山峰，海拔均在2500米以上。长白山天池也是松花江、鸭绿江以及图们三江的发源地，素有"三江之源"的雅称。2000年，长白山天池被上海大世界吉尼斯总部公布为"海拔最高的火山湖"。

第二节　火山口瀑布

火山口瀑布被誉为"天际第一流"，湖水湛蓝，波光粼粼。这从湖口奔腾而出的瀑布，是长白山的一大奇观。瀑布高达68米，瀑布之水从天而降，如银河倒挂，如玉龙飞瀑，声势浩大，震撼人心。夏日里，瀑布水量充沛，落差达20多米，宽达50米，犹如巨龙出海，气势磅礴。冬日里，瀑布凝结成冰，形成了一道独特的冰川奇景，晶莹剔透，美不胜收。

火山口瀑布是大自然的杰作，更是长白山地区文化的重要仙子。瀑布水给当地居民带来了丰富的水资源和独特的风景气息。瀑布之水被当地人视为圣水，据说能治愈百病，因此每年都有大量的人们前来朝圣。火山口瀑布并非源自常规的溪流，而是因为火山活动形成的独特景观。火山口瀑布位于长白山天池的西侧，是因天池水溢出而形成的瀑布。它高约 165 米，是长白山众多瀑布中最为壮观的一处。水从山顶涌出，如同天然的水晶帘幕，倾泻而下，声如雷鸣，震撼人心。

火山口瀑布常常呈现出独特的自然奇观，当阳光折射在巨大的瀑布上，溅飞的水流形成巨大的白雾水帘，阳光辐射穿透水雾，形成一道美丽的彩虹，十分惊艳动人。冬天的火山口瀑布，水量会减少，依然保持着它那雄伟的气势。那些结冰的水珠在霞光万道照耀下晶莹剔透，宛如一座巨大的水晶宫。

火山口瀑布的自然壮丽风光是自然天成的美景，犹如辽阔的海疆，流水倾泻不尽的源泉，那种"飞流直下三千尺，疑是银河落九天"大气磅礴的魅力，是吉林省人民的骄傲，也是中华民族非物质资产的宝藏。

第三节 万达长白山国际滑雪场

万达长白山国际滑雪场是亚洲最大的天然雪主题滑雪场，雪场占地总面积6.34平方公里，共有 43 条雪道，总长度 30 公里。滑雪场处于世界滑雪黄金纬度42°–46° 下，雪期每年长达 6 个月。滑雪场内还有度假区配套设施，是一个集滑雪、娱雪、山地度假、高端酒店群、度假小镇、温泉和水乐园于一体的综合性度假胜地，是首批国家级旅游度假区和滑雪度假区之一。万达长白山国际滑雪场，雪的世界，人的魅力。一踏入滑雪场，映入眼帘的是连绵起伏的雪山，洁白的雪道犹如条条玉带，在阳光下闪着晶莹的光芒。滑雪的人们在宽阔的雪地上自由驰骋，疾奔而下，轻盈飘逸，白雪在他们的身后被划出一道道美丽的弧线。人们尽情释放内心的激情与活力，体验独特的运动。在挑战自我，追求更高、更快、更强的滑雪境界，展现独特的运动魅力。

运动之余，人们可以在度假区里温暖的咖啡厅里品茗、聊天，欣赏着窗外白皑皑的雪景。有的人选择在雪地瑜伽中寻找身心的平衡与和谐。万达长白山国际滑雪场是一个充满活力、多元文化休闲超值服务的享受区。在这里有一种宾至如归的心灵归属感。除了丰富的冰雪活动，万达长白山国际滑雪场的美食和各种娱

乐项目也很丰富。在洁白的冰雪世界，观赏着"北国风光，千里冰封，万里雪飘"的苍莽大地，是一种人生的特殊体验和运动享受。

第三章　雾凇岛

吉林雾凇岛位于龙潭区乌拉街满族镇，是国家 5A 级景区。这里因雾凇多且美丽而得名，有着"中国雾凇第一村"的美誉。每当冬季来临，松花江畔的垂柳挂满了洁白晶莹的霜花，江风吹拂，银丝闪烁，景色既美又野。雾凇俗称树挂，是雾气和水汽遇冷凝结在枝叶上的冰晶，形成粒状或晶状的结构，晶莹剔透，美轮美奂。"夜看雾，晨看挂，待到近午赏落花"，说的便是雾凇从无到有，从有到无的神奇过程。

雾凇是吉林的奇观，美丽异常。吉林观赏雾凇最好的地方有三处：雾凇岛、阿什哈达、松花湖。雾凇岛是吉林最著名的雾凇地。阿什哈达位于吉丰东线 11 公里处，这里的雾凇出现频率高，沿江边行，树木齐整，雾凇壮观，曲路纵深，形成观赏雾凇的走廊。松花湖位于吉林市东南约 24 公里的松花江上游，湖光山色，风景如画，冬季里观看雾凇更是美不胜收。

雾凇美丽奇观，要在特定的气候条件而形成。雾凇是一种美丽的自然现象，冬季严寒，当空气中的水汽凝结冷雾，滴在冻结的植物上时就会形成雾凇，外观呈乳白色的冰晶，非常细腻透明。雾凇的美丽在于它的形成过程，当树枝等物体上不断积聚冻结精华，形成晶莹皎洁的冰晶和雪花的形状，在阳光的照射下，雾凇产生出异常美丽的景色。雾凇也被誉为"冰花""雪柳""傲霜花"等。雾凇是一种非常难得的自然奇观，是制造美丽的自然现象景观，它犹如昙花一现，瞬间的美丽也能铸造万人迷离的风采，展现自己的卓绝的价值，永存人们心中。

第四章 六鼎山

六鼎山位于吉林省延边朝鲜族自治州敦化市区南5公里处，依山傍水，群峰环绕，是东北亚最大的人文、历史、佛教文化旅游景区。也是清始祖爱新觉罗·布库里雍顺的出生地，满族文化的发源地。这里曾是渤海国的政治、经济、文化中心，也是中国的文化旅游重地。六鼎山的文化底蕴深厚，佛教文化、渤海文化、清始祖文化、敖东佛韵都在这里充分展现。

六鼎山是中国的佛教圣地之一。六鼎山上有一尊释迦牟尼巨大的佛像，高达48米，是全球最高的释迦牟尼青铜坐佛。大佛塑像肃穆庄严，慈祥沉静。这座佛像坐落在正觉寺后山的山顶上，背靠牡丹江，前拥正觉寺，远望长白山。大佛的莲花宝座高达3层楼，绕一圈需要花半个时辰。2011年9月23日，中国佛教协会会长传印长老、副会长净慧长老、圣辉大和尚等108位大德高僧主法开光，为金鼎大佛开光。开光时，空中出现一朵很大的祥光云彩，七彩斑斓，经久不散，百僧和人们都顶礼膜拜，感叹佛光降临。

关于六鼎山的名字，有着一个古老的传说。据说从前，六鼎山的每座山峰上，都有一个天降的铜鼎，铜鼎里装满了上古仙人珍藏的稀世草药和灵丹妙药，能治百病，但轻易得不到。心诚者可得灵药，无诚者空手而归。人们家中有人生病，便不辞千辛万苦，来六鼎山求取丹药，药到病除，非常灵验。

六鼎山是一座充满灵性的佛教圣地，"六鼎山"的名字蕴藏着深厚的历史文化，是中国历史和自然景观的象征。六鼎山是一部历史的长卷，在六鼎山的每一个角落，都布满了历史的痕迹。这里的山水、草木、建筑、佛像和自然景观相融合，形成了深厚的人文景观。六鼎山的历史文化和美丽的自然风景犹如一幅美丽的画卷，使六鼎山声名远扬，吸引了越来越多的人前来探访。六鼎山以名得美，是集自然景观、人文历史、宗教文化、满汉文化、延边文化为一体的综合性旅游胜地，也是敦化市乃至吉林省的一张文化名片。

第五章　防川风景区

　　防川风景区位于吉林省珲春市防川村，是中朝和朝俄界河图们江的日本海入海口，被称为"东方第一村"。防川风景区，在观海楼上登高远眺，不仅能"一眼看三国"，还能看到图们江出海口，体验到"鸡鸣闻三国、犬吠惊三疆、花开香四邻、笑语传三邦"的感受，同时可以领略欧亚交汇的异域风情。2002年5月，吉林省防川风景名胜区经国务院批准列入第四批国家级风景名胜区名单。

　　防川拥有深厚的历史文化。这里的古村落、古寺庙见证了历史的沧桑演变。这里的每一寸土地、每一滴水都仿佛在诉说着防川沉重的历史。它是中国与俄罗斯、朝鲜的界河入海口，也有中华民族屈辱的历史，《北京条约》割让国土，让自己的土地变成了别人的家园。防川边界，就是史记的伤痕。防川的龙虎阁上，一眼望去，图们江左边是俄罗斯，右边是朝鲜。防川历史是伤痛的记忆，也是振兴中华民族伟大复兴的动力，只有国家强大，国富民强，才能守护和平，保家卫国。

　　防川风景，如诗如画。图们江的水清凉透彻，波光粼粼，银光闪烁，犹如一条玉带蜿蜒伸展至天际。微风拂过，水面泛起层层涟漪，倒映着洁美的水景，如梦如幻。周围的山林郁郁葱葱，花开飘香，安宁幽静，仿佛到一个向往的世外桃源。走在这片美丽的土地，人们心里充满了对未来的期待。防川的自然风光和历史文化都会带来净化心灵的人生感悟。

第六章　向　海

　　向海国家自然保护区位于吉林省通榆县境内，素有"东有长白，西有向海"之美誉。面积105467公顷，1981年经吉林省人民政府批准建立，1986年晋升为国家级国家自然保护区，1992 年被列入"世界重要湿地名录"，主要保护对象为丹顶鹤、白鹤等珍禽及其栖息生态环境，属内陆湿地和水域生态系统类型自然保护区。

在向海野生动物世界里，有着丰富的植物和各种各样的珍禽奇兽。丹顶鹤是向海里最珍贵的珍禽。关于丹顶鹤还有着一个凄美动人的故事，有一个女孩名叫徐秀娟，为了救一只受伤的丹顶鹤而牺牲了自己的生命。有首歌《丹顶鹤的女孩》为了纪念这位舍生救丹顶鹤的女孩而写："走过那条小河，你可曾听说，有一位女孩，她曾经来过，走过那片芦苇坡，你可曾听说，有一位女孩，她留下一首歌，为何片片白云悄悄落泪，为何阵阵风儿轻轻诉说，还有一群丹顶鹤，轻轻地轻轻地飞过；曾经走过那片芦苇坡，有一位女孩，她再也没来过……"徐秀娟牺牲了自己年轻的生命拯救了珍禽丹顶鹤，成为激励人们保护野生动物的典范。

向海的自然风光秀丽，景致迷人，是众多野生动物的家园。每逢春夏之交，这片土地便充满了生机与活力。向海的水面上开始热闹起来。一群群的水鸟翩翩起舞，白鹭、灰鹤、丹顶鹤，它们在水中觅食，不时地发出悠扬的鸣叫声回荡在天空，唤醒了沉睡的大地。湖泊清澈，碧波荡漾，阳光洒在湖面泛着金光。蓝天白云下，一群群鱼儿在水中游弋，掀起阵阵涟漪。憨态可掬的河马悠闲地泡在水里，偶尔露出头来呼吸新鲜空气。湖畔的草地上，一群长颈鹿正在觅食，有的在湖里喝水，有的伸着长长的脖子仰望天空，仿佛在跟云朵对话。向海的腹地深处，茂密的芦苇荡中，不时有小动物出没，野狐狸机警地穿过。一只雄鹰在天空中翱翔，野兔轻盈地越过草丛。向海是野生动物的王国，在这里每一个生命都展示着自然赋予的独特魅力。

向海拥有深厚的历史文化底蕴，早在 4000 多年前的新石器时代，这里就人类从事采集、捕捞、狩猎活动，世代繁衍生息。从春秋战国直至秦、汉、唐、宋、元、明等朝代，这片草原是多个游牧民族的故乡。清代，向海是哲里木盟图什业图和扎萨克图郡王领地。清光绪二十七年，实行"移民实边"新政开禁招垦，使沉睡了千百年的科尔沁草原萌发了生机。清光绪三十年，奏请清廷旨准，设置开通县。向海一带是蒙古王爷图什业图领地，哲里木盟属地由盛京将军统辖，这种制度一直延续 260 余年。直至光绪三十三年，清廷才撤销了盛京将军，设东三省总督，分别在奉天、吉林、黑龙江设行省。

此外，向海也是因香海庙得名。历史上向海，是蒙古族王爷哈图可吐的领地，

蒙古族多信仰藏传佛教。清顺治六年即公元1664年初，在山清水秀的向海湖西塔甸子，建起了一座青砖灰瓦的寺庙，初名"青海庙"。1784年乾隆皇帝赐名为"福兴寺"，并亲笔以满、汉、蒙、藏4种文字为匾额题词"云飞鹤舞，绿野仙踪。福兴圣地，瑞鼓祥钟"，现在北京雍和宫《福兴寺志》还留有这段记录。1928年西藏活佛班禅大师专程来向海传经说法，福兴寺内整日香烟缭绕，弥漫如海，故俗称香海庙。后被错传为向海，并正式命名为向海至今。向海是一个充生机的地方，文化底蕴深厚。它是吉林的文史重地，也是人们心中的圣地。

第七章　查干湖

查干湖位于中国吉林省西部，是吉林省内最大的天然淡水湖。它有着丰富的水生生物资源和独特的自然景观，是吉林省内最大的淡水鱼产地，其中以鲢鱼、鳙鱼和鲤鱼最为著名。查干湖历史悠久，有着深厚的历史文化，自辽金以来历代帝王都到查干湖"巡幸"和"渔猎"，举行"头鱼宴"和"头幸"。在冬捕节，举行"头鱼宴"和"头鹅宴"。

查干湖风光壮观，山清水秀，景色宜人。人们游览风景秀丽的岛屿，还可以品尝到美味的湖鲜美食。查干湖资源丰富，尤其是渔业资源。在这里，人们可以参加体验传统的渔民生活。冬捕节，这是一项非常盛大壮观的古老的渔业活动，每年吸引着成千上万的人来观赏。冬捕节当天，湖面上热闹非凡。渔民们身着传统的捕鱼服装，驾着冰上小船，用古老方式捕鱼，展示着当地独特的风俗人情。查干湖每年都会举行很多活动，端午节，当地人会举行盛大的龙舟比赛；中秋节会举办赏月活动等。查干湖还有许多旅游项目，乘船游览湖光山色，湖边沙滩晒太阳、游泳、玩沙等。

查干湖的风景美如画，沿岸林木葱郁，杨柳摇曳。湖水上成群结队的白鹭在水中嬉戏。湖水宁静，微泛波澜，碧清明亮得像一面镜子，把蓝天白云，山峦锦绣都映照装镜，天水不分。查干湖的美，不仅是自然风光，还有它所承载的历史文化古老的传承。这里曾经是古代渔民的聚居地，他们在这片水域辛勤劳作，繁衍生息。随着社会的发展，渔民的生活方式已经有了很大的改变，但仍然保持着传统古朴的人文风貌。

第八章　拉法山

拉法山位于吉林省蛟河市城北 15 公里处，以雄伟险峻、古洞清幽、怪石嶙峋、花木奇秀、四时果异、趣味无穷的自然风光而著称于世。拉法山神话轶闻流传遐迩是古代道士修炼之地。有老爷岭景区和庆岭景区。拉法山景区集幽、奇、秀、险于一身，有八十一峰，七十二洞，驰名古洞有穿心洞、滴水洞、长仙洞、通天洞、太和洞、朝阳洞，最大岩洞为穿心洞，此洞好似一座天然大礼堂，从山腰穿透，高约 3 米、宽 13 米、长约 50 米，可容纳千余人。山上的自然风光秀丽，森林茂密，怪石嶙峋，是登山爱好者和摄影爱好者必到之处。老爷岭景区主峰海拔 1284.7 米，森林景观优美，飞瀑如练，溪水潺潺，佛音萦绕。

自然保护区内，生态物种丰富，植物茂密，共有植物 696 种，分属于 12 纲 62 目 144 科，国家重点保护野生植物有：红松、钻天柳、水曲柳、黄檗、紫椴、野大豆 6 种。保护区共有脊椎野生动物 261 种，隶属于 6 纲 30 目 76 科。国家 I 级重点保护野生动物有：东北虎、原麝、紫貂、金雕 4 种，II 级重点保护 31 种，有野猪、狍等东北虎猎物。

第九章　官马溶洞

官马溶洞位于吉林市管内的磐石市境内。官马溶洞开发面积约 3800 多平方米，总长度 490 米，由 5 个大厅、一个水厅组成，每厅之间由长廊相连，最大的厅约 600 平方米，高达 30 米以上。洞内大厅宽敞雄伟，厅内有支地托天的钟乳石柱，

有 7 米宽、15 米高的石岩瀑布，蔚为壮观。洞内有一条宽 2 米、深 3 米的暗河延伸至溶洞深处。各厅景观千姿百态，人、兽、神佛、寿翁、宝塔、云梯、奔马、吼牛、卧狮、刺猬、花鸟、图案、蛇曲龙盘等各种形象跃然洞壁，令人感叹大自然的鬼斧神工。

官马溶洞是一个天然的石灰岩溶洞，大约一亿年前地壳运动时，火山喷发形成的地表熔岩洞，溶洞分布在古生代石碳系地层中，岩石多为石灰石和大理石，由于火山喷发的大量酸性物质长期侵蚀，地球内部的造山运动，形成了一个雄奇瑰丽的曲折地下溶洞。洞内景观千姿百态，色彩绚丽，景物奇特，惟妙惟肖。蛇曲龙盘溶洞内还有地下暗河，河水清澈见底，乘船游览，仿佛进入了一个神秘的地下世界，洞内深邃凉气宜人，温度常年保持在 10℃ 左右，是夏季避暑的好地方。

第十章 红石国家森林公园

红石国家森林公园,位于吉林省桦甸市靖宇县行政区,占地面积28574.6公顷,水域面积 2269 公顷，主要依托白山湖、红石湖及周边的自然景观，是一个集自然风光、山、岛、湖为一体的红色历史文化旅游胜地。公园北起红林大桥，向南经红石水电站、沿红石湖而上过白山水电站、白山湖沿岸、终至两江口金龟岛。

森林公园春夏时节，绿树成荫，鸟语花香，荡舟在幽静的湖面之上，清新凉爽，两岸高山连绵，森林茂密，大自然旖旎风光，让人心旷神怡。红石国家森林公园有杨靖宇生前秘密营地，又称"蒿子湖密营"、"南岗头密营"。这里不仅是绿色生态风景区，也是历史革命的圣地，爱国主义教育的重要场所。抗日战争时期，东北抗日联军、民族英雄杨靖宇、魏拯民、曹国安、韩仁和、金日成、郭池山等抗联名将，当年都曾在这里战斗过，这里也是东北抗联的主要活动地。

红石林区的历史可推至到青铜时代。昔年,这里的名盛古迹繁多:四海龙王庙、望江祠、山神庙等均建于此地。古老的神话故事，老恶河遇"龙王"、鸡冠砬子山、蛤蟆石等，为森林公园延续历史神奇传说。森林公园内动植物丰富，森林覆盖率 84.6%，植物 190 余种，其中包括红松、柞树、水曲柳等珍贵树种。动物 230

余种,黑熊、梅花鹿、白鹳等动物同栖于林溪湖畔。鱼类30余种,如松花江的"三花一岛"。珍菌类有黄磨、猴头、榛蘑等20余种。中药类有人参、灵芝、天麻等50余种。山菜类有山芹菜、刺嫩芽、山蕨菜等40余种。还有松籽、林蛙、木耳、人参,被誉为关东林莽的新"四宝"。

第九篇　黑龙江——北国粮仓

　　黑龙江省，简称"黑"，是中华人民共和国省级行政区，省会哈尔滨市，位于中国东北部，北、东部与俄罗斯隔江相望，西部与内蒙古自治区相邻，南部与吉林省接壤。黑龙江省是中国最北端及最东端，地貌特征为"五山一水一草三分田"，地势大致呈西北、北部和东南部，由山地、台地、平原和水面构成，属于温带季风气候。北纬40°52′~46°18′，东经121°38′~131°19′之间。面积47.3万平方千米。黑龙江是东北亚区域腹地、亚洲与太平洋地区陆路通往俄罗斯和欧洲大陆的重要通道、中国沿边开放的重要窗口，下辖12个地级市、1个地区行署。

　　黑龙江的冬天，雪花纷飞，洁白如银。雪景如絮，纷纷扬扬，遮天盖地，孝装大地，素丽动人，分外妖娆。树木穿上白色的裙子，宇宙披罩白纱。积雪的城市在碾压下车流和行人仍然繁多。而在乡村，没有车流和行人的打扰，雪积累得深厚。当你走在这片银白的世界里，你会发现自己仿佛置身于一个童话世界中，一切都是那么的静谧和美丽。此外，当地的冰雪运动也十分盛行，如冰雕、雪橇等。黑龙江的历史文化和水域丰富，有黑龙江、乌苏里江、松花江、绥芬河四大水域，东北文化、二人转等都是黑龙江的特色。在寒冷的冬天，人们会穿上厚厚的棉服，围坐在温暖的炕头，享受着东北特色的美食，如酸菜白肉、锅包肉、炒蚕蛹等，这些美食都是东北人的最爱。

第一章　哈尔滨

哈尔滨位于松嫩平原东南，地势平坦，土壤肥沃，是中温带大陆气候，四季分明，夏短冬长，是黑龙江省的政治、文化、科技、商贸、信息等中心。哈尔滨是中国重要的工业基地之一，包括重工业、机械制造、农业、食品加工、石油、化工等。哈尔滨拥有许多知名的高等院校和科研机构，培养了众多科技创新人才。哈尔滨的历史文化悠久，是金、清王朝的发祥地，拥有许多历史古迹和文化遗产。在金、清朝时期，哈尔滨是重要的商业区域和交通枢纽，也是中东铁路的重要节点。哈尔滨是多元文化交融的城市，吸引了大量来自欧洲、亚洲、东北亚的移民。这些移民不同的文化传统和建筑风格，给哈尔滨带来了充满异域风情城市风格。哈尔滨的旅游资源丰富，文化底蕴深厚，拥有许多著名的景点和文化遗产，如中央大街、圣·索菲亚教堂、太阳岛等。此外，哈尔滨的冰雕独树一帜，冰雪节也是一项世界闻名的活动，深受人们的喜爱。

第一节　冰雪大世界

哈尔滨冰雪大世界，是以冰雕艺术著称的景点。每年冬季都会吸引数百万游客前来观赏，走进这个冰雪构建的梦幻殿堂，仿佛置身于一个纯净的童话世界。每一座冰雕，都是艺术家们独具匠心的杰作，它们在灯光的照耀下，让人感觉冰雕艺术带着灵魂在游走。

冰雕被誉为冰城哈尔滨的名片，也是东北特殊的文化展现。自从哈尔滨举办第一届冰灯游园会，哈尔滨冰雕艺术的正式诞生。它把人们的视野带进了一个流光溢彩、缤纷的琉璃冰雪大世界。哈尔滨的冰雕已经盛行多年，冰雕作品不断创新，越来越丰富。从冰灯、冰桶开始，衍生冰雕小姊妹、金马驹、老寿星、小孩骑象，晶莹剔透的冰雕花草树木，精巧的亭台楼阁，美轮美奂的宫殿，以及千姿百态的人物和动物都栩栩如生。

哈尔滨的冰雕已经成为世界冰雪雕刻艺术的重要发源地，每年都会吸引大量的游客前来观赏。哈尔滨不断地举办各种冰雕比赛和展览，推动冰雕艺术的国际交流与发展。在欣赏冰雕作品同时，人们可以感受到一种清凉而宁静的氛围。冰雕作品晶莹剔透，是一道美丽的风景线，每一个冰雕作品都是独一无二的，让人们感到惊喜和震撼。冰雕凝固了冬天冰雪的美态，歌颂了人类的智慧和创造力。冰雕是寒冬诗意，诠释着别样的魅力。冰雕是冬日的馈赠，经过冰雪的洗礼，在寒冷中创造奇迹诞生，晶莹剔透的冰块在能工巧匠的精雕细琢下，化作一尊尊惟妙惟肖的艺术品，在寒风中摇曳生姿。冰雕透明冰块折射出的纯净，闪耀着璀璨的光芒，让人感受冷冽的美，如同星辰般闪烁。

第二节　中央大街

哈尔滨的中央大街是一条拥有百年历史的商业街，素有"东方小巴黎"、"亚洲第一街"之称，是目前亚洲最大最长的步行街。它始建于 1898 年，初称"中国大街"，1925 年改为"中央大街"。全长 1450 米，宽 21.34 米。北起松花江防洪纪念塔，南至新阳广场，是全国第一条商业步行街、中国历史文化名街、全国百城万店无假货示范街、全国青年文明号示范基地，荣获中国人居环境范例奖等荣誉。

哈尔滨中央大街，是一部活生生的历史教科书，这里的每一块石板路都透出历史的延伸，每一座欧式建筑都诉说着浮雕催生的故事。走在大街上，仿佛穿越到 19 世纪的欧洲，满街异国情调，欧洲建筑错落有致，独具特色，让人目不暇接。

中央大街两侧的建筑风格具有西方建筑几百年历史风格汇集的大街，也是远东地区最著名的街道。这里的建筑多样化，荟萃云集成众多经典的异国建筑群。这些建筑风格包括巴洛克、文艺复兴、折中主义和新艺术运动等，展现出不同时代和文化的独特魅力。建筑以欧式或临摹欧式的建筑风格流行，颇具异国风情。这里的每一幢建筑都有独特的设计个性，彰显出旧时代哈尔滨特定的烙印。

中央大街繁华昌盛，布满了欧洲建筑风格的街市，五步一店，十步一景，商店、药店、饭店、旅店、咖啡馆、酒吧、舞厅不计其数；俄国毛皮、英格兰呢绒、法兰西香水、德意志药品、日本棉布、美国食品罐头、瑞士钟表、各国干鲜果品等均有出售，不亚于国际商品博览会。中央大街还有许多街头艺人和表演者，吸引了众多游客驻足观赏。在周末或节假日，中央大街会有各种活动和庆典，如音乐会、艺术展览、民俗表演等，文化氛围浓郁。这里地道的俄式西餐、马迭尔冰棍是人们必尝的美食。

每到夜晚，中央大街整条街被灯光渲染得流光溢彩。夜幕降临，华灯初上，中央大街的人流渐渐多了起来。朦胧的夜色里，中央大街这片古老的土地上，演绎着古老与现代的繁华交织。灯光与星辰相互呼应，营造出一个迷离的幻境。老人相互搀扶，情侣手挽着手，孩子们欢快地在人群中穿梭，释放着属于自己的童年快乐。远道而来人们浏览着美景和热闹街市上琳琅满目的商品，购买各种地方特产和纪念品。

中央大街——古老的街道，散发着浓郁的岁月韵味。经历了半个多世纪，风霜雪雨侵蚀古老的建筑，在新时代被赋予了新的生命。这里记载着中华民族历史文化的兴衰和城市变迁，沉淀着痛苦与欢乐、邂逅和离别的惆怅。中央大街是哈尔滨城市风貌的重要组成部分，也是哈尔滨文化底蕴的灵魂。

第三节　圣·索菲亚教堂

圣·索菲亚教堂，位于哈尔滨市。圣·索菲亚教堂始建于清光绪三十三年（1907年）三月，是沙俄西伯利亚第四步兵师的随军教堂。随着中东铁路的修建，这座教堂逐渐成为哈尔滨的标志性建筑。1923年9月27日，圣·索菲亚教堂第二次重建，历时9年，于1932年11月25日落成，成为远东地区最大的东方教堂。该教堂的建筑师是俄国人科亚西科夫，其建筑风格为典型的拜占庭风格。1986年，哈尔滨市人民政府将其列为一类保护建筑；1996年经国务院批准，被评为第四批全国重点文物保护单位。圣·索菲亚教堂也是哈尔滨市建筑艺术博物馆，分历史名城、建设历程、规划明天三个主题向外展示，展示了哈尔滨历史文化风貌以及城市未来发展前景。

圣·索菲亚教堂，建筑富丽堂皇，宏伟壮观。高53.25米，占地面积721平方米，可容纳2000人。正门顶部为钟楼，7座铜铸制的乐钟恰好是7个音符，钟声悠扬清脆，有音乐起伏的节律。圣·索菲亚教堂，按照希腊十字方式布置，主楼穹顶按照俄罗斯传统的"帐篷顶""洋葱头"造型。整座教堂为庭院式建筑，穹隆建筑，红砖结构，巍峨宽敞。金色的十字架高耸入云，在红砖绿顶下显得巍

峨壮美。

圣·索菲亚教堂的建筑，采用了巴西利卡式的建筑，集中式建筑。主圆顶直径达到 32.6 米，离地高达 54.8 米，通过帆拱支撑在四个大柱子上。圆顶底部布满了 40 个窗洞，内部还装饰有金底彩色玻璃镶嵌画。地板、墙壁、廊柱都用五颜六色的大理石装饰，柱头、拱门、飞檐等处都雕刻精美。采用了希腊式十字架的平面设计，创造了巨大的圆顶，在室内没有柱子支撑，用一种以拱门、扶壁、小圆顶为支撑的建筑结构，平衡分担圆顶的重量，在壁间安置了高而圆的顶，让人们仰望上天的壮丽和神圣之美。圣·索菲亚教堂的建筑外部，形成一个复杂的弧形剖面，传递出强烈的动感和磅礴感，它由一个大型的弧形廊道和两侧的拱形廊道组成。由唐卡纹理状的内景拱形廊道相连。教堂的左右拱形廊道，设一个内拱顶，使整个屋顶呈现出弧形状。主体部分是教堂穹顶的内部，由一系列大的拱顶组成，构成了一种复杂的对比图案，如马赛克、十字架、光环等，使整个穹顶得以完整结构。支柱上的装饰有很多，用大小不同的模型和拱顶上的装饰，表现出传统、通俗、庄重的神圣风格。圣·索菲亚教堂独特的异国情调和人文景观，是沙俄入侵东北的历史见证和研究哈尔滨市近代历史的重要遗迹。

第四节　太阳岛

太阳岛风景名胜区位于哈尔滨市松北区太阳大道 3 号，是国家 5A 级旅游景区、全国著名的旅游避暑胜地。面积 38 平方公里，外围保护面积为 88 平方公里，主景面积 1515 平方米，采用现代园林造景手法，建成长廊、连廊、方阁三个部分。水面上二层方阁，54 个黑色贴面大理石柱，水阁云天广场铺设方石路。两旁林荫之下，设有石桌石凳，正门前两侧配有长廊花池。园中的湖光山色是人工湖，形似圆镜和假山，故称为太阳湖和太阳山。

太阳湖同 5 个湖相互贯通，湖上有姊妹桥、亭桥、白玉桥。湖岸垂柳如林，亭桥如画，形成"亭桥映柳"的秀丽景观。山顶上有三角太阳亭，是太阳山的最高建筑。太阳山中修有一处三叠瀑布，清水挂帘半山，"清泉飞瀑"水声鸣溅遥闻。太阳岛四季变化明显，春天山花烂漫、绿叶盈枝、柳絮飞扬、花团锦簇。夏天艳阳高照、鸟歌蝉鸣、江水万顷、碧浪白沙。秋天金叶铺地、霜染枫林、云雾缭绕、景观秀丽。冬天雪花飘舞、银装素裹、玉树冰花、风光无限。太阳岛上有水，水上有阁，阁下有湖，湖边有山，山上有亭，山湖相映，云霞倒映，绿树成荫，人们可以戏水、游泳、沐浴，这里是野外避暑度假的乐园。

哈尔滨的太阳岛，生态环境优良，这里的花卉、树木和野生动物衍生品种多，是一个游览观光、休闲娱乐、生态度假的最佳地方。

太阳岛以秀美的风光和独特的文化内涵而闻名。在太阳岛的中，你会感受到独特的自然风光。岛上绿树成荫，满眼青翠，花草繁茂，景色宜人。与冰雪大世界相比，这里却别有一番风味，让人感受到一种纯净和宁静。太阳岛像一颗翡翠钻石，镶嵌在松花江的臂弯里，静静地展示着自己的神韵。那碧绿如丝缎、平坦丰润的草地，诱惑得人忍不住冲动，想在上边打个滚。岛上花朵随季而开，如梦如幻，五彩缤纷，让人心旷神怡，流连忘返。哈尔滨的太阳岛是一首诗、一幅画、一处慰藉心灵的栖身地。美丽的太阳岛是一个永不褪色的宝藏，诠释了人与自然和谐共生的真谛。

第五节　松花江索道

松花江是黑龙江境内的主要支流之一。松花江索道更是哈尔滨市一道靓丽的风景线。松花江历史悠久，文化底蕴深厚。沿岸有许多历史文化遗迹和风景名胜。在历史上，松花江流域曾经是女真族政权的发源地，也是满族的重要聚居地之一。松花江是中国东北地区的重要经济区，沿岸有许多大中城市。这些城市依托松花江的水资源，发展起了许多工业、农业和水上运输业。松花江也是中国东北地区的重要旅游资源。

松花江索道是东北地区首个跨江索道，它是松花江两岸共同繁荣的重要纽带，将斯大林公园、防洪纪念塔、中央大街、太阳岛紧密连接在一起，组成一道独特风景带。松花江索道是从世界一流索道设备公司，奥地利多贝玛亚公司引进松花江索道江南天鹅城堡全套设备并兴建而成，索道全长 1156 米，塔架距江面 70 余米，设有豪华吊箱 19 部，每小时运量达 1500 人次，于 1997 年出资打造，是哈尔滨市的重点工程，也是黑龙江省唯一一条跨江观光索道，更是世界范围内较为先进的索道之一。

索道为全封闭单循环拖挂式设计，索道吊厢出站前会经过 4 套检测设备对抱索器进行检测，安全系数非常高。2009 年被黑龙江粤兴投资有限责任公司收

购，全新改造和升级。乘坐索道横跨松花江，可以观光江面壮丽的风景，便捷地至太阳岛风景区，娱乐休闲是非常惬意的。两座欧式外形的古堡坐落于松花江两岸，将一湾江水用缆车和塔峰串联起来，为哈尔滨的旅游产业添上了浓墨重彩的一笔。

第二章　黑龙江

　　黑龙江是中国内河，位于亚洲东北部，与黄河、长江、珠江被称为中国四大河流，是世界十大河之一。黑龙江流经蒙古、俄罗斯、中国。黑龙江本为中国内河，清代，沙俄迫使清政府签订不平等的《中俄瑷珲条约》和《北京条约》，占领东北大片领土，包括黑龙江下游出海口。2004年，中华人民共和国和俄罗斯联邦签署最后边界协定，将两国国界以黑龙江为基本界限划清。黑龙江和乌苏里江与俄罗斯的水陆边界长约3045公里，西接内蒙古自治区，南连吉林省。黑龙江发源于中国大兴安岭西坡；北源为石勒喀河，其上源为鄂嫩河，发源于蒙古北部肯特山东麓。额尔古纳河是黑龙江的正源，右岸为山岭森林，也是成吉思汗的故乡。由于黑龙江流经大片的森林地带，树木产生的大量腐殖质使两岸产生大量的黑土，黑土被河水冲刷到江底，黑龙江因河水含腐殖质多，水色发黑得名。古称"黑水"、"弱水"，唐称"望建河"，《辽史》称"黑龙江"，清代又称"乌江"。全长2821公里，在中国境内的流域面积约占48%。黑龙江与松花江、乌苏里江、绥芬河四大水系组成黑龙江流域，主要河流有松花江、嫩江、乌苏里江、牡丹江、呼兰河、蚂蚁河、海浪河、呼玛河、额木尔河、讷谟尔河、汤旺河、拉林河、乌斯浑河、乌裕尔河等；主要湖泊有兴凯湖、镜泊湖、连环湖、五大连池四处较大的湖泊及星罗棋布的泡沼。

　　关于黑龙江来历，有个神奇的传说。据说，元太祖铁木真是世界历史上杰出的政治家、军事家。1206年统一蒙古，建立了大蒙古国，成为"拥有海洋四方的大酋长"。此后多次发动对外征服战争，征服了域西达中亚、东欧黑海滨。当他挥兵吞并中原时，一天他带领军队，抵达黑龙江已经傍晚时分，军队受江水所阻挡，无法前行，遍寻不到船只。铁木真仰望苍天，看着漆黑宽阔黑龙江，叹息地说："长生天在上，难道我铁木真无命踏进中原的土地吗？"正当铁木真感慨之际，突然，黑龙江水面上浮现出一条黑黝黝的路直达对岸。铁木真大喜，指挥军队顺利过江。铁木真过江后，面对黑龙江，双手合十口中念叨，感谢长生天赐路。忽然那条漆黑油光的路，从水面腾空直立在半空中，是条黑色闪着银光的巨龙，在月辉映照下显得震慑人心的威严，吓得士兵们伏地磕头。那巨龙朝着铁木真弯了一下身子，点了点头，"碰"的一声潜入黑龙江底，溅起水柱数丈高。铁木真感念黑龙化路相助过江，就把乌江改为黑龙江，满语"萨哈连乌拉"，后又建造黑龙庙供奉。从此以后，黑龙江的水变得清澈纯净。"黑龙江水黑又长，蛟龙化路渡汗王，南朝宋氏气数尽，改元换代女真皇"。

黑龙江干流上有许多冲积而成的岛屿。中俄交界段主要有：古城岛、鸥浦老街基岛、吴八老岛、尹家大岛、河东套子岛、中地营子岛、大黑通岛、大黑河岛、黄河口岛、下马场大通岛、二道卡岛、嘎牛户西套子岛、嘎牛户东套子岛、霍尔莫津岛、王阿木河岛、干岔子岛、布拉罕岛、分水岛、大江通岛、施家亮子岛、哈鱼岛、焦家亮子岛、董喀叭亮子岛、雪那洪岛、青黄鱼通岛、八岔岛、大夹信子岛、河间岛、银龙岛、明水岛、小河岛、枫岛、菊花岛、东家岛、旗岛、久良岛等。侧陆为抚远三角洲（黑瞎子岛），也是这些小群岛中最大的岛屿，位于黑龙江与乌苏里江汇合处的三角地带，西面为抚远水道，北面和东南面与俄罗斯隔江相望，故称抚远三角洲，是一个三面环水的封闭岛屿。

黑龙江的水适宜鱼类生长，盛产的鱼类品种繁多，有鳜鱼、鳜花鱼、鳌鱼、脊花鱼、胖鳜、花鲫鱼、鲫瓜子、月鲫仔、土鲫、细头、鲋鱼、寒鲋、喜头、鳊花、油鳊、鲫壳、母猪壳等。黑龙江的鱼，主要是以植物为杂食性鱼，喜群集而行、择食而居；其肉质细嫩、营养价值高，并含有大量的钙、磷、铁等矿物质。

第三章　五大连池

五大连池风景区位于黑龙江省黑河市五大连池市，距五大连池市区18公里，

地处小兴安岭山地向松嫩平原的过渡地带，是国家 5A 级旅游景区、世界地质公园、世界最佳自然保护地、世界人与生物圈保护区、国际绿色名录、国家重点风景名胜区、国家级自然保护区、国家森林公园、国家自然遗产、国家旅游科技示范园区、中国旅游胜地四十佳、全国中小学生研学实践教育基地、中国矿泉水之乡、中国著名火山之乡。五大连池风景区总面积为 1060 平方公里，1719 年—1721 年间，火山喷发，熔岩阻塞白河河道，形成五个湖泊相互连接，因而得名五大连池。是由莲花湖、燕山湖、白龙湖、鹤鸣湖、如意湖五池水组成串珠状的湖群。

五大连池周边的火山群、地质景观、人文景观、植物景观、水景等组成了一道美丽风景线。这里的天然植物 618 种、野生动物 397 种，是世界上研究物种适应和生物群落演化的最佳地区。五大连池的火烧山岩石成分非常特殊，有碱性的火熔岩、响岩类玄武岩、龙形"石龙岩"。五大连池区内有 14 座火山，均分布在东西连线的交会处，构成了棋盘格子式的布局。五大连池火山群海拔高度为 400—600 米，以火山锥的特殊结构、各种火山熔岩流动形迹、结满冰霜的熔岩隧道，以及冷碳酸矿泉而闻名于世。元 1719 年—1721 年，老黑山和火烧山，喷发溢流的熔岩阻塞石龙江，形成了五个火山堰塞湖，"五大连池"。

五大连池第一个湖泊，也叫头池，是有睡莲的天然湖泊，其景致别具特色。夏季湖中睡莲盛开，娇美动人，湖水平静异常；冬季波涛汹涌，激流溢出，水转石绕，犹如火山熔岩瀑布飞流直下，非常壮观。"宛如蛟龙画中游，水流环绕火山岩。堰湖溢口波涛涌，睡莲幽香待来年"。莲花湖的清泉石流，湖光山色，在高寒的北国堪称罕见的奇观。五大连池，湖水清澈，温度适宜，是天然的养殖场，也是大胖头鱼最集中的水域。其"地质界湖"远古泥沙岩的地貌，穿越了亿万年时光隧道，"一湖二景"展现风采。"传奇湖泊"的暗河之谜、冰断之谜、湖底金沙之谜，还有黑龙白龙、蛤蜊城、连池仙子的神话故事世代流传。

鹤鸣湖岸边，香蒲、芦苇、植物十分茂密。古老的湖泊中，水底火山砂，鱼类丰富，盛产鲫鱼。菱角水草丛生，野生水鸟白鹤、丹顶鹤双栖双飞筑巢产卵，营造新的生命。横贯的是一个形似玉如意的湖面，既没有河道流入，又没有明溪巨泉，一年四季波光粼粼，无风起浪，惊涛拍岸，"仙岩锁镇白龙头，欲不罢休也罢休。任你无风三尺浪，不计旱涝保丰收"。湖中盛产"三花五罗"，独揽水景风光。五大连池的景色十分优美，池底熔岩和砂底各占一半。湖面开阔，夏有"群山倒影"，冬有"三池冰断"。湖泊两岸，树绿草碧，站在新期火山熔岩观景台，田园风光尽收眼底。湖畔浓郁的芳草散发着清香，有着独特的风韵。

第四章　乌苏里江

乌苏里江位于中国黑龙江省东部的边陲，是中国与俄罗斯的界江。全长 905 公里，流域面积约为 18 万平方公里。乌苏里江的历史可追溯到古代。在清朝，乌苏里江被正式命名为"乌苏里江"，是中国的内河。1860 年，沙俄通过《中俄北京条约》割去中国乌苏里江以东 40 万平方公里的领土，乌苏里江遂成为中俄界江。乌苏里江是中国东北地区的重要经济带之一，也是中俄两国进行经贸合作的重要平台。

乌苏里江的中俄界江左岸的国家森林公园是中国东北以江水风光、森林景观、人文史迹为一体的，具有观光娱乐、休闲度假、科普教育等多功能综合性的生态型森林公园。园内有森林、山丘、平原、沼泽。植物 400 多种，包括珍稀树种、乔木、乌苏里杏、乌苏里皂角、乌苏里梓树等。兽类 23 种，有黑熊、马鹿、水獭、猞猁等。园内还有三个鸟岛，有 52 种鸟类，如一级动物白鹳、白尾海鸥、白头鹤等。乌苏里森林公园人文历史丰富，生态环境优良。公园内有浩瀚的乌苏里江、北国一绝的千亩荷塘"月牙湖"等自然景观，还有始建于清朝雍正年间，迄今近 300 年的东方第一庙"关帝庙"，这是第二次世界大战时期，日本关东军强迫中国劳工建造的地下军事要塞，也是历史的见证。还有为了纪念苏联红军二战末期驱逐日寇，解放虎头城牺牲的将士修筑的纪念碑"小白塔"、博物馆、度假村、天下第一虎等 10 多处人文景观。整个公园包括虎头景区、小西山景区、七虎林河景区、月牙湖景区；狩猎场、杜平山滑雪场、丛林之战、野生动物养殖场、科普园、森林浴场等景观和景区餐饮、住宿、娱乐、道路服务等。

乌苏里江顺流而下可达珍宝岛，逆江而上可达国家一级中俄陆路口岸"吉祥口岸"。

乌苏里江风光美，阳光明媚，江水荡漾，轮船行驶在江上，岸边各种当地小吃、手工艺等品种繁多。熙攘的人群中，掺杂小摊贩兜售叫卖声，非常热闹，散

发着浓郁的生活气息。让人不禁想起了充满激情的《乌苏里船歌》，也是中国东北地区赫哲族经典的曲目。这首歌曲描绘了乌苏里江畔的美丽风光和赫哲族人民，捕鱼、狩猎、织网等美好的生活。《乌苏里船歌》音乐优美、旋律高昂，是中国东北地区的文化瑰宝，也是世界民族音乐宝库中的珍品。

乌苏里江的水资源富饶，包括河流、湖泊、沼泽等。它拥有许多珍贵的动植物资源，如大马哈鱼、鲟鱼、憾鱼、诸多鱼类品种；还拥有珍稀的植物资源等，是中俄界江湿地的重要组成。乌苏里江，以它独特的风韵、生态自然环境，以及丰厚的人文历史吸引着世界的瞩目。

第五章 雪 乡

雪乡位于牡丹江西南部海林市大海林业局北沟附近，在张广才岭与老爷岭交会之处，也是国家森林公园，占地面积 500 公顷，海拔均在 1200 米以上。雪乡原名双峰林场，公路交通便捷（雪乡公路已经建设完成），这里降雪频繁，雪期很长，有"天无三日晴，终年积白雪"之说。雪乡夏季多雨，冬季多雪，受日本海暖湿气流和贝加尔湖冷空气影响，积雪期长达 7 个月，从每年的 10 月至次年 5 月积雪连绵，平均年积雪厚度达 2 米，雪量堪称中国之最。雪乡的雪质好，黏度高，素有"中国雪乡"的美誉。雪乡因常年积雪深厚，形成了大小不等的雪山。白雪皑皑，层层叠叠，状似奔马、卧兔、神龟、巨蘑等，千姿百态，冰莹剔透；有的好似天上的云朵飘落山林，有的就像水晶宫里的琉璃世界，美不胜收；放眼望去，银装素裹，分外妖娆。使人不由自主地想起了毛泽东的《沁园春·雪》"北国之春，千里冰封，万里雪飘、江山如此多娇，引无数英雄竞折腰……"雪乡是人心中向往的梦幻天堂，也是中国人民解放军"八一"雪场，国家滑雪训练基地，为国家培养出了很多优秀世界级滑雪运动员，带动了雪乡，高山滑雪、越野滑雪、雪地摩托、专业滑雪板、高山雪橇、马拉爬犁、雪地之舟观光车等冰雪运动，还有雪雕城、雪迷宫、雪吧、赏雪摄影等娱乐项目的发展。

雪乡风景美丽圣洁，展现给人们的是一个，纯净透明的阳光天地。双峰林场藏于深山，白雪覆盖松涛树林，树木花草结满了雾凇，像一朵朵盛开的梨花，洁白无垠。远远望去，"忽如一夜春风来，千树万树梨花开"。棉海如山，美丽极了！在这冰天雪地的林海雪原中，雪乡影视城里的土匪窝、跑马场、木屋、栈桥、吊楼、地窨子、白桦林更是形成了一道靓丽的东北特色历史文化风景线。林海雪原剿匪，夜袭威虎山，还有夹皮沟小火车的汽笛声，都是雪乡人民永恒的记忆。雪乡影视城，还是影视剧《闯关东》和《北风那个吹》等及湖南卫视大型亲子秀《爸爸去哪儿》最后一站的拍摄地。

雪乡民风朴实，每当夜晚，家家户户门前挂着的红灯笼，屋檐滴悬着特殊的冰凌帘，窗子上凝贴着透明的冰花，门前的植物上雾凇如钻石般缀饰庭院。红色的灯光映衬在洁白的雪地上，如梦如幻，好似诗画交融的仙境。人们不远万里前来游览雪乡。白天，人们穿上精心准备的五彩缤纷的滑雪衣，翻越崇山峻岭，纵身林海雪原，感受雪乡纯净特殊的美。晚上身着"花红柳绿"流行元素的服饰，品尝着特色东北菜：大白菜炖肉、地三鲜、辣烧鸡、酸菜炖粉条、炒野菜、猪血肠、豆腐蘑菇等美食。

第六章　牡丹江

牡丹江是松花江的重要支流，位于黑龙江省东南部。它发源于长白山脉之北的牡丹岭，流经吉林省敦化市和黑龙江省宁安、牡丹江、海林、林口、依兰等县（市），最后在依兰县城西注入松花江。全长 726 公里，流域面积 3.1 万平方公里。牡丹江的上游干流奔行在张广才岭和老爷岭之间，河谷狭窄。在宁安县（现为宁安市）南部干流被火山熔岩流堵塞，形成镜泊湖。

牡丹江是林海雪原中流淌的山脉。在银装素裹的世界里，漫飞雪寒冷的冬天，孕育出了如诗如画的美景。雪松、雾凇；雪花飘扬，好似洁白的蝴蝶，漫天飞舞，给大地披换上崭新的银装。森林茂密而壮观，宛如绿色的屏障，在白雪的覆盖下，滴水成柱的冰凌，随风发出悦耳声音，甚是好听。奔腾的江水，疲倦地在冬季，冰封凝固了流淌沉睡去。海林市横道河子镇，于 1998 年建立了影视拍摄景区，

它以影视拍摄服务为主，并兼有游览观光、避暑度假、爱国主义教育等功能。主要景点包括林海镇、夹皮沟村、神河庙、威虎厅等多处影视拍摄景观，如《林海雪原》《3D 智取威虎山》，电视剧《闯关东》等作品都在此取景。

牡丹江就像它的名字一样，雍容华贵，堪称无冕风景之王。

第七章　漠河北极村

北极村位于黑龙江省大兴安岭地区漠河市北极镇，是中国最北的城镇，主要景点涵盖北极圣诞滑雪场、北极圣诞村、漠河石林、观音山景区等，国家 5A 级旅游景区。素有"金鸡之冠"、"神州北极"、"不夜城"之美誉，是全国观赏北极光的最佳观测点，也是中国"北方第一哨"所在地。在北极村不仅可以体验到真正的极寒气候，还有机会亲眼目睹神秘莫测的北极光。每年冬季，北极村会举办冰雪文化节，雪地摩托、冰钓、雪雕等活动。站在中国最北点，面向南方，仿佛整个世界都在你的脚下，那份壮阔的豪情，是任何语言难以形容的感慨。

北极村原名漠河村，早在 1860 年（清咸丰十年）就有人在这里居住，1888 年吉林知府李金镛奉命到漠河开办金矿，由此形成了黄金之路，漠河村设为三十站，这也是漠河村最繁盛时期。1906 年（光绪三十二年）置卡伦，1909 年（宣统元年）设总卡衙门，1914 年（民国三年）为设治局公署驻地，1917 年由设治局改升为二等县域所在地，1947 年并入呼玛县，1981 年漠河重新建县，将漠河乡、兴安乡划归漠河县。

北极村是国家级自然保护区，自然资源极为丰富，属于界江保护、野生动物保护、廊道类型保护，对野生动物基因国际交流具有重大意义。该保护区内有国家级保护动物达 40 种之多，国家重点保护植物 6 种。

1、圣诞滑雪场，距北极村 20 公里，每年的冰雪期大约有 7 个月，因北极独特的地缘优势，吸引着游人来此观光、滑雪、感受冰雪带来的快乐，引爆了漠河的冰雪旅游。圣诞滑雪场是按照国内初级滑雪场设计，休息室、雪具大厅、库房、泵房等都按标准建设，拖牵、魔毯、水电系统等基础设施俱全，为滑雪运动提供方便和安全防范。

2、北极圣诞村，距北极村 22 公里，圣诞树高耸，古朴神秘，欧式建筑古朴典雅，有亚洲唯一的圣诞世界，芬兰罗瓦涅米纯正的圣诞老人。景点包括：圣诞老人屋、圣诞邮局、圣诞老人广场、儿童童话世界、白雪公主乐园、七个小矮人藏宝屋等。北极圣诞村以冰雪、界江、极光、森林于一体，突出了西方圣诞文化和中国极地风光，是观赏极光，亲近自然，体验童话世界。

3、漠河石林位于县城西南 120 公里处，占地面积 53 平方公里，海拔 1000-3000 米，漠河石林地质年代久远，石林母岩大约生成于 6 亿年前。从发现的大量石臼、风蚀壁龛等地质遗迹分析，在冰川运动、风化侵蚀等外动力地质作用下铸就了漠河花岗岩石林的形状。石林群集奇、绝、险、幽、雅于一身，构成了漠河石林独特的地质生态奇观，具有科学考察和观赏旅游价值。

4、观音山景区，景观轴线贯穿南北，北部庙区，山上奉安的北极林海观音是海南南山海上 108 米观音的原身像，高 10.8 米，为一体化三尊造型，三面分别是持箧观音，持莲观音，持珠观音。南部休闲区提供度假休闲、服务接待。观音山景区主要分为自然山体、佛教朝圣、湖水休闲、生态休闲、人文景观、景区广场等八个结构分区。整个景区有山、水、林、庙、桥、佛融为一体，人与自然和谐统一，重点突出了生态文化和生态景观的风光美。

第八章　镜泊湖

镜泊湖是中国最大的高山熔岩堰塞湖，位于黑龙江省牡丹江市西南部的松花江支流牡丹江干流上，距宁安市 50 公里，海拔 351 米，湖水深度平均为 40 米，常年水位最高 353.65 米，最低 345.61 米，蓄水量 16.25 亿立方米。镜泊湖以其湖水清澈见底，四周自然风光秀美而闻名。湖面波光粼粼，树木葱绿，山峦倒映，精美如画卷。每年夏季，镜泊湖还会举办旅游文化节，划船、垂钓、露营等活动，让人们在清凉中享受大自然的馈赠风景。镜泊湖是著名旅游、避暑、疗养胜地，全国文明风景旅游区示范点，国家重点风景名胜区，国际生态旅游度假避暑胜地，

世界地质公园。

镜泊湖远在 1000 年前的唐代，居住在这里的满族先民，鞑鞨人称镜泊湖为忽汗海，辽称扑鷲水，金称必尔腾湖，是满族先祖肃慎人故地、清皇族先祖所居之地。宁古塔曾经是清朝流放犯人九死一生之地，"人生千里与万里，黯然销魂别而已。君独何为至于此，山非山兮水非水。"可见宁古塔的偏僻与可怕，现在的镜泊湖，却以湖水照人如镜而闻名。

镜泊湖的出口处，由玄武岩构成陡峻的峭壁，湖水冲泻而下，形成一个宽约 30 多米、落差 20 多米的镜泊湖瀑布，俗称"吊水楼"。镜泊湖水源于牡丹江，西北部的火山群自 100 万年前不断喷发，形成了一条长达百余里的玄武岩台地，距今 4800 年，熔岩流与来自西北部火山群喷发物汇集，形成了断陷谷地。吊水楼附近一道玄武岩堰塞堤，堵塞了牡丹江河道及其支流，形成了世界最大的火山熔岩堰塞湖—镜泊湖，还形成了小北湖、钻心湖、鸳鸯池等一系列大小湖泊。

第九章　亚布力滑雪场

黑龙江亚布力滑雪场，拥有多条初中高级滑雪道，是中国最早的滑雪场之一，国家首批 5A 级景区。滑雪场配套服务设施完善，拥有多样的雪道，无论是初学者还是资深滑雪者，都能在这里找到属于自己的乐趣。亚布力新体委滑雪场，全自动，半自动混合造雪系统覆盖长 12460 米，面积 431800 平方米，6 人吊厢拖挂，双人吊椅，单人吊椅索道供您选择。1996 年第三届亚洲冬季运动会滑雪项目在这里竞技，使亚布力声鸣鹊起，并逐步发展成为中国最大，设施最先进，条件最为优越的雪上运动场所。亚布力新体委滑雪场是目前中国规划最大，设施最先进，服务最完善，旅游滑雪与竞技滑雪与一体的综合性滑雪场。2009 年 2 月成功举办了第 24 届世界大学生冬季运动会。

亚布力因雪而美丽，白雪，是上苍赐予北国的特殊礼物，人们置身于林海雪原中，仿佛进入了纯净的童话世界。每年的十月末左右，北方的天空便会飘洒六角雪花。雪后天晴，大地披上了银装，阳光照在雪地上闪烁着耀眼的光芒。白雪把万物装扮的洁白无瑕，路边的杨柳在白雪的覆盖下，娇俏别透，千姿百态，有的象棉絮，有的象茸花，条条白银链，层层芦花飞，微风吹过，雪花飘满天，美丽如仙境。

亚布力新体委滑雪场为中国第一座符合国际标准的大型旅游滑雪场，拥有高、中、初级滑雪道一五条，越野滑雪道一条，总长度三十公里，旅游滑雪缆车三条，为游客提供高山滑雪、越野滑雪、雪橇滑雪、雪地摩托、狗拉雪橇、马拉雪橇、湖上滑冰、堆雪人、雪地烟花篝火晚会等游艺项目。还有儿童滑雪娱乐区和风车传统滑雪区。同时设有雪具出租店，滑雪学校，山顶、山腰、山下设有多处酒吧、快餐店、购物中心、红十字救护站，以及国际国内长途电话及卫星电视等服务配套设施

第十章　扎龙国家自然保护区

扎龙国家自然保护区，位于黑龙江省齐齐哈尔市铁锋区扎龙镇扎龙村，是中国著名的丹顶鹤栖息地，也是世界上最大的鹤类自然保护区之一，拥有丹顶鹤、白鹤、白头鹤、白枕鹤、灰鹤、蓑羽鹤 6 种，被誉为"丹顶鹤之乡"。春秋季节，大批丹顶鹤在这里栖息、繁殖，形成了壮观的自然景象。

目前丹顶鹤已列入全球濒危种类，全世界现存丹顶鹤 2000 只，扎龙有 346 只，占世界丹顶鹤总数的 17.3%。扎龙国家自然保护区是丹顶鹤的繁殖地，1986 年第一次发现灰鹤巢，现有白枕鹤 34 只，蓑羽鹤 50 多只，其它鸟类约 260 种，国家重点保护鸟类有 35 种。

扎龙国家自然保护区，除丰富的鸟资源外，也是中国北方地区生态系统保留最完整的原始湿地，植物资源丰富，有高等植物 468 种，67 科，草本植物占绝大多数。两栖类、爬行类动物相对贫乏，有四科六种，分别为极北鲵、大蟾蜍、花背蟾蜍、无斑雨蛙、黑斑蛙、黑龙江林蛙。爬行类有鳖和麻蜥两种。兽类 21 种，隶属 5 目 9 科。昆虫类 277 种，隶属于 11 目 65 科。还有 20 种兽类，包括狼、赤狐、狍、獾和黄羊等；两栖类四种，有中国林蛙、黑斜线蛙、列斑雨蛙、花嘴蟾蜍；爬行

动物有 3 种，包括蜥蜴、淡水龟等；水生鱼类 40 种。

第十一章　黑瞎子岛

　　黑瞎子岛，又称抚远三角洲，位于黑龙江省佳木斯市抚远市黑瞎子岛镇，地处黑龙江和乌苏里江的交汇处主航道西南侧，是中国最东端的领土，也是中国最早见到太阳的地方。黑瞎子岛地处中俄边境的交界处，这片神秘的边境岛屿，自然风光秀丽，生态环境优美，主要景点有：原俄罗斯旧兵营、湿地公园、东极宝塔、野熊园等。岛上主要生长柳树、榆树、杨树、柞树和牧草，岛周围水域盛产江鱼。

　　黑瞎子岛是由银龙岛、黑瞎子岛、明月岛 3 个岛系，93 个岛屿和沙洲组成，现有 87 个岛屿和沙洲，其中岛屿 73 个，沙洲 14 个，岛长 58800 米，最宽处为 14000 米，面积约 335 平方公里。黑瞎子岛平均海拔约 40 米，地势平坦。它并非江中岛屿，而是一块冲积而成的三角洲，三面环水自成体系，该岛控制黑龙江、乌苏里江主航道，是两江的咽喉要道，战略地位十分重要，东岸是俄罗斯远东地区政治、经济、文化中心哈巴罗夫斯克（伯力）市。

　　2024 年 5 月 16 日至 17 日，俄罗斯联邦总统弗拉基米尔·普京对中华人民共和国进行国事访问。中俄双方签署《中华人民共和国和俄罗斯联邦在两国建交 75 周年之际关于深化新时代全面战略协作伙伴关系的联合声明》，声明内容如下：积极支持地方合作和边境合作，扩大两国地方间全面交流。在俄罗斯远东地区优惠制度框架下按照市场化、商业化原则加强投资合作，开展工业、高科技产业合作生产。

　　黑瞎子岛风景壮丽，走在通岛浮桥上，领略边境风情，一目了然江河景色。游览北大荒生态园，感受"水立方"技术的建筑群，登上 81 米高的汉唐风格东极宝塔，眺望欣赏美丽的沿岸风光，感受黑瞎子岛的独特魅力。塔下的太极图案圆形广场上，代表黑瞎子岛回归的 171 平方公里领土象征。在岛上还可以品尝到丰富的当地美食，黑瞎子岛的美食以海鲜、河鲜为主，口味鲜美，令人回味无穷。

第十篇　江苏——富饶三吴

　　江苏省，简称"苏"，是中华人民共和国省级行政区，省会南京，位于长江三角洲地区。与上海市、浙江省、安徽省、山东省接壤，中国大陆东部沿海、跨江滨海，湖泊众多，东临黄海，地跨长江、淮河两大水系。地势平坦，由平原、水域、低山丘陵构成，气候宜人。位于东经116°18′～121°57′，北纬30°45′～35°20′之间，面积10.72万平方公里。江苏经济繁荣，教育发达，文化昌盛。地跨长江、淮河南北，京杭大运河从中穿过，是中国古代文明的发祥地之一。

　　江苏是中国的一个经济大省，建省始于清代初年，取江宁府、苏州府两府之首字得名。江苏拥有吴越文化、金陵文化、淮扬文化、楚汉文化等多元文化地域特征，共拥有13座国家历史文化名城。江苏省下辖地级市全部进入全国百强，其综合实力百强区、百强县、百强镇数量位居全国第一。江苏以江南水乡为特色，著名的风景有瘦西湖、夫子庙、秦淮河风景带、周庄古镇、同里古镇、惠山古镇，古典园林如拙政园、留园等。江苏的美食也很丰富，如南京盐水鸭、无锡酱排骨、太湖三白、阳澄湖大闸蟹，盱眙小龙虾、蟹黄包、小笼包、鸭血粉丝汤等，展示了江南美食独特的风味。

第一章　南　京

　　南京市，简称"宁"，古称金陵、建康，是副省级城市、中国特大城市、国家历史文化名城、都市圈核心城市、国家华东地区重要的中心城市、全国重要的科研教育基地和综合交通枢纽。总面积 6587.02 平方千米。南京地处中国东部、长江下游、濒江近海，是国家长三角辐射带动中西部地区发展的重要门户城市、东部沿海经济带与长江经济带战略交会的重要节点城市。南京是一座经济、科技、教育文化发达，充满活力的现代大城市。

　　南京是六朝古都、中华文明的重要发祥地，是江苏省政治、经济、文化、科技中心。南京历史文化悠久，早在 50 多万年前已有南京猿人在汤山生活。建都有几千年历史，推至 3100 多年前的商代晚期。南京是国家重要的科教中心，有"天下文枢""东南第一学"之称。明清中国一半以上的状元均出自南京江南贡院。南京有各类高等院校 68 所，一流高校 13 所，985 高校 2 所，211 高校 8 所；两院院士 97 人，仅次于北京上海，科研城市排名中国第三。南京在联合国人居署发布亚洲城市百强名单位列亚洲第十一、中国大陆第五。南京的名胜风景很多，如中山陵、南京博物院、牛首山、南京海底世界、紫金山国家森林公园等。

第一节　中山陵

　　中山陵位于江苏省南京市玄武区紫金山南麓钟山风景名胜区内。1961 年被国务院公布为全国第一批重点文物保护单位，1982 年被列为国家级风景名胜区，1991 年被国家旅游局列为中国旅游胜地四十佳，2007 年被列为首批国家 5A 级旅游景区，2016 年入选首批"中国 20 世纪建筑遗产"名录。中山陵是中国近代伟大的民主革命先行者孙中山先生的陵寝及其附属纪念建筑群，陵寝面积 8 万余平方米，于 1929 年建成。中山陵前临平川，背拥青嶂，东毗灵谷寺，西邻明孝陵，整个建筑群依山势而建，由南往北沿中轴线逐渐升高，主要建筑有博爱坊、墓道、陵门、石阶、碑亭、祭堂和墓室等，排列在一条中轴线上，体现了中国传统建筑的风格，从空中往下看，像一座平卧在绿绒毯上的"自由钟"。中山陵建筑融汇中国古代与西方建筑之精华，庄严简朴，别创新格。中山陵各建筑组合、色彩运用、材料表现和细部处理上均取得极好的效果。中山陵音乐台、光华亭、流徽榭、仰止亭、藏经楼、行健亭、永丰社、永慕庐、中山书院等建筑众星捧月般环绕在陵墓周围，构成中山陵景区的主要景观，色调和谐统一更增强了庄严的气氛，既有深刻的含意，又有宏伟的气势，且均为建筑名家之杰作，有着极高的艺术价值，被誉为"中国近代建筑史上第一陵"。

中山陵的台阶多达 300 级，象征着孙中山先生的三民主义理念。这些台阶比较陡峭，人们每走一步都是表达对孙中山先生的敬仰。中山陵的建筑气势恢宏，沿着石阶而上，映入眼帘的是一座高耸的石牌坊，上面镌刻着"天下为公"四个大字，这是孙中山先生一生的信仰。继续前行，来到中山纪念馆，这里记录了孙中山先生一生的奋斗历程和民主思想的精髓。中山陵是中国近代史的发展历程的见证，更是中华民族民主思想和精神的象征。站在中山陵的平台上，可以俯瞰整个南京市区的风景。在中山陵内，供奉着孙中山先生的雕像和遗体。灵堂的两侧墙壁上刻着孙中山先生的"三民主义"理论，顶上悬挂着国民党的党旗"青天白日旗"。这座灵堂庄严肃穆，让人们感受到这座陵地不仅是对孙中山先生的缅怀，更有深刻的历史意义。

第二节　雨花台

南京雨花台有着悠久的历史和文化背景。雨花台拥有许多名胜古迹：如甘露井、雨花阁、二忠祠等。这些古迹见证了雨花台的历史悠久。在梁朝时期，雨花台被建成为一座高座寺，后来逐渐成为一座佛教圣地。据说，云光法师曾在雨花台讲经，并感动了观音大士，变作焦面鬼王，往四大部洲拘摄幽魂，来受甘露之味。人们把云光法师讲经的高台取名"雨华台"，后因雨华台周围四季鲜花常开不衰，得名为"雨花台"并沿用至今。

走进雨花台，在绿树成荫的山坡上，肃穆庄严是一座座形态各异的烈士就义群雕。这些雕塑栩栩如生，仿佛革命烈士活生生浮现在眼前。在雨花台的最高处，矗立着一座高大雄伟的烈士纪念碑。碑身刻着"雨花台烈士纪念碑"几个大

字熠熠生辉，仿佛看到革命烈士们抛头颅洒热血，英勇就义的光辉形象，激励着人们砥砺前行。南京雨花台，是日军屠杀中国平民的场所。根据国务院批复，中国政府设立纪念日，自 2014 年起，每年 12 月 13 日南京大屠杀死难者国家公祭日，全国鸣笛志哀，国家公祭仪式主会场下半旗。

第三节　玄武湖

玄武湖，又称后湖、北湖，位于南京市玄武区，是国家 4A 级旅游景区、国家重点公园、国家级水利风景区、中国十大休闲湖泊。玄武湖东枕紫金山，西靠明城墙，北邻南京站，南倚覆舟山。玄武湖的人文历史可追溯至秦朝，六朝时期，这里是皇帝操阅水师的场所，被辟为皇家园林。南岸建有华林园、乐游苑等皇家宫苑。北宋时，江宁府尹王安石"废湖还田"，玄武湖因此消失二百多年。元朝时，经过两次疏浚，玄武湖重新出现。明朝时，设为后湖黄册库，系皇家禁地；清末举办南洋劝业会时，开辟丰润门(今玄武门)，玄武湖成为游览区。1928 年 8 月，玄武湖作为公园正式对外开放。

玄武湖呈菱形，景区总面积 5.13 平方千米，湖泊被五洲"环洲、樱洲、菱洲、梁洲、翠洲"分为三大块，即北湖，东北湖、西北湖，东南湖和西南湖。北湖水较浅，西南湖水最深，湖内由湖堤、桥梁和道路连通。玄武湖属于浅水湖泊，水源来自紫金山北麓，主要入湖沟渠有 7 条，与护城河、金川河、珍珠河相通，担负着生态景观、市民休闲、观光旅游、城市防洪排涝、城区河道生态补水等综合功能。

玄武湖是中国著名的皇家园林之一，也是中国南方水乡的代表之一。在这里可以感受到江南湖泊柔情似水的韵味。玄武湖的水质纯净，四季景色优美。在玄武湖畔，可以欣赏到美丽的湖光山色。湖面宽广辽阔，湖水碧澄清澈。湖畔树木景物倒映在水中，在波光中浮动，周围空气清新宁静，衬托着玄武湖风景美轮美奂美。玄武湖周围还有荷花淀、鸡鸣寺、台城等风景名胜旅游景区，每个景点都展示着独特的魅力。

第四节　总统府

南京总统府位于南京市玄武区长江路 292 号，是中国近代建筑遗存中规模最大、保存最完整的建筑群，也是南京民国建筑的主要代表之一、中国近代历史的重要遗址。南京总统府自近代以来，多次成为中国政治军事的中枢、重大事件的策源地，中国一系列重大事件或在这里发生，或与这里密切相关，许多重要人物都在此活动过。总统府至今已有 600 多年的历史，可追溯到明初的归德侯府和汉王府；清代被辟为江宁织造署、两江总督署等，康熙、乾隆南巡均以此为行宫；太平天国定都天京后，在此兴建规模宏大的天王府；1912 年 1 月 1 日，孙中山在此宣誓就职中华民国临时大总统，辟为大总统府，后为南京国民政府总统府。

总统府建筑群占地面积约 9 万平方米，既有中国古代传统的江南园林，也有近代西风东渐的建筑遗存，分为三个区域：中区主要有国民政府、总统府及所属机构，西区有孙中山临时大总统办公室、秘书处、西花园、孙中山起居室及参谋本部等，东区主要有行政院、陶林二公祠、马厩和东花园等。其中分布着总统府文物史料、孙中山与南京临时政府、太平天国、清两江总督署等十多个文物史料和复原陈列。总统府内"太平天国天王府遗址"为全国重点文物保护单位。1998年辟为中国近代史博物馆。总统府内"孙中山临时大总统府及南京国民政府建筑遗存"是国家重点文物保护单位，是国家 4A 级旅游景区，中国 20 世纪建筑遗产名录。

第五节 鸡鸣寺

鸡鸣寺位于南京市玄武区鸡笼山东麓山阜上，又称古鸡鸣寺，历史悠久。东吴三国时属吴国后苑之地；西晋永康元年，在此倚山造室，始创道场；东晋辟为廷尉署；南梁大通元年，梁武帝在鸡鸣埭兴建同泰寺，曾四次"舍身"于此，并在寺院内颁布《断酒肉文》，为佛教素食肇始，从此这里成为佛教圣地，天竺高僧菩提达摩从印度来建康时就居于此；南唐时易名净居寺，后改圆寂寺；宋朝时改为法宝寺。 明朝洪武二十年（1387 年），明太祖朱元璋下令重建寺院，扩大规模，并御题"鸡鸣寺"，后经不断扩建，院落规模宏大，占地达千余亩，殿堂楼阁、台舍房宇达三十余座。清朝咸丰年间毁于战火，同治年间重修；1958 年改为尼众道场；1983 年起依明清时规模形制复建对外开放。

鸡鸣寺，又称"南朝第一寺"，是南京最古老的梵刹和皇家寺庙之一，香火旺盛不衰，自古有"南朝四百八十寺，多少楼台烟雨中"的赞誉。清朝刑部尚书

王士祯的《登鸡鸣寺》"鸡鸣山上鸡鸣寺，绀宇凌霄鸟路长。古埭尚传齐武帝，风流空忆竟陵王。"南朝时期，鸡鸣寺、栖霞寺、定山寺三寺齐名，是南朝时期中国的佛教中心。鸡鸣寺的建筑雄伟壮观。寺内有大雄宝殿、观音楼、韦驮殿、志公墓、藏经楼、念佛堂、药师佛塔、胭脂井、豁蒙楼、景阳楼等主要建筑。大雄宝殿内奉祀三宝佛，有外山门、三大士阁、钟鼓楼、禅房、素菜馆等建筑。占地面积约 5 万平方米。山门牌坊"鸡鸣寺"由赵朴初先生题写，并有释定持、朱帆、余藻华等名家题撰的楹联墨宝。药师佛塔是 1991 年新建的七层八面佛塔，是鸡鸣寺历史上的第五座大佛塔。塔高约 44.8 米，外观为假九面，实为七级八面，斗拱重檐，铜刹筒瓦等，塔内供奉有药师铜佛像一座。

关于鸡鸣寺来源有多种说法，据说，明洪武十四年（1381 年），朱元璋夺得天下后，想建造国子监，亲临选址，选中鸡笼山东麓为馆址，"鸡笼"，不合圣意，就改名为"鸡鸣"，取的是"晨兴勤勉"之意。另一种说法，清人余宾硕的《金陵揽古》"寺前有鸡鸣埭。齐武帝早游钟山，射雉至此，始闻鸡鸣也"认为因鸡鸣埭而得名。还有一种古老的传说，传说在南京玄武湖边的九华山上，盘踞着一只蜈蚣精，口喷毒火数十丈，危害人间，造成人畜伤亡很大，搅得人们恐慌不安。金陵的百姓日夜烧香，祈求苍天消灾避难保平安。百姓的祈祷惊动了天庭，玉皇大帝指派昴日星官下界，铲除蜈蚣精。昴日星官领命下凡，蜈蚣精正在喷焰伤人，昴日星官摇身一变，化成一只大公鸡，冲着蜈蚣精大叫一声，蜈蚣精一看克星来了，吓得慌忙逃窜（因为昴日星官真身就是只大公鸡）。星官哪容蜈蚣精逃脱，迅速咬住蜈蚣精，经过一番搏斗，蜈蚣精被咬死。昴日星官返回天宫复命。金陵又恢复太平，百姓们为了纪念昴日星官为民除害，便在北极阁山（即又名鸡笼山）上建造了一座寺庙，焚香叩拜，称"鸡鸣寺"。

鸡鸣寺山门正中，书写"古鸡鸣寺"四个金字，步入山门，左为施食台（志公台）。施食台前为弥勒殿，上为大雄宝殿和观音楼，殿内供奉着两尊由泰国赠送的释迦牟尼和观音镏金铜坐像，并新塑了观音应身像三十二尊，供奉于殿内。大雄宝殿之东为凭虚阁遗址，西为塔院。左侧为豁蒙楼，楼甚轩敞。东为景阳楼，楼上有对联一副云："鸡笼山下，帝子台城，振起景阳楼故址；玄武湖边，胭脂古井，依然同泰寺旧观。"这副对联包含着关于鸡笼山、台城、玄武湖、同泰寺、胭脂古井等遗迹的故事。鸡鸣寺的历史文化底蕴博大深厚，是万象佛教的圣地，取之不尽沿袭宝库。

第六节 秦淮河

秦淮河风景带是中国最具代表性的河流景观之一，也是南京历史文化重要载体和水运交通枢纽。全长110公里，经南京市区约25公里，河流两岸以秦淮河为轴线，串联起夫子庙、中华门、瞻园等众多名胜古迹，形成了独具特色的秦淮河风景带。这里地势平坦，河岸两侧多低山丘陵，自然风光秀美，历史人文底蕴丰厚。这里曾是六朝古都、明清时期商业繁荣的地区，留下许多古建筑、古桥、古塔、白鹭洲等，这些景点在历史文化的延伸中保持着独特的魅力。秦淮河的自然景观和人文景点非常丰富。这里山峦延绵，河水清澈，绿树成荫。两岸寺庙、岛屿、塔楼等古建筑以六朝文化、明清文化为主，这古桥、古塔等都是历史的见证。夫子庙是风秦淮河景带的核心景点之一，是祭祀孔子的专祠，也是中国最大的孔庙。中华门是南京古城的南大门，是明朝时期的重要防御建筑。瞻园是江南园林风格，布局精巧、景致优美。

秦淮河风景带的历史文化和艺术特色独特，传统的民俗文化源远流长，如六朝的文学、明清的戏曲，建筑、雕刻、绘画等艺术风格非常鲜明。秦淮河风景带自然景观和人文景观融为一体，展现了中国传统文化的博大精深。历史遗迹和文化传播广泛，秦淮河域流传着许多故事。其中，杜十娘怒沉百宝箱的故事，就是发生在这里。据说，明万历二十年间，京师名妓杜十娘，心性贞烈，才艺貌三绝，自赎身从良李甲。李甲是一富家子弟落地生员，沉迷烟花，倾尽财钱，无资返乡。杜十娘爱慕李甲才情，李甲贪恋杜十娘美貌，二人结成伴侣，一起回乡。船行至秦淮河，遇大风停泊，被一登徒子窥视杜十娘美貌，同李甲磋商用千金买下杜十娘。杜十娘得知后，痛心疾首，李甲的负心碾碎她美好的愿望和一颗祈做良人的心。她悔恨自己有眼无珠，错把鱼目当明珠。便假意同意被卖，当李甲与人交易之时，杜十娘当众打开自己带来的百宝箱，何止千万金？一颗夜明珠就价值连城，杜十娘连抓宝物扔进河里，斥责李甲贪财负义，愤怒地抱着百宝箱投入滚滚的秦淮河。杜十娘怒沉百宝箱，是明代文学家苏州才子冯梦龙的《警世通言》中名著，也是中国文学历史的经典故事，被广泛传播至今。

秦淮河是古老中华大地上，历史岁月流淌的长河，自古便是文化、政治、经济的交会之地。秦淮河的历史可追溯至春秋时期，当时吴王夫差在河边筑建城墙，

这便是南京城的前身。到了秦始皇统一六国后，他亲自巡视江南，为了沟通南北，下令开凿了秦淮河，使其成为连接长江与太湖的重要航道。三国时期，孙权建都南京，项羽、刘邦等都在秦淮河边留下足迹。明朝时期，明太祖朱元璋在此讨饭度过童少年，后来得天下，定都南京。秦淮河边的夫子庙成了当时的文化中心。秦淮河在中国历史上的地位和影响力无可替代。它见证了中国历史的沧桑变迁，参与了许多重大事件的发生，孕育了许多杰出人物，展示了丰富的文化和艺术特色，对周边地区的政治、经济和文化交流产生了深远影响。在今天，秦淮河已经成为南京乃至中国的一张文化名片，吸引着无数人来探访观光。

第二章　苏　州

苏州是江苏省辖地级城市、特大城市，上海大都市圈、苏锡常都市圈重要城市、国家长江三角洲重要的中心城市之一，是国家高新技术产业基地和风景旅游城市、中国经济最活跃的城市之一，位于华东地区、长江三角洲中部、江苏省东南部，东傍上海，南接浙江，西抱太湖，北依长江。总面积 8657.32 平方千米。苏州工业园区是中国改革开放的重要窗口。全国百强县——昆山连续 18 年居全国首位。苏州是首批 24 座国家历史文化名城之一、著名的江南水乡，有"人间天堂"的美誉。

苏州是吴文化的重要发祥地，始建于公元前 514 年，距今已有 2500 多年历史。苏州姑苏区为全国首个国家历史文化名城保护区。隋文帝取姑苏山之名将"吴郡"改为"苏州"。从春秋伍子胥建阖闾城至今，苏州基本保持着"水陆并行、河街相邻"的双棋盘格局。"君到姑苏见，人家尽枕河。古宫闲地少，水港小桥多。夜市卖菱藕，春船载绮罗。遥知未眠月，乡思在渔歌"。苏州以"小桥流水、粉墙黛瓦、史迹名园"为独特风貌。拙政园、山塘街为代表的苏州古典园林，中国大运河苏州段被列为世界文化遗产，以周庄古镇为代表的江南水乡古镇被列入中国世界文化遗产预备名单，太湖绝大部分景点分布在苏州境内。作为"江南文化"的核心载体，苏州孕育的昆曲、评弹、园林和苏绣，已成为世界辨识中国的鲜明符号。唐代白居易《忆江南》写道："江南好，风景旧曾谙。日出江花红胜火，春来江水绿如蓝。能不忆江南？"

第一节 虎丘山庄

苏州虎丘山，原名海涌山，位于苏州城西北郊，是国家风景名胜区，已列入《世界遗产名录》。虎丘山海拔34.3米，占地面积72.8公顷，被誉为"吴中第一名胜"。1953年，政府接管整修并对外开放。虎丘山为苏州西山之余脉，山体距今1.5亿年。在侏罗纪时代，虎丘山曾是海洋底滩，因海啸喷发岩浆凝结流纹，挤压地壳形成西山，延绵成为一个独立的山丘。宋代郑思肖"何年海涌来？霹雳破地脉，裂透千仞深，嵌空削苍壁"。虎丘山小景多，古树参天，拥有三绝九宜十八景。三绝出自宋代朱长文的《虎丘山有三绝》："望山之形，不越岗陵，而登之者，风见层峰峭壁，势足千仞，一绝也；近邻郛郭，蠹起原隰，旁无连续，万景都会，四边穿窿，北垣海虞，震泽沧州，云气出没，廓然四顾，指掌千里，二绝也；剑池泓淳，彻海浸云，不盈不虚，终古湛湛，三绝也"。九宜为"宜月、宜雪、宜雨、宜烟、宜春晓、宜夏、宜秋爽、宜落木、宜夕阳"。十八景为云岩寺塔、剑池、千人石、陆羽井、万景山庄、断梁殿、憨憨泉、试剑石、拥翠山庄、枕头石、真娘墓、孙武练兵场、望苏台、海涌桥、生公讲台、二仙亭、别有洞天、冷香阁。

虎丘山庄人文历史文化底蕴深厚，相传春秋时，吴王夫差将父阖闾葬于此地，其父下葬后，有一只白虎蹲守在坟前守了三日才离去。吴王夫差深受感动，将此地命为"虎丘"。虎丘白虎守坟蕴藏着一个动人的故事，据说，阖闾年轻时路过西山，看见一只被猎杀的老虎身边有一只幼虎伏在母虎身上，全身雪白的皮毛被鲜血染得彤红。这时，来了两个猎人，他们把幼虎捉住放到网袋里，捆起死虎要抬走。阖闾看着小白虎似乎在落泪，心里十分不忍，就跟猎人商量，出重金买下了死虎和幼虎。阖闾挖坑埋葬了老虎，把幼虎带回家豢养，直到把小白虎养大放回山林。有一次，阖闾夜露在外，遭杀手伏击，性命堪忧，就在生死一线的关头，突然一只大白虎扑来，咬住杀手，救了阖闾。白虎救了阖闾后，双腿跪地冲着阖闾点了三下头，便消失在黑夜中。据说阖闾一生逢凶化吉，几次有白虎相救。这就是苏州虎丘山几千年白虎报恩的流传故事。

虎丘山庄，绝岩耸壑，气象万千。人们常说，"上有天堂，下有苏杭。杭州有西湖，苏州有山庄"。宋代文豪苏东坡说，"到苏州而不游虎丘乃是憾事"，而虎丘山最著名的就是云岩寺塔（虎丘塔）和剑池。高耸入云的虎丘塔已有1000多年历史，是世界第二斜塔，古朴雄奇，是古老苏州的象征。《吴地记》载：虎丘山绝岩纵壑，茂林深篁，为江左丘壑之表。虎丘塔始建于隋文帝仁寿九年（601年），初建是木塔后毁。现存的虎丘塔建于后周乾祐八年（959年）至宋建隆二年（961年）。塔系平面八角形，七级。塔身高47.5米，全为砖砌，重6000多吨。

虎丘山的古剑池是人们慕名而来的源泉。剑池广约45米，深约6米，终年不干，清澈见底，池水可以直接汲饮，有"天下第五泉"称誉。剑池是吴王阖闾埋葬的地方。阖闾一生酷爱宝剑，亦喜欢收藏宝剑，收藏名剑有3000柄，有"干将"、"莫邪""扁诸""鱼肠"等。阖闾去世后，儿子夫差继位，给父亲修建了一座宏伟的陵墓。据《越绝书》载："阖闾墓在虎丘山下，池广六十步，水深一丈五尺。"征用10万民工，使大象运土石，穿土凿池，积壤为丘，历时三年竣工。夫差将父亲下葬时，连同3000柄名剑一起陪葬。秦始皇灭六国，统一中国后，得知名剑"扁诸""鱼肠"等陪同阖闾一起埋葬，命人挖掘阖闾坟墓，拿走3000柄名剑和贵重陪葬品。因挖掘墓穴坑深宽大，下雨形成水池，故名剑池。

明朝正德六年（1511年）唐伯虎、王鏊登来苏州虎丘山庄，在剑池底石上留刻有"千年神秘，一旦显露，可悼也已"和"万年深，一旦为人所窥，岂非数耶！命掩藏之"。虎丘山庄隐藏千古历史文化于剑池水下，吸引着国内外的人前来探索考察。虎丘山庄还有很多丰富的人文景观，这里的寺庙、园林和石刻都凝聚了千年历史文化遗迹。古朴的苏州园林特色建筑是中国传统风格的承载。虎丘山庄是中国民间历史文化精华的凝缩。如"三市三节"，春之牡丹市、夏之乘凉市、秋之木樨市，清明节、中元节、十朝节。每年虎丘山庄景区都会隆重推出艺术花会，牡丹、郁金香、杜鹃、百合等名贵花卉，万花集锦，千娇百媚，芬芳袭人。庙会，民俗风情浓郁，人潮如涌，吃喝玩乐，空前盛况。其民间艺术丰富，南北交融，争奇斗艳，犹如一幅再现清明上河图的繁荣景象。

第二节　寒山寺

寒山寺，又名妙利普明塔院，位于苏州市姑苏区，建于六朝时期的梁代天监年间（公元 502—519 年），距今已有 1400 多年，是中国十大名寺之一。寒山寺占地面积约 1.3 万平方米，建筑面积 3400 多平方米。相传在唐代贞观年间，寒山和拾得两位大师相继前往苏州妙利普明塔院，皈依佛门。他们在塔院相逢，一人手持荷花，一人手捧篦盒，笑容可掬，因此被人们称为"和合二仙"。他们的形象被描绘在年画中，广为流传。寒山寺在一千多年数次遭毁坏，最后一次重建是清代光绪年间。寒山寺内古迹甚多，有张继诗的石刻碑文，文徵明、唐寅所书碑文等。主要建筑有大雄宝殿、庑殿、藏经楼、碑廊、钟楼、枫江楼等。 正殿，面宽五间，进深四间，高 12.5 米。单檐歇山顶，飞甍崇脊，据角舒展。露台中央有一炉铜鼎，鼎的正面铸着"一本正经"，背面有"百炼成钢"字样。传说，一个小和尚不想念经，背着师傅偷偷将《金刚经》扔进炼丹炉火中，然后告诉师傅经书找不到了。没想到师傅百日打开丹炉《金刚经》完好无损。小和尚惭愧无比，亲自化缘铸造此铜鼎忏悔己过。以后小和尚潜心向佛，成为一代宗师。大雄宝殿宇柱上悬挂赵朴初先生撰写的楹联："千余年佛土庄严，姑苏城外寒山寺；百八杵人心警悟，阎浮夜半海潮音。"高大的须弥座用汉白玉雕琢砌筑，晶莹洁白。座上安奉释迦牟尼佛金身佛像。两侧靠墙供奉着明代成化年间铸造的十八尊精铁鎏金罗汉像，是由五台山移至此处。

寒山寺的寒拾殿位于藏经楼内，屋脊上雕饰着《西游记》中唐僧师徒西天取经而归的形象。寒山、拾得二仙塑像立于殿中。寒山执一荷枝，拾得捧一净瓶，披衣袒胸，嬉乐活泼。相传寒山、拾得是文殊、普贤两位菩萨转世，后被皇帝敕封为和合二仙，是吉祥喜庆的象征。寒山寺有和合二仙存世的《寒山子诗集》，诗风朴素自然，通俗易懂。寒山寺还有千手观音画像石刻，南宋书法家张即之所书《金刚般若波罗蜜经》、董其昌、毕懋康、林则徐、俞樾等人的题跋共十一石等，神采纷呈，各有千秋。

在寒山寺藏经楼南侧，有一座六角形重檐亭阁，这就是"夜半钟声"声名远播的钟楼。据说，寒山寺的钟，有着这神奇的功能，此钟为清光绪三十二年 (1906 年) 江苏巡抚陈葵龙督造。巨钟两米多高，三人合抱不到头，重达两吨多；钟声洪亮悠扬，余音绕梁回荡。每到除夕，僧人撞钟，要敲 108 下。含义是一年 12 个月、二十四节气、72 候 (五天为一候)，共计 108 钟声，表示一年的终结，除旧迎新。佛法说，人一年中有 108 种烦恼，钟声响过一切烦恼便消除。如果除夕之夜，能够听到寒山寺的钟声，可保一年平安吉顺。白居易的诗《宿蓝溪对月》：

"新秋松影下，半夜钟声后。"于鹄的诗《送宫人入道归山》："定知别后宫中伴，应听猴山半夜钟。"温庭筠的诗《盘石寺留别成公》："悠然旅思频回首，无复松窗半偈同。"张继的诗《枫桥夜泊》："月落乌啼霜满天，江枫渔火对愁眠。姑苏城外寒山寺，夜半钟声到客船。"这首诗成了千古绝唱，也让寒山寺名扬四海。

寒山寺是佛教禅宗的重要圣地之一。在寒山寺，可以感受到岁月沉淀的厚重，香火浓郁中的禅意，体会到佛教文化的博大精深，对佛法无边神圣庄严的敬意。人们在"曲径通幽处，禅房花木深"的宁静祥和中，洗涤心灵的尘埃，领悟超脱尘世的静怡。寒山寺的佛像和壁画也十分精美，具有极高的艺术价值。寒山寺是一座古刹，也是佛教文化的圣地，这里有历史文化岁月的沧桑，也有人文景观和自然生态的魅力。

第三节　周　庄

周庄，这个位于江南的水乡小镇，以其独特的韵味风情吸引了无数人的目光。到了周庄，人们会有一种久违的感觉，远离了喧嚣的城市，这里宁静和安详，是那么舒心惬意。周庄的房屋大多沿河而建，白墙黑瓦，古色古香。这些房屋经过了千年岁月的洗礼，依然保持着那种古朴的风貌。古老的周庄大院、沈厅等，见证了周庄的历史和文化的积淀。

周庄的水也是一道美丽的风景。这里的河水碧绿悠扬，清澈的河面倒映着房屋和树木的影子。河上小船悠悠荡荡，船上的渔民唱着古老的歌谣。闭目养神，感受的是那种独特的江南水乡风味。周庄的人文气息也是非常浓厚的，这里的居民以渔民为主，他们勤劳善良，热情好客，用浓浓的乡语迎接着四方宾客。他们用自己的双手和智慧创造了一片属于自己的天地。在周庄，人们可以近距离到他们捕鱼、织布、编织渔网等日常生活场景，这些场景让人感受到一种浓郁的南乡泥土气息。

周庄的美食，别有一番风情。饮食文化源远流长，以清淡、鲜美、口感丰富而著名。如周庄袜底酥、万三蹄、阿婆菜等，每一道菜都有着独特的风味和特色。在观光江南水乡、小桥流水、粉砖黛瓦的同时，品尝一下地道的江南美食，感受的是那种美味独特的味蕾体验。周庄是一个充满韵味、风情的小镇，也是吴越古文化留存的瑰宝。周庄是心灵宁静停泊的港湾，在这里可以洗涤疲惫，重整心情再出发。

第三章　无　锡

无锡市，古称梁溪、金匮，是长江三角洲地区中心城市之一、全国文明城市、中国大陆最佳地级城市、中国创新力最强的 30 个城市之一、中国最佳旅游目的地城市、中国外贸百强城市。无锡地处中国华东地区、江苏省南部、长江三角洲平原腹地，是苏锡常都市圈的重要组成部分。总面积 4627.47 平方千米。无锡北倚长江、南滨太湖，被誉为"太湖明珠"，京杭大运河穿境而过。境内以平原为主，星散分布着低山、残丘。无锡自古就是鱼米之乡，素有布码头、钱码头、窑码头、丝都、米市之称。它是民族工业和乡镇工业的摇篮、苏南模式的发祥地。

无锡是吴文化的发祥地，是国家历史文化名城，名胜古迹人文景观很多，旅游资源丰富，如太湖鼋头渚、灵山胜境、拈花湾、惠山古镇、荡口古镇、锡惠公园、梅园、蠡园、寄畅园、央视影视基地、华莱坞影视城、江阴月城、海澜飞马水城、宜兴竹海、善卷洞等。

第一节　太　湖

无锡的太湖，波光粼粼一望无际，美丽得如同一幅活色生香流动的画卷。"太湖美，美就美在太湖水"。太湖是人们心中一颗璀璨的明珠。太湖水清润养眼，湖面银白如绸缎；太湖水养鱼丰腴，盛产三白名扬天下。太湖美臻于它的风景神韵，风吹水漂荡，碧波万顷，波光闪烁，泛起阵阵涟漪；清澈透明的湖水，柔美地流淌在人们的心田。站在太湖边，看着绿水青山，广袤的湖岸，仿佛春风荡漾，随着湖水延伸到深邃的湖底世界，成群结队的鱼虾，欢快地畅游。岸边的芦花随风飘扬，带着湖水的清新和自然的芬芳一起飞向天际。忽然，一群水鸥从头顶掠过，留下一串清脆的叫声。突然想起古人王禹偶的诗，"吴山无此秀，乘暇一游之。万顷湖光里，千家橘熟时。平看月上早，远览鸟归迟。近古谁真赏，白云应得知"。这赞美太湖的诗篇"秋水共长天一色"很是相得益彰。

太湖环抱于群山之间，有着得天独厚的自然环境。这里的山不高，却绿意盎然。水不深，却碧浪逐流。景不多，却旖旎秀丽。夕阳下，晚霞照射在浩渺的湖面，金色的余晖洒在湖上，整个太湖都变得金碧辉煌，水中倒映的山影彩霞，美丽得犹如一幅绝世之作的写真图画。

夜幕下的太湖显得宁静和安详。月亮高挂在星空，渔火点点洒在湖上。湖心岛，树木茂盛，郁郁葱葱，是疲惫鸟儿夜间的栖身地。太湖的岸畔，树木葱茏，树影拉出一条条黑色的轮廓印在湖面，使得整个太湖显得神秘莫测。坐在太湖边，静静地欣赏夜色湖景，仿佛整个世界都停止了运动，静怡的湖面在夜幕下犹如一幅泼墨的山水画，在浩渺的水泊中，诉说着古老永恒的故事。

第二节 梅 园

无锡的梅园是太湖岸边的一颗璀璨之星。梅园以梅花而驰名，每到冬季，梅花盛开的时候，全国各地便有许多文人墨客和喜爱梅花的人纷纷而至，踏雪赏梅。梅园里种植的梅树有近万株，国内外品种共有400多个品种。有红梅、白梅、墨梅、蜡梅、单杏、银红、晚粉、假朱砂、骨里红、素白台阁、小绿萼、美人梅等。

梅园建造于1912年，已经有100多年历史，具有江南园林古朴典雅的特色风格。梅园的建设者荣德生先生，是近代民族制造业大王，任过北洋政府的国会议员、国民政府工商部参议等职。梅园是因荣德生先生酷爱梅花，与兄荣宗敬历经18年精心打造的一座赏梅园林。梅园的设计建造得天独厚，依山傍水，风景秀丽，四季花开。园内有京剧大师梅兰芳纪念馆和梅兰芳纪念亭。清代儒将左宗棠题诗于梅园"发上等愿，结中等缘，享下等福；择高处立，寻平处住，向宽处行"。梅园的风景区有：积雪堂、洗心泉、紫藤刻石、天心台、三星石、香海、荣德生铜像、诵幽堂、乐山别墅、招鹤亭、小罗浮、念劬塔、宗敬别墅、读书处、豁然洞等。

梅园的冬天，流溪香雪。在苍松翠柏中，可见古色古香的楼台亭阁，清澈见底的小桥流水，悠然自得的风车景屋，在白雪的映照下，静怡静怡是那么的纯洁安宁；还有那古朴的《诗经·豳风》……走进梅园，一大片红梅映入眼帘，娇艳欲滴，流光溢彩，清香扑鼻，沁人心脾。成千上万株梅花盛开，非常壮观美丽。置身在独特幽香的梅花丛中，好似进入梦幻的花海世界。朵朵花儿白里透红，花瓣润滑透明，像一颗颗价值不菲的水晶钻石。一簇簇梅花，俏丽缀枝，千姿百态，叹为观止。绿梅像宝石翡翠，碧绿通透，晶莹无瑕；蜡梅如蜜蜡琉璃，包金开颜，光彩夺目；粉梅好似柔美的杜鹃花，含情妩媚，温馨温暖。

梅花乃气节之花，居岁寒三友之首。梅花在萧瑟的冬天，顶着凛冽的寒风，坚韧挺拔，迎风蔚然立，潇洒不染尘。不畏寒，贞洁宁静。不谄媚，娇艳不妖。在风雪冰霜中吐露芬芳，怒放生命的灿烂。"桃未芳菲杏未红，冲寒先已笑东风"。当百花在绿叶陪衬下争芳斗艳，梅花却默默地守护着大地；当群芳被无情的冬风摧残得花败叶落、面目全非的时候，梅花却屹立在冰天雪地中昂首绽放。"雪虐风饕愈凛然，花中气节最高坚。过时自会飘零去，耻向东君更乞怜"。梅花，不愧是百花园中的粉黛英雄！

无锡的梅园，历经100多年沧海桑田的变迁沉淀。凝固了历史，焕发出青春，以崭新的面貌，迎接四方宾客。离开梅园，人们依依不舍地回头望过，心中不免赞叹，梅花以小花大形象，超凡脱俗的高洁品质，留给人们不仅是赏花的愉悦，还有一路芬芳与深刻的印记。

第三节　蠡　湖

走进蠡湖公园，首先看到是那座气势磅礴的蠡湖大桥，它是无锡最高的双塔斜拉桥，犹如一道彩虹横跨在蠡湖之上。在公园的一角，有一座古老的亭子，名为"扁诸庙"，是纪念古代英雄扁诸而建造的。相传在春秋时期，吴越两国交战，越国战败，越王勾践派大夫扁诸到吴国拜见吴王，请求停战。扁诸为了表明自己的诚意，将宝剑"湛庐"沉入蠡湖，以示决心。从此，"湛庐"成了一种象征，代表了忠诚和勇气。

蠡湖边的"蠡园"为了纪念范蠡而建。在春秋末年，越国大夫范蠡帮助越王勾践打败吴国后，隐退江湖，与西施泛舟蠡湖，寄情山水。蠡园内有一座古老的建筑"西施殿"，殿内供奉着西施的塑像，栩栩如生。在蠡湖公园的深处，还有一座古色古香的茶楼。这里是古往今来文人墨客聚集的地方，他们在这里品茶论道，交流心得，留下不朽的诗篇。郑懈："千重越甲夜城围，战罢君王醉不知。若论破吴功第一，黄金只合铸西施。"瞿佑："霸越平吴，扁舟五湖。昂昂之鹤，泛泛之凫。功成身退，辞荣避位。"王昙："君不见五湖范蠡载西施，一舸鸱夷去

不还。"这些诗歌描绘了蠡园的景色和历史故事，赞美了西施和范蠡，也成了蠡湖公园的经典之作。

蠡湖是太湖伸入无锡的内湖。蠡湖的美景和传说，就像清晨的露珠数不完。在这里人们感受到的是西施舍身为国、范蠡胸怀大义的精神，还有美丽的自然风光和历史文化。蠡园感怀"临水桃红濯锦楼，感怀吴越叹春秋。蠡湖坠满西施泪，风雨吹浓柳眼愁。济世功名皆可弃，相知臣子却难留。衷肠隐忍生离梦，白首同归浮小舟"。蠡湖公园是无锡的城市名片，也是中华文化的一枚珍宝。

第四节　灵山胜境

无锡灵山胜境，地处秀丽的马山，北倚灵山，南面太湖，佛教文化源远流长，风光秀丽，景色旖旎，山清水秀，幽谷深远，是中国最完美的自然山水结合，也是唯一集中展示释迦牟尼成就的佛教文化主题园区。这里是佛教文化传承的净土圣地，更是驰名中外的佛教文化交流传播胜地和祈福胜地。

山胜境地规模气势宏大，内容生动广博，以历史的传承、时代的特色，形成传统文化和现代艺术、佛教文化、科技文明相互交融的独特旅游文化景观。释迦牟尼佛青铜立像"灵山大佛"、千年古刹"祥符禅寺"、大型动态音乐群雕"九龙灌浴"、世界佛教论坛永久会址"灵山梵宫"、展现藏传佛教文化艺术精华的"五印坛城"以及诸多佛教文化精品景观交相辉映，形成了一个完整有序、各自独立，又密切关联地展现佛教文化的景观群。

第五节　鼋头渚

鼋头渚是横卧无锡太湖西北岸的一个半岛，因巨石突入湖中形状酷似神龟昂首而得名。鼋头渚始建于1918年，现面539公顷。国家5A级风景区。鼋头渚有充山隐秀（醉芳楼、杏花楼、挹秀桥、花菖蒲园、聂耳纪念馆），鹿顶迎晖（舒天阁、环碧楼、群鹿雕塑、碑刻影壁、范蠡堂、踏花亭），鼋渚春涛（灯塔、鼋头渚、石碑、横云、摩崖石刻、"震泽神鼋"铜像、澄澜堂、飞云阁），横云山庄（牌坊、徐霞客铜像、诵芬堂、净香水榭）；还有广福寺、太湖仙岛、江南兰苑等景观。来无锡必游太湖，游太湖必游鼋头渚。鼋头渚的风光是山清水秀，浑然天成，为太湖风景的精华所在，故有"太湖第一名胜"之称。

黿头渚地广景多，主要景点有黿头渚牌楼、牌坊、长春花漪、七桅帆船、海峡友好石碑、徐霞客铜像、藕花深处、黿渚灯塔、黿渚春涛、摩崖石刻、震泽神黿等。登临鹿顶山，盘桓花径中，赤足涉清水，乘船游太湖，坐礁远凝思，登楼雅品茗；领略太湖山水之美，探索太湖仙岛灵秀；神幻之妙，具在黿澜堂。黿头渚独占太湖最美的一角，有青岛海滨的气象，含杭州西湖明媚风光。加上独具匠心的人脉点缀，拥有登峰造极的美景美谈。郭沫若游太湖，"太湖佳绝处，毕竟在黿头"。黿头渚以"山不高而秀雅，水不深而辽阔"无边风月，满怀春秋，释解着春花秋月，夏荷冬雪的魅力。

第六节　古运河

无锡古运河是京杭大运河的一段，北接长江，南达太湖，全长四十多公里，纵贯无锡城区。它始于春秋时期，是世界上最古老的运河之一，与长城、坎儿井并称为中国古代的三项伟大工程。大运河南起余杭（今杭州），北到涿郡（今北京），途经今浙江、江苏、山东、河北四省及天津、北京两市，贯通海河、黄河、淮河、长江、钱塘江五大水系，全长约 1797 公里。运河沿岸古色古香的民居建筑，是临河而居的无锡人。上千年来，大运河养育了无锡人，大运河岸边十分热闹，商业繁荣。

无锡运河的两岸，绿荫繁茂，曲径通幽，四季花开，绿水中莲花盛开。清名古桥建于明代万历年间，是无锡标志性建筑、规模最大的古代石拱桥。整座桥为单孔石拱桥，全长 43.2 米、宽 5.5 米。横跨运河的清名古桥，给运河增添了一份古韵。看着河水流淌，乘船游览的人群，透过时代，想象着古人在这片土地上生活的繁荣景象。夜晚，清名古桥上张灯结彩，五彩缤纷的灯光交织，形成了一道绚丽的彩虹。

古运河两侧的高楼上，一串串彩灯亮起，装点成一条熠熠生辉，光彩闪亮灯的长廊，风情万种，赏心悦目。

古运河是独一无二的，是世界上唯一南北走向的人工河流。它是人类智慧的结晶，凝聚着中华民族古代人的血泪付出。古运河的美蕴藏着深厚的人文历史，承载古代人民辛勤创造换来的奇迹。它是一座流动的博物馆，是一座永恒的历史文库。古运河两岸古老的建筑，经历了岁月的洗礼，依然保持着原始的风貌，形

大美中华

成一条独特风情街。街上行人熙熙攘攘，色彩斑斓的灯光下，装饰参差不齐的招牌充满了创意，给这条古老的街道增添了一份时尚的活力。琳琅满目的饰品特色吸引着人们驻步观光。各式各样的小吃摊、餐馆、咖啡馆、茶馆等店铺应有尽有，让人大饱眼福的同时也可以饱口福。

第七节　善卷洞

善卷洞位于宜兴城西南约 25 公里的祝陵村螺岩山上，面积约为 5000 平方米，长约 800 米，全洞分上中下水四洞组成，洞洞奇异而相通。是著名石灰岩溶洞，宜兴"三奇"之首。最奇的是下洞和水洞，水洞长 120 米，游人多以洞中泛舟为一乐事。进入洞中，宛如进入一座地下宫殿。入口在中洞，中洞的狮象大场是一个面积达 1000 平方米的天然大石厅。高达 7 米的钟乳石笋兀立洞口，名砥柱峰。它是一点一滴的石乳聚积而成，每 30 至 50 年长高 1 厘米，它的形成已有 3 万多年。石厅两旁，屹立着一对形似青狮、白象的巨石，惟妙惟肖，形态逼真。进入洞中，宛如进入一座地下宫殿。石厅内可容上千名游客，高大宽敞，上面挂满各种形象生动的石钟乳。上洞的规模比中洞还要大，洞长 70 米、宽 30 米、高 30 米。洞形似螺壳，终年云雾弥漫，冬暖夏凉，气温终年保持 23℃，因而又称暖洞。环壁有奇石形成的荷花倒影、万古寒梅、绵羊、骏马、熊猫等景物，栩栩如生；石缝间细流潺潺，落地汇成水潭；顶部石乳，倒映潭中，奇异天成。

下洞约 180 米，宽 18 米，高 22 米。洞外有一个 6 米多高的石陡坎。大雨过后，飞瀑流水直泻悬崖壑底，奔放澎湃，故又名"瀑布洞"。与下洞相连的水洞，是一条极古老的地下溪河。长约 120 米，水深 4.5 米，河面最宽达 6 米，可常年通舟。游人至此，可乘游船。轻舟一叶，荡漾其间。出洞处有一座古老的碑亭中耸立着唐代司空李蟾所书的"碧鲜庵"石碑。重建的晋代祝英台"读书处"英台书院，院内秀丽古朴典雅的一组园林建筑与怪石林立、竹影摇曳、相互映辉。山上正在恢复的圆通阁，拜斗坛，喜雨亭等景观，并匹配 400 米缆车和 800 米滑道。附近有三国时所立的国山碑称"江南第一碑"，被列为国家保护文物，雄崎山巅，蔚为壮观。景区内有五千年善卷洞文史馆（爱国主义教育展览馆）及旅游服务中心，提供阳羡景区一条龙服务。一座三星级涉外宾馆"螺岩山庄"坐落在螺岩山脚，与善卷洞交相辉映。善卷洞是我国著名的旅游胜地和爱国主义教育基地。山清水秀，风光旖旎，洞景巧夺天工，素有"万古灵迹"、"欲界仙都"之美誉。从古到今，胜景似绣，游人如织，历代名贤雅士、文人墨客留下了一篇篇千古绝唱的诗文石刻。

第八节　欧洲城

无锡欧洲城位于太湖湖畔，又称"世界奇观欧洲城"，是中央电视台影视拍摄基地，是中央电视台无锡太湖影视城总体建设的一个重要组成部分。由太湖影视城与澳门怡联有限公司合资兴建，占地 200 亩，为"世界奇观"五大景区之首。

目前欧洲城已建成 6 个影城，30 多个景点。欧洲城有古希腊"宙斯神坛"、法国"凯旋门"、英国"史前石阵"、葡萄牙"贝伦塔"、挪威"乡村教堂"、德国城堡、俄国庄园、意大利"水庭院"和"欧洲一条街"等。

欧洲城结构布局采用欧洲城市规划常见的"环行放射状"布局。中心为商贸广场，多条步行街呈放射状向各个方向延伸，以环行林荫大道贯穿各个异国风情和商业精品馆，外环体现欧洲各国独特风情的景观广场，内环以环行商业步行街贯穿各个精品商店，周边布置高层公寓楼。建筑造型错落有致，空间协调，丰富多彩，突出"城中城"的布局。人流导向从六个方位进入中心商业区。欧洲城有五大景观休闲与水景广场并有儿童乐园。各主要出入口处都有欧洲大陆著名的标志性建筑。欧洲城是集高中档名牌产品的商业、居住、娱乐、休闲、游览、办公为一体的欧洲标志性建筑物。

第九节　三国水浒影视城

无锡三国水浒影视城是国家 5A 级旅游景区，坐落在葱茏苍翠的军嶂山麓、风景秀丽的太湖之滨，是中央电视台八十四集电视连续剧《三国演义》的拍摄地。"刘备招亲""火烧赤壁""横槊赋诗""草船借箭""借东风""诸葛吊孝""舌战群儒""吴王宫""甘露寺""曹营水旱寨""吴营""七星坛""跑马场""点将台"等几十处大型景点，还有"桃园三结义""九宫八卦阵""火烧赤壁特技场""赤壁古栈道"等重头戏均在此拍摄。

水浒景点分为州县区、京城区、梁山区三大部分。州县区包括《水浒传》中

反映北宋时期中下层社会生活概貌的故事场景，有衙门、监牢、法场、街坊、店铺、庄园等。最有特色的景点是紫石街。街上建有妇孺皆知的武大郎饼店、王婆茶馆、郑屠肉铺等。京城区的建筑气势雄伟，有皇宫、大相国寺、樊楼、高俅府等；清明上河图街、中虹桥、街市城门等。梁山区依山傍湖而建，沿山势建有梁山码头、寨门、校场、扭头门、断金亭、忠主堂等景点。《水浒传》官船、橹船、车船、战船等十多艘仿宋古船及十几艘快艇提供游览太湖。还有国内各电视台播放的《归航》《寇老西儿》以及《铁血男儿》《黑旗将军》《桃李梅》《韩愈》《朱四郎传奇》《帝王之旅》《太平天国》等都曾在这取景拍摄。

第十节　鹅鼻嘴公园

江阴鹅鼻嘴公园，以山体为主，森林茂密，野趣浓郁。江阴要塞风景区由鹅山、大湾、东山三部分组成，雄伟壮观的中国第一悬索长江桥横贯旅游区中部。拥有明清古炮台、要塞森林公园，江尾海头、澄江古渡、鹅鼻积雪、盘古流泉等四十个景点。森林、花园、博物馆格局立体，旅游蔚然成风。楼、亭、阁、廊，组成的建筑群，与山、水、桥、炮等人文景观融为一体，宛若天成。炮台博物馆、滨江游览区、森林休闲度假区等功能区组成。登江防城楼，凭栏远眺，可饱江天一色、江桥一体的奇观。踏上"海军上将"豪华游艇，尽享食、住、行、游、购、娱的乐趣。鹅鼻嘴公园是"渡江侦察记"的原型地。国民政府为抵制日寇入侵，加紧长江防备，在沿江修筑炮台的同时，挖通修筑了贯穿鹅山南北的山洞，作为蓄存武器弹药、人员之用。后来国民党战败失利而一直封闭着，抗战胜利后，这座山洞工事完整无损地保留下来。

人口置身鹅鼻嘴要塞，入山门、看神龟、仙鹅洞、听故事。凭吊"霞客寻源"、悟古长江文化、唐公碑，谒咏江诗碑、摩崖石刻等。长江古渡口、渡江第一船、石湾古炮等文物古址，带给人们怀古幽思。看听潮阁，临江品茗，仰看云舒、俯瞰水湍。涛声阵阵、江风习习，沿江栈道，"独钓寒江"，渔猎烧烤，情生野趣，木屋小憩，极目千里，大江两岸，一马平川，尽饱江天一色，江海锁钥，峰峦突兀，一把碧匙开江门，尽显威严壮观之美……

第四章 常 州

常州，别称龙城，地处中国华东地区，位于江苏省南部、太湖西北岸。常州市是长江三角洲中心区城市、上海大都市圈和苏锡常都市圈重要城市、长江三角洲地区先进制造业基地。常州历史悠久，有 3200 多年的历史，春秋末期吴王寿梦第四子季札封邑延陵，开始了 2500 多年准确地名的历史。汉高祖五年（公元前 202 年），称毗陵。西晋武帝太康二年（281 年），置毗陵郡。隋文帝开皇九年（589 年），始有常州至今。常州水陆空交通便捷，有京沪高铁、沪宁城铁、沪宁高速、宁杭高速、京杭运河等穿境而过；有民航机场，常州奔牛国际机场等。总面积 4385 平方千米。境内著名景点有中国春秋淹城旅游区、茅山、中华恐龙园、天宁寺、青果巷、天目湖、陈渡草堂等。

第一节 恐龙园

常州恐龙园位于常州市新北区，是一座以恐龙为主题集科普、游乐、演艺、住宿、购物于一体的综合旅游度假区。占地面积 4800 余亩，是一座名副其实的"恐龙王国"。内设有中华恐龙园、迪诺水镇、恐龙谷温泉、恐龙城大剧场、香树湾花园酒店、维景国际大酒店、恐龙主题度假酒店、三河三园亲水之旅，一站式恐龙主题综合体验等。中华恐龙园是恐龙园的核心景点，具有七大主题区域和五十多个极限游乐项目，每天还有各种风格的主题表演，让人们回到古老、神秘的侏罗纪时代。中华恐龙馆也是园区的标志性建筑物，它的馆体外形充分运用仿生建筑手法，仿佛三条恐龙高昂着龙头在窃窃私语，呈现出大写意的造型，构成恐龙馆博览、娱乐及科普空间。馆内收藏着许多恐龙化石和骨架，让我们对恐龙有深入的了解。

常州恐龙园是恐龙遗迹的世界。侏罗纪时期——弱肉强食的年代。恐龙是一种凶猛庞大的动物，它破坏生态环境，称霸山林，随时侵犯危害人的生命安全。

这种恐怖场景在电影《侏罗纪公园》里重现。该片由英国理查德·阿滕伯勒导演。主人翁哈蒙德，利用琥珀里远古蚊子的血液，提取恐龙的基因信息，培育繁殖恐龙，想利用它赚大钱，把怒布拉岛建成了一个恐龙公园。不幸的事情发生了。恐龙逃出了控制区，人们纷纷逃窜却逃不过恐龙的魔爪。恐龙疯狂地自相残杀，人们亦死伤无数，最后幸存者寥寥无几。怒布拉岛到处弥漫着恐怖的气息，最后侏罗纪公园遭到恐龙毁灭沦陷。恐龙这种可怕的动物灭绝于世，也是生态自然平衡，否则，今天的人类世界会是什么样的？

在侏罗纪时期，恐龙是地球的主宰，它们称霸大陆，繁衍生息。然而，这些凶狠的动物最终在白垩纪末期灭绝，只留下一些化石和残存的脚印。我们无法目睹恐龙的彪悍，只有通过化石，追寻它们的踪迹。常州恐龙园突破传统景区的概念，把旅游休闲的功能分散到每个角落，融合了饮食居住、配套完善、个性鲜明、文化旅游的氛围。常州恐龙园是一个知识性、趣味性、娱乐性浓郁的旅游度假胜地，人们在增长知识，开阔眼界的同时，也深入了解中华历史文化的博大精深。

第二节　常州三杰纪念地

"常州三杰"是指中国共产党的早期领导人瞿秋白、张太雷、恽代英三位常州人，被称"常州三杰"。常州三杰纪念地位于常州市中心南隅，占地面积6.42万平方米，是国家爱国主义教育示范基地。纪念地庄严肃穆，郁郁葱葱，目前主要建筑有"三杰"群雕、烈士诗抄碑廊、人生格言碑林、常州革命烈士纪念馆、革命烈士纪念碑等。在常州"三杰"展厅，运用现代声光电技术，生动全面地展示了常州"三杰"伟大的一生。"三杰"纪念地包括常州"三杰"纪念馆、瞿秋白故居、张太雷故居、恽代英纪念广场。

张太雷故居中轴为一座两进三开间木结构的典型的江南老式民居建筑，前进门楼上镶嵌着邓小平书写的"张太雷故居"匾额。天井端坐着张太雷同志的半身汉白玉雕像栩栩如生。张太雷是中国共产党早期重要领导人之一，卓越的政治活动家，中国共产主义青年团创建人。他的女儿西屏、西蕾和儿子一阳都出生在这里，真实地印烙着张太雷父子生活过的痕迹，记载了英烈的家庭为中国革命的牺牲奉献精神！

第三节　嬉戏谷

嬉戏谷位于苏南常州太湖湾旅游度假区内，是一座国际动漫游戏体验博览园。它颠覆传统，突破创新，定位鲜明，以体验为前瞻，庞大娱乐需求为目标，与迪斯尼、环球影城一样声名远播。它注重现代数字文化互动体验，给世界一个全新主题。一座梦幻的城池，开启了英雄时代，是全球动漫游戏的天堂。常州嬉戏谷将虚拟与现实完美结合，打造了数字梦幻互动娱乐空间

花都水城，浪漫武进旅游节开幕，环球动漫嬉戏谷游园盛典，将"虚实互动"模式融入游乐项目，将线上线下互动娱乐平台进行有机整合，200多项动漫游乐项目中，1/3属于全球首创，开园创造了人数集结最多的吉尼斯世界纪录。时代力作——环球动漫嬉戏谷，以"动漫艺术、游戏文化"将数字娱乐和高新技术完美融合，通过游戏虚拟场景局部实景化的手段，将一个从未有过的、神秘未知的、超越现实的"奇幻世界"，在现实中演绎"穿越奇幻世界"之神话传奇。园内规划，英雄门、淘宝大街、神秘岛、摩尔庄园、传奇天下、星际传说、迷兽大陆、嬉戏族欢乐港、圣殿山等九大动漫游戏主题文化体验区，让你过足英雄瘾。

第五章　镇　江

镇江，古称京口、润州、南徐，原江苏省会，地处长江三角洲中心区城市、中国华东地区、江苏省西南部。西衔南京，南靠常州，北邻扬州。镇江是国家历史文化名城，拥有3000多年的建制史，文化底蕴深厚，历史名人如杨一清、刘鹗、葛洪、马相伯、茅以升等都曾在此留下足迹和传世之作。镇江也是一座生态名城，区域内有235座山体，河流63条，林木覆盖率达25.6%，山水林城浑然一体，自然生态得天独厚。

镇江是一座多功能产业名城，拥有9个国家和省级开发区，是长三角地区重要的先进制造业基地、南京都市圈核心城市。镇江有华东地区首个A类大型通

大美中华

用机场。镇江是中国优秀旅游城市，拥有金山寺、西津渡等众多名胜古迹和自然风光。镇江是一座集历史文化、生态美景、先进产业、人文历史于一体的现代化城市，是一个景美人更美的文明家园。

第一节　茅　山

茅山位于江苏省镇江句容市，是道教圣地。拥有着正一派道观和全真派道观。茅山有着丰富的自然景观和人文景观，重峦叠嶂、翠柏葱茏，奇峰怪石、飞瀑流泉。茅山以道教闻世，山上仙气缭绕，香火盛旺，是道教上清派的发源地之一，素有江南"小武当"之称。

茅山的印宫依山而建，是茅山"三宫"中最雄伟壮观的。观堂的两面墙是用汉白玉雕成，上面飞龙走凤写着"第一福地，第八洞天"八个大字，给庄严的观院平添了几分神秘的色彩。两侧是石阶，登上大平台，元符万宁宫道祖广场上，端坐着巨大的老子塑像，神态慈祥，两耳垂肩，美髯拂胸，右手执太极扇，左手伸举在胸，和蔼的目光深远悠长，仿佛向人们娓娓讲述他的传世之作《道德经》的真谛。这座道教始祖太上老君的神像，塑造于 1998 年，净高 33 米、重达 106 吨，由 226 块特制紫铜板焊接而成，是目前世界上最高的道教神像，现已入选吉尼斯世界纪录。

在老子神像的后面，是一道贴山壁而建的百米文化长廊，以彩绘、石刻、壁画、版雕等艺术形式，详细阐述了道家文化的内涵，图文并茂，诠释了老子博大精深的哲学思想。

除了印宫，茅山十九泉也很著名。其中喜客泉是非常神奇的一眼古泉，只要有人拍手，喜客泉就会冒泡。临近喜客泉，人们闻声过去，喜客泉的六角形的泉池边围了好多人在拍手，声音清脆响亮，跟随着人们有节奏的掌声。一会儿，喜客泉的水里，果真冒出来一串串气泡，气泡欢快地跳跃，犹如散乱的珍珠奇妙地滚动。

茅山曾是苏南新四军敌后抗日根据地中心。这里建有高大的苏南抗战胜利纪念碑。而碑前有一奇怪现象，即"碑前放鞭炮，空中响军号"。旁边就安葬着一位新四军小号手烈士。这一奇景吸引了大量的游客前来点放鞭炮。

茅山的风景秀丽，山势险峻，峰峦叠嶂，绿树成荫，鸟语花香。在山巅眺望，

远山如黛，云海缥缈，美如仙山琼阁，让人心旷神怡。茅山的瀑布也很美，如银河倒泻，水势汹涌，响声如雷，仿佛顷刻间能把人们的烦恼忧愁荡涤得一干二净，带给你一种超凡脱俗的好心情。茅山，承载着中国古老道教文化的历史，是百姓心中寻觅的宁静圣地。茅山的圣洁和神奇，是前来观光、朝圣的人们寻找的一方净土和心灵的安慰。

第二节　仑山湖

仑山湖位于镇江句容市边城镇。湖光山色，碧水清澈。仑山湖三面是山，右边高丽山，左边仑山延绵数十里，围绕 2/4 的湖，因靠仑山而得名。湖形为不规则初月形。紧靠南庄和河西两村，田园风光旖旎。仑山湖像一颗璀璨的明珠，镶嵌在群山之。晨曦薄雾，像轻纱般地笼罩湖面，中午太阳驱散了雾霾，宽阔的湖面，水光潋滟，碧波荡漾。沿湖树木茂密，四季常青。夏天，绿荫遮蔽，花草芬芳，空气新鲜，一片清凉的避暑胜地。

仑山湖是一个生命的摇篮，建库以来没有干涸过，各种生物和谐共处，构成了完美的生态链。湖里有各种各样的鱼类，在水中自由自在地游弋。湖岸边苍翠的树林,蜿蜒山路,仿佛一条通向天际的绿色长廊。阳光透过树叶的缝隙洒在路上，形成斑驳的光影，让人仿佛置身于一幅美丽的画卷之中。鸟儿在枝头欢唱，蝴蝶在花丛中翩翩起舞。美好生态环境，为仑山湖增添了无限的生机和活力。仑山湖中的鱼类资源极其丰富，除常见的青鱼、草鱼、鲤鱼、鳊鱼、鲢鳙之外，湖中还野生着鲫鱼、鳜鱼、黑鱼（乌鱼）、甲鱼、鲶鱼、白鱼等。湖中鱼类不仅品种多、肉质鲜美，而且个体肥硕密度高。是野外垂钓的理想去处。

第三节　西津渡

西津渡位于江苏省镇江市润州区金山街道长江路，是一座具有悠久历史和丰富文化内涵的古镇。它地处长江下游北岸、京杭大运河与长江交汇处，是古代南北交通重要通道，也是明清时期重要的军事要地之一。这里的地形险要，是天然的军事屏障，具有重要的战略地位。西津渡有着悠久的历史和文化底蕴，保存完好的明清建筑群和古朴典雅的青石街巷，这些历史文化都反映了当时的社会风俗、

建筑艺术、人民生活等多个方面的遗迹，是中华民族文化的瑰宝，为后人了解研究历史，提供了宝贵的资料。

西津渡是一座重要历史文化遗产古镇，历史上经历了多次战争，这里是英勇的中国人民为保卫家园、维护民族尊严的战场，留下了许多可歌可泣的英雄事迹，这是中华民族的宝贵精神财富。人们漫步在青石小巷，感受历史的沧桑，目睹古建筑的精美，欣赏传统手工艺品的民俗风情，还可以品尝到各种美食小吃，满足味蕾的需求。如糖画、面塑、糕点等，都是非物质文化遗产的重要组成部分。西津渡这些珍贵的文化遗产，为当地的经济发展和文化交流带来了积极的影响，吸引人们前来参观和旅游，促进了当地旅游业的发展和繁荣。

第四节　镇江三山

镇江的旅游资源极为丰富。镇江三山，即金山、北固山、焦山，是国家 5A 级旅游风景区。三山沿江屹立，风景秀丽壮观，犹如一幅壮丽的山水延绵画卷。无论是登临金山、焦山、还是北固山之巅，放眼瞭望，江水滔滔流不尽，一泻千里的气势，使人胸怀开阔，不禁赞大自然的鬼斧神工，叹："大江东去浪淘尽，千古风流人物今何在？"

一、北固山

北固山由于北临长江，山势险固而得名。北固山位于长江边，山金山和焦山中间，海拔 55.2 米，占地面积 2100 多亩。南朝梁武帝题书"天下第一江山"赞美胜景。北固山与金山、焦山成掎角之势，三山鼎立，是固守控防的军事重地。明代郡守为了抗倭守城，将前峰与中峰凿断。北固山由前峰、中峰和后峰三部组成。主峰即后峰，是风景最壮观的地方佳，前峰原为东吴古宫殿遗址，现已辟为镇江烈士陵园；中峰上原有气象楼，现改为国画馆；后峰为北固山主峰，北临长江，三面悬崖，峭壁如削、地势险峻，山林凛立，溪水长流，名胜古迹众多。

北固山巅的甘露寺，是东吴甘露年间刘备在此招亲的地方。三国时期，孙权与刘备结盟，共御强敌曹操。赤壁大战后，刘备借东吴的荆州不还，周瑜向孙权献计，以其妹孙尚香为饵，设下美人计，诱刘备来联姻招亲，扣为人质，讨还荆州。诸葛亮将计就计，派大将赵子龙陪刘备过江到镇江北固山甘露寺招亲，并授以锦囊，策动孙权之母吴国太来甘露寺相看刘备，吴国太一见刘备一副天子相，甚合心意，大为喜悦，便将女儿孙尚香嫁给刘备，这就是东吴赔了夫人又折兵的典故。

甘露寺后有个多景楼，为古代长江三大名楼之一，与黄鹤楼、岳阳楼、齐名，是北固山欣赏风景的最美的地方。"多景悬窗牖"面对长江，舒展胸襟。历代文人名士，达官显贵，在此吟诗饮酒，欧阳修、苏轼、米芾、辛弃疾、陆游等，都曾在此留下诗篇著作。登上多景楼，凭栏远眺，山光水色，奇景异姿，尽入眼帘。多景楼旁的凌云亭，又称祭亭。传说刘备夫人孙尚香获悉刘备去世的噩耗后，在此遥祭，而后投江自尽。辛弃疾感慨写下："何处望神州，满眼风光北固楼。千古兴亡多少事悠悠。不尽长江滚滚流。年少万兜鍪，坐断东南战未休。天下英雄谁敌手，曹刘。生子当如孙仲谋。"

镇江北固山是长江和京杭大运河的交会点，也是镇江的象征之一，有着悠久的历史和丰富的文化底蕴。横枕大江，石壁嵯峨，是镇江三山名胜之一，也因三国故事而名扬千古。北固山的前峰即鼓楼岗，相传是三国孙权的宫殿和周瑜帅府。中峰西面山下有凤凰池，相传明开国皇帝朱元璋曾在凤凰池议论政事。北峰有座铁塔，亭台楼阁，山石洞道，是风景最佳区域。甘露寺是北固山制高点，形成"寺冠山"的特色。相传始建于三国东吴甘露元年（公元265年），后屡废屡建，寺内包括大殿、老君殿、观音殿、江声阁等，规模虽不大，名气却不小。在北固山可以品味历史文化遗迹，也可以欣赏山林风光，感受大自然的清新与宁静。

二、金山

金山位于镇江市西北，是国家5A级旅游景区、国家游览胜地之一，海拔43.7米，占地面积41.6公顷，属"京口三山"名胜之一。金山寺的历史悠久，拥有1400多年的历史。金山风景独特，天然幽绝，是历代名胜游览胜地。古代金山原是屹立于长江中游的一个岛屿，有"江心一朵美芙蓉"之称誉。唐代张枯描述为"树影中流见，钟声两岸闻"；北宋沈括赞颂曰"楼台两岸水相连，江北江南镜里天。"原为扬子江中的一个岛屿，由于"大江东流"，至清光绪末年（1908年）左右与陆地连成一片。

古代金山，是长江中唯一的岛屿，"万川东注，一岛中立"，与瓜州、西津渡成犄角之势，为南北来往要道，久以"卒然天立镇中流，雄跨东南二百州"而闻名，被称为"江心一朵芙蓉"。直至清代道光年间，才开始与南岸陆地相连，于是"骑

驴上金山"曾盛行一时。金山自然风光优美，天然绮丽，宁静幽绝，有许多自然景观，如江滩、湖泊、溪流等。

金山还有许多著名景点，如七峰亭、慈寿塔等。金山寺建筑风格独特，依山而建，寺庙主体建筑有天王殿、大雄宝殿、藏经楼、慈寿塔等，错落有致。从山顶俯视，一塔拔地而起，直插云端。寺庙覆盖着整个山体，无论近观，还是远眺，总见寺而不见山，宛如一幅"寺塔合体"的佛教画卷，蔚为壮观。据说，北京颐和园的"万寿山"、承德避暑山庄的"天宇咸畅"，以及扬州瘦西湖的"小金山"等都借鉴了金山寺的"寺裹山""塔拔山高"建筑艺术。此外，金山寺有许多历史典故和动人传说，如《白蛇传》水漫金山，梁红玉擂鼓战金山，妙高台苏东坡赏月起舞等脍炙人口故事，广为流传。

金山寺是中国佛教禅宗的重要寺庙之一。金山寺里，香烟袅袅，古树参天，青石铺成的路通向幽静的寺院深处。金山寺的历史可以追溯到宋代，经过千年的沧桑岁月，依然保持着古老的魅力。金山寺的大雄宝殿，每一根石柱都见证着历史的变迁和岁月的沉淀。金山寺四周绿树环绕，鸟语花香。"曲径通幽处，禅房花木深"。金山寺不仅是佛教信仰的象征，也是文化历史的瑰宝。如流传千古的神话故事"白蛇传"，传说中，一条千年白蛇幻化成美丽的女子，名为白娘子，与年轻英俊的许仙相识相恋。然而，这段人妖相恋的爱情却引来了诸多磨难。白娘子为了救许仙，冒生命危险盗取仙草；水漫金山寺大战法海和尚。最终白娘子救出了许仙，自己却触犯天条，被压在雷峰塔下。这个故事展现了妖相爱的深情，白蛇舍身救夫坚贞高尚的爱情。

每年的农历四月初八，这里都会举行盛大的浴佛节。数万名信徒和人们云集朝圣，诵经祈福，浴佛礼拜。站在金山之巅，俯瞰长江，水天一色，江面上的渔舟点缀着江面，宛如一幅美丽的画卷。此外，金山寺的素斋也是一大特色，清淡可口。在金山寺，无论是烧香拜佛还是品味文化，都可以放下世俗的烦扰，安逸地置身在"阿弥陀佛"的佛音缭绕中找到安宁。古人陈言的《登金山寺寄甘露湛源长老》："三度来登多景楼，妙高台上始能游。长江如练山如画，独倚阑干笑白头。"金山寺，一个深入心的中国佛教文化圣地，一个流传美好爱情的民间传说的发源地，它是中国佛教文化一本史书，也是江苏镇江市旅游事业发展和文化传承的宝地。

三、焦 山

焦山又名樵山、谯山、狮岩，位于镇江市中心大市口东北 4.5 公里的长江之中，海拔 70.7 米，方圆 38 公顷，山林面积 1500，是国家 5A 级旅游景区，系"镇江三山"之一。焦山以山水天成、古朴幽雅而闻名于世。焦山自然风景美如画，碧波环抱，林木郁葱，绿草如茵，满山苍翠，是万里长江中唯一四面环水的岛屿，因山峦青黛，宛如碧玉浮于江中，又称"浮玉山"。焦山上的定慧寺，原普济禅寺，是江南最早的寺庙之一，清朝康熙皇帝南巡经过焦山时，亲自题写了寺名匾额。古寺庙建筑皆掩映于苍树葱茏之中，与金山相对，有"焦山裹寺"的说法。焦山除定慧寺，还有别峰庵、自然庵、玉峰庵、香林庵、海云庵等十多个庵寺。这些古建筑与自然山水相互衬托，平添几分古色悠远的禅意风情。郑板桥诗："静室焦山十五家，家家有竹有篱笆。"

焦山水域广阔，气势磅礴。山寺隐约，环境幽美，宛若人间蓬莱仙岛。焦山的寺庙都有名僧，能诗词歌赋，善琴棋书画，清代禅僧几谷，六静和尚是著名的画家，鹤州是拓碑能手，都曾享名一时。郑板桥、柳亚子、康有为等人，曾在焦山攻读。焦山还办过佛学院，有"文化山"之喻。亭台楼阁有华严阁、观澜阁、文昌阁、汲江楼、东升楼、御碑亭、槐影书屋、黄叶楼、乾隆行宫、浮玉斋、枇杷园、蝴蝶厅等古建筑，在自然山水中增添了绚丽的色彩。焦山有十六景：华严月色，定慧潮音，山门松影，庵院槐荫，海云墨宝，石屋藏铭，西岸远景，东麓新林，江亭礼佛，岩洞寻仙，自然问道，安隐栖禅，危楼观日，枯木品香，香林花圃，别峰里园。赵朴初先生题写了"无尽藏"三字，耐人寻味。

焦山历史文化深厚，据传说，宋真宗皇帝生了一场大病，久治不愈，忽夜间做一梦，梦见一老人走进他的金銮殿，自称是东南方的隐士焦光，送丹药为他治病。真宗惊醒后，第二天病果然好了。他忙将梦中之事询问大臣。大臣说："焦光是汉末一位高士，隐居于长江之中的樵山上，不愿出仕，甘贫乐道，三诏不起，节身自持。"真宗听后大喜，发下敕文："封焦光为明应公，里祠春秋祭祀，免焦光所在地区的田赋、差役、杂税。"皇帝金口一开，从此樵山声名远播。焦光拒不接受皇帝赏赐，后辟谷身亡。焦光死后身体不腐，有人说他是坐化升仙了。真宗皇帝听了焦光身死的传说，命人将焦光的真身镀金，送到寺庙供奉。为了纪念焦光将樵山改名焦山，并沿用至今。

焦山拥有独特的江山魅力，在滚滚长江的惊涛骇浪中，似"中流砥柱""镇江之石"，千万年雄伟地屹立在大江中心，傲视群山。古人曾以"金山以楼阁胜，焦山以树碑胜"来评价两山，极为应景妥帖。焦山古木石刻林立，藏有许多珍贵的文物和古迹：摩崖石刻于世皆知，碑林墨宝之多，仅次于古都西安碑林，为江南第一大碑林。其中被称为"碑中之王"的《瘗鹤铭》碑，为稀世珍宝。焦山风光有珍贵的"四古"，古寺、古树、古雅、古怪。这里的古寺古建筑和古雅的绿瓦朱栏，以及山峦葱翠，怪石凛立，花香飘逸，古树成荫形成焦山独特的山水相连的美丽风景线。

第六章　项羽故里

项羽故里，又称为"梧桐巷"，项王是楚国贵族，秦末农民起义军的领袖，"拔山盖世"的英雄。他的出生地，位于江苏省宿迁市宿城区、宿迁市宿城区南郊、古黄河与大运河之间、徐淮路东侧，是国家 4A 级旅游景区。项王故里具有汉代宫殿和民居双重风格式的建筑。康熙四十年（1701 年）立碑以为纪念，1935 年建英风阁和槐安亭。主体建筑为三进院落。山门横匾"项王故居"四字为末代皇帝之弟溥杰手书。高大的汉式石阙，象征项羽故居为帝王规格。中院以英风阁为主体，阁内为项羽高大塑像。四面墙上嵌着反映项羽生平十二幅浮雕，如项羽举鼎、吴中起兵、破釜沉舟、巨鹿救赵、鸿门设宴、垓下突围等。英风阁前面有霸王鼎，鼎高 2.6 米，直径 1.9 米、重 8 吨。鼎上铭文 64 个字，精辟地概括了项羽的一生。

项羽故里，那是尘封的历史。这里仿佛能够听见楚汉相争的马蹄声和厮杀声，眼前掠过楚霸王一身戎装豪气冲天驰骋沙场的英姿。这里的一砖一瓦印烙历史足迹。走过英风阁，人们心中不禁生出对项羽一些敬意。在槐安亭驻足，仿佛感受到当年楚霸王"四面楚歌"和"霸王别姬"的悲凉心情，感慨一代枭雄，自刎乌江不愿过江，无颜见江东父老的英雄气节。

项羽 24 岁起兵，率诸侯入关，自称西楚霸王，31 岁于乌江自刎而死。古人对楚霸王项羽的短暂一生留下了许多诗词，唐代李商隐："乘运应须宅八荒，男儿安在恋池隍？君王自起新丰后，项羽何曾在故乡？"宋代陆游："八尺将军千里骓，拔山扛鼎不妨奇。范增力尽无施处，路到乌江君自知。"宋代张来："沛公百万保咸阳，自古柔仁伏暴强。慷慨悲歌君勿恨，拔山盖世故应亡。"等等。

项羽故里，是一段沉甸甸的历史，一个永恒的记忆。人们在为项羽凄凉的英雄末路惋惜感叹中，也会感悟到滚滚长江东逝水，中华民族五千年的文化源远流长，浪花淘尽英雄。李清照作《夏日绝句》"生当人杰，死亦为鬼雄，至今思项羽，不肯过江东"。太史公司马迁《史记·项羽本纪》旷古绝今的精彩文笔，是留给世人的宝贵财富。站在历史长河边，无论人生多么绚烂，都是历史过往之客。以史为鉴，踏实做人，就足够了。

第七章　淮　安

淮安市，古称淮阴、清江浦，江苏省辖地级市、Ⅱ型大城市，位于江苏省中北部、江淮平原东部，地处长江三角洲地区，是苏北重要中心城市，长三角北部现代化中心城市，南京都市圈成员城市，淮河生态经济带首推三线城市。坐落于古淮河与京杭大运河交点，处在中国南北分界线上，拥有中国第四大淡水湖洪泽湖。淮安市辖4区3县，占地面积10030平方千米。淮安是全国文明城市、国家历史文化名城、国家卫生城市、国家园林城市、国家环境保护模范城市，为淮扬菜的主要发源地之一，被联合国教科文组织授予"世界美食之都"称号，也是江淮流域古文化发源地之一。淮安始建于秦朝，距今2200年的历史，境内有"青莲岗文化"遗址，曾是漕运重要的枢纽、盐运要道，"南船北马交汇之地"，驻有江南河道总督府，漕运总督府，与苏州、杭州、扬州、无锡并称运河沿线"五大城市"。淮安中国大运河段已入选世界遗产名录，有"中国运河之都"的美誉。

淮安人杰地灵，有着悠久的历史和丰富的人文景观。是一代伟人周恩来总理的故乡。有大军事家韩信、汉赋大家枚乘、巾帼英雄梁红玉、民族英雄关天培、《西游记》作者吴承恩、《老残游记》作者刘鹗等。淮安市旅游景区有周恩来故里景区、新四军刘老庄纪念园、黄花塘新四军军部纪念馆、中共中央华中分局旧址、里运

河文化长廊，清晏园，淮安西游乐园等。

淮安具有伟人故里、运河之都、文化名城、美食之都四大名片。淮安美食很有特色，如银丝百叶、母运河八仙鸭、朱桥甲鱼、油焖茶豆角、平桥豆腐、翡翠虾仁等鲜美无比，非常美味。

第一节　周恩来故居

周恩来故居位于江苏省淮安市淮安区、古运河畔的漕运西路 174 号，是国家 5A 级旅游景区、全国重点文物保护单位、全国百家红色旅游经典景区之一、全国文物系统优秀爱国主义教育基地、全国文博系统先进集体、全国文化先进集体。占地 3.15 平方公里。东西相连的两个宅院组成，东宅院临驸马埠，西宅院临局巷，占地 1987.4 平方米，共有大小房屋 32 间，为青砖、灰瓦、木结构。周恩来童年读书旧址是周恩来 6-10 岁生活学习的地方。主要景点有周恩来故居、周恩来纪念馆、驸马巷、河下古镇。1979 年 3 月 5 日，周恩来同志诞生 80 周年，江苏省淮安市周恩来故居正式对外开放，邓小平为"周恩来故居"匾额题词。周恩来纪念馆位于古城淮安北门外夹城内的桃花垠，馆区有纪念岛，四周环湖，绿地组成，总面积有 40 万平方米，其中 70% 为水面，总建筑面积 21166 平方米，陈列布展总面积 7880 平方米。

周恩来（1898 年 3 月 5 日—1976 年 1 月 8 日），字翔宇，曾用名飞飞、伍豪、少山、冠生等，原籍浙江绍兴，1898 年 3 月 5 日生于江苏淮安，1976 年 1 月 8 日在北京逝世。1921 年加入中国共产党，是伟大的马克思主义者，伟大的无产阶级革命家、政治家、军事家、外交家，党和国家重要领导人之一；新中国第一任国务院总理、第一任外交部部长。中国人民解放军建军创始人之一，中华人民共和国开国元勋。

一路上，沿途走向为周恩来纪念馆、韩信路、工会、镇淮楼、驸马巷、周恩来故居、勺湖公园、里运河东堤、河下安置小区、河下古镇。2015 年 10 月，江苏省淮安市周恩来故里旅游景区通过文渠引入"活水"至驸马巷、河下古镇。驸马巷是古城淮安镇西北隅 300 多米处的一条古巷，是明惠帝朱允炆为驸马都尉黄琛建造了一座驸马祠。驸马巷是周恩来出生和童年读书地方。河下古镇有 2500 多年的历史，也是周恩来童年读书的旧址。这里曾诞生巾帼英雄梁红玉、大文学家吴承恩等历史名人，明清两代这里曾出过 67 名进士，有"进士之乡"之称。

第二节　韩信故里

韩信故里位于江苏省淮安市淮阴区，是国家 3A 级旅游景区。淮阴是贯通南北大运河上的重要都市之一。自秦朝置县（公元前 221 年，叫淮阴县），已有 2300 多年历史。韩信是汉初三杰之一，著名的历史军事家，与孙武、孙膑、商鞅、吴起等齐名并列，也是汉朝唯一被封的异姓王。自古淮阴名人辈出，素有"九省通衢、入京孔道"之称。韩信、李白、杜甫、白居易、刘长卿、苏轼等，历代文人墨客在古淮阴留下许多华美的辞章。淮阴的马头镇，是古淮阴的代名词。这里名胜古迹甚多，寺庙多达 81 处。

韩信故里景区很多，有漂母祠、淮阴侯庙、韩信钓台、胯下桥、千金亭、漂母墓等。改革开放以来，淮安市政府对历史名胜古迹重视，逐步修缮韩信故里内的淮阴侯庙、韩信钓鱼台、胯下桥、漂母祠、漂母墓、千金亭等古迹。2003 年韩信故里竣工对外开放。入口前有 6400 平方米的广场，门口上方横额"韩侯故里"四个镏金大字，为陈立夫先生 99 岁时题写。公园占地 10 万平方米，其中，水面近 4 万平方米。诸景皆按照秦汉建筑风格在古迹原址上修复，各景点围绕韩信湖、胭脂塘、小河分布，竹树掩映、曲径通幽中，显得错落有致，风景优美。

漂母祠为一房四合院，正屋面南三间，硬山隔扇直棂窗。正堂供奉漂母塑像。对联书写着："人间岂少真男子，千古无如此妇人。"门前的楹联更是工整：一饭食韩信，巾帼丝巾早把黄金轻粪土；千秋拜遗庙，淮流堤旁有谁青眼识英雄？漂母对韩信有一饭之恩，韩信得志奉千金还报，视为亲母赡养终年。

淮阴侯庙，相传在公元前 191 年汉惠帝，大赦天下，令射阳侯刘缠（即项伯）为韩信建祠，后圮废于宋末元初。今淮阴侯庙重建于 2002 年 5 月，位于韩信湖南岸，背对湖水，寓意韩信背水列阵，用兵出神入化。其建筑为典型的汉代风格，由山门、庭院、回廊和大殿组成。山门面阔 8.8 米，进深 5.6 米。两侧抱柱楹联："仗剑辞淮市，桑梓留鸿，巨仁大义钦神鬼；登坛将汉兵，中原逐鹿，伟略奇谋烁古今。"庭院两侧是与主体建筑连为一体的回廊，廊内墙壁上镶嵌 28 块石刻画，画面选取韩信一生 28 个生活片段，每一块石刻画都是一个成语故事，生动而逼真。

韩信钓鱼台是韩信被贬回乡，赋闲在家消磨时光的地方。2002 年修复。钓

台背倚淮阴侯庙，正面宽 12.10 米，侧面宽 8.8 米，亭额"韩侯钓台"四字。两侧亭柱楹联："枵腹待机，反秦猛士能藏志；急流垂钓，命世雄才只赚龙。""岁月无情，消逝几多渔利客；清淮有幸，流传千古占鳌钩。"钓鱼台临水面的楹柱上亦有楹联："千秋共钓，怀瑾握瑜双国士；异代同逢，扶周兴汉两鱼竿。"楹联把兴周、姜子牙、韩信一起颂扬，阐明韩信在建立汉王朝中的功勋。

胯下桥，《史记·淮阴侯列传》记载："屠中少年有侮信者，曰：'若虽长大，好带刀剑，中情怯耳。'众辱之曰：'信能死，刺我；不能死，出我胯下。'于是信孰视之，俯出胯下，蒲伏。"韩信衣锦还乡后，以德报怨，仍给屠中少年授职。后乡人立胯下桥纪念此事。旧志对胯下桥多有记载，明万历年间，淮安府的主政者在今淮安区（原淮阴市淮安县）修建了胯下桥木牌，并于清同治丁卯年重建。1978 年，当时的淮阴市人民政府拨款重建，在竹制木牌坊上，横写着三个遒劲的隶书大字："胯下桥。"1993 年，马头镇政府仿修胯下桥券门。

千金亭位于韩信湖东岸。韩信少时垂钓湖边常受漂母施食，信曾对漂母表示："我将来一定要重重报答您老人家。"漂母说："我是同情你不能养活自己，哪里是指望你报答呢！"韩信衣锦还乡后，赠漂母以千金。码头镇旧有千金亭毁于水患，今千金亭为 2003 年复建，亭呈正方形，亭额上有"千金亭"三字，亭柱悬有两副楹联："爱心本无价，然诺足千金。""宏慈博爱千金难买，至信精诚一诺弗移。"

韩信出身平民，家庭贫困，曾寄人篱下，胯下受辱。秦末农民起义爆发后，韩信投靠项梁、项羽，得不到重用。后投靠刘邦，刘邦亲自登坛拜韩信为大将，与项羽争夺天下。韩信平定三秦，横扫魏、赵、代、燕、齐诸国；数次支援解救刘邦。出奇制胜，声东击西拿下魏都安邑；井陉之战，背水一战，大破赵军；潍水之战，水淹齐楚联军，斩杀楚将龙且；垓下之战，布五军阵诱敌，击破项羽军；兵围城下，四面楚歌，最终迫使楚霸王项羽自刎于乌江。刘邦夺得天下后，卸磨杀驴，贬韩信为淮阴侯。汉十一年（前 196 年），韩信被萧何吕雉合谋设计杀死于长乐宫，被诛灭三族。韩信是位杰出的军事家，有情有义，胸怀坦荡，光明磊落的真英雄，堪称一代枭雄，也是历史上的悲剧人物，因为才华卓著，功勋盖主，被最信任的人出卖，致使自己身败名裂，连累家人惨遭灭族。可叹！

第三节　洪泽湖

洪泽湖，古称富陵湖，两汉以后称破釜塘，隋朝称洪泽浦，唐代始名洪泽湖，位于江苏省西部淮河下游，苏北平原中部西侧，淮安、宿迁两市境内。清康熙十九年（公元 1680 年），黄淮并交，洪水暴涨，明祖陵、泗洲城、周围许多村庄均被湖水浸淹。明清两代，为了维护运河南北水上交通，不断对东岸防洪大堤加固增高，洪泽湖遂成为著名的"悬湖"。据测，洪泽湖底层是海拔 10 米左右，洪泽湖大堤东的地面只有海拔 4—8 米，所以古有"到了高家堰（洪泽湖大堤），清淮不见面（原清江市、淮安府）"的民谣流传。

洪泽湖为国家 4A 级景区、国家级自然保护区。洪泽湖水面辽阔，资源丰富，历史悠久，既是淮河流域大型水库、航运枢纽，又是渔业、特产品、禽畜产品生产基地，素有"日出斗金"的美誉。远在 200 万年以前，洪泽湖是黄海湾的一部分，也是我国著名的五大淡水湖之一。洪泽湖地处淮河下游、苏北平原中部，西接淮河，东连长江、黄海。水位在 12.5 米时，湖水面积约 300 万亩，是江苏省除了鄱阳湖（鄱阳湖也是中国第一大淡水湖）的第二大淡水湖。湖岸线弯曲延绵 365 公里。周围是江苏省的淮阴、清浦、洪泽、盱眙、泗阳、泗洪等县区，水系属淮安和宿迁市。公元 616 年，隋炀帝乘船"游幸"江都，一路干旱，途经破斧塘时，适逢大雨，一时兴起，便将破塘改名为洪泽浦。唐代的洪泽浦，已是一片泽园，遂又改名洪泽湖。

洪泽湖水域宽阔，湖水波光粼粼，清澈纯净，周围的山峦、田野、村庄环绕，构成了一幅美丽的画卷。洪泽湖自然风光独特，文化底蕴丰富，拥有许多的人文景观和文化遗产。洪泽湖大堤、水釜城、龟山都有独特的景象。在湖畔欣赏"日出日落景象新，湖光山色满乾坤"。远看山峦青黛，高楼耸立；近看飞鸟翱翔，游人熙攘，人间烟火气息浓厚。

洪泽湖湿地自然保护区，生态环境优良。拥有湖滨珍禽鸟类保护区、生态森林公园（休闲度假区）、生物多样化科普区、万亩水产养殖生态示范区、万亩无公害稻蟹立体养殖示范区，六大功能区组合而成。核心区面积近 15 万亩。湿地自然保护区内水域、滩涂广阔、湿地生态系统保存完好，是江苏省面积最大的淡水湿地自然保护区，华东位列第四，全国位列第十一位。

洪泽湖水生物资源丰富，这里盛产的鱼类、虾类、蟹类、贝类等水产品种类繁多，著名的有洪泽湖银鱼、大闸蟹、龙虾等。这些水产品口感鲜美，营养丰富，很受人们的喜爱。洪泽湖农作物也很发达，有水稻、小麦、玉米、黄豆，各类蔬菜和水果。这些农作物质量优良，口感鲜美，营养价值高。

第八章　扬　州

扬州市，古称广陵、江都、维扬，江苏省辖地级市，位于江苏省中部、长江与京杭大运河交汇处。扬州是南京都市圈紧密圈城市和长三角城市群城市，是国家重点工程南水北调东线水源地，有着"淮左名都，竹西佳处"之称，又有着"中国运河第一城"的美誉。东部与盐城市、泰州市毗邻；南部濒临长江，与镇江市隔江相望；西南部与南京市相连；西部与安徽滁州市交界；西北部与淮安市接壤，总面积6591.21平方千米。扬州市辖3个区、1个县，代管2个县级市，另设有1个开发区。

扬州市历史悠久，是全国首批24座历史文化名城之一。自吴王夫差十年（前486年）开邗沟、筑邗城始，已有2500多年建城史。扬州春秋时称"邗"，秦、汉时称"广陵"、"江都"等。在中国历史上，汉代至清代经历了通史式的繁荣，并伴随着文化的兴盛，中国大运河扬州段已入选世界遗产名录，扬州已列入中国海上丝绸之路。"天下三分明月夜，二分无赖是扬州"；"故人西辞黄鹤楼，烟花三月下扬州"。扬州从古代至今，都是繁花似锦，风靡一时，令人羡慕的美丽城市。

第一节　瘦西湖

扬州瘦西湖属于京杭大运河扬州段水系，是京杭大运河扬州段的支流。京杭大运河是中国古代南北水路交通的主要通道。京杭大运河自北京起，途经河北、天津、山东、江苏、浙江六省市至杭州的运河，它沟通了海河、黄河、淮河、长江和钱塘江五大水系，全长近 1800 千米。瘦西湖所在的京杭大运河徐州蔺家坝至扬州段，建设了皂河、宿迁、刘老涧、泗阳、淮阴、淮安、邵伯、施桥等 8 座复线船闸和蔺家坝船闸，全河道进行了拓挖，该运河段可通航 2000 吨级船舶。

瘦西湖是由隋唐大运河水系，春秋战国、隋、唐、宋、元、明、清等不同时代的城壕连接的水体。瘦西湖最早形成于隋朝。宋元时期，与城壕连接成一个更大范围的水系，成为扬州城的西护城河。瘦西湖水道沿用历代扬州城护城河，并经人工疏浚、凿通，最终在清乾隆年间（1736—1796 年）形成一条连贯线的运河水体。瘦西湖是大运河的支流，始终与大运河保持着水源相通的互动关系。

春秋战国时期，吴王夫差，为北霸中原，在长江以北建造了一座新城，开挖了流经邗城之下的运河，瘦西湖已在水道中，但还不具备固定湖泊、河流形态。西汉王刘濞，扩大楚广陵城，今大明寺东边的护城河已经成型，瘦西湖最初发轫。后汉晋广陵城都沿用了该段水系成果；南朝宋大明二年（458 年），竟陵王刘诞令人筑广陵城，造就了瘦西湖小金山至大虹桥一段水域。《读史方舆纪要》载："北神堰，在府城北五里，古末口也，吴王夫差沟通江淮处，后人于此立堰，以淮水低，沟水高，防其浅，舟行渡堰始入淮，亦号平水堰"。隋朝开始，隋炀帝下令开掘拓展大运河，以通运漕，将其疏浚、重修、开凿，贯通连成一体，花费巨资，动用民工五百多万，耗费了六年的时间，完成大运河的开凿工程，终于将大运河全线贯通，全长两千七百多公里。

扬州瘦西湖，不仅历史文化底蕴深厚，而且风景是如画。湖水清澈，湖面宁静镜。微风吹过泛起阵阵涟漪，金色的太阳照在湖上，金光灿灿，波光粼粼，美得令人心醉。湖边芳草碧绿，垂柳随风轻舞。蓝天白云下，候鸟展开翅膀翱翔。湖中荷花盛开，犹如出水芙蓉，粉嫩嫣红少女的脸一样娇媚动人。荷叶好似一把把绿伞，迎着朝阳撑开。水中的鱼儿在荷叶庇荫下，欢快地畅游。远处小船轻摇，水鸟欢歌，野鸭游弋。湖畔垂钓者排成一行，悠闲地等待鱼儿"愿者上钩"。

第二节　八怪纪念馆

扬州八怪纪念馆位于江苏省扬州市广陵区驼岭巷 18 号，是江苏省著名的风景区，占地面积为 4452 平方米。扬州八怪，指的是清康熙中期至乾隆末年活跃于扬州地区的一批风格相近的书画家总称。美术史上也常称其为"扬州画派"。

在中国画史上说法不一，公认指：金农、郑燮、黄慎、李鱓、李方膺、汪士慎、罗聘、高翔八位文人雅士，他们以"清逸超拔，不拘浅薄"而著称于世。他们"不守墨矩，离经叛道"洒脱自由的艺术风格，被当时画坛称为"奇人异事"。

扬州八怪纪念馆，其建筑风格具有扬州特色。纪念馆主厅与两边的东西廊房及珍品陈列厅组成"U"形结构。楠木大殿前是两副抱柱楹联，一副是郑板桥的"删繁就简三秋树，领异标新二月花"，这是郑板桥在山东潍坊做官时写给他的学生韩镐的联句。另一副是金农的"三千余岁上下古，八十一家文字奇"对联。"三千余岁"指的是中国有着悠久的历史，"八十一家"指的是历史上的文化精英。大殿为主展厅，以扬州漆画形式展示18世纪时扬州的风土人情。大殿中有十五尊"八怪"的雕像，或站或坐，雕塑背后是当代学者江树峰赞扬"扬州八怪"所撰的《水调歌头》，词曰："何为文人画，绘事重抒情。'八怪'扬州崛起，画史永留名。衙斋闲闻箫竹，狮猫爱鱼灭鼠，半榻乱书横。凉叶飘香处，鸡唱唤人心。与隶凶，如马踢，不堪行，环磨怀素玩砚，东坡对菊琴。三祝、西方旧寺，画马酸嘶悲愤，古拙出凡尘。《弹指阁》图在，傲骨石涛钦。"

扬州八怪纪念馆共有藏品175件/套。1993年11月22日，扬州八怪纪念馆建成对外开放；2016年扬州八怪纪念馆进行修缮保护工作。

扬州八怪纪念馆是依托金农寄居的西方寺古而建。金农是扬州八怪中最清贫的画家，他仗义执言，不拘小节，贪杯任性，视金钱如粪土。晚年信佛，专画佛抄经。在寺院墙壁题诗："无佛又无僧，空堂一盏灯。杯贪京口酒，书杀剡中藤。占梦今都应，谀人老未能。此时何所想，池上鹤窥冰。"金农寄居处，有假山点缀、池塘环绕，称为"鹤池"，亦称"鹤池窥冰"。还有千年银杏树、莲池映月、竹泉幽境等。竹泉亭中供奉着金农取水用的水井，东侧的"碑廊集粹"，有郑板桥"难得糊涂"。金农喜鹤为伴，因生活艰难，自嘲地写道"我今常饥鹤缺粮"的贫困境况。

说起"扬州八怪"，人们最熟悉的便是清朝"诗、书、画三绝"的郑燮郑板桥。郑板桥一生坦荡，"宁愿食无肉，不愿五居竹"，与竹为伴，高风亮节。一生爱竹、写竹、画竹，做人如竹品德高洁，超凡脱俗，清风朗月，"咬定青山不放松，立根原在破岩中。千磨万击还坚劲，任尔东西南北风"。郑板桥的作品，无论画竹、画石、画兰，都有着挺拔、孤直的形象特征，这便是他狂傲倔强的"节"字体现。郑板桥的《竹石》为后世公认的"画竹千古第一人"。郑板桥笔下的《墨竹图》，粗看极为简练，数根孤竹寥寥而立，却给人一种面对整片竹林的观感。画面高低错落、浓淡枯荣，层次分明，透过墨迹深浅，出奇地显现淡墨竹子和浓墨竹子远近排布，竹节间互相交融，竹竿纤细直挺，棱角分明、瘦骨嶙峋秀拔的互相照应，所谓"密中见疏，乱中有正"的精髓。郑板桥出仕两任知县，勤勉政务，造福一方，史载"无留积，亦无冤民"。但他桀骜不驯，轻狂的性格，不愿阿谀奉承，与官场格格不入，最终挂印而去。"乌纱掷去不为官，囊橐萧萧两袖寒。写取一枝清瘦竹，秋风江上作鱼竿。"这就是他令人钦佩的怪异"傲骨"气节。"难得糊涂"也是他的传世名言。

扬州八怪纪念馆，不仅是让你了解八怪生平轶事的地方，更是一个融合历史文化艺术和自然风光美景胜地。在这里可以感受到扬州八怪，做人情操，观画品德，赏字留韵，丰富多彩的艺术遗产。扬州八怪纪念馆是古老历史文化的传承，也是扬州宝贵的精神文化遗产，更是中华民族历史文化丰富的宝藏。

第三节　盂城驿

扬州盂城驿位于江苏省高邮市南门大街东，是明代遗留下来的一处驿传建筑。盂城驿是目前全国规模最大、保存最完好的古代驿站，是国家 4A 级旅游景区、全国重点文物保护单位、世界遗产单位。盂城驿的历史悠久，秦王嬴政二十四年（公元前 223 年）在此筑高台，设邮亭，汉建县，历史名为高邮。明洪武八年（1375年）开设盂城驿，驿站规模宏大，牌楼、照壁、鼓楼、厅房、库房、廊房、马房等。盂城驿是运河沿线的皇家驿站，专供接待皇亲国戚贵族使臣等客居休息的场所。驿内有秦邮公馆，驿北驿丞宅等房屋，设有大门厅、息厅、敞厅、后厅等，吃、喝、玩、乐一应俱全。现在的盂城驿是明代的遗存，元代名为秦淮驿，朱元璋称帝后，明洪武九年（1376 年）改名为盂城驿。

扬州盂城驿专家学者称之为"稀世遗珍"。是世界上最早建立有组织传道信息的国家驿站。驿站是古代官办飞报军情，递送仪客、运输军需的机构。历代王朝都十分重视邮驿，称之"国之血脉"。也是我国古代南北大动脉，京杭大运河上的重要驿站。古代驿站功能，过往使臣投宿，凡持有"驿关"的官员，可按官阶高低免费享受驿站提供的住宿、膳食、舟车、夫马，转送过境公文。盂城驿规模宏大，有正厅五间、后厅五间、送礼房五间、库房三间、厨房十间、马神庙一间、

马房十二间、前鼓楼三间、照壁牌楼一座。驿北为驿丞宅，驿旁秦邮公馆，东南有马饮塘等。

鼓楼为十字脊重两层的古建筑，是驿站值更守夜、站岗望、传鼓报的制高点，亦是今天盂城驿的形象标志物。两房为驿站人员构成雕塑，形象栩栩如生。整个厅堂再现了盂城驿当年的生活原貌。华皇厅又称正厅，为五开间明代建筑，驿站管理中心，是传令接待的场所。中三间屏门悬挂"皇华厅"匾额，下方为"明高邮州城图"，两侧悬挂"消息通灵会心不远，置邮传令盛德留行"的对联。正厅主要陈列驿、马、船统计表、值班表、分工职责表、《邮驿律》等，厅中为官是接待场面，东房为签房，学办理公文之处。驻节堂又称后厅，整个建筑的梁柱为明代驿站遗存，是盂城驿的精华所在。屏门上方悬挂"驻节堂"匾额，两侧悬挂中三间为接待官员的晚宴场，后厢房为《乾隆皇帝视高邮》的微景观，西厢房为明清小说《醒世姻》盂城驿审厨夫的缴信景观。

盂城驿大门厅前悬挂"驿"字灯笼一对，门上方悬挂"古盂城驿"横匾，由朱学范先生题写，大门左侧"邮驿博物馆"刘平源先生题写。大门西侧的狮子盘绣球石鼓造型古朴，形象生动，似乎想唱出古代驿站今又重光，迎接各方游客前来参观。两厅后车厢房为存放迎送器具的轿房，两厢房为通信、运轿工具的驿具房。

第九章　飞马水城

海澜飞马水城是江苏海澜集团打造的一个充满传奇色彩的旅游胜地。它是一个集文化、旅游、购物、休闲为一体的综合体。走进海澜飞马水城，映入眼帘的是那座气势磅礴的古大门，高耸的门楼，厚重的石门，给人一种庄重威严的印象。穿过大门，别有洞天，一排排高大的建筑错落有致地伫立；古色古香的建筑与现代化的设施相结合，形成了一种独特的风格。

飞马水城内，湖水清澈，碧波荡漾，在群山环抱下熠熠生辉。五匹栩栩如生的飞马雕像腾空而起，向人们展示着绰约的英姿。有一种马踏疆土"秦时明月汉时关，万里长征人未还。但使龙城飞将在，不教胡马度阴山"的气势。这五匹飞马代表着海澜之家的精神：勇敢、拼搏、进取、创新、卓越。正是这种精神，使得海澜集团服装业在中国独树一帜。海澜飞马水城，不仅是一个旅游胜地，更是一种海澜文化的殿堂。这种企业创新精神的内涵，使得海澜飞马水城成了一个令人向往的地方。它是江苏省的一张名片，也是中国特色风采，向世界展示大美中华的魅力和文化底蕴。

当夜幕降临，海澜飞马水城变得更加热闹。音乐喷泉表演开始了，随着音乐的起伏，喷泉也跟着节奏跳起舞。水柱时高时低，时而旋转，时而左右摇摆。在五光十色的灯光照耀下，喷泉变得绚丽多彩。人们沉浸在这美妙的音乐和舞蹈中，仿佛忘却了世间的烦恼，感受到的只有愉悦和舒心。

海澜的马术表演非常精彩，它是一场别开生面的视觉盛宴。在美轮美奂的舞台上，骏马展示了它们的优雅身姿和无尽潜力。舞台的背景是一座古典的城堡，舞台的中央是一块宽敞的草地，草地上摆放着五颜六色的鲜花，为表演增添了浓郁的色彩。随着音乐响起，骏马们纷纷亮相，骑手穿着各式各样的马装，有的优雅大方，有的时尚前卫，有的充满古典韵味。每一匹马都独具特色，它们的登场，让观众们眼睛闪亮。骏马在舞台上展示了各种技巧和动作，如疾驰、跳跃、旋转等。灵活的骑手，完美精湛的马术演技，让观众惊叹，纷纷鼓掌喝彩。

海澜的马术表演，是一种特殊的文化拓展。观众在看表演的同时，不仅欣赏到骏马的演技和骑手风采，还能感受到海澜之家雄厚的实力。海澜的马，都是从美国、德国、荷兰、挪威、西班牙、葡萄牙、土库曼斯坦等国引进汉诺威、弗里斯兰、汗血宝马、布琼尼、克莱兹代尔、吉卜赛瓦纳、施瓦泽、布洛纳斯、阿登纳斯等多种名马，近200匹。这些珍贵的马匹都圈养在海澜飞马水城马文化博物馆里，就是俗称的名马馆，该馆是目前世界上唯一的活体马博物馆。

第十章　江南农耕文化园

江南农耕文化园位于江苏省张家港市永钢大道，占地面积500亩，于2010年7月18日竣工开园。后改造升级，全园分为肥米粒萌宠乐园、休闲木屋区、

作坊区、农家乐园区、水上乐园、游乐场六大区域。它是江苏省乡村旅游区和中国农耕文化示范园，改造升级后，农耕文化园主题建设是以家庭游乐区，以农耕文化为乐园灵魂，以家庭组团旅游为乐园核心，以欢乐为乐园目的。农耕文化园再现了秀美的田园风光、淳朴的农家生活。肥米粒萌宠乐园有近 30 种可爱萌宠物，有表演区、散养区、互动区等。

农耕文化园以全新的理念，刷新了人们对农耕和动物园的印象。在农耕文化园里还可以骑马、骑牛，近距离观赏各种小动物。大型游乐场，占地面积 25000 平方米，主要有转马、狂呼、摩天轮、飓风飞椅、大摆锤等 18 个乐项目。水世界、游乐场有六大区域。园内每天开展丰富的海狮表演、大型动物表演、小猪跳水表演等。水世界每日容客量可达 12000 人，是苏锡常地区水上游乐设备先进种类齐全、最大的水上游乐中心。主要项目有海浪池、漂流河、大喇叭、巨兽碗、六彩滑梯、高速滑梯、游泳池、儿童水寨等。

第十一章　濠　河

濠河位于江苏省南通市，形如葫芦，宛如珠链，被誉为南通城的"翡翠项链"。周长 15 公里，水面最宽处 215 米，最窄处仅 10 米，面积 1080 亩，是国家 5A 级风景区。史载后周显德五年(公元 958 年)通州筑城即有河，濠河距今有千年的历史，是国内仅存保留最为完整的四条古护城河之一。

南通是座古老而又年轻的城市，濠河犹如温婉的碧玉镶嵌在长江与黄海之间，又似璀璨夺目的琉璃照耀着古城。濠河环城围绕静静地诉说着千年的故事，流淌着无尽的诗情画意。走进南通，便不由自主地被濠河所吸引，它不似长江那般壮阔浩渺，也不及黄河那般奔腾激流。濠河以独特的悠扬与安详，静静地沿着古城川流不息，濠河是历史与现代之间一条柔美的纽带，连接着南通的过往与未来。

晨曦初照，濠河水面上泛起一层轻纱般的薄雾，远处的建筑在朦胧中若隐若现，好似一幅清新淡雅的水墨丹青。河上水鸟掠过，留下一串串清脆的鸣叫声，打破了清晨的宁静，也为这静谧的城市凭添了几分生机与活力。随着太阳升起，阳光洒在波光粼粼的河水上，金光闪闪，美不胜收。沿河两岸，绿树成荫，鲜花盛开，仿佛是大自然精心布置的一条花径，引领着人们走进这美景世界。河畔晨练、漫步的人群，在微风拂面中，带着惬意的舒畅迎来了新的一天。

傍晚时分，濠河别有一番风情，夕阳余晖染红了河水，河岸灯火辉煌，就像天上的星河落入人间。濠河的夜景真美，水中倒影如梦，美轮美奂，划桨泛舟夜游濠河，碧波微澜，五亭邀月，城在水中立，人在画中游的静怡与霓虹闪烁五彩缤纷的城市喧哗热闹，共同构成了一幅美丽多姿的夜景图。此时，静静的坐在岸边，眺望色彩斑斓绚丽多姿的濠河，有一种天上人间的迷离。

南通濠河以独有的魅力，吸引着更多人的关注和喜爱。它是一段历史、一种文化、一份情怀，一生的惦记，它见证了南通古城的延续变迁，也承载了无数的欢欣与创新。

第十一篇　浙江——丝茶之府

　　浙江省简称"浙"，是中华人民共和国省级行政区，省会杭州市，位于中国东南沿海长江三角洲南翼，与上海市、江苏省接壤，南接福建省，西与安徽省、江西省相连。浙江省最大的河流钱塘江，因江流曲折之江，称浙江。浙江地形概貌为"七山一水两分田"，是中国岛屿最多的省份，海岸线总长居全国首位。北纬202'~31°11'，东经11 801'~123°10'。浙江是中国古代文明的发祥地之一，有良渚文化、河姆渡文化、马家浜文化等新石器时代文化和吴越文化、江南文化、宋韵文化等地域文化。浙江省下辖11个地级市、37个市辖区、20个县级市、33个县。浙江省名胜古迹和旅游资源丰富，包括杭州西湖、绍兴鲁迅故里、宁波天一阁、嘉兴南湖等。浙江省有许多特色产品和美食，如西湖龙井茶、绍兴的黄酒、海宁皮革、湖州的丝绸等；杭州东坡肉、嘉兴粽子、宁波的泥螺、金华的酥饼、温州的鸭舌、宁波的醉鸡、金华的火腿、温州的海鲜等。这些特色产品都有着独特的制作工艺和历史文化背景，是浙江文化的重要组成部分。

第一章 杭 州

杭州位于中国东南沿海、太湖流域南岸，是一个依山傍水的美丽城市；是长江三角洲地区的重要城市之一、中国重要的科教中心之一、中国重要的电子商务中心之一；也是浙江省的政治、经济、科学、信息等中心。杭州历史文化悠久，自秦代设县治，已有两千多年的历史，是南宋王朝的首都，拥有浙江大学等多所著名大学和研究机构、阿里巴巴等全球知名企业。杭州有着丰富的自然资源，地处亚热带季风气候区，四季雨量充沛，拥有得天独厚的自然条件。

杭州是一座自然风光优美的城市。杭州有许多著名的旅游景点，包括西湖、灵隐寺、千岛湖、天目山等。西湖是杭州标志性景点。杭州灵隐寺是一座古老的寺庙，有着悠久的历史和深厚的文化底蕴，也是杭州的文化地标之一。千岛湖是杭州周边的一个大型水库，湖中分布着众多岛屿，是休闲度假的好去处。天目山是杭州壮丽秀美一座山峰，自然风光和植物资源丰富。杭州的美食，如龙井茶是杭州的著名特产，也是中国十大名茶之一，具有清香可口的特点。杭州的特色美食，如西湖醋鱼、叫花童子鸡、东坡肉等。杭州东坡肉是以苏东坡的名字命名的菜肴，是杭州的传统名菜，口感软糯鲜美，让人回味无穷。

第一节 西 湖

杭州西湖是浙江著名的风景区、世界文化遗产，也是中国著名的湖泊之一。西湖以秀丽的湖光山色和人文景观而闻名。西湖边有许多古建筑和园林，如断桥、雷峰塔、柳浪闻莺等。漫步在西湖边，犹如穿梭在美丽的画卷中。西湖水清澈见底，倒映的山峦和古色古香的建筑。远山如黛，绿树成荫，到处鲜花盛开，蝴蝶飞舞，鸟儿飞翔，一派生机盎然的生态景象。湖中的"三潭印月"，好似三座神鼎在碧波荡漾中挺立。西湖的湖心亭，名曰集贤亭，位于西湖中央，是中国四大名亭之一。集贤亭阁三层，飞檐八出，高瓴琉瓦，翘角滴翠，整个亭子构造精巧，

气势宏伟。集贤亭与对岸的保俶塔遥相呼应，被誉为西湖第一亭。集贤亭在历史上颇有名气，是清代西湖十八景之一的"亭湾骑射"。集贤亭是西湖的重要标志，四季变换风情万种。此外，还有牡丹亭、放鹤亭等也是杭州西湖的著名亭子。

西湖岸树木葱茏，楼阁精致。断桥下波光粼粼，仿佛在述说白蛇和许仙千古绝唱的爱情故事。雷峰塔，这座历史悠久的古塔，蕴藏着丰富的历史文化。登上塔顶，一览西湖的美景。西湖周边还有许多古老的园林和寺庙，曲院风荷、平湖秋月，灵隐寺、净慈寺等寺庙佛教文化博大精深。西湖美丽的自然风光和人文景观，承载厚重的历史记忆和诗情画意，历代许多文人墨客都在这里留下千古流芳的诗篇。宋代苏轼"水光潋滟晴方好，山色空蒙雨亦奇。欲把西湖比西子，淡妆浓抹总相宜"。宋代苏轼"黑云翻墨未遮山，白雨跳珠乱入船。卷地风来忽吹散，望湖楼下水如天"。宋代杨万里"毕竟西湖六月中，风光不与四时同。接天莲叶无穷碧，映日荷花别样红"。唐代白居易"孤山寺北贾亭西，水面初平云脚低。几处早莺争暖树，谁家新燕啄春泥。乱花渐欲迷人眼，浅草才能没马蹄。最爱湖东行不足，绿杨阴里白沙堤"。这些不朽的诗词歌赋，体现了中华文化的博大精深，吸引着无数的人们前来探访与品味。

苏堤和白堤是杭州西湖著名的两条堤岸，以苏轼和白居易的名字命名。苏堤位于西湖的西部，是一条南北向的堤岸，全长约 2.8 公里。这条堤道是北宋文学家、书法家苏东坡在任杭州知州时，疏浚西湖后利用挖出的葑泥构筑而成的。为了纪念他的功绩，人们将这条堤命名为苏堤。堤上种满了柳树和桃树，春风吹过，柳絮纷飞，落英缤纷，美不胜收。白堤位于西湖的东部，横亘在西湖东西向的湖面上，从断桥起，过锦带桥，止于平湖秋月，全长约 1 公里。这条堤原名白沙堤，是唐朝著名诗人，白居易亲自踏勘后修筑的堤，将西湖一分为二，堤内为上湖，堤外为下湖。后人为了纪念白居易治理西湖的功绩，将这条堤叫作白公堤，简称白堤。

第二节　岳王庙

浙江杭州岳王庙，坐落在西湖畔栖霞岭下，建于南宋嘉定十四年（1221 年），明景泰年间改称"忠烈庙"，经历了元、明、清等，代代相传一直保存到现在。现存建筑于清康熙五十四年（1715 年）重建。岳王庙庄严肃穆，是纪念南宋抗金名将、民族英雄岳飞所建。步入正殿，门额上挂着"心昭天日"四字匾额，迎面是岳飞一身戎装的全身像，头顶高悬着"还我河山"。大殿四周的墙壁上的壁画记述了岳飞的生平，"岳母刺字"。正殿两侧，供奉的是岳飞的两员大将牛皋和张宪。岳飞被秦桧、张俊等人诬陷为反叛朝廷，用尽酷刑让他招供承认通敌叛国，岳飞在供状上写下"天日昭昭，天日昭昭"八个大字。岳飞遇害后，狱卒隗顺冒着生命危险，背负岳飞遗体，越过城墙，埋地葬于九曲丛祠旁。宋孝宗下令给岳飞昭雪，并以五百贯高价悬赏求索岳飞遗体，用隆重的仪式迁葬于栖霞岭下，就是现在的岳坟地。嘉泰四年宁宗赵扩，追封为鄂王。岳王庙位于杭州西湖曲院风荷对面。岳飞父子墓前，有秦桧等四人奸臣长跪千年的像。

岳飞（1103—1142），字鹏举，河南安阳汤阴县人，南宋抗金名将，中国历史上著名军事家、战略家，民族英雄。他率领的岳家军，同金军进行了大小数百次战斗，所向披靡。金完颜兀术毁盟攻宋，岳飞挥师北伐，先后收复郑州、洛阳等地，又于郾城、颖昌大败金军，进军朱仙镇。宋高宗听信卖国通敌的奸相秦桧挑拨离间，要岳飞退兵求和，以十二道"金牌"下令召回岳飞，岳飞被逼迫无奈撤兵返朝。岳飞在返回路上，途经一座古刹借宿，夜晚做了个梦，梦见有两只狗，面对面坐在那里说话。梦醒后，岳飞觉得怪异，便请教方丈解梦。方丈听了以后，沉静了一会儿说："岳将军，此次万不可回京，有生命之危。"两犬对言乃是个狱字，回去必有牢狱之灾。

岳飞没有听方丈劝告，奉旨进京，即刻被抓入狱。岳飞一生遵循母亲的教诲，精忠报国，战功显赫，却落得锒铛入狱的结果。他满腹冤屈无处诉，一腔热血洒青史。便割破手指，在狱中墙上写下了名留千古的《满江红》："怒发冲冠，凭栏处，潇潇雨歇。抬望眼，仰天长啸，壮怀激烈。三十功名尘与土，八千里路云和月。莫等闲，白了少年头，空悲切！靖康耻，犹未雪。臣子恨，何时灭！驾长车，踏破贺兰山缺。壮志饥餐胡虏肉，笑谈渴饮匈奴血。待从头、收拾旧山河，朝天阙。"1142年1月，岳飞被吊死在风波亭，年仅39岁。岳飞死后，长子岳云、女婿张宪也被斩于市。宋孝宗继位，岳飞冤狱被平反，改葬于西湖畔栖霞岭。追谥武穆、谥忠武、封鄂王。宋朝皇裔赵孟頫追忆岳飞，写下《岳鄂王墓》："鄂王坟上草离离，秋日荒凉石首危。南渡君臣轻社稷，中原父老望旌旗。英雄已死嗟何及，天下中分遂不支。莫向西湖歌此曲，水光山色不胜悲。"

第二章　鲁迅故里

鲁迅故里位于中国浙江省绍兴市著名的历史文化街区，越城区鲁迅中路241号，是鲁迅诞生和青少年时期生活过的地方。这里保存了许多传统建筑和文化遗产，如百草园、三味书屋、鲁迅祖居、土谷祠、长庆寺等。这里展现了鲁迅先生辉煌的一生。鲁迅故居修缮、保护于1953年，保留一大批鲁迅原汁原味的作品，是鲁迅当年生活情境的真实场所。参观鲁迅故里，还可以观摩到鲁迅祖居，周家新台门等古宅古迹。鲁迅故里是浙江绍兴的"镇城之宝"，保护完整，环境优雅，是生态型的"文物森林"，被誉为中国名人故居保护的典范。

鲁迅故里是了解鲁迅先生生活、文化和历史的重要场所，也是一个展示中国传统文化和人文景观的胜地。鲁迅故里具有丰富的历史价值和文化内涵。鲁迅故里的古建筑和历史的遗迹，承载了鲁迅先生的文化精神。鲁迅先生作为中国现代文学的巨匠，文学作品影响深远。例如，《狂人日记》以第一人称叙述的方式揭示了封建社会的吃人本质，《阿 Q 正传》则以阿 Q 这个角色为切入点，展现了中国封建社会的落后观念和人性的扭曲。鲁迅故里镌刻着鲁迅先生的精神和文化底蕴，是中国现代文学史宝贵财富和重要遗产，也是人类思想进步的文化传承。

第三章　天一阁

宁波天一阁是中国现存最古老的藏书楼，也是宁波市的文化地标。这里保存了许多珍贵的书籍和文物，如明代著名书法家董其昌的书法作品等。宁波天一阁建于明嘉靖四十年至四十五年，由明朝兵部右侍郎范钦主持退隐后建造。它坐落在浙江省宁波市海曙区，占地面积 2.6 万平方米，已有 400 多年的历史。天一阁藏书楼坐北朝南，为两层砖木结构的硬山顶重楼式建筑，通高 8.5 米，斜坡屋顶，青瓦覆上。一层面阔、进深各六间，二层除楼梯间外为一大通间，以书橱间隔。阁前凿"天一池"通月湖，园林以"福、禄、寿"做总体造型，用山石堆成"九狮一象"等景点。

宁波天一阁具有江南庭院式园林特色。天一阁的藏书和建筑为研究书法、地方史、石刻、石构建筑和浙东民居建筑提供了实物资料。1982 年 2 月 23 日，天一阁被国务院公布为第二批全国重点文物保护单位。2018 年 10 月 29 日，天一阁月湖景区被中国文化和旅游部确定为国家 5A 级旅游景区。宁波天一阁，一个弥漫着历史气息的地方，记录了范钦家族的荣耀与传承。这座古老的藏书楼是华夏文明的历史的宝藏。四百多年前，明朝嘉靖年间，范钦任职兵部右侍郎，为退隐独具慧眼选中了这块，依山傍水的风水宝地。经过几年的建设，藏书楼在天一阁耸然而立。范钦将楼取名为"天一"，寓意"天一生水"，可以防火。古人认为天一生水，水是财源，象征着天生富贵吉祥。

天一阁是古人寄托的美好愿望，也是中华历史文化传承的宝库。天一阁的建筑古朴雅致，沉淀着岁月的韵味和历史的厚重。天一阁的藏书有着显赫的历史背景。它凝聚了范钦一生的心血，这里每一本书都闪烁着智慧的光芒，也是中国历史文化的瑰宝。

第四章 南 湖

嘉兴南湖位于浙江省嘉兴市南湖区，是浙江著名的红色旅游胜地、国家 5A 级旅游景区、国家级风景名胜区、全国红色旅游经典景区、全国百个爱国主义教育示范基地。也是中国共产党的诞生地之一。景区占地面积约 5.86 平方千米，核心区占地面积 2.76 平方千米。是京杭大运河嘉兴段主流经过北丽桥、城北桥、西丽桥分二为一向东流入南湖到运河。嘉兴南湖，秀水环绕，风景秀丽，有着丰富的历史文化和革命传统，如红船、南湖革命纪念馆等，是爱国主义教育和革命传统教育基地等。1921 年 7 月 23 日，中国共产党第一次全国代表大会在这里闭幕。

南湖是中国共产党初心重要发源地，有着光辉历程和不同寻常的地位和作用。嘉兴南湖的红船精神，是开天辟地、敢为人先的首创精神，也是共产党人坚定理想、百折不挠的奋斗精神，立党为公、忠诚为民的奉献精神。南湖是中国革命航船扬帆的新征程，也是今天继承发扬革命优良光荣传统的新起点。

第五章　天台山

　　台州天台山位于浙江省台州市天台县，是一个集自然风光、人文景观、佛教文化于一体的著名旅游胜地。天台山的主峰华顶山位于天台县东北，海拔 1098 米，由花岗岩构成。这里多悬岩、峭壁、瀑布，雄奇壮观。天台山由于经历了多次地壳运动的演变，形成了如今的山形地貌。如风化、溶蚀、水蚀等作用，使得这里的景色更加丰富多彩。天台山是浙江省重要的生态屏障，也是禅宗发源地之一，拥有悠久的佛教文化历史和自然风光。

　　天台山的济公活佛别院，是为纪念佛教禅宗大师济公而于 996 年所建。济公东院依山而建，两层四开间，高为 14.5 米，建筑面积达 410 平方米。院内设济公百态堂，堂中有 3 尊香樟木雕济公大佛，两侧有 79 尊铜制济公小佛像。在走廊上还设有 18 尊形态各异的济公像，有喜、怒、哀、乐、悲、愁等各种不同神态。济公东院十八盘上端三岔路口，有白云洞，依山而建，面积 1704.7 平方米。山下有个葫芦形的池塘，月映池塘波光粼粼，有"葫塘洗月"之景。济公东院山门朝西南而开，门口高悬"济公东院"匾额，有副对联"活佛神奇传世代，赤城灵秀甲东南"。天台山，这座古老而神秘的山脉，孕育济公故事的传说，济公一生清贫，他出生于南宋时期，自幼聪慧博学，喜爱读书。但命运多舛，与仕途无缘，屡考不中，出家为僧，精研佛法，救治病人。他为人善良正直，疾恶如仇，云游四方，扶危济困，深得百姓爱戴。他是人们心中的活佛。

　　天台山的庙宇前悬挂着"济公别院"的匾额。进入庙堂，香火鼎盛，佛音袅袅。凝视着佛像前的莲花灯，在一尊尊佛像前，想起了济公寄语，"世人皆有佛性，只因名利二字遮住了双眼。"突然间，有一种立地成佛的清明，感悟到佛法无边的涅槃重生，恍然大悟，诠释了济公活佛笑看红尘、洒脱的境界。天台山的济公别院是佛教历史文化的圣地，描绘了济公的传奇一生。在这座美丽古老的山脉中，人们可以感受到济公活佛慈悲智慧的力量和深厚的文化底蕴。

第六章　楠溪江

楠溪江位于浙江省温州市北部的永嘉县境内，南距温州市区，东与雁荡山毗邻，西接缙云仙都，是国家 4A 级旅游区、国家级风景名胜区、世界地质公园。景区总面积 671 平方公里，分为大楠溪、石桅岩、大若岩、太平岩、岩坦溪、四海山、源头七大景区，共有 800 多个景点。

楠溪江以"水美、岩奇、瀑多、村古、林秀"闻名，被誉为"永远的山水诗，最美的桃花源"。以火山岩地、楠溪江水、自然风景为特色，还有古村落、古民居的人文景观，丰富了楠溪江自然之美和人文之韵。乘船行驶在楠溪江上，碧绿的江水远远流淌，微风拂面，荡起层层涟漪；两岸青山叠嶂，峭壁陡峭，绿树成荫，宛如一幅天然的山水画廊。

楠溪江边古老的村落，保持着原始古建筑的风貌和独特的韵味，在晨曦的朝阳初露映照中，青山环抱，小桥流水，雾气缭绕山头。古老的村落炊烟袅袅，民居忙碌着一天的生计。进士庄园古迹甚多，永嘉书院文化底蕴深厚，楠溪江风景秀丽，宽广辽阔，人们在领略楠溪江水美丽的同时，也感怀中华文化的博大精深，忘却繁忙的生活和喧嚣的城市，让心灵得到放松和滋养。

第七章　梁祝文化公园

梁祝文化公园又称梁祝庙是中国唯一纪念梁山伯祝英台的庙宇，也是承载着

无数情侣们美好愿望的圣地。始建于晋代，坐落在宁波市海曙区高桥镇。梁祝的故事家喻户晓。在中国传统的历史文化中，梁祝真挚的感情、凄美的故事，成为爱情的象征。也是永恒的爱情千古传颂的爱情神话。

梁祝庙正殿中，塑有梁山伯与祝英台的全身像，他们手牵手，目光深情，生死相依、不离不弃的神韵，感人肺腑。一幅巨大的浮雕蝶恋陶瓷壁画，展示了壁画梁祝故事的主题生死恋情。这里是见证爱情的地方，情侣真挚感情的起源表白地，更是祈求幸福美满婚姻的圣地。

梁祝文化公园是一个以爱情为主题的公园，每一个角落都充满了爱的气息。音乐广场的中心，矗立着一座高大壮观的梁祝化蝶雕塑。雕塑以梁祝经典故事场景为设计元素，将梁山伯与祝英台人物形象栩栩如生地展现，诉说着千古永恒的爱情篇章，传颂着至死不渝的爱情信念。梁山伯与祝英台是中国的"罗密欧与朱丽叶"，承载了无数情侣们的爱情梦想，幸福与浪漫。

第八章　西塘古镇

西塘古镇位于浙江省嘉兴市嘉善县，地处苏浙沪三省市交界处，地理位置优越，是国家 5A 级旅游景区，被国家文物局列入中国世界文化遗产名单，亦是中国首批历史文化名镇。西塘古镇历史悠久，是古代吴越文化的发祥地之一；是千年古镇，建筑风格独特完好，历史文化丰厚。西塘古镇的周边景点也非常丰富，如乌镇、南浔等古镇以及上海外滩等都充满历史韵味与人文气息。西塘古镇素有"吴根越角"之称。西塘古镇的历史可以追溯到春秋时期，是吴越两国交界处。随着江南水乡农业和手工业的发展,西塘逐渐成一个商贸繁荣的集市，是明代"鱼米之乡""丝绸之府"。在清代，西塘成了南巡皇帝的必经之地，也带动更多的商机和繁荣。

西塘古镇的代表性历史人物有张镜秀、陈氏夫人等。张镜秀是一位抗日女英雄，她率领游击队在西塘一带与日军展开了激烈的战斗。陈氏夫人则是西塘的贤达之士，她曾创办了"冬学"和"明因小学"，为当地教育事业做出了卓越的贡献。

西塘古镇的民俗文化活动也颇具特色。每年的农历正月十五，西塘会举行盛大的元宵灯会，龙灯、花灯、走马灯等各式灯笼齐放异彩，还有"轧神仙""拜财神"等传统习俗。古镇的街道和民居大多保留着明清时期的建筑风格，青砖黑瓦、飞檐翘角、石板小巷等构成了它独特的风景线。这里的廊棚、美人靠、花格窗等元素，都体现了江南水乡传统建筑的韵味。为了推动了西塘古镇历史文化的传承与发展，政府给予大量的支持，开展了一系列文化活动，如"西塘汉服文化周""中国西塘诗歌节"等，让人们了解西塘古镇的历史与文化。

第九章　蒋氏故居

蒋氏故居系群体建筑位于浙江省宁波市奉化区溪口镇，这里是蒋介石、蒋经国的故居。包括丰镐房、玉泰盐铺、小洋房等建筑。丰镐房占地4800平方米，建筑面积1850平方米。主要建筑有大门、报本堂、素居、独立小楼，为清代建筑，其余都系蒋氏1929年扩建。玉泰盐铺是蒋介石祖父、父亲开设的盐铺，蒋介石即出生在这里，现存建筑系1946年所建。小洋房为西式三间两层楼房，前临剡溪、后倚武山，占地240平方米，建筑面积共310平方米，1930年建，前后两进，前进三间一弄楼房，后进为平房，占地716平方米，蒋经国留苏回奉，偕妻方良、子蒋孝文居此。蒋氏故居被中华人民共和国国务院公布为第四批全国重点文物保护单位。

第十章　义　乌

浙江义乌商品城是全球最大的小商品市场，犹如一座繁华的商品都市。琳琅满目来自世界各地的小商品，摆满了五颜六色的货架，让人目不暇接。从日用百

货到精致的工艺品，从传统的民族特色商品到现代化的时尚商品，应有尽有，每一种商品都代表着不同的文化和传统，让人感受到了世界各地的风情。

浙江义乌商品城，繁荣昌盛，是一道靓丽的商品风景线。这里凝聚大小商家的努力、辛劳的付出，心血和汗水，智慧与创造。商城规范系统细化的管理，为商城安全交易提供保障。供方通过创新打造出具有竞争力的品牌，以及独特的商业模式和交易方式繁荣市场，增加了文化底蕴。来到浙江义乌商品城，才知道什么是"商海"，开阔了眼界，增长了见识。乌商品城是购物的天堂，充满了活力和当地独特的商品文化和风俗。在购物旅游的乐趣中，愉悦地品尝义乌的美食，了解当地的历史和文化，体验到别样的风土人情。

浙江义乌商品城的旅游购物意义和价值，在于促进商品贸易全球化。义乌商品城为全球最大的小商品批发市场之一，吸引了来自全球各地的供应商和买家，为国际贸易提供了重要的平台。推动经济发展，繁荣带动了当地的经济发展，提供了大量的就业机会，促进了多元化产业链条发展，如物流、餐饮、旅游等。提升了产业竞争力，优化了产品质量，让企业在市场竞争中不断提升自身的创新能力和竞争力，推动了整个产业的发展和升级。满足了市场需求，提供了多样化的商品选择供应，为人们的生活提供便利。促进文化交流，义乌商品城不仅是商业交流的平台，也是文化交流的重要场所。不同文化、不同传统得以展示和交流，增进了解和友谊。

第十二篇 安徽——尧舜圣地

安徽省，简称"皖"，位于中国华东长江三角洲地区，省会合肥市。安徽省东连江苏省，西接河南省、湖北省，东南接浙江省，南邻江西省，北靠山东省。安徽的地势由平原、丘陵、山地构成，地处暖温带与亚热带过渡地区。东经114° 54'-119° 37'，北纬29° 41'—34° 38'之间，总面积14.01万平方千米。安徽是长三角的重要组成部分、全国经济发展的战略要冲和国内几大经济板块的对接地带，濒江近海，有八百里的沿江城市群和皖江经济带，下辖16个地级市。

安徽是中华民族的重要发源地之一，始建于清康熙六年，以安庆府、徽州府两府首字为省名。安徽历史称古皖国，境内有皖山、皖河，简称"皖"。安徽历史文化丰富，有江南水乡的秀美，也有黄淮大地的豪迈。徽州文化、淮河文化、皖江文化等，犹如繁星镶嵌在华夏山河。古徽州、古村落、古民居，记载着岁月沧桑和历史变迁。古人文景观，如朱熹、曹操、包拯等留下厚重的文化遗产。

安徽的旅游资源得天独厚。湖泊、河流、山脉、古迹等自然景观，有黄山、九华山、天柱山，巢湖、太平湖、升金湖等交相辉映。民俗文化，有黄梅戏、徽剧、花鼓戏、四句推子，民间故事、歌谣、舞蹈、音乐、绘画、书法等艺术等。特产有黄精、黄山毛峰、毛尖、太平猴魁、祁门红茶、六安茶，宣纸、徽墨、剪纸、徽州漆器、砚台等。安徽的美食也很独特，如徽州酥饼、淮南牛肉汤、八公山豆腐、玫瑰豆腐乳、大救驾、臭鳜鱼、黄金肉、娃娃鱼等。

第一章　合　肥

合肥，古称庐州、庐阳、合淝，是中国长三角城市群副中心城市、国家重要的科研教育基地、现代制造业基地和综合交通枢纽。总面积 11445 平方千米。合肥是一座有 2000 多年历史的古城，地处中国华东地区、安徽中部、江淮之间、环抱巢湖，是合肥都市圈中心城市、皖江城市带核心城市、G60 科创走廊中心城市、"一带一路"长江经济带战略双节点城市、综合性国家科学中心、世界科技城市联盟会员城市、中国集成电路产业中心城市、国家科技创新型试点城市、中国四大科教基地一。合肥名胜古迹风景很多，如开福禅寺、李鸿章故居、三国遗址公园、庐州府城隍庙、包孝肃公祠、中庙寺、三河古镇、安徽博物院、渡江战役纪念馆、徽园、岱山湖、汉海极地、合肥植物园、野生动物园、逍遥津公园、阿酋湾、紫蓬山、六家畈古民居群、马政寺、华孚城隍庙等。合肥的美食也非常有名，三河米饺、肥西老母鸡汤、庐江米线、巢湖小银鱼、吴山贡鹅、杨建明烧饼、麻辣小龙虾、虾糊、三河茶干、石塘驴巴等。

第二章　黄　山

黄山位于安徽省南部，具有奇松、怪石、云海、温泉驰名世界，被称为"天下第一奇山"。黄山的自然景观，堪称世界之最。自古以来有"五岳归来不看山，黄山归来不看岳"赞誉。登上黄山主峰光明顶，云海群山连绵不绝。西海大峡谷是黄山的著名景点之一，谷内山峰林立，云雾缭绕，溪水潺潺，仿佛置身于仙境梦幻。迎客松是黄山的标志性景点之一，松树沿崖生长，苍劲挺拔，枝繁叶茂，一根巨枝被数只树枝托着，伸出臂膀好似欢迎每位莅临的客人。云谷寺是黄山的古寺之一，寺内有着许多古建筑和佛教文化遗产。排云亭是黄山的观景台之一，这里是俯瞰整个西海大峡谷和黄山云山雾海的好地方。黄山脚下，还有屯溪老街等历史文化街区，这些古老的街区保存着许多古建筑和传统文化手工艺品，展示了黄山的历史和文化底蕴。

　　黄山是大自然恩赐的奇美景观。置身在黄山的云海雾霭中，仿佛飘进仙山琼阁的天界。黄山的日出和日落也是非常美丽的景观。每当黎明晨曦，一轮红日破晓冉冉升起，霞光四射，使整个黄山都披上了金色的彩衣，百鸟齐声欢唱，寂静的山林在动态中焕发着盎然的生机。晚霞余晖洒满了黄山，如万道金丝玉缕，雕琢得黄山美丽动人。热闹非凡的黄山，随人们目送落日一起渐渐地离去，又恢复了宁静安详。黄山的美，绝世风华，清纯脱俗，无法比拟。黄山壮观的自然景观，让人们领略了悠久的历史和深厚的人文景观。人们走出黄山景区里，处处可以感受当地人的热情与真诚。

第三章　九华山

　　九华山，古称陵阳山、九子山，因有九峰形似莲花，唐天宝年间（742～756）改名九华山。位于安徽省池州市青阳县境内，西北隔长江与天柱山相望，东南越太平湖与黄山同辉，是安徽"两山一湖"（黄山、九华山、太平湖）旅游区的北部主入口、主景区。方圆120公里，总面积334平方公里，最高峰海拔1342米。九华山主体由燕山期花岗岩构成，以峰为主，盆地峡谷，溪涧流泉交织其中。主要风景集中在100平方公里的范围内，有九子泉声、五溪山色、莲峰云海、平冈积雪、天台晓日、舒潭印月、闵园竹海、凤凰古松等。山间古刹林立，香烟缭绕，古木参天，灵秀幽静，素有「莲花佛国」之称。现存寺庙78座，佛像6000余尊。

　　九华山，海拔不高，却终日云雾缭绕，远观似岛上仙山，近看似琼楼玉宇。是中国佛教四大名山之一，地藏菩萨道场，首批国家重点风景名胜区。九华山的月身宝殿，又称肉身殿，原名金地藏塔，供奉的是地藏菩萨，是唐代高僧金乔觉坐化之地。金乔觉100岁圆寂，真身至今不腐。九华山历来香火鼎盛，游客众多，

红尘喧嚣中，人们借助佛光洗去铅华，让灵魂接受梵音的洗礼。

九华山风景优美，四季青翠，山峦起伏，绿植茂密。"桃花流水杳然去，别有天地非人间"山中还有金钱树、叮当鸟、娃娃鱼等珍稀动植物。

第四章　大别山

大别山位于安徽、湖北、河南三省交界处。大别山具有独特的山峦风光，这里有许多著名的山峰，如天堂寨、薄刀峰、飞来石等，它们峭壁陡峭、峰峦叠嶂，给人一种顽强的视觉冲击。登上天堂寨，俯瞰四周的山水，有一种凌驾于云山雾海中，观看"江山如此多娇，引无数英雄竞折腰"的感慨。大别山，革命红色圣地，是中华民族不屈不挠的精神象征，也是红四方面军的发源地，这里有许多感人的革命历史故事和红军战斗经历的遗址。这里是中国革命老区斗争的纪念地，也是中国革命历史的重要见证。

大别山的历史深厚，是中国历史文化的宝藏，这里有许多古村落和古建筑，如徽州古村落、湖北唐崖土司城等。大别山风景秀美，湖泊和水库也是难得一见的景观，天堂湖、燕子河、响洪甸等，都如明镜闪耀在群山之间。清澈见底的水源，映衬着青山绿树，格外醒目养眼。大别山的森林覆盖率很高，有着许多珍稀植物和动物。走在大别山的山林中，鸟儿叫虫儿鸣，小松鼠在树林中跳跃。优美的生态环境充满生机，这是一幅人与自然和谐共生发展的画卷。

第五章　淮　南

淮南是西汉淮南王刘安的封地。淮南王刘安创立编著的《淮南子·天文训》二十四节气，是根据太阳、月亮、北斗斗柄、二十八宿标示的度数和地球的运行规律，制定出来永恒的历法。刘安在汉武帝建元二年（前139年）奉献给朝廷，汉武帝太初元年（前104年）编入太初历，颁行全国，延向亚洲，影响世界。"二十四节气"列入联合国教科文组织"非遗"名录。它是中国古代伟大的发明创造，它完整、科学地记载了"冬至、小寒、大寒、立春、雨水、惊蛰、春分、清明、谷雨、立夏、小满、芒种、夏至、小暑、大暑、立秋、处暑、白露、秋分、寒露、霜降、立冬、小雪、大雪"二十四节气的循环规律，为造福人类做出巨大贡献。

淮南的历史文化悠长，这里有新石器时代遗址、战国时期古城遗址等。淮南是明清两代皇家"漕运总督"所在，也是宋太宗"赵匡胤困南塘"、明朝永历帝"朱由榔大救驾"等故事发生地。淮南拥有"中国运河之都"的美誉。淮南还有许多古建筑、古桥、古镇等，这些古迹见证了淮南的古老文明和历史沧桑。淮南还是中国重要的农业基地和工业基地之一，也是中国经济发展的重要区域之一。淮南的特色是一白一黑，白的是豆腐，黑的是煤炭。

第一节 八公山

八公山位于淮南市淮河边风景区，是豆腐的发源地。豆腐是淮南王刘安炼制仙丹发明出的美食。传说八公山是刘安修炼成仙的地方。汉阙门是进入八公山地质公园建筑性的标志。八公山风光宜人，绿水青山。八公山是一座山，也是一个家园，这里的一山一水，一草一木，都充满了历史的遗迹和自然韵味。这里有千古的淝水之战遗址和"八公山下草木皆兵，风声鹤唳"以少胜多的战役历史故事。也有淮南王刘安"一人得道，鸡犬升天"的神话传说。据说刘安是有仙根的人，虔心求仙问道。他听说有位仙翁名叫八公，四处云游，居无定所，有炼制仙丹的秘方，但轻易不传人。于是，刘安就跋山涉水，吃尽苦头去寻觅八公。或许，心诚则灵，他历经艰难险阻，终于找到了八公，原来八公不是一个人，而是八位：文五常、武七德、枝百英、寿千龄、叶万椿、鸣九皋、修三田、岑一峰八人。八人神通广大，画地为河、撮土成山、摆布蛟龙、驱使鬼神，来无踪去无影，千变万化，呼风唤雨，点石成金。刘安拜八人为师，号称八公，一同在八公山中苦心修炼长生不老仙丹。终于有一天，仙丹炼成，刘安依八公所言，登山大祭，埋金地中，白日升天，有的鸡犬舔食了炼丹炉中剩余的丹药，也跟着升天而去，这就是一人得道，鸡犬升天的神话故事。同时这也留下了惠及后人的八公山豆腐。

第二节　茅仙洞

　　茅仙洞位于淮南凤台县 3.5 公里处的三峰山南坡半山腰中。洞门高约 5 尺，进深达 10 余丈，越往深处越狭小，到了不可行处，仍然深邃不能见底，洞里阴暗干燥，微风透心，冬暖夏凉。传说古时有三兄弟，茅盈、茅固、茅衷，云游到此处，见洞幽山秀，遂隐居洞中潜心修炼，后来得道成仙，被太上老君拜为司命真君、定录真君、保生真君，世称"三茅君"，所以人称此山洞叫"茅仙洞"。据说茅仙洞很灵验，凡是到"茅仙洞"走一趟的人，身上沾染了仙气，回去后就像脱胎换骨，浑身轻松，百世畅通。所以每年来"茅仙洞"沾仙气的人不计其数。

　　清朝寿州状元孙家鼐游茅仙洞留下诗篇，"茅仙古洞几千秋，淮水滔滔仍自流。风景一时观不尽，不知何日再重游。"茅仙洞的神奇反映了天然形成和人类的智慧。它是一个神奇的洞天，让人们能够感受到古人仙气的力量。步入洞内，一股寒气扑面而来，洞内的石壁经过岁月的洗礼，承载见证了这座山洞的历史变迁，使人不由自主产生一种敬畏，联想"三茅君"仙风道骨和神秘莫测的传说。或许，他们修炼千年，洞悉人间奥秘，然后将这些秘密藏在了这个山洞里，只待有缘人前来寻找。

　　在游览茅仙洞的过程中，不仅欣赏到美丽的自然景观和悠久的人文历史，也领略到历史文化的厚重和人文精神的内涵，感受到这座山洞的独有气息和文化氛围，这些特殊的体验将永远留在我们的心中。凤台茅仙洞周围，有着热情好客的人民、繁华的市场、古老的街道、现代化的建筑等，这些元素共同构成了一个多元化，现代化城市的风貌。

第三节　四顶山

　　四顶山在古老的寿县（州）城外，有民间流传千年古老的传说。四顶山，顾名思义是由四座山峰连接得名。相传在很久以前，四顶山上有着各种神仙和精灵，每当夜幕降临，山上的神仙和精灵就会出来，与周围的人们共同生活在一起。四顶山的首峰叫宛秀峰，住着一位清丽的仙女名叫婉儿；次峰叫峻岭峰，住着一位英俊的青年名叫金童；三峰叫绣缘峰，住着一位婆婆叫梦姑；四峰叫着剑侠峰，住着一位名叫青衣的仙道。据说，婉儿是天界百花园的仙子，因误花期被罚下界思过；金童因在蟠桃会打破琉璃盏被贬下凡，他们先后来到四顶山。婉儿先来住了首峰，金童选择了次峰安居下来。第三峰被游历的青衣仙道看中，于是他把宝剑插在山峰为凭。青衣仙道刚离去不久，梦姑婆婆也来到三峰，放眼一望，山峰景色秀丽，峰峦叠嶂，绿树葱茏，仙气缭绕，便决定留在三峰修行。当她环视三峰顶时，发现有一把宝剑插在峰顶，知道是有人先到留剑为凭，占领了此峰。她心里很是惋惜，但又不甘心，于是灵机一动，拔下宝剑，然后挖个坑，把自己的一只鞋埋在地下用土铺平，再把宝剑插在埋鞋上。第二天，青衣仙道和梦姑婆婆为了争夺此地，大打出手，惊动一二峰婉儿和金童来劝架。青衣仙道耿直坚持说是自己先来三峰，留剑为凭证，此峰应归他所有。梦姑婆婆说是她先来三峰，埋鞋为凭，是青衣的仙道刚好把剑插在她的埋鞋上，可见她比青衣仙道先到此峰，此峰应归她所有。最后青衣仙道争不过梦姑婆婆，退居四峰居住。所以人们又称三峰为阴峰，称四峰为阳峰。

四顶山由四位仙人居住，保护着山下的百姓安居乐业，五谷丰登，很是安宁。但是，一天山林突然发生一场大火，火势蔓延到山脚下殃及民居，烧毁了许多百姓的家园。青衣仙道和梦姑婆婆刚好出游未归，婉儿和金童用尽全力救火不幸丧生。婉儿失去了仙力变成了一只鸟，日夜不停地在四顶山飞翔；金童几经轮回，最终成为寿州唯一的状元，造福一方百姓；青衣仙道回归天庭。只有梦姑婆婆，留在四顶山上，重新整治了四顶山，帮助山下百姓重建家园，赠医施药，为不孕的夫人，捏泥人送子，有求必应，非常灵验。百姓亲昵称她为四顶山娘娘，为她建庙塑像。千百年来，每逢农历三月十五庙会，百姓们便蜂拥而来烧香还愿，延续至今不变。

四顶山的传说是寿州古老文化的象征之一，这些美丽的故事，永存人世间，千年不灭。这些传说不仅丰富了当地的文化底蕴，也为人们提供了一种心灵的寄托和慰藉，促进了经济发展。

第四节 朱能故里——小朱集

明朝大将朱能故里，位于安徽淮南市高皇镇曹尹村（原怀远县，朱曹尹、小朱集）。朱能出生于1370年，1406年战死，在他短暂的36年生涯中，他出生入死，战功显赫，深得永乐皇帝朱棣的信任。朱能死后，皇帝朱棣追封他为东平王，谥

号武烈。并亲赐墓地北京怀柔，用汉白玉石为其造墓，后朱能夫人王氏死后与其合葬。朱能的儿子朱勇承袭爵位，延续十二世。

朱能的先祖朱熹与夫人刘氏共生五女三子。二女和四女早年夭折，长女嫁临桂县令刘学古为妻，三女嫁朱熹的学生黄干为妻，五女嫁进士范元裕为妻。朱熹的三个儿子是：朱塾、朱埜（yě）、朱在。长子朱塾，子孙形成虞邑窦堰朱氏与桐城朱氏。后裔朱梴（chān）被封为明朝第一代翰林院五经博士，后子孙承袭爵位。三子朱在早逝。

朱熹的次子朱埜生四子：朱钜、朱铨、朱铎、朱铚（zhì）。次子朱铨因官迁徙庐陵，成为庐陵朱氏始祖。朱铨之子朱元圭退居后在书院讲经论道，曾培养出民族英雄文天祥。后迁广东兴宁，其后裔形成客家朱氏。三子朱铎迁居海宁，其后裔成为浙江海宁朱氏一支。四子朱铚意外身亡，无子嗣。

长子朱钜留居建阳考亭，生有三子：长子朱洽留守建阳，后裔从福建建阳考亭迁回祖居地徽州婺源，形成婺源朱氏东、西两大房。次子朱德祖迁居朱家泾，后裔形成朱家泾派，定居至今。三子朱潜，南宋危亡时期，朱潜携带幼子朱余庆避难到高丽国，在锦城（今罗州）定居。因此，后裔尊朱潜为海派始祖，历经七百多年，后裔子孙繁衍昌盛，散居朝鲜半岛各地，达到二十多万人，其中韩国有十四万多，朝鲜六万多。

元朝末年，朱钜的云孙朱能自小喜爱兵法，文武双全，善谋略，随父亲朱亮回归中土，追随明太祖朱元璋打天下，朱亮屡立战，任燕山护卫副千户。朱能跟随燕王朱棣北征，靖难之役中朱能表现出色，朱棣称帝后，朱能被授为奉天靖难推诚宣力武臣、特进荣禄大夫、右柱国、左军都督府左都督，封成国公，赐丹书铁券，食禄二千二百石。

朱棣赐朱能封地应天府，又名怀远，也是怀念的意思。朱能在封地上建了两座寺庙，东边金黄寺，西边高皇寺，两寺相隔 6 约公里。请高僧人日夜念经祈福，感念皇恩，祈求国泰民安。朱能又修葺茔地，安葬先人和同宗战死的同袍。然后，又请风水先生选址建造一座朱氏家族祠堂，供奉祖先。祠堂占地 500 亩，建筑高大宏伟，坐北朝南，三进三出，庭院分明，雕梁画栋，粉墙红瓦，石快铺路，四周回廊两边，种满树木花草，肃穆中带着庄重。朱能还在祠堂的路对面建立一所驿站，该驿站位处金皇、高皇两寺之间，是怀远、蚌埠、阜阳、淮南的交界地，地里位置十分重要。驿站规定凡朱姓宗人，路过此地皆可以免费吃住。逐渐这里形成了繁华的街市。不仅四邻八乡的人都到金皇、高皇两寺庙烧香礼佛，朱氏宗人也不断在此聚会。朱钜的后裔则不远万里，年年来此祭拜来祖祠堂，各地宗人自发性的芸集参拜来祖祠堂多达上千人，声势浩大，拜祭仪式壮观。因此地是朱姓宗人特殊集聚地方，被人们称为朱集。

朱集盛况延绵二百多年。明朝灭亡了，一夜间，朱集驿站里的上百朱氏宗人惨遭杀戮，清兵只要抓到朱姓人，便拉到朱集街上枭首示众。一时间，血流成河，头颅遍地，尸体纵横，满目疮痍，过去繁荣的街市，变成了毛骨悚然的鬼市。朱集也被贬叫枭猪集。直到解放前夕，才被改成小朱集。

在清朝统制时期，朱姓人侥幸逃过劫难的人，则隐姓埋名，直到清朝气数尽了，朱氏人才陆陆续续回到祖茔地定居。（明朝亡国后，朱氏祠堂被清兵放火烧毁。）民国年间朱氏后人重建，但规模缩小很多，抗战时期再次遭到日本鬼子的破坏，衰败不堪，1954年一场水灾，将其彻底摧毁。

朱能故里也是抗日战争时期的红色革命根据地，日军占领了淮河沿岸的城市和煤矿，皖淮地区八路军游击队在小朱集建立了秘密抗日根据地。地下党在小朱集街上卖菜、磨面、开饭馆、弹棉花为掩护，积极开展地下工作，建立了怀远、淮南、蚌埠、徐州、阜阳、长丰、合肥沿线重要情报网点，配合八路军游击队输送物资，收集日军情报，进行抗日宣传活动。

1943年秋，游击队在往解放区运送物资途中不幸遭日军截击，游击队长李长生身负重伤生命垂危，被转移到小朱集救治。日本鬼子得到消息，一天夜晚突袭包围了小朱集，朱曹尹村长朱现成，在紧急情况下把李长生藏在打谷场的地窖里，上面再压上打谷用的石磙。

日本鬼子冲进村庄，疯狂的打砸抢，把粮食、物品、家畜洗劫一空，又纵火焚烧村庄、寺庙、祠堂，一时间，烈焰熊熊，狼烟滚滚。日军洗劫村庄后，把所有的人赶到小朱集街上，架起机关枪，用刺刀压着百姓，在路旁挖了个一人多深的大坑，然后在坑旁架柴浇桐油燃烧火堆，逼问李长生的下落。日本鬼子威逼恐吓，拿出金钱诱骗，软硬兼施，用尽了手段，全村人缄口不语。鬼子头目恼羞成怒，大声吼道："死啦死啦滴！"一把抢过妇救会长朱曼娘怀中的婴儿，扔进火堆里，可怜，刚满9个月的婴孩被活活烧死。日本鬼子在民愤声中开枪镇压，朱曼娘在枪声中倒在血泊里。鬼子又把村长朱现成等五人推进大坑里，一边往坑里填土，一边威胁，如果再没人说出李长生的下落，就把他们统统活埋。眼看着土已

经埋到了五人胸口，他们的呼吸也逐渐困难，全村人仍然没有开口说话，鬼子头目恼怒歇斯底里叫道："统统死啦死啦滴！"正当他要下令屠村时，激烈的枪声响起，鬼子头目"砰"的一声中弹倒下。原来是八路军游击队得知小朱集遭鬼子突袭包围，赶来救援。人们赶紧把五人从土坑里扒出来，因村长朱现成年龄大了没能挺过来牺牲了。

1948 年淮海战役。作为解放战争中的三大战役之一，朱能故里小朱集曾是解放军淮海战役的总后勤部驻扎地。数以万计的物资从这里发往前线。"用小推车推出来的胜利！""这也是一场真正的人民胜利！"江苏、山东、安徽、河南四个省出动的民工人数高达 543 万人，几百万的民工支援前线。战略物资成为这场战役中最大的后勤保障，供有 20.6 万副担架、88 万辆大小车辆、30.5 万副挑子、76.7 万头牲畜、8539 艘船只、9.6 亿斤粮食……。小朱集的男女老少齐动员，男人积极上战场，妇女把做好的干粮、面饼、馒头、炒米等，鞋袜、军帽、军装等，用小推车送到屯物站点，再由站点分发火速送往前线。淮海战役，是人民群众对党和解放军的支持和信赖。

如今的朱能故里，历经了沧海桑田的时代更迭变迁，早已面目全非，现存留的只有朱能父亲朱亮和先人的坟茔地，小朱集原址，高皇寺原址，金黄寺已毁不存在。朱熹："半亩方塘一鉴开，天光云影共徘徊。问渠那得清如许？为有源头活水来。"跨越历史，追根溯源，朱能故里应该成为造福后人的源泉福祉，重塑红色革命根据地，打造红色教育基地，修建朱能故里，让历史文化遗产得到保护，是众望所归的期盼。

朱能故里，历经了沧海桑田的时代的更迭变迁，早已面目全非，现在存留的只有朱能父亲朱亮和先人的坟茔地，小朱集原址，高皇寺原址，金黄寺已毁不存在。朱熹："半亩方塘一鉴开，天光云影共徘徊。问渠那得清如许？为有源头活水来。"跨越历史，追根溯源，朱能故里应该成为造福后人的源泉福祉，重建朱能故里，让历史文化遗产得到保护，是众望所归的期盼。

第六章 凤 阳

凤阳县隶属滁州市，地处淮河中游南岸。北濒淮河与蚌埠市、五河县相望，东南部与明光市、定远县毗连，西北部与淮南市大通区等接壤。总面积 1949.5 平方千米，常住人口为 74.9 万人。凤阳是全国的历史名城，有"帝王之乡"之名。国家重点文物保护单位有明皇故城遗址等和世界文化遗产。凤阳古称濠州，是明太祖朱元璋的家乡。蓝采和成仙之地，庄子与惠子濠梁观鱼之地，也是中国农村改革开放"大包干"发源地。

"说凤阳道凤阳，凤阳是个好地方，自从来了朱皇帝，十年度过九荒"。凤阳是明朝开国皇帝朱元璋的出生地方，也是明朝初年的政治中心。它拥有着丰富的历史文化遗产，与南京、北京并列为明朝三大首都。凤阳的历史文化底蕴厚重，始建于春秋时期，古为淮夷之地，春秋时名为钟离子国，历经了朝代更迭，沧桑变迁。直到朱元璋称帝，为家乡赐名"凤阳"沿用至今。凤阳拥有明中都皇城、皇陵、鼓楼、龙兴寺等大量遗址。鼓楼至今留下朱元璋亲自题词"万事根本"。凤阳拥有中国花鼓之乡、中国帝王之乡、中国改革之乡、中国曲艺之乡、中国石英之乡、中国民间艺术之乡、中国树莓之都等美誉。

朱元璋，出生在凤阳的一个贫苦农民家庭，讨过饭，当过和尚，通过自己的奋斗，最终成为皇帝。传说朱元璋在当小兵时，一天露宿军营，半夜睡梦中，突然大声吟诵："天为帐幕地为毡，日月星辰伴我眠，夜间不敢长伸脚，恐踏山河社稷穿"。他声音惊动了当地的太守，认为朱元璋绝非池中之物，于是就把自己家的烧火丫鬟送给他做妻子，也就是以后的马氏皇后。朱元璋在位期间，实行了一系列有利于国家发展的政策，如减轻农民负担、发展农业、整顿吏治等，为明朝的繁荣昌盛，执政 276 年打下了坚实的基础。

凤阳县小岗村，被誉为改革创新"大包干"的历史前沿，造就了敢当先锋的"小岗村精神"。凤阳县大包干纪念馆，总建筑面积 5500 平方米。馆内珍藏有大量"大包干"时期的历史实物和资料。凤阳的花鼓是民间艺术的精粹，又称"花鼓""打

花鼓"，是一种集曲艺和歌舞为一体的民间表演艺术。凤阳花鼓发源于明代，传说是因为朱元璋当了皇帝，凤阳家乡的百姓自发庆祝的一种方式，后沿袭成表演歌舞。

凤阳不仅是一个历史之城市，更是一个充满活力和现代气息的城市。它拥有着完备的现代化工业体系、繁荣的商贸服务业、美丽的自然景观以及丰富多彩的文化生活。

第七章　蚌　埠

蚌埠市，又称珠城，是安徽省重要枢纽城市，有着悠久的历史和丰富的文化底蕴。它曾是古代吴越文化的发源地之一，也是中国南北文化交融的重要区域、皖北地区的商贸中心、加工制造业中心、邮电通信指挥调度中心。在这片土地上，镌写着"淮海战役"革命先烈的英雄事迹，军民一心保家卫国的感人故事。蚌埠位于华北平原南端京沪铁路和淮南铁路的交会点，淮河穿城而过，临近怀远、淮南、徐州。由于古代盛产河蚌，从而得名"珠城"。1947 年初蚌埠设市，是安徽省第一个设市的城市。全市面积 5952 平方公里。蚌埠拥有璀璨的古代文化历史，可以追溯到 7300 年前的双墩文化。淮河北岸的小蚌埠双墩村的"双墩遗址"，是早期新石器时代遗址，也是淮河文化的代表。

蚌埠的怀远涂山是大禹的故土。国家 4A 级风景区。大禹为了治理洪水，丢下家中生病的老母和幼儿少妻，"三过家门而不入"。涂山的风景如画，绿树成荫，特别是六月石榴开花，满山遍野石榴花似火燃烧，美不胜收。与涂山隔河相望的荆山，是春秋和氏璧发现之地。荆山还有苏东坡赞誉的"天下第七泉"。涂山现存有涂山庙、启母石、禹会村、千年银杏、圣泉、灵泉等胜迹。相传，大禹治水有功，接受帝舜禅让，继承部落首领。在诸侯的拥戴下，正式即位，以平阳为都城，国号为夏，封丹朱（尧的儿子）于唐国，分封商均（舜的儿子）于虞国。大禹为夏朝的第一位君王，与伏羲、黄帝比肩称三皇，奠定了夏朝根基。每年农历三月二十八为禹王庙会，远近百姓纷纷前来祭祀朝拜，感谢大禹的治水功德，场面盛大。

　　蚌埠的人文历史丰富，流传着许多美丽的故事。传说，在古老的淮河里，住着一个巨大的河蚌，是一位美丽善良的"河蚌仙子"。她为了帮助因洪水泛滥，毁坏家园的人，化人上岸救灾，并传授养殖珍珠的技术。在她的带教引领下，蚌埠的珍珠产业逐渐繁荣起来，成为驰名中外的珍珠之乡。因"河蚌仙子"养的珍珠又大又圆，颗颗饱满，绽放异彩，引得淮河中两条龙从河中腾空而起，争抢河中的珍珠，搅得淮河水翻腾四溢。"河蚌仙子"为保卫河里的珍珠，大显神通，变成像座山一样的巨蚌，张开蚌壳扇，把两条龙擒合在蚌中。两条龙被擒后，认识到错误，把抢夺的珍珠全部归还，并保证以后不会再扰乱人间，愿同"河蚌仙子"一起，保护淮河两岸人民安居乐业。因此人们把蚌埠称为珠城。

　　蚌埠淮河流淌千万年，穿城而过，水清岸绿，烟波浩渺。在蚌埠这座城市里，大河、小桥、垂柳、荷塘等美景和湖泊和河流相连接，形成了水系景观的独特魅力。这些水域为城市带来了灵气，也滋养着这片土地上的人们。蚌埠有着悠久的历史文化，却并不故步自封。蚌埠人民思想开明，有着超越自我的追求，蚌埠是古老文明的传承者，也是现代文明的创新者，在文化、科技、教育等领域都有所体现。蚌埠有着丰富多彩的民俗文化，如花鼓灯、剪纸、糖人等民间艺术。蚌埠烧饼、鸡肉锅贴等特色小吃，美味无比，让人垂涎欲滴。

第八章　马鞍山

　　马鞍山市是安徽省辖地级市，也是长江三角洲中心区27城之一。马鞍山自古就有"金陵屏障、建康锁钥"之称，属亚热带季风气候，总地势较平坦，略有北高南低之势。总面积4049平方公里，马鞍山位于中国华东地区，在长江下游。东邻江苏省南京市，西接芜湖市，南接宣城市，北连滁州市，横跨长江两岸，属亚热带湿润性季风气候。马鞍山自然风光秀丽，名胜古迹历史文化深厚，著名景点有褒禅山、采石矶、雨山湖、太白楼等。

第一节　采石矶

马鞍山的采石矶，因三国东吴盛产五彩石，形状似蜗牛，故又名牛渚矶。采石矶与岳阳城陵矶、南京燕子矶，合称"长江三矶"。因山势险峻、风光绮丽、古迹众多名列三矶之首，素有"千古一秀"之誉。采石矶的自然风光优美，山高险峻、青黛陡峭、奇石嶙峋，山中有块巨大的人形石，被称"太白仙石"，相传是唐代大诗人李白留下的。采石矶突兀江中，绝壁临空，扼据大江要冲，水流湍急，地势险要，自古为兵家必争之地。采石矶屹立在长江的南岸，江水清澈，从脚下随波流淌，犹如一条巨龙蜿蜒前行。江面宽阔无边，岸边花草葱茏，姹紫嫣红，青山滴翠，云纱雾罩，山峰若隐若现，仿佛是一幅写真的山水画作。人们行走在山间的曲径小道上，古树参天、花灿清香，让人感觉幽静安宁，心旷神怡。

据传说，石矶山上住着一位石矶娘娘，她是一位妖冶的神魔人物。以前她住在骷髅山白骨洞，传说是个得道数万年的妖仙，原形为顽石，玄黄时期诞生，是截教通天教主的徒弟。她使用法宝为太阿剑、八卦龙须帕、八卦云光帕（可召唤黄巾力士）。她乘骑青鸾，座下有两个弟子碧云童子和彩云童子。封神演义商汤之战中，碧云童子被哪吒用震天箭射杀，彩云童子被哪吒的乾坤圈打得下落不明，石矶娘娘被太乙真人的九龙神火罩杀，死后被封为月游星。传说每到夜深人静的时候，石矶娘娘经常现身，驱鬼降魔，吓得毒蛇猛兽都不敢出来侵害百姓，保护着石矶山周围一方平安。因为有了石矶娘娘的保护，山下的村庄立马变得平安宁静，人们就把石矶山叫作马安山，又叫马鞍山。

采石矶的矶头，曾经是古代文人墨客的聚集地，留下许多脍炙人口的诗篇。宋代张舜民"采石山头秋月明，姑孰堂下秋水清"。明代林鸿《采石矶》"断矶缥缈驾危亭，栏槛孤高见杳冥。牛渚波涛通海白，溧阳烟树入淮青。骑鲸夜忆游仙月，泛鹢春浮奉使星。万古凭高一回首，玉壶清酒莫教醒"。清代金綖《采石矶》"扬帆溯江涛，江阔沿叠嶂。诘屈百里间，奇鬼状。篙师太卤莽，拨石轻奔放。峥嵘屡萦回，采石屹相向。天风黩惨来，险绝不可仰。昔闻忠武王，挥戈实开创。于此奋神威，力腾千仞上。真宰有驱除，中原气自壮。至今三百年，谈者神犹旺。龙虎一失险，洪波空荡漾。郁郁松柏枝，钟山日相望"。这些诗歌是马鞍山历史文化的传承，也是"石壁千寻险，江流一矢争"的文化底蕴、马鞍山城市的象征和历史文化的至宝。

第二节　太白楼

马鞍山的太白楼位于采石矶风景区内，是一座历史悠久的文化古迹。太白楼原名"谪仙楼"，是唐元和年间纪念李白建立。宋元时期均有修葺。明正统五年，工部右侍郎周忱巡视江南时重建，清顺治十四年，知府胡季瀛重建，改名为太白楼，又称"唐李公青莲祠"。后毁于兵燹，清光绪三年兵部尚书彭玉麟捐资重建。

太白楼依山而临江，楼高 18 米，三层两进，前楼后阁，左右回廊；歇山屋顶，筒瓦滴水，鳌鱼走兽，飞檐翘角，蔚为壮观。尤其是祠堂正厅供奉的一尊楠木雕李白站像，背负双手，昂首挺胸，神态潇洒飘逸，十分传神地再现了诗仙风韵。游人士子，登楼远眺，长江如练，绿洲溢翠，百舸争流，鸥鸟翱翔，素有"风月江天贮一楼"的美誉。太白楼是长江著名的"三楼一阁"之一，与湖南岳阳楼、湖北黄鹤楼、江西滕王阁并列。馆内还陈列着一尊楠木雕李白卧像和古代文物字画，包括不同时期、不同版本的李白全集、当代名人书画、李白研究专著等。马鞍山的太白楼是一处集历史、文化和艺术为一体的景点，也是中华民族的宝贵文化遗产之一。

第三节　雨山湖

雨山湖是马鞍山城市的绿肺，也是人们心中的一片净土。它位于马鞍山市中心，四周环绕着繁华的城市，但依然保持着一份独特的宁静与美丽。雨山湖，宽阔无际，湖水清澈，波光粼粼，映照着蓝天白云和周围的绿树红花。湖畔的杨柳，垂丝轻舞伴着湖水随风飘荡。湖中的鱼儿自由自在地游弋，给湖水增添了几分生机。雨山湖畔绿树成荫，风景如画。这里是马鞍山人民的休闲胜地，人们在这里散步、垂钓、划船、唱歌、跳舞，享受着生活的美好。

在雨山湖边，有一座古老的雨山寺，依山傍水，环境清幽，是当地文化和信仰的中心。雨山寺有着深厚的历史文化，它建于南北朝时期，已超过 1500 年的历史。雨山寺的建筑风格独特，体现了中国古代建筑艺术的精髓。寺庙主体建筑采用典型的明清风格，飞檐翘角、雕梁画栋，彰显出古朴典雅的气质。寺庙内的佛像雕塑、壁画等艺术作品也具有极高的艺术价值。雨山寺它见证了多个朝代的兴衰更

选，也见证了佛教在中国的传播与发展。在漫长的历史长河中，雨山寺经历了多次重建与修缮，逐渐形成了今天我们所见到的建筑风格。雨山寺佛教文化精神内涵深厚，它倡导"有菩提心、有菩提行、有菩提愿"，引导人们关注内心的修养，懂得精神超脱释解。它是智慧与慈悲精神内涵文化的象征，是马鞍山重要文化遗产和佛教寺庙代表之一，也是雨山湖重要的景点，具有深厚的历史文化意义。

第九章　醉翁亭

　　醉翁亭位于安徽省滁州市西南琅琊山麓。醉翁亭的建设始于公元 1047 年。传说欧阳修和好友智仙常在一块大石头上下棋。有一天，忽然天下大雨，两人被雨淋得全身湿透，无处躲避，欧阳修便提议在此建个亭子。过不多久，琅琊山欧阳修和智仙对弈的大石头旁，一座亭子落成了。欧阳修亲自为亭取名醉翁亭。

　　醉翁亭初建时只有一座亭子，北宋末年，滁州一位知州在旁建了同醉亭。到了明代，醉翁亭开始兴盛起来。相传当时房屋已建到"数百柱"，可惜后来多次遭到破坏。清代咸丰年间，整个庭园成为一片瓦砾。直到光绪年间重修，才使醉翁亭恢复了原样。醉翁亭因欧阳修的《醉翁亭记》而闻名遐迩，虽然多次遭劫，但始终不为人忘怀，"翁去八百载，醉乡依犹在；山行六七里，亭影终不孤"，人们怀念欧阳修，醉翁依犹在的心情，已经嵌入"醉翁亭"里了。

　　醉翁亭，一座小巧玲珑的建筑，屹立在滁州市的琅琊山脚下。它是欧阳修笔下的"山水之乐"的象征，也是中国古代文化中"隐逸"精神的体现。据传，北宋时欧阳修因得罪权贵被贬至滁州，他寄情于山水之间，写下了千古名篇《醉翁亭记》。此后，醉翁亭便成了一个具有文化意义的地方，吸引了无数文人墨客前来游览、题咏。醉翁亭文化意义是心灵的寄托。欧阳修的《醉翁亭记》是中国文学史上的经典之作，它以优美的语言，描绘了醉翁亭的美景和作者的内心感受。醉翁亭已经成为滁州市一张名片，也是中国古代文化的重要象征。浏览醉翁亭，感受的是历史文化的厚重、欧阳修的文采和人格魅力。

　　欧阳修(1007-1072),字永叔，号醉翁，号"六一居士"江西人。是北宋的文学家、史学家，与韩愈、柳宗元、王安石、苏洵、苏轼、苏辙、曾巩合称"唐宋八大家"。后与韩愈、柳宗元、苏轼合称"千古文章四大家"。以二甲 14 名入仕，为官清廉，才高八斗。《醉翁亭记》"环滁皆山也。其西南诸峰，林壑尤美，望之蔚然而深秀者，琅琊也。山行六七里，渐闻水声潺潺，而泻出于两峰之间者，酿泉也。峰回路转，有亭翼然临于泉上者，醉翁亭也。作亭者谁？山之僧智仙也。名之者谁？太守自谓也。太守与客来饮于此，饮少辄醉，而年又最高，故自号曰醉翁也。醉翁之意不在酒，在乎山水之间也……"

欧阳修作为一代文学大师，锦绣文章堪称文史的典范，最为突出的是《秋声赋》《醉翁亭记》《真州东园记》。欧阳修的文学创作，写景有诗的语言，写人有歌的境界。以情摄魂，摇曳生姿，含蓄自然，婉转流畅。寓意深刻，引人畅想，这便是欧阳修作品的独特风格，古人称为"六一风神"。

第十章　六尺巷

六尺巷位于安徽省桐城市，是一条古老普通的小巷，宽不过六尺，长不过百米。没有繁华的街景，也没有高耸的楼宇，却拥有一种深远的历史韵味和人文气息。它是清朝时期桐城地方官员礼让三尺的历史故事。这个故事体现了中国传统文化的谦和、礼让、包容的美德，也成了桐城古文化历史的代表的象征。

据史书记载，六尺巷的故事源于清朝时期。当时桐城的地方官员家人为了扩建自己的宅院建房，一家姓张，一家姓吴，两家均有人在朝廷为官，为了巷道占地的事发生争执，双方都不肯退让。清朝当代宰相张英，收到家人来信一看，便执笔回复："千里家书只为墙，让他三尺又何妨？长城万里今犹在，不见当年秦始皇。"这首诗传达了一种宽容、谦让的态度，使得双方都感到惭愧，于是各自退让三尺，便形成六尺巷。六尺巷的故事流传至今，成为人们赞美礼让、赞扬和谐相处的佳话。六尺巷虽然短小，但它的意义深远。它告诉我们，在生活中小事情的礼让和宽容可以化解矛盾，改善人际关系和谐共生。

普通的六尺巷，已成为桐城的文化名胜之一。观光的人络绎不绝，在狭窄的

巷子里，人们感受到的是中华民族传统的美德，在这个喧嚣的世界里，六尺巷的故事带给我们一份宁静和淡泊。用谦和、包容的心态去面对生活，在执着中懂得退一步海阔天空，在矛盾中学会宽容，建立和谐的人际关系，这样才使我们的生活更加美好。

第十一章　亳　州

亳州市，位于安徽省西北部，地处华北平原南端，为皖、豫两省交界，地貌呈东南、西北向斜长形，主要干流河道有涡河、西淝河、茨淮新河等，面积8374平方公里。亳州气候环境优渥，属暖温带半湿润，四季分明，光照充足，雨量适中。亳州地产资源丰富，药材、酿酒、矿藏等多层次复合产业发展，中药材交易、中药饮片生产、养生花茶加工等均居全国首位。古井贡等白酒知名品牌享誉全国，农业小麦、大豆、玉米、棉花、烟叶，地下煤炭、石油资源非常丰富。

亳州是中国"四大药都"之首，"中国药材第一市"，有"中华药都"之称，是全球最大的中药材集散中心。从商汤到明、清时期，亳州一直是中国药材市场的龙头老大，全国中药材种植基地，药材种植已达400多个品种，共有800多个中药材种植专业村，8个中药材种植基地，亳州白芍占全国总产量的60%，药材种植面积65万亩。清·刘开诗，"小黄城外芍药花，十里五里生朝霞，花前花后皆人家，家家种花如桑麻。"亳州是国际最大的药材交易市，占地面积15000多平方米，可容纳1万多人同时进行交易活动。清朝亳州药商云集，药栈林立，药号巨头密布，生产经销中药材达两千多种，年销售收入突破100亿元。2007年被中国医药保健品进出口商会授予"中国中药饮片出口基地"，成为全球最大的中药材集散中心。1995年，江泽民同志为亳州欣然提笔："华佗故里，药材之乡"。

亳州在历史与文化底蕴深厚，自商汤建都至今，已有3700年的历史，是汉代著名医学家华佗的故乡。这里古老的建筑、石桥、巷弄，都如一本打开的史册，展示着古代文明与现代气息的交织。道德中宫、天静宫、万佛塔、华祖庵、曹操公园、曹操地下运兵道、白衣律院、白鹭洲风景区、郑店子风景区、南京巷钱庄、亳州博物馆、汤王陵、古井酒文化博览园、陈抟庙等古迹。

亳州是中原经济区成员城市，皖北旅游中心城市，国家历史文化名城、全国优秀旅游城市。亳州风景优美，一年四季鲜花盛开。春天，芳草遍地，百花争艳，姹紫嫣红，把世界点缀得五彩斑斓。夏天，碧池绿水，荷花亭立，柳枝随风摇曳如诗如画。秋天，树叶金黄，菊花满园，红叶似火，湖水荡漾，芦花随风飘舞，美丽异常。冬天，银装素裹，红梅怒放，大地洁白无垠，宛如"白雪公主"的童话世界。

亳州人民热情好客，心灵手巧。从精美的刺绣到美味的亳州小吃，无不体现出亳州人民的智慧与才华。亳州的戏曲文化更是源远流长，是中华文化的重要组成部分，亳州药香熏染神州，在新时代焕发出新的活力。

第一节　曹操遗迹

曹操运兵道是国家重点文物保护单位，位于亳州市老城内主街道下，以大隅首为中心，向四面延伸，分别通达城外。整个地道经纬交织，纵横交错；布局奥妙，变化多样；立体分布，结构复杂；规模宏伟，工程浩大；长达四千余米是迄今发现历史较早、保留完整、规模较大的地下军事战道，被誉为"地下长城"，体现了曹操军事才干的运用。地道里出土有弹丸、铁刀、铁灯、卸枚、围棋子、铜镜、陶器、瓷器、砚台等汉、唐、宋各代的文物，对研究中国古代军事建筑、军事战术以及曹操军事思想有重要意义。

曹操宗族墓群是国家级重点文物保护单位。曹操宗族墓群覆盖了亳州近12公里的地方，现已开出来的有董园二号墓和章园一号墓。据考证董园二号墓是曹操的祖父曹藤之墓，章园一号墓为曹操父亲曹嵩之墓，现在曹操宗祖墓群已被列为亳州十大建筑之一，现在正开发大型的曹四公园。董园村石墓，位于亳州市董园村东南，墓内很遗憾的是随葬品几乎被焚盗一空，从中清理出的文物有：铜缕玉衣、玉枕、金属猪、铜爪饰、陶瓷残片等，尤其金属猪，造型与今巴克夏品种猪十分近形，脊上凸，圆身、短腿，两耳前竖，唇外侈，对研究中国养猪的发展史有重要价值。

第二节　道德中宫

道德中宫位于亳州市老子殿街。亳州是"老子故里"，老子诞生地。老子，本名李耳（聃）、字伯阳，安徽省亳州人。商朝公元前1301年2月15日卯时出生。做过周朝的守藏史。老子是我国古代伟大的思想家，他所撰的《道德经》开创了我国古代哲学思想的先河。道德中宫始建于唐朝，重建于明万历年间，是老子的祭祀宫观，又名"老祖殿"或"老子行宫"。内有老子道德经石刻，并陈列有关老子的文献资料。宫前有问礼巷，是当年孔子向老子问礼之地。宋朝全国共有三个老子庙：河南省鹿邑县的上清官、亳州城内的道德中宫、涡阳城北的下清宫。三个老子庙，安徽亳州占两个。

据说，孔子千里迢迢来到亳州向老子问礼，行至一条街巷（问礼巷），刚好遇到老子要外出，于是结伴而行，来到黄河之滨，见河水滔滔，浊浪翻滚，势如万马奔腾，声如虎吼雷鸣。孔子立在岸边，叹曰："逝者如斯夫，不舍昼夜。"老子道："人生天地之间，乃与天地一体也"。孔子道："吾乃忧大道不行，仁义不施，战乱不止，国乱不治也，故有人生短暂，不能有功于世、不能有为于民之感叹矣。"老子道："天地无人推而自行，日月无人燃而自明，星辰无人列而自序，禽兽无人造而自生，乃自然为之也，何劳人为乎？……"老子手指黄河对孔子说："汝何不学水之大德欤？"孔子说："水有何德？"老子说："上善若水：水善利万物而不争，处众人之所恶，此乃谦下之德也……"孔子恍然大悟道："先生此言，使我顿开茅塞也，众人处上，水独处下；众人处易，水独处险；众人处洁，水独处秽。所处尽人之所恶，夫谁与之争乎？此所以为上善也。"老子点头说："汝可教也！汝可切记，与世无争，则天下无人能与之争，此乃效法水德也。"

关于老子的来历，有多种说法。传说，春秋时期，有个村庄叫曲仁里。村里住着一户乡绅，家中有个女儿16岁，名叫清凌，生得娴雅美丽，知书达理，足不出户，父母视为掌上明珠。一天傍晚，清凌姑娘在自己家后院的李子树下看书，忽然一阵风刮过，树上掉下一颗青红圆润的李子落在她的书上，她看李子实在可爱，就用手绢擦了擦，咬了一口尝尝，非常水嫩甜蜜，就把整个李子吃完了。之后她就变得懒散嗜睡不想起床，在床上躺了几个月，肚子渐渐地大起来，这下她的父母着急了，担心女儿得了什么怪病，请郎中来看病，诊断说清凌怀孕了，这就像晴天霹雳，清凌的父母打死也不相信，自己的女儿从来没有离开过家，也没跟任何男子有来往，怎么会怀孕？清凌冤枉得只会哭啼，也说不出原因。清凌的父母又请来几位郎中，结果都一样。清凌父母经不起打击，一病不起先后去世。清凌未婚有孕，感到奇耻大辱。她把自己封闭在家，不见世人。清凌怀孕3年也没产孩，她实在忍受不住，便决定悬梁自尽，就在这时，肚子里的孩子突然说："母亲，你不能死，你还没有看到儿子出世呢。"一种母爱油然而生，清凌死不下去了。便叹气摸着肚皮说："我怎么会怀上孩子？"肚皮说："我是天界的李子仙，你是我树下的泥土，因为你受了我的仙气，转世为人，我是下界历劫行大道的，所以我们今生有母子缘分。""你什么时间才能出世？"清凌问。肚皮答："只要等到有仙鹤落到家院里，我就可以出来。"

　光阴似箭，岁月如梭。清凌天天盼，年年等。每次问肚皮，都说要等到仙鹤来家才出来。就这样，清凌等了九九八十一年，满头青丝变成了白发，身体也逐渐衰弱。夜晚睡在床上暗自揣摩，再这样等下去，就算等到死，也不一定会看到孩子出世，他不是要等有仙鹤来家才出来吗，那就告诉他。于是，第二天清晨，清凌拍拍肚皮说，仙鹤来了。肚皮听了，砰的一声破肚而出，一看没有仙鹤，顿时大哭说："娘啊，没有仙鹤送丹药，我无法救你的命啊。"清凌看着白发苍苍哭得泪人似的儿子说："儿啊，娘吃李子怀了你，前世因，今生果。娘不能陪伴你了，咱娘俩今天第一次见，也是最后一次相见了，但娘听你的声音已经有81年了，娘临死给你取个名字，就叫李耳吧，又称老子。希望你好好活着，多行善事。老子一生积德行善，行大道，是道教的祖始人，所撰写的《道德经》与《庄子》《荀子》《韩非子》《吕氏春秋》《礼记》《国策》等齐名。

第三节　华佗纪念馆

　华佗纪念馆，又称华祖庵，位于亳州市永安街。华佗字元化，沛国谯（今安徽亳州）人，东汉杰出的医学家。他一生以救死扶伤为己任，所用酒服"麻沸散"，为世界最早手术麻醉药，所创"五禽戏"开医疗体系之先河，被颂为神医，为世界医学史写下了光辉重要的篇章。"华佗纪念馆"是郭沫若题写，为国家重点旅游景区。华祖庵是祭祀华佗的庙祠，青砖灰瓦，砖木结构。始建于东汉，相传曹操悔恨杀死名医华佗所建。由庙祠、故居、古药园三个院落组成，庙祠内外双狮

雄踞，古木虬枝盘空，殿宇辉煌，肃穆庄严。明清加以扩建、重修。庵内由山门、正殿、东西配殿组成。正殿塑有华佗像，高 2.7 米。庵后有华佗故居和药草园。三部分共占地 8600 平方米。中院华佗故居内"元化草堂"居于高台之上，东厢为其诊病的地方，曰"益寿轩"。西厢为其制药房，曰"存珍斋"。院后有古药池、药圃、五禽戏坛，种植着多种中草药。

华佗纪念馆陈列着大量的医史文献和文物约 200 件展品，主要有华佗塑像、明代华佗木雕像，华佗遗著《内照法》《中藏经》《华氏中藏经》《华佗神方》《华佗神医秘传》《华佗疡科拾遗》《吴普本草》等和关于华佗医史文献的古今论文，以及华佗事迹蜡像和华氏后裔存铜器。该馆曾出版《华佗学术研究讨论会资料汇编》《华佗神医传奇》《华佗研究》《华佗纪念馆简介》等。华祖庵已成为世界研究华佗学术的中心，历史文化景点。

第四节　花戏楼

花戏楼位于亳州城北关，涡水南岸，建于国朝顺治十三年（公元 1656 年），原名大关帝庙，又称山陕会馆。花戏楼拥有许多乾隆年间绚丽的彩绘和精湛的雕刻，是全国重点保护单位。花戏楼有"三绝"，正门前两根旗杆，花戏楼的木雕和山门。花戏楼的砖雕巧夺天工，属徽派微雕艺术。清乾隆年间两次重修大关帝庙，建新大殿，增置座楼，藻采歌台，规模宽敞，金碧辉煌。关帝庙内雕镂藻绘，廛者每瞻；戏楼采用木雕，门墙砖雕，建筑面积 3163.1 平方米，院内以大殿为主建筑，戏楼辅衬，坐楼建于两侧，供看戏饮筵用。四合院四围高大，音响不易疏散。大殿两侧各有一深径小院，西为禅堂，东为财神殿。楼两侧为钟楼、鼓楼，钟上铸年号为康熙二年。钟楼外侧各有楼房三间。为山陕商贾所居住，大关帝庙具有古代戏楼、帝庙、商会馆三种性质。大殿分前后殿，前殿券棚是五架结构，雕绘富丽堂皇，是观戏场所。

第十二章 宣 城

　　宣城市，古称宛陵、宣州，是全国唯一的中国文房四宝之城。宣纸制作技艺被列入联合国非物质文化遗产名录。宣城地处安徽省东南部，东临浙江省杭州、湖州，南倚黄山，西与池州市、芜湖市毗邻，东北与马鞍山、南京、常州、无锡接壤，处在沪宁杭大三角长江下游平原的过渡地带上，地势南高北低，地貌复杂多样，大致可分为山地、丘陵、盆、谷地、岗地、平原五大类型。宣城是南京都市圈成员城市、G60科创走廊中心城市、皖南国际旅游文化示范区、皖东南地区的综合交通枢纽、皖江城市带承接产业转移示范区一、皖苏浙交会区域中心城市、东南沿海沟通内地的重要通道。宣城为中国历史文化名城、中国鳄城、国家森林城市、江南通都大邑、江南鱼米之乡。宣城文化底蕴深厚，西汉江东大郡，晋永嘉年间首开文化昌盛之风，历经六朝，隋、唐、宋、元、明、清朝代变迁，历史文化遗迹很多。敬亭山、柏枧山、水西山、龙须山四山峰峦叠翠；青弋江、水阳江两水相依。历史悠久，人文荟萃，自古便有"南宣北合"一说。自西汉设郡以来已有2000多年的历史。

　　宣城的名胜古迹丰富，主要由龙川景区、郭山大峡谷景区、徽杭古道景区三景组成，均为国家5A级景区。徽杭古道，始建于唐朝，是中国继"丝绸之路"、"茶马古道"之后的第三条著名古道，是徽商和浙商互通贸易的重要通道，国家重点文物保护单位。有"东南第一洞"太极洞，有"天下四绝"之一的美誉，是最有名的道教道场之一。还有敬亭山、清凉峰、南漪湖、皖南川藏线、龙泉洞、谢朓楼、水东老街、徽派建筑群、石刻艺术、古桥、古塔等风景名胜古迹。

　　宣城的美，不仅是山川河流、古代建筑、人文风情，更在于它的文化内涵和传承。宣城是一幅多姿多彩的画卷，它的魅力，是中华民族大美历史的展现，是中历史文化延续的载体。印象宣城："青弋江水透彻明，碧波荡漾映朝晖。山河锦绣美画卷，亘古隽留桃花潭。玉真公主美若仙，拨动诗仙深情弦。七上敬亭缘错过，独留太白坐千年。龙泉洞中景色佳，钟乳奇岩挂悬崖。碧水荡漾流不尽，

云雾缭绕神仙家。奇峰郎溪石佛山，唯美壮观怪石林。泾县云岭美名扬，山川秀丽景色芳。溪流潺潺绕山转，松涛阵阵绿林藏。古朴典雅宁国府，青砖墨瓦雕画梁；庭院深遂树成荫，厚德载物福绵长。徽杭古道远千里，西风瘦马商旅行。历经艰辛功业成，红顶徽商第一人。绩溪古城历史久，徽派建筑风格独。石板巷弄通幽处，沧桑见证历史深。日出江花红胜火，秋去冬来江水蓝。宣城美景说不完，留给后人继续传。"

第一节　敬亭山

敬亭山是中国历史文化名山、江南诗山，位于中国安徽省宣城市区北郊，原名昭亭山，晋初为避帝讳，易名敬亭山，属黄山支脉，东西绵亘十余里。有大小山峰 60 座，主峰名翠云峰，海拔 324.1 米，是国家 4A 级旅游区。敬亭山风景优美，春暖花开时节，满山果树，花开遍野，桃红梨白，美艳娇娆。山峦起伏延绵无尽，云雾缭绕峰回路转，树木茂密遮天蔽日，云雾缭绕清泉飞瀑，古松奇石文碑耸立，到处都有古诗词，犹如进入了文化繁荣的圣洁世界。敬亭山历史文化人文景观丰富，流传着许多动人的故事。

敬亭山是玉真公主出家修行的地方。玉真是唐朝武则天的孙女，睿宗皇帝李旦最小的女儿，明皇李隆基的胞妹。降世之后，母窦氏被武则天赐死，自幼由姑母太平公主抚养长大。清秀美丽，自幼博览群书，端庄文静，但却是个性倔强有主见。唐玄宗李隆基继承皇位后，专宠贵妃杨玉环，朝夕相伴，感情甚笃。"在天愿作比翼鸟，在地愿为连理枝"。一天，李隆基召见才情名满天的李白进宫。招待宴上，李白侃侃而谈，才华卓著，洒脱飞扬，再加少艾风姿，玉树临风，李隆基和杨玉环看了都很喜欢；玉真公主也是一见倾心。宴席接近尾声，侍官高力士建议让李白为杨贵妃写一首诗，李白酒喝高了，踉踉跄跄几次脱不下靴子，李隆基便让高力士帮助李白把靴子脱下，协助磨墨。李白提笔写道"云想衣裳花想容，春风拂槛露华浓。若非群玉山头见，会向瑶台月下逢。一枝红艳露凝香，云雨巫山枉断肠。借问汉宫谁得似，可怜飞燕倚新妆。名花倾国两相欢，长得君王带笑看。解释春风无限恨，沉香亭北倚阑干。"李隆基看了说好，在场的人无不称赞，杨玉环更是无限喜欢。无奈高力士因给李白脱靴磨墨受辱，怀恨在心。便私下告诉杨玉环，此诗不是赞她，而是骂她，"借问汉宫谁得似，可怜飞燕倚新妆"

把她比作祸国媚主的赵飞燕。杨玉环听了很不高兴，就跟李隆基说，李隆基一看杨玉环生气，不几日便把李白贬黜出京。

李白出京时，玉真公主亲自相送。因为相处交流多日，两人感觉很投洽，公主认为李白是可以托付终身的良人，李白也很倾慕公主。公主问李白去向，李白答有家叔在徽州宣城为官，听说那里有座敬亭山风景很美，打算去看看。玉真公主一心想嫁李白，无论谁议婚，一律拒绝。李隆基坚决不同意玉真嫁李白，要她嫁给朝廷重臣的儿子。君命难违，玉真力争无济于事，便拿起剪刀把头发剪了，宁愿出家做姑子，也不愿从君命嫁他人！李隆基气不过说，好！你要出家做姑子可以，但要你以母亲的名誉起誓，今生今世不能见李白，如果做不到，就乖乖嫁他人。玉真发誓不见李白，自选去徽州宣城敬亭山出家，直到死再也没回过京城。

李白闻玉真敬亭山出家，七上敬亭山，玉真避而不见。李白留诗，"众鸟高飞尽，孤云独去闲。相看两不厌，只有敬亭山。"敬亭山有个一清泉，是玉真公主出家修行常走的路径，李白每天傻傻地坐在清泉边等玉真出现，一等就是十年，始终没有等玉真公主。从一个年轻帅小伙，等到胡须飘胸。李白望着泉水里自己苍老的身影，写下了《长相思》"长相思，摧心肝。日色欲尽花含烟，月明欲素愁不眠。赵瑟初停凤凰柱，蜀琴欲奏鸳鸯弦。此曲有意无人传，愿随春风寄燕然。忆君迢迢隔青天。昔时横波目，今作流泪泉。不信妾肠断，归来看取明镜前"。玉真公主去世的同一年，李白也去世了。李白在敬亭山隐居三十年，玉真在敬亭山出家一辈子，这一对有情人到死再没有见过面，人们把李白坐等玉真的清泉称为"相思泉"。

第二节　桃花潭

桃花潭位于安徽省泾县西南，是青弋江的一段。这里地势平坦，潭面宽阔。桃花潭西岸，怪石拔地而起，层岩陡峭，临潭峙立，形似龙盘虎踞。县志《桃花潭记》称"层岩衍曲，回湍清深，清泠皎洁，烟波无际"。峭岩上古藤缀拂，烟雾缭绕，朝阳夕晕，山光水色，尤显旖旎。驾一叶扁舟泛游其上，一篙新绿，微波涟漪，足见"千尺潭光九里烟，桃花如雨柳如绵"。潭东岸，有东园古渡，系汪伦踏歌送别李白处，有明朝建踏歌岸阁，西岸有垒玉墩、书板石、彩虹岗、谪仙楼、钓隐台、怀仙阁、汪伦墓等景点。下游东岸有建于乾隆年间的文昌阁。阁

重檐飞角，方圆八面，气宇轩昂，昔为文人兴会之所，游人登临极目之处。

据袁枚《随园诗话》所记，唐天宝年间，李白居泾县叔父李阳冰家，好友汪伦转来一信，信上写道"先生，我这里有十里桃花，万家酒店，可否请你前来观赏，共饮一杯？"李白收到信欣然前往，到了桃花潭，只见山见水不见花，更不见酒旗幡立，哪有十里桃花，万家酒店？李白疑惑不解地问。汪伦说，桃花是潭水之名延绵十里，万家酒店，是店主姓万，只有一家酒店。李白听后仰天大笑，认为汪伦的邀请别具一格，于是两人把酒言欢，吟诗作赋，终日相伴。相聚数日，李白谢辞汪伦的挽留，登船准备返回，汪伦发动当地百姓为李白踏歌送行。李白感念汪伦的深厚情谊，即吟七绝诗一首《赠汪伦》，"李白乘舟将欲行，忽闻岸上踏歌声。桃花潭水深千尺，不及汪伦送我情"。这感情至深的千古佳话，一潭碧水，诗传千年，使得桃花潭扬名四海。

第十三章　陈独秀纪念馆

陈独秀纪念馆位于安徽省安庆市大观区，建筑面积 1030 平方米，采用具有徽派特点并糅合现代气息的建筑设计。陈独秀纪念馆以大量的图片资料和珍贵的文物史料形象生动地再现了陈独秀的生平事迹，分为 6 个专题部分，共有实物 100 多件，图片 300 多幅，采用编年体手法展现了陈独秀一生的历程。陈独秀纪念馆分为展览区、休息区和办公区 3 个部分。陈独秀纪念馆以大量的图片资料和珍贵的文物史料形象生动地再现了陈独秀的生平事迹，纪念馆在运用实物、图片资料展示的同时，也运用了音响、场景复原、高仿等现代展示手段。该馆目前也是国内唯一系统展示陈独秀一生的纪念性展馆。

第十三篇　四川——天府之国

　　四川省简称"川"或"蜀"，是中华人民共和国省级行政区，省会成都市，位于中国西南地区内陆，四川盆地西部、成都平原腹地，长江上游，属亚热带季风性湿润气候。东与重庆、贵州接壤，南邻云南、黔东南和桂北，西接西藏，北界青、甘、陕三省。气候宜人，拥有众多长寿之乡，位于北纬2603'~34°19'，东经97°21'~108°12'之间，面积48万多平方千米。四川历史悠久，文化底蕴深厚，素有"天府之国"的美誉。四川是古蜀文明发祥地、全世界最早的纸币"交子"出现地。四川拥有盐业文化、酒业文化，三国文化、红军文化、巴人文化等。下辖18个地级市、3个自治州，19个县级市、105个县和4个自治县。四川省拥有壮丽的自然风光和丰富的旅游资源，如青城山、九寨沟、峨眉山、都江堰、乐山大佛、黄龙风景名胜区、北川羌城、稻城亚丁、石象湖、绵竹大佛寺等景点。四川传统文化，如川剧变脸、喷火等绝技独具特色。四川特产丰富，如蜀绣、蜀锦、花蜀锦、漆器等传统手工艺品，还有花椒、豆瓣酱等。四川美食文化也很著名，川菜是中国八大菜系之一，如四川火锅、麻婆豆腐、夫妻肺片等都是四川经典菜品。

第一章　成　都

　　成都别称蓉城、锦城，是超大城市、国家中心城市、世界美食之都。成都是四川及整个西南的政治、经济、军事和文化中心、国家重要的高新技术产业基地、商贸物流中心和综合交通枢纽、西部地区重要的中心城市、重要的电子信息产业基地、成渝地区双城经济圈核心城市、区域经济中心、世界文化名城、国际门户枢纽、西南地区的科技中心、商贸中心、金融中心和交通、通信枢纽。总面积 14335 平方千米，是古蜀文明的重要发祥地，有"天府之国"之名声。在新石器时代，成都平原已有较发达的农耕文明。公元前四世纪，古蜀国王开明氏九世从今彭山徙治成都，延续两千多年的历史，

　　成都历史文化丰富，名胜景点很多。武侯祠是纪念三国时期蜀汉丞相诸葛亮的祠堂，诸葛亮生前被封为武乡侯。锦里是武侯祠旁边的仿古建筑商业街，曾经是西蜀第一街。杜甫草堂是唐代诗圣杜甫为躲避"安史之乱"的居所。宽窄巷子具有两千多年历史的区域，修复重建后 2008 年开街，还有泡桐树街、奎星楼街。天府场有博物馆、科技馆、美术馆、图书馆、四川大剧院，青羊宫建于周朝。文殊院是佛教寺庙建于隋朝。大熊猫繁育研究基地和生活场馆、生态园区，标志性建筑熊猫塔等。成都的美食很诱人，如火锅、串串香、兔头、龙抄手等。

第二章　朱德同志故居纪念馆

　　朱德同志故居纪念馆，位于四川省南充市仪陇县马鞍镇大湾路 47 号，是为纪念中国人民伟大的无产阶级革命家和军事家朱德而建立的博物馆。占地面积约 27 亩，建筑面积近 5600 平方米，展厅面积近 4600 平方米，是一所社会科学类

名人专题博物馆。先后获得全国爱国主义教育示范基地、国中小学爱国主义教育基地、全国旅游系统先进集体、全国红色精品线路之一、第四批国家一级博物馆名单等荣誉。

展厅分为序厅和朱德生平事迹基本陈列厅、缅怀厅和互动体验区三大展区。基本陈列展厅共展出九部分内容，分别为：

第一部分"苦闷中的求索"。讲述青年朱德积极投身旧民主主义革命，参与推翻清政府、"护国""护法"战争，战功卓著却身陷军阀混战，在苦闷中徘徊求索。五四运动带来了俄国十月革命的春风，为朱德指引了前进的方向，只有马克思列宁主义才是中国的希望。民国十一年（1922年），朱德毅然抛弃高官厚禄，远赴德国加入中国共产党，走上为党和人民事业奋斗的曲折而又伟大的道路。

第二部分"红军总司令"。讲述了朱德参与领导南昌起义后，起义失败后矢志不渝传播信仰，保存革命火种，领导"赣南三整"改造旧军队，发动湘南起义发展壮大起义军余部，并与毛泽东会师井冈山，创建红军，随后与毛泽东开创中央革命根据地，创建中华苏埃共和国，成为红军总司令的重大史实。

第三部分"长征中的坚定意志"。讲述朱德拥护毛泽东、先后与王明博古等人的左倾冒险主义以及分裂党、分裂红军的张国焘进行斗争，运用高超的政治智慧，促成三大主力会师，表现出坚定的革命意志。

第四部分"战斗在抗日前线"。讲述中华民族生死存亡之际，朱德挥师挺进华北，坚持持久的敌后游击战争、建立敌后根据地以及军垦屯田于南泥湾等史实，再现朱德作为民族英雄风采。

第五部分"在大决战的日子里"。讲述朱德在解放战争的作出的重大贡献，包括对整个战局的谋篇布局、重点布置、难点突破以及对解放军野战军战斗力的提升，率领中国人民解放军打败蒋介石，迎来新中国的诞生。

第六部分"推进人民军队的正规化现代化建设"。讲述新中国成立之初，朱德担任中国人民解放军总司令、中国人民革命军事委员会副主席、国防委员会副主席时十分重视国防现代化建设，在人民军队革命化、正规化建设和各军兵种创建发展、军事院校建设、部队教育训练等方面，作出了重要贡献。

第七部分"党的第一任纪委书记"。讲述朱德在担任党的第一任中央纪委书记期间，主持创建办事机构，制定纪委工作细则，进行党风廉政制度化建设的探索。他为加强党的组织纪律性，克服党内各种不良倾向，保持党的优良作风，进

行了不懈努力，做了大量奠基性的工作，倾注了大量心血，作出了重要贡献，为中国共产党加强党风党纪建设积累了重要经验。

第八部分"在党和国家领导岗位上"。讲述朱德在新中国成立后，先后担任中央人民政府副主席、中华人民共和国副主席、中共中央副主席，全国人民代表大会常务委员会委员长等职。他坚持从实际出发，实事求是，注重调查研究，积极建言献策，参与党和国家对社会主义建设的各种重大决策，为探索中国自己的建设社会主义道路，为开创新中国的建设事业，为实现国家的繁荣富强，作出了重要贡献。

第九部分"人民的光荣"。是朱德革命生涯的落幕以及对朱德风范的评价。

第三章　峨眉山

峨眉山是中国"四大佛教名山"之一，位于四川省乐山市峨眉山市，也是中国著名的旅游胜地和佛教名山、世界文化和自然遗产。峨眉山地势陡峭，山峰高耸入云，海拔3099米，被称为"蜀国峨眉"，被誉为"天下名山"，素有"峨眉天下秀"的赞扬。峨眉山风光秀丽，山势雄伟，这里可以观日出、云海、佛光、晚霞等。峨眉山上有许多著名的景点，如报国寺、伏虎寺、洗象池、龙门洞、舍身崖、峨眉佛光等。峨眉山的金顶，是峨眉山象征性和标志。金顶海拔3077米，华藏寺的全称为"永明华藏寺"，位于峨眉山金顶主峰。金顶上还有一座48米高的四面十方普贤金像，是峨眉山的重要景观，也是峨眉山的制高点。

峨眉山历史久远，据《峨眉山志》记载，魏晋年间，慧持和尚从庐山入蜀，在此修寺供奉普贤菩萨。峨眉山是普贤菩萨道场。唐僖宗时建永明华藏寺，重建中峰、中心、华严、万年、黑水、灵岩六大寺。黑水寺被称为峨眉祖堂。北宋太平兴国五年（980年），重建六大寺，并铸造普贤菩萨铜像一尊，重六十二吨，供奉在万年寺。万年寺，始建于晋隆安三年（399年），神宗皇帝为给太后祝贺七十大寿，赐名为圣寿万年寺。报国寺是峨眉山的入山第一座寺庙，始建于明万历年间，顺治九年（1652年）重建；康熙四十二年（1703年），取佛经"四恩四报"中"报国主恩"之意，御题"报国寺"匾额，完整保存。峨眉山原有寺院百余处，几经兴废，现存主要有万年寺、报国寺、伏虎寺、善觉寺、光相寺。还有善觉寺、大安寺、华藏寺、大佛禅院、清音阁、仙峰寺、洗象池、圣水禅院、洪椿坪等寺院。

峨眉的风光，清风朗月，古朴幽雅。唐朝诗仙李白的《峨眉山月歌》，"峨眉山月半轮秋，影入平羌江水流。夜发清溪向三峡，思君不见下渝州"。《峨眉山月歌送蜀僧晏入中京》，"我在巴东三峡时，西看明月忆峨眉。月出峨眉照沧海，与人万里长相随。黄鹤楼前月华白，此中忽见峨眉客。峨眉山月还送君，风吹西到长安陌。长安大道横九天，峨眉山月照秦川。黄金狮子乘高座，白玉麈尾谈重玄。我似浮云带吴越，君逢圣主游丹阙。一振高名满帝都，归时还弄峨眉月。"这些诗都是描写峨眉山的经典之作，从不同的角度展现了峨眉山的自然风光和人文景观。

峨眉山有大量的佛教文物和历史遗迹，如古寺庙、碑刻、佛像等。游览峨眉山，从山脚到山巅，大大小小的寺庙点缀着视野，这些寺庙的建筑风格、独特装饰都充满佛教历史的色彩，让人们感受到浓厚的佛教文化氛围。峨眉山是一个充满仙气圣洁的地方。在香雾缭绕中聆听阿弥陀佛的佛音传导，大脑好似佛光进入脑海，洗涤心中的世俗烦恼忧愁，通灵的心仿佛得到净化，一尘不染，清新自在。

第四章　乐山大佛

乐山大佛又名凌云大佛，位于四川省乐山市南岷江东岸凌云寺侧，濒临大渡河、青衣江、岷江，三江汇流处，与乐山城隔江相望，北距成都 160 余公里。它是依凌云山栖霞峰临江峭壁凿造的一尊大佛，依山危坐，神势肃穆，大气磅礴，始凿于唐开元元年，完成于贞元十九年，建高 71 米，历时 90 年建成，是世界上最大的石刻大佛。大佛为弥勒佛坐像，"山是一尊佛，佛是一座山"是中国最大的一尊山佛一体的摩崖石刻造像。乐山大佛是国家 5A 级旅游景区，和凌云山、乌尤山、巨型卧佛等组成景区。

　　乐山大佛是中国汉地佛教文化的重要典范。弥勒佛造像呈现大致有三种，第一是印度传入中国的交脚弥勒，第二是具有"中国特色"的古佛弥勒，第三是布袋弥勒。乐山大佛是具有"中国特色"的古佛弥勒。照《弥勒下生经》所描述，弥勒佛像具有"三十二相，八十种好"。布袋弥勒佛是根据中国五代时一名叫契此和尚形象而塑造。契此是浙江奉化县人，乐善好施，能预知天气和测人的吉凶，拿着布袋四处化缘，整日笑容满面。契此和尚坐化时说"弥勒真弥勒，化身千百亿，时时示世人，世人自不识"，人们才知道他是弥勒佛的化身。大多寺庙里的弥勒佛形象都是笑口常开、大肚布袋和尚。

　　乐山大佛左右两侧沿江崖壁上，还有两尊身高超过 16 米的护法天王石刻，与大佛一起形成了一佛二天王的格局。与天王共存的还有数百上千尊石刻佛塑像，宛然汇集成庞大的佛教石刻艺术群。乐山大佛是一尊弥勒佛造像。唐代风靡崇拜弥勒佛，佛经说弥勒出世"天下太平"。武周时期，《大云经书》言武则天是弥勒佛转世。百姓对弥勒佛的崇拜，破除男尊女卑封建礼教的信仰，使武则天赢得人心，顺利登上帝位。由于武则天敬佛礼佛，尤其偏重敬礼弥勒佛，推动全国塑凿弥勒佛盛行。乐山大佛修造是在武则天称帝 20 年。弥勒佛是"大肚能忍天下事，笑颜释解古今愁"的欢喜佛，能给人们带来光明幸福的未来佛。乐山大佛是修佛镇水，弥勒佛依山临江平稳安定地端坐，可以带给行船的人平安吉祥。乐山大佛是人们心中美好的向往，也是中国古代劳动人民智慧结晶，更是世界文化史上的奇迹。

第五章　武侯祠

　　武侯祠又称汉昭烈庙，是纪念中国三国时期蜀汉丞相诸葛亮的祠堂，位于四川省成都市武侯区。它是中国唯一的君臣合祀祠庙，"三国圣地"诸葛亮、刘备和蜀汉英雄纪念地，也是全国影响最大的三国遗迹博物馆、全国重点文物保护单位、国家 5A 级旅游景区、国家一级博物馆。面积 15 万平方米。公元 234 年 8 月诸葛亮因积劳成疾，病死在陕西宝鸡市岐山县城南，时年五十四岁。诸葛亮为蜀汉丞相，生前曾被封为"武乡侯"，后又被蜀汉后主刘禅追谥为"忠武侯"，因史尊祠庙为武侯祠。武侯祠建筑，古风朴实，始建于公元 223 年。清康熙十一年（1672 年）重建，坐北朝南，排列在一条中轴线上，依次为大门、二门、汉昭烈庙、过厅等共五重建筑。以刘备殿最高，建筑最为雄伟壮丽。武侯祠、三义庙、结义楼等建筑共七重。武侯祠正殿中供奉着诸葛亮祖孙三代的塑像。殿内正中有诸葛亮头戴纶巾、手执羽扇的贴金塑像，像前有三面铜鼓，相传是诸葛亮带兵南征时制作品，人称"诸葛鼓"，鼓上有精致的图案花纹，为历史文物珍品。大殿顶梁由乌木制成，显得沉静厚重。祠内存有诸葛亮写给儿子诸葛瞻《诫子书》中"非淡泊无以明志,非宁静无以致远"遗迹。文物区由惠陵、汉昭烈庙、武侯祠三部分组成。祠内还供奉蜀汉英雄塑像 50 余尊,唐代碑刻 50 余通,匾额、楹联 70 多块,尤以唐"三绝碑"、清"攻心"联最为著名。祠内分文物区、园林区、锦里区等。

武侯祠的文武殿中，存有蜀国君臣塑像。其中，刘备、诸葛亮、关羽、张飞，都有专殿。重要的文武官员，分别塑在文武廊。东是文官廊，庞统、简雍、吕凯、傅肜、费祎、董和、邓芝、陈震、蒋琬、董允、秦宓、杨洪、马良、程畿；西是武将廊，赵云、孙乾、张翼、马超、王平、姜维、黄忠、廖化、向宠、傅金、马忠、张嶷、张南、冯习。左右两廊各有文武十四员，共二十八名，都是蜀国做出贡献的文臣武将。

锦里古街，紧邻武侯祠，是西蜀历史上最古老街。锦里古街由成都武侯祠博物馆斥资复建，为"全国文化产业示范基地"。锦里是武侯祠博物馆、三国历史遗迹区、锦里民俗区。占地 30000 平方米，建筑面积 14000 余平方米，街道全长 550 米。锦里在西蜀历史上是最繁华的商业街，早在秦汉、三国时期便闻名全国。现在的锦里依托成都武侯祠，以秦汉、三国精神为灵魂，明、清风貌作为外表，川西民风、民俗作为内容，扩大了三国文化的延伸。锦里街上，有茶楼、客栈、酒楼、酒吧、戏台、风味小吃、工艺品、土特产，充分展现了四川民风民俗的独特魅力。锦里建筑以清朝四川民风为基础，引入活水循环，形成"水岸锦里"的新景观。拜武侯、逛锦里，已成为成都旅游盛景最有力的招牌。

第六章　青城山

　　青城山是世界文化遗产，也是中国四大道教名山之一。它位于四川省成都市都江堰市，地处都江堰水利工程西南10千米。青城山分为前山和后山，群峰环绕起伏、林木葱茏幽翠，享有"青城天下幽"的美誉。全山林木青翠，四季常青，山峰环峙，状若城郭，故名青城山。丹梯千级，曲径通幽，以幽洁取胜。景区内外，天师洞和圆明宫幽静是青城山的一大特色。在青城山，你可以领略到道教文化的深厚底蕴，感受到大自然的神秘和美丽，还有中国古代水利工程被誉为中国古代的"第五大发明"的杰作。

　　青城山的天师洞，始建于隋大业年间，原名延庆观，唐代改称常道观，宋代称昭庆观，清代始用今名。因传说东汉张陵在观后的洞窟结茅传道，故俗称天师洞。现存建筑主要系清光绪及民国年间重建，占地面积8132.5平方米。天师洞背靠一面绝壁，其他三面均为深壑。建筑群坐西向东，不强调中轴线，依地势和使用功能在总体上分为四个区域，在纵向和横向布置成十多个大小不等、形状各异、气氛有别的院落，由曲折环绕的石道连接成一座完整的古建筑群。三清大殿供奉三清神像，殿后石壁刻有青城山108景图。再后为供奉轩辕黄帝的黄帝祠，祠有三皇殿，有背刻唐开元十一年（723年）铭文的伏羲、神农、轩辕石像各一尊，神座前有开元十二年（724年）唐玄宗解决青城山佛道争端的敕诏书碑《大唐开元神武皇帝书碑》。青城山的古建筑大都顺应自然，在环境清幽和地势险绝处建造宫观，且灵活布局，不强求严格贯穿的中轴线，而在隐、藏、幽、奇上用功夫，使建筑融入自然，与大自然浑然一体。它结合地势，吸取古代南方民族的干栏式建筑构架，用台、吊、挑、跌、梭、披、叠等方式，创造变不利为有利的奇变艺术，而又朴实幽致，给人以亲切感，颇似家居。

　　青城山有着悠久的道教历史文化，相传在轩辕黄帝时期，青城山就是宁封子居处，修炼黄老之道。在晋代以后，青城山逐渐成为道教圣地。到了隋唐时期，青城山更是繁荣兴盛。青城山是全真龙门派的圣地。青城山的道观，既有道教的元素，也有儒教的思想，两者融合在一起，构成了独特的青城山文化。

第七章 九寨沟

九寨沟位于中国四川省阿坝藏族羌族自治州九寨沟县境内，地处青藏高原、川西高原、山地向四川盆地过渡地带，总面积 64297 公顷。九寨沟是国家 5A 级旅游景区、国家重点风景名胜区、国家级自然保护区、国家地质公园、世界自然遗产、世界生物圈保护区，也是中国第一个以保护自然风景为主要目的的自然保护区。九寨沟因沟内有九个藏族村寨坐落在这片高山湖泊群中得名。九寨沟国家级自然保护区的对象是大熊猫、金丝猴和 18 种国家保护动物、74 种国家保护珍稀植物。九寨沟还有丰富的古生物化石，古冰川地貌。九寨沟因水而兴，被誉为童话世界、水景之王。长海、剑岩、诺日朗、树正、扎如、黑海六大景观，呈"Y"字形分布。九寨沟六绝：翠海湖泊如翡翠般碧绿，宛如一颗颗明珠散落在群山之间。镜海、长海、犀牛海等湖泊，每一个都有自己独特的色彩和韵味。长海湖面宽广，深邃幽蓝，像一面巨大的镜子，反射出周围的山峦和云彩。镜海则更像一位害羞的少女，静静地躺在山谷中。叠瀑是自然界瀑布的一大奇观。诺日朗瀑布、树正瀑布等，雄浑壮阔，秀美蜿蜒，让人惊叹不已。诺日朗瀑布，水势汹涌澎湃，如万马奔腾，声震山谷。树正瀑布水帘般的瀑布掩映在绿树丛中，宛如一幅美丽的画卷。彩林是秋天最美的季节，彩林如火似金，一片斑斓。高耸的枫树、挺拔的松柏、缤纷的灌木交织，散发着摇曳的美姿，宛如一篇动人的诗歌。雪峰是高原上的明珠，终年积雪不化，在阳光的照射下晶莹剔透，闪闪发光，眺那雪峰，仿佛置身于纯净的童话世界。藏情是藏族人充满激情的家园，建筑、服饰、歌舞，浓厚的民族文化，丰富别样的生活方式都具有特色。蓝冰是千姿百态的冰川和冰瀑，有的像巨大的水晶，有的像璀璨的宝石。犀牛海、长海等湖泊结冰后，宛如一面面巨大的镜子，映照出蓝天白云。

第八章　黄龙风

黄龙风景名胜区位于中国四川省阿坝藏族羌族自治州松潘县境内，是国家5A级旅游景区、世界自然遗产、国家重点风景名胜区、自然保护区。山体高大、河谷深切，海拔3000米以上，是世纪冰川遗迹，岷山主峰、雪宝鼎地区最为典型。山高范围广，峰丛林立，高峰达7座，雪宝鼎、雪栏山、门洞峰三条现代冰川，是现代冰川保存区。主要冰蚀遗迹有角峰、刃脊冰蚀堰塞湖等，主要冰碛地貌有终碛、中碛、侧碛、底碛等。冰川谷中有古冰川遗迹。

黄龙风有许多彩池，在阳光照射下，变幻出五彩的颜色，被誉为"人间瑶池"。由黄龙沟、丹云峡、牟尼沟、雪宝鼎、雪山梁、红星岩，西沟等景区组成，主景区黄龙沟位于岷山主峰雪宝顶下，面临涪江源流，以彩池、雪山、峡谷、森林四大景观著称。黄龙沟中遍布碳酸钙华沉积，呈梯田般层层叠叠，彩池内呈现出鲜黄、浅黄、深绿、墨绿、藏青等特色。

黄龙风以原始森林和温泉为特色，森林茂密，绿植丛生、草甸丰润，溪流蜿蜒，哺乳动物种类丰富。据传，古时这里没有水，也没有温泉和彩池雪山。传说寺庙里一位喇嘛将要得道成仙，在梦中接受观世音菩萨的嘱托，让他接应神龙降雨，霖雨苍生。雨后，一股巨大的水从山脚咆哮而下，一条金色的黄龙腾空在天，穿云游雾，喇嘛也随黄龙升天而去。沟内出现无数彩池和温泉，人们感戴黄龙助民造福，集资修建了黄龙寺。黄龙风景名胜区的藏族建筑、雕塑和民俗文化都独具特色，是国家重要的自然保护区之一。黄龙风景名胜区是一个集自然风光、人文景观和科学探索于一体的旅游胜地。

第九章 稻城亚丁

稻城亚丁位于四川省甘孜藏族自治州稻城县香格里拉镇亚丁村境内，主要由仙乃日、央迈勇、夏诺多吉三座神山和周围的河流、湖泊和高山草甸组成。它是地球上近乎绝迹的纯粹、独特的地貌和原生态的自然风光，被誉为"中国香格里拉之魂"，被世界称为"蓝色星球上的最后一片净土"。海拔 2900 米，面积 1344 平方公里，是中国目前保存最完整，世界美丽的高山峡谷自然风光。自然景观有，冲古彩虹、冰水瀑布、仙乃日雪峰、仙乃日佛光、五色海市蜃楼等。主要景点有，三大雪山，仙乃日、央迈勇、夏诺多吉、牛奶海、五色海、珍珠海、雪水汇等。

稻城亚丁的三座神山终年积雪不化，方圆千余平方公里。三山之间相距不远，呈"品"字形排列。仙乃日（藏语意为"观世音菩萨"）是北峰，山峰顶端终年积雪不化，山形酷似世音菩萨端坐在莲花座，手持净瓶，怀中抱着一个巨大的佛塔，在阳光照山金光灿灿。央迈勇（藏语意为"文殊菩萨"）是南峰，犹如文殊菩萨智慧的手，直指苍穹。山峰娴静优雅，四周群山环绕，峡谷宽阔，森林草地、溪水潺潺。夏诺多吉东峰，山峰耸立在天地之间，像一个刚烈英武的勇士，神采奕奕，跨骑斑斓虎，腰绕大蟒蛇，展开巨翅，横扫妖魔鬼怪。人们将它比喻为希腊神话中的雷神。

亚丁的五色海是当地人心中的神湖，据称能"反演历史，预测未来"。佛教典籍中称赞该湖，与西藏的羊卓雍错齐名。阿西高山公园"阿西"是藏语"好地方"之意。村寨古朴、民风淳厚。人们还可参观阿西手工土陶制作和"阿西战役遗址"。阿西高山广袤的草原上，芳草萋萋，高山柏林，苍翠如屏；有火红的"三棵树"，河水清澈缓缓流淌；眺望三怙主雪山，崇山峻岭，山峦起伏；五彩的经幡在风中飘荡，蜿蜒的山路，绿树成荫，芬芳草地上，牛羊成群。这里是人与自然和谐共生的世外桃源。还有俄初山，像一位美貌的仙子，飘拂在云海霞光间，头技圣洁的哈达，每天沐浴仙气萦绕中，终年不消退。稻城亚丁的雪山各有魅力，山峰挺拔，风景旖旎。稻城亚丁还有蒙自大峡谷、洛绒牛场、牛奶海、冲古寺、珍珠海、

卡斯地狱、亚丁村香格里拉镇等。

第十章　石象湖

　　雅安市石象湖，因湖有古刹石象寺而得名。相传，这里是三国大将严颜骑象升天之地。湖内有石象寺，坐姿15米的川西大佛，另有紫燕岩、水鸟湾、茯苓湾、珠岛、青龙岛、弓沟、娃娃沟、二龙戏珠等景点。景区的森林覆盖率达90%以上，风景秀丽，湖光山色，绝佳的自然生态环境，犹如一块碧绿的翡翠镶嵌在成都平原上。石象湖的美景，人们称之为鲜花海洋、视野天堂。有人说石象湖是东方小瑞士、亚洲小荷兰、中国达沃斯、成都御花园，还有梦幻之地、安逸之乡、人居天堂的美誉。

　　石象湖，因湖边有三国名将严颜的石象而成景。石象湖的特点，小巧玲珑，湖水清澈，800亩湖面，港湾甚多，曲折幽深，有九沟十八岔，每岔十八沟，神秘莫测，独具风韵。人们荡舟在船，悠扬轻盈，随着波光行驶，云影水下游，薄雾笼青翠，晨暮听鸟莺，暮归听渔歌。人们多去不识归途，恰似一座天然的水上迷宫。在石象湖中游荡，如景似画，乘乌篷船返回，仿佛从水山中沐浴而出，浑身舒泰，心花开放。

　　石象湖坐落在万亩原始森林之中，隐蔽在绿荫花丛，大面积的自然生态资源得天独厚，植物动物和谐共生，鸟语花香，夕照森林。树丛草坪间，万花成海，辽阔的原野和山川，尽展纯真美丽的神韵；清纯的山水间，山林浓密，空气清新，令人心旷神怡。石象湖的花卉完全是在自然环境中，自然生长，自然开花。这与城市花展和大棚种植的花卉，截然不同，这些花卉承天地灵气，享天然甘露浇灌，更加婀娜多姿，艳泽四方，养神养眼。人们在享受这姹紫嫣红、品种繁多、千柔百媚的鲜花盛宴的同时，更加欣赏的是巴蜀的风土人情的魅力。

第十四篇　福建——八闽侨乡

　　福建省，简称"闽"，是中华人民共和国省级行政区，省会福州市，位于中国东南沿海，东北与浙江省毗邻，西北与江西省接界，西南与广东省相连，东南隔台湾海峡与台湾地区相望。福建地势西北高，东南低，呈"依山傍海"态势，境内山地、丘陵面积约占全省总面积的90%，属亚热带海洋性季风气候。北纬23°31'~28°18'，东经115°50'~120°43'之间。海岸线长度居全国第二位，海岸曲折，陆地海岸线长达3751.5千米。岛屿众多，星罗棋布，共有1500多个岛屿。福建是东海与南海的交通要冲，是历史上海上丝绸之路、郑和下西洋的起点，也是海上商贸集散地，被称为"八山一水一分田"。下辖9个地级市，1个试验区。

　　福建省历史悠久，唐开元二十一年（733年），设立军事长官经略使，从福州、建州各取一字，名为福建。福建自然风光和名胜古迹很多，具有千年历史文化底蕴，以"八闽文化"为代表。福建自然风光优美，旅游资源丰富，山水交融，峰岭耸峙，丘陵连绵。海坛岛、鼓浪屿、武夷山、泰宁、清源山、白水洋、太姥山、土楼、安平桥、三坊七巷等人文景观。国家级非物质文化遗产软木画、莆田鞋、福建的茶叶、安溪铁观音、福鼎白茶、福建龙岩的客家菜也很有特色。

第一章　福　州

福州位于欧亚大陆东南边缘，东临太平洋，地处中国东南沿海、福建省中东部的闽江口，与台湾地区隔海相望。东濒东海，西邻南平、三明，北接宁德，南接莆田，居于亚太经济圈中国东南的黄金海岸。东有鼓山，西有旗山，南有五虎山，北有莲花峰。面积 12154 平方公里。福州有矿产资源近四十种，以建材原料非金属矿为主，叶蜡石、标准砂、型砂、建筑砂、饰面用花岗石、高岭土、明矾石等储量多、品位高、分布广、埋藏浅，叶蜡石储量居中国首位。寿山石从南朝开始用于工艺雕刻，人称"石中之王"，价超黄金，视同瑰宝。福州有中国三大温泉区，泉脉广、温度高、水质优、流量大。

福州早在 5000 多年前新石器时代的昙石山文化至商周的黄土仑类型，表面先民已在此生活；战国秦汉，形成闽越族地方政权。福建历经朝代更迭，时代变迁。在新时代，焕发出新风采。福州拥有福建省三分之一岸线，福清湾、罗源湾、兴化湾，久负盛名。东部沿海的海坛岛，是福建省第一大岛、中国第五大岛，岛上有三十六脚湖，包括全省第一大天然淡水湖和南台岛、江阴岛、琅岐岛、粗芦岛、川石岛、大练岛等。福州淡水养殖鱼类有 120 种，海洋鱼类 500 余种，陆生动物属保护和禁猎的有 20 多种。

福州是海峡西岸政治、经济、文化、科研中心，现代金融服务业中心，沿海港口城市之一，海上丝绸之路门户，中国自由贸易试验区、通商口岸、中国船政文化的发祥地、中国优秀旅游城市、国家卫生城市、国家园林城市、全国环保模范城市、全国双拥模范城市、国家历史文化名城、全国文明城市、全国宜居城市、福布斯中国大陆最佳商业城市百强城市等。

第二章 武夷山

武夷山位于福建西北部闽赣交界处，是国家 5A 级风景旅游区、世界文化与自然双遗产地、国家全域旅游示范区，国家公园、国家级重点风景名胜区之一，中国著名的风景旅游区和避暑胜地。武夷山历史文化深厚，早在新石器时期，古越人就已在此繁衍生息，拥有彭祖文化、闽越文化、朱子文化、茶文化、柳永文化等。宋代被儒家称为闽邦邹鲁、道南理窟，是朱子理学的发祥地。朱熹曾在这里生活、著书、讲学长达 50 年。武夷山是世界六大茶乌龙茶和红茶的发源地。武夷山拥有 36 处景区。碧水丹山，有"奇秀甲东南"之美誉，境内有三十六峰、七十二洞、九十九岩，九曲溪、天游峰、玉女峰、大王峰、古汉城遗址、道教洞天等著名风景区。

武夷山是红色革命根据地，原中央苏区县。是闽浙赣和中央革命根据地重要组成部分，被誉为"红旗不倒"的革命老区。这里曾发生过著名的"上梅暴动"和"赤石暴动"，方志敏、粟裕等革命前辈曾在这里战斗过，被称为闽北苏区的"红色首府"、抗战时期的福建"红色都城"。拥有 7 处全国红色旅游经典景区，是全国 30 条红色旅游线路之一，张山头红军墓群被列入国家重点文物保护单位。

武夷山的武夷宫，又名会仙观、冲佑观、万年宫，坐落在大王峰的南麓，前临九曲溪口，是历代帝王祭祀的地方，也是宋代全国六大名观之一。 武夷山七十二洞之一的水帘洞位于章堂洞之北。进入景区，飞瀑自霞滨岩顶飞泻，被称为小水帘洞，拾级而上，抵达水帘洞。洞顶危岩斜覆，洞穴深遂，藏于岩腰，洞口小里面宽敞，洞内凉爽湿润。百米飞泉倾泻覆岩落下，形成水帘遮住洞口，水柱喷涌宛若蛟龙吐水，飘洒山间，一道道水柱日不停夜地流淌，就像一条条珠帘终年飘荡，人称水帘洞。水帘洞外掩映着题刻纵横的丹崖，有朱熹的七绝句"问渠那得清如许，为有源头活水来"的篆体字。有明代景点题刻"水帘洞"楹联石刻"古今晴檐终日雨，春秋花月一联珠"。

武夷山生态环境优越，属中亚热带气候。这里空气清新负氧离子量高，被

誉为"天然氧吧"。这里是蛇的王国、昆虫的世界、鸟的天堂，是全球生物多样性保护区。武夷山自然保护区是地球同纬度上最好保护区，拥有 2527 植物种类、近 5000 种野生动物。武夷山是世界文化与自然双重遗产、世界生物圈保护区。武夷山风景秀丽，重峦叠嶂，美如仙境。武夷山盛产大红袍茶，行走在蜿蜒的茶径，沐浴着淡淡的茶香，山涧溪流潺潺，草木葱茏中弥漫着绿色的生命的气息。

武夷山的火山岩是震旦代火山喷发的遗迹，属典型的丹霞地貌。武夷山是道教名山，自秦汉以来就是禅家栖息之地，留下了不少宫观、道院和庵堂故址。武夷山曾是儒家学者倡道讲学之地，朱熹、陆游等文人墨客聚集著书立传，千古传颂。古人赞："武夷山下英华液，碧水丹山映杖藜。"在这片神奇的土地上，茶农们世代相传着古老的制茶技艺。大红袍、铁罗汉等名茶已成为武夷山的珍贵的产业，吸引茶友前来朝圣，领山水茶韵，用心灵感受大自然的恩赐，用智慧诠释人与自然的和谐。

碧水丹山是武夷山的著名景点，位于福建武夷山市西北的黄岗山。这里素有"碧水丹山，奇秀甲东南"的美誉，黄岗山海拔有 2118 米，是中国东南大陆上的最高峰武夷山的自然景观。

碧水丹山，独特绝妙，是东方世界的人间仙境，它犹如一颗璀璨的星辰，镶嵌在大自然的怀抱中。碧水丹山，风景优美，山峦起伏，连绵不绝，仿佛巨人的脊梁在天地之间矗立。山下的湖泊宛如明镜，映照着天空的蓝和绿树的翠。这里的山脉、湖泊、植被，共同构成了一幅生动的画卷，让人心驰神往。

碧水丹山除了自然景观，还承载了丰厚的人文底蕴。古老的历史的长河里，文人、诗人在此留下了传世的佳作。这里山水美，风景美，勤劳智慧的人民更美。在这片美丽的土地上，人们用双手和心灵守护着这片土地。碧水丹山承载着人与自然和谐共处，千年的智慧和信仰。站在碧水丹山的巅峰，一望无际的葱绿海洋。在蓝天白云下，山水相连，构成一幅唯美的巨图，这是大自然的杰作，也是人类的创造。碧水丹山的美丽与生动，是绿色生态带给人类的福祉。"碧水丹山映晴空，天地人间在画中"。优美的生态环境，衍生美丽绿色的家园，让人们世世代代可以领略这里的美景和人文风情。

第三章 厦 门

厦门别称鹭岛，副省级市、I型大城市，是国家经济特区、国家计划单列市、东南沿海重要的中心城市、港口及风景旅游城市。厦门位于中国华东地区，福建省东南部，东临台湾海峡，南接汕头，北靠福州，是福建的重要港口之一。由厦门岛、离岛、鼓浪屿、海沧半岛、集美半岛、翔安半岛、同安湾等组成。地貌以丘陵、山地为主。厦门属亚热带海洋性季风气候，总面积 1700.61 平方千米。远古时，厦门岛为白鹭栖息之地，故又称"鹭岛"。西晋年间置同安县，明洪武二十七年（1394 年）筑厦门城。1935 年设厦门市。厦门是国家综合配套改革试验区、国家物流枢纽、东南国际航运中心、自由贸易试验区组成部分、国家海洋经济发展示范区、两岸新兴产业和现代服务业合作示范区、两岸区域性金融服务中心、全国文明城市、国家级文化生态保护区、国家卫生城市、国家生态园林城市，荣获"联合国人居奖"等。

厦门是被誉为"东方夏威夷"美丽的海滨城市。大海是生命中最美丽的邂逅，走在柔软的沙滩上，仿佛被卷进流动的画轴里。天空中海鸥盘旋，海浪翻滚推波助澜，掀起一道道浪花屏障。聆听海涛声声冲击着海岸，仿佛听到普希金《致大海》的呼唤。跳跃的浪花好似琴键上的旋律，演奏着大海沧桑的乐章。阳光洒在海面上，金色的光芒普照海面，犹如千万颗璀璨闪烁的钻石漂浮在海天。眺望辽阔的海疆，波光碧水，游荡的灵魂被大海风情万种地拥抱着，带着青春梦痕。岁月的记忆，沉沦在厦门的那片海底世界，心中永恒的留恋。海风轻轻地拂过，海浪带着殷勤的微笑，把世界顷刻间变得安宁了。凝望着蔚蓝的天空，水天一色的大海，心中萌发出新的希冀，泰然自若的灵魂被海水洗涤得清澈明亮，感慨中收获了内心中的宁静与自由。

厦门拥有丰富的历史文化遗产，人文风情、传统特色和著名景点。厦门曾是"海上丝绸之路"的重要港口，也是中国与世界各地交往的重要门户，有着浓郁的闽南文化和海洋文化气息。厦门人热情好客，善于经商，敢于冒险。在语言方

面，厦门话是闽南一种方言，具有独特的语音和词汇，具有异国风范。厦门还有许多丰富的传统文化资源，如闽南戏曲、民间音乐、美术等；民俗活动，如舞龙舞狮、踩高跷等。

第四章　鼓浪屿

　　厦门的鼓浪屿位于厦门西南禺。鼓浪屿被誉为中国最美的海岛之一，是国家 5A 级旅游景区、著名的海景区、国家级风景名胜区、中国最美五大城区之冠、福建"十佳"风景区之首。鼓浪屿原名"圆沙洲"，别名"圆洲仔"，明朝时期改称"鼓浪屿"。因岛西南有一两米多高的海蚀空洞石，受浪潮冲击拍打，声如擂鼓鸣响，人称"鼓浪石"，鼓浪屿因此而得名。鼓浪屿的面积 1.77 平方千米，海峡与市区相隔只有 600 米宽的鹭江，轮渡 4—5 分钟可达。岛上四季如春，树木苍翠，花草丛生，丘陵起伏，有海上花园的美称。鼓浪屿街道短小，纵横交错，清洁幽静，空气新鲜，繁花似锦，尤其是别墅小楼红瓦与绿树相衬托，显得格外靓丽。鼓浪屿也是厦门最大的卫星岛，岩石耸立，挺拔峥嵘，因长年受海浪冲击，形成许多幽谷、崖壁、岩峰、礁石、沙滩等。岛上主要景观由日光岩、菽庄花园、郑成功纪念馆、鼓浪石、钢琴博物馆、鱼骨艺术馆、皓月园、毓园、百鸟园等组成。鼓浪屿还是厦门海底世界和天然海滨浴场，融合历史文化和人文景观于一体的观光、度假、旅游、购物、休闲、娱乐综合性的避暑胜地。

　　鼓浪屿素有"海上花园"之誉，拥有钢琴量，为全国第一有"钢琴之岛"之称。岛上收藏众多古典钢琴，沁心典雅，月下风中，琴声悠扬，韵味无穷，给人以极其优美的艺术享受。从山脚沿石梯登临，沿途有日光岩寺、莲花庵。日光岩俗称"晃岩"，位于岛的中央，是鼓浪屿的最高峰（海拔 92.7 米）。日光岩是民族英雄郑成功当年训练水师的水操台遗址，历代名人多在此处题刻。皓月园位于鼓浪屿的东南，全园占地面积约为 2 万平方米，为纪念民族英雄郑成功收复台湾而建。园内景点包括郑成功青铜群雕、郑成功巨型石雕像、郑成功微雕展览馆、郑成功碑廊、皇帝殿、激光舞台、孔雀园、皓月休闲度假俱乐部等。其中郑成功青铜群雕是以青铜铸成的半圆半浮大型群雕，为目前国内历史人物青铜群雕中罕见的一组。郑成功巨型石雕像，高 15.7 米，重 1400 吨，用 625 块花岗岩组成，整座雕像拔地凌空，气宇轩昂，已成为厦门的重要标志和象征物。

鼓浪屿的裕庄花园旁的金色沙滩，为天然海滨浴场。裕庄花园坐落于鼓浪屿的南端，分"补山"园和"藏海"园两部分，以园饰海，以海拓园，整座花园设计精巧，园内主要建筑"四十四桥"建在海上，桥上有观钓台。岩顶筑有圆台，站立其间，凭栏远眺，厦门风光尽收眼底。渡月亭和"海阔天空""枕流"等石台叠石、码头上岛均是鼓浪屿贝壳梦幻世界。鼓浪屿的鱼骨艺术馆，具有海洋特色，是全国唯一的鱼骨艺术馆。馆内有一块巨大的鲨鱼骨，是镇馆之宝。展览的所有画作都是用天然鱼骨一根一根拼制而成，极具艺术价值的创作。鱼骨艺术馆本身是 20 世纪 40 年代的老别墅，原汁原味地保留了当年的建筑特色。在二楼的平台上，可以看到鼓浪屿的全景，瞭望海洋"万国建筑博览"。

鼓浪屿有着悠久的历史和丰富的文化。据史书记载，鼓浪屿最早的人类活动可以追溯到新石器时代。明朝时期，岛上修建了城墙和炮台，成为海防重地。随着时间的推移，鼓浪屿逐渐发展成了一个繁荣的港口和商业中心。许多外国商人和传教士也纷纷来到岛上，这使得鼓浪屿成了东西方文化交流的重要窗口。20 世纪中后期，鼓浪屿附近的金门，原称浯洲。台湾反攻大陆硝烟弥漫。厦门与金门，两岸地名"门对门"。2005 年台湾国民党主席连战的大陆"和平之旅"后，两岸开始互通文化贸易。左河水的《鼓浪屿上望金门》"曾登岩顶雨潇潇，今望浯洲浪渐消。隔岸彼门一咫尺，东风何日助西飘"表达了祖国统一的心愿。

鼓浪屿上生态环境优良，海疆浪花朵朵，海鸥飞翔。岸上居民庭院前，开满了一串串粉红色的曼陀罗花，赏心悦目。绿树环绕，植物繁茂，有各种热带和亚热带植物，以及诸多珍稀植物种类。岛上还栖息着许多野生动物，如猕猴、蟒蛇等。在鼓浪屿，还可以品尝到各种美食，如海蛎煎、花生汤等当地特色小吃。此外，岛上还有丰富的文化体验活动，如闽南戏曲表演、南音演奏等。每年农历的正月十五，岛上还会举行盛大的花灯展览和猜灯谜活动，让人们感受到浓郁的传统文化氛围。

第五章　客家土楼

　　客家土楼，也称福建圆楼，是中华文明的一颗宝珠，是世界上独一无二的神话般的山村民居建筑，是中国古建筑的一朵奇葩。它以历史悠久、风格独特、规模宏大、结构精巧等特点，独立于世界民居建筑艺术之林。历史至今，土楼民居以种姓聚族，群居建造特色延续。客家人每到一处，本姓本家人总要聚居在一起。加之客家人居住的大多是偏僻的山区或深山密箐之中。当时不但建筑材料匮乏，豺狼虎豹、盗贼嘈杂，加上惧怕当地人的袭扰，客家人便营造"抵御性"的城堡式建筑住宅。这样也就形成了客家民居独特的建筑形式土楼。土楼主要分布在福建省的龙岩、漳州等地区。福建土楼产生于宋元时期，经过明代早、中期的发展，明末、清代、民国时期逐渐成熟，并一直延续至今。福建土楼是世界上独一无二的山区大型夯土民居建筑、创造性的生土建筑艺术杰作，实属罕见。

　　福建土楼依山就势，布局合理，吸收了中国传统建筑规划的理念，参见董斌的《现代风水精鉴》，适应聚族而居的生活和防御的要求，巧妙地利用了山间狭小的平地和当地的生土、木材、鹅卵石等建筑材料，是一种自成体系，具有节约、坚固、防御性强特点，又极富美感的生土高层建筑类型。20 世纪 80 年代，福建漳州市南靖县、龙岩市永定县的土楼被误以为是蘑菇状的核武设备。殊不知这独一无二、从宋元时期就已经产出的大型夯土民居建筑，早在中国第一枚蘑菇云腾空之前，就在闽西南这块 600 多平方公里的土地上，矗立数个世纪了。中国"福建土楼"在第 32 届世界遗产大会上，被正式列入《世界遗产名录》。福建土楼是大型民居建筑，遵循了"天人合一"的东方哲学理念，就地取材，选址或依山就势、或沿着溪流，建筑风格古朴粗犷，形式优美奇特，尺度适当，功能齐全实用，与青山、绿水、田园风光相得益彰，组成了适宜的人居环境以及人与自然和谐统一的景观。

　　福建土楼现存圆楼、八角楼、纱帽楼等三十多种各式土楼，与北京四合院、陕西窑洞、广西"栏杆式"、云南"一颗印"，并称汉族五大传统样式住宅。福建土楼的结构外高内低，楼内有楼，环内有环，具备通风、采光、抗震、隔音、保温、防卫等功能。闽南山区由于土匪经常出没，为了抵御外敌，建造了适合固守的以土、木、石、竹为主要建筑材料的土楼，牢固耐用的土楼外墙，神奇的洞口防卫，神秘的传声筒与地方通道，以及牢固严密的防卫体系。土楼的结构能够均匀的承受各种负荷，其外墙厚一至二米，而且底部最厚，越往上越薄越往内倾斜，形成像心状。在地震而有裂缝后，它会自动愈合。除此之外，一二层没有设有窗户，三层开一条窄缝，四层大窗，有时四层加设挑台。而上面的窗户因为外墙较厚，有些仅仅是开凿了一个洞，而这些洞还有一个作用就是作为射击孔来防御敌人。当大门闭合时，土楼将自动成为牢不可破的堡垒。现如今，那些防御设施依然有科研价值。

客家人建造土楼，聚族而居，主要是源于对中原传统文化的认同，土楼表现出来的向心性、匀称性和前低后高的特点，以及血缘性聚族而居的特征。在永定范围内，无论是哪一座土楼，楼内的男性居民只有一个姓，而且都是血缘关系较近的同宗同族人。一家之内，家长说了算。一楼之内或全村同族之内，族长说了算，这是土楼客家人在漫长的封建时代所严格遵奉的一条原则。土楼中的祖堂是土楼客家人聚族而居的标志性建筑，处于全楼的核心地位。既是全楼居民祭祀列祖列宗的场所，又是进行宗教活动的中心。有限的生存空间是客家人建造土楼、聚族而居的重要客观原因之一。福建土楼是少数民族凝聚智慧的结晶，也是中华民族历史建筑的延续和传承。

第六章　清源山

清源山位于泉州北郊，故俗称北山，因峰峦之间常有云霞缭绕，亦称齐云山，面积 62 平方公里。清源山是闽中戴云山余脉，峰峦起伏，岩石遍布盎然成趣，多处胜景天成，山脉绵延 20 公里。清源山有"闽海蓬莱第一山"之美誉，为泉州四大名山之一。据泉州府志记载，清源山最早开发于秦代，唐代"儒、道、释"三家竞相占地经营，兼有伊斯兰教、摩尼教、印度教的活动踪迹，逐步发展为多种宗教兼容并蓄的文化名山。自古以来，清源山就以 36 洞天、18 胜景闻名于世，其中尤以老君岩、千手岩、弥陀岩、碧霄岩、瑞象岩、虎乳泉、南台岩、清源洞、赐恩岩等为胜。

老君岩的山门，曲尺形的上下两级平台，是阴阳太极八卦的变形图案，正前耸立的这方天然石头上镌刻着"青牛西去，紫气东来"八个篆字，还有这幢以盘根错节为窗饰挂落的石构山门，充满了山野气息，把老子"崇尚自然"的思想烘托得淋漓尽致，令人有进入置身仙境之感。老君造像被列为全国重点保护文物，是我国道教石刻中独一无二的艺术瑰宝。它刻于宋代，历经千年风雨沧桑，依然栩栩如生，神采奕奕。据清代乾隆年间编纂的《泉州府志》记载："石像天成好事者略施雕琢。"说明它是一块形状肖似老翁的天然巨岩，是巧夺天工的民间工匠略施技艺，把它雕刻成春秋时期著名哲学家、思想家、道教开山鼻祖老子的坐像。

千手岩又名观音寺，它是因为供奉观音像而得名。千手岩处在清源山的左峰，寺宇红墙素瓦，显得格外清新。大殿正中靠后供奉的是宋代石雕佛教创始人释迦牟尼坐像，石像工艺精湛，惟妙惟肖，是清源山宋代石雕艺术佳作之一。石像千手观音塑像慈眉善眼，神态极佳。两旁壁上的十八罗汉画像，神态各异，有呼之欲出之感。千手岩寺中常年暮鼓晨钟，香火不绝。寺前苍松翠柏，峰石嶙峋，别有一番风情。弥陀岩是清源山风景名胜区幽谷梵音意境区内的主要景点之一。走过千手岩，沿古道拾级而上，经振衣亭即到弥陀岩山门，门柱镌有明代书法家张瑞图撰写的一对楹联："每庆安澜堪纵目，时观膏亩可停骖。"可见这里是登高望远，把酒临风的好去处。弥陀岩的仿木石构石室，建于元顺帝至正二十四年（1364 年）。室内的元代石雕阿弥陀佛立像，由天然崖壁雕琢而成，高 5.77 米，宽 2.5 米，头结螺髻，足踏莲花，左手平胸，右手下垂，造型端庄大方，慈祥和善。三世佛并排趺坐于仰覆莲花座上，主像通高约 2.5 米，左右二像稍低。佛像保存完好，皆为吐蕃式样；佛发螺鬓，上置宝严。面相上宽下窄，双耳垂肩，肩宽腰细，均着袒右肩袈，并以袈裟一角搭于左肩上。衣纹用凸雕线条表示，虽历经沧桑而线条依然明显。石像均有圆形头光及身光。中尊为释迦像，又称现在佛。左尊称为药师佛，即过去佛。右尊叫弥陀佛，是未来佛。舍利塔，1952 年在清源山风景名胜区弥陀岩西侧兴建"弘一大师之塔"，塔内安放着大师的舍利子。整座石塔与周围空间、摩崖石刻、环境绿化浑然一体，显得庄严肃穆，使前来瞻仰的人们倍生虔诚之心。

丈坪亦名遵岩、星台岩，位于清源洞东南。《闽书》载：宋高僧可遵所构，其地巨石偃亘，周数百武，故名。历史上曾建有"枕云亭"及3座石塔。明万历间，泉州太守姜志礼书"百丈坪"三个大字，十分壮观。清源天湖，顶海拔368米，为双曲石拱坝，坝高30米，最大水面12000平方米。清源天湖既是蓄水工程，更是景观工程。大坝雄伟壮观，水面波光粼粼，湖畔山峰林木倒映湖中，蓝天白云，湖光山色，交相辉映。明代石室，矗立在天柱峰上的瑞像岩石室，创建于宋元祐二年（1087年），初为木构，明成化十九年（1483年）改为仿木石构建筑。石室内的宋代石雕释迦瑞像，以天然崖壁雕琢而成，高4.62米，宽2米，立状。佛像庄严大方，端庄慈祥，雕工精湛。穿过石室左侧的崖洞，豁然开阔，只见三块巨石恰似三条大蟒蛇，伸头出洞，故谓"三蟒出洞"。古时在山崖的平台处，建有望州亭，可俯瞰古城胜景。崖壁上显眼的"忘归"石刻二字，道出了如此美妙的自然景观和人文景观，使人流连忘返。灵山圣墓，中国现存最古老、最完好的伊斯兰教圣迹。

第七章　古田会议纪念馆

古田位于福建上杭县古田镇溪背村，是国家5A级旅游景区，处闽、赣、粤三省交界处，原系廖氏宗祠，又名万源祠，始建于清道光二十八年（1848年），面积7.6平方公里，拥有古田会议会址群、古田会议纪念馆、毛主席纪念园等核心景区，是"全国十大优秀爱国主义教育基地"、"全国红色旅游经典景区"。红四军第二次入闽，开展土地革命，毛泽东同志主持的红四军第九次党代表大会在此召开，通过了具有历史意义的古田会议决议案。这便是著名的古田会议旧址，按照当时会议原貌，马克思、列宁画像和代表席位、大会会标、主席台以及墙上的党旗都按原样存放。会址左边有荷花池，右边有红军检阅台，后面竖立"古田会议永放光芒"8个红色大字。中共红四军第九次代表大会总结了红军诞生以来的建军经验，通过了古田会议决议，确立了中国共产党建军的根本原则。古田会议上，毛泽东作政治报告，朱德作军事报告，陈毅传达中央九月来信。大

会经过热烈讨论，一致通过了毛泽东代表前委起草的约 3 万余字的 8 个决议案，总称《中国共产党红军第四军第九次代表大会决议案》，即古田会议决议，其中第一部分，也是最为核心的内容是《关于纠正党内的错误思想》，后来编入了《毛泽东选集》。会议选举毛泽东、朱德、陈毅、罗荣桓等 11 人为中共红四军前委委员。古田会议总结了红四军成立以来军队建设方面的经验教训，确立了人民军队建设的基本原则，宣示"中国的红军是一个执行革命的政治任务的武装集团"，重申了党对红军实行绝对领导的原则，反对以任何借口削弱党对红军的领导，必须使党成为军队中的坚强领导和团结核心。把党建设成为无产阶级先锋队，把军队建设成为无产阶级领导的新型人民军队，这是事关党的事业兴衰成败的根本性问题，在古田会议决议中得以明确，古田会议决议因此成为我党我军建设的伟大纲领及重要里程碑。

在毛主席纪念园，中间矗立着一尊汉白玉主席像。高 7.1 米，寓意着 7 月 1 日党的生日。基座 3 米，共计 10.1 米，与第一休息平台有 1.949 米，寓意着 1949 年 10 月 1 日中华人民共和国成立；基座为正八边形，寓意着红军的八角帽；边长为 4.1 米，寓意毛主席自 1935 年 1 月遵义会议后到 1976 年 9 月执政 41 周年。基座周围还镌刻着毛泽东生前写的《沁园春·雪》《清平乐·蒋桂战争》《采桑子·重阳》等毛体书法诗词，体现了领袖人物在中国革命道路上不同的思想意境和乐观的革命心态。始雕于 1969 年制作的主席像平台巧妙孕育了伟大领袖的生平和中国革命的历史，设计昭示着国家兴旺，人民安康。这里松竹茂盛，群山环抱，视野开阔。主席园左侧山势高亢雄伟，右边山势绵延起伏，山环水抱，聚天地山川之灵气，得日月星辰之精华，彰显了伟大领袖的风采和挥手之间的气度。

古田会议纪念馆位于福建省龙岩市上杭县古田镇，是介绍古田会议历史及其意义的专题革命纪念馆，建于 1964 年。全馆占地面积 8.6 万平方米，建筑面积 1.1 万平方米，拥有馆藏文物 11000 多件，其中珍贵文物 2000 多件，为福建省文物数量最多的革命纪念馆。陈列馆有 10 个陈列室，陈列展览展线长 306 米，展出文物 400 多件，内容分为三部分，一是古田会议召开的历史背景；二是光辉的古田会议决议；三是古田会议永放光芒。

古田会议纪念馆，还有红四军前委机关暨红四军政治部旧址耕心堂、红四军司令部旧址中兴堂、毛泽东《星星之火可以燎原》写作旧址协成店、闽西第一次代表大会会址文昌阁、闽西特委机关旧址树槐堂、红军哨所旧址文光阁等。40

年来，古田会议纪念馆始终坚持高举革命传统教育的旗帜，弘扬爱国主义主旋律，在社会主义精神文明建设中发挥了重要作用，先后被授予"全国文化工作先进单位""全国首批十大优秀社会教育基地""全国首批百家爱国主义教育示范基地""全国爱国主义教育示范基地先进单位""福建省一级达标纪念馆"等殊荣。

第八章　太姥山

太姥山位于福鼎市境内东海之滨，是著名的风景游览名胜区，雄峙于东海之滨，晴川湾畔，山海相依，傲岸秀拔，气势恢宏，景致独特，被誉为海上仙都。景点分为太姥山岳、九鲤溪瀑、晴川海滨、福瑶列岛、桑园翠湖5个景区，此外还有冷城古堡、瑞云寺两个景点。山岳风景名胜主体有，国兴寺、葫芦洞、一片瓦、九鲤朝天、香山寺、白云寺、天门寺等7个景区，面积为24.6平方公里。太姥山在唐宋时已很兴盛，历史悠久，古寺众多，留下不少历代文人墨客的遗迹。当时山南北有三十六寺院，其中以国兴寺、瑞云寺、灵峰寺、芭蕉寺、天王寺规模最大。至今国兴寺的遗址上尚存石柱360根，寺前有楞枷宝塔、唐宋时期创作的人物、花卉、禽兽等雕刻和石牌。山中还有历代名人摩崖石刻，如天下第一山、山海大观、道仙佛地等几十处。

太姥山以石奇、洞异、峰险、雾多"四绝"而闻名遐迩。有十八罗汉上山、仙人锯板、夫妻峰、金猫扑鼠、和尚讲经、金龟爬壁等景区。太姥无俗石，个个传似神，随人意所识，万象在胸中。山中还有许多曲折深遂的岩洞，有的内低处延伸，直通海面，为通海洞。有的向上扩展，可达九鲤朝天石顶端，为通天洞。有的削避夹巷，见天如线，为一线天。有的洞中套洞神奇莫测，有的洞中可观日出，有的洞内可观海潮，有的洞中存丹井，有的洞内有龙潭。小的容几人小憩，大的可容千百余人，随处可见亭、台、楼、阁。

太姥山东南麓，系畲族聚居地。可见九鲤溪，溪口瀑布、龙亭瀑布，包括大嵛山、小嵛山、鸳鸯、鸟岛等13个岛屿。海滨游览区包括晴川湾、跳尾湾、大小蒙湾等景点。

第九章　泰　宁

　　泰宁是新兴旅游区、国家 4A 级旅游区、国家重点风景名胜区、世界地质公园、国家森林公园、国家地质公园、全国重点文物保护单位、国家非物质文化遗产、中国生物圈保护区网络成员单位，还是省级自然保护区、省级旅游经济开发区、省级旅游度假区。面积 492.5 亩，包括金湖、上清溪、状元岩、猫儿山、九龙潭，成为福建继武夷山之后的第二个世界级旅游区。泰宁是全国 21 个中央苏区县之一，彭德怀等老一辈革命家曾在此指挥红军作战，留存有红军街、红军司令部旧址等大批革命历史遗迹，2004 年红军街被列入全国"百个红色经典旅游景区"之一。泰宁风景名胜景点很多，如金龙谷、古城七大景、水上丹霞、峡谷群落、洞穴奇观、原始生态等景观。泰宁是奇异性、多样性、休闲性、文化性为一体的旅游胜地。

　　泰宁丹霞地貌，千姿百态，与百里金湖结合，水波浩渺，山峦秀丽，绚彩染山，芳草遍地生，峡谷幽藏深。泰宁丹霞景观美丽壮观，是中国东南诸省中丹霞地貌面积最大的地区之一，"霞光万道蕴丹霞，层层山峦染乾坤"。

　　关于泰宁丹霞有一个美好的传说，相传，有一书生，颇具才华，隐藏丹霞岩穴，勤奋苦读数载，一举夺冠，拔得头筹，高中状元，致使泰宁丹霞名声大噪，名扬全国。

　　丹霞岩穴有"闽中雄峤"的福建第二峰金铙山、金龙谷，内有江南保存最完好、规模最大的明代民居古建筑群，有"一柱插地、不假片瓦"的悬空古刹甘露岩寺。

　　2007 年 6 月 8 日，福建省泰宁县梅林戏剧团获得国家文化部颁布的首届文化遗产日奖。

　　泰宁游资源极为丰富。拥有举世罕见的，水上丹霞、峡谷大观园、洞穴博物馆，三大奇观。地质遗迹十分丰富，素有"汉唐古镇，两宋名城"之美誉，人文历史积淀深厚。

第十章 湄洲岛

　　湄洲岛位于湄洲湾口的北半部，现为国家旅游度假区。这是一个面积约 16 平方公里的小岛。岛上林木翁郁，港湾众多，海岸曲折，沙滩连绵，风景秀丽。环岛优质沙滩长达 20 多公里，有海滨浴场；还有 6000 余亩防风林带，是理想的度假胜地。岛域盛产石斑鱼，是鱼中之珍品，远销港澳。湄洲岛东南临台湾海峡，与宝岛台湾遥遥相望。因处海陆地况，形如眉宇，故称湄洲。岛上妈祖庙闻名海内外。妈祖原名林默，因生前出海救助过不少渔民和商船，死后遂被尊为海神。历代朝廷还敕封她天妃、天后、天上圣母等尊号。湄洲岛是妈祖的故乡，这里的妈祖庙被尊称为"天后宫湄洲祖庙"。此庙创建于宋雍熙四年（987 年），即林默逝世的同年。后经历代扩建，日臻雄伟。明代著名航海家郑和七下西洋，回来奏称"神显圣海上"，第七次下西洋之前奉旨来到湄洲岛主持御祭，扩建庙宇。清康熙统一台湾，将军施琅奏称"海上获神助"，又奉旨大加扩建。

　　目前，妈祖庙已修葺一新，雕梁画栋，金碧辉煌，成为全世界华籍海员顶礼膜拜和海内外同胞神往的圣地。据说，全世界有妈祖庙 5000 余座，其中台湾就有大小超千座。每逢农历三月二十三妈祖生日和九月初九妈祖忌日，庙宇内外，人山人海，香火鼎盛。

　　湄洲岛是福建对外开放旅游经济区，湄洲岛是中华妈祖文化的发祥地。湄洲岛的九宝澜黄金沙滩，被誉为"天下第一滩"。面对碧波万顷的大海，后依绿茵千畴的木麻。金色的沙滩绵延悠长，宽敞平坦，形状如一钩新月，沉睡在湛蓝的大海上。九宝澜沙滩，滩平坡缓，沙细如粉，碧海浩瀚，黄麻千茏；滩头奇峰挺秀、怪石嶙峋，海藻葱绿，钟灵毓秀，被赞为"东方夏威夷"。时日恰逢满月，沙滩在月光的映照下，银光闪闪一片皓白，海上万点粼光随波逐流，犹如明代秦邦锜的诗"月满琼波诸岛静，潮来银屋一帆开"。

　　鹅尾神石园是湄洲岛的最南端、天然的"海石盆景"，拥有海岸"小石林"之称，北端是妈祖庙景区。公园因其形似鹅尾，岩石奇特而得名。这些奇独的

海石，神形俱佳，栩栩如生，触及生情，引人入胜。神石园由金山坳、洞里洞外、海门、狮子山、神石冈五部分组成，包括海龟朝圣、仙佛照镜、飞戟洞、斧劈崖、鲤鱼十八节、海门、妈祖书库、龙洞听潮、情侣蛙、松海听涛等数十个景点。在神石园里，游人可登高远眺，碧海蓝天，海天一色，鹭霞齐飞；领略惊涛拍岸，碧波滚滚，浪花溅玉；倾听渔舟归唱，如诗如画。毗邻的海滨浴场、音乐休闲广场、森林儿童乐园，人们在这里可以尽情地嬉戏、休闲。鹅尾神石园是观光、科普探奇、海底探幽的理想乐园。

第十一章　白水洋鸳鸯溪

白水洋鸳鸯溪位于福建省宁德市屏南县境内。整个景区呈月牙形，总面积66平方公里，分为白水洋、宜洋、刘公岩、太堡楼、鸳鸯湖五大景区，被誉为奇特景观、天下绝景、宇宙之谜。白水洋是世界唯一的"浅水广场"，平坦的河床，一石而就，河床流水均匀，干净无沙，人行其上，水没脚踝，波光潋滟，一片白炽，因而得名白水洋。在下洋有一条近百米长的天然滑道，赤身下滑不伤肌肤，被称为"天然冲浪游泳池"。阳光、白水、水蚀、波痕，形成了色彩斑斓的河床。人们踏水、冲浪、赛跑、拔河、武术、骑车、舞狮等别具一格的水上运动，尽享大自然赐予的清凉。

白水洋鸳鸯溪是爱侣胜地、鸳鸯故乡、猕猴乐园、人间仙境。在白水洋的下游，每年都有成千上万对鸳鸯从北方到此过冬，故被称为鸳鸯溪。景区森林茂密，峡谷纵深。融秀溪、峡峰、怪岩、奇洞、雄瀑、诡云、朦雾、古道、险栈、珍禽异兽汇成一景，形成了立体式的百里画廊。瀑布景区，百丈漈水濂洞、小壶口瀑布、鼎潭仙宴谷等景区，水美景色壮丽。

白水洋河床的岩石由距今有900万年前火山活动形成。岩石具有完整性结构均匀一致，大约距今530万年前，随着地壳的抬升，河谷下切，覆在上面的地层被侵蚀，岩体露出地表，由于风化作用和流水侵蚀，逐渐形成了长斑岩为基岩的平底河床。距今约260万年，白水洋地壳相对平稳，经流水长期冲蚀，白水洋形成光滑如镜，宽阔平展的基岩河床。

第十五篇　江西——赣鄱都邑

　　江西省简称"赣"，是中华人民共和国省级行政区，省会南昌市，是中国内陆省份之一。江西为长江三角洲、珠江三角洲和闽南三角地区的腹地，与上海、广州、厦门、南京、武汉、长沙、合肥等相连，是长江中下游南岸，古称"吴头楚尾，粤户闽庭"，乃"形胜之区"，东邻浙江、福建，南连广东，西靠湖南，北毗湖北、安徽，而共接长江。地貌以山地、丘陵为主，地处中亚热带地区，气候变化显著。北纬24° 29′ -30° 04′，东经113° 34′ -118° 28′ 之间。公元733年唐玄宗设江南西道而得省名，全省面积16.69万平方公里。下辖11个地级市、27个市辖区、12个县级市、61个县。素有"文章节义之邦，白鹤鱼米之国"之美称。江西部分地区属海峡西岸经济区，境内有中国第一大淡水湖鄱阳湖，也是亚洲超大型的铜工业基地之一，有"世界钨都"稀土王国。

　　江西省有55个民族，其中汉族人口占99%以上，少数民族中人口较多的有畲族、苗族、回族、壮族、满族等。江西境内高速公路发达，主要通道全部高速化。京九线、浙赣线纵横贯穿全境，航空和水运便捷。江西省旅游资源丰富，风景名胜众多，拥有红色旅游资源和绿色山水资源，如井冈山、瑞金、三清山、龙虎山、滕王阁、鄱阳湖、白鹿洞、东林寺、还明月山、江湖奇峰石钟山、东江源头三百山、森林泉瀑大茅山、峡谷漂流大觉山、奇石海洋灵山、丫山、汉仙岩、铜钹山、五虎山、仙女湖、陡水湖等。

第一章　南　昌

南昌市，古称豫章，是江西省的政治、经济、文化、科学、金融中心城市，中国航空工业的发源地，中国重要的综合交通枢纽和光电产业基地，世界级的光伏产业基地，中国十大最年轻城市。总面积 0.74 万平方公里。南昌城始建于公元前 202 年，有 2000 多年的建城史，寓意"昌大南疆、南方昌盛"。南昌制造了中国第一架飞机，第一批海防导弹，第一辆摩托车、拖拉机等，是中国重要的制造中心。南昌地理位置优势独特，在新时代成为京港台高铁、沪深高速铁路、沪昆高铁、沪广高速铁路、福银高铁等线路交会的全国综合交通枢纽之一。

南昌是国家历史文化名城。初唐四杰王勃在《滕王阁序》中称其为"物华天宝、人杰地灵"之地。南昌被誉为"英雄之城"，是中国革命的摇篮，八一军旗升起的地方。八一南昌起义，八一广场、八一纪念馆、八一大桥等都是纪念八一南昌起义的标志性建筑，它们见证了中国革命成长的历程。南昌旅游资源丰厚，有滕王阁、八大山人纪念馆、百花洲、八一起义旧址群；井冈山、庐山、龙虎山、明月山、婺源、鄱阳湖、三清山、鹅湖山、灵山大佛、安义古村、梅岭等。东方威尼斯、八一起义纪念馆、绳金塔等名胜等，都为南昌披上一层金色的光环。

滕王阁

滕王阁为江南三大名楼之一，位于中国江西省南昌市赣江畔。滕王阁历史上屡毁屡建，今日之滕王阁为 1989 年重建，与古貌相比更为气派。滕王阁始建于唐永徽四年（653 年），为当时任洪州都督的唐高祖李渊之子李元婴所建。据记载，李元婴于永徽三年（652 年）迁任苏州刺史，调任洪州都督时建此阁以为别居。由于李元婴封号为"滕王"，故名滕王阁。后洪州都督阎公重修，竣工后阎公聚集文人雅士作文记事，途经此地的王勃就写下名垂千古的《滕王阁序》，因此名扬四海。韩愈在《新修滕王阁记》中赞道："愈少时则闻江南多临观之美，而滕王阁独为第一，有'瑰伟绝特'之称。"清代诗人尚镕《忆滕王阁》诗云："天下好山水，必有楼台收。山水与楼台，又须文字留。"后来历经宋、元、明、清，滕王阁历次兴废，先后修葺达 28 次之多。1926 年滕王阁再度毁于军阀混战，赣军师长岳思寅下令火烧南昌城外，大火延烧三日，街巷尽成焦土。1985 年按照梁思成绘制的《重建滕王阁计划草图》重建，成为南昌市的标志性建筑之一。新楼为仿宋朝木结构样式，净高 57.5 米，共九层，采用宋朝楼阁"明三暗七"格式。其中明层皆有回廊可俯瞰赣江景色。楼体为钢筋混凝土建成，南北有回廊连接着"压江""挹翠"两个辅亭。其建筑面积 13000 多平方米。滕王阁主体下部为象征古城墙的高台阁座，高 12 米。主楼入口处为"落霞与孤鹜齐飞，秋水共长天一色"的不锈钢楹联。西大厅内有铜制 1 ∶ 25 的滕王阁模型。二楼有一幅长卷丙烯壁画《人杰图——江西历代名图卷》，描绘了历史上自先秦至清朝末年的 80 位江西籍名人，如陶渊明、徐孺子、曾巩、欧阳修、王安石、汤显祖等。画高 2.55 米，长 43.9 米。三楼内厅有丙烯壁画《临川梦》，表现的是汤显祖戏剧《临川四梦》（《牡丹亭》《紫钗记》《南柯梦》《邯郸记》）的意境。四楼的壁画则为《地灵图》。五楼正中有一个天井，再往上的是最高层的歌舞楼台"九重天"。有一仿古戏台凌霄，每天进行古装歌舞表演。戏台两侧陈列有楚国曾侯乙墓乐器的复制品，有编钟、编磬、建鼓、双凤虎座鼓、二十五弦古琴等。而在主楼下的一片范围内，建有一个小型苏州式园林"俯畅园"，内有盆景陈列馆以及餐厅、饭店设施。

滕王阁是历史文化的重要遗产，也是江南历史文化变迁的传承。滕王阁不仅是一座历史楼阁，更是一座精神的殿堂。滕王阁是历史更迭的体现，"潦水尽而寒潭清，烟光凝而暮山紫。"在"云霭层层峦重翠，高楼矗立出九霄"的感慨中书写，"飞阁流丹豫章台，鹤汀紫回桂兰殿。冈峦之势日风在，不尽长江滚滚来"。站在滕王阁，登高望远，超尘的心界，收获的是历史文化的厚重。

第二章 井冈山

井冈山是中国革命的圣地，位于罗霄山脉的中段，是国家 5A 级旅游景区、国家级自然保护区、全国红色旅游景区、世界生物圈保护区。井冈山自然风光绚丽多姿，被世人赞叹为"绿色宝库"，古有"郴衡湘赣之交，千里罗霄之腹"之称。井冈山景区面积为 333 平方公里，有 11 大景区、76 个景点、460 多处景观。千峰竞秀，万壑争流，苍茫林海，飞瀑流泉；雄、险、幽、奇、秀，还有峰峦、山石、瀑布、溶洞、温泉等，享有"天然动植物园"的美誉。珍稀动植物、高山田园风光应有尽有。春天，群山叠翠，郁郁葱葱，杜鹃花开，艳丽多姿，尽显秀美景色；夏天，山高温低，林茂峰秀，盛夏酷暑，凉爽怡人；秋天，落叶金黄，漫山红枫，层林尽染，宛如一幅水彩画；冬天，银装素裹，冰雪覆盖，一派北国风光。井冈山一年四季，云海萦绕，奇谷飞瀑，十里杜鹃花开遍野。黄洋界、八角楼，第四版百元人民币背景图案的井冈山主峰，保存着最完整的原始森林 7000 公顷，野生植物 4177 种、野生动物 3362 种。还有被联合国环境保护组织誉为全世界仅有的常绿阔叶林。井冈山环境优美、空气清新，被称为"天然氧吧"，森林覆盖率达 86%，生态环境极佳，超过国家一级标准，是理想的旅游避暑疗养胜地。

在 20 世纪年代，毛泽东等老一辈无产阶级革命家，率领中国工农红军来到井冈山开展了艰苦卓绝的井冈山斗争，创建了中国第一个农村革命根据地。点燃了中国革命的星星之火，开辟了"农村包围城市，武装夺取政权"具有中国特色的革命道路。中国革命从这里走向胜利，孕育了伟大的井冈山精神，激励无数英雄儿女前赴后继。从此，井冈山被载入中国革命历史的光辉史册，被誉为"中国革命的摇篮"和"中华人民共和国的奠基石"。毛泽东率领湘赣秋收起义的工农革命军到达井冈山地区，开展游击战争，进行土地革命，恢复建立共产党的组织，建立革命政权和赤卫队。1928 年 4 月底，朱德、陈毅率领南昌起义保存下来的部队到达井冈山，和毛泽东领导的工农革命军会师，成立了中国工农红军第四军。井冈山革命根据地在红军的英勇斗争下，打破多次敌军的"进剿"和"会剿",使中国革命从这里走向胜利。

井冈山深邃的红色文化,已成为人们心中的"精神家园"。巍巍五百里井冈,100多处革命旧址遗迹散落其间,已经成为一个没有围墙的革命历史博物馆,成为人们陶冶情操、净化心灵、提升境界、坚定信念的生动课堂,成为进行爱国主义教育和革命传统教育的重要基地。

第三章　瑞　金

瑞金共和国摇篮景区,位于江西赣州瑞金市,是国家5A级旅游景区,占地面积4550余亩,由叶坪、红井、二苏大、中华苏维埃纪念园四大景区组成,是全国爱国主义教育示范基地,也是全国红色旅游经典景区之一。2012年6月,《国务院关于支持赣南等原中央苏区振兴发展的若干意见》,为瑞金发展红色旅游提供了政策支持和良好契机。2015年7月,经国家旅游局正式批复,瑞金共和国摇篮景区成为江西第七、赣南首个5A级旅游景区。

叶坪景区距瑞金市中心区6公里,占地面积160余亩,是全国保存最为完好的革命旧址群景景区之一。包括苏区中央局、中央政府旧址、红军烈士纪念塔、红军烈士纪念亭、红军检阅台、公略亭、博生堡等22处旧址和纪念建筑物。曲径通幽、古木参天、绿树成荫、宗祠巍然。其中全国重点文物保护单位就有16处。这些旧居旧址,在中国革命史上谱写的光辉篇章。中华苏维埃第一次全国代表大会在叶坪召开,向世界庄严宣告中华苏维埃共和国临时中央政府成立,诞生第一个全国性红色政权,毛泽东同志当选为苏维埃临时中央政府主席。第一次全国苏维埃代表大会会址原是谢氏宗祠,已有几百年的历史,是中华苏维埃共和国临时中央政府的诞生地。1931年11月7日,中华苏维埃第一次全国代表大会在这里隆重召开。来自闽西、赣东北、湘赣、湘鄂西、琼崖、中央苏区等根据地红军部队,以及在统治区的全国总工会、全国海员总工会的610名代表出席了大会。

中央人民委员会是最高行政机关,内设外交、军事、土地、内务、财政、教育、司法、劳动、工农检察九个部和国家政治保卫局。中国共产党苏维埃区域中央局旧址位于江西省瑞金市叶坪乡叶坪村老村。设有国家银行、中央局、对外贸易总局、政治保卫局、邮政局、印刷厂、检阅台、公略亭、博生堡、无线电总队、出版局、执行局等。

红井景区是中华苏维埃临时中央政府办公地点。红井、中央执行委员会（毛主席旧居）、中央人民委员会、中央各部委等。背负青山、田畴拥翠、树影婆娑、恬静质朴。景区有旧居旧址35处、全国重点文物保护单位10处。1933年4月，中央机关搬迁沙洲坝，开展了一系列的苏区政权建设和苏区调查，形成了《必须注意经济工作》《关心群众，注意工作方法》《我们的经济政策》《怎样分析农村阶级》等名作。毛主席发现当地群众饮水非常困难，长期饮用脏塘水，便亲自实地勘察和调查地下水源，9月毛主席亲自带领干部、红军官兵为当地群众挖了口井。取名为"红井"，群众在井边立一块石碑"吃水不忘挖井人，时刻想念毛主席"。现为全国重点文物保护单位。1933年中华苏维埃共和国中央执行委员会驻此，也是毛泽东、何叔衡、徐特立、谢觉哉等人的居住的地方。

"二苏大"景区，是临时中央政府从叶坪搬迁到沙洲坝后，在这里召开了二苏大会址，包括中央政府大礼堂、防空洞、诗山梅园、博物馆、广场、人大陈列馆等。松涛阵阵、梅占魁阁、曲径通幽、礼堂肃穆。中央政府大礼堂，造型独特，宛若扣在大地中的一顶红军八角帽，占地面积1500平方米，整个礼堂可容纳2000多人，人们把它称为北京人民大会堂的前身，也是苏区标志性建筑，中华苏维埃共和国第二次全国代表大会在此召开。大会上产生了国旗、国徽、军旗等。在大礼堂旁边还有一个可容纳2000多人的防空洞。大礼堂的门首上方，有"中华苏维埃共和国临时中央政府"大字，这是由"苏区秀才"黄亚光书写的。大礼堂共有两层，楼面为回廊式，并有阶梯式楼座，楼下呈半圆形。1934年1月21日至2月1日，中华苏维埃第二次全国代表大会在这里隆重召开。参加大会的正式代表693名，候补代表83名，旁听代表1500名，毛泽东为大会致了开幕词。大会期间，代表们听取了毛泽东作的中央执行委员会和人民委员会两年来的工作报告，《毛泽东选集》第一卷中《关心群众，注意工作方法》《我们的经济政策》这两篇文章就是从这个报告中节录下来的。

中华苏维埃纪念园景区位于市区城西塔下寺，毗邻中华苏维埃共和国历史纪念馆，占地面积1000亩。登高望远、玉带缠流、绿意扶疏、古塔雄峙。景区内有革命烈士纪念馆、红军烈士亭、毛泽东雕像、滨水、龙珠塔；北园历史博物馆、红五星音乐广场、苏区精神铜字、中华苏维埃纪念鼎、四省百县林，以及中央苏区、湘赣苏区、湘鄂赣苏区、闽浙赣苏区、鄂豫皖苏区、川陕苏区、湘鄂西苏区、湘鄂川黔苏区、琼崖苏区、广西左右江苏区、闽东苏区、西北苏区、鄂豫陕苏区等十三处苏区雕塑景观。还有红五星雕塑，中华苏维埃纪念鼎。红星耀中华，包括红五星、人物铜像、山石造型，人物铜像包括伟人 10 尊、群众 8 尊。伟人铜像包括毛泽东、任弼时、张闻天、项英、彭德怀、王稼祥等。还有苏区精神 28 字："坚定信念、求真务实、一心为民、清正廉洁、艰苦奋斗、争创一流、无私奉献。"

　　中革军委旧址群——中央苏区军事文化博览园项目地跨沙洲坝镇官山村和金龙村，占地 768 亩，是一个集红色革命传统教育、国防军事集训和观光休闲为一体的特大型旅游景点、国家 5A 级景区。中央苏区军事战争陈列馆位于的总参、总后旧址旁，占地面积 20 亩。主要以现代声光、电等形式，反映中央红军历次反"围剿"战争及军民"鱼水一家亲"等并陈列相关史实和文物。主题设计红都将星雕塑墙、革命历史事件群雕、军事产品展示区、游击战体验区、长征诗画主题区等。中央革命军事委员会于 1931 年 11 月 25 日在瑞金成立，是苏区的最高军事指挥机关。内设总参谋部、武装部、供给部、兵站部、卫生部、政治保卫分局、抚恤委员会等机构。建筑保留客家风格，连同中革军委和总政旧址一起形成军队系统旧址群，是国家重点文物保护单位、国家和军队"爱国主义教育基地"。云石山长征出发地，位于瑞金城西 19 公里处，是中华苏维埃共和国临时中央政府所在地，又是红一方面军主力和中央机关二万五千里长征的出发地，被人们称之为"长征第一山""长征出发地"。

第四章　庐　山

　　庐山位于江西省九江市南，是国家 5A 级旅游景区、世界文化景观遗产，有"匡庐奇秀甲天下"之称，是国内著名的三山之一，是一座历史悠久的名山。北濒长江，东接鄱阳湖，面积 302 平方公里，全山共有 90 多座山峰，最高峰大汉阳峰，海拔 1473.4 米。群峰间散布有许多壑谷、岩洞、瀑布、溪涧，地形地貌

复杂。它以壮丽山峰、清澈溪流、飞泻瀑布、云雾缭绕、奇妙岩石而闻名于世。登上庐山，在云海浩瀚中，仿佛整个身心都在飘荡，有一种立地成佛神圣感。"横看成岭侧成峰。高低远近各不同，不识庐山真面目，只缘身在此山中"。庐山四季分明，自然风光秀丽。春天山花烂漫，夏天绿荫如碧，秋天红叶满山，冬天白雪皑皑。庐山不仅自然风光美丽，还有许多历史悠久文化景点。庐山的古代建筑、碑刻、石刻等都是非常有价值的文化遗产。

云雾是庐山的最佳景观，在云雾的衬托之下，引人进入虚缈的天境。庐山也是夏天避暑的胜地。青山绿水、飞瀑、日出。庐山有个仙人洞，位于庐山天池山西麓，是一个由砂崖构成的岩石洞，因自然风化和山水冲刷而形成的天然洞窟。因其形似佛手，故名佛手岩。仙人洞是道教的福地洞天。相传唐代名道吕洞宾曾在此洞中修炼，直至成仙。后人为奉祀吕洞宾，将佛手岩更名为仙人洞。1961年9月9日，毛泽东曾为夫人在此拍摄的照片题词："暮色苍茫看劲松，乱云飞渡仍从容，天生一个仙人洞，无限风光在险峰。"2013年10月31日，这幅照片在北京华辰今秋拍卖的图录上以34万元的价格成交。

庐山早在6000年前，便有人类活动。《禹贡》、《上海经》，均有庐山古称的记载。公元126年，司马迁"南登庐山"，并将"庐山"载入史书《史记》。东晋陶渊明、谢灵运、宗炳等人来到庐山，进行艺术创作。庐山是中国田园诗的诞生地、中国山水诗的发源地、中国山水画的发祥地。李白、白居易、苏轼、王安石、黄庭坚、陆游、康有为、陈三立、胡适、徐志摩、郭沫若等1500余位诗人相续登山，写诗4000余首，其中名篇佳作灿若珠玑。庐山的白鹿洞书院，建于公元940年，南宋时经朱熹重建扩充，成为中国四大书院之首，"代表中国近代700年的宋学大趋势"。"独爱莲之出淤泥而不染"的周敦颐，在庐山莲花峰下，也曾建立开创宋明理学的濂溪书院。庐山北濒一泻千里的长江，南襟烟波浩渺的鄱阳湖，大江、大湖、大山浑然一体，险峻与秀丽刚柔相济，以"雄、奇、险、秀"闻名于世。1200多年前，唐代诗仙李白赞庐山："予行天下，所游山水甚富，俊伟诡特，鲜有能过之者，真天下之壮观也。"历代诗人墨客慕名而来，纷纷赋诗填词，李白、白居易、岳飞、文天祥、苏东坡、李时珍、徐霞客等均到过此处。

庐山是世界遗产地，一座地垒式断块山，外险内秀，具有河流、湖泊、坡地、山峰等多种地貌。庐山历史上有名的山峰171座。群峰间散布冈岭26座，峡谷20条，岩洞16个，怪石22处。水流在河谷衍生，形成许多急流与瀑布，有瀑布 22 处,溪涧 18 条,湖潭 14 处。著名的三叠泉瀑布,落差达 155 米。庐山奇特瑰丽的山水景观美不胜收。庐山的生态资源丰富,森林覆盖率达 76.6%,高等植物近 3000 种、昆虫 2000 余种、鸟类 170 余种、兽类 37 种。山麓鄱阳湖候鸟保护区是"鹤的王国",有世界最大的白鹤群,被誉为中国的"第二座万里长城"。

庐山寺、庙、宫、观多达 300 处,是我国佛教和道教的中心之一。公元 4 世纪,"道释同尊"。高僧慧远在庐山建东林寺,首创观象念佛的净土法门,开创中国化佛教,代表佛教中国化的大趋势;禅师竺道生在庐山精舍,开创"顿悟说"。天师张道陵,一度在庐山;道教禅师之一的陆道静,在庐山建简寂观,编撰藏道经 1200 卷,奠定了"道藏"基础,并创立了道教灵宝派。从公元 4 世纪至 13 世纪,庐山宗教兴盛,寺庙、道观一度多至 500 处。1942 年,世界佛教联合大会在庐山召开。20 世纪初,二十余国的基督教教会汇集庐山。至今,庐山仍有佛教、道教、伊斯兰教、基督教、天主教等宗教及教派的寺庙、道观、教堂多座。

庐山温泉,在晋代已是中国著名的医疗温泉。庐山谷濂泉,在唐代便被"茶圣"陆羽评为"天下第一泉"。建于公元 1014 年的庐山观音桥,单孔石拱,屹立千年完好无损。公元 16 世纪后,药物学家李时珍、地理学家徐霞客开创中国植物志先河;吴其等也先后登上庐山,进行科学考察。20 世纪 30 年代,中国著名的地质学家李四光,在庐山首先发现中国的第四纪冰川遗迹,创立了中国第四纪冰川的学说。中国植物学奠基人之一的胡先骕曾详细考察"庐山之植物社会"。庐山植物园是由中国人自己创办建立的中国第一座正规的植物园。2001 年为"国家地质公园"。

庐山是以丰富的文化背景和美丽的自然环境、名胜古迹,享誉世界。19 世纪末 20 世纪初,庐山作为中国名山,有英、俄、美、法等 18 个国家风格的别墅近千幢,这是西方文化侵入中国的见证。20 世纪 30 年代,庐山成为南京国民政府的"夏都"。1937 年中国代表再次上庐山与蒋介石会谈,发表了抗日的重要讲话。中华人民共和国成立后,毛泽东三次登上庐山,主持召开了世人瞩目的三次中央会议。庐山的自然美景,孕育滋养了庐山丰富的历史文化,体现了庐山作为天下名山的独特的魅力。

第五章　鄱阳湖

鄱阳湖位于江西省南昌市和九江市，是亚洲最大的淡水湖之一，有着丰富的生态资源和美丽的自然风光，也是中国第二大湖，面积为4070平方公里。鄱阳湖又分南北两湖，南有山溪河流来水，北入鄱阳湖，水产丰富，盛产各种鲜鱼，水流湍急，烟波浩渺，湖湾港汊，犬牙交错。湖面高于长江水面，湖水北泄长江。经鄱阳湖、赣江等河流的洪峰减弱到达长江，鄱阳湖在调节长江水位、涵养水源、改善当地气候和维护周围地区生态平衡等方面都起着巨大的作用。鄱阳湖历史悠久，古称彭蠡、彭蠡泽、彭泽。湖盆由地壳陷落，不断淤积而成。在1万年前，亚冰期断块上升，"庐山"耸峙，盆地河道纵横，池塘密布，逐渐变成大湖泊。鄱阳湖分属江西省的九江市庐山区（现为濂溪区）、湖口县、星子县（现为庐山市）、共青城市、都昌县、永修县、南昌市新建区、鄱阳县、余干县、南昌县、进贤县等地区。

鄱阳湖的水清澈见底，碧绿的草地环抱四周，湖畔边上的山峦起伏，形成了一幅美丽的山水画卷。在湖水中，可以看到鱼儿在游动，水草在轻轻地摇曳。在湖边，蝴蝶在翩翩起舞，鸟儿在欢快地歌唱。这种自然的美景让人感到宁静和舒适。鄱阳湖四季风景如画。春天，鄱阳湖畔万物复苏，生机勃勃。湖边的柳树抽出嫩绿的枝条，随风摇曳，如同婀娜多姿的舞者。湖面上，一群群白鹭翩翩起舞，欢快地唱着春天的歌。夏天，鄱阳湖畔绿树成荫，是人们休闲纳凉避暑的好去处。湖畔鲜花盛开，微风吹过，带来阵阵沁人心脾的花香。傍晚时分，夕阳西下，湖岸边许多人带着孩子在戏水，湖面上波光粼粼，穿梭着泛舟人们的嬉笑声，让人感到祥和、岁月静好的美。秋天，鄱阳湖畔金黄一片，层林尽染。秋风起时，落叶纷飞，漫步在湖边，感受到片地金黄，丰收硕果的喜悦。冬天，鄱阳湖畔银装素裹，孝装大地，风雪过后，湖面结冰封冻，如同被雪覆盖的一个洁白的童话世界，聆听着小天使们堆雪人、打雪仗。

鄱阳湖除了四季美景之外，还有着丰富的历史文化积淀。这里曾是古代文人墨客的聚集之地，留下了许多脍炙人口的诗篇和传说。鄱阳湖是一座充满魅力的湖泊，这里有着美丽的自然风光和丰富的文化历史。它是九江的一张名片，也是大自然馈赠给人们丰厚资源宝地。

第六章　明月山

明月山位于江西省宜春市，是国家 5 A 级名胜风景区、国家森林公园、国家地质公园、国家自然遗产、中国温泉之乡、江西省新赣鄱十景之一，拥有"世界温泉健康名镇"之称，是国家级风景名胜区、国家级旅游度假区，也是全国自驾游示范基地、中国最具影响力森林公园、中国首批自驾车旅游统计信息数据采集点，是一个"以月亮情吸引人，用生态美景留住人"集生态游览、休闲度假、科普教育、旅游为一体的山岳型风景名胜区。

明月山自然风光丰富，被誉为"江南小黄山"。以奇峰险壑、温泉飞瀑、珍稀动植物等为主要特色，明月山由 12 座大小山峰组成，主峰太平山海拔 1736 米。明月山是融合山、石、林、泉、瀑、湖、雄、奇、幽、险、秀、竹海于一体的月亮文化山。

明月山以"山上有个月亮湖，山下一个月亮湾，沿途都是月亮景，处处体现月亮情"形成了独特的月亮景观。从月亮湾到月亮湖，可体验浪漫月亮情：明月广场相遇、荷塘月色相识、咏月碑林相知、竹林月影相约、晃月桥上相牵、抱月亭中相恋、浸月潭边相印、月下老人相系、拜月坛上相誓、梦月山庄相拥。明月山引人入胜景象，犹如引人走进了"七月七日长生殿，夜半无人私语时"拜月千古的盟誓。明月山，明月处处有，此山月最明。"月在山中行，山在月中明"的绝妙意境，令人叹为观止。明月山自然风光秀美迷人，生态环境优良，素有"天然动植物园"之美称。原始风貌犹存，植物茂盛，万顷竹海，青翠欲滴。穿过竹林，可欣赏五叠各异、特色的瀑布。"云谷飞瀑"全长 120 米，属江西第一高瀑，还有"玲珑瀑""鱼鳞瀑""玉龙瀑"和"飞练瀑"都各具特色。

明月山禅宗文化历史悠久，唐会昌元年 (841 年)，我国佛教禅宗五派之一沩

仰宗创始人慧寂禅师在明月山之仰山创建太平兴国寺。1000多年佛事活动绵延不息，沩仰宗风遍传天下，成为中国古代佛教丛林圣地，印度、新罗国（今朝鲜半岛）、日本等海内外僧人前来参学问道，游览观光者不可胜数。过往名贤往往慕名造访，在此留下了众多碑碣及摩崖题刻。古寺旧址上，依旧生机勃勃的千年古银杏树与周边100多座。唐、宋、明、清时期禅的坟塔见证了"万法归一，饮水思源"的佛缘历史。为了修整栖隐寺，再造佛界生机，在中国佛教协会原会长一诚大师的发起和主持下，栖隐禅寺于2011年9月重建落成，祥云绕宝刹、钟磬答晨暮的景象，重现于仰山幽谷之中。国际温泉禅修中心的建成，能使人们洗涤尘埃，净化心灵。

明月山农耕文化也很有特色，"梯田"一词最早就源于明月山之仰山。被誉为17世纪百科全书的《天工开物》是一部中国古代农业科技的百科全书，作者宋应星是宜春奉新人。现在明月山下建成的天工开物园，将宋应星的《天工开物》这本书建成了一个融古代农耕科技展示、传统手工制作参与、中国农耕文化陶冶为一体的体验性乐园。天工开物园共设三个大馆：陈列展览馆、游览参与馆、演艺展示馆。采用现代方式演绎古代农业、手工科技文明，旨在充分挖掘宜春厚重的农耕文化，结合现代旅游，让人们寓教于乐、寓教于游、寓教于趣。明月山自然风光美丽，历史文化博大精深。明月山是历史文化的遗迹，也是江赣古建筑文化的重要载体，更是中华民族历史文化的传承。

第七章　龙虎山

龙虎山原名云锦山，位于江西省鹰潭市西南20公里处贵溪市境内，为国家5A级旅游景区、国家级风景名胜区、国家地质公园、科普教育基地。龙虎山是道教正一派的祖庭。东汉中叶，正一道创始人张陵曾在此炼丹，传说"丹成而龙虎现，山因得名"的龙虎山是中国道教发祥地之一，素有北孔（孔夫子）南张（张天师）之称。历来被尊称为"道教祖庭"、"百神授职之所"的上清宫，始建于东汉，为祖天师张道陵修道（本名张陵）之所。龙虎山建有91座道宫、81

座道观、50 座道院、24 殿、36 院。这些宫、观、院多已不存，但规模宏大的上清宫部分建筑和历代天师起居之所的"嗣汉天师府"至今尚存。据道教典籍记载，张陵第四代孙张盛在三国时赴龙虎山定居，此后张天师后裔世居龙虎山，至今承袭 63 代，历经 1900 多年。龙虎山与龟峰被并列入《世界自然遗产名录》。

龙虎山景区面积达 200 平方公里左右，主要分布于泸溪河两岸，风景秀丽。有 99 峰、66 岩、1 处自然和人文景观、20 多处神井丹池和流泉飞瀑。龙虎山因道教而名，更因泸溪而神。景区内红崖碧水，奇峰怪石，山秀水媚，花繁林茂。还有战国时期留下的规模宏大、文物众多的崖墓葬，成为人们寻幽探奇的旅游胜地。源远流长的道教文化、独具特色的碧水丹山和规模宏大的崖墓群，构成了龙虎山风景旅游区自然景观和人文景观的"三绝"。龙虎山的名字充满神秘色彩，山体风景如画，群山环抱，峻岭静怡，绿树成荫。"水光潋滟天一色，仙气萦绕道教宫"。龙虎山是一个静雅的神仙福地，山中有一座古老的天师府殿宇，传说是道教鼻祖张道陵的修炼之地，也是龙虎山古老的文化代表。

来到龙虎山，感受的是道观、古寺和民居。这些建筑虽然历经沧桑，但依然保持着原有的风貌。这些古老的建筑让人们感受到了历史原有的厚重。龙虎山除了人文景观，自然风光也是极为美丽，碧波荡漾的泸溪河、飞瀑流泉的壮观景象、千姿百态的溶洞和峭壁。这些自然景观与人文景观相得益彰，共同构成了龙虎山独特的浏览风景线。在龙虎山，不仅让人们领略到大自然的神奇魅力和历史文化，还可以感受到当地人民的热情好客。这里的居民多以瑶族为主，他们以热情、真诚、欢乐的民族形式迎接着四方来宾。特色的美食、瑶族的歌舞表演，都让人们感受到不一样的瑶族民俗文化风情。

第八章　鹅湖山

鹅湖山位于江西省上饶市，有着丰富的文化底蕴和美丽的自然风光，是历史上的文人墨客的聚集地。鹅湖山是一幅挥洒自如的山水画卷、一个充满诗情画意美丽的地方。鹅湖山的一山一水，皆有灵性；一草一木，皆有生命。鹅湖山的宁

静与秀美难得一见，满山青翠，花草香怡。湖水清澈，满目荷莲。轻舟泛过荷叶摇曳，鱼儿欢畅。沿着蜿蜒的小路拾级而上，古树参天，空气清新。登上山顶，视野豁然开朗，云海霞光，青山如黛，湖光山色，群山连绵层叠起伏。"仙雾如纱美如画，远黛云绕胜彩霞。万山枫叶红似火，霜染层林胜春花。"

鹅湖山的历史文化底蕴深厚，古老的寺庙、悠久的传说、满湖风景，是历代文人墨客题词石刻展示文采的好地方。辛弃疾的鹅湖山，"鹅湖山下稻粱肥，豚栅鸡栖对掩扉。桑柘影斜春社散，家家扶得醉人归"。范端臣的鹅湖山，"缭垣千尺秀峰环，台殿参差杳霭间。更借西湖一千顷，为君题作小孤山。"陈康伯的云藏鹅湖山，"台上凭阑干，犹怯春寒。却是晓寒闲，特地遮拦。喜得东风收卷尽，依旧追还"。这些诗歌都描绘鹅湖山的风光和人文景观，也表达了诗人对鹅湖山的热爱和赞美。品味鹅湖山，不仅是一座山、一幅画、一首诗，而是中华民族博大深厚的文化江湖。

第九章　武功山

武功山位于罗霄山脉北段，位于江西西部，地跨吉安市安福县、萍乡市的芦溪县、宜春市袁州区三地，是国家 5A 级旅游景区、国家级风景名胜区、荣获"中国大学生最喜欢的旅游景区"金奖，是国家中国十大"非著名"山峰之一。武功山的自然风光优美，山岳博大。面积 360 多平方公里，长约 150 公里。主峰白鹤峰（金顶）海拔 1918.3 米，主要由花岗岩、片麻岩构成。武功山群峰竞秀，形态各异，自然景色鲜明，山高林密，溪流遍布，还有不少宗教遗迹，以瀑布群、高山草甸、金顶古祭坛群为三大绝景。武功山与衡山、庐山并称江南三大名山，被冠以"衡首庐尾武功中"。武功山奇峰罗列，瑰奇壮丽、怪石林立、形态诡异、深壑幽谷，美妙绝伦。景观有龙王潭、尽心桥、仙池、风火洞、三包盐、吊马栓、鸡冠岩、千丈崖、万松岩、潭口瀑、三叠泉、鸟龙潭、迎宾松。山峰陡峭，涌泉飞瀑。站立远眺，有"万进而云山齐到眼，九霄日月可摩肩"之意境。

武功山为赣江水系的袁水、泸水、禾水和湘江水系的渌水、渌水的分水岭。

北侧的袁水、渌水谷地为断裂谷地，分水岭低缓，浙赣铁路沿此通过。山地两侧煤藏丰富，以萍乡、安源煤矿最著名。武功山也是天然的动植物园。多少珍禽异兽，奇花宝树生长在这里。如黄腹角雉、华南虎、短尾猴、水鹿、白鹇、娃娃鱼等就属于国家级重点保护动物。珍稀植物有台湾松、云锦杜鹃、猴头杜鹃、粗榧、水椏木、独花兰等。被誉为"植物三元老"的银杏树连片成林，最大的一株高达24.5米，年逾千载，相传乾隆帝赠名"山中树王"。武功山的松树品种繁多，古老遒劲，浓绿幽美，盘根错节，形态奇特，台湾松更给人以浩瀚无边之感。

第十章　三清山

三清山又名少华山，位于江西上饶市玉山县与德兴县的交界处，是国家5A级旅游景区、国家级风景名胜区、国家地质公园、世界自然遗产。三清山不如黄山的秀、庐山的奇。但三清山有独特的花岗岩峰林地貌，终年笼罩在云霞雾海中，自古有"清绝尘嚣天下无双福地，高凌云汉江南第一仙峰"之殊誉。三清山有着许多奇石，形神兼备，如巨蟒出山、司春女神、猴王献宝、玉女开怀、老道拜月，都是三清山标志性的奇景。阳光洒在东海岸，流光溢彩，唯美壮丽。站在观景台欣赏三清山的风光，日出日落、云海壮阔、百里松林、惊险的栈道透明玻璃观景台、幽深峡谷、不同角度的东方女神和巨蟒出山等，激动心魄。西海岸有四大奇观：高空栈道、云海、大峡谷、古树名木群。三清山的栈道是另一特色，把东西两大景区形成一条风景带，在海拔1600米的高空环型线路漫步，一边是悬崖绝壁，一边是幽深的峡谷，远处是连绵群山，这种体验终生难忘。西海岸的云海和普通的云海不同，有轰鸣的"响云"、汹涌的"瀑布云"等。当你站在栈道上俯瞰大峡谷，也是一种难得的感受。

玉京峰景区是三清山最高而又最中心的景区，海拔1816.9米。所谓"地到无边天作界，山登绝顶韵为峰"，观山不至顶，总有些缺憾。只有站在玉京峰顶，俯瞰脚下千山万壑时，三清山的壮阔，才会完整展现。除了顶峰的壮丽之外，玉京峰景区内的云海、雾涛、日出、日落，同样气势磅礴、绚丽多姿，玉京峰正是

观日出、日落的绝佳位置。三洞口位于三清山西部，最可观之处在于幽谷与瀑布。这里有三清山最大最深的沟壑飞仙谷，最深处垂直切割为 1000 米，是百川汇集之穴，形如迷宫八卦阵，地形复杂奇险，沟壑纵横交错，断层极多，人不能通行。这里也有三清山景区内最为奇特的瀑布"八祭龙潭"，龙潭瀑布高 30 多米，远远望去犹如一条白龙闪耀。瀑布水帘中隐约可见一龙头，探首峭壁外，龙头、龙目、龙嘴惟妙惟肖。

玉灵观为三清东麓登山游人必经之路、休憩之所。观中有清泉一股，由石隙用竹管引入水池，供人引用，长年不竭。此处松篁茂密，景物清幽，于路转峰回处，有小石桥跨涧而过，古木参天，绿荫覆盖。林中鸟声唱和，令人烦尘尽洗。观南谷中，石峰石笋，拔地而起，高的有六七十米，低的二三十米，参差不齐，蔚然成"林"，为三清山奇特的"石林景观"。人游其间，纵横交错，宽者如通衢，窄者如小巷，高如摩天大厦，细小者如碧玉琅玕，使人如同进入神话世界。

三清宫是人文景区。游览三清宫，这里有道教文化塑造的三清山的品性。三清宫的古建筑群"先天八卦"布局方式，非常值得一看，它是整个三清宫的布局核心，其他建筑围绕这个核心往八方辐射，各占一卦的位置。三清宫的景点造型设计非常特别。这里的建筑规模都不大，但在造型上却有很高的造诣。风雷塔的设计、龙虎殿的选址等，都体现了道家"道法自然"的运用和对"天人合一"的追求。人文自然景观浑然交融不分彼此。

西华台景区位于三清山北麓，是宋明以来的登山石级古道，范围从汾水村至风门。西华台景区以田园风光和幽静古道为胜。步云古道是唐代信州太守王鉴退隐之处，这里水转山环、梯田如画，岭上人家是畲族村寨，至今保持着淳朴的民风。

第十一章　八大山人纪念馆

八大山人纪念馆是中国第一座古代画家纪念馆，掩映在杨柳竹中，位于南昌南郊十五华里处的梅湖定山桥畔青云谱，是国家重点文物保护单位。八大山人被联合国教科文组织命名为中国古代十大文化名人之一。其占地约 39 亩，丛林茂密，四面环水，形似"八大"笔下游鱼，与梅湖浑然一体，水陆相生，宛若"太极"天成。馆内建筑风格古朴典雅，超凡脱俗，主要展示八大山人书画真迹，内部陈列以八大山人生平及艺术介绍为主。真迹陈列馆含蓄简约，又名"真赏楼"。纪念馆有丰富的藏品，设有书画展厅十座，陈列八大山人生平史料及其珍品八十余件，其中代表作有墨荷图、鸟石阁、松鹤阁、柘木立鹰图、寿鹿图，以及牛石慧的代表作品，猫、鸡等。同时，以精湛的石刻艺术展示古代画家，书画碑廊；一百多幅书画精品。

八大山人，姓朱名耷、僧名个山、传启，别号八大山，是明太祖朱元璋第十六子朱权的九世孙。他幼时天资聪颖，承袭儒学，受过良好的艺术熏陶。十九岁承受了国破家亡的打击，剃发为僧，皈依佛门。后还俗，自筑陋室"寤歌草堂"于南昌城郊，孤寂贫寒地度过了晚年。八大山人在艺术上有独特的建树。以水墨写意画著称，尤擅长花鸟画，构图缜密、意境空阔，笔墨清脱纯净、淋漓酣畅，取物造型旨在意象，笔简意赅，形神兼备。善用淡墨秃笔，犹尽流畅，含蓄内敛，圆浑醇厚，亦工篆刻。后还俗隐于书画，并将儒、释、道思想融入书画艺术中，奇情逸韵，泼墨执笔，屹立艺术之林。其作品幽深玄远，宁静纯洁，超尘脱俗，浑然天成。《孤松图》孤高挺秀，柔中寓刚，姿态非凡，"高古超逸，无溢笔无赘笔"精练至极。《双鹰图》乃八大山人晚年画之精品，枯枝危石之上两苍鹰相互顾盼，俯仰之间，英武之姿一览无余。三百年来誉满画坛，清代"扬州八怪"、吴昌硕、近代齐白石、张大千、潘天寿、李苦禅等画家都不同程度受其影响。

第十二章　龟　峰

龟峰位于江西省上饶市弋阳县城区西南部，是国家 5A 级旅游景区、国家级风景名胜区国家级森林公园、国家地质公园、爱国主义教育基地。总面积 136 平方公里。龟峰有三奇，独步天下的龟形丹山之奇，有"中华丹霞精品，东方神龟乐园"之美誉。天造地设的洞穴佛龛之奇，碧水丹册，奇洞成群。"中华第一佛洞"南岩、禅宗古寺双岩、"飞来禹迹"龙门岩像三颗明珠镶嵌在清丽、柔媚的龙门

湖畔，古代洞穴遗迹随处可见。千古流传的仁人志士之奇，叠山书院折射出铁脊忠魂谢叠山的爱国丹心，方志敏纪念馆展示红土地的无上光荣与骄傲。龟峰集自然精华，纳人文风采，聚天下名山，雄、奇、俊、秀为5000年历史，宗教、养生、民俗文化于一体，是一处不可多见的人间胜境。历代名人接踵来，赢得龟峰天下传，殊照长城汉为关、大地锦绣龟峰山。明朝徐霞客赞叹，"龟峰峦嶂之奇，雁荡所无"。

龟峰自然地貌景观丰富，千姿百态的龟形丹山称奇，有双龟迎宾、老人峰、三叠龟峰、老鹰戏小鸡、童子拜观音、四声谷、将军楼、天女散花、百年道、十八罗汉、南天一柱等。奇峰怪石，象形独具，惟妙惟肖，有"中华丹霞精品、东方神龟乐园"之美誉。从桂花园上，经振衣台、观景台、一线天、四声谷、将军楼到老人峰、三叠龟峰等标志性景点；经龟背石，上老鹰戏小鸡峰、老虎赶羊、巨象峰、雄狮回首、望郎峰等；往好汉坡、玉兔峰、舍身崖、伊丽莎白女王像、八戒害羞峰，登龟峰最高峰骆驼峰。处处景点新颖，树木葱郁，花草萦绕，游路平整，是休闲旅游最佳胜地。

第十三章　关西围

西关围是徐氏家族开基祖徐有翁带领子孙，于南宋初年从江西泰和转迁入西关后所建的客家围屋群。关西围距今有千年的历史，位于龙南县关西镇境内，是国家4A级旅游景区，位于关西洞小盆地之间，有九曲十八弯的关西河，青峰东立、古塔西护、东山南耸、关水北流、山环水抱，天然形成，面积约3平方公里。现保存完整的关西新围、西昌围、鹏皋围、福和围、圳下围、田心围等，如众星拱月般连成一片，且每座围屋各具特色，体现了赣南时期围屋建筑风格，属明清古民居建筑群。关西新围规模宏大、功能齐全，是客家人传颂的九幢十八厅的宫廷式建筑，被誉为"东方的古罗马城堡、汉晋钨堡的活化石"和"散落在民间的皇宫"。

关西围位于关西洞的小盆地之间，中央有一条南北向九曲十八弯的关西河。青峰东立，古塔西护，东山南耸，关水北流，山环水抱，天然形胜，面积约2平方公里。关西客家围屋群客家文化以"古""绿"交相辉映，向世人展示其"文武合一、耕读合一、官商合一、村围合一"独具魅力的客家文化。围屋四层，平面呈"口"字形，占地3700平方米，围屋四角设有炮楼。

关西新围始建于清嘉庆三年，占地面积2.7万平方米，由徐老四所建。徐老四为一方富豪，耗资百万，用时十多年建成。新围依山傍水，绿竹、池塘、农田、蓝天交相辉映。有建筑20栋，围内有祠堂、厅堂、内花园、戏台、小花洲和梅花书院。正厅大门前有一对雕刻精美栩栩如生的石狮，左边的公狮昂首张口凶猛威武，右边的母狮雍容大度端庄肃穆，显示出工匠精湛的雕刻技艺。大门框上八卦中乾、坤两卦的圆柱形石雕，厅内十多根大木柱下的石墩上都雕刻着各种各样的图案或文字。厅堂偏院以及厢房都镶嵌有许多龙、虎、麒麟、凤凰等动物木雕，造型生动，雕刻精美。关西新围"三进四围五栋，九井十八厅，一百零八间"，14个天井、18个厅堂，共199间房。包括西昌围、鹏皋围、田心围、福和围、关西塔、烽火台、怡园、百果园等。新围呈正方形，长宽均为88米。围墙高约9米，墙厚2米，四角各建有一座15米高的炮楼。整体结构像个巨大的"回"字，中间的"口"字部位，是围屋的祠堂圣殿，是建筑档次最高、装饰最华丽的地方。祠堂分上、中、下三厅，三进六开，九幢十八厅，主房124间。其布局科学、结构严谨。采光、通风、排污，安全防卫、防风抗震、调节阴阳、冬暖夏凉等功能齐全，具有丰富的客家文化内涵。主体建筑层层增高，向心力凝聚。廊、墙、甬道相连，交通复杂，序列分明，空间、院落组织丰富、巧妙构思，绘画、装饰之美也令人赞叹。

第十六篇　山东——孔圣故里

　　山东省简称"鲁"，别称齐鲁，是中华人民共和国的省级行政区，省会济南市。山东位中国华东地区，地处中国华东沿海，渤海和黄海之间，南与河北、河南、安徽、江苏四省接壤。山东陆域面积约为 15.58 万平方千米，地形以平原丘陵为主，中南部山地突起，西南、西北低洼平坦。属于暖温带季风气候，四季分明，雨热同季。北纬 34° 22.9'-38° 24.01'，东经 114° 47.5'-122° 42.3'，下辖 16 个地级市，包括 58 个市辖区、26 个县级市、52 个县。山东拥有淮河、黄河、海河、小清河和胶东五大水系。山东历史文化久远，在夏禹分九州时，山东属于青州。源县发现距今四五十万年前更新世的"沂源人"化石，为直立人在中国的例子之一。山东古石器时代文明包括，北辛文化、大汶口文化、龙山文化。山东是工业大省，有 41 个工业大类，是中国重要的工业基地和北方地区经济发展的战略支点。山东半岛城市群对外毗邻日韩、面向东北亚、联通"一带一路"。其地理位置优越、自然环境良好、经济发展迅速的省份。

　　山东拥有着悠久的历史和丰富的传统文化，自然风光壮丽、古老文化遗产独特闻名于世，还有许多著名的景点，如泰山、大明湖、青岛栈桥、八大关、崂山、刘公岛、台儿庄古城、长岛、淄博聊斋城、齐文化博物、潍坊青州古城、烟台海滨风光、八仙过海景区、威海海上公园和海洋世界等。山东的美食也很有特色，如煎饼卷大葱、炒鸡、大葱炒鸡蛋等，都是以当地特产为基础的美味佳肴。

第一章　济　南

　　济南市别称泉城，副省级市、特大城市，是国家确定的环渤海地区南翼的中心城市，其地势南高北低，依次为低山丘陵、山前倾斜平原和黄河冲积平原，是国家历史文化名城、国家优秀旅游城市、龙山文化的发祥地，也是重要的交通枢纽之一。济南地处中国华东地区、山东省中西部，济南北连首都经济圈，南接长三角经济圈，东西连通山东半岛与华中地区，是环渤海经济区和京沪经济轴上的重要交会点、环渤海地区和黄河中下游地区中心城市、山东半岛城市群和济南都市圈的核心城市。济南地形可分为三带，北部临黄带，中部山前平原带，南部丘陵山区带。济南是全省政治、经济、文化、科技教育和金融中心，也是重要的交通枢纽。济南是一座产业发达的创新活力之城，大力培育新一代信息技术、高端装备等十大千亿级产业集群，国际医学科学中心、中央商务区开放平台。济南的交通道路也是全国的典范。

　　济南风景名胜，文化旅游，人文景观丰富，拥有"山、泉、湖、河、城"等风貌资源。境内泉水众多，拥有"七十二名泉"被称为泉城，素有"四面荷花三面柳，一城山色半城湖"的美誉。趵突泉被乾隆御封为"天下第一泉"。济南也是国家历史文化名城、中国优秀旅游城市。济南历史文化悠久，有新石器时代的遗址城子崖。有被称为"海内第一名塑"的灵岩寺、宋代彩塑罗汉；还有隋代大佛凿山而成，为"山东第一大佛"。另外有大明湖、白云湖、千佛山、趵突泉；芙蓉街、五龙潭公园、朱家峪等景点。芙蓉街是济南的城、济南的街、济南历史文化的缩影。灵岩寺位于泰山西北麓，泰山是世界文化遗产，朱家峪是《闯关东》的古村落。

第一节　千佛山

　　千佛山位于山东省济南市历下区，是济南三大名胜之一，古称历山。隋开皇年间，因佛教盛行，随山势雕刻了数千佛像，故称千佛山。千佛山是泰山的余脉，

海拔 285 米，占地 166.1 公顷。千佛山自然风光绮丽，山清水秀，峰峦叠嶂，苍松翠柏，四季如春，不同的季节，呈现出各异壮观风采。凌峰眺望，远山如黛，苍莽葱郁，延绵无际，犹如一幅风景秀丽的水墨丹青。它与趵突泉、大明湖，并为济南三大名胜，是国家 4A 级旅游景区、国家级风景名胜区、山东省文物保护单位，2021 年入选《济南市第一批传统地名保护名录》。

千佛山是著名的佛教名山，有着悠久的历史和文化底蕴，寺庙古朴庄严，佛像栩栩如生。千佛山有古建筑和文化遗产，如兴国禅寺、千佛崖、龙泉古井等。兴国禅寺，拥有万尊佛教造像的万佛洞；千佛崖隋代摩崖石刻佛像，也是千佛山的名胜景观。隋唐时期雕刻的佛像和石刻，这些作品都具有极高的艺术价值，为我们了解古代佛教文化提供了宝贵的资料。隋唐时期，还流传着神话故事。山东佛教盛行，为了弘扬佛法，一位名叫"鲁班"的神匠受命于天，以神功的技艺和毅力，以崖为壁凿刻了数千尊佛像。这些佛像神态各异，栩栩如生，千佛山因此得名，成了远近闻名的佛教圣地。千佛山上的石佛雕刻集中在兴国寺后的千佛崖上、佛慧山。千佛山是佛教历史文化的画廊，也是中华文化的宝库。

第二节　趵突泉

趵突泉被誉为"天下第一泉"，已有 2000 多年的历史，泉水分三股，澄澈清冽，昼夜喷涌。古人对济南三大名胜的美誉为"大明湖、千佛山，七十二泉天下传"。济南素有泉城之称，珍珠泉、趵突泉、黑虎泉、五龙潭、百脉泉等水韵各有特色。如趵突泉喷涌壮观、黑虎泉的虎口喷发等。济南七十二泉指的是济南城内七十二处名泉，七十二泉是一个历史悠久的文化景观，每处泉水都有独特的魅力和特色。

趵突泉水，源源流淌，清澈见底，泉水的明净，三股泉水在湛蓝的天空下喷涌而出，仿佛整个世界都被洗涤得清新明亮。阳光透过泉水洒在水面上，形成一道道光芒，水面上漂浮着晶莹剔透的水泡，瞬间化作潺潺清流。趵突泉千百年来，日夜不间歇地交替演奏着水声悠扬乐曲，让人感受了美韵美奂的安宁舒雅。趵突泉和珍珠泉都是济南的瑰宝，它们以独特的美和魅力吸引着无数的人前来观赏，感受到大自然的神奇和生命的力量。

第三节　大明湖

大明湖位于中国山东省的中部济南市，是国家 5A 级旅游景区、济南市三大历史名胜之一。大明湖历史悠久，北魏郦道元的《水经注》中记载，"泺水北流为大明湖"；宋代称"四望湖"，后渐埋塞。金代起，在元好问的《济南行记》中称"大明湖"为诸泉汇流而成，清河入渤海，有"淫雨不涨，久旱不涸"的特点。大明湖是集水域风光、古园林景观、古道观、古水工特色性为一体风景区，具有深厚的文化积淀和高品位的旅游资源。湖的南面有稼轩祠、遐园、明湖居、秋柳园；东北有南丰祠、张公祠、汇波楼、北极阁；北面有铁公祠、小沧浪；湖中有历下亭、汇泉堂等名胜古迹。1957 年正式建成公园，几经修缮美化，成为济南市著名的游览胜地。美态秀丽的大明湖，犹如一颗璀璨的明珠，镶嵌在这座城市的中心。大明湖的美，既是自然风光，又是历史文化，更承载那份古朴与现代交融的独特气质。大明湖由济南众多泉水汇流而成。大明湖景色优美，为天下第一泉风景区的核心组成部分之一。

大明湖畔，夏雨荷是一种非常美丽的自然景观。夏季，大明湖畔的荷花盛开，绿叶如伞，红花映日，湖水纯净，碧波荡漾。雨过荷叶上的水珠晶莹剔透，荷花含露娇艳欲滴，带来一种清新自然的芳香。大明湖畔的夏雨荷，蕴藏着一个古老的爱情故事，传说乾隆皇帝微服私访来到济南大明湖，与一名叫夏雨荷的姑娘相遇相爱。夏雨荷就是电视剧《还珠格格》里小燕子的母亲。这个故事被后人传颂，并成了大明湖畔夏雨荷的文化象征。

大明湖之美，美在于水。绿水清澈，湖面宽广。鸟儿飞翔，湖水逐浪。置身湖上荡舟赏荷，仿佛行走在山水画中。湖中娇媚的夏雨荷，湖岸垂柳随风飘荡，花草清新，古树参天。古香古色的亭台楼阁，唯美精致，蕴藏着深厚历史文化。古树、古亭、古桥、古祠等，每一处都记载大明湖的美丽诗篇。大明湖的自然风光、历史文化、人文景观，都是济南的气质、济南的名片。大明湖纯情的美，是永恒的魅力，无论时代如何变迁，它温婉秀丽的风景永远留在人们的心中。

第二章　泰　山

　　泰山位于山东省泰安市，为矗立在华北平原上的巨峰，是五岳之首、中国文化的象征之一，是国家 5A 级旅游景区、世界自然与文化双重遗产地。泰山有着悠久的历史和文化底蕴，其自然风光和人文景观独特。泰山也是中国传统文化的重要载体之一，被誉为中国文化的"国山"。

　　泰山雄伟壮丽，古木参天，峭壁断崖，云雾缭绕，主峰玉皇顶海拔 1545 米，是中国大陆最高的山峰之一。泰山有着丰富的动植物资源，包括珍稀物种，如金钱豹、娃娃鱼等。

　　泰山文化底蕴深厚，历史遗迹众多。泰山的文化历史追溯到公元前 218 年，秦始皇东巡河山，在泰山主峰岱宗坛上祭拜天地，开始了泰山封禅的历史。此后历代皇帝纷纷效仿，泰山成了皇家祭祀的圣地。泰山封禅是中国古代皇帝举行的一种重要仪式，具有宗教、政治、文化等多方面的意义。泰山封禅被视为中国古代皇帝的登基仪式之一，也是皇帝彰显天命所归的神圣象征。在封禅仪式中，皇帝登上泰山之巅，向天地神灵献上祭品和礼物，表达对天地神灵的敬畏，对国家繁荣昌盛的期望。

　　泰山也是道教、佛教、儒教的圣地，有着众多的古建筑、寺庙和道观等文化遗产，如碑刻、古建筑、石刻等，以及历代文人墨客留下的碑刻、楹联、题词等。唐代李白的《泰山吟》："四月上泰山，石平御道开。六龙过万壑，涧谷随萦回。马迹绕碧峰，于今满青苔。飞流洒绝巘，水急松声哀。北眺愕嶂奇，倾崖向东摧。洞门闭石扇，地底兴去雷。登高望蓬瀛，想象金银台。天门一长啸，万里清风来。"这些珍贵的文化遗产展示了泰山丰富的历史，也见证了泰山在中国文化史上的重要地位。

　　登临泰山之巅，一览众山小，万里山河，风光无限，绝美风景，尽收眼底。云海、日出、晚霞都十分壮丽。在泰山之巅看日出，奇美无比，一轮红日从地平线上喷薄而出，冉冉升起，霞光万道，驱散了蒙晨的雾霭，瞬间点亮了苍天大地，这种豁然开朗的美无与伦比。

泰山石刻具有深远意义。这些石刻记录着历史事件和朝代更迭的沧桑变迁，每一处石刻都蕴含着深厚的历史信息和独特的人文精神，也展现了中华民族的智慧和匠心艺术。这些历史文化和遗产是中国独特的珍宝、中国传统文化重要部分和中国历史特殊珍贵的篇章。

第三章　孔府、孔庙、孔林、孔子

孔府、孔庙、孔林合称"三孔"，1961 年"三孔"被列为第一批全国重点文物保护单位，1994 年 12 月被联合国教科文组织列为"世界文化遗产"，是国家 5A 级景区。

第一节　孔　府

孔府又称衍圣公府，位于中国山东省济宁市曲阜市，曲阜城内、孔庙东侧，是孔子的世袭衍圣公的后代居住的府第。孔府占地 240 亩，共有厅、堂、楼、房 463 间。九进庭院，三路布局：东路即东学，建一贯堂、慕恩堂、孔氏家庙及作坊等；西路即西学，有红萼轩、忠恕堂、安怀堂及花厅等；中路为孔府的主体部分，前为官衙，有三堂六厅，后为内宅，有前上房、前后堂楼、配楼、后六间等，最后为花园。孔府仿照封建王朝的六部而设六厅，在二门以内两侧，分别为管勾厅、百户厅、典籍厅、司乐厅、知印厅、掌书厅，公共管理孔府事务。

孔府是孔子嫡系长子长孙居住的府邸。孔子嫡孙保有世袭罔替的爵号，历时 2100 多年，是中国最古老的贵族世家。孔府建筑规模宏大，珍藏文物丰富，具有很重的科学艺术价值。孔府前为官衙，后为内宅，是中国现存规模最大、保存最好、最为典型的官衙与宅第合一的建筑群。孔府延续使用 2400 多年，是中国古代建筑的代表，其建筑风格独特，文化历史底蕴深厚。孔府是孔子及其后代的府邸，是中国传统文化的重要载体之一，是中国封建社会的历史文化和贵族家族

文化的体现。孔府也是中国传统文化中礼仪、道德、思想等方面的精髓的传承，对于人类社会和道德建设有着深刻的影响。

第二节　孔　庙

孔庙是祭祀孔子的祠庙，分别位于曲阜、南京、衢州、福州、肇庆、临沂、先贤堂（香港）、北川等城市。以曲阜孔庙为例，始建于鲁哀公十七年，历代增修扩建。现存的建筑群绝大部分是明、清两代完成的，占地327亩，前后九进院落。庙内有殿堂、坛阁和门坊等464间。四周围以红墙，四角配以角楼，是仿北京故宫样式修建的。孔庙的建筑风格典雅庄重，体现了中国古代建筑的特色。

孔庙又称"阙里至圣庙"，以孔子故居为庙，岁时奉祀。西汉历代帝王不断给孔子加封谥号，孔庙的规模也越来越大，成为全国最大的孔庙。庙内有许多珍贵的文物和历史文化遗产，如碑刻、祭器、塑像、藏书等是中国文化史重要的资料，这些文物和文化遗产具有极高的艺术价值和历史价值。孔庙也是一处重要的教育场所。每年都有大量的人和学生前来参观和祭拜孔子，感受到儒家思想礼仪、道德对于人类社会的深刻影响。孔庙的中国文化博大精深，也是中华民族历史文化重要精髓宝库。

孔庙与北京故宫、承德避暑山庄并列为中国三大古建筑群，与南京夫子庙、北京孔庙和吉林文庙并称为中国四大文庙。孔庙是祭祀中国著名思想家和教育家孔子的庙宇，也是一处历史悠久的文化古迹。在中国各地都有孔庙，其中最著名的是位于北京的国子监孔庙。

第三节　孔　林

孔林又称圣林，位于山东省济宁市曲阜市鼓楼北街18号，是孔子及其后裔的家族墓地。孔林占地面积近200万平方米，有坟冢10万余座，有神道与城门相连。孔子墓位于孔林中部，封土呈偃斧形，汉代设祠坛建神门，宋代刻制石仪，元代立碑、做周垣、建重门，明代重建享殿墓门、添建洙水桥坊和万古长春坊。孔林丰富的地上文物，对于研究中国墓葬制度的沿革和古代政治、经济、文化、风俗、书法、艺术等都具有很高的价值。

孔林是孔子及其家族的专用墓地，也是世界上延续时间最长的氏族墓地。林墙周长 7000 米，内有古树 20000 多株，是古老的人造园林。孔子死后，他的弟子从全国各地带来奇花异木来此种植，其地位的逐步提高，规模也越来越大，明永乐年间扩大为 18 顷，清康熙时期拟扩大到 3000 亩，现在的孔林十几万株树，成为我国最大的人工园林。孔林每一块石碑、每一棵古树都蕴含着深刻的历史和文化内涵。它们不仅见证了中国历史上的政治、经济、文化和社会变迁，已是中华民族儒家文化的记载。

孔林自汉代以后，历代统治者对孔林重修、增修过 13 次，形成现在规模。总面积约 2 平方公里。孔林有十几万株古树，这些古树见证了孔氏家族的历史变迁，也是中国传统文化尊重先人、敬仰圣贤的体现。孔林内还有许多历史建筑和文物，如祠坛、石仪、石门等，这些建筑和文物不仅具有历史价值和文化价值，也为中国传统文化和艺术的发展做出了贡献。

第四节 孔 子

孔子（公元前 551 年 9 月 28 日—公元前 479 年 4 月 11 日），子姓，孔氏，名丘，字仲尼，祖籍宋国栗邑（今河南省商丘市夏邑县），生于春秋时期鲁国陬邑（今山东省曲阜市）。中国著名的思想家、教育家、政治家，与弟子周游列国十四年，晚年修订六经，即《诗》《书》《礼》《乐》《易》《春秋》。被联合国教科文组织评为"世界十大文化名人"之首。孔子一生修《诗》《书》，定《礼》《乐》，序《周易》，作《春秋》（另有说《春秋》为无名氏所作，孔子修订）。相传孔子有弟子三千，其中有贤人七十二。孔子去世后，其弟子及其再传弟子把孔子及其所有弟子的言行语录和思想记录下来，整理编成儒家经典《论语》。孔子在古代被尊奉为"天纵之圣""天之木铎"，是当时社会上的最博学者之一，被后世统治者尊为孔圣人、至圣、至圣先师、大成至圣文宣王先师、万世师表。

孔子的儒家思想对中国和世界都有深远的影响，孔子被尊为儒家始祖，随着孔子影响力的扩大，孔子祭祀也一度成为和国家的祖先同等级别的"大祀"。这种殊荣除老子外，万古唯有孔子而已。孔子是我国古代伟大的思想家和教育家，儒家学派创始人，世界最著名的文化名人。

第四章　青州古城

青州古城位于山东省潍坊市范公亭西路与偶园街交叉口，距今已有 2200 多年的历史。古城具有明清建筑特色风格，面积约 10 平方千米，主要包括：东阳城北历史文化街区、南阳城偶园历史文化街区、东关历史文化街区，开放区域面积 1.4 平方千米，是国家 5A 级景区。青州古城自西汉初年始，先后建有：广县城、广固城、东阳城、南阳城、东关圩子城、满洲驻防旗城 6 座城池，是山东地区政治、经济、军事、文化中心。

西汉元封五年，设青州刺史部，是全国 13 刺史部之一，辖 5 郡 4 国 100 多县。景点有：李清照纪念馆、欧阳修纪念馆、李成纪念馆、民俗馆、北门大街、东门大街、北营街、南营街、昭德街等。古街道有青州博物馆、三贤祠、阜财门、奎星楼、偶园、侜罗纪体验馆、万年桥、宋城、衡王府牌坊、青州府贡院、府衙门、府文庙、真教寺、清真寺、基督教堂、天主教堂、培真书院、南门等 120 多处景点。

青州古城建筑格局完整，至今仍保留着山、水、城一体的传统历史风貌。古城内街巷完好，古店铺、古宅院比比皆是，两万多原住居民完整延续着古青州传统文脉。青州的民居院落也很有特色，一些门窗，建筑色彩具有宋、明时代典型特征，简练凝重大气，不失细腻奢华。如竖棂和方格窗、正厅前的露台、插栱的应用、屋脊端部基本不起翘与垂脊形成有力的直角交叉，大多符合清朝雍正年间编写的《清代官式营造则例》，而在墀头部位的框边又带有莲花须弥类型的雕饰，厅堂的屋架会有绿旋子带锦文彩绘，室内的隔断装饰也多为方格，是晚清建筑的装饰，颜色多为暗红等。青州沿街商业建筑色彩基调以沉稳的黑色为主，边框、封檐板等勾饰红色边框或绿、青、黄色块。沿街大门上张贴红色对联或年画，街中商贩悬挑着色彩艳丽的幌子、遮挡布幔、广告牌匾等，彰显大街的热闹和商业氛围。

第五章 蓬莱阁

蓬莱阁位于山东省烟台市蓬莱市,是国家 5A 级旅游景区、中国著名的海滨旅游胜地之一。蓬莱阁历史文化丰富多彩,以独特的建筑风格和美丽的海滨风光而闻名。蓬莱阁,是一座古老建筑,也是海滨美丽故事的传说载体。相传,蓬莱阁是神仙们经常聚会的地方。"八仙过海"中的八位神仙,铁拐李、汉钟离、蓝采和、张果老、何仙姑、吕洞宾、韩湘子、曹国舅,应东海龙王的邀请,在蓬莱阁欢聚。餐宴中龙王酒喝高了,口出狂言问八仙,哪位仙家能不用舟船横渡东海,我就把东海水给喝干了。八仙听了愕然。吕洞宾站起来,在地上拔了一根草,放在海水里变成一座金桥,吕洞宾悠闲地走到海的对面;其他神仙也各显神通,用自己的法宝飘洋过东海。东海龙王酒醒后,惭愧的向八仙致歉说,我虽然不能把东海水给喝干了,但可保天下百姓三年风调雨顺。这就是蓬莱阁,流传千古的八仙过海的故事。

蓬莱阁有着悠久的历史丰富的文化底蕴,古时曾是重要的军事重地。蓬莱水城是古代海军基地,也是明清时期的海防重地,至今保留了许多古老的建筑和文化遗产。蓬莱阁风景区的田横山,风景宜人,美如画卷。山峰高耸入云端,丛林密布,绿荫遮蔽,溪流清澈缓缓流淌,草地上开满了星星点点的小野花,空气湿润新鲜,风景秀丽宜人。登上田横山顶,可以俯瞰整个蓬莱景区。

蓬莱阁高踞在丹崖山上,历经千年的古建筑,经过多次修葺,至今仍保持着原有的风貌。阁内供奉着海神像,是人们祈求平安的重要场所。不仅有"八仙过海"的神话传说,还有"海市蜃楼"等神话传说的故事。蓬莱阁是一座集自然风光、人文景观和神话传说于一体的著名风景胜地。

第六章　崂　山

　　崂山位于中国山东省青岛市，是山东半岛的主要山脉。崂山最高峰顶海拔1133米，是中国海岸线第一高峰，有着海上"第一名山"之称。耸立在黄海之滨，高大雄伟。崂山雄伟壮丽，山川景秀，峰上立有老君炼丹炉。三围碧水，七色幻雾，细雨蒙蒙，如梦如幻，气象万千。山光海色浑然一体，形成一幅壮丽的山海画卷。

　　崂山还有古老的历史和丰富的文化内涵。崂山的历史文化可以追溯到春秋战国时期。据史书记载，秦始皇亲临崂山求仙，汉武帝派使者到崂山寻仙访道。这些历史事件不仅为崂山增添了色彩，也表明了崂山在古代中国的重要地位。崂山是历代道家名士修道讲学的地方。古代诗人苏轼游崂山时写下了"戊寅年九月初九日，同徐差游崂山"。古代的文人墨客游览崂山后，写下了不少赞美的诗篇，留下许多脍炙人口的诗篇和墨宝。

　　崂山，古称牢山、劳山等，是中国海岸线第一高峰。这里既有秀美的山水风光，又有厚重的历史文化底蕴。在漫长的历史长河中，崂山吸引了无数文人墨客前来游览、咏史。崂山以山海风光为主，是兼有幽林美泉、华楼叠阁和深邃古老的佛教文化于一体、景色隽美的游览胜地。在这里领略到奇特的地貌、清澈的山泉、华丽的亭阁以及古老的佛教文化。崂山的云海山川风光，让人们不禁感叹大自然的神奇和壮丽，也让人们深刻体会到崂山所蕴含的厚重的历史文化的重量。

第七章　蒙　山

　　蒙山位于中国山东省临沂市蒙阴县，是山东第一大山，海拔1156米，也被称为"岱宗之亚"。蒙山有着悠久的历史和文化，是道教和佛教的重要圣地，有着丰富的自然景观和人文景观。蒙山与泰山遥遥相望。蒙山还是中国著名的革命老区之一，曾经是沂蒙山区抗日根据地的中心地带。在抗日战争和解放战争期间，蒙山为中国的革命事业做出了巨大的贡献。如解放战争，蒙山曾经发生许多可歌可泣的革命故事，涌现出许多革命志士。他们为祖国的解放，抛头颅洒热血，把自己宝贵的生命掩埋在这座青山里，留下了不可磨灭的印记。如发生在蒙山地区的孟良崮战役，誉为是"中国革命史上的转折点"。蒙山是集自然风光、人文景观、革命历史于一体的综合性景观胜地。

在蒙山四周，有五个山峰，传说是五条龙所化。据说盘古开天辟时，将五条未成形的龙放在蒙山间采天地灵气豢养。天长日久，五龙化作了条山脉，依偎在蒙山周围，它们就是牡丹峰、刀刃峰、北峰、南峰、莲花峰。从此，便有了五龙朝拜蒙山。蒙山还有个著名的典故，古代秦朝将领蒙恬是一个勇敢无比是个常胜将军。在秦国边境有座大山，山高险峻，气势雄伟，且有毒蛇猛兽藏匿山中伤人，被百姓称为"巨山"，无人敢攀登。在一次对匈奴战争中，如果绕道而行，需要多耗费几个月的时间，如果攀山而过，可以节约耗费的时间。于是蒙恬带领军队，运用勇气和智慧，毫不畏惧地攻克难关，攀越了巨山，赢得时间，将河套地的匈奴人全部驱逐，一直向北赶到七百里之外的蒙古高原上，大获全胜而归。人们为了纪念这次胜利和蒙恬的功绩，将巨山命名为"蒙山"。

蒙山还有许多景点，如云蒙峰、天蒙峰、大洼风景区等。这些景点都有着独特的自然风光和人文景观。蒙山不仅是自然景观的胜地，更是革命文化的宝库，见证了中国人民不屈不挠的奋斗历程和中华民族伟大复兴的厚重。

第八章　五四广场

五四广场位于山东省青岛市南区东海西路，与青岛市人民政府办公大楼相对，南临浮山湾，始建于 1996 年，是中国唯一纪念五四运动而建的标志性建筑物，被誉为"永恒精神的象征"。五四广场是以草坪、喷泉、雕塑为景观的现代化风格的纪念广场。以绿荫大道间的草坪为主，有露天舞台、点阵喷泉、观海迎月台。

雕塑"五月的风"高达 30 米，是一个火炬造型，它象征着五四运动时期青年们的热情和激情，总占地面积 10 万平方米，是青岛市地标性建筑。五四广场是一个充满历史韵味和现代气息的广场，它的魅力无法用言语来形容。

五四广场蕴含的意义，令人们触目，即联想起那个激情燃烧的年代，为了国家、民族的未来，挺身奋斗的五四青年，轰轰烈烈的五四运动。那种坚定的信念，不屈不挠、勇往直前的精神，是中国革命史上光辉灿烂的诗词。五四运动闪耀的是永恒不灭的革命精神，也是中国历史的精神财富，珍贵的宝藏，激励着一代又一代不断前行。

每当夜幕降临，五四广场的"五月的风"雕塑就会闪烁光芒。霓虹灯下，熙熙攘攘的人丰满了整个五四广场，显得热闹非凡。人们注目停留在雕塑前，观赏、深思，沉浸在历史氛围的感染中。五四广场承载了历史文化的内涵，和人们无法忘怀的爱国主义精神。

第九章　台儿庄

台儿庄为枣庄市辖区，位于山东省的最南部，地处鲁苏交界，东连沂蒙山，西濒微山湖，南临交通枢纽徐州，北接匡衡故里峄城，坐落于山东省枣庄市台儿庄区、鲁苏豫皖四省交界地带，全区总面积 538.5 平方公里，素有"山东南大门"之称，是震惊中外的台儿庄大战发生地。

第一节　台儿庄古城

台儿庄运河古城位于世界文化遗产——京杭大运河的中心点，是国家 5A 级旅游景区，有"中国最美水乡"之誉。台儿庄古城，历史文化深厚，始建于汉代，距今有几千年历史，历经了朝代更迭，历史演变。在古代历史上，台儿庄是个富庶的商业繁荣之地，被乾隆皇帝赐为"天下第一庄"，呈现出一河渔火、歌声十里、夜不罢市的繁荣景象。明朝万历年间，耗费国力"开泇行运"，多次疏通拓展，从微山湖东南段韩庄出口，取道台儿庄，向南直通邳州，水道畅通，使得运河上的重镇台儿庄成为傍水而筑、因河而兴的"水旱码头"。在古代历史上，1938年春发生的台儿庄大战，使这座运河古城化为废墟；2008年重建台儿庄古城。

台儿庄古城是世界二战遗址最多的城市，也是京杭运河最后一段活着的文化化石。台儿庄是东方古水城，首个海峡两岸交流基地。台儿庄古城面积2平方公里，包括11个功能分区、8大景区和29个景点。目前，重建后的台儿庄古城，院院不同、院院有水、院院有主题文化、院院有展馆。"台城旧志"景区和"运河街市"景区知名度、美誉度节节攀升，荣获中国"十佳景区"榜首和"齐鲁文化新地标"榜首，成为国内重要的旅游休闲度假区。

台儿庄古城是民族精神的象征、历史的丰碑，也是运河文化的承载体，至今仍保留有不少历史遗存，被世界旅游组织誉为"活着的古运河"、"京杭运河"仅存的遗产村庄。

第二节　台儿庄大战纪念馆

台儿庄大战纪念馆坐落在山东省枣庄市、风景如画的古运河畔的台儿庄城西南郊，是国家5A级景区。纪念馆占地34000平方米，共有3个展室，陈列着台儿庄大战时的资料、文物千余件，书画馆珍藏着参战将士和亲属以及著名书画家、政界人士的书画作品近千件。整个纪念馆融展览馆、书画馆、影视馆、全景画馆为一体，气势雄伟，庄严肃穆。馆前三十八级台阶意味着一九三八年发生了震惊中外的中日台儿庄大战；二十四根立柱支撑着白色天棚，象征着中华民族顶天立地，永远屹立于世界民族之林。

1938年春，日军板垣师团自胶济线南下，直逼临沂，矶谷师团沿台枣支线挺进，欲速取台儿庄以图徐州贯通津浦。坐镇徐州的第五战区司令长官李宗仁以孙连仲部防守台儿庄，以汤恩伯部在峰北掎敌之背，在以台儿庄为重心的广大鲁南地区进行了一场大规模的惨烈战役，这场战役，历经月余，歼敌万余，创十四年抗战之伟绩，扬中华民族之雄威。

纪念馆全景画馆是我国唯一一家以抗战为题材的大型全景画馆，它是18边形的筒式建筑，高28米，直径43米，建筑面积3100平方米，《血战台儿庄》全景画馆包括绘画、地面塑型、灯光、音响和解说五个部分，将历史真实与艺术真

实融为一体，生动地再现了中国军队在台儿庄以阵地战迎击日军，浴血奋战，直到取得胜利的历史过程。并选择北大门激战、清真寺争夺战、西北门争夺战等典型战斗场景为表现重点，整个画面高 16.5 米，周长 124 米，画面首尾相连成全周形，巨幅画面与逼真的地面塑型有机结合，配有特殊的灯光、立体音响，战斗气息极为浓烈，给人以身临其境之感。

第十章　微山湖

微山湖位于中国山东省济宁市微山县南部，是一个断陷湖。它是山东省最大的淡水湖，全长 120 公里，面积 660 平方千米。它与昭阳湖、独山湖、微山湖、南阳湖四个湖泊统称为微山湖。微山湖位于大湖南部，由微山、赤山、吕孟、武家、黄山诸小湖组成。明万历二十一年，暴雨连连、汪洋滔天，几个小湖泊连成一片，工部尚书舒应龙主持开凿韩庄支渠以泄湖水，十年后微山湖形成大湖。京杭大运河沿着微山湖而过。

微山湖的东南微山岛，四面环水，岛周围十万亩野生荷花连片盛开，蔚为壮观，被誉为"中国荷花之都"。微山岛是著名的抗日根据地，是铁道游击队、微湖大队、运河支队等革命武装成长的摇篮。已被纳入全国 12 个"重点红色旅游区""红色旅游精品线路"红色旅游经典景区之一。微山岛历史悠久，古迹众多，保存有殷微子墓、汉代张良墓、春秋目夷墓等多个历史遗迹。南阳岛位于微山湖中段，是人工岛，由运河堤构成。唐宋时期，随着南北大运河的通航，南阳岛逐渐演变成了运河岸边的重要码头。微山湖国家湿地公园是亚洲最大的草甸型湖泊湿地，面积 15 万亩，是以湿地保护、科普教育、水质净化、生态观光为主的大型生态工程。微山湖国家湿地公园为"南水北调"水质净化提供了坚实保障，荣获亚洲第一湿地、中国十大魅力湿地、国家生态示范区等荣誉。

第十一章　威海刘公岛

威海刘公岛风景区位于山东半岛东端威海湾内，距威海市区 2.1 海里，东西长 4.08 千米，南北最宽处 1.5 千米，面积 3.15 平方千米，是国家 5A 级景区。刘公岛风景区地势北高南低，北坡如刀砍斧凿，海蚀崖直立陡峭，南坡平缓延绵，地势扼海邻居，景色幽美，避风朝阳，适宜居住。海岛周围有小岛拱卫，四周明礁暗石，东面有小泓岛、大泓岛，合称"东泓"。东北面有黑鱼屿，西面有黄岛，与刘公岛相联。

刘公岛的历史可上溯到战国，千百年来，传颂着汉代刘公刘母乐善好施、扶危济困的故事。景区分自然风光和人文景观，自然风光包括：旗顶山、东泓、荷花湾、刘公泉、五花石、板礓石、听涛崖等景点。人文景观以北洋水师提督署、铁码头、水师学堂、石码头、炮台等文物为主，还有中国甲午战争博物院、甲午战争陈列馆、刘公岛博览园、刘公岛国家森林公园等景点。

据史书记载，清光绪年间，清政府创办北洋海军。从光绪七年（1881 年）至 1891 年（光绪十七年），在刘公岛先后设立了工程局、机器厂、屯煤所，兴建北洋海军提督署、威海海军学校，海陆军官邸、营房、铁码头、炮台等，港内舰船近 50 艘，陆军 4 个营。

刘公岛西端有民族英雄丁汝昌纪念馆，始建于清光绪十五年（1889 年），距北洋海军提督署约 200 米，坐北朝南，属砖木举架结构。寓所占地 7000 平方米，布局与安徽巢县汪郎中村丁汝昌故居相似，分三组，左、中、右三跨院落，西院为内寓，东院为侍从住房，中院为丁汝昌办公、住宿和会客的场所，大门两侧为门房和书房。院内有一株百年紫藤，系丁汝昌栽植，每年 5 月花团锦簇，清香四溢。北洋海军成军后，丁汝昌携眷在此居住 6 年多，又称"小丁公府"。

第十七篇　河南——中原花州

　　河南省，简称"豫"，中华人民共和国省级行政区，省会郑州市，位于中国中东部、黄河中下游，东接安徽、山东，北接河北、山西，西连陕西，南临湖北，下辖17个地级市，50个市辖区、21个县级市、88个县。总面积16.7万平方千米。河南地势呈望北向南、承东启西之势，地势西高东低，由平原和盆地、山地、丘陵、水面构成；地跨海河、黄河、淮河、长江四大流域。大部分地处暖温带，南部跨亚热带，属北亚热带向暖温带过渡的大陆性季风气候。位于东经110°21'~116°39'，北纬31°23'~36°22'之间。河南地处沿海开放地区与中西部地区的接合部，是中国经济由东向西梯次推进发展的中间地带。河南是中华民族和华夏文明的重要发祥地，是夏、商、周三代文明的核心区，三代文明奠定了中华文明绵延不断发展的基础，在河洛之间凝聚为成熟的文化，形成以王都为中心的辐射性统治格局。历史上，先后有20多个朝代200多位帝王在河南建都。

　　河南历史文化丰富，旅游资源众多。山脉雄伟，景色壮观。自然景观和人文景观有有嵩山、少林寺、龙门石窟、白马寺、开封、清明上河园、黄帝故里、殷墟和云台山，仰韶村、武侯祠等。这些景观吸引了大量游客前来观光。还有着丰富多彩的民间艺术表演，如豫剧、曲剧等，都是传统文化的重要组成部分。河南的美食也不可错过，美味丰富，如胡辣汤、烩面、麻辣烫等，都是具有当地特色的美味佳肴。

第一章　郑　州

郑州古称商都，是特大城市、中原城市群核心城市、中国中部地区重要的中心城市、国家重要的综合交通枢纽。总面积 7446 平方千米。郑州地处华中地区、黄河下游、中原腹地、河南中部偏北，位于黄河中下游和伏牛山脉东北翼向黄淮平原过渡的交接地带，是全国重要铁路、航空、电力、邮政、电信主枢纽城市，拥有亚洲作业量最大的货车编组站。郑州航空港区是中国唯一一个国家级航空港经济综合实验区，是中国首家期货交易所。郑州也是中国（河南）自由贸易试验区核心组成部分。

郑州是华夏文明的重要发祥地、国家历史文化名城、国家重点支持的六个大遗址片区、三皇五帝活动的腹地、中华文明轴心区、世界历史都市联盟成员，拥有世界文化遗产两处，是全国重点文物保护单位。约 5000 年前，中华民族始祖轩辕黄帝诞生于轩辕之丘定都于新郑。

第一节　嵩山少林寺

嵩山五岳居中，山势雄伟，山脉横跨中原大地，见证了数千年的历史沧桑。嵩山风景，四季宜人，满山葱翠，山花烂漫，古树参天，枝繁叶茂。行至山顶，古老的吊桥，是嵩山之魂。吊桥在蓝天白云映照下，宛如霓虹仙桥，闭上眼睛，仿佛听到古人的悠扬歌声、嵩山的脉动。秋天，黄金叶铺满山路，就像蜿蜒的金色腰带，服帖在嵩山上，秀丽多姿。冬季的嵩山纯净美丽，一身孝装，素雅妩媚，"披上银衣盖青山，遮住万物润大地"，晶莹剔透，风情万种。嵩山岩石是一有灵性的风景，书册岩犹如一本打开的书卷，包罗万象，叙述着嵩山千古不老的神话故事。

嵩山少林寺是世界文化遗产，全国重点文物保护单位之一，也是中国佛教禅宗祖庭和中国功夫的发源地。它始建于北魏太和十九年，是孝文帝为安顿印度僧人跋陀而

建，坐落于嵩山腹地少林木之处，故名"少林寺"。少林寺常住院是核心建筑，也是少林寺僧人居住、修行的地方。它坐落嵩山五乳峰下，面朝少室山，背依五乳峰，是少林寺的主体建筑之一。少林寺的大雄宝殿，殿宇高大壮观，气势恢宏，是中国传统建筑中的精美之作。大殿内供奉着释迦牟尼佛像，墙壁上绘有十八罗汉和五百罗汉等壁画，形象生动，栩栩如生。在大雄宝殿后面，是一株古老的银杏树。这棵树已经有 1500多年的历史了，树干粗壮，需十个人才能环抱，是少林寺的标志之一。少林寺有许多寺庙和塔。这些建筑各具特色，有的古老庄严，有的新颖别致。千佛殿是少林寺最为壮观的建筑之一，殿内供奉着释迦牟尼佛像，墙壁上布满了千佛小像，形象逼真。

少林寺有着丰富的历史文化内涵，也是中国武术重要的发源地之一。少林弟子习武，强身健体，为国争光。少林武术表演充分展示了中国功夫的技艺力量。少林寺的武术名扬天下，他们用自己的方式传承了少林武术的精髓。

第二节　黄帝故里

黄帝故里位于河南省郑州市新郑市轩辕路北，是国家 4A 级旅游景区、全国重点文物保护单位、爱国主义教育基地。其占地面积 100 余亩，是海内外炎黄子孙寻根拜祖的圣地。汉代在此始建轩辕庙，历史有毁有修。明代隆庆四年（1570年）修茸，于庙前建"轩辕桥"；清康熙五十四年（1715 年），新郑县知事许朝术于庙前立"轩辕故里"碑。后经两次大的扩建，形成现在的黄帝故里景区。据大量的历史记载和文物佐证，黄帝统一天下，奠定中华，肇造文明，惜物爱民，被后人尊为中华人文始祖。河南新郑古为有熊氏之国，轩辕黄帝降于轩辕之丘，定都于有熊，汉代在新郑北关轩辕丘前建有轩辕故里祠。

黄帝，又称皇帝或轩辕氏，华夏族，是中国古五帝之一，被尊为中华民族的始祖，被称为"人文初祖"，是中国远古时期部落联盟首领。根据史料记载，黄帝出生于（公元 2717—2599 年），是少典与附宝的儿子。原姓公孙，后改姓姬。黄帝生活在中原地区，以有熊（今河南省郑州市新郑市）为都城。黄帝娶妻西陵氏嫘祖，生有廿五个儿子，得姓者十四人，共十二姓。他在位期间，完成了许多重大的历史事件，包括统一华夏部落、击败东夷和九黎族，从而结束了长期的部落纷争，确立了华夏民族的主导地位。

传说，黄帝少年时最早发现稻谷在地上生长，可以煮食充饥。因稻谷和土地的颜色都是黄色，自称黄地，后称黄帝、皇帝。轩辕黄帝是中华民族伟大的先驱者，他统治的土地疆域辽阔，提高了农耕技术，他又精于驯兽驾车，而他手下的大将如熊、黑、貔、貅、驱、虎等也是勇猛无比，因此实力迅速增强，黄帝统一了华夏各部落，征服了许多民族，使得各族文化得以交流和融合。黄帝在统治期间，领导族人做了许多创造发明，生产用具：有穿井、做杵臼、做弓矢、服牛乘马、做驾、舟车，做舟等；生活方面：种植、养蚕、制衣、旒冕、扉履等；文化方面：做甲子、占日月、算数、调历、造律、笙竽、音律、医药、文字等。这些都是人类进步发展的辉煌成就。这些举措不仅使人民安居乐业，也使得他的统治地位更加稳固。

黄帝在政治上推行了一系列改革，如制定官员制度、划分九州、教民众耕种、制作衣物、建筑舟车、发明音律和医学等。他还推广了农业技术，改变了原始的生活方式，促进了社会生产力的发展。此外，黄帝还发明了轩冕，即官位爵禄，并且通过改革和发展，使得中原地区的农业生产得到了进一步的提升。总之，轩辕黄帝是一个具有卓越才能和崇高品质的领袖，他在中国历史上有着重要的特位

上古时期，黄帝的形象在中国文化中具有崇高的象征意义。他与炎帝被公认为是发现火种和发现谷种的始祖，地位名望一样高。而且他们是很好的合作伙伴，二人在统一华夏史上有着重要的意义。轩辕黄帝最为著名的是他与蚩尤的战争。蚩尤是炎帝的后代，他试图侵犯诸侯，发动叛乱。蚩尤属九黎之君，有兄弟八十一人，长相奇异：铜头、铁额、人身、牛蹄、四只眼睛、八个脚趾，头上有角，耳鬓像戟，身上还有翅膀，能飞空走险，吞沙吃石，还能运用人类语言，是一种同人类相近而又完全不同的怪物。 他们使用的武器也很特别，《世本·作篇》说："蚩尤可使用五种兵器：戈、矛、朝、酋矛、夷矛。"《太白阳金》说："伏羲以木为兵，神农以石为兵，蚩尤以金为兵。"拿着闪光锃亮的戈矛，来对付粗笨的木棒、石块，绝对有优势。轩辕黄帝遂向四方诸侯征调军队，与蚩尤在涿鹿原野上展开了一场大规模的战争。在战争中，双方都动用了神仙法力，风伯、雨师都来参战。经过激烈的战斗，黄帝终于擒杀了蚩尤，平定了叛乱。这场战争是华夏民族重要事件之一，也使黄帝成了中国的共同祖先。黄帝死后葬于桥山（在今日陕西省黄陵县）。华夏族黄帝族后裔中的一支进入今山西南部，创造了夏文化，建立了中国第一个王朝夏代。再传至陕西境内的姬姓的周族。周族推翻商王朝，建立了周王朝，为了追念远祖黄帝族，就用自己的姓来追称姓姬。

轩辕故里祠是整个黄帝故里景区中最古老的建筑也是最核心的部分。汉代建祠，明清修葺，有正殿、东西配殿和祠前庭。正殿五间，中央供奉轩辕黄帝中年金身塑像，上面是程思远的题词，殿内四周的壁画生动形象地展现了黄帝一生的丰功伟绩。东西配殿各三间，东配殿塑黄帝元妃嫘祖"先蚕娘"像；西配殿塑黄帝次妃嫫姆"先织娘"像。祠前庭三间，以图照展示新郑的裴李岗、仰韶。祠庭院内，树"林则徐拜祖碑"和世界客属总会拜祖碑等拜祖广场（原为黄帝宝鼎坛区），中间由南向北为一条 36 米宽，深红色花岗岩石通道，至黄帝像。地面铺30 米 × 30 米"五色土"图案，其五色分布中为黄色以应黄帝，东为青色以应青帝，西为白色以应白帝，南为赤色以应赤帝，北为黑色以应黑帝。拜祖广场东西两侧仍为楹联长廊，展示轩辕丘与黄帝纪念馆区，设中华圣火台、拜祖台、颂歌台、黄帝像、中华始祖坊、黄帝纪念馆等。

第二章　洛　阳

洛阳市，简称"洛"，古称成周、神都、洛邑、洛京，是河南省辖地级市、世界文化名城，首批国家历史文化名城、国家区域性中心城市、中原城市群副中心城市、"一带一路"重要节点城市，三线城市，国务院批复确定的河南省副中心城市、著名旅游城市。地处河南省西部，横跨黄河中下游南北两岸，东邻郑州市，西接三门峡市，南与平顶山市、南阳市相连，北与济源市、焦作市接壤，总面积 15230 平方千米。

洛阳居天下之中，因地处洛水之阳而得名，西周"何尊"的青铜器上。洛阳有 5000 多年文明史、4000 多年城市史、1500 多年建都史，是华夏文明的发祥地之一、丝绸之路的东方起点、隋唐大运河的中心。历史上先后有 13 个王朝在此建都，是中国建都最早、历时最长、朝代最多的城市。也是世界四大圣城之一，道学发源于此、儒学兴盛于此、佛学首传于此，洛阳市有二里头遗址、偃师商城遗址、东周王城遗址、汉魏洛阳城遗址、隋唐洛阳城遗址等五大都城遗址，龙门石窟、中国大运河、丝绸之路等 3 项 6 处世界文化遗产。

第一节 龙门石窟

龙门石窟位于中国河南省洛阳市，是世界上最重要的佛教艺术宝库之一，也是中国四大石窟之一。龙门石窟景象壮观，远望两山夹一水，两边山上都是石窟，气势宏伟。石窟的规模、形式和内容都各不相同，每个石窟都有其独特的意义。进入龙门石窟，仿佛进入了一个神秘而古老的世界。这里的佛像众多，有万佛洞、千佛洞、百佛洞等，每个洞窟都有自己独特的主题和形式。万佛洞是最为壮观的石窟，里面有着上万尊佛像，最美的佛像是观音菩萨，身高只有85厘米，但是形态优美、神态庄重，左手将垂柳搭在肩上，右手提净瓶，仿佛随时都会露出慈悲的笑容。可惜的是，她的脸庞在八国联军侵华期间被毁坏了，否则一定更加精美绝伦。

在龙门石窟中，如弥勒佛、文殊菩萨、普贤菩萨等，这些佛像形态各异，雕刻精细、表情生动，神韵如生。龙门石窟除了佛像，还有许多景点，比如卢舍那大佛旁边的大殿里，有一块著名的"龙门二十品"，这是龙门石窟最为著名的二十块碑刻之一，上面刻有魏碑的字体和内容，是中国书法史上的重要遗产之一。龙门石窟还有许多精美的石刻和壁画，充满了历史、文化和艺术气息。在龙门石窟，人们所感受到的是中国古代文化的魅力和博大精深古老的艺术精华。

第二节 白马寺

白马寺位于河南洛阳，是中国佛教的发源地之一，也是中国最早的佛教寺庙之一。寺内长年香火不断，吸引了无数人前来参观朝拜。白马寺由中国佛教协会会长赵朴初先生题名。白马寺的大雄宝殿供奉着释迦牟尼佛像，殿前的香炉上烟雾缭绕，给人以宁静、庄严的感觉。在殿内的墙壁上，可以看到佛教中的四大天王像，他们手持法器，神态庄重，震慑寺庙。

白马寺的后花园有许多古井和石刻。这些古井都有着不同的传说和故事，石刻则是古代留下的文物，见证了白马寺的历史和变迁。在花园的角落里，还可以看到一尊大肚弥勒佛像，他笑容满面，神态可掬，代表着佛教中的慈悲和宽容。在白马寺后花园中的放生池，池水清澈见底，鱼儿在池中游来游去。在放生池旁

边的亭子里，可以听到佛音祈福声，许多人在这里许愿、祈祷。

第三节　国家牡丹园

洛阳国家牡丹园位于中沟西邙山，占地万亩以上。"唯有牡丹真国色，花开时节动京城"。洛阳牡丹，千古名花，雍容华贵，典雅高贵，色泽艳丽，香气浓郁，素有国色天香之称。洛阳牡丹的品种繁多，有红、白、粉、黄、紫、蓝、绿、黑及复色9大色系、10种花型、1000多个品种。每个色系又分为无数个品种。从初春到暮春，牡丹盛开，犹如芙蓉出水，如诗如画。人们喜爱牡丹，不仅牡丹是"花开富贵"送吉祥的花王，而是它的端庄大方、艳丽脱俗、贞静幽香。牡丹品质高洁，被称颂为气节花，"百花丛中第一香，国色芬芳雅称王。天生丽质人称颂，傲雪凌霜罚洛阳"。传说有年冬天大雪纷飞，武则天在后花园饮酒作乐，看到梅花遍开，心里十分高兴，不禁多喝了几杯，就撒起酒疯来，下旨命令百花盛开。然而，隆冬时节，百花凋敝。因武则天贵为人皇，司花众神也不好抗命，只能勉为其难，次日依命开放。翌日，武则天观百花盛开，兴致盎然地走在花丛中，心里很是志得意满。不料她发现，只有牡丹花萎衰未开，武则天大怒，当即将牡丹贬罚到洛阳。冬去春来，百花争艳，竞相芬芳。牡丹花被贬罚到洛阳后，阳春绽放，花开盛茂，风情万种，赢得世人皆赞不愧为花中之王。武则天闻听更加恼怒，命人放火把牡丹全烧了。牡丹历火后叶枯枝焦，仍然盛放如故。"焦骨牡丹"之名自此传遍天下。

洛阳牡丹，天下无双。走进牡丹花海，仿佛心花也在绽放。千姿百态的牡丹，有的含苞待放，有的半开半放，有的展颜怒放，花色娇媚、品质繁多、层次重叠。豆绿近绿叶、黑色像冠玉、紫色如水晶。花瓣最多的"魏紫"，有六七百片，秀美大气。牡丹花开一季，绚丽多姿；花期过了凋谢，花心仍然结成孢子，孕育着新的生命。这就是牡丹的可贵，对生命的执着和爱恋，也是对大自然和人类的尊重。牡丹的魅力已经融入了人们的生活中。人们敬它、爱它、喜它，也从中学到了它的坚贞秉性和执着精神。

第四节 关 林

关林是曹操埋葬蜀将关羽首级的地方。关林位于洛阳市洛龙区关林镇，国家4A旅游景区、河南省文物保护单位。三国时期（公元220年），蜀国大将关羽败走麦城出逃，中途遭埋伏被擒，吴王孙权极力招降，关羽、关平父子宁死不降，吴王就将二人杀害，时年关羽58岁。吴王孙权怕刘备怪罪，将关羽尸身送还，又将关羽尸首送给曹操，曹操以诸侯之礼厚葬关羽尸首于洛阳关林。关林也因曹操厚葬关羽，而名震海内外。关林是世界上三大关庙之一，也是我国唯一的"冢、庙、林"三祀合一的古代建筑群。关林北依隋唐故城，南临龙门石窟，西接洛龙大道，东依伊水清流。明万历二十年（1592年），在汉代关庙的原址上，扩建成占地180余亩，四进院落、150余间殿宇庙会，千余株翠柏的关林庙。现存碑刻70余方、石坊4座、大小石狮、铁狮110多尊、古柏800余棵、塑像10余躯、墓冢1座。隆冢丰碑，殿宇堂皇，古柏苍郁，幽雅伟丽。兀立于广场上的"千秋鉴"为旧时"灯影钟鼓话兴亡"之所在。分立于大门两侧的明代石狮赳赳而踞，具有凛然不可侵犯的威严，极富封建意味的大门镶嵌着81颗金色门钉，体现了关林的崇高地位和关羽的身后荣耀。立于仪门左右重达3000余斤的铁狮，是明代善男信女敬奉关公的遗物，虽历经400余载风风雨雨，依然肃穆含威。仪门"威扬六合"匾为慈禧太后传笔，端庄厚重，弥足珍贵。连接仪门和拜殿的石狮通道为海内外关庙所独有，通柱顶雕石狮104尊，百狮百变，圆润生动，毫无石刻的生硬之感，代表了乾隆时期中原石刻艺术的最高成就。关林的布局是典型的中国古建筑特点，主要建筑均分布在中轴线上，依次为舞楼、大门、仪门、甬道、拜殿、大殿、二殿、三殿、石坊、八角亭，最后为关冢。整个园内建筑盖显高耸，雕梁画栋，飞檐流丹，气势峥嵘。丰碑高冢，香烟缭绕，古柏千章。

大殿建筑雄伟，殿堂中设有一尊身着龙袍，头戴十二冕旒王冠的关羽坐像，身旁还有捧大印的儿子关平和持刀的周仓立像。里面阔七间，进深三间，高约20米，总面积为760平方米。庑殿顶上，琉璃瓦覆盖，五脊横立，六兽扬武，飞檐斗拱，朱柱盈围；四檐角饰以庞涓、韩信、罗成、周瑜四神将，悬以铁马金铃。殿内暖阁三间，透雕花龙。大殿正门上，有木刻浮雕关公故事图：桃园三结义、三英战吕布、水淹七军、三顾茅庐、单刀赴会、挑锦袍、斩颜良、诛文丑等共十二幅，还有二龙戏珠、凤凰戏牡丹、龙戏凤等图案，刻工精细，构图美妙。

二殿是五开间庑殿顶建筑。殿内正面塑"关羽怒视东吴戎装像",关羽长髯飘洒、端庄威严,关平按剑于左,周仓持刀于右。前檐下绘有斩颜良、诛孔秀、大战夏侯惇、古城会等故事图。后门上方绘有"华容道义释曹操""东吴赴宴""水战庞德"的故事,形象地反映了关羽骁勇善战的历史画面。三殿是五开间的硬山式建筑,规模较小,又叫"寝殿"。殿檐下有"三战吕布""威镇荆州""战长沙"三幅大型故事图。前枋上还有九幅小型故事图。斗拱的昂首都雕成龙头,彩饰绚丽异常。拜殿为 5 开间卷棚顶的明代建筑,是举行祭礼时谒拜的场所。殿中间有乾隆、慈禧亲书的匾联,西端竖立着高 35 米的关羽大刀。大殿与拜殿相连,面阔 7 间,进深 3 间,高约 20 米,总面积 700 平方米,是关林最大建筑。庑殿顶,琉璃瓦,檐角饰以神将,悬以铁马金铃。檐下斗拱华丽,朱门雕窗。正门两侧木雕有桃园三结义、三顾茅庐等 13 幅故事画。后边有张飞殿和五虎殿等。

关帝冢平面为八角形,高 10 米,占地 250 平方米,外筑围墙。冢前石碑高 4.8 米,下有龟趺,上有雕龙碑首,额题九叠篆书《敕封碑记》,是康熙皇帝给关公追加封号所立的碑。护碑亭做全木构八角形,为八面起坡歇山顶,斗拱枋椽交错勾连,构筑奇巧,别具一格,是清代亭式建筑之典范。碑亭前有明代所立的石供案及石牌坊,石牌坊高 10 米,宽 6 米,3 道门,正额题"汉寿亭侯墓"五字。长廊建置于庙院东西两侧,里边陈列洛阳历代出土的石刻、墓志精品,是研究石刻艺术的宝贵资料。

第五节　白居易故居纪念馆

白居易故居纪念馆位于洛阳市郊区安乐乡狮子桥村东,占地 80 亩,按唐代东都的"田"字形街道建造。馆内有白居易故居、白居易纪念馆、乐天园、白居易学术中心、唐文化游乐园、唐商业街等建筑。白居易纪念馆内有白居易的塑像、生平事迹、文献资料、字画、壁画等,是拜祭的主要场所。乐天园是根据白居易的《琵琶行》建造。白居易的《养竹记》,将竹子比作贤人。白居易的《长恨歌》,"在天愿作比翼鸟,在地愿为连理枝。天长地久有时尽,此恨绵绵无绝期,"写尽了人间的悲欢离合,人情冷暖。白居易任河南府最高行政长官 -- 河南尹一职,当时的河南府就在洛阳,在任三年,勤政爱民,政绩突出。白居易一生在洛阳写下了 800 首歌颂"争得大裘长万丈,与君都盖洛阳城"是白居易热爱洛阳的真实写照。

白居易在苏州任太守时，对江南的建筑艺术情有独钟，离任时带回天竺石、太湖石、西湖白莲等江南特产。白居易的好友元稹病故，家人请白居易撰写墓志，送上重金酬谢。白居易以"文不当辞，赘不当纳"谢绝。元稹家人跪地不起，言是元稹生前遗愿不敢有违。无奈，白居易收下谢金，奉于修缮香山寺。他还捐资在龙门东山修造了一尊佛龛，名曰"西方净土变图"，今为龙门石窟的一处重点保护文物。洛阳龙门伊阙八节滩，有九峭巨石挡道，经常造成船毁人亡。船行此处，不得不下水推舟而行。严寒酷暑年复一年，日复一日，船夫们艰难的号子声震撼着白居易的心。他召集富绅游说，"贫者出力，仁者施财"，在他坚持不懈的努力下，终于将八节滩疏通，使得船行畅通再无倾覆。

白居易于846年，逝世在东都洛阳履道里。临终前嘱托，将他葬于龙门东山琵琶峰上。白居易长眠琵琶峰一千余载，中原名士四方人们到此，必然拜祭。他的诗歌、他的思想影响着中外华人。

第三章　神农山

神农山位于河南省沁阳市紫陵镇赵寨村，与晋城市山河镇狄河村交界，是国家5A级风景旅游区、世界地质公园、世界自然基金组织优先保护区、国家级重点风景名胜区、国家级猕猴自然保护区、中国摄影家协会创作基地、儒道佛文化名山、中国城市第一媒体旅游联盟首届中国旅游品牌景区中国最具实力景区。神农山面积102平方公里，是神农氏采药炼丹的地方，也是道教和佛教的重要圣地。这里山峰秀丽，峡谷幽深，自然风光优美。站在神农山下，抬头仰望，只见群峰耸立，山势险峻。蜿蜒而上的山路，两侧林木葱茏，花草馨香，山涧溪流过，可见小鱼在清澈的水间游动。神农山历史古迹颇多，神农洞、玉皇顶、太子殿等都是中国古代文化的重要载体。神农山的道观和寺庙，紫霄宫、白云寺等都是千年古刹。早晨暮楚中聆听梵音缭绕的经声，让人感受到宗教神圣的氛围，仿佛繁杂的心也得到了洗礼。

据"史记"等记载，炎帝朱襄氏，名神农氏，也称古帝、赤帝、飞龙氏、

连山氏，号魁隗氏。因为发明了用火而得到王位，指火焰为帝号，称为炎帝。是我国上古时代华夏族部落的首领，以图腾赤心木朱为族徽，故以"朱"为帝都，自称朱襄氏，他的后裔也以朱为姓延续至今。炎帝又因尝百草救黎民，在此设祭坛拜天地，得人心拥戴，故而得名神农山。炎帝是人类生存繁衍进步的鼻祖，与黄帝并称"人文始祖"。河南神农山，经考古学家和古建筑专家考察后认定这里是远古炎帝神农氏的重要活动场所，其中神农氏的祭天坛就在神农山顶。这里方圆90多公里内有与神农相关的地名和传说，如神农城、炎帝陵、神农坛、百草坡等136个景点。

传说炎帝神农在此设坛祭天，西晋女道士魏华在此修道42年，著"四大天书"之一的《黄庭经》，并创立了道教上清派。北魏高僧稠禅在此开凿太平寺摩崖石刻，兴建了云阳寺、临川寺、太平寺、沐涧寺等。这些寺庙穿插在巍然挺立在群山峻岭之间，增添了天地间的灵气。韩愈、李商隐等历代名家曾在此留下许多传世佳作。唐代韩愈有"太行之下清且浅，一水盘桓纡山转。千峰万壑不可数，异草幽花几曾见。波中白石隐出明，风翻不动浮云轻。翠峦玉女下双鹤，笑倚秋练开新晴。又疑武陵溪上源，桃花溪尽空潺湲。幽泉间复透岩侧，喷珠漱玉相交喧"。1940年朱德从山西去洛阳经神农山，被壮观的景色所感染，赋诗一首《出太行》"群峰壁立太行头，天险黄河一望收；两岸烽烟红似火，此行当可慰同仇"。张思卿题词"神农白鹤松，九州一奇观"！

神农山延绵23公里的太行山麓，共有八大景区136个景点。主峰紫金顶海拔1028米，矗立中天，气势雄浑，三大天门比泰山还早154年。这里是炎帝神农辨百谷、尝百草、登坛祭天的圣地，也是道教创始人老子筑炉炼丹、成道升仙之所。

神农山三月古庙会，至今已有1700多年的历史。隆重的祭拜炎帝大典，吸引无数的人蜂拥而至。景区广场中央端坐纯铜神农氏塑像，高9.9米，重29吨。炎帝神农头生双角、手捧五谷、一副顶天立地的帝王之相。这里群山环抱，是风水鼎盛的宝地。整个广场分三层，寓意天、地、人三界。主坛有4个登坛步道，寓意一年有四季；祭坛周围有12块讲述炎帝生平事迹浮雕，寓意一年有12个月；祭坛底层的环坛路共24圈，寓意二十四节气；每圈由365块青石铺成，寓意一年有365天。祭坛周围的八只灵兽分别是青龙、神马、朱雀、猛虎、神鸟、白虎、神牛、玄武，相传曾为神农氏做出了许多贡献。戴着面具、兽皮、草裙，蓄着长发的人群在"首领"的带领下，伴着浑厚粗犷的乐曲起舞，向天祷祝平安和好收成。极目望去，山道旁边的杏黄旗迎风猎猎招展，给神农山平添了一份神圣。身披黄色缎带的人恭敬地立于神农铜像前，恭读了《祭炎帝神农文》，表达对我国上古时代杰出的部落首领炎帝神农的深深敬意。人们纷纷敬拜上香，祈财、祈福、祈运，一拜神农，生意兴隆、五谷丰登；二拜神农，百病全消、平安一生；三拜神农，官运亨通、心想事成，围观的人都虔诚合掌。神农山是丰富的历史文化遗存，也是人们心中的精神寄托。

第四章　仓颉故里

仓颉故里位于河南濮阳南乐县。仓颉陵庙一脚踏两省，一手摸三县的吴村，是豫北冀南一带的著名古迹。仓颉故里南乐，地处中原古黄河流域，是华北、华东的结合部与三省四县交壤。仓颉是中华文字始祖，受"百王敬仰、万圣崇尊"，被称为三教之祖、万圣之宗。南乐是仓颉"生于斯、葬于斯"的地方。南乐仓颉陵高大雄伟、建造科学，地下是仰韶、龙山时期的古文化遗址，是中华民族五千年之根基。北宋名臣寇准专程祭拜仓颉庙，挥笔题下"盘古斯文地，开天圣人家"的千古名句。

仓颉陵庙占地 26600 余平方米。仰圣门的两根明代阳刻石柱，代表儒、道、佛三教合一，堪称古代石雕艺术佳品。仓颉陵地下有堆积厚度 4.6 米的仰韶和龙山文化层，依次建有朝天门、仰圣门、万古一人殿、六书殿、藏甲楼、大方碑、造字台等，整个建筑布局严谨、结构适当。仓颉塑像高大伟岸、四目灵光，陵区庙区松柏成林、白杨参天，受到专家学者及社会各界赞赏，成为豫北地区重要的旅游胜地。

仓颉天生脑大如斗，相貌稀奇，人们都说他是个怪物。他的母亲却视他如珍宝，精心哺养。仓颉从小思维敏捷、智慧超群，小伙伴们都听从他的指挥。他长大成人，被推荐给黄帝，黄帝见他记忆力极强、敏锐过人，就让他做主管祭祀的官。仓颉管理祭祀，拧绳打结记事。小祭结小结，大祭结大结。涂抹不同的颜色分季节，冬天事涂白色，夏天的事涂成绿色。时间长了，也搞不准确。仓颉苦思冥想

找不到解决办法。一天，一条鱼落地，留下一个印迹。他灵机一动，把鱼的形状画下代表鱼，画个人形代表人。这就仓颉造字的初始。仓颉造了字，黄帝十分器重支持。仓颉每造一个字，总要将字义反复推敲，还拿去征求人们的意见，得到大家的称赞，名声越来越大，成为中华文字祖师。

第五章　开　封

　　开封，简称"汴"，古称大梁、启封、汴州、汴梁、汴京、东京，是河南省辖地级市，原省会，国务院批复确定的中国中原城市群核心区的中心城市之一、文化旅游城市。开封市是首批国家历史文化名城，华夏文明的重要发祥地，迄今已有4100余年的建城史和建都史，先后有夏朝，战国时期的魏国，五代时期的后梁、后晋、后汉、后周，宋朝，金朝等在此定都，素有"八朝古都"之称，孕育了上承汉唐、下启明清、影响深远的"宋文化"。开封是北宋时期丝绸之路的中心城市，陆上丝绸之路东部起点城市。自宋代以后，历代王朝都把开封作为中国北方的区域性政治、经济和文化中心。开封是世界上唯一一座城市中轴线从未变动的都城，城摞城遗址在世界考古史和都城史上少有。宋朝都城东京城是当时世界第一大城市，是清明上河图的创作地。

第一节　铁塔公园

　　铁塔公园又名"开宝寺塔"，坐落在开封市铁塔公园内，因塔身全部以褐色琉璃瓦镶嵌，远看酷似铁色，故被称为"铁塔"，高55.88米，八角13层，始建于北宋皇祐元年 (1049 年)，距今已有 900 多年历史，为全国重点文物保护单位。铁塔公园占地面积51.24公顷，其中有9.62公顷的水面积。园内依次建有"盆景苑"，"天下第一塔"石碑，"极乐世界"牌坊，宁静雅致的"静苑"，巍峨壮观的"接引殿"，"铁塔"，"铁塔嬗变艺术宫"，还有"竹园""梅园""赏心园"等小品式建筑。铁塔除了卓绝的建筑艺术外，还设计精巧，完全采用了中国传统的木式结构形式，塔砖饰以飞天、麒麟等数十种图案，砖与砖之间如同斧凿，有沟有槽，垒砌严密合缝。它建成 900 多年来，历经战火、水患、地震等灾害，至今仍巍然屹立。

铁塔从建筑艺术上讲，可称上是一座非常完美的巨型艺术品。远望，铁色琉璃瓦遍饰全身，色调具有铁打铜铸的深厚气质，而且整座塔身上下收分比例协调自然，视觉差比例匀称美观，气势惊人。而走近细看，遍身装饰都是琉璃浮雕艺术品，各种花纹砖有 50 余种，有佛像砖，有菩萨、飞天、五僧、立僧、供养人、伎乐等；有动物图案砖，有狮子、云龙、降龙、双龙、麒麟等；有花卉砖，有宝相花、海石榴花、莲荷花、牡丹花、芍药花等，还有璎珞、流苏等装饰花纹砖。而在挑角、拔檐、转角等处采用各种艺术装饰砖，有嫔伽、麒麟、套兽、云龙猫头、重檐滴水等，共 20 多种，如每一个挑角处都是人头鸟身的嫔伽领头，后有独角脊兽，下面是蝉肚老角梁伸出套兽头，套兽口含风铃，勾勒出非常美丽的曲线。可以说每块砖都是做工精细、栩栩如生、非常完美的琉璃艺术品。

第二节　翰园碑林

中国翰园碑林位于古都开封风景秀丽的龙亭湖风景区，占地 120 亩，分碑廊和园林两大景区，是国家 4A 级风景旅游区、河南省先进文化示范基地。1985 年李公涛先生带领全家，自筹资金创建中国翰园碑林，并立下《家训》："只需投入，不许索取，直至碑林建成无偿交给国家；李家子子孙孙不能从中牟取一分钱利益。"历经 21 年的建设，建成了占地 120 亩、刻碑 3700 余块、融碑刻艺术与古典园林建筑为一体的大型文化主题园林，国内外 3000 多家新闻单位连续报道 8000 多次，被誉为"中国最大碑林"，堪称"世界之最"，影响波及海内外。党和国家领导人多次莅临关怀参观，给予极高的评价和赞扬，"发扬艰苦奋斗，无私奉献精神，为弘扬民族文化做出了贡献"，肯定了李公涛先生对中华民族文化的热爱。韩国前总统金泳三题词："东方文化艺术宝库"。碑林融合古今书画碑刻艺术为一体，集山水奇观和古典园林建筑艺术于一园，是中国文化现代诗的瑰宝。1985 年李公涛先生及全家雕琢的这样宏大壮观的翰园碑林，举世无双。他这种发扬艰苦奋斗、无私奉献的精神得到了社会各界的高度赞誉和支持。这种无私奉献的精神、勤奋付出的艰辛劳动、锲而不舍地用心血凝结打造的文化丰碑，令世

人钦佩敬重瞩目。翰园碑林将和李公涛先生及全家，载入中华民族历史文化的史册，亘古留存。

第六章　云台山

　　云台山，属太行山系，古称覆釜山、女娲山，因山岳高峻，群峰间常见白云缭绕，故名云台山。位于河南省焦作市境内北部太行山东端，南临黄河，主峰为茱萸峰，海拔1297.6米。云台山属于峰林峡谷地貌，属暖温带大陆性季风性气候，四季分明。云台山的地表河流主要有纸坊沟河、山门河、清水河等季节性自然河流，大气降水是其主要补充水源，它们旱季无水或少水，汛期则水势汹涌云台山风景名胜区位于河南省焦作市修武县，是一处以峡谷类地质地貌景观和历史文化为内涵的5A级风景名胜区。云台山景区总面积50平方千米，景区内拥有红石峡、潭瀑峡、茱萸峰、子房湖、叠彩洞、猕猴谷、万善寺等八大景点。其中，云台天瀑是亚洲单级落差最大的瀑布，位于主峰茱萸峰，单级落差314米，被誉为华夏第一高瀑。此外，猕猴谷还有数量众多的野生猕猴群落分布，是一处以太行山岳丰富的水景为特色，以峡谷类地质地貌景观和悠久的历史文化为内涵，集科学价值和美学价值与一身的科普生态旅游精品景区。

第七章　太行大峡谷

　　太行大峡谷，位于河南省安阳市林州石板岩乡境内，在河南省西北部、南太行山东麓，南北长50千米，东西宽1.5千米，总面积89平方千米。也叫林州大峡谷。太行大峡谷境内断崖高起，群峰峥嵘，台壁交错，苍溪水湍，流瀑四挂，是"北雄风光"的典型代表。核心景区包括：泉潭叠瀑桃花谷、百里画廊太行天路、太行之魂王相岩、原始生态峡谷漂流、人间仙境仙霞谷等。2016 年 10 月 13日，太行大峡谷被国家旅游局评为"国家 5A 级旅游景区"。2022 年 6 月，林州太行大峡谷旅游景区被列入首批河南省级文化和旅游业"白名单"企业。

太行大峡谷的红旗渠，原名引漳入林工程，在豫、晋、冀三省交界处，为水利工程类景区，是国家 5A 级旅游景区、全国重点文物保护单位，景区总面积达24.16 平方公里，红旗渠被世人称为"人工天河""中国的水长城""世界第八大奇迹"。另外，主要景点还有青年洞、络丝潭、分水苑等。

第八章　清明上河园

清明上河园，位于河南省开封市龙亭区龙亭西路 5 号，是国家级 5A 级景区。占地 600 余亩，其中水面 180 亩，大小古船 100 多艘，房屋 400 余间，景观建筑面积 30000 多平方米。园区以双亭桥为界分为南苑、北苑两大景区。南苑主要反映宋代的民俗风情、市井文化，北苑主要反映皇家园林、古代娱乐。

清明上河园是以宋代张择端的名画《清明上河图》为蓝本，以北宋都城汴梁的市井生活和古代娱乐为题材的仿古文化主题公园。复原了繁华的汴京城，可以说是活生生的《清明上河图》，来到清明上河园看到拂云阁、虹桥、水心榭等建筑，仿若画中游一般。其中虹桥还被列为中国十大名桥之一，也是清明上河园中的一处主要的景观，上可走马过人，下可载货行舟，来到这都忍不住要依栏摄影，留作纪念。此外还有酒楼、茶肆、当铺等平民生活设施。而园中的工作人员、小商小贩们，都身穿宋朝的服饰，让自己有种从清明上河图穿越到千年前北宋时代的汴梁。园中游玩时还能看到"包公巡汴京河"、"王员外嫁女儿"、"岳飞沙场点兵"、"蹴鞠比赛"等一系列具有北宋特色的故事场景演出和民俗表演等。整个园区繁华热闹，再现宋朝盛世。

第九章　尧　山

　　尧山，位于河南省平顶山市鲁山县尧山镇西竹园村，是秦岭山系东部的余脉，自西向东。最低点海拔200米位于三汤园区内。尧山所处区域气候温暖，四季分明，区域内分布着众多沙河的支流，包括：玉泉庙沟、桃岭河、大庄河、窄渠沟、清水河等。主峰为玉皇极顶，海拔2153.3米。登临玉皇极顶举目远眺，见峰峦相连，极其壮观。

　　尧山是刘姓的发源地，也是战国时期思想家墨子的故里。1997年，经国务院批准建立国家级自然保护区，2011年5月，晋升为国家5A级旅游景区。是秦岭造山带和华北板块南缘在特定时期或特定阶段岩浆活动的典型代表，先后经历了中岳运动、嵩熊运动、卢临运动、叶舞运动等地壳运动，保存有熊耳群、洛峪群、汝阳群、九女洞群等沉积地层，出露郑家庄独立单元、合峪超单元、神林超单元、四棵树序列、黄土岗独立侵入体、叶庄序列等侵入体，具有重大科学研究价值的典型地质剖面。

　　尧山地貌类型有构造地貌、流水地貌、岩石地貌、瀑布、河流、湖沼、泉水等。花岗岩构造地貌景观是典型的地质遗迹，包括花岗岩峰丛、峰林、孤峰、峡谷以及崩塌等不同类型的花岗岩地貌景观，具有较高的美学观赏价值和科研价值。尧山内发育的温泉群有上汤、中汤、下汤、温汤、碱汤等。尧山凭借独特的花岗岩地貌、潭瀑溪流、地热温泉，展示了数亿年地质运动作用形成的断裂、褶皱和风化沉积、冰川运动等地质遗迹。

　　尧山森林覆盖率达97%，动植物种类也较多。种子植物、根生植物和蕨类植物达四千种以上；奇特的地形地貌条件给众多的珍惜濒危生物提供了繁衍生息的处所。据统计调查，尧山区域有大量的无脊椎动物与水生生物，该区的陆栖脊椎动物达125种以上，其中国家级保护的珍贵动物有17种，其中有大鲵、红腹锦鸡、红脚隼、金钱豹、麝、金雕、羚羊、大灵猫、豪猪等；属省级保护的珍贵动物有狐、青鼬、画眉、啄木鸟、双斑锦蛇、飞鼠、水獭、豹猫等14种。

第十章 殷 墟

殷墟是我国奴隶社会商朝后期的都城遗址，古称"北蒙"，甲骨卜辞中又称为"商邑"、"大邑商"，是中国历史上第一个有文献参考、并为考古学和甲骨文所证实的都城遗址。由殷墟王陵遗址、殷墟宫殿宗庙遗址、洹北商城遗址等构成。它位于河南省安阳市区西北小屯村，是国家 5A 级景区、世界文化遗产，被评为20 世纪中国 "100 项重大考古发现" 之首，距今已有 3300 多年历史，因其出土大量的甲骨文和青铜器而驰名中外。

自 1928 年科学发掘以来，殷墟出土了大量都城建筑遗址和以甲骨文、青铜器为代表的丰富的文化遗存，系统展现了中国商代晚期辉煌灿烂的青铜文明，确立了殷商社会作为信史的科学地位。殷墟总体布局严整，以小屯村殷墟宫殿宗庙遗址为中心，沿洹河两岸呈环形分布。现存遗迹主要包括殷墟宫殿宗庙遗址、殷墟王陵遗址、洹北商城、后冈遗址以及聚落遗址（族邑）、家族墓地群、甲骨窖穴、铸铜遗址、手工作坊等。宫殿宗庙遗址位于洹河南岸的小屯村、花园庄一带，南北长 1000 米，东西宽 650 米，总面积 71.5 公顷，是商王处理政务和居住的场所，也是殷墟最重要的遗址和组成部分，包括宫殿、宗庙等建筑基址 80 余座。在宫殿宗庙遗址的西、南两面，有一条人工挖掘而成防御壕沟，将宫殿宗庙环抱其中，起到类似宫城的作用。

第十八篇　湖北——荆楚要塞

　　湖北省简称"鄂"，别名楚、荆楚，是中华人民共和国省级行政区，省会武汉，位于中国中部地区，东邻安徽，西连重庆，西北与陕西接壤，南接江西、湖南，北与河南毗邻，属长江水系。湖北地处亚热带，大部分地区属亚热带季风性湿润气候。北纬29°05′至33°20′，东经108°21′至116°07′之间。湖北地势大致为东、西、北三面环山，中间低平，略呈向南敞开的不完整盆地。中部为"鱼米之乡"的江汉平原。在全省总面积18.59万平方千米。下辖12个地级市、1个自治州，39个市辖区、26个县级市、37个县。湖北文化底蕴深厚，有中华始祖炎帝的故里，800多年的历史创造了楚文化。湖北是承东启西、连南接北的交通枢纽，天河国际机场是中国内陆重要的空港。长江自西向东，横贯全省1062公里。润泽楚天，水网纵横，湖泊密布，湖北因此又被称"千湖之省"。

　　湖北具有光荣的革命传统。从武昌辛亥首义到中华人民共和国成立，湖北为中国革命胜利做出了重要贡献。新民主主义革命时期，仅红安县就孕育了董必武、李先念两位国家主席和200多位将军。湖北科教文化居全国前列，是中国重要的高等教育基地。湖北科研领先全国，获国家科技奖甚多，连续7年位居全国前四。湖北的高铁很发达，高铁线路将宜昌、荆州、荆门、咸宁等城市与主城区紧密相连。湖北自然风光壮丽丰富，拥有如长江三峡、黄鹤楼、东湖等名胜景区。

第一章 武 汉

　　武汉市，别称江城，是副省级城市、国家中部地区最大的都市中心城市、内陆地区最繁华都市、国家区域中心城市。武汉地处江汉平原东部。世界第三大河长江及其最大支流汉水横贯市境中央，将武汉城区一分为三，形成了武昌、汉口、汉阳三镇隔江鼎立的格局。其面积 8467 平方公里，江河纵横、湖港交织，上百座大小山峦、166 个湖泊。早在 6000 年前的新石器时代，已有先民在此繁衍生息。北郊的盘龙城遗址作为武汉建城开端，距今有 3500 年历史。民国时期汉口繁荣，

　　武汉被誉为"东方芝加哥"。武汉是中国重要的科研教育基地。2014 年，武汉高等院校有 98 所。普通高校和本科院校仅次于北京居中国第二，教育部直属全国重点大学数量居全国第三，在校大学生和研究生总数居世界第一。武汉是《长江经济带发展规划纲要》超大城市、全国经济中心、高水平科技创新中心、商贸物流中心、国际交往中心四大功能为支撑的国家中心城市，是史文化名城，楚文化的发祥地。自春秋战国以来，武汉一直是中国南方的军事和商业重镇。

第一节 黄鹤楼

　　黄鹤楼位于湖北省武汉市武昌区，地处蛇山之巅，濒临万里长江，是武汉市的地标建筑。黄鹤楼始建于三国吴黄武二年（公元 223 年），历代屡加重修，现存建筑以清代"同治楼"为原型设计，重建于 1985 年。黄鹤楼是因唐代诗人崔颢登楼所题《黄鹤楼》一诗而名扬四海，自古有"天下绝景"之美誉。黄鹤楼坐落在海拔 61.7 米的蛇山顶，黄鹤楼建筑面积 3219 平方米，楼高五层，总高度51.4 米，登高眺望，整个武汉尽收眼底。黄鹤楼内部由 72 根圆柱支撑，外部有60 个翘角向外伸展，屋面用 10 多万块黄色琉璃瓦覆盖构建而成。黄鹤楼楼外铸铜黄鹤造型、胜像宝塔、牌坊、轩廊、亭阁等一批辅助建筑，将主楼烘托得更加壮丽。主楼周围还建有白云阁、象宝塔、碑廊、山门等建筑。整个建筑具有独特

的民族风格，与蛇山脚下的武汉长江大桥交相辉映。登楼远眺，武汉三镇的风光尽收眼底。黄鹤楼是"武汉十大景"之首、中国古代四大名楼之一、中国十大历史文化名楼之一，世称"天下江山第一楼"。黄鹤楼是湖北武汉一座标志性的建筑，已有1800年的历史。这座楼宇独特的建筑风格和精美的艺术装饰，展示了中国古代文化匠心独特的技艺。

黄鹤楼的外观呈古典式建筑，以黄色琉璃瓦为主，配以红墙绿瓦，金碧辉煌。楼的内部则展示了大量的艺术装饰，包括彩绘、木雕、石刻等，充满了古代的艺术气息。黄鹤楼的壮丽古典风情，引得古代文人墨客驻足留笔，为黄鹤楼留下了千古流芳的名句：李白的《黄鹤楼送孟浩然之广陵》"故人西辞黄鹤楼，烟花三月下扬州。孤帆远影碧空尽，唯见长江天际流"和"黄鹤楼中吹玉笛，江城五月落梅花"；崔颢的《黄鹤楼》"昔人已乘黄鹤去，此地空余黄鹤楼。黄鹤一去不复返，白云千载空悠悠"；元代画家赵子昂的《黄鹤楼图》等。这些作品不仅展示了黄鹤楼的魅力，也传承了中国文化的精髓。黄鹤楼是武汉的象征、中国的宝贵财富。

第二节　琴　台

琴台位于武汉的市区一处不起眼的小公园，但它却蕴藏着一段刻骨铭心、流芳千古的历史故事。公园内有知音广场，琴心湖、伯牙墓、琴台书院等。琴台是知音台、友情魂、文化园。琴台公园的命名源于一段感人肺腑"高山流水遇知音"的故事。

春秋战国时期晋国的上大夫俞伯牙，原籍是楚国郢都（今湖北荆州），弹琴技艺绝妙，又是作曲家，被人们尊为"琴仙"。有一年，俞伯牙回乡探亲，夜间走水路，经过汉阳江口，遇风浪，停泊在一座山下。夜晚风浪渐息，云开月出，照如白昼，俞伯牙蠹立船头赏月，忽然一阵悦耳的琴声吸引了他。琴声清脆悠扬，声似巍峨山峦起伏，音似江海流水延绵不绝，他不禁鼓掌，道了一声，好！被誉为"琴仙"的俞伯牙从来没有听过这样绝世的琴声，便顺着琴声寻去。俞伯牙寻到半山腰，看到一间茅草屋，一位年轻人在烛光下抚琴，桌案上摆着香炉，散发出袅袅沁人心脾的清香，一位老妇人坐在床上静静地聆听琴声。

经过交流，俞伯牙了解到弹琴年轻人是个樵夫，名叫钟子期。他虽然衣着普通，但谈吐不凡。俞伯牙问钟子期，以他的才学，为何不入仕途报效朝廷？钟子期说："老母在堂，须尽孝侍奉，仕途之事将来再说。"俞伯牙听了钟子期的话，对钟子期的孝心和高洁的品质很赞赏。两人越谈越投机，相见恨晚，相互抚琴切磋，直到天明。临行前，俞伯牙告别钟子期，相约明年此时此日他一定再来相聚，钟子期说明年自己此日一定去山下等候迎接。

第二年，俞伯牙带着自己一把最好的名琴，如约而来。但他并没有看到钟子期来迎接，却看到钟子期白发苍苍的老母亲站在那里。俞伯牙连忙上前问缘故，老母亲说钟子期在半山腰不便来，由她来代替迎接。老母亲把俞伯牙引到半山腰钟子期的坟前，告知钟子期因病亡故。俞伯牙悲痛万分，在坟前大哭一场，坐在钟子期的坟前，弹奏一曲特意为他而作的《高山流水》，然后在钟子期的坟前把琴摔毁，发誓终生不再弹琴。"摔破瑶琴凤尾弦，子期不在对谁弹？人间满眼皆朋友，知音少，弦断有谁听？"俞伯牙把钟子期的老母亲接自己家里，奉养到百年。这就是《俞伯牙摔琴谢知音》的故事。这个故事成了千古传颂的佳话，人们用"知音"来形容彼此深厚的友谊和互相理解的情感。

第三节　木兰生态园

木兰生态园位于武汉市黄陂区，名字源于古代巾帼英雄花木兰的故事。木兰生态园是花木兰当年习武、练兵，代父从军地方，人们为了纪念这位传奇女将，把这片山水美景定为木兰生态园。生态园里青山绿水，碧波荡漾，大片的绿色植被和各种珍稀植物，形成了自然风光天然氧吧。

花木兰出生一个普通的家庭，从小喜欢舞刀弄枪，练习武艺。朝廷征兵，她父亲年迈多病体弱，难以出征。花木兰毅然女扮男装，代父从军。花木兰从军期间，凭着过人的武艺和智慧，屡建奇功。在一次战役中，她身负重伤，险些丧命。她知道自己女儿身份将要暴露，仍用顽强的毅力向统领坦白自己的真实身份。花木兰的勇气和诚实感动折服了将士们，统领决定让她养好伤后回归军队。在以后的战斗中，花木兰英勇善战，带领将士们夺取得了一次又一次的胜利。她的传奇故事传遍了整个军队和国家，成了全国人民心中的巾帼英雄。花木兰是中国历史长河中，坚强、勇敢、智慧、美丽的象征。

木兰生态园里有木兰殿和玉皇阁。木兰殿内供奉着花木兰的塑像，殿内香火鼎盛，是人们表达敬意和祈福的地方。玉皇阁则是一座古色古香的建筑，登临阁

顶，可以俯瞰整个园区，领略到这片美景的壮观气势。木兰生态园共有四个风景区，每个风景区都有其独特的特色和景观。

第四节　东　湖

　　湖北东湖风景区位于武汉市武昌区，是一个集自然风光、人文景观、名胜古迹和现代化游乐设施于一体的综合性风景名胜区，是国家 5A 级旅游景区、全国文明风景旅游区示范点、国家重点风景名胜区。历史上曾与武昌其他湖泊相通并与长江相连，因水满溢患频繁，在人工干预下东湖与周边的湖泊与长江分离。东湖生态旅游风景区面积 88 平方公里，由听涛、磨山、落雁、吹笛、白马和珞洪 6 个片区组成。这里曾经屈原泽畔行吟，刘备磨山郊天，李白湖边放鹰；毛泽东 48 次视察，64 个国家的贵宾留足迹。日积月累，东湖的"名湖气质"美名远播。

　　东湖风景区拥有广阔的湖面和丰富的人文景观。这里的山水相映成趣，形成了一幅美丽的画卷。人们可以在湖边漫步，欣赏湖光山色；也可以乘坐游船在湖中畅游，感受清新的水韵和微风拂面的舒适。其生态环境秀美，优良的水质为众多动植物提供了良好的生存环境。东湖是武汉市的重要水源地，也是水产养殖基地。东湖是一个集旅游观光、休闲度假、科普教育、自然风光、人文景观、名胜古迹、现代化游乐设施于一体的、知名的综合性生态旅游名胜景区。

　　东湖风景区还有许多著名的景点，如行吟阁、楚城、楚天台等，这些景点都有着丰富的历史和文化内涵，是游客了解楚文化的重要场所。周边聚集了武汉大学、华中科技大学、中国地质大学等。

　　人们可以在这里感受到大自然的魅力，也可以在人文景观中领略到历史的厚重。无论是休闲度假、家庭出游还是商务出差，东湖风景区都是一个不容错过的景点。东湖风景区还有许多现代化的游乐设施，如水上乐园、儿童乐园等，这些设施为游客提供了丰富多彩的娱乐活动。

第二章 恩施大峡谷

　　恩施大峡谷位于湘、渝、鄂三省交界处，是国家 5A 级旅游景区、国家地质公园、灵秀湖北的十大旅游名片之一；是清江流域最美丽的一段，被誉为全球最美丽的大峡谷。万米绝壁画廊、千丈飞瀑流芳、百座独峰矗立、十里深壑幽长，雄奇秀美的世界地质奇观，与美国科罗拉多大峡谷不分伯仲。中法联合探险队来到恩施，在崇山峻岭之中，意外地发现了这条美得令人窒息的大峡谷，将它命名为"恩施大峡谷"。恩施大峡谷是全球最长、最美丽的大峡谷之一，拥有清江升白云、绝壁环峰丛、天桥连洞群、暗河接飞瀑、天坑配地缝五大奇观。峡谷中遍布绝壁悬崖，流水飞瀑，千仞孤峰，壮观地缝，原始森林，乡村梯田，迎客松、一炷香、情侣峰、绝壁长廊、大地山川，步步为景，美不胜收。

　　恩施大峡谷的七星寨、云龙地缝，总面积 35.2 平方公里，天坑、地缝、绝壁、峰丛、岩柱群、溶洞、暗河等地质景观一应俱全，被称为"喀斯特地形地貌天然博物馆"，拥有众多世界级旅游资源。云龙地缝是"地球最美丽的伤痕"，云龙地缝呈"U"形，上下垂直一致，全长 3600 米，平均深 75 米，是奇异独特的喀斯特景观。一炷香是恩施大峡谷的"镇谷之宝"，高 150 米，柱体底部直径 6 米，最小直径只有 4 米，地貌十分罕见，为恩施大峡谷标志性景观。一炷香，擎天一柱，千年不倒之谜，被誉为"世界地质奇观、东方科罗拉多"！峡谷外部绝壁巨壑环抱，山峦叠嶂，地形多变；流水淙淙，飞瀑跌落，五彩黄龙瀑布、彩虹瀑布、云龙瀑布、冰瀑、沐抚飞瀑，景观都非常壮丽。

　　恩施大峡谷大型山水实景剧《龙船调》，以大峡谷的绝壁景观为舞台背景，利用现代高科技舞台特效技术，绚丽的灯光、雄浑的音乐和壮美的绝壁风光交相辉映，演绎了一段经典的"天地恋歌女儿会、峡谷绝唱龙船调"。该剧以恩施土家民族文化为素材，已被联合国教科文组织评为世界上最美的 25 首民歌之一。《龙船调》贯穿始终，是湖北首台山水实景演出，也是全国最大的峡谷山水实景音乐剧。剧场用地 240 亩，总建筑面积 4.9 万平方米，演职人员 500 多位。"相

约大峡谷·情定女儿寨"，是当地"女儿会"文化为主题的节目。

峡谷景区建筑，依山而建，融合了土家族吊脚楼、羌族和苗族的风格着力打造。以民俗风情、形成集体接待、观光旅游、休闲度假、特色商业、民众乐居为一体的，具有苗族民风民俗的特色文化旅游小镇。恩施大峡谷餐饮既有蜀地麻辣特色又具潇湘咸辣风格，颇具土家族和苗族特色的风味小吃更是吸引了大量的食客。辣椒榨混合主料蒸出来的"格格"、迷你火锅"合渣"、烤得滋滋流油的腊肉、酸辣味十足的榨广椒、土家掉渣烧饼，都值得去细细品尝。

第三章　武当山

武当山，又名太和山、谢罗山、参上山、仙室山，古有"太岳""玄岳""大岳"之称，位于湖北省西北部十堰市丹江口市境内，是中国道教名山、全国重点文物保护单位，已入选《世界遗产名录》。武当山的历史文化悠久，从春秋战国历经了汉、唐、宋、元、明、清，历代王朝的兴奉兴衰，修葺多达42次。武当山有古建筑53处，建筑面积2.7万平方米，建筑遗址9处，全山保存各类文物5035件。武当山古建筑群的整体布局以天柱峰金殿为中心，以官道和古神道为轴线向四周辐射，采取皇家建筑法式统一设计布局，整个建筑群规模宏大，主题突出，井然有序。建筑群体现了道教"崇尚自然"的思想，保持了武当山的自然原始风貌。工匠们按照明成祖朱棣"相其广狭""定其规则""其山本身分毫不要修动"的原则来设计布局。武当山在明代有各种建筑500多处，大小为榄2万多间。清代至民国，毁于兵火，规模逐渐缩小。现存有太和宫、紫霄宫、南岩宫等。武当山的建筑风格充满了古朴典雅的韵味。这里的建筑多采用古代建筑风格，以木材为主，结构精美，造型独特。最著名的建筑是紫霄宫和南岩宫，它们依山而建，层层叠叠，错落有致，古风仙气。

武当山是中国道教的一个重要发源地，由明代张三丰创立了武当派，主要特点是：以崇拜"真武大帝"为主神；重习武当内家拳技；主张三教合一，以"道"为三教共同之源；重视内丹修炼，擅长雷法及符箓，主张品术双修，强调忠孝伦理、三教融合为主要特征的道教派别。武当山有着悠久的道教历史、深厚的道教文化积淀。据说，武当山蕴藏着许多传奇的武当功夫宝典秘籍和玄学。登上武当山，令人有一种超凡脱俗感觉，屹立在武当山峰，呼吸着清新的空气，仿佛自己也成了遗世独立的武当高手，满身侠气，傲视天下，畅快无比。

　　武当山的自然风光也十分迷人，这里有着茂密的森林、清澈的溪流，奇特的石景。武当山以其险峻的山势、古老的建筑和优美的自然风光而闻名于世。武当山被人们称为"仙境之乡"的山。风光秀美，山峰陡峭，山间云雾缭绕，宛如仙境。登上山顶，俯瞰群山，云海翻腾，让人感到仿佛置身仙境。

第四章　古隆中

　　襄阳古隆中风景名胜区，位于湖北襄阳、南漳、谷城三县交界处，总面积209 平方公里，是国家 5A 级旅游景区、国家重点风景名胜区、全国重点文物保护单位、国家历史文化名城。古隆中有着悠久的历史，是三国时期诸葛亮青年时躬耕读书的成才之地，是三国时期杰出政治家、军事家诸葛亮青年时代隐居的地方。诸葛亮抱膝读书，耕田种地长达 10 年。诸葛亮原本是山东琅琊人，幼年失去了双亲，17 岁随叔父来到襄阳隆中，躬耕苦读，留意世事，被称为"卧龙"。后来刘备三顾茅庐，诸葛亮全面分析了当时三分天下的局势，提出了一统天下的谋略《隆中对》。古隆中有着丰富的人文景观和优美的自然环境。因诸葛亮与其叔父隐居于此，被世人称为智者摇篮。这里"垂千古""永清幽"的胜地，吸引着中外无数人们的足迹与目光。据《舆地志》记载："隆中者，空中也。行其上空空然有声。"古隆中因此而出名。古隆中是诸葛亮故居风景名胜区，包括古隆中、水镜庄、承恩寺、七里山、鹤子川等五大景区。古隆中自然景色优美，人文景观丰富。古隆中风景区占地 18000 亩，有中山、乐山、大旗山、小旗山、诸葛庙、广德寺等，是一个历史遗迹、人文景观与山林田园为一体的风景名胜区。

第五章　腾龙洞

　　腾龙洞风景名胜区位于湖北恩施自治州利川市，是国家地质公园、湖北著名旅游景点、国家 5A 级景区、长江三峡 30 个最佳旅游新景观之一、爱国主义教育基地，被《中国国家地理》评为"中国最美的地方"、"中国最美六大旅游洞穴——震撼腾龙洞"。景区总面积 69 平方公里，集山、水、洞、林于一体，以雄、险、奇、幽、秀而驰名中外。腾龙洞口高 74 米，宽 64 米，洞内最高处 235 米，洞穴总长度 52.8 公里，其中水洞伏流 16.8 公里，洞穴面积 200 多万平方米。洞中有 5 座山峰，10 个大厅，地下瀑布 10 余处，洞中有山，山中有洞，水洞、旱洞相连接，主洞支洞相互通，无毒气、无蛇蝎、无污染。旱洞全长 59.8 公里，为亚洲第一大旱洞，水洞则吸尽了清江水，更形成了 23 米高的瀑布，清江水至此变成地下暗流。神奇的是，水旱两洞仅一壁之隔。洞内终年恒温 14—18℃，空气流畅。在洞内，人们可以看到千姿百态的景观，如水洞口的卧龙吞江瀑布落差 20 余米，吼声如雷，气势磅礴。

　　腾龙洞穴是经过长期地质作用形成。其洞穴群共有上下五层，其中包括水洞、旱洞、鲇鱼洞、凉风洞、独家寨及三个龙门、化仙坑等景区。腾龙属中国最大的溶洞，是世界特级洞穴之一。洞外风光无限，山清水秀。水洞口有王任重题写"腾龙洞"，关广富题词"卧龙吞江，天下奇观"，冯牧挥毫泼墨"登山当攀珠峰，揽胜应探腾龙"。腾龙洞口，与明岩峡峡谷景区相连；西北抵于黑洞洞口，与雪照河峡谷景区相通，向上是一个沿清江河谷延伸的狭长景区。区内海拔均在 1000 米以上。现已开发的有两个景区：腾龙洞旱洞景区、落水洞水洞景区。二景区集山、水、洞、林、石、峡于一体的天然洞穴。腾龙洞大小支洞 300 余个，洞中有山，山中有洞，无山不洞，无洞不奇，洞中有水，水洞相连，构成了一个庞大而雄奇的洞穴景观。洞中共有 150 余个洞厅，象形石 140 余种。

　　腾龙洞古称干洞、硝洞。清光绪《利川县志》记载："干洞有硝。光绪十年（1884 年），有采硝者十余人，秉烛而入数十里，惧而返。"古洞中除从洞口至圆堂关，古代采硝人有所了解以外，千万年来，腾龙洞传说百出，至今腾龙洞隐藏着巨大的神秘。1985 年，华中理工大学古建系教授张良皋那篇《利川落水洞应该夺得世界名次》的文章发表后，一石激起千层浪，很快利川掀起了一个探测腾龙洞的热潮，经过艰难的探测，逐步揭开了腾龙洞神秘的面纱。腾龙洞是湖北的历史文化宝库和旅游胜地，也是中国非物质遗产历史文化的传承。

第六章 土司城

土司城位于湖北省恩施土家族苗族自治州恩施市西北、小地名叫对山湾的地方，始建于 1998 年，占地 215 亩，是国家 4A 级景区。其建筑包括门楼、侗族风雨桥、廪君祠、校场、土家族民居、听涛茶楼、民族艺苑等 12 个景区 30 余个景点。"恩施土司城"，由费孝通题名书写。恩施土司城是全国唯一座规模最大、工程最宏伟、风格最独特、景观最多的土家族地区，是土司文化标志性工程。设有土司王宫，如九进堂、城墙、钟楼、鼓楼、百花园、白虎雕像、卧虎铁桥，及茶楼、民艺等，反映了土家族的历史渊源，展示了土家族古老而淳厚的民风民俗。

走进恩施土司城，迎面一座赫然高耸的是土司城门楼。土司城门楼也称土司朝门或看楼，是显示土司威仪和功德的纪念性建筑——极其注重外观的庄重华丽，建筑内容上则集中体现了土家族的人文思想空间观念和技术上的聪明才智。恩施土司城是以展示民族文化为主要内容，以休闲、旅游为主要功能的大型文化公园和旅游景点，主要分民族文化展示区、宗教展示区、休闲娱乐区三个主要区。是全国唯一一座规模最大、工程最宏伟、风格最独特、景观最靓丽的土家族地区土司文化标志性工程。

恩施土司城是土司文化的瑰宝，是中国土司制度文化的重要载体，也是土司文化古建筑群的体现。它承载土司文化、维系民族团结发挥了重要作用。恩施土司城，为提供了解土司文化的特点与历史意义，把握中国多元文化发展，促进民族团结推动社会可持续发展具有重要作用。

第七章　山峡大坝

山峡大坝被誉为"人间奇迹"。它位于湖北宜昌，坐落在长江之上，是世界上最大的水利工程，也是中国一项举世无双的壮丽景观。山峡大坝的全长超过2300米，高程达到185米，犹如一条巨龙横跨在长江之上。站在大坝的底部，抬头仰望巍峨的山峡大坝，人们会被它宏伟的建筑所震撼。耸立坝顶，俯瞰滚滚长江水奔流不息，心里充满了震撼和敬意，为人类的智慧和力量感叹自豪。

山峡大坝具有防洪、发电、灌溉、航运等多重功能。它的建设是一项艰巨浩大的工程，也是人类对自然环境的改造和挑战。自1994年开工建设以来，数以万计的建设者历经十多年的努力，终于建成了这个世界瞩目的水利工程。山峡大坝博物馆展示山峡大坝建设历程和功能，陈列着许多珍贵的照片、模型和实物，详细介绍了大坝的建设背景、设计理念、施工过程，功能作用和历史和意义。山峡大坝是地标性建筑，如今已是著名的旅游景点，每年都吸引成千上万的人来到这里一睹大坝风采，观光大坝雄伟壮丽的景色，感受人间创造的奇迹。在大坝的观景台上，眺望长江两岸的美景，领略山峡大坝的无限风光。

第八章　汉阳铁厂博物馆

汉阳铁厂博物馆坐落在风景秀丽的武汉汉阳月湖堤畔，占地面积约700平方米，二层仿欧式建筑。该馆是国内关于张之洞与"汉阳造"唯一专题馆。19世纪中叶，西方列强用坚船利炮打破了中国的国门。国家日益积弱积贫。鸦片战争后，清朝一部分官僚在"师夷长技"的影响下，"寻求自强"开始举办洋务企业。在张之洞的倡导、策划下，汉阳铁厂应运而生。张之洞任两广总督时曾委托驻英公使刘瑞芬向英国订购冶炼炉及各种机器。光绪十五年(1889年)张之洞调任湖广总督,奏请将在广州购置的铁厂机器一并移鄂。汉阳铁厂从开工到建成,历时两年十个月。整个工程包括炼钢厂、炼铁厂等十个分厂,1894年6月28日开炉炼铁。汉阳铁厂是当时亚洲最大的钢铁联合企业。

张之洞,1837—1909年,字孝达,又字香涛,号壶公,晚年自号抱冰老人,清末重臣,洋务派首领,河北人,进士,山西巡抚后调任湖广总督,建立湖北铁路局、湖北枪炮厂、湖北纺织官局,开办大冶铁矿、内河船运和电讯事业,力促兴筑芦汉、粤汉、川汉等铁路,编练新军,在鄂、苏两地设新式学堂,多次派遣学生赴日、英、法、德等国留学。汉阳铁厂是张之洞创办的我国第一家钢铁联合企业,也是国家钢铁工业的摇篮,被西方视为中国觉醒的标志。

第九章　神农顶

神农顶风景区,位于湖北省西北,在神农架西南部的自然保护区内,总面积约883.6平方公里,海拔3000米以上山峰6座,有"华中屋脊"之称,是国家5A级旅游景区。神农顶是大巴山东延的余脉,海拔3106.2米,也为华中地区最高的山峰,号称"华中第一峰",神农顶景区因此而得名。景区地处渝鄂两省市交界的长江与汉水之间,位于湖北省神农架林区境内,周边与房县、兴山县、巴东县、竹山县和重庆市的巫溪县接壤。远古时期,神农顶是一片汪洋大海,是燕山和喜马拉雅山运动将其抬升为多级陆地,成为大巴山东延的余脉。

神农顶风景区拥有保存完好的森林自然生态,是体现人与自然和谐共存为主题的自然生态旅游区。是神农架重点风景名胜区,也是湖北省重点风景名胜区之一。神农顶景点有:金猴岭原始森林、"野人"梦苑、神农第一景、风景垭石林、野人寻踪地、板壁岩石林、猴子石、太子垭、保护区了望塔等。主要景观有高山草甸、高山杜鹃林、原始冷杉林、珍贵草药等。这里又是地质博物馆,不仅有喀斯特地貌和古冰川侵蚀遗迹,还能在崇山峻岭中找到地球历次造山运动的痕迹:有元古纪、震旦纪的标准地质剖面,有古生代、中生代、新生代各地质时期的动

植物石化群。境内的山峰、峡谷高低悬殊，最高峰神农顶海拔 3106.2 米，最低点的石柱河谷海拔仅 398 米，高差竟达 2700 余米，是最具特点的地质地貌景观汇集地。

第十章　恩施大峡谷

　　恩施大峡谷位于湖北省恩施土家族苗族自治州恩施市屯堡乡，地处湘、渝、鄂三省交界处，距恩施市区 49 千米，距利川市区 39 千米，峡谷全长 108 千米，面积达 300 平方千米。恩施大峡谷是一个自然景观壮丽的景区，拥有丰富的地质景观和生态资源。这里的天坑、地缝、绝壁、峰丛、岩柱群、溶洞、暗河等地质景观一应俱全，被称为"喀斯特地形地貌天然博物馆"。景区分为七星寨景区和云龙地缝景区，七星寨景区以其绝壁栈道、一炷香、鞠躬松、母子情深等景点著称，而云龙地缝景区则以其 U 形地缝、瀑布成群的特点吸引游客。2010 年 10 月 1 日，恩施大峡谷对外开放。恩施大峡谷已开放七星寨景区全线及云龙地缝部分景区。七星寨开放面积 7.2 千米，天坑、地缝、绝壁、峰丛、岩柱群、溶洞、暗河等地质景观一应俱全，被称为"喀斯特地形地貌天然博物馆"。2015 年 7 月，恩施大峡谷被国家旅游局授予"国家 5A 级旅游景区"。

　　恩施大峡谷有五大奇观：一是清江升白云，峡谷云海与多数名山明显不同，恩施大峡谷的的云从清江上升起像一条腾飞的巨龙，蜿蜒曲折，延绵百里。二是绝壁环峰丛，喀斯特地貌一般绝壁无峰丛，有峰丛无绝壁。恩施大峡谷有四面绝壁凹陷于丛峰之中的，也有四面绝壁突出似凌架于丛峰之上。三是天桥连洞群，洞穴群落是大峡谷中又一特点。据不完全统计，大峡谷沿线有大小洞穴 200 余个。如板桥的热云洞，有石壁相隔形成两个洞口，一洞通热风，一洞出冷风，冷热交融烟雾缭绕；洞内的大厅可容纳数万人；有天桥匹配。四是地缝接飞瀑，峡谷内的云龙河地缝全长 7.5 千米，最深达 75 米，地缝怪石遍布，古木苍翠，碧流潺潺，地缝两岸数条飞瀑流泉。五是暗河配竖井，奉节龙桥河至恩施大峡谷的地下暗河全长 50 千米，为世界之最。仅暗河之上的竖井就有 108 个，形似新疆坎儿井。

第十九篇　湖南——潇湘美域

　　湖南省，简称"湘"，是中华人民共和国省级行政区、省会长沙，位于中国的中部地区，东临江西省，西接重庆市和贵州省，南与广东省和广西壮族自治区相邻，北与湖北省相邻。湖南地处云高原向江南丘陵和南岭山脉向江汉平原过渡的地带，地势呈三面环山、朝北开口的马蹄形地貌，由平原、盆地、丘陵地、山地和河湖构成，森林覆盖率较高，属于亚热带季风气候。东经111°53′～114°15′，北纬27°51′～28°41′之间。湖南历史文化底蕴深厚，有"湖湘文化"，在五代时就有"秋风万里芙蓉国"，毛泽东"芙蓉国里尽朝晖"的赞美。下辖14个地州市、122个县（市、区），面积21.18万平方千米。

　　湖南自古有"唯楚有材，于斯为盛"之誉，涌现出启蒙思想家魏源，有清代名臣曾国藩、左宗棠，谭嗣同、唐才常，辛亥元勋黄兴、蔡锷、宋教仁等。新民主主义革命时期，湖南发生了秋收起义、湘南暴动、桑植起义、平江起义、通道转兵、芷江受降等著名历史事件。毛泽东、刘少奇、任弼时、彭德怀等无产阶级革命家，为建党建国做出了卓越贡献。新中国授衔的十大元帅、十位大将有九位是湖南人。胡耀邦、朱镕基；共产主义战士雷锋；艺术家田汉、齐白石、黄永玉；体育名将熊倪、刘璇；科学家"试管婴儿之母"卢光琇等，还有沈从文、周立波等均是湖南人。

第一章 长 沙

　　长沙市地处湖南省东部偏北，湘江下游和湘浏盆地西缘，是全国"两型社会"建设综合配套改革试验区核心城市，国家十二五规划确定的重点开发区域，是湖南省的政治、经济、文化、科教和商贸中心。面积 1.1819 万平方公里。长沙是楚文明和湘楚文化的发源地，拥有 3000 年的历史，始建于春秋战国时期，属楚国，被称为"屈贾之乡"。长沙又称"楚汉名城"，马王堆汉墓和走马楼简牍等重要文物的出土，反映了深厚的楚文化和湖湘文化底蕴。岳麓书院为湖南文化教育的象征。历史上涌现众多名人，留下众多的历史文化遗迹，成为国家历史文化名城。

第一节 天心阁

　　天心阁位于长沙市中心地区城南路与天心路交会之处的古城墙上，是长沙古城的一座城楼，为长沙重要名胜，也是长沙仅存的古城标志。天心阁三层，建筑面积 846 平方米。碧瓦飞檐，朱梁画栋。阁与古城墙及天心公园等建筑巧妙融为一体，基址占城区最高地势，坐落在 30 多米高的城垣上，有妙高峰为伴。俞仪的《天心阁眺望》、清代学者黄兆梅的点睛之作"四面云山皆入眼，万家烟火总关心"。天心阁始建于明末，盛名于世，是文人墨客雅集吟咏之所。明代李东阳"水陆洲洲系舟，舟动洲不动；天心阁阁栖鸽，鸽飞阁不飞"。天星阁，其名源于明代盛传的"星野"之说，按星宿分野，"天星阁"正对应天上"长沙星"得名，是古人观测星象、祭祀天神之所。古阁位于古城之上，犹如龙伏山巅，被视为呈吉祥之兆的宝地。阁中供奉有文昌帝君和奎星两尊神像，以保长沙文运昌盛。

　　天心历史，长沙筑城。始于西汉，刘邦立汉，封重臣吴芮为长沙王，置长沙国，都长沙，始筑土城。元代定局较简陋，明初才垒址以石完固。清顺治十一年（1654 年），洪承畴拆明朝诸藩王府之藩城砖，尽数用以修筑城垣，增高加厚，设有窝铺、更栅，城楼、炮台、垛口，为之一新。

天心阁距今有 2200 多年的历史，是我国古代罕见的城防工事，明洪武五年长沙守御指挥使邱广修复加固，其长为 8.5 公里，呈南北长、东西窄条状。共设九座城门，增强了长沙城池的防御能力。阁楼总建筑面积 864 平方米，是长沙全城最高处。其阁名引《尚书》"咸有一德，克享天心"之意。1983 年重建，仿木结构，栗瓦飞檐，雕梁画栋，主副三阁，间以长廊。整个阁体呈弧状分布。主阁由 60 根木柱支撑，上有 32 个高啄鳌头、32 只风马铜铃、10 条吻龙。阁前后石栏杆上雕有 62 头石狮，还有车、马、龙、梅、竹、芙蓉等石雕，体现了长沙楚汉名城的风貌，另外阁内还珍藏了许多名人字画。

第二节　岳麓山

岳麓山位于湖南省长沙市岳麓区，是国家 5A 旅游景区、国家级风景名胜区。岳麓山是南岳衡山七十二峰之一。岳麓山自古被人赞誉为"碧嶂屏开，秀如琢珠"。岳麓山拥有"山、水、洲、城"的独特自然景观，历史文化底蕴深厚，始建于北宋的岳麓书院有"千年学府"之称。古麓山寺，距今有 1700 多年的历史，是汉魏最初名胜湖湘第一道场。因北朝刘宋时的《南岳记》"南岳周围八百里，回雁为首，岳麓为足"而得名。岳麓山风景名胜区包括，麓山景区、天马山景区等八大景区，有麓山景区、橘子洲景区、岳麓书院、新民学会四个核心景区。景区有古麓山寺等古迹，有黄兴、蔡锷等名人墓葬。岳麓山的文化有以毛泽东、蔡和森等伟人足迹为代表的名人文化，还有融儒、佛、道于一体的宗教文化。

古麓山寺碑号称"三绝碑"，以文章、书法、刻工而得名，也是岳麓山仅存最古老的一块碑。山门对联："汉魏最初名胜，湖湘第一道场。"古麓山寺依山势而建，殿宇不多，却有一番巍峨壮观之相。弥勒殿、大雄宝殿、观音阁依次排出，两厢为斋堂，匠心独具的绿化，寺外古木参天，景色幽静。云麓宫遍植松柏，九九重阳节登临远眺。舍利塔形似僧帽宝顶。白鹤泉古朴典雅，藻井上白鹤欲飞的。古人称"冷暖与寒暑相变，盈缩经旱潦不异"，故有"麓山第一芳涧"的美称。飞来石视野开阔，可遥望南岳而拜，古人称它为"拜岳石"。

护国军领袖、"中华民国"名将蔡锷的墓地，占地 1974.72 平方米。蔡锷于 1916 年 11 月 8 日病逝于日本，1917 年 4 月 12 日从日本归葬于此。岳麓山蔡锷墓为大型花岗石墓葬，基座宽阔，花岗石的圆形墓冢上立着矩形尖顶墓碑，镌有

"蔡公松坡之墓"大字的青铜匾嵌正中。墓围为圆形石栏，有 24 块青石，镌刻了谭延闿、唐继尧、刘显世等全国各省督军省长撰书的谏词挽诗。蔡锷墓是湖南省重点文物保护单位、国家重点文物保护单位。每逢清明时节或烈士忌辰，长沙人民会来此扫墓献花，表达对蔡锷将军的崇高敬意。

第二章　岳阳楼

　　岳阳楼位于湖南省岳阳市岳阳楼区洞庭北路，是国家 5A 级旅游景区、全国重点文物保护单位、国家重点风景名胜保护区。它始建于东汉建安二十年（215 年），历代屡加重修，现存建筑沿袭清光绪六年格局。岳阳楼主楼高 19.42 米，进深 14.54 米，宽 17.42 米，为三层、四柱、飞檐、盔顶、纯木结构，楼中四根楠木金柱直贯楼顶，周围绕以廊、枋、椽、标互相榫合，结为整体;顶覆琉璃黄瓦，构型庄重大方。岳阳楼内一楼悬挂《岳阳楼记》雕屏及诗文、对联、雕刻等；二楼正中悬有紫檀木雕屏，上刻有清朝书法家张照书写的《岳阳楼记》；三楼悬有毛泽东手书的杜甫《登岳阳楼》诗词雕屏,檐柱上挂"长庚李白书"对联"水天一色，风月无边"。

　　岳阳楼距今已有 1800 年历史，它与湖北武汉的黄鹤楼、江西南昌的滕王阁并称为江南三大名楼，是唯一保持原构的古建筑。岳阳楼矗立在洞庭湖边，瞰吞长江，气势雄伟。前身是三国东吴将领鲁肃的阅兵楼，保持着清代原构的史迹。自然风光之秀、建筑工艺之巧、诗词歌赋，佳天下闻名。明代李东阳有《书岳阳楼图后》，"江汉间多层楼阁，而岳阳为最。"岳阳楼兴于唐，盛于宋，传承至今由军事楼演变观赏楼,是历代文人雅士游览观光、吟诗作赋的胜地。孟浩然有《望洞庭湖赠张丞相》，"气蒸云梦泽，波撼岳阳城"，李白有《与夏十二登岳阳楼》，"楼观岳阳尽，川迥洞庭开"，杜甫有《登岳阳楼》，"吴楚东南坼，乾坤日夜浮"等皆为千古绝唱。

　　岳阳楼是北宋滕子京被贬为岳州知州，认为"天下郡，非山水环异者不为胜，山水非有楼观登览者不为显"，于庆历五年重建岳阳楼。他写书信连同一幅

《洞庭秋晚图》送给河南戍边的范仲淹，请范仲淹为岳阳楼作记。范仲淹写下千古流传的《岳阳楼记》，全文 360 字，字字珠玑，文情并茂，语气铿锵，内容博大，哲理精深，气势磅礴，以"先天下之忧而忧，后天下之乐而乐"精辟文章与楼并重于天下。岁月沧桑，朝代更迭。岳阳楼数遭水患兵燹，屡圮屡修达 30 余次。清光绪六年按照旧楼原貌进行修缮。坐东朝西，构造古朴端庄，气势恢宏，风格各异，彰显风姿。

第三章　衡　山

衡山为我国五岳名山之一南岳，位于湖南省衡阳市，是国家 5A 级旅游景区、国家级风景名胜区、国家级自然保护区。七十二群峰，重峦叠嶂，气势磅礴，素以"中华寿岳"、"五岳独秀"著称。南岳历史文化源远流长，《星经》载，南岳衡山对应星宿二十八宿之轸星，轸星主管人间苍生寿命，南岳故名"寿岳"。宋徽宗御题"寿岳"巨型石刻，现仍存于南岳金简峰皇帝岩。康熙皇帝亲撰的《重修南岳庙碑记》，首句"南岳为天南巨镇，上应北斗玉衡，亦名寿岳"。历代史志也常以"比寿之山""主寿之山"等称之。南岳始封于唐虞，是古代帝王巡狩祭祀的地方。相传尧舜禹来此祭祀社稷、巡疆狩猎；大禹曾在此杀马祭告天地，得"金简玉书"，立"治水丰碑"，现留下白马峰、金简峰和禹王城等古址。古往今来，李白、杜甫、韩愈、柳宗元、朱熹、王船山、谭嗣同、郭沫若、田汉、陶铸等历代著的文人墨客慕名而来，在南岳留下了 3700 多首诗、词、歌、赋和 375处摩崖石刻，是中华民族文化留存的艺术宝库。南岳古木参天，原始森林里植物1200 多种，珍贵树种 150 多种。有晋代银杏、明代古松、世界罕见的绒毛藻荚、摇钱树、连理枝。祝融峰、水帘洞、方广寺、藏经殿以其高、奇、深、秀，自古被赞誉为南岳"四绝"。南岳四季景色宜人，春赏奇花、夏观云海、秋望日出、冬赏雪景。是佛道并存同一山，是在中国佛道重要开源的地，对日本和东南亚地及世界都有很大的影响。西周期间，道教就在南岳开辟洞天福地，至唐代呈现"十大丛林""八百茅庵"之盛况。

南岳衡山是大自然馈赠给人类的神奇世界，每一座山峰、每一片树林、每一滴水珠都有自己的生命价值。南岳衡山是国家级自然保护区，有黄腹角雉、大鲵、穿山甲、青鼬、大灵猫、小灵猫、林麝、斑羚、鸢、松雀鹰、虎纹蛙等珍稀濒危野生动物和南方红豆杉、伯乐树、银杏、篦子三尖杉、金钱松、闽楠、喜树、香果树、榉树等珍稀濒危植物，是中国亚热带保存较完整的森林生态自然保护区。

第四章　韶　山

韶山是中国革命的摇篮、中华民族的圣地，也是中国革命的重要发源地之一，是国家 5A 级风景名胜区、国家重点革命文物保护单位、重要的革命纪念地、全国青少年革命传统教育基地。这里有毛泽东故居、毛泽东纪念馆等历史遗迹，还有许多文化古迹和历史传说，如韶山云门寺、关圣殿等。这里是毛泽东从小居住长大的地方。这座古老的建筑群，坐落在郁葱的山林之中。毛泽东故居广场，高耸着一座高 6 米高的毛泽东铜像，展示了中国领袖毛泽东的威严风采。

韶山的历史非常久远，历史文化底蕴深厚。关于韶山的来历，有多种说法，相传韶山是一块风水宝。舜帝继位之后，为造福人类，开拓疆土，辞别爱侣，甘冒苦辛，横渡黄河，涉险长江，深入荆楚蛮荒之地，探测山川利弊，规划拓垦宏图。舜帝南巡途中宿营此山，侍从们为舜帝献歌舞，随着优美的音乐起舞，舜帝一时兴起，用箫笙奏韶乐，山崖翕然，山鸣谷应，声震林木，凤凰闻乐展，翱翔飞鸣。《书·益稷》曰，"箫韶九成，引凤来仪"的山间胜境，人间盛会，亘古传诵至今。舜帝便把韶乐招凤的山岭称为韶山。

韶山自然风光很美丽，群山起伏，连绵不绝，山峰秀美，风景宜人。韶峰是韶山的最高峰，海拔 500 米，站在韶峰顶，可以俯瞰整个韶山风景。韶山还有许多名胜景点，如黑石寨、滴水洞等。滴水洞是典型的喀斯特岩溶洞穴，因洞内一处长条状石笋滴水成珠而得名。洞穴中还有各种造型各异的钟乳石、石柱、石幔等石钟乳景观。韶山还有很多人文景点，比如云门寺、关圣殿、诗词碑林、毛泽东纪念馆等。

韶山除了自然风光和人文景观，还蕴藏着许多文学作品，如清代文学家袁枚的《游韶山记》、近现代文学家郭沫若的《访韶山》等。另有一些作品呈现了韶山在中华民族文化中的重要地位，如《韶山史话》《韶山档案》等。

第五章　刘少奇同志纪念馆

刘少奇同志纪念馆位于湖南省宁乡县花明楼镇，是为纪念中国共产党和中华人民共和国领导人刘少奇而修建。占地面积 1300 亩，包括以重点文物保护单位刘少奇同志故居、门楼广场、铜像广场、生平业绩陈列馆、文物馆为主体的纪念场馆。该馆于 1988 年建成开放，有 8 个展室、1 个声像厅、2 个怀念亭，主体建筑 3100 平方米。纪念馆西南面的山地上，有刘少奇铜像，高 7.1 米，基座高 3.1 米。故居在纪念馆北面约 250 米的地方，是一栋半茅半瓦的土木结构农舍，为全国重点文物保护单位。

馆内陈列面积约为 900 平方米。有藏品 3000 多件，其中刘少奇生前使用过的遗物近 800 件，这些遗物中，有生活用品、办公用品，有刘少奇青少年时代用过的农具、床铺、草帽、眼镜、公文包等。还有刘少奇赴苏访问穿过的水獭皮大衣和袖珍收音机，用了一辈子的海绵枕头，1000 余张反映刘少奇生平业绩的照片。

第六章　张家界

张家界市位于湖南西北部，澧水中上游，属武陵山区腹地，是国家 5A 级旅游景区、国家重点风景名胜区、国家森林公园、世界地质公园、国家森林城市，已被列入世界自然遗产名录。张家界是中国最重要的旅游城市之一，是湘鄂渝黔革命根据地的发源地和中心区域。张家界国家森林公园而闻名世。张家界的自然

风光秀丽，山峰、峡谷、溪流、瀑布都是美丽的视觉盛宴。张家界的峰林是它最为壮丽的标志，凛立高耸的山峰，有的像人，有的像兽，有的像神，在云海的映衬下，显得神秘莫测。

张家界四面环山，以奇峰三千，秀水八百著称，在不同的季节，展现独特的自然景观。夏天是茂密的森林和奔流的溪水，秋天则是满山的红叶，冬季则是银装素裹的冰雪世界。张家界被誉为"人间仙境，世外桃源"。峡谷景色非常壮观，这些峡谷犹如大地的裂缝，深入地下数百米，壮丽的岩石淋漓尽致展示生存的魅力。张家界是一个文化遗产的宝库，也是中华民族历史文化的传承。当地土家族和苗族身穿传统服装，跳着民族舞蹈。独特的土家族吊脚楼，精美的苗族刺绣、服饰、手工艺品等，都展现了当地民族特色。

第七章　屈子祠

屈子祠，又名屈原庙，为祭祀战国时楚国大夫屈原神位之祠庙，位于湖南省汨罗市，汨罗江畔，玉笥山麓。建筑占地面积 1354 平方米，坐北朝南，为单层单檐砖木结构，有三进三厅，十四耳房，前有三座砖砌大门，门楼上刻有 13 幅表现屈原的浮雕屈子祠，亦称屈原庙，现辟为屈原纪念馆，位于湖南省汨罗城西北玉笥山顶。始建于汉代，清乾隆二十一年（1736 年），将它移建至玉笥山上。屈原祠为全省重点文物保护单位。祠为三进青砖结构，有石阶 119 阶。祠正门牌楼墙上绘有 13 幅屈原生平写照的浮雕。过道墙壁镶嵌着许多石碑，镌刻着后人凭吊屈原的诗文辞赋。后殿矗立一尊 1980 年重塑的屈原像，苍韵清风。内建独醒亭、骚坛、濯缨桥、桃花洞、寿星台、剪刀池、绣花墩、望爷墩等玉笥山"八景"。现存正殿、信芳亭、屈子祠碑等。正殿为砖木结构，单层单檐，青砖砌墙，黄琉璃瓦覆顶，风格古朴秀雅，全殿三进，中、后两进间置一过亭，前后左右各设一天井，中有池中有大花台，植金桂。祠内有古树 300 多株。

屈原是楚国重臣，受楚怀王的任命，重视对贤臣才士的任用，实施依法治国。屈原的变法取得了一定效果，但也让权贵们利益受损。权贵们怀恨在心，伺机报复，多进谗言。楚怀王便疏远屈原，最后撤掉屈原官职，先后流放到汉北和沅湘流域。公元 278 年，秦将白起攻破楚国首都郢都，楚怀王客死他乡。屈原悲愤交加，怀抱大石投汩罗江自杀身亡。当地百姓听说屈原投江，便向江中扔米饭喂鱼，防止屈原遗体被鱼所食，后来逐渐形成一种仪式。每年的农历五月初五（端午节），人们吃粽子、划龙舟以纪念这位伟大的爱国诗人。

第八章　武陵源

　　武陵源风景名胜区位于中国中部湖南省西北部，由中国中部湖南省西北部张家界森林公园、慈利县的索溪峪自然保护区和桑植县的天子山自然保护区组合而成，总面积约 500 平方公里，是国家 5A 级旅游景区、国家重点风景名胜区、国内外知名的旅游胜地、世界地质公园，已被列入世界遗产名录。这里遍地奇花异草，苍松翠柏、蔽日遮天；奇峰异石，突兀耸立；溪绕云谷，绝壁生烟。武陵源的原始野性魅力将人们征服。武陵源天然的石柱石峰、断崖绝壁、奇山异水、古树名木、云气烟雾、流泉飞瀑、珍禽异兽，犹如一个神奇世界的艺术山水长廊。

　　武陵源独特的石英砂岩峰林，属国内外罕见，在 360 多平方公里的面积中，知名山峰 3000 多座，这些突兀的岩壁峰石，连绵万顷，层峦叠嶂。每当遇到雨过天晴或阴雨连绵的天气时，水绕山转。山谷中生出的云雾缭绕在层峦叠嶂之间，云海时浓时淡，石峰若隐若现，景象变幻万千。武陵源有"秀水八百"，众多的瀑、泉、溪、潭、湖各呈其妙。从张家界沿溪一直可以走到索溪峪，两岸峡谷对峙，山水倒映溪间，别具风味。武陵源的溶洞数量多、规模大，富有特色。最为著名的是索溪峪的"黄龙洞"，长 7.5 公里，洞内分为四层，景观奇异，是武陵源最为著名的游览胜地之一。

第九章　凤凰古城

　　凤凰古城位于湖南省湘西土家族苗族自治州的西南部，因背倚的青山酷似一只展翅欲飞的凤凰而得名，面积约 10 平方千米，由苗族、汉族、土家族等 28 个民族组成，为典型的少数民族聚居区，是国家 4A 级景区、国家历史文化名城、国家历史文化名城、中国旅游强县，是湖南十大文化遗产之一。凤凰古城建于清康熙四十三年（1704 年），据《凤凰厅志》记载，夏、商、殷、周代，这里即为"武山苗蛮"之地。战国时期，属楚疆域。秦昭王三十年（公元前 277 年），建黔中郡。它被新西兰作家路易·艾黎称赞为中国最美丽的小城，与云南丽江古城、山西平遥古城媲美，享有"北平遥，南凤凰"之美誉。

　　凤凰景区自然资源丰富，山、水、洞风光无限。南华山国家森林公园，森林覆盖面积达到 98% 以上，拥有珍奇动、植物品种 100 多种，到处郁郁葱葱，鸟语花香。奇梁洞被誉为华夏"第二奇洞"，以幽、奇、秀、峻著称，风光旖旎，山形千姿百态，流瀑万丈垂纱，给凤凰景区增添了无穷的魅力。凤凰古城山川秀美，人杰地灵。据不完全统计，从清道光二十年开始，36 年间，任提督 20 人，总兵 21 人，副将 43 人，参将 31 人，游击 73 人等三品以官员。民国凤凰出中将 7 人、少将 27 人，还有民国第一任内阁总理熊希龄，著名学者沈从文、画家黄永玉等。因人才辈出，致使凤凰古城驰名中外。

第十章　金鞭溪

　　金鞭岩是张家界的品牌，全长 7.5 公里。沿线是武陵源风景的地界，穿过森林公园到达金鞭溪，其主要景区有醉罗汉、神鹰护鞭、金鞭岩、花果山、水帘洞、劈山救母、千里相会、楠木坪、水绕四门等。因途经"张家界十大绝景"之一神鹰护鞭的金鞭岩，峦幽谷间，溪水明净，跌宕多姿，小鱼游弋，溪畔花草鲜美，鸟鸣莺啼，金鞭溪被誉为世界上最美丽的峡谷之一。

金鞭溪由南向北，蜿蜒曲折，随山转移，迂回穿行在峰峦山谷之间，在水绕四门，龙尾溪、鸳鸯溪、矿洞溪汇聚。"奇峰三千、秀水八百"，金鞭溪把张家界的山水发挥到了淋漓尽致，有着"千年长旱不断流，万年连雨水碧青"的美誉。沈从文先生称其为"张家界的少女"。金鞭溪主要的游览景点有，闺门岩、观音送子、猪八戒背媳妇、醉罗汉、神鹰护鞭、金鞭岩、花果山、水帘洞、劈山救母、蜡烛峰、长寿泉、文星岩、紫草潭、千里相会、楠木坪、骆驼峰、水绕四门，还有金鞭岩拔地而起380多米，整块岩石为石英砂构成。著名画家吴冠中先生赞叹它是"一片童话般的世界"。

第二十篇　广东——岭南热土

　　广东省，简称"粤"，是中华人民共和国的省级行政区，省会广州市。"广东"的名称来源古地名广信之东。广东位于南岭以南，南海之滨，与香港、澳门、广西、湖南、江西、福建接壤，与海南省隔海相望。北纬20°09'~25°31'和东经109°45'~117°20'之间。总面积为17.98万平方千米。广东是中国的南大门，中国南方的重要经济、文化和政治中心城市，处在南海航运枢纽位置上，是岭南文化的重要传承地，在语言、风俗、生活习惯都有独特风格，下辖21个地级市、65个市辖区、20个县级市、34个县、3个自治县。

　　广东是中国经济大省，历史古港、海上丝绸之路的始发港，清代广州是全国唯一的对外通商口岸，是引进西方经济、文化、科技的窗口。广东打造了粤港澳大湾区，与纽约湾区、旧金山湾区、东京湾区并肩的世界第四大湾区。广州的风景名胜很多，历史文化深厚，拥有很多自然风光和名胜古迹人文景观，如鲁迅故居、洪秀全故居纪念馆、西汉南越王博物馆、汕头南澳岛、客家围屋、乳源大峡谷、深圳观澜湖高尔夫球会等。广东美食享有盛誉，如烧鹅、云吞面、糖水等，每一种都有独特的味道，色香味俱全。

第一章　广　州

广州市别称羊城、花城、五羊城，副省级市，是国家中心城市、超大城市、中国重要的中心城市、广州都市圈核心城市、国际商贸中心和综合交通枢纽、世界一线城市。地处中国华南地区、珠江下游、濒临南海，面积为 7434.40 平方千米。广州是国家历史文化名城，海上丝绸之路的起点之一，被誉为"千年商都"，自古是中外文化交融之地，广府文化发祥地之一。广州是国家物流枢纽、国家综合性门户城市、国际性综合交通枢纽、首批沿海开放城市，是中国通往世界的南大门，粤港澳大湾区、珠江三角洲经济区的中心城市，一带一路的枢纽城市。广州有诸多著名景点和文化遗产，如广州塔、珠江夜游、白云山风景区等，还有南越王墓、光孝寺、六榕寺、怀圣寺、南海神庙、五仙观、镇海楼、莲花塔、陈家祠、余荫山房等。

第一节　孙中山故居纪念馆

孙中山故居纪念馆位于广东省中山市翠亨村，是孙中山的出生地，建成于 1956 年，占地面积 20 万平方米，是国家 5A 级旅游景区、国家一级博物馆、全国爱国主义教育示范基地、全国优秀社会教育基地、小学生爱国主义教育基地，已入列《全国红色旅游景点景区名录》。内设孙中山纪念展示区、翠亨民居展示区、农耕文化展示区；中山故居纪念馆、中山市民俗博物馆、中山市孙中山研究、非物质文化遗产展示区等区域。孙中山著有《建国方略》《建国大纲》《三民主义》等。孙中山提出民族、民权、民生三大主义。三民主义就是救国主义，是一种信仰，一种精神，一种尊严。三民主义倡导促进中华民族的国际地位平等、政治地位平等、经济地位平等，使中国永久适存于世界。

孙中山（1866 年 11 月 12 日—1925 年 3 月 12 日），名文、字载之、号日新、又号逸仙、又名帝象、化名中山樵，是伟大的民族英雄、伟大的爱国主义者、中

国民主革命的先驱者，也是中国国民党的缔造者，三民主义的倡导者，创立了《五权宪法》。他首举彻底反帝反封建的旗帜，"起共和而终两千年封建帝制"。孙中山原在香港学医，为西医医师。他目睹中华民族被西方列强侵犯，清政府的腐败。他"弃医救国"决心推翻清王朝，以"天下为公"建立民主共和国。1894 年 11 月 24 日，孙中山在檀香山创立兴中会。1905 年成立中国同盟会，他提出的"驱除鞑虏，恢复中华，创立民国，平均地权"的革命宗旨被采纳为同盟会纲领。在 1905 年辛亥革命武装起义中，在 1906 年至 1911 年同盟会组织的多次武装起义中，孙中山制定了战略方针。辛亥革命胜利后，被推举为中华民国临时大总统（任期 1912 年 1 月 1 日—1912 年 4 月 1 日）。1925 年 3 月 12 日孙中山因患癌症在北京逝世。根据孙中山生前遗愿，葬于南京紫金山中山陵。国民政府通令全国，尊称其为"中华民国国父"。

第二节　詹天佑故居纪念馆

　　詹天佑故居纪念馆位于广州市荔湾区恩宁路十二甫西街芽菜巷 42 号，是詹天佑出生长大的地方。纪念馆主要由三部分组成，詹天佑故居、展览陈列厅、纪念馆外模拟八达岭"人"字形铁路小景园区。詹天佑故居古朴，青砖木楼，满洲窗，是一座原汁原味的西关大屋。詹天佑故居是普通清末民居式样。詹天佑出世时家境一般，保持西关普通家庭的朴素和静穆。詹天佑故居的陈设参照了封藏了一个多世纪旧照片布置的八仙台、几凳、睡椅等老家具等。墙上还悬挂着一副对联，上写"幽芳淡冶仙为侣，傲骨嶙峋世所稀"，这是詹天佑故友的寄语，也是詹天佑一生的写照。

　　詹天佑故居纪念馆收藏了大量遗物，包括京张铁路钢轨、京张铁路使用的铜铃、钢料样板盒、詹天佑生前用过的画图仪器、字帖、墨碟，以及詹天佑自书履历、袁世凯抄给京张铁路修路人詹天佑的札文等仿真文件等。其中，京张铁路钢轨上镌刻的"I.P.K.R.1905"的痕迹还很清晰，I 表示皇家、官方；P 指北京；K 全拼为 KALGAN，过去译为"喀拉干"（蒙古语），这是詹天佑之孙同济不远千里送归祖父的故乡，从京张铁路沿线捡到的。《京张路工》图籍共 183 幅图片，内容十分丰富，大部分图片属于京张铁路修筑路段的实景、施工现场、轨道及铁路沿线的景点，还有几大铁路车站竣工的庆祝场面等。

图籍中还出现了货车、马车、猪车、平车、渣车及煤车等六七种货车类型。说明百年前火车技术发展已相当成熟。展览馆史料分为三部分，詹天佑广州家居及出国留学情况；归国创业，反映了詹天佑既善于引进和使用外国先进技术、设备，又极力维护国家在铁路方面主权的事迹；詹天佑的爱国、敬业精神。

第三节 邓世昌纪念馆

邓世昌纪念馆位于广州市海珠区邓氏宗祠内。轩昂气派的岭南祠堂建筑，占地4700平方米。碧墙灰瓦，掩映生辉。依托邓氏宗祠，建于清中晚期，是纪念民族英雄邓世昌为主题的纪念馆。1994年纪念邓世昌殉国100周年，设对外开放，后成立海珠博物馆。邓世昌纪念馆纪念馆为国家三级博物馆、爱国主义教育基地、爱国主义教育基地示范点、国防教育基地、广州市党员教育基地。邓世昌纪念馆展厅布局共设有7个展厅，其中6个展厅位于邓氏宗祠内，常年陈列《邓世昌与甲午海战》，第七展厅为独立展厅，用以举办各类临时展览。馆内固定展览"民族英雄邓世昌"以邓世昌出生、求学、战斗、殉国的人生历程及相关纪念活动为主线，以清末中华民族抗击帝国主义侵略为背景，向观众展示了一个铮铮铁骨、浩然正气的民族英雄形象。

祠内大殿、两庑和附祠已辟为陈列室。大殿和两庑的《邓世昌与甲午海战》史迹陈列，展出文物、照片、文献、模型、雕塑、蜡像等200件，较详细地介绍邓世昌的生平事迹。东侧的附祠举办《中国船舰百年沧桑》图片展，展出甲午海战后中国各个历史时期各种军舰图片100多幅和部分军舰模型，反映甲午海战北洋水师覆灭后，百多年来中国海军发展的历史。馆址邓氏宗祠始建于1834年，后用邓世昌殉国的抚恤金扩建，成为一座三路、两进、三院、两庑。"云台功首、甲午名留"，睹物思人，英雄精神养育着中华民族无数风流人物之人格襟怀，激浊扬清，重塑民族大义。

邓氏宗祠后花园存有邓世昌手植苹婆树一株，枯木逢春的灵芝两枚，古树婆娑数棵。祠西的馆共六层，一、二层作为展览厅，举办历史文化、艺术等各类专题展览；三层为《韩艳剪纸艺术》展览室；四、五、六层为藏品库房和办公场所。

第四节　广州起义纪念馆

广州起义纪念馆位于广东省广州市越秀区起义路 200-1 号，为全国红色旅游经典景区、广州市党员教育基地、爱国主义教育基地、全国爱国主义教育示范基地。广州起义纪念馆是为纪念 1927 年中国共产党领导工农武装起义，建立中国第一个城市苏维埃政府而设立。建筑面积 5990 平方米，陈列面积约 800 平方米，展线 120 米。它原是国民党广东省会公安局、警察厅，后在此成立了广州苏维埃政府，被誉为"东方巴黎公社"。1956 年南楼辟为广州起义陈列室，对内开放。1987 年广州起义纪念馆建立，由叶剑英题写馆名。

民国十六年（1927 年）12 月 11 日，张太雷等人在广州发动广州起义，工人赤卫队攻打位于维新路（今广州起义路）的广东省立公安局。同月 12 日下午广州苏维埃政府在此宣布成立。起义失败后苏维埃政府即废。广州巴黎公社仅存三天，是中国大城市里建立的第一个苏维埃政府。

起义失败后，广州党组织受到严重破坏陷入瘫痪。周文雍、陈铁军为了重建党组织回到广州。他们假扮夫妻，运用各种方法，寻觅失联的党员，重建联络点。不幸被叛徒出卖，1928 年 1 月 27 日，周文雍和陈铁军同时被捕。两人受尽酷刑折磨，灌辣椒水、坐老虎凳、竹签钉指等，周文雍、陈铁军坚贞不屈。敌人无计可施，决定处死他们。周文雍和陈铁军相互搀扶走向刑场，面对死亡，他们深情默契微笑地看着对方，陈铁军说，为了党的革命事业，我们假扮夫妻在一起工作，今天就让反动派的枪声，做为我们结婚的礼炮吧！二人英勇就义。陈铁军的箴言："一个革命者应该学习古今中外伟大人物的高贵品质和英雄气概"。周文雍就义前写下，"头可断，肢可折，革命精神不可灭。壮士头颅为党落，好汉身躯为群裂。"为了纪念周文雍和陈铁军，广州江门市修建了周文雍陈铁军烈士陵园。

第五节　长隆旅游度假区

广州长隆旅游度假区是国家级 5A 级景区，是广州长隆集团打造的集旅游景点、酒店餐饮、娱乐休闲一体的大型旅游景区。有长隆欢乐世界、长隆国际大马戏、长隆香江野生动物世界、长隆水上乐园、广州鳄鱼公园、长隆酒店、香江酒店、长隆高尔夫练习中心等子公司。长隆旅游度假区地处广州中心腹地，东连华南快速干线，北临珠江。根据广州市的南拓发展战略，未来长隆版块将成为广州市的中心区域。2006 年底开通的地铁三号线经过长隆集团，该地铁站被命名为长隆站。广州火车站，距长隆不到 5 公里。长隆集团是国家文化产业示范基地、省科普教育基地。长隆集团作为广东省旅游龙头企业，接待过众多国家领导人、国际政要。

2004 年巴西国家足球队访华，指定长隆集团作为接待基地。世界足球先生罗纳尔多对长隆的产品和服务推崇备至。此外，国际超模大赛、国际华裔小姐大赛等盛事也在长隆举办。中央电视台《新闻联播》《正大综艺》《曲艺杂谈》和湖南卫视《快乐大本营》等多次报道长隆大马戏、长隆引进澳洲国宝考拉等重大事件，香港翡翠台更是根据长隆集团资源量身订做了 20 集电视连续剧《人生马戏团》。

第六节　百万葵园

百万葵园位于广州市南沙区新垦镇，是一个将向日葵作为观赏性植物并设计成超大型主题园林的公园。园区除了向日葵园，还有玫瑰园、薰衣草园、茶花园等花卉区。葵园引进了上百万株来自欧洲、日本等地的观赏性向日葵品种，其中包括 20 多个特殊颜色和具有浓郁香味的品种。葵园内除了有常见的黄色向日葵外，还有红色、紫色等特殊颜色的向日葵和独具浓郁香味的向日葵品种。这些不同品种的向日葵在园内错落有致地分布，使得游客无论在哪个季节前来，都可以欣赏到美丽的向日葵花海。

漫步在向日葵花海之中，细细欣赏每一朵花儿的美丽，感受它们所散发出的芳香魅力。浅黄色的"月亮步行者"、红色的"夜美人"更是吸人的眼球。百万葵园的设计独具匠心，除了有美丽的花朵，还有许多有趣的游乐设施。这些设施与大自然的美景相得益彰，让人们在欣赏美景的同时，也能体验到无尽的乐趣。

园内除了向日葵外，还建起了全国首个有 1000 多只松鼠居住的松鼠乐园、蚂蚁王国和白鸽广场等景点，游客可以在欣赏美景的同时，也能体验到与小动物互动的乐趣，很适合亲子游。高大的玫瑰树和风情万种的玫瑰花也是靓丽的风景，这些玫瑰树引自欧洲的优良品种，因而花瓣鲜艳饱满，极富层次感，让人看了赏心悦目。

第二章　珠　海

　　珠海是位于珠江三角洲的南端海滨城市，是珠三角地区的重要城市之一，已入选全国旅游胜地四十佳、中国十佳宜居城市等榜单、全国空气质量榜首、全国最具魅力城市等。珠海有辽阔的海疆，异常壮丽，海风轻拂，浪花层层，风光无限。珠海还有许多著名的景点，如珠海渔女、澳门赌城全景、亚洲最长的海滨栈道等，这些都为珠海增添了无尽的魅力。珠海繁荣昌盛的经济市场，吸引了大量的人才企业来发展。

　　珠海的自然风光优美的，地理位置优越，拱北口岸旁，广珠轻轨总站近在咫尺，毗邻港珠澳大桥珠澳口，距离澳门仅一关之隔，人流量最大。2023 年珠海"联动澳门、横琴建设"十字门金融区"，共同打造广东金融发展"第三极"珠海深化跨境金融合作，加快粤港澳大湾区跨境基金项目。启动"澳车北上""港车北上"等创新实施，大幅提升港珠澳三地人流、物流、资金流的流动效率。

　　珠海有着悠久的历史和丰富的文化传承。这里有许多历史建筑和文化遗产，唐家古镇、赵氏大宗祠等，都是珠海的积淀。珠海的人文气息丰富，壁画村是珠海的文化的传承。万氏兄弟创作出欧洲小镇风格的主题 3D 画。 壁画村是根据居民楼外观条件而设计，巧妙地将防盗网，空调罩等融入画面中。每个画面都是完整独立，每个画面也能组成一个完整的故事，这种特殊的画面带给观众不一样的感受。

第三章　观澜湖高尔夫球会

　　深圳观澜湖高尔夫球会横跨深圳、东莞，于 1992 年建立，被吉尼斯世界纪录组织认定为世界最大高尔夫球会，是国家 5A 旅游区、鹏城十景之一，其占地面积 20 平方公里，由香港骏豪集团投资管理。观澜湖高尔夫球会取得连续十二年高尔夫世界杯的主办权，具有 216 洞 12 大球场的规模，是全世界唯一汇聚五大洲风格的球场。观澜湖拥有高尔夫别墅群、亚洲第一大乡村俱乐部、观澜湖水疗度假酒店、国际会议中心、大卫利百特高尔夫学院和辛迪瑞学院、亚洲第一大水疗中心等，拥有深圳、东莞、黎光、乡村四大会所，是以高尔夫为核心，集网球、壁球、桌球、排球、羽毛球、健身中心、美食、SPA、儿童游乐场、度假为一身的大型综合体育休闲产业群。

观澜湖是中国最负盛名的国际赛事和国际体育文化交流活动中心，已经举行 50 次国际大赛、国际巨星来访活动。1995 年举办高尔夫世界杯、2001 年举办泰格伍兹中国挑战赛、2002 年发起创办的亚洲"莱德杯"朝王杯亚日职业高尔夫对抗赛，国际经贸友好论坛、亚太地区最高水平业余赛事 APGC 锦标赛。在全球"绿色奥斯卡"国际花园社区评选中，观澜湖获国际花园社区金奖第一名，荣获自然社区最高荣誉大奖；2005 年，在国际地产"奥斯卡"宾利国际地产奖评选中，获"世界最佳高尔夫发展奖""最佳中国地产发展奖"两项五星级大奖；在国际高尔夫旅游界全球高尔夫旅游大奖中，获"全球最佳高尔夫旅游度假胜地"称号。

深圳市观澜镇的高尔夫球会是荒山野岭山中雕塑出的艺术品，四十八洞国际标准高尔夫球场分别代表美洲、欧洲、亚洲风格，由杰出球王杰克·尼高罗斯、尼克费度和尾崎将司设计花园，深有艾斯家乡南非的独特风貌；好望角球场集"美女与野兽"于一身，既风光明媚，又充满挑战。深圳观澜球会是亚洲首家获得 ISO14001 环境管理体系认证的球会，已成为粤、深、港、澳和外国商界人士娱乐休闲、社交聚会和举行商务活动的最佳选择。

第四章　青澳湾

青澳湾被海内外游客誉为"东方夏威夷"，位于南澳岛的东端，西距县城 11

公里，有环岛公路通达。青澳湾林木繁茂，海生凉气，沙滩平阔，沙质细白，海水清碧，无淤泥，无污染，无骇浪。青澳湾，湾口朝东南，湾腹很深，湾幅度弧较大达 2.9 公里，登高俯视，就像一弯新月。岭头一座凉亭，名曰"览月亭"。在览月亭纵目瞭望，一湾湛蓝的海水，亲吻着洁净的沙滩，成排成片的木麻黄树循在弧形沙滩蔓延。坐在青澳湾观日出，极目苍穹，海天相连处一轮红日冉冉升起，影子倒映水面，海上风光无限。沙滩长达 2.4 公里，沙带宽近百米。沙滩向海延伸坡度平缓，数十米内海水仅 1 米余深，是海浴的理想场所，被誉为"泳者天池"，也是广东省仅有的两个 A 级海滨浴场之一。

青澳湾自 20 世纪 90 年代初展芳容，备受中外人士的青睐，纷纷探访拓秀，历经数年雕琢，璞玉已焕发出夺目光彩。青澳湾的风景灿然，动人心魄。人们在这里可以自由活动，从启航灯塔、小公园、汕头轮渡观内海湾、礐石风景区、汕头妈屿岛、南澳岛、途经南澳大桥，南澳渔船出海观海、万亩生蚝养殖、鲍鱼养殖、自然之门，到青澳湾沙滩，沿途风景无限。夏夜，可租一顶帐篷，在柔软的沙滩上结庐，微风轻吹，海浪低唱，渔火闪烁，浪漫无比。海湾宾馆、青澳宾馆、月亮湾大酒店、外商活动中心、青澳湾度假村等一批现代化服务设施日臻完美，这里是旅游休闲、娱乐聚餐、购物、会客等度假的胜地。

第五章　广济门城楼

广济门城楼坐落在湘子桥西端，是潮州城的主要标志。广济门城楼原称"广济楼"，也称"韩江楼"，民间俗称"东门楼"。广济楼始建于明洪武三年（1370年），历代均有不同程度的修葺，于 1931 年重修。广济门城楼是一座宫殿式三层歇山顶阁楼，外城门原有"东为万春"的门额。它建于高大厚实的台基上，城拱门中开，高 3.62 米，宽 2.9 米。面阔七间，进深五间，前后为木石柱相衔接支撑，跨出城墙外，成为骑楼。城楼为仿宫殿式建筑，重檐歇山顶，配以玻璃瓦红彤壁，朱柱格子窗，画栋雕梁，显得雄伟壮观。三楼悬巨铜钟 1 座，铸于南宋绍兴四年（1134 年），原置于马王庙，庙废，遂移此。广济门前，大江前横，长桥当户，扼守闽赣交通要冲。沿广济门城楼南北两侧，有 2000 多米长的古城墙和竹木门、上水门、下水门 3 座古城楼。暮春三月，登楼眺望，韩江水涨，烟波浩渺，笔峰如画，行船如梭，别有一番景致，是潮州八景"东楼观潮"之胜地。

第六章　丹霞山

　　广东的丹霞山（中国红石公园），位于韶关市仁化县境内，是国家 5A 级旅游景区、国家级风景名胜区、国家级自然保护区、国家地质公园、世界地质公园，已列入《世界遗产名录》，总面积 292 平方千米，是广东省面积最大的风景区。丹霞地貌景观是世界自然遗产地。境内大小石峰、石墙、石柱、天生桥颇多，红石成景，群山彩红。

　　丹霞山为世界"丹霞地貌"命地名，由 680 多座山景、陡崖、麓缓的红色砂砾岩石构成，"色如渥丹，灿若明霞"，以赤壁丹崖为特色，1200 多处发育最典型、类型最齐全、造型最丰富的丹霞地貌集中分布区，距今 1.4 亿年至 7000 万年间。丹霞山区是一个大型内陆盆地，受喜马拉雅造山运动影响，经过上万年地壳上升逐渐受侵蚀，四周山地隆起，盆地内产生大量碎屑沉积，形成了巨厚的红色地层。距今 600 万年以来，盆地又发生多次间歇上升，平均大约每 1 万年上升 1 米，岩流水逐渐侵蚀移动成一片红色山群，就是丹霞山景区。

　　走入丹霞山，满山红色山石，锦江一湾碧水环绕，拥抱彤红的山群，山势雄伟壮美，碧水翠绿清澈，微风拂面，空气清新，犹如被镶嵌在这彩色的画卷中。丹霞山的阳元石和阴元石很著名。在锦江岸眺望，一柱挺拔、高峻、酷肖男性生殖器的山石——阳元石，高 28 米，直径 7 米，是世界山石中最高大，堪称世界一绝无与伦比的奇景。站在阳元石面前，仰望它那伟岸的雄姿，不由得粲然一笑，感叹大自然赋予人类的神奇，创造的生命力真是鬼斧神工。在丹霞山，还有一个阴元石，酷似女性外生殖器，阳元石和阴元石同处丹霞山，尤其令人称奇。此景是丹霞山的典型代表，也是地貌特征唯独绝色的景物。

第七章　岭南古村落

　　岭南古村落主要分布在广东省的珠江三角洲地区。这里地理位置优越，交通便利，自然环境优越，气候宜人。这里人与自然和谐共存，创造了独特的岭南文化。化钱岗、东莞南社、大旗头村等这些名不见经传的广府乡土韵味，窄门高屋，镬耳高墙，村落巷道排列整齐，布局合理，充满了岭南的传统文化。自秦汉时期开始，这里就是中原移民的聚居地。岭南古村落汲取了中原文化的精髓，形成了自己独具特色的文化面貌。岭南古村落的建筑风格独特，有镬耳屋、碉楼、祠堂等。建筑以木结构为主，多采用青砖、石材和木料等自然材料。雕梁画栋，飞檐翘角，具有鲜明的岭南建筑特色，这些建筑雕刻精美，极富艺术价值。此外，当地还保留了大量传统的手工艺品和民间艺术，如刺绣、剪纸、陶艺等，这些作品风格独特、工艺精湛，充分展现了南岭人民的智慧和创造力。

　　岭南的古韵浓厚，保留着大量明清年代的遗迹，历史可追溯至数百年前的明清时期。那时期，岭南自然资源丰富，地理位置优越，商贸繁荣、人文荟萃。南岭地区还存在着许多民间信仰，如道教、佛教等，这些信仰在当地居民心中占据着重要地位，对他们日常生活和精神世界产生了深远影响。岭南古村落的传统文化内涵丰富，如民俗活动、节庆习俗，舞龙舞狮、粤剧表演，潮汕英歌舞、潮剧等都独具特色。岭南还有许多非物质文化遗产，如"三雕一彩一绣"佛山石湾陶艺等，都是中华文化的瑰宝。岭南古村落濒临江海，土地肥沃，当地居民以农耕和渔业为主。

第八章 南澳岛

南澳处于闽、粤、台三省海面的交叉点，处于"香港—高雄—厦门"三大港口的中心点，是西太平洋国际主航线，历史上东南沿海通商必经泊点和中转站，海上贸易的重要通道和"海上互市之地"。随着京九铁路、广梅汕铁路和南澳跨海大桥的建成通车，南澳区位优势日益显现。南澳岛是广东的海岛县，由 37 个大小岛屿所组成，有粤东海上明珠的美誉。南澳岛有得天独厚的港口资源、旅游资源、水产资源。南澳岛岸线曲折，大小港湾 66 处，其中烟墩湾、长山湾、布袋澳等 7 处，有海、山、史、庙融合特色。旅游的沙滩面积达 200 多万平方米，被誉为"东方夏威夷"，其海景优美、海滩宽敞、沙质洁白、碧海蓝天，是广东省 A 级沐浴海滩。

南澳人文历史悠久，文物古迹众多，拥有历史古迹 50 多处、寺庙 30 多处。南澳岛气候宜人、四季如春、山海相映、风光旖旎，拥有渔场 50000 平方公里，盛产石斑鱼、龙虾、膏蟹、鱿鱼等优质高档水产品，有鱼、虾、贝、藻类 1300 多个品种。沿岛水深 10 米的海域 165.7 平方公里，这里水质好，浮游生物种群多。海水网箱养殖已达 5000 多格，专业养殖鲍鱼、海珍珠、贝藻类。

第九章 西樵山

西樵山，原名锦石山，是 4500–5100 万年前白垩纪中后期多次火山喷发形成的火山遗迹，经过演变侵蚀等过程，形成以火山为基础的多样的地质景观。位于广东省佛山市南海区的西南部，面积 20 平方千米，有 72 座奇峰，36 个岩洞，232 眼清泉、28 处飞瀑、东西 2 天湖。主要景点有白云洞、九龙岩、石燕岩、碧

玉洞、天湖、翠岩、云海莲台、黄大仙圣境园、飞流千尺、三湖书院、黄飞鸿狮艺武术馆等。西樵山是国家重点风景名胜区、国家 5A 级旅游区、国家森林公园和国家地质公园，与罗浮山（博罗、增城、龙门）、鼎湖山（肇庆）、丹霞山（仁化）齐名，并称南粤四大名山。山峰高度多在海拔 300 米以下，主峰大科峰海拔 344 米。

西樵山，被誉为"南岭第一山"。山上有众多的佛教建筑，如大雄宝殿、千佛阁等，香火旺盛。云海莲台有主要建筑观音法相高达 61.9 米，是世界上最高的观音造像。西樵山的自然风光也十分秀丽，九龙岩，谷深洞异，竹木交阴，野花飘拂，绿藤垂挂，幽泉叮咚，还有石壁、瀑布等景观。这里远离了尘嚣，欣赏的只有西樵山的自然山水之美。沿着山间的步道漫步，呼吸着清新的空气，轻松愉悦的穿梭在山清水秀中，仿佛置身于不染红尘的仙境。此外，西樵山还是岭南文化的重要发源地之一，有着丰富的文化内涵和历史价值。石燕岩为古采石场留下的遗址，是古采石匠留下的杰作，洞口扁圆如唇，内进宽广，可容千人。桃花园的烟霞洞，是明嘉靖年间，学者湛若水曾在此建大科书院，研讨理学，与白鹿、岳麓等书院齐名。西樵山还有许多著名风景，天湖公园、翠岩等。"谁信匡庐千丈瀑，移来一半在西樵。"清代咸丰年间，武林宗师黄飞鸿就出生在西樵山下的禄舟村。

第十章　乳源大峡谷

乳源大峡谷又称广东大峡谷，是广东地貌一条美丽的伤痕。位于距乳源县西南 68 公里的大布镇。大峡谷贯穿于韶关的大布镇和英德的波罗镇，全长 15 公里，最高深切度是 400 多米，被誉为"广东最美丽的峡谷"。乳源大峡谷原来只是山沟中的小盆地，由于受到燕山造山运动的影响，令地壳承受地块抬升的扩张力，而使部分地块张裂下陷形成裂谷，距今已有一千万年的历史。大峡谷的两侧是高角度的绝壁峡谷，十分险峻，谷内出露的岩石为距今 3 亿多万年以前形成的沉积岩，以致密坚硬的石英岩为主。

大峡谷的顶端状似一只大埕，谷面宽约 600 米，平静的大布河流从东南向西北蜿蜒流过，流到这里突然腾空冲下，形成瀑布，其气势之磅礴，撼人心魄。瀑布下有一深潭，潭水一直沿着大峡谷流出英德波罗镇，汇入北江河。在离大峡谷约二十公里处，有一个国内罕见的石英砂岩洞——景峰洞，洞内奇石千姿百态，与石灰岩溶洞相比，风格迥异，独具特色。由于雨水多量大，致使瀑布奔腾而下，巨大的冲击力，掀动水雾飞舞，气势磅礴，震撼心魄。大瀑布湍急的河水，拥挤到不过几十米的窄小河道上，更加汹涌彭拜，浪花冲击拍打着河道巨石，水花四溅，河水咆哮着奔向前方，如千军万马，奔涌而来，蔚为壮观。"山水无言，向往不停，奔向山野，亲吻自然。"站在观光的水渠上，俯瞰峡谷风光，是一种享受。两岸石崖陡峭，树木蔽日。满眼舒适的青翠，让人感到分外惬意。

夏天的大峡谷，湿润的陡壁不时散发出野生植物的淡淡清香，行走在树木丛中，微风轻抚，甜润温馨，有一种音乐催眠的感觉。那份悠闲自得，与天地融为一体，与美景共拥的烂漫情怀，是心灵的释放，是浮生半世的愉悦。峡谷底部，有大小不等的清潭，潭水碧绿，清澈见底。有瀑布潭、黄龙潭、心曲潭、鸳鸯潭、桃花潭、长青潭、青龙潭、仙女潭，潭潭清水映蓝天，朵朵云花潭中开，形成一幅古松石壁裂隙中天然写意图。峡谷的冬秋季雨减水少，失去了春夏波澜壮观的瀑布，变成了细腻的飞瀑，没有了湍流，只有涓涓细水，河床干枯，露出滩石，但青山依旧在，风景依然美丽。

第二十一篇　海南——热带果林

　　海南省，简称"琼"，是中华人民共和国的省级行政区，省会是海口，位于中国最南端，是仅次于台湾岛的中国第二大岛。北以琼州海峡与广东省划界，西临北部湾与越南相对，东濒南海与台湾地区相望，东南和南边在南海中与菲律宾、文莱和马来西亚为邻。地处热带北缘，属热带季风气候。东经108°37'~111°03'，北纬18°10'~20°10'之间。陆地总面积3.54万平方公里，其中海南岛3.39万平方公里，海域面积约200万平方公里。海南岛地势为中部高四周低，呈穹窿山地形，以最高峰五指山（1867米）、鹦哥岭（1811米）为隆起核心，向外围逐级下降，由山地、丘陵、台地、平原构成环形层状地貌，梯级结构明显。海南岛在秦时为象郡外徼，西汉元封元年（公元前110年），在海南境设有珠崖、儋耳2个郡，管辖16个县，海南正式被纳入西汉版图。海南是中国的经济特区、自由贸易试验区，经济特区，致力构建具有世界先进水平的自贸区。海南省下辖4个地级市，5个县级市、4个县、6个自治县；是全国唯一的黎族聚居区，黎族颇具特色的民族文化和风情。

第一章 海　口

　　海口市位于海南岛的北部，北濒琼州海峡，南毗定安县，东邻文昌市，西接澄迈县，地形略呈长心形，地势平缓，是富有海滨自然风光的南方滨海城市。海口是海南省的政治、经济、科技和文化中心，国家"一带一路"倡议支点城市。海口是自由贸易港核心城市，也是全国第一个"世界健康城市"、中国魅力城市、中国最具幸福感城市、中国十大美好生活城市、中国最具投资潜力城市、中国优秀旅游城市、国家历史文化名城、全国文明城市、全国双拥模范城市。海口旅游资源丰富，主要景点有府城鼓楼、西天庙、冼太夫人庙、海瑞墓园、琼台书院、五公祠、秀英炮台等。

　　海口注入琼州海峡，海口因处在南渡江入海之口而得名。这是一座浪漫又幸福的城市，蓝天碧海，骄阳热浪，柔沙椰林，出门见大海，遍地是美食，处处有惊喜，走进奇妙的椰城海口，北枕海安（今广东海安），南近交趾（今越南北部），东连七洲（今文昌七洲列岛），西通合浦（今广西北海）"，海口自古是我国南疆边陲的海陆交通要冲，是重要的港口商埠。海南曾是边陲"流放地"，苏东坡一路颠沛流离到儋州，找到不少人生新乐趣，他说："恐北方君子闻之，争欲为东坡所为，求谪海南，分我此美也。"他害怕外人也知道这个好地方。海口自北宋开埠以来，已有上千年的历史。海口在1988年海南建省办经济特区时成为省会，称得上是我国最年轻的省会城市。1988年4月，中共海南省委、海南省人民政府正式挂牌，海口成为省会城市。海南有一南一北两座著名的海滨都市，但气质有很大不同。在三亚，随处是水清沙白的自然景致，在海口，多了些浓烈、抚人心的烟火气。这里出门见绿、推窗见景、转角见海，到处是苍翠欲滴、绿意盎然。在海口，大街小巷随处可见椰树挺拔的身姿，约13万株市政绿化椰树犹如海口的"代言人"矗立在公园、海边、路旁及景区。海口椰子树的神奇，在于不惧怕暴雨，从不为狂风折腰，象征着当地人坚毅、自信、奋进、求实、奉献的品质。

　　海口还有一片"热土"，石山火山群，拥有40座火山的"火山大本营"。一

半火山，一半大海，造就了海口。这里是新生代以来我国火山运动最强烈、最频繁、持续时间最长的地区之一，不过距离火山最后一次爆发已经过去 1 万余年。海口有丰富的微量元素和岩石风化的肥沃土壤土质，是热带植物生长的好地方，菠萝蜜、杨桃、木瓜、火山荔枝、黄皮等水果清甜鲜美受人青睐。海口的生活总是悠然自得、幸福而满足，"安逸"是海口人的标签。"玩海"是海口蓝色空间里有趣的时尚，一望无际的海口湾，是桨板爱好者畅游的海疆。

第二章　五指山

　　五指山市位于海南岛中南部腹地，周围群山环抱，森林茂密，是有名的"翡翠山城"，是海南省中部少数民族的聚居地——"不到五指山，不算到海南"。五指山是世界仅存的三大片原始热带雨林之一。五指山主峰高 1867 米，是海南第一峰，有"海南屋脊"之称。五指山自然保护区面积 20.8 万亩，是海南省面积最大的自然保护区。五指山的风景优美，山峰青翠，云雾缭绕。五指山的日出景象，非常壮观，旭日东升，山峰耸立云端，金灿的阳光裹着巨型五指，在晨霞雾霭中活脱一幅 3D 立体画卷。晨曦的光芒，惊醒了热带雨林，山水欢畅，鸟语花香。五指山的大峡谷，也是仙气萦绕，清水岩石，风光无限。乘坐皮划艇在中峡谷漂流，在惊心动魄中浏览沿途的风景线，酣畅淋漓痛快！

　　关于五指山，人所供知。吴承恩的《西游记》说，孙悟空大闹天宫，被如来佛祖用五指化作山脉压了 500 年，因唐僧受观世音菩萨指引救出孙悟空，后孙悟空跟随唐僧西天取经成功，被封为斗战佛。对孙悟空逃脱五指山，还有一种说法，说孙悟空跟菩提祖师学艺不听话，被逐出师门，大闹天宫，佛祖用仙法把它压在五指山下，除非佛祖亲自释放，否则无法出来。因唐僧西天取经路过五指山，被小妖追杀，手掌受伤血滴五指山，发出万道金光，解了孙悟空身上枷锁佛印。

　　五指山是个富有传奇色彩的地方，独特的自然风光，深厚丰富的文化底蕴，是海南岛的象征。五指山犹如巨大的手掌，由五座山峰组成，青山含黛，峰峦叠嶂，森林茂密。五指山有片红棉树，每年春天红棉树就会形成花的海洋，为五指山增添色彩。红棉树承载着革命历史的意义，五指山是革命根据地，有解放海南临高角登陆纪念馆……23年红旗不倒的光荣革命历史，也是"红区绿岛蓝海"的文化象征。五指山生态环境优良，热带雨林、山谷溪流、珍稀植物、野生动物，都是五指山的丰富资源。五指山是海南黎族的发源地，独特的民族风情、传统的黎族建筑，都是黎族民族文化的传承。

第三章　万泉河

万泉河是海南岛第三大河，位于海南岛东部。万泉河发源于五指山、黎母岭南，两水在琼海合口嘴汇合始称万泉河，全长157公里。土地革命战争时期，1931年3月16日，琼海县苏维埃政府创建了赤色女子军连，后改编为中国工农红军第二独立师第三团女子军特务连，是由冯白驹领导的琼崖纵队红三团一支女性战斗部队。这就是举世闻名的"红色娘子军"。在第二次琼崖苏区反"围剿"中担任掩护任务。芭蕾舞剧《红色娘子军》是根据这支部队的事迹所编。

万泉河原名叫多河。相传元朝时期，元武宗之子图帖睦尔因宫廷事件牵连，被流放到多河地区软禁。闲暇时，地方绅士和官员经常陪同图帖睦尔游览在多河畔，替他消忧解愁。图帖睦尔常赞多河两岸山水景色，风光秀丽。三年后，图帖睦尔被召回京继承帝位。离别时，当地的官员率领民众聚集在多河两岸欢送，齐呼"一路万全"。图帖睦尔登基后将多河，改名为"万全河"，以答谢民众相送的"万全"之情，又称万泉河。

万泉河水资源充沛，水力资源丰富，河段迂回弯曲，流湍急礁滩多。两岸群山环抱，森林茂密，河水沿着山势蜿蜒而下，像一条银色的带子情系海南。万泉河是海南岛的母亲河，它是海南人民一种精神的象征。万泉河也是革命的河流，川流不息流淌在琼岛的大地上，流淌在无数人的心间。它是革命的赞歌、时代的洪流，代表着勤劳、勇敢、坚韧不拔的品质，激励着一代又一代人投身这片热土，为家园奋斗。

第四章　天涯海角

天涯海角位于海南的三亚市天涯区，是海南省重点旅游景区之一，也是海南自然风光的缩影，被誉为是"中国爱情第一景"和"中华诗意之最"。其面积7.5平方公里。北临南海，南连热带雨林，东西有世界著名的大小洞天。主要风景有大小洞天风景区、南海观音文化区、天涯海角旅游区。天涯海角是个有魅力的海湾，岩石耸立，热带植物茂盛。最著名的是刻有"天涯""海角"的两块巨石，它们是爱情的象征，也是三亚标志性的景观之一。

传说有一对热恋的青年，男的叫天伢，女的叫海娇，因两家有宿仇恩怨，遭到族人的反对。两人逃到此处，被族人抓住强行分开。海娇佯装听话跟族人走，乘人不备纵身跳进大海。顷刻间海上狂风大作，海浪滔天吞没了海娇。天伢听到海娇跳海，挣脱族人，毅然跳进海里，很快也被海浪卷走。皇帝得知此事，亲笔书写御赐"天涯""海角"（误写天伢、海娇）。地方官员奉命在两人跳海处的岩石上，分别摩崖篆刻"天涯""海角"，以此表彰天伢和海娇对爱情的忠贞不渝。人们把天伢、海娇比作中国的"罗密欧与朱丽叶"。从此，天涯海角成了生死相依，爱情不老的地方，也是情侣相互表达心意的地方。

天涯、海角因皇帝御赐摩崖篆刻"天涯""海角"，带动了石刻的延伸，形成了"南天一柱""日月石"等摩崖石刻群。这些摩崖篆刻岩石历经无数风雨的洗礼，依然屹立不倒。名人雕塑园，笆篱凝霜，历史名人雕塑有十几尊，虽历尽沧桑，仍然神态自若。海浪冲击着岁月，塑造奇石千姿百态。婀娜摇曳的椰树是海岛特殊景观，湛蓝的天空，流云浮生，一派海阔天空的景象。踩着柔软的沙滩，观石、赏景、听天涯、海角矢志不渝的爱情故事，续写新的爱情篇章。

天涯、海角，是爱情永恒的誓言；天涯、海角，是文化焦点的汇聚。这里融合了民族特色风情、世界不同文化的碰撞。这里是一片自由的海域，亲吻海水，随波逐浪、享受阳光、尽情释放；和爱人乘飞机在天空中遨游，俯瞰辽阔的大海和整个海岛的美景，非常惬意畅快！天涯、海角是心情珍藏的记忆，是灵魂寄托的海疆。

第五章 博 鳌

　　博鳌镇位于琼海市东部海滨。博鳌是海南著名的"十大文化名镇"之一，自然风光优美，是著名的华侨之乡、美丽风情的"天堂小镇"，也是国际会议组织——博鳌亚洲论坛永久性会址，其面积为 86.75 平方千米。博鳌是共同探讨亚洲的发展与未来地方。博鳌亚洲年会为世界搭建的交流与合作平台。在这个平台上，各国领袖、专家学者以及企业家们共同探讨亚洲乃至全球的发展趋势，共同分享思想、观点和经验，寻求互利共赢的方案，以促进亚洲乃至全球的繁荣。在这个平台上，回顾过去，展望未来，共同努力，取长补短，围绕创新、可持续发展、数字经济等议题展开深入探讨，以寻求具有前瞻性的合作共赢契机。在这个平台上，不仅关注经济增长，更注重可持续发展。倾听不同的声音，尊重各种文化。消除分歧，达成共识，共同推动亚洲乃至全球经济繁荣与发展。博鳌亚洲年会是汇聚智慧、灵感和创造力的盛会。让我们携手共进，为亚洲乃至全球的繁荣发展贡献力量。

　　博鳌是根据《辞海》释义：博是大，鳌是首的意思；鳌是大龟，也为大鳖。传说一位渔夫在春节之际，捕到一只大龟，准备杀了过年。正当渔民磨刀霍霍要杀大龟时，渔夫十岁的儿子小博，看到大龟流出眼泪，不忍心上前抱着大龟，阻止渔夫杀大龟。渔夫拗不过儿子只能作罢。小博把大龟放到海边说："赶快回归大海吧，以后千万小心，别再让人抓到。"大龟一爬三回首，然后游进大海深处。小博学习勤奋努力，十年寒窗苦读，准备上进京赶考，但因没有路费迟迟不能动身。他面对波涛滚滚的大海感慨道："空有学富五车，无资难展宏图。"这时浪潮逐渐退去，沙滩上留下一颗闪烁异样光彩的夜明珠，小博惊喜地捡起夜明珠回家。当夜，小博做了个梦，他梦见一位身穿青衣的少年走进来，对他说："我是龙王九子中的老大鳌，因醉酒现原形，被你父所虏，为感谢你的救命之恩，今赠路资，助你入仕。你仔细听清楚科考之题，切记天机不可泄露，今后多行善举，匡扶正义。"小博梦醒，历历在目，用心记住，进京赶考一举夺魁。这就是"独占鳌头"

的典故。后来小博官至内阁尚书，一生清廉，胸怀宽广，造福百姓。因有鳌托梦，小博得中状元。因此人们就把当地称作博鳌。

第六章　海瑞陵园

海瑞陵园位于海口市龙华区丘海大道 39 号。据说，当年海瑞的灵柩运至现墓地时，抬灵柩的绳子突然断了，人们认为是海瑞自选风水宝地，于是将其就地下葬。陵园大门的青灰色石牌坊上横刻"粤东正气"四字。一条宽阔的麻石大道从牌坊下直通墓地。甬道两旁有石羊、石马、石狮、石人，栩栩如生。墓前一石龟占据道中。陵墓格局与杭州的岳坟相似，只是规模稍小。海瑞墓用花岗石砌成，高三米，圆顶；墓前立着海安和海雄两人石像。海瑞无子，是跟随他的仆人。墓前有四米高的石碑。碑文由海瑞同乡许子伟撰。墓室建有扬廉轩，亭柱上挂有海瑞写的对联，"三生不改冰霜操，万死常留社稷身"。整个墓园，绿草如茵，葱郁苍翠，椰树、松柏、绿竹四季常青。陵园内有海瑞文物陈列室，供人瞻仰。

海瑞是海南岛琼山县人，生于公元 1514 年。40 岁中举，任知县、通判等职，1564 年海瑞入朝为官，大胆革除弊端，惩办权奸，为民请命，平反冤狱，深得民心。明世宗贪恋酒色，寻仙问道，荒废朝政。朝廷上下无人敢谏。海瑞视死如归，自备棺木，上奏《治安疏》，结果锒铛入狱。世宗死后，海瑞获释，官复原职。出任右佥都御史，钦差总督粮道巡抚应天十府。他秉公执法，打击贪官污吏。但不久受到奸佞排挤，被罢官还乡为民，在琼山老家闲居 16 年。72 岁时，海瑞被明神宗起用，到南京为官。1587 年，海瑞在南京去世。

海瑞一生为官清廉，刚直不阿，深得民众的尊敬与爱戴——甚至拿他的画像当门神。听闻海瑞去世，百姓如失去亲人，悲痛万分。当海瑞灵柩从南京水路运回故乡时，长江两岸站满了送行的人。百姓自发制作他的遗像，供在家里。

海瑞的故事，经文人墨客整理，编成了著名的长篇公案小说《海公大红袍》《海公小红袍》《海瑞》《海瑞罢官》《海瑞上疏》等。海瑞和包拯一样，是中国历史上清官的典范、正义的象征。明代李贽评价，"先生如万年青草，可以傲霜雪而不可充栋梁"。海瑞是杰出的政治家、历史上有名的清官，死后财物只有俸银八两、旧袍数件，留下了"南包公""海青天"的美名。

第七章 冯白驹故居

冯白驹故居位于海口市琼山区云龙镇长泰村，始建于 1922 年，由其父冯运熙建造。1942 年日军蚕食扫荡时被焚毁，1951 年修复。1984 年按原貌重建，建配套建筑，在庭院中央竖立"冯白驹将军"铜像。2003 年冯白驹诞辰 100 周年，整个故居的场地重新布局，建设绿化园林，在故居右侧兴建"冯白驹将军生平业绩陈列室"。故居由正屋、后屋、铜像和陈列室四部分组成，占地面积 6 亩。故居庭院正中有冯白驹半身铜像，基座正面刻有邓小平同志题写的"冯白驹将军"，背面刻有"冯白驹生平简介"。故居正屋，是一间三目、中间厅堂、两旁卧室的石木结构的 13 桁 10 柱的海南传统民居，正门顶端悬挂徐向前题写的"冯白驹故居"横匾，灰色石头墙，屋顶盖青瓦，后屋 5 桁三目小屋。新建的陈列室为砖木结构的水泥瓦面房子，建筑面积 70 平方米，陈列着冯白驹的生平业绩和主要革命活动的图片、史料，以及其亲属英烈的生平简介，全面地体现了冯白驹传奇光荣的人生。

冯白驹（1903—1973)，原名裕球，又名继周、布文，广东琼山人。琼崖革命武装和根据地创建人。被周恩来誉为"琼崖人民的一面旗帜"。历任中共琼山县委书记、琼山县苏维埃政府主席，琼崖讨逆革命军第六路军党代表，中共澄迈县委书记、琼崖特委书记；琼崖民众抗日自卫团第十四区独立队队长、独立总队队长兼政治委员，琼崖抗日游击队独立纵队司令员兼政治委员等。新中国成立后，任党和国家、军队领导等职。

冯白驹在新民主主义革命时期，长期担任琼崖党政军重要领导职务，在领导琼崖人民革命斗争过程中，善于把毛泽东思想和党中央的路线、方针、政策，与琼崖革命斗争实际相结合，攻克一道又一道难关，一直坚持到全岛解放，创造了"二十三年红旗不倒"的光辉业绩。白驹故居是海南省级文物保护单位、海南

省爱国主义教育基地、海南省党史教育基地，已入选2021年海南省首批红色地名，是10个"重要党史人物故居、纪念园（碑）"之一。

第八章　洗夫人庙

　　洗夫人庙位于海南省海口市龙华区新坡镇，是广东省文物保护单位、爱国主义教育基地。该庙是明代兵部左侍郎梁云龙为纪念洗夫人所建，距今400多年的历史。洗夫人（公元512—602），又称洗太夫人，名英，出生于广东今茂名市电白区电城镇山兜村，是中国古代杰出的政治家、军事家，被奉为"岭南圣母"。洗夫人幼年聪慧，少年就跟随父母领兵训练，武艺高强，贤明多谋，身经百战，威震军师，历经三朝，功勋卓著。她是人们心中的女英雄，历代朝廷敕封石龙郡太夫人、宋康郡夫人、谯国夫人、诚敬夫人、高凉郡太夫人、慈佑太夫人。她的生平载入《二十五史》《隋书》《北史》《资治通鉴》等。中华人民共和国成立后，周恩来总理誉之为"中国巾帼英雄第一人"。

　　洗夫人是一位闪耀着历史光辉的巾帼英雄，她一生充满了传奇色彩，展现出非凡的魅力，成了后人敬仰的楷模。洗夫人出生于俚族部落，自幼才华过人，深得族人敬爱。她经历了国家分裂与统一，也目睹了岭南从贫瘠到自足。她心胸坦荡，胆识过人，通过自己的努力，成功地让各民族团结在一起，为国家的统一做出了贡献。她善于化解矛盾，平息纷争，使得岭南地区保持了长时间的稳定和统一。她善于观察，洞悉人心，倡导文化交流，促进不同民族之间的文化融合，使得岭南文化得以传承和发展。她顺应民意，致力于维护国家统一和民族团结，为岭南地区持续百年的稳定做出了杰出的贡献，是爱国主义典范。她的诗词才华横溢，笔触细腻动人，抒发了对故乡、对人民深厚的感情。洗夫人用自己的人格的魅力，促进了岭南地区的社会发展，经济繁荣、文化昌盛，各民族和谐相处，百姓安居乐业。

第九章 西天庙

　　海南西天庙位于海南省海口市龙华区义兴街 73 号，占地面积 1193 平方米，建筑面积 775 平方米，是纪念明代海南才子王佐的庙宇，始建于明隆庆年间。西天庙的历史可以追溯到明代，在清朝四次重修，在原基础上扩大和增建。西天庙系砖木结构，单式斗拱，雕梁画栋，三进两厢。第一进和第二进之间有天井，第二进和第三进之间是拜亭，拜亭两边为东西厢廊。二进殿和主殿分别挂"泽化南天""诗宗李杜"的木雕匾额。主殿内供奉王佐神像，主殿后有一庭院，现存清道光年间的《重修西天庙记》碑。

　　王佐是海南临高人，一生博览群书，才华横溢，有诗文传世。他的主要著作有《经籍目录》《鸡肋集》《琼台外纪》《珠崖录》等，被誉为"岭南才子之一"。他曾出任广东高州、福建邵武、江西临江三处同知，为官清廉，深受民众爱戴，有"仁明司马""文行君子"的美誉。王佐一生留存诸多丰富的文化遗产。海南西天庙具有重要的历史意义，它是海南历史上的重要文化遗产，也是海南人民传承古代文化、弘扬民族精神的重要载体。这不仅是一座庙宇建筑，更是海南人民心灵的寄托和历史的见证。

第十章 海南四景

　　海南的风景太丰富，有许多著名的风景名胜，如红色娘子军纪念园、李硕勋烈士纪念亭 、琼崖一大旧址、九·一八国耻纪念碑、白石溪景区、野生动物园、海南鹿场、火山口公园、灵山游乐园、涅槃塔、琼崖红军云龙改编旧址、泰国花果园、白沙门旅游娱乐园、滨海公园、海口博物馆、海口人民公园、红树林、假

日海滩、金牛岭公园、邱浚墓园、石山风景名胜区、苏公祠、万绿园、卧龙山、五公祠、西秀海滩公园、仙洋水庄、红树林保护区、桂林洋海滨旅游区、南泰鳄鱼湖动物园、东寨港自然保护区等。除此之外，还有鼓楼、琼台书院、秀英炮台、海底村庄值得介绍。

第一节　鼓　楼

鼓楼，原名谯楼，又称文明楼，位于海口市琼山区府城镇文庄路南端，为砖木混合结构建筑。明洪武五年，由海南卫指挥使王友在已废元谯楼故址上修建。鼓楼坐北朝南，由城台和城楼组成。城台（台基）仍沿用明代，考虑到楼高惹风，只建单檐城楼，城楼面阔五间，进深三间，歇山屋顶，素面板筒瓦砂浆裹垄屋面，檐口设绿色琉璃勾头、滴水及封檐板。城楼设六缝梁架，其中明间梁架为抬梁结构，其余梁架为穿斗结构。明间梁架及过廊梁架均镌刻有走兽、花鸟等各种图案。鼓楼气势磅礴，雄伟壮观。楼下城庸宽厚，下临旷野，直通城门。原楼高三层，现仅存二层。均受历代珍视，故屡毁屡建。从鼓楼碑文记录，可知它近500年来的兴替迁移。鼓楼，古时候赞曰："百尺危楼瞰大荒，万家烟火正微茫；浮屠七级凌霄汉，荡海千帆破夕阳。"自古鼓楼就是旅游胜地。

第二节　琼台书院

琼台书院位于海南省海口市琼山区中山北路，是清代琼州最高学府、海南名胜、海南省重点文物保护单位、海南省旅游涉外定点单位。相传是后人为纪念海南第一才子、明朝大学士丘浚而建。它始建于清朝康熙四十年（1701年）。该书院坐北朝南，由大门、前楼、礼堂、中楼魁星楼等建筑组成。整个建筑群三进三庭，三座二层古楼，四行廊庑斋舍。主楼魁星楼高二层，绿瓦、红廊、白墙，是一座具有民族特色的砖木结构建筑，至今保存完好。魁星楼二楼中梁正中悬挂一匾，上书"进士"二字，字大如斗。这是当年书院的高才生张日中进士后朝廷所赐。楼内雕梁画栋，异常别致。楼前绿树成荫，环境秀丽雅静。琼台书院的平面布局对称严谨，建筑造型稳重大方，富有海南地方特色。历史上琼台书院曾多次更名，先后更名为琼州府中学堂、琼崖中学堂、琼崖中学校、广东省立第六师范学校、广东省立琼山师范学校、广东琼台师范学校、海南琼台师范学校等。

第三节　秀英炮台

秀英炮台位于海口市海秀大道秀英村。秀英炮台与天津大沽口炮台、上海吴淞炮台、广东虎门炮台同为清代晚期闻名遐迩的海岸炮台，是中国近代史上重要的海防屏障。秀英炮台是海南古代宏大的军事设施，也是中国古代规模较大的军事设施之一。1890年，清政府为抵御法军入侵，命令各军严防沿海各口岸。两广总督张之洞临琼视察海口形势后，下令建造秀英炮台。炮台建筑在离海岸约200米的小山丘上，面向大海，居高临下，遥控着整个琼州海峡。有大小炮台五座，拱北、镇东、定西为三大炮台，振武、振威为两小炮台。五座炮台自东向西成一直线，朝北并列，虎视大海，威风凛凛。五尊大炮均购自德国克虏伯炮厂。炮台东南侧设有指挥室，背后有操练场和营房。整个台区占地面积为3.3万平方米。

第四节　海底村庄

海底村庄是海南地质遗迹景点，也是中国迄今发现的历史上唯一的陆陷成海的地震废墟遗址。这里是300多年前，一次罕见的大地震造成的海底奇观。海水退潮时可见长10公里、宽1公里的浅海地带，古耕地纵横、古村庄废墟遗址隐约可见。透过海水，可见玄武岩的石板棺材、墓碑、石水井和舂米石等有序排列。还有一座石块砌成保存完整的戏台，石板上密密麻麻地布满了海蚝、贝壳。村庄的庭院、参差的房屋遗迹，还有一座雕工精细、四柱三孔的"贞节牌坊"竖立于水中。每当大海退潮时，附近的村民会下海到这里来捉鱼捉虾。近年，来海南的人，纷纷慕名到海底村庄来参观、探古。他们为这片神秘莫测的地震遗址感叹，同时凭吊当年因地震灾害沉没于海底的古人。海底村庄像个水晶宫，是奇特的观景旅游之地。

第二十二篇　贵州——苗岭侗寨

　　贵州省，简称"黔"或"贵"，是中华人民共和国省级行政区，省会贵阳市，位于西南内陆地区腹地，与四川省、重庆市、湖南省、广西壮族自治区、云南省等地接壤。贵州省的地势西高东低，自中部向北、东、南三面倾斜，素有"八山一水一分田"之说。属于亚热带季风气候，东经103° 36'~109° 35'、北纬24° 37'~29° 13'之间，总面积为17.62万平方千米。贵州拥有丰富的自然和文化资源，是全国首个国家级大数据综合试验区，下辖6个地级市和3个自治州。贵州的历史名人遗迹也很多，如张之洞、王阳明、杨龙友、姚茫父、周渔璜、丁道衡、李端棻、李世杰、谢三秀、赵以炯等。贵州是个多民族共居的省份，如苗族、侗族、土家族、布依族等众多少数民族在这里繁衍生息。贵州拥有着自己独特的文化和传统，如苗族的银饰工艺、侗族的鼓楼建筑等。这里保存了大量的古迹和历史文化遗产，如镇远古镇、青岩古镇等。

第一章 贵 阳

贵阳是贵州省的政治、经济、文化、教育、科学技术和交通中心，是现代化都市、中国首个国家森林城市、循环经济试点城市。贵阳因其位于贵山之南而得名，已有 400 多年历史。这里古时盛产竹子，以制作乐器"筑"而闻名。贵阳风光旖旎，具有"山中有城，城中有山，绿带环绕，森林围城，城在林中，林在城中"的高原特色。贵阳是连接丝绸之路经济带和 21 世纪海上丝绸之路的重要门户，也是中国西南地区重要的交通通信枢纽、工业基地及商贸旅游服务中心、贵阳国家高新技术产业开发区、贵阳经济技术开发区、贵阳综合保税区、双龙航空经济区。贵阳还荣获了国家卫生城市、国家生态文明城市、中国避暑之都、中国最佳表现城市、全国双拥模范城等 40 多项荣誉称号。

青岩古镇

青岩古镇位于贵阳市南郊，距市区约 29 公里。它是贵州四大古镇之一，建于 600 多年前的军事古镇。古镇内设计精巧、工艺精湛的明清古建筑交错密布，寺庙、楼阁画栋雕梁、飞角重檐相间，悠悠古韵，被誉为中国最具魅力小镇之一。城门上大书"定广门"三个字。城墙上筑敌楼、垛口、炮台，全部是青灰方块巨石筑就。古镇有九寺、八庙、三宫、三阁、一院、一楼，还有石牌坊、城墙等古建筑群。原为土城，经数百年历史沧桑，经多次整修扩建，由土城而渐成街巷纵横错综之石城。

青岩镇依山傍岭，建筑依山就势，布局合理，石雕、木雕工艺精湛，蕴含着许多古老神话传说和浓郁的地方特色，有古老的石柜台、木柜台，门窗间精雕细刻的小椋，石坊上倒立的石狮。古老的寺庙、天主教堂、基督教堂，被称为"三教并存"。每到初一、十五，寺庙里香火不断，教堂做礼拜的人络绎不绝。站在青岩镇的城楼上远眺，教堂巍然和贞女牌坊遥相对立，文化差异突兀，看着不协调。青岩镇民风淳朴，人们走累了，镇民会挪出自己的椅子让你歇歇脚；渴了，再端

上一碗清凉的苦丁茶让你解解乏。青岩镇是省级文物保护单位、历史文化名镇、国家级文明市场，有着深厚的历史文化、建筑文化、宗教文化、农耕文化、饮食文化、革命传统文化，以及多民族历史文化的交融，现为以农业、林业、磷化工、建材、保健综合发展的现代化古镇。

第二章 黄果树瀑布

黄果树瀑布位于贵州安顺镇族苗族自治县境内，享有"中华第一瀑"之盛誉，也是世界上最大壮观的瀑布之一。白水河水从悬崖绝壁上直泻而下，形成九级瀑布，落差共为105.4米，漩涡无数，声如雷鸣，响达千米。水雾经阳光折射，五彩缤纷，变幻无穷，气象万千，极为壮观。附近有观瀑亭、望水亭，让人可以直接观看瀑布的奇景。黄果树瀑布是白水河上最壮丽的乐章，从68米高的悬崖之巅跌落，犹如倾盆大雨，溅洒不停。黄果树瀑布的形成历史可追溯至2亿多年前的中三叠纪，距今10—50万年之间。徐霞客描写黄果树瀑布："透陇隙南顾，则路左一溪悬捣，万练飞空，溪上石如莲叶下覆，中剜三门，水由叶上漫顶而下，如鲛绡万幅，横罩门外，直下者不可以丈数计，捣珠崩玉，飞沫反涌，如烟雾腾空，势甚雄厉；所谓珠帘钩不卷，飞练挂遥峰，俱不足以拟其壮也。"黄果树瀑布是中国第一瀑布，水大可达1000多个流量。瀑布前有一很深的岩溶峡谷，左有悬崖峭壁，古木森森；右有钙华坡、石笋山，花草丛生；中为犀牛潭、马蹄潭等。清代严寅亮联："白水如棉，不用弓弹花自散；红霞似锦，何须梭织天生成。"

黄果树瀑布是一幅流动的画卷，水花四溢，川流不息，如万马奔腾，似蛟龙出海。走近黄果树瀑布，仰望瀑布泛滥的潮水，翻江倒海倒的壮景，真是"飞流直下三千尺，疑似银河落九天"。黄果树瀑布，富有生命力的源泉，也是大自然馈赠给人类最壮丽的厚礼。

第三章 遵 义

遵义市，简称"遵"，古称播州，地级市，是贵州省新兴工业城市和重要农产品生产基地。也是黔北政治、经济、文化中心，黔中城市群重要城市，全市下辖 3 个区、7 个县、2 个自治县，代管 2 个县级市，总面积 30762 平方千米。遵义市是全国文明城市、国家森林城市、国家卫生城市、双拥模范城市、中国优秀旅游城市、国家园林城市等，也是中国三大名酒"茅五剑"之一的茅台酒的故乡。遵义市是首批国家历史文化名城，中国共产党在遵义召开了著名的"遵义会议"，成为了党的生死攸关的转折点，被称为"转折之城，会议之都"。遵义市拥有世界文化遗产海龙屯、世界自然遗产赤水丹霞，有中国长寿之乡、中国名茶之乡、中国吉他制造之乡等美誉。

第一节 遵义会议纪念馆

遵义会议纪念馆建成于 1955 年 2 月，是为纪念中国共产党伟大历史意义的遵义会议而建立，由遵义会议会址、红军总政治部旧址等 11 个纪念场馆组成，是中华人民共和国成立后最早建立的 21 个革命纪念馆之一，是国家重点文物保护单位、国家重爱国主义教育示范基地、国家一级博物馆、全国廉政教育基地。遵义会议召开 70 周年，遵义会议陈列馆落成。后延伸为遵义会议纪念体系、拓展接待服务空间、提升展陈展示水平、加强爱国主义教育示范基地。陈列馆占地面积 4679 平方米、建筑面积 6612 平方米，共有 2500 平方米的展示空间和 680 米长的展线，展出文物及图片资料 400 余件、文字资料约 2 万字，分为"战略转移""遵义会议""四渡赤水""胜利会师""永放光芒"五个单元。

整个陈列以红军长征为背景、遵义会议为核心，充分阐明了遵义会议是中国共产党历史上一个生死攸关转折点的史实及其伟大、深远的意义，成为国内具有高学术水平和重要地位的革命历史展览，在会址主楼各室的墙壁上有许多墨写

的红军标语。"长征精神海育千秋，遵义会议永放光芒"。该馆收藏文物 1551 件，其中原物 726 件、复制品 667 件、仿制品 158 件。这些革命旧址复原陈列承担了对广大参观者的宣传展示教育功能。

第二节　贵州酒文化博物馆

贵州酒文化博物馆位于遵义市中华南路 178 号。该博物馆为砖混结构楼房，建于 20 世纪 60 年代，其面积为 280 平方米，建筑面积 770 平方米。1989 年 10 月正式挂牌对外开放。该博物馆分类展览。《贵州酿酒史》展示自然酒、人工榨酒、蒸馏酒的产生与发展的历史,重点介绍贵州茅台酒回沙工艺、董酒、串香工艺。《贵州酒礼酒俗》展示贵州汉、苗、彝、水、布衣、仡佬等民族的酿酒饮酒习惯。《贵州名酒》展示各种名酒 50 余科、系列产品 1000 余种。该博物馆对贵州酒史、酒俗、贵州名酒工艺、特殊酒器等介绍展示。

贵州酒文化历史悠久,明末清初,仁怀茅台镇酒出现茅台酒雏形。到了清朝康熙时,茅台酒工艺日臻完善,茅台春、茅台烧春、茅台烧等酒已经很有名气,被清道光时遵义大儒郑珍誉为"酒冠黔人国"。贵州省是中国白酒第一大省,名酒荟萃。贵州有八大名酒：茅台酒、董酒、平坝窖酒、安酒、习酒、金沙窖酒、湄窖。贵州茅台酒,独产于贵州省仁怀。白酒香味成分种类有：醇类、酯类、酸类、醛酮类化合物、缩醛类、芳香族化合物等。该博物馆还展出《贵州酒文化文集》《酒冠黔人国——贵州酒文化研究》《贵州酒文化简介》《贵州酒文化现代书画展》《贵州名酒获奖奖品展》《贵州酒文化文献资料展》等。贵州遵义酿酒历史悠久,内涵深厚,内容丰富,名酒众多,世界闻名。

第四章　侗　寨

肇兴侗寨位于贵州省黔东南苗族侗族自治州黎平县,是全国最大的侗族村寨之一,素有"侗乡第一寨"之美誉,也是侗族的民俗文化中心。占地面积 18 万平方米，居民 800 余户，4000 多人。肇兴侗寨是黎平侗乡风景名胜区的核心景点、中国最美的六大乡村古镇之一、全球最具诱惑力的 33 个旅游目的地之一。侗寨鼓楼，是吉祥的象征、兴旺的标志，由全寨人集资修建。鼓楼的作用：一是侗寨的标志，二是侗族族姓的标志，三是休闲的场所，四是社交之地，五是接待客人，六是集会议事，七是传递信息或报警，八是祭祀。侗寨鼓楼已被载入吉尼斯世界纪录，被称为"鼓楼文化艺术之乡"。

　　侗寨有着悠久的历史，可以追溯到唐代。侗寨所处的地理环境得天独厚。依山傍水，绿树成荫，重峦叠嶂，河流纵横，为侗寨提供了天然的屏障和独特的自然景观。侗寨四面环山，寨子建于山中盆地。寨中房屋为干栏式吊脚楼，鳞次栉比，错落有致，全部用杉木建造，硬山顶覆小青瓦，古朴实用。侗寨分内姓外姓，对外全为陆姓侗族，分为五大房族，五个自然片区，当地称之为"团"。分为仁团、义团、礼团、智团、信团五团。肇兴侗寨不仅是鼓楼之乡，而且是歌舞之乡，寨上有侗歌队、侗戏班。肇兴侗寨以鼓楼群最为著名，寨中五团，共建有鼓楼五座、花桥五座、戏台五座。五座鼓楼的外观、高低、大小、风格各异，蔚为壮观。

第五章　雷山苗年

　　雷山苗年起始在 6000 多年前。传说九黎部落的大首领蚩尤与炎黄二帝大战中，因战败被肢解。族人收其尸骨，用糯米糍粑粘合尸首后，于农历十月以最高礼仪将其安葬。此后每年农历十月苗族人都要举行祭祀仪式，每隔十三年要大祭一次（即鼓藏节）。苗族先祖从中原五次大迁徙后，一部分人来到贵州雷公山脚下繁衍生息，至今保留着复杂的祭祀过程和隆重的祭祀礼仪。

　　苗族人过苗年，就如同汉族人过春节，每年农历十月一日，就是苗年的初一。在过苗年的前一天，人们会打糍粑、宰猪杀鸡，酿制米酒和甜酒，在苗年的当天，人们会以酒、肉、米饭祭祀祖先，然后全家人会在一起聚餐。在节日期间，会举行三四天的娱乐活动，包括斗牛、跳芦笙和跑马等。斗牛和跑马通常在白天进行，只有一天。跳芦笙则在晚上进行，会连续进行三四夜。

走进苗年，你就会感觉到四周弥漫着浓浓的苗族千百年来农耕文明发展的气息，这种气息让人心荡神摇，让人欲割难舍，让人久久不能忘怀。它带给你的心灵震撼，不仅是心理上的猎奇，而是苗族深厚的历史文化。苗年的文化内涵十分丰富，包括祭祀、礼仪、舞蹈、音乐、戏剧、美食等。在节日期间，人们穿着华丽的苗族服饰，翩翩起舞，唱着动人的歌，表演着精彩的戏剧。美食更是苗年的重头戏，人们用当地特有的食材，制作出各种美味佳肴，让人垂涎欲滴，这就是苗年文化的独特性，也是它的魅力所在。

第六章　龙　宫

龙宫位于贵州安顺市 27 公里，是国家 5A 旅游景区、国家风景名胜区。龙宫是水溶洞群，以旱溶洞、瀑布、峡谷、峰丛、绝壁、湖泊、溪河、民族风情、宗教等构成独特的风景区。龙宫面积达 60 平方公里，分为龙宫、油菜湖、漩塘、仙人箐四大景区。龙宫是世界上水旱溶洞最多、最集中的地方。大小的水、旱溶洞星罗棋布有 90 多个，已获吉尼斯世界纪录。龙宫中心区由卧龙湖、迎宾洞、龙门飞瀑、龙潭天池、龙宫暗湖、蚌壳岩、虎穴洞等景点组成。龙宫被誉为"中国唯美水溶洞"的地下暗河溶洞，长达 15 公里，洞内钟乳千姿百态、细致秀美、巧夺天工，宛如神话中的龙宫宝殿。

天池是个山间湖泊，澄绿如玉，俗称龙潭。湖水倾泻从巨大的溶洞落下，惊涛奔涌，蔚为壮观，此洞是龙门。"览龙宫知天下水洞，荡轻舟临人间仙境"，此乃"大自然的大奇迹"。龙宫集天上石林、地下漓江之奇观。龙宫观音洞，有一天然神似观音的钟乳石，人工雕刻佛像 32 尊，其中观音像高达 12.6 米，天然和人造佛像相融显得神圣庄严。龙门飞瀑，激流勇进，喷泻如钻山劈石，十分壮丽。龙宫漩塘是山不转水转的奇观圆塘，四周古木林立，遮天蔽日，风景独特优。

第七章 荔 波

荔波景区位于贵州省南部边陲的荔波县境内，是国家自然保护区、世界人与生物圈网络保护区、风景名胜区。也是中共一大代表邓恩铭烈士的故乡和有邓小平领导的红七军革命活动旧址地。景区总面积 273.1 平方公里，由小七孔景区、大七孔景区、水春河景区和樟江风光带组成。其森林面积 213 平方公里，是生态科普教育和生态旅游的重要基地。景区内森林浩瀚，峰峦叠嶂，溪流纵横。既有奇、幽、俊、秀、古、野、险、雄的自然美，又有浓郁的布依、水、瑶、苗等民族特色风情。荔波森林广袤，被中外专家誉为全球喀斯特地貌上保存完好绝无仅有的绿色宝石。神秘奇特的喀斯特森林，树、石、水、藤、乔、灌，完美组合在一起，形成了天然美丽的奇观。目前风景区内有公路可通往广西南丹、环江、金城江和贵州的麻尾、三都、独山、都匀、贵阳，延伸可达广西柳州、桂林、南宁，交通十分便利。

第八章 中国天眼

中国天眼位于贵州省黔南布依族苗族自治州平塘县克度镇大窝凼的喀斯特洼坑中，是世界最大单口径 500 米球面射电望远镜，拥有 30 个标准足球场大的接收面积，主反射面的面积达 25 万平方米。中国天眼利用贵州喀斯特地区的洼坑独特地形条件作为望远镜台址，在洼地内铺设 4450 块反射面单元组成 500 米球冠状主动反射面，远看就像"个巨大的眼球"。从景区搭乘摆渡车到达核心的大射电景区，然后走 700 多级台阶可到达山顶，台阶上有双鱼、白羊座等 12 星座图展示。在山顶的中国天眼观景台，领略世界最大的单口径球面射电望远镜，心里无比震撼。中国天眼观景台有三层，在三层的观景台上，浏览不同角度的"大

眼球"，不禁感叹道："伟大啊，我的祖国！"

中国天眼作为世界最大的单口径望远镜，将在未来 20—30 年保持世界一流地位。全新的设计思路，加之得天独厚的台址优势，突破了望远镜的百米工程极限，开创了建造巨型射电望远镜的新模式。中国天眼的创新利用独一无二的天然喀斯特洼地台址，应用主动反射面技术在地面改正球差，轻型索拖动馈源支撑将万吨平台降至几十吨。中国天眼的科学价值，有能力将中性氢观测延伸至宇宙边缘，重现宇宙早期图像，发现数千颗脉冲星，建立脉冲星计时阵，参与未来脉冲星自主导航和引力波探测。主导国际甚长基线干涉测量网，获得天体超精细结构。进行高分辨率微波巡视，检测微弱空间信号。参与地外文明搜寻和子午链工程，提高非相干散射雷达双机系统性能。将深空通讯能力延伸至太阳系外缘行星，将卫星数据接收能力提高 100 倍。折叠应用目标，空间飞行器的测控与通讯，脉冲星计时阵和自主导航，非相干散射雷达接收系统，高分辨率微波巡视。

第九章 百里杜鹃

百里杜鹃风景名胜区位于大方与黔西两县交界处，是国家 5A 级旅游景区、科普教育基地，也是中国面积最大的原生杜鹃林，总面积达 125.8 平方公里。这里分布着马樱、鹅黄、百合、青莲、紫玉等 4 属、23 个品种，占世界杜鹃花 5 个亚属中的 4 个亚属，最为难得的是"一树不同花"，即一棵树上开出若干不同品种的花朵，最壮观的可达 7 种之多。

相传，很久以前大方黔西一带的山林地域并无杜鹃。山下的彝族、苗族等民族的人，经常上山打猎、采药、砍柴维持生计。有一天，突然来个黑熊精霸占了山林危害百姓，致使方圆百里的人们失去生活来源，整日恐慌不安。

山村里有一对年轻的夫妻，男人叫杜宇，女人叫子规，为了保护村民，两人决定上山去杀死黑熊精。两人抓了上千只蜜蜂放在木盒里，带上松油火把，傍晚时分，悄悄靠近黑熊精住的山洞。子规把准好的蜂蜜打开倒在地上，黑熊精嗅到蜂蜜味道，开心得不得了，迅速地找到蜂蜜，不顾一切舔吃起来。这时杜宇点燃松油火把直插黑熊精的眼睛，子规打开木盒放出千只蜜蜂一起叮咬黑熊精。疼得黑熊精在地上翻滚，杜宇拿着猎叉插进黑熊精的胸膛。黑熊精虽然被突然袭击，受到重创，但它拼命反击，猛力抓住杜宇，一掌打在他的脑袋上，杜宇当场被打死。子规手拿剑刺进黑熊精的心脏，黑熊精被刺死，临死之际抓住子规，用力把子规摔死。后来黑熊精心脏流出的血渗透在地下变成了煤矿。子规的鲜血洒地上，开出美丽的杜鹃花，很快满山遍野延绵百里千年不败。杜宇变成杜鹃鸟，昼夜不止朝着北方，哀切鸣叫寻找自己的爱人，"不哭，不哭，子规回来"，"杜鹃啼归，爱人不回"。所以人们把杜鹃又叫子规、杜宇、布谷鸟（不哭鸟）。因黑熊精被杜宇用松油火烧伤了眼睛，人们又叫它熊瞎子。

第十章　镇远古城

镇远古城位于贵州省黔东南苗族侗族自治州，是一座拥有悠久历史和独特文化的古镇。这座古城历史悠久，可以追溯到秦朝时期，自唐宋以来逐渐发展成为繁华的商贸重镇。走在镇远古城的石板路上，仿佛穿越了时空，回到了那个繁华的时代。古城的街道两旁，保留着许多古老的建筑和民居，这些建筑风格独特，充满了浓郁的地方特色。城内的民居多为木结构，青瓦白墙，雕花门窗，显得古朴典雅。

镇远古城最引人注目的是青龙洞。这是一处集自然景观和人文景观于一体的名胜古迹。青龙洞依山傍水，悬空而建，与山石林木融为一体，相映成趣。洞内石壁上有许多摩崖石刻，这些石刻或苍劲雄浑，或清秀雅致，记录着历史的沧桑和文化的积淀。还有天后宫、紫阳洞、府城垣等。天后宫供奉妈祖神像，是渔民心中的保护神；紫阳洞是一个古老的岩洞，据说曾是道士修炼的地方；府城垣则是古城的防御工事，见证了镇远的历史沧桑。

镇远古城，除了欣赏古建筑和人文景观外，还可以品尝当地的美食。这里的特色小吃种类繁多，口味独特，如苗家酸汤鱼、苗家糯米饭、苗家糍粑肉等。在品尝美食的同时，还可以欣赏古城夜景，感受这座古镇的独特魅力。

第二十三篇　云南——云岭高原

云南省简称"云"或"滇"，是中华人民共和国的省级行政区,省会为昆明市，同贵州、广西相邻，与四川、西藏、缅甸接壤，南部和老挝、越南毗邻。云南省总面积 39.41 万平方千米，居全国第 8 位，山地高原地形，属于亚热带和热带季风气候，滇西北属高原山地气候。北纬 21° 8'~29° 15'，东经 97° 31'~106° 11'之间。云南还跨越了长江、珠江、元江、澜沧江、怒江、大盈江 6 大水系，被称为"动植物王国""有色金属王国"。云南历史文化悠久，自然风光绚丽，是"滇文化"人类文明重要发祥地之一。云南自然资源丰富，雪山高耸、群山延绵、草原广袤，湖泊碧绿，河流奔腾，形成了多样化民族文化的交织。

第一章 昆 明

  昆明市，别称春城，是中城市群中心城市、国家重要的中心城市之一、国家旅游城市、"全国民族团结进步示范市"等。昆明地处西南云贵高原中部，具有"东连黔桂通沿海，北经川渝进中原，南下越老达泰柬，西接缅甸连印巴"的独特区位，是中国向东南亚、南亚开放的门户城市，位于东盟"10+1"自由贸易区经济圈、大湄公河次区域经济合作圈、泛珠三角区域经济合作圈的交会点。

  昆明是历史文化名城，早在3万年前就有人类在滇生息繁衍。司马迁在《史记·西南夷列传》中写道："西自同师（今保山）以东，北至叶榆，名为嶲、昆明，皆编发，随畜迁徙，毋常处，毋君长，地方可数千里。"由此可见，"昆明"一词是古代云南一个少数民族的族称。公元前278年滇国定都于此；765年南诏国筑拓东城，为昆明建城之始；明朝永历政权在昆明建都。

  昆明旅游资源丰富，石林、石峰、石芽、九乡溶洞、滇池、落水洞、地下河遍布，形成千奇百怪的景观。昆明三面环山，风光绮丽，四季如春，享有"春城"的美誉。

第二章 大 理

  大理是中国西南边疆白族自治州，其历史文化悠久，清朝时期，隶属于大理府、丽江府、永昌府和蒙化府直隶厅。鄂尔泰任云贵总督时，"改土归流"，大理地区被划为云南的内地。《蛮司志》卷八载："版籍其地，加以经化，创置云南、楚雄、临安、大理诸府为内地；更以元江、永昌之外籤川、车里诸地为西南夷，一如旧时成都之视滇池。"大理自然风景秀丽，民族特色文化丰厚，拥有蝴蝶泉、

苍山、洱海、大理古城、崇圣寺三塔等著名景点。

　　大理的"三月三"，比春节还热闹。村村寨寨的乡里乡亲相约聚会，唱山歌、撑竹筏、嬉戏、逛街，赛歌、泼水。人们身着绚丽多姿的彩衣，一路欢唱，相聚在五龙乡的水寨村。他们用歌声交流，男女青年互诉衷肠。大家兴致盎然，歌唱生活，歌唱幸福，场面壮观，欢声笑语，热情奔放。突然一股清泉泼洒在脸上，被泼的人立即还给一瓢清水，一场泼水大战拉开了序幕。大家争先恐后，毫不吝啬地把清凉洁净的水泼洒在对方身上，洗涤一年的烦忧，传递民族情怀。虽然人们都穿着精心打扮的新装，来出席隆重盛大的活动，每个人都被水泼得全身湿漉漉的，但谁也不恼不怒，反而其乐融融，这就是"泼水节"的魅力。

第三章　苍　山

　　苍山，又名点苍山，位于滇中高原与滇西横断山的接合部，处于云岭山脉的南端，是世界地质公园、国际著名的第四纪末次冰期"大理冰期"命名地、世界物种多样性地区之一。苍山由 10 座山峰组成，延绵 9 座山峰，主峰苍龙岭海拔高达 4096 米。风景以奇、秀、险著称。它由十九座山峰组成，景观非常丰富，如苍龙岭、苍山、剑峰、玉带云、洗马潭等。苍山有十八种性格，十八种柔情，十八湾溪之水。清溪水亘古低吟；苍山花绚丽斑斓，好似燃烧不尽的情怀；冰雪消融凝结的雾水，是苍山不灭的灵魂。苍山的翠绿，装满了十八条风雅的诗歌；飞花点翠，泉水清澈，不沾人间烟火洁净；苍山林海，峰峦叠嶂，山石丛林中滋养了万物生灵。聆听驻驿的脚步，淹没在炊烟袅袅的鸡鸣犬吠声中。望夫云，在湛蓝的天空变化莫测，演绎着南诏公主与苍山猎人千古流传的爱情故事。苍山十九峰背负着凝重的千年历史，巍峨耸立，直插云霄，连绵百里，气势磅礴。它仪态万千、坚强挺拔的品格是大理的象征标志。苍山十九峰青黛致远，岭脉释放的能量，满怀激情地走入玉带云中，伸手可触缕缕白云，飘飘如幻的仙界。

　　苍山之麓的蝴蝶泉，水清见底。低头探望，泉辉映照着人们的眼睛，迷离了眸底。传说蝴蝶泉是苍山的血液，是洱海的命基。蝴蝶泉清澈的泉底，铺满了晶莹的鹅卵石，涓涓流淌的泉水，日夜不停地翻滚涌动，是大自然赐予人类的生命源泉，孕育绽放着《五朵金花》永恒的美丽故事。苍山风景如画，有冰斗、冰窖、角峰、刃脊及其他千姿百态的峰林峰丛。苍山的花卉品种繁多，被称为"天然杜鹃花园"。苍山有国家保护动物16种，一级保护动物云豹、羚牛、鹿、麂、岩羊、野牛、山驴、野猪、狐、雉鸡等以及珍稀动物"四不像"；珍稀植物2330种，鸟类170多种。

第四章　洱　海

洱海古称昆明池、洱河、叶榆泽等，位于大理市北部，是云南省内的高原淡水湖泊之一，因形状像人的耳朵而得名。洱海是大理"风花雪月"四景之一。苍山洱海是坚贞的爱情象征，被赞为"群山间无暇美玉"。"洱海月"也是大理的名景。洱海南有苍山横列如屏，北面有玉山环绕衬托，环境优美，景色宜人。周边有许多著名的景点，如小普陀、南诏风情岛、罗荃半岛和双廊等。洱海形成于冰河时代末期，属高原构造断陷湖泊，海拔1972米。明朝李元阳的《元一统志》记录了十八溪，自南向北为"阳南溪、葶溟溪、莫残溪、青碧溪、龙溪、绿玉溪、中溪、桃溪、梅溪、隐仙溪、双鸳溪、白石溪、灵泉溪、锦溪、茫涌溪、阳溪、万花溪、霞移溪"，最终都注入东面的洱海。洱海水从西洱河流出，流入漾濞江，汇入澜沧江，注入太平洋。洱海不仅风景优美，还有供水、农灌、发电、调节气候、渔业、航运和旅游等七大功能。

第五章　丽　江

丽江位于云南省西北部地区，有"东方瑞士"的誉称。丽江地处西南边陲，在青藏高原南端、横断山脉向云贵高原北部云岭山脉过渡的衔接地段，含高原雪

山、河谷、深峡、草甸、平坝等自然景观资源，是我国古人类活动的地区之一。丽江风景如画，江山秀丽，是古"丝绸之路"西藏入境的"茶马古道"中转站，也是纳西族的家园，这里还居住着白、彝、傈僳、普米族等少数民族。丽江保持着纳西族人民的东巴文化，是世界民族文化的一枝璀璨奇葩，也是人类共同的文化遗产。

纳西族东巴文化被誉为世界上唯一保留完整的"活着的象形文字"，卷帙浩繁、经书、舞谱、绘画、祭祀仪式都展示纳西族东巴文化的特色。丽江历史悠久，古朴深邃。水乡之容，山城之貌，城中有水，山中有城，城山相融，山水一体；道路坦途，街巷曲幽，河畔垂柳，春光明媚。明代徐霞客的《滇游日记》中记录，"宫室之丽，拟于王者"，"居庐骈集，萦城带谷、民房群落，瓦屋栉比"。丽江古寺庙很多，文峰寺、福国寺、普济寺、玉峰寺、指云寺、三圣宫、龙泉寺、北岳庙、白沙古建筑群等。丽江的民族文化结合藏族文化的特征，形成一道特殊的风景线。丽江还有"万里长江第一湾"的石鼓，高山植被、丹霞地貌、老君山、黎明等地质景观。

丽江古城

丽江是一方不染风尘的古处地，拥有优美的自然风光、丰富的历史文化底蕴。丽江古城建于宋末元初，由木氏先祖阿宗阿良兴建"大叶场"，知府木增兴建皇帝歆赐准建的"忠义坊"。丽江古城的美，无处不在。青翠的山峦、湛蓝的湖泊、古朴的民居、特殊的民族文化，构成了古城特有的风貌。街头巷尾，纳西古乐、东巴文化、羊皮鼓舞等非物质文化遗产，都是这片土地完好的传承。丽江的历史可以追溯到两晋南北朝时期，经历漫长岁月的洗礼，依然保持着原始的风韵，古建筑、古桥梁、古巷弄，都成了历史的遗迹。

丽江古城被列入了世界文化遗产名录，成了全人类的宝贵财富。丽江的民俗活动丰富多彩，火把节、棒棒会、雪山音乐节等，都吸引着成千上万的人前来观光。丽江古城坚守着古老的传统文化，在窄巷的石板路上，身着传统民族服装的人，悠闲自得地散步。夜幕降临，华灯初上，纳西族的音乐家们开始演奏，那种旋律犹如天籁之音，让人仿佛置身于梦境。丽江的美食也很有特色，如丽江粑粑、酥油茶、砂锅鸡等，都很美味。

第六章　西双版纳

　　西双版纳傣族自治州位于中云南省西南端，古代傣语为"勐巴拉那西"，意思是"理想而神奇的乐土"，这里的热带雨林自然景观和少数民族风情闻名于世，是中国的热点旅游城市之一。西双版纳是神奇多彩的民族神话王国。西双版纳的景真山(古傣人国都，称"晋真")，有座塔形巨亭，人们叫它勐景佛塔，又叫八角亭，始建于公元1701年。据说仿照佛祖释迦牟尼的帽子建造，又说是景真山下龙王显圣，派八条青龙抬了龙宫之宝"水上八角亭"移放在山上。

　　走进金黄色神话园大门，迎面是四尊金色的人面兽身大型塑像，塑像前有一幅大型彩色浮雕，上面雕的是傣家人远古时代，开天辟地的神话故事。园内花丛中，簇拥着诸多天神，个个栩栩如生、千姿百态。

　　园内中有棵含有剧毒的巨大箭毒树，古代战争中将树汁涂抹箭头，射伤即死。这棵树是曼桂村民世代信奉的神树。勐巴拉王国是西双版纳古代名称，傣语意思是美丽的地方。西双版纳的自然景观与人文景观，融合了傣族的历史、文化、宗教、民族风情。

　　园内椰子树、槟榔树、香蕉树、杧果树成林，凤尾竹随风摇曳，湘妃竹泪痕斑点。傣家竹楼原始住宅，人们可登上天桥串游傣家，领略傣族原始生活的环境。天桥下小河流水、古木苍林、藤蔓缠绕。棕榈树旁，身穿彩服的傣族姑娘热情奔放地跳着宫廷舞蹈；驯象、玩蛇、饲养孔雀等一派繁荣景象。傣族织锦、榨粉、厨膳，让人感到新颖独特，有一种异国情调。

第一节　野象谷

　　中国看亚洲野象，必到西双版纳；西双版纳看野象，必须到野象谷。

　　野象谷位于景洪以北的勐养自然保护区内的三岔河河谷内。总面积约370公顷，建筑面积2800多平方米，水域面积8000平方米。园内有动物观赏区、原始

森林探险旅游区、接待中心等。这里是野象活动最为集中、频繁的地方。野象谷中心修建了观赏野象的森林公园，又建有观象架走廊、树上旅馆、高空索道、步行游道等设施，人工蝴蝶养殖园、网笼百鸟园等。

西双版纳热带雨林，沟河纵横，森林茂密，气候适宜，是亚洲野象、野牛、绿孔雀、猕猴等保护动物的栖息地。从激流到静水，从土壤到地表，从草丛到灌林，从林下到林冠，都是动物们栖息地。

古有"乘象国"之称的西双版纳，到处可见与象有关的物品，象树、象牙树、象鼻树；象织锦、象工艺品、象壁画、象雕塑；神象"掌月郎宛"、关于象的神话、传说等，形成以大象为主题的西双版纳特殊象文化。

第二节　春欢公园

春欢公园是历史最悠久的公园，位于澜沧江与流沙河交汇处的曼听寨边，原称"曼听公园"，占地面积 20 公顷。"春欢"是傣语，意为"灵魂之园"，是西双版纳历史上的宫廷花园旧址。春欢公园是一个天然森林公园，内有佛寺、凉亭和花果园。春欢旁边是曼听寨和曼听佛寺，共同形成了公园、村寨和佛寺三位一体的游乐点。园内有天然铁刀木林景、周恩来总理参加西双版纳各族人民欢度泼水节的铜像、名塔集景、孔雀园、傣族佛寺等。

公园草木青翠，果树成林，建有各式休息亭，公园右侧是 800 年前修建的古护城河。春欢公园绿树成荫，清凉宜人。春欢公园，风景秀美，水草丰茂，亭院幽深。金碧辉煌的寺庙，古老的建筑融汇了中式和东南亚特色。春欢公园沐浴在四季如春、清新风华的祖国西南的绿宝地上，望天树高耸入云，绿色如毯的草地上无数彩蝶穿梭在花丛中，伴随着轻风翩翩起舞，做着春天般的美梦。

第七章　玉龙雪山

玉龙雪山位于中国云南省，宛如一只天鹅在中国版图上展翅飞翔。接近玉龙雪山时，你会被它的壮丽景色深深震撼。从远处看，雪山直插云霄，巍峨壮观。沿着山路向上攀登，沿途看到了一些小瀑布，上游的水清澈见底，像牛奶一样纯白，下游的水却是碧蓝清澈，这就是神奇的月亮湾。月亮湾的水，平时如镜湛蓝，下过雨后，水就会变成了纯白色。到达玉龙雪山脚，感觉空气非常清新湿润，散发出淡淡的花香。准备攀登雪山，需要添加衣服。虽然是夏天，但由于玉龙雪山海拔很高，山顶常年被皑皑白雪所覆盖。有高山反应的人需要带着便携式氧气瓶爬山。

沿途的风景不断变化，到达山腰时，季节突然变成了夏天，日照也显得格外强烈。山腰上树木葱茏，山林繁茂，绿草茵茵，鲜花盛开，姹紫嫣红，像个美丽大花坛。快到山顶时，树木和小草都变黄了，仿佛告诉人们已经进入秋天了。最终登上了山顶，感受到了玉龙雪山就是一个美丽的童话世界。山顶上常年积雪，周围散发出冰清玉洁、纯净的光芒。玉龙雪山是块纯碧的宝玉，天然去雕饰，美得让人感叹。这纯洁美丽的琉璃梦幻是白雪公主晶莹剔透的宫殿，是银装素裹的美景天堂，也是云南风光特色的魅力。

第八章　石　林

石林位于云南省昆明市石林彝族自治县境内，是世界唯一位于亚热带高原地区的喀斯特（溶洞）地貌景区，素有"天下第一奇观""石林博物馆"美誉，是国家重点风景名胜区、国家地质公园、世界地质公园，已列入世界遗产名录，与北京故宫、西安兵马俑、桂林山水齐名。石林冬无严寒，夏无酷暑，四季如春。石林是世界上最早的喀斯特地貌，公元300年前在屈原的《天问》中就有石林一词。石林奇观，天下少有，石脊突起称为石芽，大型的石芽称为石林。石林高度较大，呈柱形、锥形、塔状、笋状、剑状、菌状等，唯美壮观，堪称奇绝。

石林是跨越2.7亿年的喀斯特地貌演变的特征，也是世界各地科学地质学家探索的胜地。石林附近主要居住的少数民族是彝族。彝族人的聪明才智是出类拔萃的，他们自己创造了日历，使用"十月太阳历"，运用自己的智慧创造了属于

自己民族的文化和习俗。

第九章　姐勒金塔

　　姐勒金塔，傣语称"广母贺卯"，意为坝子马头塔，位于云南瑞丽市东北公里，是瑞丽最古老的佛教建筑、佛事活动场所和旅游景点。很久以前，每当月明星疏之夜，姐勒金塔的原地基就发出奇丽光芒，令人惊恐。挖掘出来，看是佛祖遗留的舍利，于是众佛教徒集资在掘出遗骨的地方建造一塔，旁边建一寺，以示祀意。从此姐勒金塔香火旺盛不断。勐卯土司也在金塔做一年一度的佛事，代代相传。旧塔用土坯建造，后经历代土司整修装饰，外表涂上金粉，主塔 10 余米直入云天，塔顶冠贴金铂华盖，微风过处，铃声响叮当。外环 7 座小塔，围一圈石栏，四周置石雕狮像。塔周古树参天，绿荫成林。每年泼水节前，佛教徒都在此举行佛事。境内外佛爷、和尚、尼姑纷纷前往讲经颂佛。姐勒金塔如今是东南亚著名的佛塔之一。

　　瑞丽是古老的佛教佛事活动场所，规模不亚于允燕塔以及西双版纳的曼飞龙塔。它始建于 17 世纪，由 17 座塔组成的群塔，塔身贴满金砖，四周环绕着 16 座小塔，塔身均涂金粉，金碧辉煌，雄伟壮丽。瑞丽古代叫"勒卯"，意思是"茫茫云雾笼罩的翠绿坝子"，三面与缅甸接壤。瑞丽江像闪光的玉带，陇川江像金灿的缎带，两江从两端缠绕着翡翠般的瑞丽坝子，更加秀丽优美。

第十章　怒江大峡谷

　　怒江大峡谷位于云南滇西横断山纵谷区三江并流地带，峡谷在云南段长达310 公里，平均深度为 2000-3000 米，最深处在贡山丙中洛一带，达 3500 米，被称为"东方大峡谷",是世界上最长、最神秘、最美丽、最险奇、最原始古朴的大峡谷。怒江大峡谷的特点:山高、谷深、水急,碧波映蓝天,两岸芦花香,山峦起伏,原始森林郁郁葱葱,是欧亚和印支两大板块结合部,由北向南,高耸的碧罗雪山、高黎贡山、担当力卡山与奔腾的澜沧江、怒江、独龙江构成了深邃的大峡谷。

怒江大峡谷由于受印度洋气候的影响,形成了一山分四季,十里不同天的气候,河谷茂林葱绿炎热似夏,山坡花俏草黄似春秋,峰顶冰雪覆盖犹如琉璃世界。江东碧罗雪山脉、江西高黎贡山脉均有(4000米以上高峰20余座),怒江日夜不息,川流于两山之间,山势陡峭,巍峨壮观,山峰海拔均在3000米以上,与科罗拉多大峡谷、雅鲁藏布江杭底峡合称世界三大峡谷。

怒江峡谷幽静深邃,激流清澈,奔腾咆哮,令人震撼。岸沿有泸水、贡山、福贡等县境,居住着傈僳族、怒族、独龙族、藏族等少数民族。怒江的高山峡谷气候温暖潮湿,极利于动植物的生存繁衍。森林覆盖率达44%,生长有大量的珍稀名贵树木,中草药有356种,兰花多达140多种,野生动物474种,如齿蟾、戴帽叶猴、灰腹角雉,只产于怒江州内。

第二十四篇　陕西——秦汉明月

　　陕西省，简称"陕、秦"，是中华人民共和国的省级行政区，省会西安，位于中国内陆腹地，黄河中游地区，东邻山西省、河南省，南与四川省、重庆市、湖北省相连，西与宁夏回族自治区、甘肃省相邻，北面则与内蒙古自治区相邻。东经105°29'~111°15'，北纬31°42'~39°35'。地貌包括高原、山地、平原和盆地等。山脉有秦岭、大巴山等，秦岭横贯全省，作为中国南北气候分界线；主要河流有黄河和长江两大水系。总面积205624.3平方千米。陕西是中国重要的工业基地之一，拥有强大的制造业和科技创新能力，也是中国西部地区的重要农业基地，以生产优质小麦、玉米、水果等农产品而闻名。

　　陕西是中华民族华夏文化的重要发祥地之一，拥有悠久的历史古迹和文化遗产，是周、秦、汉、隋、唐等14个政权的建都地。旅游资源有兵马俑、大雁塔、华清池、华山、太白山、法门寺等。陕西的秦腔是中国四大戏曲之一。民间艺术和美食文化，如陕西剪纸、皮影戏、肉夹馍等，羊肉泡馍、凉皮等都具特色。

第一章 西 安

西安，古称长安、镐京，京兆，为副省级市，是国家特大中心城市。西安是中国中西部两大经济区域的接合部，是西北通往中原、华北和华东各地市的必经之路。西安作为新亚欧大陆桥中国段，陇海兰新铁路沿线经济带上最大的西部中心城市，是国家实施西部大开发战略的桥头堡，具有承东启西、连接南北的重要战略地位，也是全国干线公路网中最大的节点城市之一。西安是世界四大古都之一，也是丝绸之路的东方起点，是历史上建都时间最长，建都朝代最多，影响力最大的古都之首。西安也是世界历史名城、国家历史文化名城之一、世界著名旅游胜地，被誉为"天然历史博物馆"。西安是六大国家区域中心城市之一、亚洲知识技术创新中心、中国大飞机的制造基地、全国历史文化基地。西安的历史文化和旅游资丰富，有唐长安城大明宫遗址、汉长安城未央宫遗址、兴教寺塔等文化遗产等。

第一节 兵马俑

秦始皇兵马俑位于陕西省西安市临潼区秦陵镇，是国家 5A 级旅游景区、国家一级博物馆，是世界上最重大的考古发现之一，被誉为"世界第八大奇迹"。它建立在骊山北麓的秦始皇帝陵兵马俑坑遗址上，西距西安 37.5 公里。目前秦俑博物馆面积已扩大到 46.1 公顷，1979 年 10 月 1 日正式开馆。截至 2020 年 1 月，秦始皇兵马俑博物馆已接待海内外观众达 8000 多万人次，拥有藏品 5 万余（套）件。兵马俑坑内埋藏了大量的陶俑、陶马，其中一号兵马俑坑内约埋藏陶俑、陶马 6000 件，二号兵马俑坑内埋藏陶俑、陶马 1300 余件，三号俑坑的规模较小，坑内埋藏陶俑、陶马 72 件。这些兵马俑数量众多，种类丰富，栩栩如生，是秦始皇陵的一部分。秦始皇兵马俑博物馆是一座极具历史文化价值的博物馆，是中国历史文化宝藏。

第二节　大雁塔

大雁塔位于西安市，是西安著名的古建筑，是一座古老的佛教寺。大雁塔建于唐代，据说是为了存放由唐僧玄奘从印度取回的佛经而建。在建造过程中，这座塔凝聚了无数工匠的心血和智慧，成为中国古代建筑艺术的杰作之一。大雁塔是一座充满历史沉淀和文化内涵的古建筑、中国古代建筑的象征，也是西安标志性建筑，更是中华文化的瑰宝。

走进大雁塔，你会被其精美的佛教艺术所震撼。塔内的壁画、雕塑、佛像等都展现了中国古代佛教艺术的精湛技艺和独特魅力。这些艺术品具有极高的艺术价值，也是佛教文化的传承和展示。经过岁月的腐蚀，大雁塔有过多次修缮和保护，仍然保持着原有的风貌和特点。每一次修缮，都是对历史的尊重和对文化的传承。站在大雁塔的顶端，展望西安的城市风貌，感受到这座古都独特的魅力。

第三节　华清宫

华清宫是位于中国陕西省西安市的一座皇家园林，是唐代皇家行宫的遗迹，也是精美的古建筑和园林，有着悠久的历史和丰富的文化内涵。华清宫最早建于周幽王时期，秦始皇统一中国后开始修建骊山行宫；汉、唐、五代、宋、元、明、清等朝代都有增修。这里曾是唐代的"梨园"所在地，杨贵妃也在此留下了许多美丽的故事。华清宫的建筑风格典雅，园内植物种类繁多，古建筑和园林艺术交相辉映，使其成了一处独特的文化景观。在华清宫内，有古老的宫殿、温泉浴池、雕刻精美的石桥和郁郁葱葱的树林。这里的温泉水质优良，有着很好的疗养效果。此外，华清宫还有许多历史传说，如周幽王烽火戏诸侯、唐玄宗与杨贵妃的爱情故事等，都为这里增添了历史文化色彩。为纪念西安事变中在骊山波捉住蒋介石，在骊山坡上还修建了"捉蒋亭"。华清宫是一处集历史、文化、自然风光于一体的重要景点。

第四节　秦始皇陵

　　秦始皇陵位于中国陕西省西安市临潼区城东 5000 米处的骊山北麓，是中国历史上最伟大的陵墓之一，也是世界上最大的地下帝王陵墓。秦始皇陵是中国历史上第一个皇帝嬴政的陵墓，建于公元前 247 年至公元前 208 年，历时 39 年，是中国历史上第一个规模庞大、设计完善的帝王陵寝。它筑有内外两重夯土城垣，象征着都城的皇城和宫城。陵冢位于内城南部，呈覆斗形，现高 51 米，底边周长 1700 余米。据史料记载，秦陵中还建有各式宫殿，陈列着许多奇异珍宝。秦陵四周分布着大量形制不同、内涵各异的陪葬坑和墓葬，现已探明的有 400 多个。

　　秦始皇陵是世界上规模最大、结构最奇特、内涵最丰富的帝王陵墓之一，充分表现了 2000 多年前中国古代汉族劳动人民的艺术才能，是中华民族的骄傲和宝贵财富。1961 年 3 月 4 日，秦始皇陵被国务院公布为第一批全国重点文物保护单位。1987 年 12 月，秦始皇陵及兵马俑坑被联合国教科文组织批准列入《世界遗产名录》。

第二章　延　安

　　延安位于陕西省北部，地处黄河中游、黄土高原的中南地区，被誉为"三秦锁钥，五路襟喉"。延安是中华民族重要的发祥地、中国革命圣地、国家历史文化名城；1935 年 10 月，中央红军顺利到达吴起镇，延安成为中国革命的落脚点和出发点，是全国革命根据地城市中旧址保存规模最大、数量最多、布局最为完整的城市。党中央和毛主席等老一辈革命家在延安生活战斗了十三个春秋，领导了抗日战争和解放战争，培育了延安精神。延安是全国爱国主义、革命传统、延安精神三大教育基地，是"双拥运动"发祥地、中国优秀旅游城市，有着"中国革命博物馆城"的美誉。境内有各类文物遗址点 8545 处，其中革命遗址 445 处。

　　延安历史文化悠远深厚，距今约 3 万年，延安已有晚期智人"黄龙人"生息。

延安是中华民族的发祥地之一，轩辕黄帝曾居住在这里，有"天下第一陵"黄帝陵地。吴起、蒙恬、范仲淹、沈括等名人古将在此大展文韬武略，演绎着金戈铁马的悲壮历史。二十世纪上半叶，延安在中华民族历史上写下了辉煌的一页。刘志丹、谢子长创立的陕北革命根据地，为中央红军奠定了基础地。从 1935 年到 1948 年，延安是抗日战争、解放战争等影响和改变中国历史进程的重大事件的决策地，也是中华民族现代史珍贵的财富。

第三章　华　山

华山又称太华山，是中国五岳之一西岳，位于中国陕西省华阴市城南。华山倚天拔地，四面如削。千尺幢、百尺峡、苍龙岭、鹞子翻身、长空栈道等险峻之地，被誉为"奇险天下第一山"。华山共有五峰，东峰朝阳，西峰莲花，中峰玉女，南峰落雁，北峰云台。南峰落雁最高为华山顶峰，海拔 2154.9 米。西峰最险，北峰最低。南峰落雁、东峰朝阳、西峰莲花，合称"天外三峰"。华山因"中华"、"华夏"而得名。"自古华山一条道"是指古人用人工开辟一条道路很艰难，登华山只有一条道。

华山是中华文明的发祥地，也是"中华十大名山"之一，国家 5A 级旅游景区。华山有五峰、七十多座峰岭、三条峡谷、第四洞天、72 个半悬空洞、20 余座道观，有陈抟、郝大通、贺元希等道教高人留观。华山至今流传着"劈山救母"、"吹箫引凤"等道教神话传说。从古至今，许多文人雅士在华山留下诗歌、碑记等 1200 余篇，摩岩石刻多达千余处。华山是全真派道教的发源地，也是皇家的祭祀道场，秦始皇、汉武帝、武则天、唐玄宗等帝王都在此进行过大规模祭祀活动。

华山的历史文化颇为丰盛，古代许多名人为华山留下不朽的诗篇。宋代寇准的《咏华山》，"只有天在上，更无山与齐。举头红日近，首白云低"。唐代李洞的《华山》，"碧山长冻地长秋，日夕泉源聒华州。万户烟侵关令宅，四时云在使君楼。风驱雷电临河震，鹤引神仙出月游。峰顶高眠灵药熟，自无霜雪上人头"。唐代张乔的《华山》，"谁将倚天剑，削出倚天峰。众水背流急，他山相向重。树黏青霭合,崖夹白云浓"。汉代佚名的《孔雀东南飞》,"两家求合葬,合葬华山傍"。这些诗词都表达描述了当时诗人对华山的情怀和矢志不渝的爱情。华山以险峻的山峰和壮丽的景色而闻名,也是中华文明的发祥地之一。华山一览众山小、居高临下的高姿态,将壮丽景色展现得淋漓尽致。

第四章　玉华宫

　　玉华宫景区位于陕西省铜川市西北郊玉华镇,占地面积 2482 公顷,森林覆盖率占 90.4%,是集自然景观、人文景观于一体,西部唯一皇家避暑行宫。玉华宫的兴衰,经历了仁智宫、玉华宫、玉华寺三个阶段。唐太宗开创"贞观之治",仁智宫是太上皇活动之所。玉华宫是个天然的避暑、休养、狩猎胜地。据《关中胜迹图志》和宋代张崛年立的游玉华宫遗址碑文记载,是阎立德设计的玉华宫。整个玉华山东西十多里的三个山谷中,共修了九座巍峨的宫殿,五个高大、华丽的宫门,中间有桥和雨道接连,总称玉华宫。为保障玉华宫的安全,据《新唐书》《旧唐书》记载,在其西北的庆州至宜州地带,还修筑了"夯土墙垒,名曰遮奴障,防御突厥的长城"。

　　唐太宗对玉华宫的环境和建筑艺术十分满意,亲自撰《玉华宫铭》。太子李治的《奉和玉华宫铭》赞曰,"顺请铜山,镌芳金谷,道光轩驾,声流姬迹,引此崇崖,介通帝宅。峻体铜柱,祥韬金碧,饮渭南通,鸣泣西格,炎生肇授,彤暑初融,丹溪缭绕,漩树玲珑,径分余云,岭界斜虹,云飞御鹤"。足见万山丛中的玉华宫的典雅壮丽。

　　宋朝张祥河的《再宿宜君》:"寒入宜君暑不存,地非风穴臂风门。往还再宿山城上,江海涛声彻夜翻。更无蛇蝎闹昏虫,金锁居然不露风。避暑唐宗真得地,年年飞白玉华宫"。玉华宫具有旅游观光、避暑度假、佛事活动三大功能,是陕西北线的重要旅游景点。

第五章　药王山

药王山位于陕西省铜川市耀州区城东 1.5 公里处，是唐代著名医学家孙思邈长期隐居之处，因民间尊奉孙思邈为药王而得名。药王山本名五台山，由 5 座山峦组成，山峦顶平如台，形如五指，俗称五指山，为纪念医学大师孙思邈改称药王山，后人在此修庙、建殿、塑像、立碑，药王山成为著名的医宗圣地。远远眺望，绿树丛中，殿宇环山依岩而建，气势壮观迷人。

药王山是中国保存北朝和隋唐造像碑最多的地方，1961 年被公布为全国文物重点保护单位。2018 年，在中国西北旅游营销大会暨旅游装备展上，入围神奇西北 100 景榜单。药王山后面有拉萨十分著名的万佛墙，附近有很多刻玛尼石的人家。从西藏旅游局东面的一条小路一直往南走就可找到。

药王山上岩壁上有 69 尊石刻造像、66 道两边排列石刻神像，北面石壁上有松赞干布与文成、尺尊的像。在半山腰处，有一个专门的观景台。

孙思邈 (公元 581—682 年)，耀县孙家源人，早年体弱多病，家境贫寒。少年时开始钻研医道药理，读经史百字之说，青年时已造诣颇深。学成后曾辞朝廷征召，长期在家隐居行医济人。晚年根据唐代医药文献，搜集民间治疗经验，结合个人行医体会，编著医书。《千金要方》《千金翼方》各 30 卷，是他的力著。在印刷不发达的古代，手抄本广为流传，直到宋代才出版了两书的摘编本，并传入朝鲜和日本。这两本书开创了疾病分类、症候记述、治疗方法和药剂处方，对中国医学发展贡献极大。

第六章 历史博物馆

陕西历史博物馆位于陕西省西安市大雁塔的西北侧，于 1991 年 6 月 20 日落成开放。该博物馆为"中央殿堂、四隅崇楼"的唐风建筑群，主次井然有序，高低错落有致，气势雄浑庄重，融民族传统、地方特色和时代精神于一体。占地面积 65000 平方米，文物库区面积 8000 平方米，展厅面积 11000 平方米。馆藏文物多达 370000 余件，上起远古人类初始阶段使用的简单石器，下至 1840 年前社会生活中的各类器物，历史跨度达 100 多万年。文物数量多、种类全，而且品位高、价值广。商周青铜器精美绝伦，历代陶俑千姿百态，汉唐金银器独步全国，唐墓壁画举世无双，琳琅满目、精品荟萃。三秦大地是中华民族生息、繁衍，华夏文明诞生、发展的重要地区之一，中国历史上最为辉煌的周、秦、汉、唐等十三个王朝曾在这里建都。丰富的文化遗存、深厚的文化积淀，形成了陕西独特的历史文化风貌，被誉为"古都明珠、华夏宝库"。陕西历史博物馆是展示陕西历史文化和中国古代文明的艺术殿堂。

第七章 黄土高坡

黄土高坡，是一段尘封的历史、一片贫瘠而又充满生命的土地。这里的黄土高原，广袤而厚重，千百年来，一直伫立在这片土地上，守望着这片古老而又年轻的土地。黄土高坡上，千沟万壑，裸露的黄土在阳光下闪着金光。这里没有树木，没有绿草，只有那些顽强的生命在挣扎着生存。在这片贫瘠的土地上，人们却用勤劳的双手和坚忍的毅力，创造出了属于这片土地的生命奇迹。

这里的农民，他们日出而作，日落而息，一年四季，周而复始。他们的脸上，

永远挂着朴实的笑容。他们的汗水，洒满了这片黄土高坡。他们的坚忍与执着，是这片土地赋予的，也是他们对于这片土地的热爱与眷恋，他们对于这片土地的热爱与信仰。在这片黄土高坡上，还有着丰富的民间艺术和传统手工艺。如陕北的腰鼓、剪纸，甘肃的陇绣等，都是这片土地上独特的文化符号。这些民间艺术和传统手工艺，是黄土高坡人民的智慧结晶，更是对于这片土地热爱积淀的瑰宝。

第八章　安　康

安康拥有"秦巴万宝山"、"中药材摇篮"、"天然生物基金库"的美誉。安康位于陕西省最南部，为秦岭、巴山山地，有5000年绵延的历史，留下丰富的文物名胜，古遗迹、古窟寺、摩崖石刻及近代文物遗址650余处。还有道教、佛教、伊斯兰教、天主教等寺、庙、观、堂，南宋古墓等，折射着历史深厚的文化底蕴。

安康的自然环境优美，自然生态独特，汉江横贯三峡、武当山、神龙架、三国遗址，是连接"西安、三峡、张家界"绿色生态长廊中的重要驿站。安康是秦巴山地的重要组成部分，一部分属北亚热带季风地区，也是陕西省水、热资源最丰富的地区。

安康山川秀丽，旅游资源丰富。安康的历史，可追溯到新石器时代，考古专家已在此挖掘新石器时代遗址四十余处，具有代表性的，花园柏树岭、柳家河、张家坝、岚皋肖家坝、汉阴阮家坝、紫阳马家营、旬阳李家那、龚家梁、新天铺等遗址。现有景区32处，景点78个，其中国家级森林公园1个，省级森林公园7个，省级风景名胜区2个，已开发的景点29处，南宫山、香溪洞、牛山寨、千家坪、三道门、平河梁、神田、擂鼓台、天柱山、鲤鱼山等，都是安康最吸引人的景点。

第九章　天台山

　　天台山风景区位于陕西省汉中市北秦岭南麓。天台山被誉为"陕西第一名山"。因山顶平如台面,故得名"天台山"。天台山的自然景观包括:石堰交流、呼吸神泉、蜡烛笔立、琴乐雅奏、飞仙灵岩等 20 余处。人文景观有：药王殿、斗母殿、岱顶庙、黄茂咀庙等寺观建筑群,还有诸葛故里、太极神图、千年古柏、梅花古碑、青龙昂首、岱顶风光等天台十八景。"天台夜雨"是汉中八景之一。天台山集古、险、奇、秀为一体，是汉中市宗教、旅游胜地。

　　天台山的娅姑山，有明嘉靖年代建造的宝峰寺。天台山也是全真龙门仙府,主持何明善为天台中兴祖师。天台山的药王坪，是山腰一块平地，坪上有一组宫观建筑，坐北朝南. 沿中轴线入，可见石砌药王楼，其后是妙济宫，内供孙思邈，扁鹊，葛洪，张仲景，华佗五医，主像孙思邈，隋唐时耀州（今铜川）人，著《千金方》、《千金翼方》。道教学术"综罗百代，广博精微"，天文地理，医巫卜签，无所不包。从《道藏》和宫观所祀神像可证明，三清殿，殿前有二龙陛石，古柏一株，是汉中古木之首，石碑三通。三清殿供奉玉清元始天尊，上清灵宝天尊，太清道德天尊。殿东是观音庙，观音道号，"慈航道人"。传说，观世音菩萨，原是男儿之身，因救一难产生命垂危的妇人，化身女子，不料产妇的鲜血溅在他身上，使他无法变回男子，这就是世音菩萨救苦救难普度众生的故事。

第十章　瀛　湖

　　瀛湖为国家 4A 级旅游区，总面积 102.8 平方公里，其中水域面积 77 平方公里。瀛湖景区，碧水蓝天，秦巴仙境，水质优良，物种丰富，气候温和，岛屿

众多，素有"陕西千岛湖"之称，也是秦巴汉水自然风光名胜，陕西十大美景之一。主要景点有：特大斜拉桥、电站枢纽工程、天柱山、白云寺、玉兴岛、关平岛、牛郎织女石、汉代古墓等。驱车观光"陕西第一坝"，大坝雄踞火石岩峡谷中，岿然似锁江蛟龙，气势宏伟，飞瀑高悬，喷珠溅玉，雷霆万钧，蔚为壮观。大坝旁是久负盛名的佛教胜地天柱山白云寺。瀛湖，衔秦巴，吞汉江，浩渺烟波，广阔秀丽，湖中波光潋滟，迭翠堆玉，岛屿棋布，相映生辉。"山水相依天一色，朝霞暮楚撒金银。"瀛湖，早迎红日，晚送彩霞，浪花朵朵，碧波荡漾，鱼帆点点，白鹭成行，群山葱茏，四季花开。夜晚，夕阳陨落，玉兔东升，灯火如星河浩瀚蜿蜒，倒映水中，如梦如幻。瀛湖风光无限，金螺、翠屏、玉兴，亭、台、楼、阁独具匠心的建筑；殿、堂、廊、榭、动物园、钓鱼台、水上运动等景观的点缀，使秦风楚韵与现代时尚交相辉映，构成一幅诗情浪漫超凡意境的图画，让人们游弋在群山环抱，山势逶迤的回廊里，观赏群峰叠起争奇，森林茂密连绵，空气清新怡人，飞禽走兽不绝的仙湖美景，流连忘返。

第二十五篇　甘肃——河西走廊

　　甘肃省，简称"甘、陇"，是中华人民共和国的省级行政区，省会兰州市。甘肃位中国西北地区，东通陕西，西达新疆，南瞰四川、青海，北扼宁夏、内蒙古，西北端与蒙古接壤。有黄河、长江的重要支流，白龙江、渭水、嘉陵江等发源于此。面积42.58万平方千米。下辖12个地级市、2个自治州。甘肃地形呈狭长状，地貌复杂多样，山地、高原、平川、河谷、沙漠、戈壁，四周为群山峻岭所环抱，地势自西南向东北倾斜。地处黄土高原、青藏高原和内蒙古高原交汇地带，属亚热带季风气候，温带大陆性干旱气候和高原山地气候四大类型。北纬32°11'—42°57'，东经92°13'-108°46'之间。甘肃历史代表文化为"河陇文化"。甘肃有壮观的黄土高原、广袤的大漠戈壁、独特的西部草原和高原雪峰。自然景观丰富，拥有众多历史遗迹和文化景观，敦煌莫高窟、张掖甘泉寺、天水麦积山、崆峒山、张掖丹霞地貌等。甘肃有藏族、回族、蒙古族等少数民族共同创造的多元化文化。甘肃特产十分丰富，如庆阳黄花菜、天水花牛苹果、陇南橄榄油等；美食也很亮点，如兰州牛肉面、羊杂碎、手抓羊肉等。

第一章　兰　州

兰州市是甘肃省的省会，位于中国西北部，是唯一一个黄河穿城而过的省会城市。它不仅是甘肃省的政治、经济、文化和科技中心，还是中国重要的交通枢纽和工商业基地之一。兰州历史悠久、文化底蕴深厚，是古丝绸之路上的重镇，被誉为"黄河之都"。历史人文景观丰富，有兰州黄河铁桥、白塔山公园、甘肃省博物馆等。兰州的地形地貌复杂多样，自西南向东北倾斜，山川河流、沙漠戈壁交错分布。兰州的气候夏季凉爽，冬季寒冷，是著名的避暑胜地。兰州的交通十分便利，是中国重要的工业基地之一，主要产业包括石油化工、机械制造、电力、有色金属等。同时，兰州的商贸、金融、旅游等服务业也得到了快速发展。

黄河铁桥

兰州黄河铁桥俗称"中山铁桥""中山桥"，位于滨河路中段北侧、白塔山下。兰州黄河铁桥不仅是兰州历史悠久的古桥，也是 5464 公里黄河上第一座真正意义上的桥梁，因而被称为"天下黄河第一桥"。兰州黄河铁桥的前身是明洪武五年（1372 年），宋国公冯胜在兰州城西七里处建的浮桥；至明洪武九年（1376 年），卫国公邓愈移浮桥至西 10 里处，称"镇远桥"；明洪武十八年（1385 年），兰州卫指挥杨廉将浮桥移至今日位置，至今遗存重 10 吨、长 5.8 米的铸铁桥柱"将军柱"三根。清光绪三十三年（1907 年），清政府在兰州道彭英甲建议和甘肃总督升允的赞助下，动用国库白银 30.669 万两，由德商泰来洋行喀佑斯承建，美国人满宝本、德国人德罗作为技术指导，建起了长 233.33 米、宽 7 米的黄河第一座铁桥，初名为"兰州黄河铁桥"，1942 年改为"中山桥"。1954 年，人民政府整修加固了铁桥，又增加了五座弧形钢架拱梁，使铁桥显得坚固耐用、气势雄浑。

第二章　西汉酒泉胜迹

西汉酒泉胜迹，又称西汉酒泉公园，位于酒泉市区。酒泉有着悠久的历史文化载体，传说泉中有金，故名金泉。公元121年，骠骑将军霍去病西征匈奴，"著名的河西战役"大获全胜。汉武帝赐御酒一坛嘉奖，霍去病认为功劳属于全军将士，于是将酒倒入泉中，与将士共饮，故称"酒泉"。酒泉流淌了2000多年，它是汉王朝开疆扩土的历史见证，享有塞上江南、瀚海明珠之美誉。酒泉历经了朝代更迭，历史变迁，依然保存完好。酒泉冬季不结冰，夏日清凉宜饮，日出水量3万立方米以上，泉水向北渗入小湖。酒泉公园内还有清代遗留的"西汉酒泉胜迹"和"汉酒泉古郡"石碑、左宗棠手书"大地醍醐"匾额。西侧是动物园，有各种鸟类、鹿、熊、猴、熊猫、金丝猴、野骆驼、牦牛等。酒泉市的十字街中心耸立钟鼓楼，是一座砖砌的高墩，为三层木结构的塔形楼，雕梁画栋，古色古香，雄伟壮观，是酒泉的标志性建筑。

第三章　敦煌莫高窟

敦煌莫高窟，俗称千佛洞，坐落于河西走廊的西部尽头的敦煌，是全国重点文物保护单位，已列入《世界遗产名录》。它始建开凿从十六国时期，延续约1000年，是中国石窟历史中的绝品，也是中国古代文化的艺术宝库。莫高窟现有洞窟735个、壁画4.5万多平方米、彩塑2400余尊、唐宋木构窟檐5座，是中国石窟艺术发展演变的一个缩影。窟内绘、塑佛像及佛典内容等非常丰富，是建筑、雕塑、壁画三者结合的立体艺术馆。洞窟分南北两区：南区492个洞窟是莫高窟礼佛活动的场所，北区243个洞窟是僧人、工匠居住地。敦煌石窟与山西

大美中华

大同云冈石窟、河南洛阳龙门石窟为中国三大石窟，是世界上现存规模最大、内容最丰富的佛教艺术窟地。

现存 500 多个洞窟中保存有绘画、彩塑的 492 个，有禅窟、殿堂窟、塔庙窟、穹隆顶窟、"影窟"等形制，还有佛塔。彩塑为敦煌艺术的主体，有立佛、坐佛、卧佛，菩萨、天王、金刚、力士等神像；有圆塑、浮塑、影塑、善业塑等。最高的 34.5 米，最小的仅 2 厘米，堪称佛教彩塑博物馆、墙壁上的图书馆。

第四章　张掖丹霞

张掖丹霞地质公园地处祁连山北麓，位于甘肃省张掖市临泽县城以南，是国家 5A 级旅游景区、国家地质公园。张掖丹霞地貌发育最大最好、造型最丰富，是中国彩色丹霞和窗棂状宫殿式丹霞的典型代表，被誉为"中国最美的地方"、中国最美的七大丹霞之一，占地面积 536 平方公里，包括冰沟丹霞、七彩丹霞两大景区。张掖丹霞地貌是国内唯一的丹霞地貌与彩色丘陵复合景观，由红色砾石、砂岩和泥岩组成，造型奇特、气势磅礴。是张艺谋的《三枪拍案惊奇》、姜文的《太阳照常升起》、《神探狄仁杰》等影视剧外景地。景区内，丹霞崖壁、石墙、石柱、尖峰、丘陵等地貌形态，尖峭挺拔、连绵不断、宏伟壮观。冰沟丹霞以"雄险神奇"，被誉为"天下第一奇观"，先后被《中国地理杂志》和美国《国家地理杂志》评为"中国最美的七大丹霞地貌之一"和"世界十大神奇地理奇观"。

张掖丹霞主要有两块带状分布区，一块东起金塔寺、马蹄寺一带，向西延伸至红山村，分布为金塔、马蹄、红山湾、白银、大河、红山村；另一块东起红四湖一带，向西延伸至高台合黎，分布为红四湖、红圈子、板桥、合黎。最为独特的是红山湾、白银一带和红圈子一带。点、线、面、色块结合构成多姿多彩的画面，纵横交错的彩山炫目冲击视野，深红色纹理呈波浪似起伏跃动，粉红的岩壁、橙金的山脉和田野的绿植相得益彰。大片丹霞地貌带着苍凉的容颜，展现着亿万年的风姿和凄美的故事。

第五章　嘉峪关

嘉峪关位于甘肃省嘉峪关市西最狭窄的山谷中，是国家 5A 级旅游景区、世界文化遗产、全国重点文物保护单位、全国爱国主义教育示范基地。它始建于明洪武五年（1372 年），由内城、外城、罗城、瓮城、城壕和南北两翼长城组成，全长约 60 公里。由内外城和城壕三道防线组成重叠并守之势，形成五里一燧、十里一墩、三十里一堡、百里一城的防御体系。长城台、墩台、堡城星罗棋布。嘉峪关有悬壁长城、长城第一墩、长城博物馆、魏晋墓群、黑山石刻、木兰城、"七·一"冰川、黑山岩画、滑翔基地等自然人文景观。它是古代"丝绸之路"的交通要塞，也是中国长城三大奇观之一。

嘉峪关比山海关早建九年，是明长城的西端起点，有"边陲锁钥"之称。嘉峪关设在戈壁人烟稀少的地方，历经 645 年的风雨，始终屹立不倒，它见证了中国历史的变迁。总面积 33500 余平方米，内城门外各筑有瓮城，城楼对称，三层三檐五间式，周围有廊，单檐歇山顶，高 17 米。城四隅有角楼，南北墙中段有敌楼，一层三间式带前廊，两门内北侧有马道达城顶。黄土色的城墙、黑青色的条砖、高大宏伟的城楼，"大漠孤烟，长河落日"千百年来守卫在边陲，被称为"天下第一雄关"。

第一节　长城第一墩

长城第一墩，即讨赖河墩。它是明代万里长城起点西端第一墩台，也是嘉峪关长城防御体系的重要组成部分。北距关城 7.5 公里，墩台矗立于讨赖河边 80 米高的悬崖之上，可谓"天下第一险墩"。长城第一墩自然风景壮观，东临酒泉，西连荒漠，北依嘉峪，南望祁连。讨赖河水银练飞舞在戈壁之上，"四时大雪，千古不消，凝华积素，争奇献秀，氤氲郁葱，凌空万仞，望之如堆琼垒玉"。长城第一墩景区面积 3.22 平方公里，有长城第一墩、讨赖河滑索、讨赖客栈、天

险吊桥、"醉卧沙场"雕塑群、"中华龙林"等。嘉峪关的古长城文化和丝绸之路内涵，加上戈壁风光和西北民俗风情，让人们放飞心情，一路观光、探险、怀古、休闲。

第二节　悬壁长城

悬壁长城位于嘉峪关城堡北，因建筑于约 45 度的山脊之上，形似凌空倒挂而得名。它是嘉峪关向北延伸部分、古代军事防御体系的重要组成部分。悬壁长城被誉作万里长城的尽头。它的南面是白雪皑皑的祁连山，北面是高耸入云的黑山。断壁长城和悬壁长城是嘉峪关西长城的重要组成部分，明嘉靖十八年由肃州兵备道李涵监筑。断壁长城居于黑山峡口之南，为东西走向。悬壁长城在峡谷的北面，为南北走向，城墙陡峭直长，气势雄伟，垂若悬臂，有"西部八达岭"之称。这两条长城形成拱卫之势，共同扼守黑山峡口。

第六章　崆峒山

崆峒山位于甘肃省平凉市西，是丝绸之路西出关要塞。西接六盘山，东望八百里秦川，南依关山，北峙萧关，泾河与胭脂河南北环抱，交会于望驾山前，海拔最高 2123.5 米，面积 83.6 平方千米。崆峒山有"中华道教第一山"之美誉，是国家 5A 级旅游景区、国家重点风景名胜区、国家地质公园、国家级自然保护区。相传黄帝曾到此问道，崆峒山上庙观甚多，历经 2000 多年的历史，道教盛行，宫观遍布。明嘉靖二十年（1541 年）平凉韩藩王室将马鬃山巅辟建为隍城，重建真武殿，雄伟壮观，顶覆铁瓦，远望如金台玉阙，并增建药王殿、老君楼、太和楼、玉皇阁、灵官洞等。修建聚仙桥、王母宫、紫霄宫、老营宫、遇真宫、南崖宫、天仙宫、斗姆宫、静乐宫、玄圣宫、飞仙阁、磨针观、十二帅殿、白虎殿、东华庵、混元楼等，在雷声峰修建了雷祖殿、玉皇楼、圣父圣母楼等。万历年间，效仿武当山模式，大兴土木，建造了四十二座、八台、九宫、十二院。七十二处石府洞天，气魄宏伟，底蕴丰厚。

崆峒山古有"西来第一山"之称。司马迁、杜甫、白居易、林则徐、谭嗣同等都在此挥笔留词。宋披云、贺志真、张三丰等名道均在此修身养性。崆峒山林木葱茏，峰峦雄峙，危崖耸立，林海浩瀚，烟笼雾锁，如缥缈仙境，山水一色。崆峒山风景秀丽，名胜古迹众多，有月石峡、羽仙峰、定心峰、绣球峰、千大崖、插香台、棋盘岭、归云洞、玄鹤洞、玉女洞、青龙洞、黄龙泉、丹梯崖等景点。

第七章　麦积山石窟

麦积山石窟位于秦岭西端北侧天水市麦积区，距城区28公里，是国家5A级旅游景区、国家级风景名胜区、全国重点文物保护单位、爱国主义教育基地、世界文化遗产。它开凿于十六国，历经10多个朝代的延续开凿修建，与敦煌莫高窟、山西云冈石窟、河南龙门石窟，并称为中国四大石窟。现存194个洞窟，泥塑、石雕7800多件，壁画1000多平方米，崖阁8座，被誉为"东方艺术雕塑馆"，是古丝绸之路上的一朵艺术奇葩。

麦积山石窟独特的泥塑艺术独树一帜，是中国大型石窟群之一、宗教艺术古迹、全国重点文物保护单位、中国著名风景名胜区之一。因西秦岭山脉红色砂砾岩体形如农村麦垛而得名，为陇原上麦垛式丹霞地貌。石窟创建于姚秦时期，西魏修崖阁寺宇，北周造七佛阁，隋初建舍利塔。七佛阁下雕出高达15米的摩崖大石佛三身，为麦积山最大雕像。东崖有涅槃窟、千佛廊、散花楼、上七佛阁、中七佛阁和牛儿堂等，规模宏大。西崖共140窟，127号窟最小，开凿于6世纪。石窟高峻险要，凌空凿于20—80米的悬崖峭壁上，层层相叠。有崖阁、摩崖窟、摩崖龛、山楼、走廊及不同类型的窟形与窟龛等，以精美泥塑艺术著称，还有石刻像和碑，反映出中国历代雕塑的艺术特点。

第八章　东风航天城

东风航天城，即中国酒泉卫星发射中心，位于甘肃省酒泉市东北地区巴丹吉林沙漠深处，是中国创建最早、规模最大的综合型导弹、卫星发射基地，主要从事地地导弹、运载火箭、中低轨道各种卫星、飞船的测试、发射、测控、残骸回收以及航天员应急救生等任务。1958 年组建以来，先后圆满完成了中国第一枚导弹、第一次导弹核武器（"两弹"结合）、第一颗人造卫星、第一颗返回式卫星、第一枚洲际导弹以及神舟系列试验和载人飞船等多项重大发射试验任务。

1997 年起，东风航天城开始有条件地对国内游客开放，从此揭开了它神秘的面纱。2017 年 3 月 28 日，被国家旅游局、中国科学院推选为"首批中国十大科技旅游基地"。2018 年 1 月 27 日，入选"中国工业遗产保护名录"。目前，对国内游客开放的景点主要有：神舟飞船发射场、东方红卫星发射场、指挥控制中心、历史展览馆、革命烈士陵园、东风水库、大漠胡杨馆等。其中东方红卫星发射场、历史展览馆、东风革命烈士陵园等 5 个场所入选中国卫星发射测控系统部首批"红色教育基地"名单。

神舟飞船发射场，也称 921 工程发射场，是 1992 年 1 月党中央批准载人航天工程立项后，在不到 5 年的时间里新建的载人航天发射场。包含具有两个测试工位的垂直总装测试厂房、逃逸塔和整流罩等测试厂房、发射塔架、指挥控制中心、加注系统等具有国际先进水平的现代化基础测试和发射设施。

东方红卫星发射场，也称 2 号发射场，始建于 1966 年。1970 年 4 月 24 日 21 时 35 分，173 公斤的"东方红一号"卫星由"长征一号"火箭发射升空，10 分钟后准确进入预定轨道，《东方红》乐曲响彻太空。这第一颗人造卫星的成功发射，标志着我国步入太空时代，被列为当年世界十大新闻之首。其它多枚卫星和中远程导弹也曾在这里成功发射。

历史展览馆，于 1998 年初建，后改造扩建，综合运用图文、视频、模型、场景还原、动画等多种手段，再现中心创业者艰苦奋斗搞建设、科学求实搞试验、开拓创新谋发展的奋斗历程，展示中国航天事业从无到有、从弱到强，不断创造辉煌的发展过程。曾获"全国博物馆十大精品展推介优胜奖"和中宣部、文化和旅游部"优秀活动单位"等荣誉。

东风革命烈士陵园，占地 3 万平方米，始建于 20 世纪 60 年代，后改造扩建，由张爱萍上将题写园名，安葬着 700 多位为中国航天事业忠诚奉献、英勇献身的英雄先辈。包括共和国元帅、将军和普通官兵、科技工作者、职工、家属。如曾四次来这里直接指挥国防科技试验的聂荣臻元帅，发射中心第一任司令员孙继先、为抢救设备献身火海的王来、为搜索弹头倒在戈壁的李再林、身患癌症依然惦记着任务的胡文全，等等。

陵园中矗立着一座直指蓝天的纪念碑，象征着航天人扎根戈壁、矢志航天的情怀。2023 年"东风英名墙"在陵园正式落成，首批 2483 名已故东风人的姓名，以金色楷体字样镌刻在英名墙上，记录个人生平、工作简历的二维码在阳光下熠熠生辉。历代东风人凭着"死在戈壁滩，埋在青山头"和"献了青春献终身，献了终身献子孙"的豪迈誓言，在大漠戈壁创建了一个个辉煌奇迹。每逢重大发射任务前，航天科技工作者们都会到烈士陵园来缅怀先烈。

东风水库，原名"五一水库"，始建于 1960 年，1962 年投入使用，占地面积 8.5 平方公里，大坝长 1796 米，库容 2300 万立方米，湿地草场 1.2 万亩，是东风航天城最大的地表水源。它是基地官兵为改善环境，在生活极度困难、缺乏工程机械的情况下，一镐一锹、肩扛筐抬、风餐露宿、连续奋战，历时 30 个月建成的，是荒漠戈壁中一处独特的景观。1995 年后数次进行了加固改建。现依托水库，建设了集花海景观、文化造型、生态展示、垂钓休闲、夜景灯光于一体的生态主题公园。

东风大漠胡杨文化馆，是东风航天铁道退伍军人刘建荣创办的，以胡杨文化和航天精神为题材，集自然、历史、文化于一体的个人展馆，是刘建荣 25 年多来智慧心血的结晶。他退役后，出于对东风航天城的热爱和胡杨树"三千年不死，死后三千年不倒，倒下三千年不腐"这种顽强精神的敬重，不断拾取周边胡杨的皮、根、茎、叶等，经精心打磨、雕刻、书画、烫字等加工，化废为宝，创作出了 5000 多件精美的胡杨艺术品，堪称中国个人胡杨文化艺术馆之最。2016 年，他的书法作品《中国梦，精气神》搭载天宫二号在太空中遨游了 33 天。

航天精神，是人民心中的丰碑。2020 年，一位名叫唐志华的 80 岁老先生，

在参观东风航天城后，提笔写道："我站在东方红卫星发射塔旁，心潮澎湃，心情无比激荡。看远处的秃山延绵不断，望脚下的戈壁寸草不长，大自然不容人类在这里生存，千万年就这样寂寞荒凉。中国人要在这里创造奇迹，播撒中华民族伟大的希望。于是，第一颗人造卫星从这里升起，敲开了宇宙的大门，令世界刮目相望。这是航天人的骄傲，这是中国人的自豪，令神州儿女挺直了坚强的脊梁。这是一声惊雷，中国人站在了航天的起跑线上，航天人勇挑重担，发奋图强，千般苦，万般难，都踩在了脚下；攻克难关，夺取胜利，这胜利一个接着一个，令成果更加辉煌。中国梦、航天梦、强国梦、复兴梦，时刻牢记在航天人的心坎上，献了青春献终身，献了终身献子孙，不仅有这样铿锵的誓言，更有无数英雄的榜样。于是，一座座高大巍峨的发射塔建立了起来。从此，中国人在世界面前头颅高昂！神舟飞天，天空翱翔，嫦娥奔月，北斗收官，空间站在星空中闪亮，探火盛大起航，航天人正用一次又一次圆满成功的发射，与华夏儿女共同实现这伟大崇高的理想！"

第九章 鸣沙山月牙泉

鸣沙山月牙泉风景区位于甘肃省的敦煌市，是国家 5A 级旅游景区、国家重点风景名胜区。鸣沙山是由大小几十座山冈绵延 40 公里组成的沙漠景观，主峰海拔达到 1715 米。鸣沙山因沙动声响而得名，奇特来源于自然现象，当人们从沙山向下滑动时，随着黄沙的滚动，沙山会发出轰鸣声震耳欲聋。在特定的条件下，还可以听到弦乐悠扬、铁马金戈声音。鸣沙山的"沙岭晴鸣"是一大特色。鸣沙山为流沙积成，分红、黄、绿、白、黑五色。鸣沙山的历史文化内涵丰富。在古代，鸣沙山被认为是神灵居住的地方，也是丝绸之路的重要节点，历史上许多商队和旅行者都曾在此停留。鸣沙山是一个集自然奇观、历史文化、人文风情于一体的风景名胜地。

月牙泉在鸣沙山群峰环绕的一块绿色盆地中，形酷似一弯新月而得名。月牙泉是中国最美的一湾清泉，湛蓝通透，味美甘甜，涟漪萦回，清凉澄明，碧如翡翠镶嵌在金子般的沙丘上。泉边芦苇茂密，微风起伏，碧波荡漾，水映沙山，泉在流沙中，干旱不枯竭，风吹沙不落。古往今来，水火不相容，沙漠清泉难共存。而月牙泉"山泉共处，沙水共生"，被誉为塞外风光一绝景。月牙泉水在沙山中躺了几千年，经受狂风暴沙的袭击，依然活色水潆。

月牙泉在汉、唐代，泉边有庙宇，娘娘殿、龙王宫、菩萨殿、药王洞、雷神台等百余间。主要殿宇有彩塑百尊以上，绘壁画数百幅。重要殿堂均悬置匾额，碑刻第一泉、别有天地、半规泉、势接昆仑、掌握乾坤等。亭台楼阁，庙宇辉煌，宫厅柱廊，临水而设，林木翁郁，古刹神庙，香火旺盛。汉元鼎四年（前113年），汉武帝得天马于渥洼池中，后人在此立石碑"汉渥洼池"。"四面风沙飞野马，一潭之影幻游龙"。鸣沙山月牙泉盛产三件宝，铁背鱼、七星草、五色沙。

第十章　拉卜楞寺

位于甘肃省甘南藏族自治州夏河县，是藏传佛教格鲁派六大寺院之一，也是藏传佛教的重要宗教中心和文化艺术中心。始建于1709年，占地总面积86.6万平方米，建筑面积40余万平方米，由第一世嘉木样协贝多吉大师主持始建，后不断扩建和完善，先后建有寺庙139座，经堂6个，大小佛殿48座。依其用途，分为经堂、佛殿、囊欠、僧舍和其他5类。建筑特点以外石内木分为石木和土木两类。是甘南地区的政教中心，拉卜楞寺保留有全国最好的佛教藏传教学体系，为佛家神圣宗教禅林和传播知识的综合学府，被誉为世界藏学府，第二西藏之称。

清康熙四十九年，嘉木样协贝多吉大师应青海、蒙古、硕特部等首旗黄河南亲王察罕丹津的邀请，从西藏返回祖籍建寺弘法。嘉木样协贝多吉大师带弟子来到扎西滩，看见这里山川灵秀，瑞云缭绕，是个建寺的理想所在。即开始在这里建造拉卜楞寺院，经历几代不断修缮扩建后，现有主要殿宇九十多座，众多活佛宫邸，僧舍一万多间、六大扎仓（学院）、讲经坛、法苑、印经院、佛塔、诸类佛殿、别墅等宏伟建筑群。拉卜楞寺鼎盛时期，僧侣多达4000余人，为全国重点文物保护单位"神奇西北100景"，是甘、青、川、内蒙、东北、新疆等地域，最上规模的宗教圣地。

第二十六篇　青海——江河之源

　　青海省，简称"青"，是中华人民共和国省级行政区，省会西宁市。它位于中国西北内陆，北部和东部与甘肃省相邻，西北部与新疆维吾尔自治区相邻，南部和西南部与西藏自治区相邻，东南部与四川省相邻。地势呈西高东低、南北高中部低的态势。青海省位于东经89°35'-103°03'，北纬31°4'—39°19'之间。因境内有国内最大的内陆咸水湖——青海湖而得名。它是长江、黄河、澜沧江的发源地，故被称为"江河源头"，又称"三江源"，素有"中华水塔"之美誉。青海是联结西藏自治区、新疆维吾尔自治区与内地的纽带，具有特殊的地理优势。这里是中华文明的发源地之一，形成了以昆仑文化为主体、不同民族多元文化。总面积为72.23万平方公里，下辖2个地级市、6个自治州。青海拥有丰富的文化人文特色，还有牧民文化、草原文化，如藏式骑马、牦牛奔跑、草原唢呐等。非物质文化遗产，如唐卡、经幡、扎染、羌绣、马头琴等。民族风情，拥有26个少数民族。旅游资源，如青海湖、茶卡盐湖、塔尔寺、大昭寺、可可西里、察尔汗盐湖等。

第一章 西 宁

西宁，古称青唐城、西平郡、鄯州，是中国西北地区重要的中心城市，常住人口为 247.56 万人。西宁地处中国西北地区、青海省东部、湟水中游河谷盆地，是青藏高原的东方门户、古"丝绸之路"南路和"唐蕃古道"的必经之地，自古就是西北交通要道和军事重地，素有"西海锁钥"之称。西宁历史悠久，文化源远流长，是古代丝绸之路的重要通道，也是中原通往西亚连接中、尼、印的交通重要之地。

西宁是青藏高原的一颗明珠，有着众多风景名胜，如塔尔寺、青海湖、金银滩草原等。西宁独特的建筑具有浓郁藏族风情，充满了历史的气息。古老的塔尔寺和壮观的清真大寺都有着悠久的历史和深厚的文化底蕴，是人们心中信仰的圣地。西宁的特色美食也不容错过，地道的藏族美食和各种美味的特色小吃。比如，手抓羊肉、青稞酒、酥油茶等都是藏族人民日常生活中必不可少的食品。而烤全羊、牛肉面、酸辣粉等特色小吃更是让人垂涎欲滴。

塔尔寺

塔尔寺始建于公元 1379 年，距今已有 600 多年的历史，占地面积 600 余亩，寺院建筑分布于莲花山的一沟两面坡上，殿宇高低错落，交相辉映，气势壮观。位于寺中心的大金瓦殿，绿墙金瓦，灿烂辉煌，是该寺的主建筑，它与小金瓦殿（护法神殿），大经堂，弥勒殿，释迦殿，依怙殿，文殊菩萨殿，大拉让宫（吉祥宫），四大经院（显宗经院、密宗经院、医明经院、十轮经院）和酥油花院，跳神舞院，活佛府邸，如来八塔，菩提塔，过门塔，时轮塔，僧舍等建筑形成了错落有致、布局严谨、风格独特、集汉藏技术于一体的宏伟建筑群。殿内佛像造型生动优美，超然神圣。栩栩如生的酥油花、绚丽多彩的壁画和色彩绚烂的堆绣被誉为"塔尔寺艺术三绝"。寺内还珍藏了许多佛教典籍和历史、文学、哲学、医药、立法等方面的学术专著。每年举行的佛事活动"四大法会"，更是热闹非凡，游

人如潮。

　　塔尔寺是青海省和中国西北地区的佛教中心和佛教的圣地。整座寺依山叠砌、蜿蜒起伏、错落有致、气势磅礴，寺内古树参天，佛塔林立，景色壮丽非凡。塔尔寺的酥油花雕塑也是栩栩如生，远近闻名。塔尔寺是个沉淀心情的好地方，聆听悠扬的钟声和诵经声，心灵仿佛得到了洗涤净化，宁静舒适。塔尔寺是一座充满历史文化气息的佛教圣地，具有博大深湛的佛教文化内涵和青藏高原的独特风光。

第二章　青海湖

　　青海湖地处高原，位于青海省东北部，是国家 5A 级旅游景区、世界上海拔最高的咸水湖，也是中国最大、最美的内陆湖泊之一，面积 4620 多平方公里，有高原湖泊、草原、雪山、沙漠等景观。青海湖碧波万顷，环湖千亩油菜花竞相绽放，碧波映照着金灿似锦的花海，美丽极了。青海湖是一幅天然的画卷。浩渺的湖面广袤无垠，山峦辉映，碧波荡漾，蓝天白云，清新空气。湖畔绿草如茵，牛羊成群。青海湖的四季景色各有不同。春天的湖畔，绿草茵茵的地上开满了各种各样的小野花，五颜六色、艳丽夺目；夏天湖水碧绿，清澈荡漾，人们兴致盎然地游湖、垂钓；秋天的湖畔，树叶变得彤黄金灿，秋风吹过，摇落树叶像金钱飘洒一地，湖面上随风泛起阵阵涟漪，显得特别宁静安详；冬天白雪覆盖了湖面，冰冻的青海湖披上了圣洁的银装，一望无际，纯洁无瑕，美不胜收。站在青海湖畔，远望银装素裹的大地，白茫茫一片，如果没有湖岸的树木做标记，根本分辨不清哪里是青海湖。这就大自然赋予人类的魅力，青藏高原独特的风光。

第三章　孟达天池

　　孟达天池位于青海省循化撒拉族自治县东部，是国家级自然保护区，面积约300亩，是青藏高原上闪亮明珠。天池清澈碧澄与蓝天一色，被誉为"青藏高原的西双版纳"。孟达天池水清似镜，群峰倒影，随波微动，湖中水鸟飞翔，鱼儿欢畅游动，景色十分优美。孟达天池躺在海拔2500多米的高山上，犹如一颗晶莹剔透的翡翠宝石镶嵌在山峰上，被群山环抱着；池水碧波涟漪、蓝天白云，交相辉映；青山绿水，鸟语花香，相依相衬，构成了一幅美丽的生态画卷。天池湖畔，绿草茵茵，鲜花盛开，大片挺拔高大云杉、冷杉和松树，犹如保护神一般，守护着这片净美的土地。在林间不时穿梭一些野生动物，如小松鼠、小猴子、梅花鹿、野狐狸等。它们自由自在地生活在这片原始森林中，与世无争，给人心灵一种触动的感悟，也带来轻松愉悦的好心情。孟达天池，魅力无疆。湖水承载大度包容和冰清玉洁温馨，是天使的笑脸。

第四章　茶卡盐湖

　　茶卡盐湖位于青海省海西蒙古族藏族自治州乌兰县茶卡镇盐湖路9号，是青海四大景之一，也是国家旅游地理杂志评选的"人一生必去的55个地方"之一。茶卡盐湖四周雪山环绕，平静的湖面像镜子一样，反射天空美丽的景色令人陶醉，被誉为"中国的天空之镜"。置身于盐的世界，行走在盐湖边，如同走在云端之上，水映天，天接地，人在湖间走，宛如画中游。茶卡盐湖一年四季美景连篇，春日低悬天际的白云落在湖水里，分不清是盐白还是云白；夏季碧波荡漾，盐山滴汗化作翡翠，湖水浸泡着蓝天，犹如海水世界的画卷；秋天干涸的湖面冰清玉洁，

平坦无垠，一望无际；冬天的盐湖，冰雪覆盖，天地洁白，冷峻的美艳，令人心生敬畏。

茶卡盐湖，因盛产大青盐而驰名，是中国首家绿色食用盐生产基地。茶盐湖历史悠久，文化底蕴深厚。据史料记载，茶盐湖形成始于唐朝，距今已有千年历史。这里曾是古代丝绸之路的重要驿站之一，融合着东西方文明的交流。茶盐湖也是藏传佛教的重要圣地，每年吸引着无数信徒前来朝圣祈福。茶卡盐湖的自然风光举世无双，它是大自然赐予人类的宝贵财富，也是中华民族重要的文化宝藏。

第五章　　金银滩草原

金银滩草原位于青海省海晏县境内，西部同宝山与青海湖相邻，北、东部是高山峻岭环绕，南部与海晏县三角城接壤。在这方圆 1100 平方公里的大草原上，有麻皮河和哈利津河贯穿。金银滩草原有青海有名的金滩、银滩大草原，是中国原子城基地所在地。景点有原子城纪念馆、王洛宾音乐馆等，是国家重点文物保护景区。

金银滩是一片丰饶辽阔的草原，静静地依偎着青藏高原。金滩与银滩如同一对孪生兄弟，相互瞭望，是这片美丽富饶的土地上的神奇传说。在金银滩草原，绿草如碧一望无尽，轻轻拂过扬起一片片波澜。深邃的绿浪，如同翡翠般地在阳光的照耀下，闪烁着生命的光彩。金银滩的美丽，是大自然纯净的音符。风轻云淡中仿佛能聆听到风儿呢喃，青草私语。丰盛的草地上，牛羊如棉撒在草原，骏马奔腾喧嚣地唱着赞歌。河流静静地流淌，穿越草原流向远方。月光下，金银滩上的人们，饮着草原的马奶酒，拉着草原的马头琴，唱着草原最美的情歌，融入大自然怀抱。

第六章　阿咪东索

阿咪东索，藏语中的意思是"沉睡于山坡的佛"，为国家 5A 级旅游景区，位于青海省海北藏族自治州祁连县，是祁连众山之王。景区主要由高原牧场、草原花海体验基地、林海露营体验基地、盆景湾、万佛崖、经幡祈愿台等景观组成，是写生、徒步、露营、探险、观赏、生态科普等活动的体验胜地。阿咪东索四周地形呈吉祥八宝之形，居住祁连地区的藏族、蒙古族、裕固族等。信仰藏传佛教的人们，敬奉阿咪东索为祁连的众山之王。景区内气候凉爽，流水潺潺、云蒸雾蔚，苍松翠柏、野生动植物很多，保存着原始生态的完整。阿咪东索景区有奇异的石林，高原牧场、草原花海、林海露营等自然景观。

来到阿咪东索风景区，眺望群山，阳光映照在山巅的积雪上，如同佛祖的袈裟在晨曦中闪闪发光。阿咪东索的山并不陡峭，它以平缓柔和的姿态向远方延伸。山上的树木和花草种类繁多，随着海拔的升高，云雾渐浓，如轻纱覆盖在山体上，给人一种神秘的幽静感。山脚下，青草如绿毯，扩展到天际。阿咪东索这个沉睡在山坡的佛，带给人们很多感动和震撼，还有对生活的信仰和坚守。

第七章　龙羊峡

龙羊峡位于青海共和县境内的黄河上游，黄河流经青海大草原后，进入黄河峡谷区的第一个峡谷。其峡谷全长 33 公里，花岗岩两壁直立近 200 米高，是建设水电站的绝佳坝址。1976 年国家决定在此兴建龙羊峡水电站，坝址就选于此峡口，建成后这里成了黄河上游第一座大型梯级电站所在地，被称为"万里黄河第一坝"。龙羊峡水库位于黄河上游青海省共和县和贵南县交界的龙羊峡谷，是

一座具有调节性能的大型综合水利枢纽工程。目前，龙羊峡人工水库已成为美丽的旅游景点。大坝锁黄河，高峡出平湖。碧波荡漾，湖光山影，乘游船绕湖一周，苍穹碧野，心旷神怡。龙羊峡长40公里，黄河穿越其间，河谷宽9公里，河谷两岸。一边是起伏峻险的茶纳山，一边是连绵不断的莽原。中间是一片宽阔平坦、得天独厚、肥沃丰腴的盆地，使整个峡谷成为一个巨大的天然库区。龙羊峡是大自然赋予人类的丰厚资源。

第八章　可可西里

　　可可西里位于青海西南部的玉树藏族自治州，被列入《世界遗产名录》、中国的第51处世界遗产，是世界上原始生态环境保存最完美的地区之一，也是中国面积最大、海拔最高、野生动物资源最为丰富的自然保护区之一。可可西里是藏羚羊、野牦牛、藏野驴、藏原羚等珍稀野生动物、植物及其栖息环境的保护地。可可西里地处青藏高原，平均海拔超过4600米，有着壮观的高山和湖泊景观。有著名的楚玛尔河、沱沱河、当曲等河流和西金乌兰湖。可可西里的自然风光非常独特，这里有广袤的草原、荒漠、冰川、高山。蓝天白云、美丽的湖泊、清澈的流水，奔跑的藏羚羊、悠闲的牦牛等野生动物，构成了人与自然的生态链。

　　可可西里在不同的季节，会呈现出不同的色彩和氛围。可可西里海拔高、空气稀薄，这里的星空格外明亮和纯净。可可西里的美，是一种纯净的美，是一种原始的美，是一种不加任何修饰的美。它美得让人忘记了城市的喧嚣，忘记心里的浮躁和焦虑，在这里感受到大自然自由地呼吸，领悟历史的厚重、生命的真谛。

第九章　祁连山草原

祁连山草原是中国西北地区的一片美丽的高原草原，位于青海省海北藏族自治州祁连山冷龙岭北麓。它代表的是大马营草原，在焉支山和祁连山之间的盆地中，海拔在4000—5000米之间。高山积雪形成了颀长而宽阔的冰川地貌和奇丽景观，被称为雪线。在祁连山的雪线之上，时常会出现逆反的生物奇观。在浅雪的山层之中，生长着雪山草甸植物蘑菇状蚕缀，还有珍贵的药材高山雪莲。岩石下的雪山草、雪莲、蚕缀被合称为祁连山雪线上的"岁寒三友"。

祁连山依旧银装素裹，草原上却绿草如茵，骏马奔腾，牛羊成群。冰川、雪峰、湖泊、河流、森林、草甸等多样的自然风光，形成了一幅壮丽的画卷。祁连山草原是中国古代丝绸之路的重要通道之一，也是中华民族和西域各民族交流互动的桥梁和纽带。这里有许多历史遗迹和文化遗产，如汉代张骞出使西域时所经过的焦石城、唐代玄奘西行取经经过的大夏国故城、元代成吉思汗西征时所建立的大马营军马场等。祁连山草原是一片美丽富饶的草原，它拥有壮观的自然风光，也有各民族的交流互动，是藏族、蒙古族等少数民族的故乡。

第十章　互助土族故园

互助土族故园景区位于青海省海东市互助土族自治县威远镇境内，是一个以土族文化为主题的综合性旅游景区。占地面积6.81平方公里。包括天佑德中国青稞酒之源、彩虹部落土族园、纳顿庄园和西部土族民俗文化村、小庄土族民俗文化村5个核心景点，分别展现了土族绚丽多彩的民俗文化、源远流长的青稞酒文化、弥久沉香的酩馏酒文化、古老纯真的建筑文化、别具一格的民居文化、古

朴神秘的宗教文化。

　　互助土族故园的风景很多，自然景观优美，有金滩和银滩两个大草原，让人可以感受大自然的广阔和美丽。互助土族故园是一处充满丰富色彩的旅游胜地。它集土族文化、民俗风情、自然风光于一体，草原如同绿色的海洋，在微风的吹拂下，泛起层层波澜。这里既有土族人民的传统游牧生活，又有一望无际的草原美景。牛羊成群，马儿奔腾，它们在这片绿色的海洋中自由漫步，构成了一幅和谐的画面。

　　互助土族故园则是展现土族文化的重要区域。人们在这里可以亲身体验到土族的传统生活习俗，如学习土族语言、制作土族服饰、品尝土族美食等。此外，还能观赏到土族丰富多彩的民间表演，如土族婚礼、土族歌舞等。这些活动不仅让游客更深入地了解土族文化，也让他们感受到土族人民的热情与友好。这里还有许多古朴神秘的宗教建筑。这些建筑风格独特，充满了浓厚的宗教气息。

　　互助土族故园的自然风光非常迷人，有高山、峡谷、河流等多种地形地貌，人们可以在丰富的自然景观里，徒步探险、露营野餐，尽情地感受大自然的魅力。互助土族故园是一个充满多元文化和自然风光的旅游胜地。这里有热情好客的土族人民风情和深厚的历史文化底蕴。

第二十七篇　内蒙古——草原雄鹰

内蒙古自治区，简称"内蒙古"，中华人民共和国自治区，首府呼和浩特。地处中国北部，东北部与黑龙江、吉林、辽宁、河北交界，南部与山西、陕西、宁夏相邻，西南部与甘肃毗连，北部与俄罗斯、蒙古接壤；地势由东北向西南斜伸，呈狭长形，气候以温带大陆性气候。东经110°46′－112°10′，纬度：北纬40°51′－41°8′。总面积118.3万平方千米，有汉族、蒙古族，以及满、回、达斡尔、鄂温克等49个民族，民族众多。下辖9个地级市、3盟，22个市辖区、11个县级市、17个县、49旗、自治旗。1206年，成吉思汗建立蒙古汗国。历经1000多年的历史，中华人民共和国成立后，改名为内蒙古自治区人民政府。

蒙古其意为"永恒之火""马背民族"。内蒙古有六大草原，呼伦贝尔草原、乌兰布统草原、锡林郭勒草原、辉腾锡勒草原、希拉穆仁草原、鄂尔多斯草原。内蒙古资源储量丰富，有"东林西矿、南农北牧"之称，草原、森林和人均耕地面积居全中国第一，稀土金属储量居世界首位，同时也是中国最大的草原牧区。这里绝大部分是森林、草原、湖泊等自然生态环境，具有原始古老的自然风貌，人们可以在草原上骑马、射箭、夜宿蒙古包，品尝鲜美的牛羊肉和特色美食。

第一章　呼和浩特

　　呼和浩特市有着悠久的历史和光辉灿烂的文化，是华夏文明的发祥地之一。先秦时期，赵武灵王在此设云中郡，故址在呼市西南托克托县境。呼市中心城区是由归化城与绥远城两座城市在清末民国合并而成，故名归绥。1954年，改名为呼和浩特，蒙古语意为"青色的城"，是呼包鄂城市群中心城市之一，连接黄河经济带、亚欧大陆桥、环渤海经济区域的重要桥梁，也是中国向蒙古国、俄罗斯开放的重要沿边开放中心城市。呼和浩特是国家历史文化名城、国家森林城市、国家创新型试点城市、全国民族团结进步模范城市、全国双拥模范城市、中国优秀旅游城市、中国经济实力百强城市，被誉为"中国乳都"等。

　　呼和浩特北跨大青山，南据蛮汉山，中占土默川。大青山的金銮殿山峰，海拔2280.3米。黄河中段流经市境西南界，境内河流均为黄河水系，有大黑河、什拉乌素河、清水河、宝贝河、浑河等。工业以毛纺、食品、电子、化工、建材为支柱产业。毛纺织品、民族特需用品为传统的名特产品。农业主产小麦、玉米、高粱、谷子、莜麦、马铃薯等。

第一节　神泉生态园

　　神泉生态园旅游景区位于呼和浩特市托克托县郝家窑村，距离市区约90公里，是国家4级风景旅游区，占地面积4平方公里，由东部园林区跨过黄河和西部沙漠组成。黄河东岸景区，以江南独特的林园风格打造，淡雅朴素，亭榭廊槛，布局有序；水石相映，玲珑多姿，置身园林景区里，犹如置身梦境中的仙界。景区有神泉牌楼、门楼、观景楼、神泉、园中园、茶楼、戏楼、黄河母亲碑、水榭、凉亭、翡翠湖、听涛阁、黄河大舞台、音乐喷泉广场、儿童游乐园、珍禽动物园、跑马场、观鱼岛、睡莲池等。

　　漫步在曲径通幽的园林景区里，清新舒雅，祥和安宁。湖边杨柳飘拂，到处鲜花盛开，芳香气怡人。波光粼粼的湖水里锦鲤畅游，湖中莲花朵朵，游客们自由自在地划着小船，不时传来一串串开心快乐的笑声。这真是"风过神泉芦生花，湖光山色甲天下"。

一、海眼神泉

神泉位于生态园中，是一天然泉眼喷涌千年流淌不断。泉水甘甜纯净，据传说，喝了"神泉"水，可以延年益寿，预防百病；捧"神泉"水敷面，有养颜美容功效；用"神泉"水清洗眼睛，可以明目醒神，预防长白内障。神泉水为什么这么神奇？这里蕴藏着一个凄美的神话故事。民间相传，东海龙王共十个公主，大公主嫁给了天公，被封天妃，二公主被封亿妃。天妃就是妈祖，是保佑航海捕鱼人平安免于海难的神。三公主、四公主被封泰山娘娘。五公主、六公主留在瑶池给王母娘娘做侍女，七公主彩凤嫁给了玄龙。八公主长得非常妖艳和心月狐结合。九公主转世成了武则天。最小的十公主傲雪，天性活泼，纯洁善良，最得龙王宠爱。傲雪公主一直向往人间的美好生活，便私自出游，沿着河流游玩，来到了呼和浩特市托克托县郝家窑村，爱上了英俊帅气的蒙古族小伙子郝男，两人情投意合，结为连理，婚后生下一子。龙王得知爱女私配凡人，非常恼怒，亲自腾云驾雾到郝家窑村，令傲雪公主即刻归回东海。面临夫妻永别、母子分离的傲雪公主，痛不欲生，她被迫无奈，万分舍不得离开自己深爱的丈夫和襁褓中的幼子。临行前她取下自己一只眼睛，化作泉水，希望保佑丈夫儿子平安健康，免除病痛，并留话说："泉水不干，思念不断！"神泉水其实就是龙女十公主傲雪的眼泪啊，海眼神泉，泉连东海，泉水流淌千万年不变到如今。

二、园中园

园中园位于神泉生态园旅游景区中心位置，园内神泉、凉亭、许愿池、远香堂假山一字排列，神泉冬暖夏凉，四季常涌。园中垂柳婀娜，绿树掩映，花开四季，香气袭人，湖光山色，相映成趣。茶楼与园中园毗邻，小门入内，茶楼、戏楼雕梁画栋，莲池游鱼簇拥，假山飞瀑四溅，滴石有声，整体建筑精巧灵秀，别有洞天。在此可品茶、听曲、观戏，尽情感受塞上江南的韵味。

第二节　内蒙古博物院

内蒙古博物院位于呼和浩特市东二环，建筑面积 5 万余平方米，由陈列展厅区、文物库房区、观众服务区、业务科研区及多功能厅等各部分组成，是亿万年来生态变迁历史和草原文明发展的"百科全书"，内容丰富，有古生物化石、历史文物、民族文物等集锦。它以"草原文化"贯穿全部陈列。分布三个层面展厅，计为 14 个陈列：远古世界、高原壮阔、地下宝藏、飞天神舟，景物交融，栩栩如生；草原雄风、草原天骄、草原风情、草原烽火，展示草原文化从古代—近代—现代的发展，简明生动，通俗易懂；草原日出、风云骑士、草原服饰、苍穹旋律、"草原华章"、古道遗珍，呈现草原文化的精彩。草原烽火——内蒙古现代革命斗争史陈列：内蒙古地区的蒙古、达斡尔、鄂温克、鄂伦春、满、回、朝鲜、汉等八个民族的生产生活、文化艺术、风尚礼仪、宗教信仰等风俗，积极弘扬民族优秀文化传统。

成吉思汗辉煌波澜壮阔的历史，草原先民、东胡、匈奴、鲜卑、突厥、契丹等古代民族文化历史，新石器时代的农耕、狩猎、制陶、琢玉、居住、饮食、服饰、婚育、丧葬、文化、宗教，其中，草原为中华文明的发展做出了不可磨灭的贡献。

第二章　包　头

包头市是内蒙古最大的工业城市、内蒙古自治区重要的经济中心、呼包鄂城市群中心城市之一、中国重要的工业基地，别称鹿城、中国马城、世界稀土之都、世界绿色硅都，总面积 27768 平方千米。包头是内蒙古对外开放的重点发展地区，拥有地方立法权的较大的市，是中国境内以冶金、稀土、机械工业、硅产业为主的综合性工业城市、中国重要的工业基地和全球轻稀土产业中心，被誉为"草原钢城""稀土之都""绿色硅都"，荣获得联合国人居奖、中国人居环境范例奖、国家森林城市、国家园林城市、国家卫生城市和中国优秀旅游城市等荣誉。

包头历史文化悠久，拥有草原游牧文化和中原农耕文化。周慎靓王九年（公元前306）筑九原城；秦始皇二十六年置九原郡；清同治九年修筑城墙，建东、南、西、东北、西北五座城门，形成了包头的城市规模。从19世纪开始，包头就是中国著名的皮毛集散地和水旱码头。包头人文景观丰富，有南海湿地、成吉思汗草原生态园、哈布图·哈撒尔祭奠堂、汉长城遗址、女儿山、元代敖伦苏木古城遗址、兵寨遗址、吕祖庙等。

第三章　呼伦贝尔草原

内蒙古呼伦贝尔大草原是为国家4A级旅游景区，是世界四大草原天然牧场，被称为世界上最好的草原，是全国旅游二十胜景之一。这里地域辽阔，3000多条纵横交错的河流，500多个星罗棋布的湖泊，一直延伸至松涛激荡的大兴安岭。这里水草丰美，有碱草、针茅、苜蓿、冰草等120多种营养丰富的牧草，有牧草王国之称。呼伦贝尔草原是古代文明、游牧民族的发祥地，东胡、匈奴、鲜卑、室韦、回纥、突厥、契丹、女真、蒙古等民族在此繁衍生息，被史学界誉为"中国北方游牧民族摇篮"，在世界史上占据较高地位。呼伦贝尔草原是一片没有污染的绿色净土，出产的肉、奶、皮、毛等畜产品备受国内外消费者的青睐，连牧草也大量出口日本等国家。

呼伦贝尔大草一望无际、绿草茵茵，犹如一块碧绿色巨大的地毯铺在大地上。葱绿的嫩草，野花盛开，姹紫嫣红，微风吹过散发着飘逸的幽香，点缀得大草原生机盎然。蓝天白云下，碧草绿浪、湖水荡漾、牛羊成群，蘑菇般的蒙古包撒落草原上。广袤的牧场传来悠扬的马头琴声，美丽的蒙古族姑娘随着琴声唱起动听的歌谣，驱赶着羊群，悠闲自得地置身在绿色的海洋里。傍晚，夕阳的霞光，映照着草原一片金黄，成熟的野果挂满枝头。牧场上剪羊毛的人们忙碌一天收工了，踏着轻快的步伐，脸上洋溢着愉悦的笑容返回家园。

美丽的呼伦贝尔大草原，景色宜人，清风慰人，花草袭人，月光诱人，水波撩人，鸟声动人。夜色下，弯弯的月亮悬挂在天空中，繁星点点；月辉如洗笼

罩着草原，清风拂面，惬意舒适；月色下的河水无声流淌，寂静的草原虫鸣蛙叫。蒙古包里温暖炽热，招待着远方来客人，大家开怀畅饮，欢声笑语，载歌载舞。特色的蒙古宴会，特色蒙古美食，特色的民族风情，献哈达、烤全羊、喝着马奶酒、唱着蒙古歌，都给人们留下了难以忘怀美好的回忆。

第一节　诈马宴

诈马宴是元朝宫廷贵族身份的象征。晚餐时分，人们穿上元朝宫廷服饰，"出席诈马宴"。诈马宴是在可容纳100多人的巨大蒙古包里举行。宾客们围圆而坐，中间的地面上铺着大红色地毯，自然形成一个圆形的表演舞台。按照元朝宫廷宴会的盛况，诈马宴开始前，先是开场舞，然后由身着蒙古服装的少女给每位客人献上蓝色的哈达，双手合十说"赛杯努"（你好的意思）。接着就是急促的马头琴演奏"赛马"和质朴高亢的蒙古族歌曲演唱等。宴会开始了，先上来的是六宫食盒，上面摆着蒙古族特制的奶食品等御膳珍肴、一壶马奶茶；接着由萨满师祈祷长生天赐福；然后几个人抬着烤制的整羊放置在舞台中央，由指定的王爷启动开刀仪式，再割肉分食送到每位客人席前共同享用。

诈马宴是元朝宫廷达官显贵们重要议政、商讨国家大事的宴会，逐渐演变成最为奢华盛大的宫廷宴会和接待使臣的重要宴会。诈马宴最重要的环节——分食整牛整羊，是蒙古族的民俗，已有700多年的历史，目前分食整牛已经失传。

蒙古族是个重礼仪的民族，不仅有宫廷诈马宴，还有迎接客人的下马酒，喝酒之前，用指蘸酒上弹天，下弹地，再将酒从额头左抹到右，代表敬天，敬地，敬祖先，最后再一口喝掉。下马酒是接风洗尘、庆功酒。上马酒是壮行，是送行酒，祝福客人一路顺风。

第二节　篝火晚会

篝火晚会是草原人的一种传统相聚的生活方式。古代时期，人们钻木取火，将食物在火堆上烤熟了吃，还可以驱吓野兽，保护生命安全。蒙古族人非常重感情讲义气，对火极为崇敬，因为火给他们带来光明和温暖。每当打猎者满载而归，便会互相庆贺。获得了丰厚战利品的人，会邀请族人一起共同烤食分享，喝酒吃肉，情绪高涨时便会放开喉咙歌唱，兴奋愉悦地互相手拉着手，围着火堆跳舞以表达喜悦开心快乐。这种欢庆的形式逐渐演变成篝火晚会，一直延续到现在。

夜幕下，许多人相聚在一起，在特定的开阔地等待着篝火晚会的开始。一群姑娘小伙子挥舞着耀眼的荧光棒，兴高采烈。小伙们玉树临风，姑娘们打扮得花枝招展，他们都期盼着，能够邀请自己心仪的人儿相伴，在篝火晚会上展露风采，大显身手。

篝火晚会开始了，主持人开场白后，从人群中邀请了两位祈福者，手持火炬点燃柴堆，火焰熊熊燃烧起来了。人们互相不识，不分男女老幼手搀手，围着火堆疯狂唱歌跳舞，欢声笑语，尽情欢呼，形成了歌舞飞扬、欢乐的海洋。难忘今宵激情燃烧的篝火晚会，难忘草原魅力延续的道别留恋。星空浩瀚，灯火灿烂，人们同乐，恋恋草原，风光无限。放飞旅途心情，留住真实风景。每次旅行都是一种心情，每一个驿站都有一个故事。期待下一次的旅途打卡，必将是心海里最美的风景线。

第四章　希拉穆仁草原

希拉穆仁，蒙语（黄色的河）俗称"召河"。人们乘车来到了希拉穆仁草原。沿途映入眼帘的是，绿草茵茵，牛羊成群。一片片盛开的向日葵，在阳光的照耀下，闪烁着夺目光芒，好似黄金镶嵌在绿色的草地上，"一派风吹草低见牛羊"的草原风光。颠簸起伏的旅途好似在梦幻中遨游，置身在广袤的大草原里，激荡的心情像海啸般沸腾翻滚，情不自禁地大声呼喊："草原，我来了！"人们像离弦的箭，奔跑着伸开双臂拥抱着绿色的海洋。

夏日的草原，鲜花盛开，绿草无疆，脚下踩踏的青嫩草地上，缀饰着许多五颜六色的小野花，好像巧手的绣娘在绿色的地毯上刺绣的美丽图案，娇美可爱。登高眺望，蓝天白云下，一簇簇蘑菇般的蒙古包独特坐落，草地上无人放牧的羔羊肆意撒欢，远处一群骏马奔驰而来，掀起阵阵绿浪，犹如碧草连天的美画卷。"美丽的草原我的家，风吹绿草遍地花，彩蝶纷飞百鸟儿唱，一湾碧水映晚霞，骏马

好似彩云朵,牛羊好似珍珠撒",一串悠扬清脆的"草原之歌"在空旷的草原回荡,姑娘们兴高采烈地伴随歌声翩翩起舞。

傍晚金色的晚霞,辐射在绿色的地平线上,草原在霞光的笼罩下,就像仙子为草地披上了一件鎏金纱衣。远离繁华的城市和熙攘的人群,静怡的草原,空气清新,晚风拂面带着阵阵鲜草散发的特殊芳香,让人心旷神怡,闭目享受大自然赋予的恬静时光,月辉洗涤凡心,让人感悟到真正的安宁,不是避开城市车马的喧嚣,而是心中修篱种菊的自在、自己喜欢的向往。沉醉的心绪仿佛透过幻象听到了普会寺席力图召六世活佛喇嘛召庙"呼图克图"的祈祷声,还有那《敖包相会》情人的软语缠绵,跪拜敖包的祈福人,蒙古族祭祀天神、祖先、英雄的热闹场景。

第五章　库布其沙漠

库布齐沙漠位于内蒙古鄂尔多斯高原北部黄河南岸,总面积为 1.45 万平方公里。"库布齐"为蒙古语,弓上的弦。库布齐沙漠宽广无际,在艳阳高照下,浩瀚的沙漠,好似金沙堆砌的海洋。赤脚欣喜奔跑在滚烫的沙漠里,感受沙漠灼热的风光。"大漠如金塞草肥,黄河落日孤雁飞,茫茫沙海连天际,走马过川绿洲行"。人们跑累了,躺在热气腾腾的沙漠上,享受天然奢侈的沙滩浴,惬意无法言表。

乘坐索道观光车飞越黄河,观赏母亲河的风采。高空俯瞰,滔滔黄河滚滚向前一望无尽,在晨曦闪耀中延绵流淌熠熠生辉,又似金色浮动的飘带永无止境地随波逐流;泥浆浪花里,偶见鲤鱼跃出水面,通身金黄,"跳进黄河洗不清"真是名不虚传。来到西岸,乘骑"沙漠之舟"骆驼,开始了沙漠之旅。途经漠宝藏馆、路博德广场、沙漠明珠广场等;乘坐沙漠越野车,体验惊险刺激、惊心动魄的沙漠冲浪。观看大型马术表演和蒙古族歌舞文艺演出。午餐后,再乘沙漠小火车来到库布齐沙漠。

脚踩茫茫沙漠,凝视蓝天碧海的苍穹,仿佛时空转换,寻觅追踪着昭君出塞的足迹。"胡天八月即飞雪"仿佛看到王昭君冒着塞外刺骨的寒风,千里迢迢,一路上翻山越岭，千辛万苦来到匈奴和亲，她把中原的文化和文明精神传给了匈奴，换来了汉朝60年的太平，同时也赢得了蒙古族人民的爱戴，奉为神仙。"日落黄昏大漠寂，黄金淡色穿透云，千古传颂昭君女，舍身卫国保和平"。王昭君虽为封建王朝的牺牲品，但她一介娇弱女子，以一己之力，用坚强的毅力、聪慧的睿智，为国泰民安所做的努力，巾帼不让须眉，值得褒奖学习。

第六章　君子津渡口

北魏郦道元在《水经注》中记载，"东汉"汉桓帝十三年（159年），出塞西部榆中（今鄂尔多斯西部）巡视，而后东行到代地（今河北省北部），途中遇一洛阳来的富商李贾，汉桓帝和李贾很投缘，两人相谈甚欢，桓帝便邀李贾相伴随行。一天来到了内蒙古境界，李贾携带大数目的金银财帛去洽谈生意，与桓帝约好傍晚在驿站汇合。不想李贾生意没谈妥，人生地不熟，身携大量的金钱太沉重，迷失了方向，辗转一夜，又饥又渴又累，疲惫不堪。黎明前夕，挣扎到了喇嘛湾古渡口，再无力气，昏倒在地。渡口有个摆渡的船家，名叫长津，早晨开门发现昏倒的李贾，急忙将他扶进屋，安置躺在炕上。不想李贾在荒田野地里惊恐走了一夜，受了风寒病倒了，连续高热三天三夜不退。船家长津为他请医诊病，熬药、喂药、喂水照顾多日，但李贾越病越重不见好转。李贾临终前，把自己所带的金钱全部送给船家长津作为酬谢，并嘱托，如果他的家人能找到这里，请一定要让家人把他的骸骨带回故乡掩埋。李贾去世后，船家长津把他掩埋在渡口旁，把李贾所赠的金钱全部封存。

第二年，喇嘛湾古渡口，船家长津等来李贾的儿子。他千里跋涉，历经艰辛，一路打听，寻找父亲的下落。船家长津将他领到他父亲李贾的坟前，告诉他李贾病故的前因后果，又帮助李贾的儿子将父亲的骸骨起出来。安排好回乡事宜后，长津把李贾所赠的金钱，全部交给李贾的儿子，李贾的儿子很感动，跪拜谢长津对父亲的照顾恩情，并遵循父亲遗嘱将全部钱财赠送给船家长津。长津坚决拒收，分文不取。

话说当时桓帝等不来李贾，只好前行。后来桓帝获悉此事，感叹称赞船家长津为"真君子也"，并将喇嘛湾渡口命名为"君子津"。君子津，这个千年传颂的黄河古渡口，现在早已不是一个渡口的名字，而是淳朴善良、仁爱诚信的黄河人民的象征，传承的是中华民族优良的美德，也是人民心灵的丰碑。

第七章　响沙湾

响沙湾旅游景区位于呼和浩特市、包头市、鄂尔多斯市"金三角"开发区中心，被称作"黄河金腰带上的金纽扣"，面积为 24 平方公里，是国家 5A 级旅游景区，是一处自然生态、休闲度假景区，形成一村（一粒沙度假村）、一港（响沙湾港）、四岛（仙沙岛、悦沙岛、莲沙岛、福沙岛）的格局。响沙湾港是进入沙漠的必经之地，从这里可以乘坐冲浪车进入仙沙岛，乘沙漠观光小火车进入悦沙岛。仙沙岛、响沙湾是人们游览项目最多的地方，有沙漠探险、高空滑索、冲浪与秋千、轨道自行车等。还有惊险奇特的表演，高空走钢丝、环球飞车、刀山、吃火、喷火，大型演出《沙漠杂技大世界》。

悦沙岛是沙漠深处的休闲世界。这里可以看到驼铃商队、古老的蒙古部落，艺术体操、健美操、街舞、沙滩排球等。福沙岛度假村位于景区沙漠深处的福沙岛内，沙漠自然景观环抱，五彩蒙古特色度假村，专享沙漠深处私密空间。莲沙度假村酒店新奇舒适，是沙漠壮美画卷中迷人的大自然怀抱。最有特色的，是以佛教文化为主的让人真正放松的地方，莲沙度假岛上硕大的莲花酒店是地球上的唯一，不用砖、瓦、沙、石、水泥、钢筋而建造的绿色建筑，环保生态，是世界上最好的度假场所，被誉为心灵深处的一片净土。

第八章 阿斯哈图石阵

阿斯哈图石林（阵）景区位于克什克腾旗东北部，是国家 5A 级旅游景区、中国优秀旅游目的地、国家生态旅游服务标准化试点单位。阿斯哈图是蒙古语，是"险峻的岩石"。占地面积为 15 平方公里，海拔为 1700 米左右。阿斯哈图石林是内蒙古著名的景区，有"山水草原，北方石林"品牌之称。阿斯哈图石林石头的纹理是横向的，一层一层，像千层饼，也叫冰石林，是世界上罕见、全球具有代表性、目前世界上独有的一种奇特地貌景观。

阿斯哈图石林景区共有三个核心景区，其中一景区：一区，石林之秀、石林之美、石林之灵、石林之形集于一身，是石林中的代表性景区。有月亮城堡、鱼尾塔、将军床、平衡石等。二区有拴马桩、三结义等景观。三区有试剑石、鲲鹏落草原等，鲲鹏展翅九万里，栖居草原不思归。翘首而卧的鲲鹏与蓝天，构成一幅优美的画卷。

阿斯哈图石林景区地处高山草甸草原与原始白桦林的交会地带，这里植被茂盛，植物资源丰富，因季节的不同而姿彩各异，魅力纷呈，可谓景因时移，景随时转。阿斯哈图石林景区一年四季景色分明，春天，山花烂漫，蝶舞蜂忙；夏天，凉爽宜人，鸟语花香；秋天，枫叶如丹，层林尽染；冬天，群山逶迤，银装素裹。

第九章 成吉思汗陵

成吉思汗陵坐落在内蒙古伊克召盟伊金霍洛旗甘德利草原上，是国家 5A 级旅游景区、全国重点文物保护单位，占地面积 5.5 公顷。成吉思汗是蒙古杰出的军事家、政治家，他在统一蒙古诸部后于 1206 年被推为大汗，建立了蒙古汗国。

他即位后展开了大规模的军事活动，版图扩展到中亚地区和南俄。1226 年率兵南下攻西夏，次年在西夏病死。元朝建立后，成吉思汗被追尊为元太祖。

成吉思汗陵的主体是由三个蒙古包式的宫殿一字排开构成。三个殿之间有走廊连接，在三个蒙古包式宫殿的圆顶上。金黄色的琉璃瓦在灿烂的阳光照射下，熠熠闪光。圆顶上部有用蓝色琉璃瓦砌成的云头花——蒙古民族所崇尚的颜色和图案。正殿高 26 米，双层屋檐；东西殿高 23 米，单层屋檐；后殿和走廊高 20 米。从高处下望，整个大殿像一只雄鹰，正殿像鹰的头和身子，两个侧殿好似在雄鹰展开的双翼。

正殿正中摆放成吉思汗的雕像，高 5 米，身着盔甲战袍，腰佩宝剑，相貌英武，端坐在大殿中央。后殿为寝宫，安放四个黄缎罩着的灵包，分别供奉成吉思汗和他的三位夫人的灵柩。灵包的前面摆着一个大供台，台上放置着香炉和酥油灯。这里还摆放成吉思汗生前用过的马鞍等珍贵文物。

第十章　阿尔山·柴河

阿尔山·柴河景区位于内蒙古东北亚经济圈腹地，西连蒙古、俄罗斯，沟通整个东北亚的新欧亚大陆桥，阿尔山则成为这座欧亚大陆桥的"桥头堡"，其经济地理位置十分重要，是国家 5A 级旅游景区。阿尔山·柴河资源丰富，是世界最大的功能型矿泉之一，被矿泉水专家赞为"天下第一奇特大泉"。阿尔山·柴河景区冬季雪期长，千山堆玉、万里披银，积雪厚度平均超过 350 毫米，被称为"东方的瑞士"。冰雪与城市、冰雪与温泉、冰雪与森林完美结合。这里是呼伦贝尔草原、锡林郭勒草原、科尔沁草原和蒙古草原四大草原交会处。森林覆盖率超过 64%，绿色植被率达 95%。阿尔山·柴河文化底蕴深厚，有火山遗迹，是国际性季节开放口岸。这里是多民族聚集区，是蒙古族、达斡尔、鄂温克、鄂伦春生产、生活的地域，民族风情十分浓郁。这里还是国家重点的森林工业基地，已形成了独特的林区风俗。这里的温泉文化、蒙元文化、林俗文化、冰雪文化历史悠久、凝重深厚。

第十一章　阿拉善盟胡杨林

内蒙古阿拉善盟胡杨林是国家 5A 级旅游景区。现有胡杨林 38 万亩，是全球仅存的三大胡杨林区之一。在穆仁高勒至嘎顺淖尔、苏泊淖尔一带，有一个巨大的天然林带，长约 200 公里，主要树种是胡杨、怪柳和梭梭。胡杨，俗名胡桐，蒙古语叫"陶来"，有一亿多年的历史，是一种生命力旺盛得惊人的沙漠植物。一千年不死、死后一千年不倒、倒地一千年不朽。胡杨很神奇，幼树叶如针细如眉，长大树叶似白桦、成熟树叶形似枫叶。同一棵树也会长出不相同的多种叶子，一棵树可以根蘖一亩林。每到金秋十月，胡杨林通体金黄，唯美壮观。胡杨耐热抗寒，在寒冷零下 50 摄氏度、高温 45 摄氏度都照常存活，被积水浸泡，干旱风沙仍能顽强生存，被当地人称为"怪树林"。据说 300 年前蒙古人嫌胡杨林枝繁叶茂无法纵马，便放火焚树林，其中一棵大树丝毫无损，被奉为神树，被烧毁的胡扬树根茎第二年又发新芽郁郁葱葱。

第十二章　呼伦湖

呼伦湖是内蒙古第一大湖、中国第五大淡水湖、东北地区第一大湖，与贝尔湖为姊妹湖。呼伦湖是中国北方数千里之内唯一的大泽，有八个著名景区，分别为水上日出、湖天蜃楼、石桩恋马、玉滩淘浪、虎啸呼伦、象山望月、芦荡栖鸟、鸥岛听琴，面积 2339 平方公里。呼伦湖水天一色，烟波浩渺，原始粗犷，秀丽洁净。静若处子微波荡漾，动如蛟龙惊涛拍岸。游览"湖中柱石""老虎嘴""象鼻山"这些大自然的杰作，令人叹为观止。乘船在湖上，观白鸥翔紫塞、碧浪映霞天、一片波浪万马惊、红日银鳞相映里的壮观。耳畔响起了牧民传说蒙古族部

落美丽姑娘呼伦和爱人贝尔舍身救草原的故事。贝尔湖水经乌尔逊河长年流向呼伦湖，日夜川流不息是贝尔对呼伦无止境、情人的眼泪。

第二十八篇　广西——八桂壮乡

广西壮族自治区是中华人民共和国省级行政区，首府南宁市，位于中国第二台阶中的云贵高原东南边缘，两广丘陵西部，主要分布有山地、丘陵、台地、平原等类型地貌，有"广西盆地"之称。大陆海岸线长约1595千米，奇特的喀斯特地貌。东经104°　26'—112°　04'，北纬20°　54'—26°　24'之间。区内交通便利，文物古迹灿烂，民族风情浓郁，居有汉、壮、瑶、苗、侗、京、回等民族。方言有粤语、西南官话（桂柳话）、客家语、平话、湘语、闽语六种，壮语方言有北部方言和南部方言，其他少数民族语言有苗语、瑶语等。

广西历史悠久，早在80万年前广西就有原始人类生息了；5万年前旧石器时代，就有"柳江人"和"麒麟山人"在此劳作生息，使用钻孔与磨尖的石器。桂林甑皮岩人遗址距今约万年前，广西古人类已开始从事原始的农业、畜牧业和制陶业。广西属亚热带季风气候区，孕育了大量珍贵的动植物资源，尤其盛产水果，被誉为"水果之乡"，主要品种有火龙果、番石榴、荔枝、金橘、蜜橘、龙眼。

第一章　南　宁

　　南宁古称邕州,背靠大西南,面向北部湾,是广西壮族自治区政治、经济、文化、教育、科技、金融中心,也是中国与东盟开放合作的窗口。南宁素有"中国绿城""天下民歌眷恋的地方"之称, 是全国文明城市、国家卫生城市、国家生态园林城市、中国优秀旅游城市。南宁是一座历史文化古城, 是以壮族为主的多民族和睦相处的现代化城市, 四季常青, 有"绿城"的美誉。

　　南宁的历史可以追溯到先秦时期, 这里曾是西瓯、骆越等古代民族的政治、经济、文化中心。南宁文化包括壮文化、汉文化、瑶文化等, 这些文化相互交融独具特色。古建筑、古街道、古巷子, 这些都是南宁历史的遗迹。南宁环境优美, 风景如画, 山清水秀、四季如春。南宁的人文景观和自然景观很丰富, 有青秀山、大明山、凤凰湖、伊岭岩、龙虎山、白玉洞、金伦洞、友谊关、浦寨边贸城、宁明花山崖壁画、左江斜塔、昆仑关、红八军纪念馆、大清国"万人坟", 还有广西药用植物园、南湖公园、良凤江国家森林公园、南宁扬美古镇、广西壮族自治区博物馆、广西民族文物苑、南宁市人民公园、南宁市动物园、明秀园等景观。南宁的美食也非常有特色, 如老友粉、酸野、糖水等都很有味道。

青秀山

　　青秀山位于广西南宁市中心, 坐落在蜿蜒流淌的邕江畔, 是国家 5A 级旅游景区、"广西十佳景区", 面积 13.54 平方公里, 素有"城市绿肺""绿城翡翠,壮乡凤凰"的美誉, 是南宁城市最靓丽的名片。青秀山峨嵋叠彩, 峰峦绵耸, 群峰起伏、峻峭挺秀, 林木青翠、岩幽壁峭、泉清石奇, 常年云雾环绕, 具有高浓度的负氧离子。青秀山又名青山、泰青岭, 素以"山不高而秀, 水不深而清"著称, 因林木青翠、山势秀拔得名。山上林木茂盛, 遮天蔽日。清风吹过时, 发出海涛般浪声, 形成著名景观——青山松涛, 与凤凰岭、铜鼓岭、凤翼岭相连, 雄奇秀美, 古树参天。山上有岩有洞, 岩幽壁峭, 泉水甘甜。自宋开拓, 建白云、万寿、独孤诸寺。有纪念御史王守仁在南宁办学之德,于摩崖"阳明先生过化之地";有为董传策而筑的"洞虚亭""白云精舍"和"董泉亭",后建有龙象塔、两宜亭、盼鸥亭、浩浩亭、真经阁、竹味精舍、青秀山房、步云门、云天阁等亭台楼阁;有海天一览、塔影凌虚、狮林、荷花伴月、翠屏飞瀑、子夜松风、泰青远眺、山间花港、古榕抱石、千步廊等景点。龙象塔始建于明万历年间,共有九层,因战争被毁,20世纪80年代重建。现在龙象塔保留了明代建筑风格,青砖碧瓦,八角叠檐,塔有九层,高60米,塔基直径12米,有207级旋梯,为广西最高最大的塔。

第二章　柳　州

　　柳州是广西壮族自治区辖地级市、国家重要中心城市,总面积18596平方千米。柳州是以汽车、机械、钢铁为龙头,多产业并存、工业门类齐全的产业体系。柳州的风景名胜很多,如大龙潭风景区,龙潭风雨桥、雷塘庙宇等人文景观,以碧波万顷的湖光山色、特殊的喀斯特地貌、古韵的侗族民俗文化而著名。柳侯公园为纪念唐代名臣柳宗元而设立,园内有柳侯祠、罗池月夜等。三江程阳八寨景区是侗族村寨中的瑰宝,独特的木构建筑群、标志性的风雨桥,多彩的节日活动富有民族风情。百里柳江风光带,饱览柳州都市风貌与生态美景,两岸如诗如画。乘船夜游,江火通明璀璨夺目。柳州蟠龙山,奇石景观,堪称一绝。丹州古镇保留着明清时期风貌,是珍贵历史遗产。还有鱼峰山公园、都乐岩风景区、柳州文庙、柳州动物园、鱼峰山、马鞍山、江滨公园、白莲洞穴科学博物馆、柳侯公园、大龙潭公园、箭盘山奇石园、贝江、象州温泉、元宝山、圣堂山、老虎潭峡谷、老君洞、老子山、寿星岩、香桥岩、程阳风雨桥、马胖鼓楼、土司衙门等风光和名胜风景。

第三章 梧 州

　　梧州古称苍梧、广信，是广西壮族自治区辖地级市，位于广西东部，扼浔江、桂江、西江总汇，是珠江经济带重要城市，粤港澳大湾区、北部湾城市群周边城市，总面积 1.26 万平方千米。梧州是广西壮族自治区现代工业的发源地、高新技术产业开发区、梧州保税区等，有"一环六射三连线""高速公路骨架网""一横一纵"干线铁路网，西江机场、长洲水利枢纽等。梧州有着 2200 多年历史。西汉（183年），建苍梧王城。梧州是岭南文化、西江文化、龙母文化的发祥地，也是粤语的发源地之一，诞生了袁崇焕、李济深等历史名人。梧州土特产品类丰富，有六堡茶、龟苓膏、古典鸡等。

　　梧州是中国优秀旅游城市，国家 4A 级景区共有 12 个。骑楼城是中国最大的骑楼建筑群，也是梧州的标志性景点，有 22 条骑楼街道，总长 7 公里，最长街道达 2530 米，骑楼建筑 560 幢，规模宏大国内罕见。桂江春泛、云岭晴岚、龙州砥峙、鹤岗返照、金牛仙渡、鳄池漾月、火山夕焰、冰井泉香，被清代县志记载为"梧州八景"。此外，还有龙母庙景区、永安王城、李济深故里、苍海湖、天龙顶、石表山、长坪水韵瑶寨、梁羽生公园、梧州市军事体育文化园、蒙山天书峡谷风景区、白云山景区、岑溪市东山公园等。

第四章 北 海

　　北海别名"珠城"，是广西壮族自治区辖地级市，总面积 3337 平方千米，是古代"海上丝绸之路"的重要始发港、中国对外通商口岸之一，是云贵、川、桂、湘、鄂等省与海外贸易的主要商品集散地之一，是国家历史文化名城、中国西部对外开放的沿海城市，也是中国西部唯一拥有深水海港、全天候机场、高速铁路和高速公路的城市，并获得中国十大秀美之城的荣誉。

北海风景优美丰富，有北海银滩、万尾金滩、龙门七十二泾、星岛湖、江山半岛、涠洲岛、斜阳岛、山口红树林生态自然保护区、钢塑《潮》和音乐喷泉、大士阁、刘永福故居、东坡亭、海角桂东旅游区。银滩是中国最美的海滩之一，沙滩洁白、海水碧清，海疆广袤壮丽。五彩滩是一片由石头构成的奇特地貌，这些石头色彩多样丰富，红色、黄色、绿色、蓝色。涠洲岛是北海最大的岛屿，被誉为"中国最美的海岛之一"。北海海底世界与水族馆，是一个集观光、科普、娱乐为一体的大型水族馆，有着丰富的海洋生物和海洋文化。北海还有黄金北岸海上观光栈道、金海湾红树林、冠头岭国家森林公园等山水风光和文化遗产。

第五章 贺 州

贺州是广西壮族自治区辖地级市，地处湘、粤、桂三省区交界地，面积 11753 平方千米，常住人口 203.10 万人。贺州以高山、溪流、瀑布、温泉等自然景观著名。贺州有着悠久的历史和人文景观。临贺故城，有着 2000 多年历史的古城，这里遗留诸多的古建筑、古城墙等古文化遗迹，承载着古道文化、南岭文化、矿业文化。贺州自然资源丰富，拥有广西最大的国家级森林公园，原始森林茂盛，奇峰怪石耸立，珍稀动植物品种繁多，还有著名的姑婆山，溪流清澈，瀑布壮观。钟山十里画廊，风景如画；玉石林神异，奇石、怪石、石柱堪称地质奇观。碧水岩、荷塘奇峰、浮山、黄姚古镇、明城、秀水古村等，文化底蕴深厚。富川脐橙庄园盛产优良的脐橙，江湾粉库有着传统的建筑和美食。

第六章　河　池

河池市位于广西北部,地处云贵高原南麓,是广西重要的革命老区,境内有壮、汉、瑶、苗、仫佬、毛南、侗、水等8个世代居住民族,是中国丝绸新都,桑蚕连续16年居全国首位,是全国最大产茧市、广西最大桑蚕茧丝生产基地。河池是世界长寿之乡,全市健在百岁以上老人936名。河池小三峡风景美丽,有奇峰秀谷、碧水清潭、悬崖峭壁、溶洞奇观等自然景观,历史文化遗产浓郁,人文景观的韵味独特。河池的凤山世界地质公园、环江喀斯特世界自然遗产地、都安澄江国家湿地公园、罗城国家地质公园等都是著名景区。

大化七百弄国家地质公园是中国最美的乡村之一。这里重峦叠嶂,峰回路转,溪流纵横,云雾缭绕,风光秀丽,民风淳朴。巴马盘阳河长寿之乡、凤山坡心水源洞、宜州古龙河、大化红水河七百弄、河池六甲米洛甲女神峡、罗城怀群剑江、环江岩溶原始森林、都安八仙山、南丹陨石、珍珠岩、东兰列宁岩、会仙山风景区、东兰魁星楼、南丹甘河白裤瑶寨都是河池靓丽风景名胜。

第七章　百　色

百色市是右江革命老区的核心区域。百色历史悠久,自古就是壮、瑶、苗、彝等民族的聚居地,拥有丰富的历史文化遗产,有世界著名的乐业天坑群、靖西旧州壮族绣球村等。百色也是广西非物质文化遗产的重要保护地,拥有丰富的民族传统工艺和民间艺术。百色还拥有得天独厚的旅游资源,百色澄碧湖、通灵大峡谷、隆林冷水瀑布、凌云纳灵洞、德保云山、"大石围"旅游区、鹅泉风景区、百色起义纪念馆、中国工农红军第四军军部旧址(粤东会馆)、百色起义纪念碑、南昆铁路纪念碑园、右江工农民主政府旧址、旧州景区、瓦氏夫人墓等景点。百色蕴藏丰富的矿产，如铝、锰，水能，农业和旅游资源。矿藏有 30 多种，铝土矿储量居全国首位。百色是广西重要的商品粮基地和糖料基地，水果、桑蚕、茶叶等特色重要产区。

第八章　桂　林

桂林是中国自然风光一颗璀璨明珠。桂林"山水甲天下"。桂林山峦起伏，峰岭耸立，叠嶂延绵，凛冽壮观；江水清澈，碧波荡漾，银光粼粼，宛如一条蜿蜒曲折的澄绿长丝带，穿城而过，把自然风光和现代化城市相互融合，交织形成一幅绝美的画卷。"两岸猿声啼不住。轻舟已过万重山"。桂林山水相连，山是水的依托，水是山的灵魂。群峰挺立，倒映在大江中，如滤镜沉瑕，显映着桂林山水洁净纯美，犹如一尘不染美轮美奂的琉璃梦幻图景。

桂林的旅游资源非常丰富，拥有两江四湖名景，漓江、桃花江；桂湖、榕湖、杉湖、木龙湖。象鼻山是桂林山水的代表，山形酷似一头象，象鼻深入水中，仿佛在饮水。登上象鼻山，可以俯瞰整个桂林市区和漓江的风光，美不胜收。桂林还有龙胜温泉、宝鼎瀑布、古东森林瀑布群、大榕树、芦笛岩、七星公园、荔浦丰鱼岩、银子岩、冠岩、伏波山、叠彩山、独秀峰公园、八角寨、猫儿山、靖江王陵、桂海碑林、灵渠、龙脊梯田、恭城孔庙、世外桃源、乐满地休闲娱乐世界等著名景点。

第一节　漓　江

漓江是国家 5A 级旅游景区、世界自然遗产地、国家重点风景名胜区，是世界上规模最大、风景最美的岩溶山水游览区。漓江以水美绝世"江作青罗带，山如碧玉簪"。漓江水面，渔民撑着竹排，几只鸬鹚，拍打翅膀，盯着水面，猛地跳下江中，潜入水底，一会儿，嘴里叼着银光闪亮的鱼儿凌波出水，落在竹排上。

渔人取下鸬鹚嘴里鱼儿，放飞的鸬鹚再次扎进江水去捕捉新的收获。漓江像一条青丝带，盘绕在万山峰峦间，奇峰夹岸，碧水萦回，削壁垂河，风光旖旎。漓江景色秀丽，山清水秀，洞奇石美，是驰名中外的风景名胜区。漓江的特点概括为清、奇、巧、变，概括为一江（漓江）、两洞（芦笛岩、七星岩）、三山（象鼻山、叠彩山、独秀峰），是桂林山水的精华所在。

漓江神韵。晴天，两岸奇峰挺秀，绿水青山，茂林修竹，峰峦倒映，万里流碧。阴天，细雨淋漓，朦胧飘洒，缭雾遮天，江山披纱。"千山鹤立帷帐中，万峰云绕天水蒙"。漓江烟雨美哉"烟"，江水在烟雨中奔淌，烟雾锁江延绵覆盖在江面，犹如水墨图画迷离的梦幻境界。"洞府深深映水开，幽花怪石白云堆"。漓江水脉清流源于鲤鱼挂壁的悬崖下方大石壁，一条红鲤鱼的图形，巨鲤在溯江上，鲤鱼挂壁绣山。山石色彩斑斓，红、黄、赭、绿交错，犹如织锦美绢名为绣山。象鼻山、斗鸡山、净瓶卧江、奇峰林立、父子岩、龙门古榕、大圩古镇、磨盘山、黄牛峡，夹岸石山连绵不断，奇峰围映，是漓江风光的精华；望夫石、草坪帷幕、冠岩幽府、半边渡、鲤鱼挂壁、浪石风光、童子拜观音、八仙过江、九马画山、青峰倒影、兴坪佳境是人们必观的景点。

漓江蜿蜒在山水之间，穿梭在峇林山涧中，曲径通幽，碧波荡漾，构成了漓江独特的风景。漓江是一条有生命灵性的河流，在诗情画意中坚守着大自然赋予的那份写真浪漫。

第二节　象鼻山

象鼻山位于桂林市内桃花江与漓江汇流处，占地面积 11.88 万平方米，属于喀斯特地貌自然风景，是国家 5A 级旅游景区。象鼻山酷似巨象饮水得名，是桂林山水的象征，也是桂林旅游的标志山。山体巨大，象鼻和象腿之间约 150 平方米的圆洞，江水穿洞而过，如明月浮水。象鼻山主要景点有水月洞、象眼岩、普贤塔、云峰寺和太平天国革命遗址陈列馆等。水月洞紧靠漓江，山石垂入漓江水中如象鼻饮水，景致绝佳。"水底有明月，水上明月浮。水流月不去，月去水还流"。象鼻山水月与漓江东岸的穿月岩相对，一挂于天，一浮于水，形成"漓江双月"奇观。

第三节　龙脊梯田

龙脊梯田在桂林龙胜县东南部和平乡境内的龙脊山,是个规模宏大的梯田群,从山脚盘绕到山顶,小山如螺,大山似塔,高低错落,气势恢宏,非常壮观,有"梯田世界之冠"美誉。龙脊梯田始建于元朝,距今已有650多年历史,是广西重要景点之一。龙脊梯田如绿色的链条把山峰环绕成巨大的螺蛳,层层叠叠像仙扇半折半开,拓展蜿蜒跌宕起伏,萦绕盘旋上升,形成世界之最的梯田景观。

龙脊梯田梯,景色秀丽、如诗如画。穿越崇山峻岭,整齐有序,曲线态美,多彩多姿。有的山体像宝塔,有的梯田连片看像山鹰展翅,有的七星伴月、九龙五虎,有的典型梯形图形,大界千层天梯,西山韶乐、金佛顶,还有花边田等。

龙脊梯田,直上云端。春如云层银带,夏似绿波滚道,秋叠金字塔,冬像蛟龙戏水。龙脊在蓝天白云缭绕的山巅,万木葱茏林边到石壁崖绝顶,山高耸入云,步步登"天梯"。龙脊古壮寨保留着许多文物古迹,龙脊四宝(龙脊茶叶、龙脊辣椒、龙脊水酒、龙脊香糯)为天下一绝。龙脊水酒有"龙胜茅台"之称。

第九章　阳　朔

阳朔属喀斯特地貌,峰峦叠嶂,奇峰异石,风景秀丽。人们常说,"桂林山水甲天下,阳朔山水甲桂林"。阳朔影山浮水,峻岭峰立,平地拔起,千姿百态,形如人物、似走兽、若器皿、类飞禽,奇景绝世少有。阳朔山上竹木繁茂,四季常春,山山有洞,洞洞奇美,洞中乳石遍布,晶莹剔透,如艺术长廊,似天然迷宫。阳朔的水清澈透明,绿水悠长,以"山青、水秀、峰奇、洞美"四绝闻名于世。

阳朔西街是古镇中心文化街,历史悠久,距今已有1400多年。它是阳朔最古老、最繁华的街道,也是阳朔标志性重要景点。西街的建筑风格为明清时期的民居风格,古朴典雅,小青瓦、坡屋面、白粉墙、吊阳台,小家碧玉型的南方村镇建筑。有明城墙、碑刻、古寺、古亭、名人故居、纪念馆等古老的建筑。西街是一条充满中西合璧味道的老街,又称"洋人街",每年有超10万外国游客来此

游居达数月。

从水落村至阳朔，两岸土岭青葱，古老的村庄，依山傍水，保留着丰富的历史文化。幽静的巷道和精美的石雕，繁华的老街，风景各异。阳朔还有丰富的民俗文化、民间艺术表演，如漓江渔歌、苗族歌舞等。阳朔的《印象·刘三姐》是一场视觉盛宴。这些文化活动，充满了生活的气息，展示了当地人民才情特色。

九马画山

九马画山位于桂林市阳朔县，九峰相连，山面如削，石壁上有白、黄、灰、黑等色，呈现出马的画像，名九马画山。仔细端详九马形态各异，伫立、静卧、低头、饮水、昂首、嘶鸣、扬蹄、奔跑、翘尾。清代徐沄的《画山》诗云："自古山如画，而今画似山，马图呈九首，奇物在人间。"传说画山九马来自天宫，当年孙悟空不愿当弼马温，反下天宫后，神马走脱在此，不愿离去，成为画山奇景。

第十章　德天瀑布

德天瀑布位于大新县归春河上游，是国家 5A 级旅游景区、国家特级景点。德天瀑布是东南亚最大的天然瀑布，也是世界第二大跨国瀑布，距中越边境 53 号界碑 50 米。瀑布宽 100 多米，纵深 60 多米，与越南的板约瀑布连为一体，气势磅礴，银花飞溅，倾泻跌落，蔚为壮观。河水迂回曲折，流淌在参天古木间。江水至断崖飞流直下，犹如巨大的水龙，腾空出世，带起无数水柱滚滚洪流冲飞倾泻，涛声震荡，声若巨雷，数里可闻，仰望瀑顶，群峰浮动，瀑如海倾，如万斛明珠，水沫飞溅，震慑心魄。德天瀑布宏伟壮观，变幻莫测，碧水清流，永不涸歇。

瀑布四季景色不同。春天凌草泛青，山花吐艳，瀑布四周被镶起五彩缤纷的花边；夏天激流如龙，排山倒海，似万马奔腾而来；秋天梯田铺金，层林尽染，高挂的银帘雾气冲天；冬天琼珠闪闪，玉液潺潺，山风把细流吹得飘飘洒洒。归春河静静地流向越南绕回广西。

第二十九篇 西藏——世界屋脊

　　西藏，简称"藏"，是中华人民共和国行政自治区，首府拉萨。西藏位于青藏高原西南部，北邻新疆维吾尔自治区，东连四川省，东北紧靠青海省，东南连接云南省，与缅甸、印度、不丹、尼泊尔等国家毗邻，西与克什米尔地区接壤，是中国西南边陲的重要门户。北纬26° 50′至36° 53′，东经78° 25′至99° 06′之间。面积120.223万平方公里，下辖4个地级市、3个地区，4个市辖区。海拔在4000米以上，素有"世界屋脊"之称。西藏唐宋时称"吐蕃"等，清朝康熙年间起称"西藏"至今。

　　西藏是个圣洁的地方，天空辽阔，山峦的雄伟。西藏的人民淳朴善良，他们用笑容迎接八方来客，用双手传递着信仰的力量，双脚丈量着雪山的神圣。藏羚羊皮毛纺织出温暖的生活，用雪山融水浇灌美丽的爱情。西藏的历史悠久，它是中国古代文化的发源地之一，也是藏传佛教的发源地之一。这里古老的唐卡、神秘的经幡、宏伟的寺庙、无尽的转经筒，都为这片神圣的土地默默传送祝福。

　　西藏名胜古迹众多，有国家级重点文物保护单位27处，自治区级重点文物保护单位55处，地（市）、县级文物保护单位169处。国家级重点文物保护单位有：布达拉宫、桑耶寺、大昭寺、小昭寺、罗布林卡、甘丹寺，萨迦寺、扎什伦布寺，还有萨迦寺、托林寺、夏鲁寺、白居寺、昌珠寺、帕邦卡遗址、拉萨清真寺、桑丁寺等。

第一章　拉　萨

　　拉萨市别称逻些、日光城，是西藏的政治、经济、文化和科教中心，也是藏传佛教圣地、国家历史文化名城、雪域高原民族特色的国际旅游城市。面积 2.964 万平方千米。拉萨风光秀丽，历史悠久，风俗民情独特，宗教色彩浓厚。7 世纪，松赞干布统一全藏，将政治中心从山南迁到拉萨。西藏和平解放，拉萨成为自治区首府。拉萨荣获中国优秀旅游城市、欧洲游客最喜爱的旅游城市、全国文明城市、中国最具安全感城市、中国特色魅力城市、世界特色魅力城市等。全年日照时间在 3000 小时以上，素有"日光城"美誉。

第二章　布达拉宫

　　布达拉宫位于西藏拉萨市区西北的玛布日山上，为国家 5A 级景区、全国重点文物保护单位、世界文化遗产，是一座宫堡式建筑群，主体建筑为白宫和红宫两部分，外观 13 层。整座宫殿具有藏式风格，气势雄伟。布达拉宫始建于公元 7 世纪，是藏王松赞干布为远嫁西藏的唐朝文成公主而建。依山而建，现占地面积 41 万平方米，在拉萨海拔 3700 多米的红山上建造了 999 间房屋的宫宇——布达拉宫。宫体主楼 13 层，高 117 米，全部为石木结构；宫墙高 6 米，底宽 4.4 米，顶宽 2.8 米。5 座宫顶覆盖镏金铜瓦，金光灿烂，气势雄伟，是藏族古建筑艺术的精华，被誉为高原圣殿。壁画、木雕及建筑体现了藏族为主，汉、蒙、满各族能工巧匠高超的技艺。

　　白宫是达赖喇嘛的冬宫，也是原西藏地方政府的办事机构，高 7 层。位于第四层中央的东有寂圆满大殿，是布达拉宫白宫最大的殿堂，面积 717 平方米。

红宫，主要是达赖喇嘛的灵塔殿和各类佛殿，共有 8 座存放各世达赖喇嘛法体的灵塔，是五世达赖喇嘛灵塔殿的享堂，也是布达拉宫最大的殿堂，面积 725 平方米，内壁满绘壁画。

布达拉宫 300 余年来收藏大量极为丰富的历史文物。有 2500 余平方米的壁画、近千座佛塔、上万座塑像、上万幅唐卡（卷轴画），还有贝叶经、甘珠尔经等珍贵经文典集，表明历史上西藏地方政府与中央政府关系的明清两代皇帝封赐达赖喇嘛的金册、金印、玉印以及大量的金银品、瓷器、珐琅、玉器、锦缎品及工艺品，这些文物绚丽多彩、题材丰富。布达拉宫不仅是一座宏伟的建筑，更是一段历史，一种文化、一份信仰。它记载着西藏的历史沧桑与辉煌。

第三章 喜马拉雅山

喜马拉雅山是世界上海拔最高的山脉，被誉为"世界屋脊"，位于青藏高原南巅边缘、中国和尼泊尔交接处。它是东亚大陆与南亚大陆的天然界山，也是中国与印度、尼泊尔、不丹、巴基斯坦等国的天然国界。喜马拉雅山是由印澳板块与欧亚大陆板块碰撞形成的。全长约 2450 千米，宽在 200—300 千米间，主峰为珠穆朗玛峰，海拔 8848.86 米。喜马拉雅山脉分为四条山带，从南至北为亚喜马拉雅山脉、低喜马拉雅山脉、大喜马拉雅山脉、西藏喜马拉雅山脉。

喜马拉雅山拥有 110 多座山峰，高达或超过海拔 7350 米，著名山峰，有珠穆朗玛峰、希夏邦马峰、卓奥友峰。在山脉西侧地势开阔的高原面和若干宽谷盆地，大部分地区在海拔 4500—5200 米间，地势向北和向东倾斜。而南侧地势急剧下降到海拔 3500—3000 米以下，呈现出雄伟壮观的高山深谷地貌。而南侧地势急剧下降到海拔 3500—3000 米以下，呈现出雄伟壮观的高山深谷地貌。喜马拉雅山脉是世界自然遗产的重要部分，展现出令人惊叹的自然风光和壮丽美景，还有深不可测的河流峡谷和生态联系的系列海拔带。

第四章　雅鲁藏布江

雅鲁藏布江藏语中意为"高山流下的雪水"，梵语中布拉马普特拉河意为"梵天之子"，是中国最长的高原河流，位于西藏自治区境内，也是世界上海拔最高的大河之一，发源于西藏西南部喜马拉雅山北麓的杰马央宗冰川，上游被称为马泉河。雅鲁藏布江从海拔 5300 米以上的喜马拉雅山脉中段北坡冰雪山岭发源，自西向东奔流于号称"世界屋脊"的青藏高原南部，流出国境，改称布拉马普特拉河，经印度、孟加拉国注入孟加拉湾。雅鲁藏布江大峡谷是世界第一大峡谷。雅鲁藏布江像一条银色的巨龙，静静地躺在深谷里。其壮丽的自然景色和独特的生态环境使之成为西藏的一颗明珠，吸引着无数人前来欣赏其壮美风光。雅鲁藏布江，下游布拉马普特拉河，是亚洲主要大河之一，全长 3,848 公里，流经中国、印度和孟加拉国三国，流域面积超过 71 万公里，被藏族视为"摇篮"和"母亲河"。

第五章　大昭寺

大昭寺，又名祖拉康，位于拉萨老城区中心，是一座藏传佛教寺院，由藏王松赞干布建造，是拉萨的"圣地"。大昭寺已有 1300 多年的历史，在藏传佛教中拥有至高无上的地位。大昭寺是西藏最辉煌吐蕃时期的建筑，也是西藏最早的土木结构建筑，开创了藏式平川式的寺庙市局规式。大昭寺融合了藏、唐、尼泊尔、印度的建筑风格，成为藏式宗教建筑的千古典范。主殿是坐东面西的，主殿高四层，两侧列有配殿，佛殿主要有释迦牟尼殿、宗喀巴大师殿、松赞干布殿、班旦拉姆殿、神羊热姆杰姆殿、藏王殿等。寺内拥有各种木雕、壁画。大昭寺殿高 4 层，整个建筑金顶、斗拱为典型的汉族风格。碉楼、雕梁则是西藏样式，主殿二三层檐下有排列成行的 103 个木雕伏兽和人面狮身，寺内有长近千米的藏式壁画《文成公主进藏图》和《大昭寺修建图》。

大昭寺香火缭绕，信徒们虔诚地叩拜在门前的青石地板上留下了深深印痕。万盏酥油灯长明，留下了岁月和朝圣者的痕迹。藏教信徒们通过修行、念经、拜佛等方式来追求心灵的净化和精神的升华。

第六章 扎什伦布寺

扎什伦布寺位于西藏自治区日喀则市尼色日山脚下，是国家 5A 级旅游景区、国家重点文物保护单位。扎什伦布寺与拉萨的三大寺噶丹寺、色拉寺、哲蚌寺合称为藏传佛教格鲁派的四大寺院。扎什伦布寺是全国著名的藏传佛教格鲁派的六大寺之一，也是中国著名的藏传佛教寺院之一。扎什伦布寺，意为"吉祥须弥寺"，全名意为"吉祥须弥聚福殊胜诸方州"，始建于明正统十二年 (1447 年)，后多有扩建修缮。扎什伦布寺是西藏日喀则地区最大的寺庙，位于日喀则市城西的尼玛山东面山坡上，占地面积 15 万平方米左右，周围筑有宫墙，宫墙沿山势蜿蜒迤逦，周长 3000 多米。寺内有经堂 57 间，房屋 3600 间。整个寺院依山坡而筑，背附高山，坐北地向阳，殿宇依次递接，疏密均衡，和谐对称。

第七章 纳木错

纳木错位于西藏自治区拉萨市当雄县和那曲地区班戈县之间，是西藏三大圣湖之一、中国第三大的咸水湖。纳木错湖像一颗熠熠生辉绿宝石镶嵌在藏北高原上。晨曦薄雾笼罩，犹如西施浣纱的罗裙，轻拂飘动，微风带着寒意吹过，清醒扑在人们脸上，满心兴奋踏上前程的路。如镜的纳木错湖面，波光粼粼，碧水荡漾，

倒映着山峦云海还有湖边行人的身影。清澈的湖水与蔚蓝的天空交相辉映，宛如一幅 3D 美画卷。

夕阳余晖洒在纳木错湖上，霞光万道，金光四射。乌金西沉，玉兔东升；月光皎洁，星空灿烂。夜幕下的纳木错，静怡安详，湖水如银，万籁俱寂。伫立在湖边，眺望深邃的苍穹，思绪奔腾翻滚，目睹了纳木错韵味魅力，仿佛看到了古老的传说，仙子起舞，百鸟朝凤。纳木错你是西藏高原瑰丽源泉，千年涌唱，万年流淌，永远熠熠生辉滋润着广袤的高原。

第八章　拉萨清真寺

清真寺位于西藏自治区拉萨市城关区，始建于明朝洪武年间，是藏传伊斯兰教的重要寺院之一，也是宗教活动的中心、文化和社交活动的场所。寺院建筑风格独特，融合了藏式和伊斯兰文化元素。大殿采用藏式建筑风格，外观呈金黄色，气势恢宏。殿内装饰精美，彩绘和雕刻技艺高超。在建筑细节上，如穹顶、拱门和尖塔等，都体现了浓厚的伊斯兰风格。

清真寺大殿是核心区域，供信徒进行礼拜、诵经等活动。殿内装饰华丽，中央设有讲经台，是阿訇讲经、主持宗教仪式的地方。整个寺院布局严谨，功能划分明确，体现了藏传伊斯兰教的文化特色。拉萨清真寺在社会、文化和宗教活动中发挥着重要作用。作为藏传伊斯兰教的中心，定期举办各种宗教仪式和活动，如礼拜、古尔邦节等，有大量信徒参与增进友谊，促进交流。

第九章　甘丹寺

　　甘丹寺，又名噶丹寺，全称为噶丹朗杰林，坐落在拉萨市区东面达孜区境内，拉萨河南岸旺波尔山坳，海拔 3800 米，是国家重点文物保护单位。它由黄教创始人宗喀巴亲自主持修建，建筑面积 3 万余平方米，距今有 600 多年的历史。设有措钦大殿、宗喀巴寝殿、羊八键经院、宗喀巴灵塔殿等殿堂，有夏孜、绛孜两个扎仓（经学院），扎仓下面为康村，有的康村下面再设密村。甘丹寺在宗教、建筑、艺术等方面都占有重要地位，是黄教格鲁派六大寺之首，与哲蚌寺、色拉寺合称拉萨"三大寺"，是黄教六大寺之一。

第十章　罗布林卡

　　罗布林卡，藏语意为"宝贝园林"，是达赖喇嘛的夏宫，位于拉萨市西郊，占地面积 36 万平方米，有大小 400 余套房间，重要建筑有，乌绕颇章（凉亭宫）、格桑颇章（达赖早朝的地方）、缺扎（达赖读经书地方）、曲然（喇嘛讲经场）。它是西藏最具有皇家气派的园林，也是拉萨著名的旅游景点之一。罗布林卡邻近拉萨河，环境幽雅，自然风光独特，广阔的草坪、茂密的树林、丰富的花卉、清澈的溪流都有着一种圣洁的美。

　　罗布林卡的建造始于 18 世纪中叶，由七世达赖格桑嘉措亲自设计和指导，历经 20 多年才完成。罗布林卡的建筑风格独特，雄伟壮丽、精美绝伦，雕刻技艺卓越，园林布局精巧，既有西藏传统建筑的特色，又有汉族建筑的优点。罗布林卡作为西藏重要的旅游景点之一，每年吸引着大量国内外的人前来参观游览，欣赏藏族传统的建筑，了解西藏历史和文化，感受藏族人民的热情好客和淳朴民风。

第十一章　桑耶寺

　　桑耶寺又名存想寺、无边寺，位于西藏自治区山南地区扎囊县桑耶镇境内，雅鲁藏布江北岸的哈布山下，是国家 4A 级旅游景区。桑耶寺始建于公元 8 世纪吐蕃王朝时期，是西藏第一座剃度僧人出家的寺院。寺内建筑按佛教的宇宙观进行布局，中心佛殿兼有藏族、汉族、印度三种风格，被称作三样寺。桑耶寺按照佛经中的大千世界布局：宏伟的乌孜大殿代表世界中心须弥山；太阳、月亮两殿象征宇宙中的日、月两轮；乌孜大殿四角的四座佛塔代表四大罗汉，佛塔为蓝、青、红、白四种颜色，分别代表释迦牟尼出生、出家、成佛、涅槃四个过程；在东、南、西、北四面接近围墙大门的地方，分别建造了江白林、阿雅巴律林、强巴林、桑结林四座神殿，代表佛经上所谓四海中的四大部洲。大殿周围均匀分布有八小殿，表示四海中的八小洲；环绕寺院的椭圆形围墙象征了世界外围的铁围山。

第十二章　古格王遗址

　　古格王遗址是国家重点文物保护单位，位于西藏自治区阿里地区札达县札布让区 2000 米以外的一座土山上，是吐蕃王朝王室后人在 10 世纪前后建立古格王朝的建筑遗址群，是著名历史遗址之一。距札达县城约 18 千米，占地总面积 72 万平方米，约建于公元 10 世纪前后，始祖德祖衮为吐蕃赞普朗达玛的后裔。从山脚到山顶高 300 余米，有房屋、佛塔和洞窟等 600 余座。保存较好的有寺庙、殿堂 5 座。寺内残留有泥塑佛像和壁画，以及历代吐蕃赞普和王子的画像。遗址周围散布铁盔甲、马甲、盾牌、箭镞等遗物。

第三十篇 宁夏——塞上江南

　　宁夏回族自治区，简称"宁"，中华人民共和国省级行政区，首府银川市，是中国五大少数民族自治区之一。它位于中国西北内陆地区，东邻陕西省，西北接内蒙古，南连甘肃省。地势南高北低，呈阶梯状下降，全区属温带大陆性干旱、半干旱气候。北纬35° 14'~39° 23'，东经104° 17'~107° 39'。总面积6.64万平方千米。下辖5个地级市，宁夏是中华文明的发祥地之一，位于"丝绸之路"上，是东西部交通贸易的重要通道。3万年前，宁夏就已有了人类生息的痕迹。公元1038年，党项族的首领李元昊在此建立了西夏王朝，形成了西夏文化，古今称"塞上江南"。

　　宁夏历史文化深厚，旅游资源丰富，有宁夏红军长征会师地、陕甘宁革命旧址、中国长城博物馆、古长城遗址、水洞遗址、远古岩画、西夏王陵、西部影城、贺兰公园、黄沙古渡、鸣翠湿地、宁夏酒堡、大漠星空、六朝长城、千年灌渠、丝路古道、沙湖鸟国、青铜长峡、沙坡鸣钟、火石丹霞、固原梯田、红色六盘、科创宁东等景点。

第一章　银　川

　　银川市是宁夏回族自治区军事、政治、经济、文化科研、交通和金融商业中心，以轻纺工业为主，机械、化工、建材工业协调发展的综合性工业城市。银川西倚贺兰山、东临黄河，是发展中区域中心城市，有着悠久的历史。塞上古城是西夏王朝的首都，也是国家历史文化名城。民间称其为"凤凰城"，古称"兴庆府""宁夏城"。银川是全国文明城市、国家卫生城市、国家园林城市、国家环保模范城市，荣获中国人居环境范例奖，被评为"中国十大新天府"等。

　　银川历史文化内涵丰厚，银川鼓楼始建于明代，是银川的象征性建筑古迹之一。"拱极迎恩宗圣贤，来薰挹爽德长传。乾坤辟阖福为首，十字鼓楼春占先"。南北塔是明代南北文化交流的见证。巩义古堡，是明代抗击东北女真族的重要军事据点。西夏王陵是西夏历代君主的陵墓建筑遗存。沙湖国家旅游度假区，以沙漠文化吸引众人观光。

第二章　六盘山

　　六盘山是中国工农红军长征翻越的最后一座大山，因此也被称为"胜利之山"。六盘山的青石嘴，是毛主席亲自部署指挥战斗的地方，并写下了不朽的诗篇《清平乐·六盘山》，"天高云淡，望断南飞雁。不到长城非好汉，屈指行程二万。六盘山上高峰，红旗漫卷西风。今日长缨在手，何时缚住苍龙？"1935年10月7日，毛主席率领中国工农红军陕甘支队登上了六盘山，并突袭了敌门炳岳骑兵第十三团物资两个连。1936年10月22日，红一、红四方面军在六盘山地区的将台堡（今属宁夏西吉县）胜利会师。至此，历时两年之久转战14省的伟大万里长征宣告胜利结束了。

六盘山是国家森林公园、避暑胜地。"青山黛秀溪水流，苍林滴翠幽谷寂"。这里山峦起伏，奇峰幽谷，森林密布，是个天然的大氧吧。在六盘山中，仿佛在云端飘拂，仙雾层层，触手可及，宛如天界，与尘世相隔。置身青山绿水间，是大自然赋予的一幅幅生动的山水画。溪流千回百转，飞瀑若隐若现，陡峭挺拔的山峰高耸入云，每座山峰都有独特的形态和景观。幽谷中的小溪，清澈见底，在山石间潺潺流淌，溪边缀饰着满天星似的小野花争相开放。不时会看到野生动物留步溪边喝水，为这片山水图增添了生机活力。这温婉秀美的画面，令人看了有一种难比拟的清新愉悦。

第三章　贺兰山岩画

贺兰山岩画是一种古代岩画，主要分布在宁夏银川市贺兰山东麓，自北向南，在宁北山、黑石峁、贺兰口、苦井沟、大麦地等27处都有岩画遗存，总计有组合图画5000组以上、单体图像2.7万多幅。这些岩画记录了远古人类万年前放牧、狩猎、祭祀、征战、娱舞、交媾等生产生活场景，成为研究远古人类文化史、原始艺术史的文化宝库。

贺兰山岩画是匈奴、鲜卑、突厥、回鹘、吐蕃、党项等北方少数民族的繁衍生息的地方。这些岩画磨刻和凿刻，使用的颜料主要是黑色，少数使用了红色或白色。他们把生活的场景凿刻在贺兰山的岩石上，表现了他们对美好生活的向往与追求。这些岩画有个体图像和组合画面，有人物像、人面像，动物、天体、植物符号和不明含义的符号，还有描绘游牧、狩猎、械斗、舞蹈、杂技等场景的画面。其中最著名的"太阳神"岩画磨刻在距地面几十米处的石壁上，头部有放射形线条，面部呈圆形，重环双眼，看上去很威武。"自然崇拜太阳神，祭祀馨香紫气蒸。远古高岩开八景，图腾妙蒂悟三乘"。这些岩画不仅记录了远古先人，依山而居、执石劳作，游牧生活，狩猎场景，也为研究西夏文化提供了资料。

第四章　水洞遗址

　　水洞遗址位于宁夏灵武市临河镇水洞沟村，是宁夏境内最早人类活动遗址之一。水洞沟遗址于 1920 年由比利时人肯特发现，1960 年起被发掘，是中国最早发掘的旧石器时代晚期遗址之一。水洞沟遗址为沙漠中的台地，三面环沙，西面开阔。在遗址中出土了大量的石器和动物化石，以及许多鸵鸟蛋皮碎片装饰物。水洞沟遗址的原始家园 1–2 号遗址，通过演出《疯狂原始人》，钻木取火、打制石器等研学项目，让人们身临其境回到史前，体验了解历史文化。

　　水洞遗址，是人类在宁夏繁衍生息地区，也是人类早期文明的发源地之一。水洞沟遗址，属黄河一级支流，发源于宁夏灵武市与盐池县交界处的宝塔，在明长城南侧拐弯，流经鄂托克前旗西角的上海庙镇的芒哈图后入黄河干流，全长 60 公里，两岸为棕钙土。由于沿河有泉水溢出，形成许多小洞，故被称为"水洞沟"。水洞遗址是国家重点文物保护单位、中国史前考古的发祥地等。水洞沟遗址是人类智慧勤劳的进化。"芦荡鸳鸯碧水欣，红山沙枣散清芬。藏兵仙洞隐边月，土岸长城锁白云"。水洞沟遗址是中华古文化重要载体。

第五章　沙湖鸟国

　　沙湖鸟国位于宁夏石嘴山市平罗县境内。沙湖鸟国景区是国家级自然保护区、国家 5A 级旅游景区、国家沙漠生态自然保护区、国际重要湿地，以沙、水、苇、鸟、山自然生态五大景观为特色。景区内栖息着白鹤、黑鹤、天鹅、灰鹤、麻鸭、黑颈鹤、丹顶鹤等十数种珍稀鸟类，是西北地区最适宜鹭鸟繁殖的湖泊，每年都吸引着数以万计的候鸟前来繁衍生息，被誉为"沙湖鸟国"。

"风和日丽芦花飘，蓝天白云碧水蓝。渔歌清脆惊白鹭，欢笑满船逐波来"。沙湖有浩瀚的沙漠，又有清澈的湖泊；有繁茂的苇荡，又有丰盛的鱼鸟。沙湖上空众鸟自由翱翔，天鹅展翅高飞，鹭鸶扎进水里捕鱼，麻鸭尽情戏水，丹顶鹤腾空遨游，好一派生态热闹繁荣景象！沙湖的美，是人与自然和谐共生的美，是黄沙与绿水添色的美，是生态江山壮丽的美。这里是鸟的王国、人类的福地、中华民族的瑰宝。

第六章　隋唐石门关

隋唐石门关位于固原须弥山下寺口子，是古丝绸之路东段北道必经之关隘。它经历北周、隋、唐大规模的开凿和兴盛。据史书记载，隋文帝开皇十五年（595年），在此设立了石门关，掌控丝绸之路的交通。唐代时，唐太宗李世民曾在贞观二十年（646年）派遣大将李靖出征石门关，平定了西域部落，设置了石门县，加强对丝绸之路的控制。现有窟室162个，保存相对完整的造像360余尊。唐王朝在原州设有石门、驿藏、制胜、石峡、木峡、六盘、木等关。作为原州七关之一的石门关，是长安经成阳县驿出发西北行，经醴泉、乾县东到彬县，沿泾水河谷北进，过长武、泾川、平凉，进入固原三关口，过瓦亭关，北上原州至凉州的必经之地。

隋唐石门关是中原王朝与西域之间交通重要关隘，是历代王朝兵家必争之地。隋唐石门关面积56万平米，城墙宽9米，有6门。内城面积43200平方米，当地群众俗称紫禁城。石门关是六盘山一线南北的两个关隘，都是原州七关之中的险关，是隋代突厥南下中原的要道。宋、夏曾在这里多次发生过战争。隋唐石门关，至今保存了北周、隋、唐等时期的艺术风格，是中华民族珍贵的历史文化遗产。

第七章　火石寨丹霞

　　火石寨国家地质公园位于西吉县境内，海拔 1960—2650 米，是中国北方发育最为典型、海拔最高的丹霞地貌。山势雄浑，沟壑纵横，山体裸露的红砂岩石，苍翠掩红，胜似江南。暗红色的丹霞在原始森林的掩映下，宛如火焰。奇山、怪石、险峰和茂树，被称为火石寨"四绝"。走进怪石遍野的褐红世界，擎天柱映入眼帘，数十人不能环抱，高耸入云，直通天际。传说盘古开天地无法分离。盘古就将自己的开天斧，折成四截撑起天，擎天柱就是其中一节。

　　火石寨石窟，始建于北魏、兴盛于隋唐的，历代扩修的石窟群有 10 余处 120 多孔洞，是宁夏凿建最早的石窟群之一。石寺山三面绝壁，呈 85 度倾角壁立山侧，岩体裸露，由于风雨侵蚀，形成奇峰怪石，高耸入云，临崖悬空，千姿百态。公园内有白垩纪的鱼、昆虫、植物等化石。丹霞地貌随四季景致变化，暖春丹山绰约温婉，云雾缭绕；盛夏山色鲜亮，灿若明霞；深秋山若赤壁，层叠重重，好似一幅画卷；隆冬白雪压顶，红崖片丹，霞染千山。登临火石寨的云台金顶，脚下丹山白云，远眺黄土碧波，感受火石丹霞别样的魅力。

第八章　西部影城

　　西部影城是国家 5A 级旅游景区、中国最佳旅游景区、中国最受欢迎旅游目的地、中国文化产业成功的典范之一，是"宁夏之宝"。西部影城以古朴、荒凉、原始、粗犷、民间化特色，拍摄了《牧马人》《红高粱》《大话西游之月光宝盒》等经典影视片 100 余部，近年又拍《刺陵》《锦衣卫》《月光宝盒》等片，拥有各类影视片场景 140 余处，是中国影视选景最多的地方，享有"中国电影从这里走向世界"。2008 年 3 月，被称为"国家级非物质文化遗产代表作名录项目保护性开发综合实验基地"。西部影城历经数百年沧桑，以其雄浑、古朴的风格，成为贺兰山的艺术宝地。《牧马人》《红高粱》《黄河谣》《五魁》《五个女人与一根绳子》《方世玉之英雄出少年》《东邪西毒》《老人与狗》《荒原女神》《征服者》《冥王星行动》等许多影片荣获国内外大奖，都在西部影城留下足印。

第九章　宁夏酒堡

宁夏酒堡葡萄酒并非舶来品，早在 9000 多年前，中国就有了葡萄酒的历史，比波斯葡萄酒早 1000 多年。"葡萄美酒夜光杯，欲饮琵琶马上催"是中华古文化葡萄酒的写照。西夏王葡萄酒业（集团）有限公司，西夏王的葡萄酒品牌产品主要有：西夏王"霞多丽"干白、西夏王"沙漠豪情"橡木桶干红、西夏王"四星名府"干红和西夏王"玉泉庄园"冰白葡萄酒。张裕摩塞尔十五世酒庄是集葡萄种植、高端葡萄酒生产、葡萄酒文化展示、葡萄酒旅游、葡萄酒品鉴及葡萄酒主题会所于一体的综合性酒庄。张裕摩塞尔十五世酒庄顶级葡萄酒是由 85% 的赤霞珠、10% 的梅鹿辄和 5% 的西拉混酿而成，需在 60% 新的橡木桶中陈年 12 个月。英国著名酒商 BBR 伦敦名酒专卖店的货架上也有赤霞珠与梅洛混酿的葡萄酒。贺兰晴雪是与黄沙古渡、官桥柳色等齐名的宁夏八景之一。贺兰晴雪酒庄引种法国 16 个品系的酿酒葡萄，种植面积 200 多亩，拥有地下酒窖 1,000 平米。

第十章　鸣翠湖湿地

银川鸣翠湖国家湿地公园位于银川市兴庆区掌政镇境内，是国家湿地公园、中国生态保护最佳湿地，也是西部地区黄河流域首家湿地公园，享有"中国最美

六大湿地公园之一"美誉。鸣翠湖为明代长湖之中段，因苇丛摇绿，鸟啼其间，故名曰鸣翠湖。"湖光戏柳，草树烟绵，百鸟翔集，鱼跃其间"。不是江南，胜似江南。鸣翠湖总占地面积 10000 余亩，是银川最大的自然湿地保护区。这里植物丰富，有维管植物 109 种、水生浮游植物 69 种。鸟类众多，野生鸟类共 97 种，如国家一级保护鸟类大鸨、中华秋沙鸭、黑鹳、白尾海雕；国家二级保护鸟类大天鹅、小天鹅、鸳鸯等 14 种。每逢春夏，成千上万只鸟在这里栖息繁衍，成为鸟的乐园。

第三十一篇 新疆——歌舞神州

　　新疆维吾尔自治区，简称"新"，是中华人民共和国自治区，首府乌鲁木齐市，面积 166.49 万平方千米。新疆地处亚欧大陆腹地，与俄罗斯、哈萨克斯坦、吉尔吉斯斯坦、塔吉克斯坦、巴基斯坦、蒙古、印度、阿富汗八国接壤，是第二座"亚欧大陆桥"的必经之地，战略位置十分重要。东经 73° 40' 至 96° 18'，北纬 34° 25' 至 48° 10' 之间。西汉神爵二年（公元前 60 年），西汉在乌垒设立西域都护府，标志着新疆地区正式纳入中国版图。清光绪十年（1884 年），清政府在新疆设省，改西域为新疆，取"故土新归"之意。新疆和平解放成立新疆维吾尔自治区。下辖 4 个地级市、5 个地区、5 个自治州、12 个自治区直辖县级市。

　　新疆少数民族成分多，有汉族、维吾尔族、哈萨克族、回族、蒙古族、柯尔克孜族、锡伯族、塔吉克族、乌孜别克族、满族、达斡尔族、塔塔尔族、俄罗斯族等民族。新疆风景优美，有山川、草原、湖泊。新疆水果，有葡萄、哈密瓜等，美食非常独特，有烤馕、大盘鸡、烤全羊、烤包子、椒麻鸡，还有手抓饭、馕包肉、熏肉、马肠子、大盘肚、羊杂碎、米肠子、面肺子等。

第一章　乌鲁木齐

　　乌鲁木齐是新疆维吾尔自治区的政治、经济和文化中心、Ⅰ型大城市、国家重要中心城市、中亚西亚的国际商贸中心。乌鲁木齐地处中国西北地区、新疆中部、亚欧大陆中心、天山山脉中段北麓、准噶尔盆地南缘,有"亚心之都"之称,是第二座亚欧大陆桥中国西部桥头堡和我国向西开放的重要门户。总面积1.38万平方千米。乌鲁木齐三面环山,历史悠久,是古丝绸之路上的重镇,也是东西方文化的交融之地。乌鲁木齐是全疆工业制造和商贸服务中心,是全国文明城市、全国民族团结进步示范市、全国双拥模范城、国家园林城市、中国优秀旅游城市、中国十佳冰雪旅游城市等。

　　乌鲁木齐东有吐哈油田,南有塔里木油田,北有准东油田,西有克拉玛依油田。地下煤炭储量在百亿吨以上,有"油海煤城"之称。还有湖盐、芒硝、石膏、油页岩、铜、锰、铁矿等。

第二章　伊　犁

　　伊犁因得伊犁河著名,是副省级自治州。伊犁历史悠久,文化发达,民族众多。伊犁被誉为"塞外江南""中亚湿岛""花城",有哈萨克、汉、维吾尔、回、蒙古、锡伯等47个民族。伊犁是个无尽魅力的城市,淳朴纯净,风景优美,有雪山、湖泊、草原、森林,还有杏花林等自然景观,是中国特色魅力城市、中国陆地通商口岸。有新疆生产建设兵团农业第四、七、八、九、十师,新疆矿冶局、天西林业局、阿山林业局、新疆卷烟厂、阿希金矿等一批中央和自治区直属单位等。

　　在远在汉代,伊犁就以"伊列"之名载入《汉书》,据《西陲总统事略》载,

乾隆二十年 (1755 年) 年平定准噶尔 , 定名伊犁 , 盖取《唐书》伊丽水而名之。伊犁河上游地区是伊犁塞人活动中心，伊犁塞人创造了伊犁青铜器时代的文明，尼勒克县、昭苏、特克斯、新源、巩留、尼勒克、察布查尔等地出土的青铜武士像、三足铜斧、四兽足铜盘等精美的铜制器皿展现了伊犁塞人铸造技术。

第三章 喀纳斯湖

喀纳斯湖位于新疆阿勒泰地区，被誉为"人间仙境"、中国最美的湖泊之一。喀纳斯湖周边原始森林、草原、雪山景色非常壮观。喀纳斯湖的历史文化遗迹丰富，民俗风情独特的冰碛堰塞湖。由喀纳斯、白哈巴、禾木三部分组成，湖水清澈，水随光影景物变换颜色。天空湛蓝，白云朵朵，丛林层叠，绚丽多彩。新月的湖形，东岸为弯月的内侧，沿岸有 6 道向湖心凸出的平台，形成井然有序的 6 道湾。历史上"湖怪"的传说也增添了几分神秘感。

清晨，湖上弥漫着雾气，宛如娇羞的少女沐浴晨光，躺在湖面上楚楚动人。湖水随波晃动，金灿灿闪着耀眼的光芒，湖畔吹来阵阵花草清香，令人舒适惬意。中午，艳阳高照，湖如明镜，帆船掠过，惊飞野鸭，湖光山色倒映水中，平添一幅色彩斑斓的山水画卷。湖边绿树成荫，人们在树下歇脚，纳凉避暑。傍晚，夕阳余晖洒在湖上，涂染了山林万物。夜幕下湖面变得宁静安详。月亮高挂在天空，皎洁的月光洒在湖上，微风拂过，泛起阵阵涟漪。喀纳斯湖静怡深沉的美是最触动心灵的牵挂。

第四章 天 山

天山是中国的五大山脉之一，也是世界上最高的山脉之一，它是中亚东部

地区的一条大山脉，横贯中国新疆的中部，西端伸入哈萨克斯坦。绵延中国境内 1700 千米，占地面积 57 万多平方公里。浩瀚的山脉，延绵的雪山，峰顶白雪皑皑。新疆的三条大河锡尔河、楚河、伊犁河，都发源于此山。天山的山脉把新疆分成两部分：南边是塔里木盆地，北边是准噶尔盆地。新疆盛产天山雪莲和珍奇名贵草药。天山，像一幅巨大的画卷，铺展在无尽的蓝天下。那高耸入云的雄姿，宛如一位王者，矗立在这片土地上，守卫着天山。

天山的山峰高耸入云，峭壁悬崖，仿佛是刀削斧砍的一般。山间云雾缭绕，犹如仙境般的美丽。雪峰在阳光照耀下熠熠生辉，雪景延伸，覆盖着一片片茂密的森林。那些参天的松树、杉树隐藏在深山老林，屹立千年不倒。山谷中，溪流潺潺，水源丰富，绿草如茵，成群的牛羊在草地上悠闲地啃食着嫩草。远处的天山雪峰，在蓝天的映衬下，壮美如画。天山动物和生物资源蕴藏丰富，野生珍稀动物频现；珍贵的草药，有天山雪莲、高山党参等。另外，还有丰富的矿产资源，如煤、铁、铜等。天山是丝绸之路的重要通道，也是中原文化和西域文化的交会之地。这里有独特的文化遗产，古老的岩画、石刻等文物，都是天山文化的瑰宝。站在天山之巅，俯瞰广袤的草原，不禁感叹大自然的神奇与博大。

第五章　那拉提

那拉提旅游风景区位于新疆维吾尔自治区新源县境内，是国家 5A 级风景区、国家级旅游度假区，面积为 1848 平方千米。那拉提草原历史悠久，是古丝绸之路重要通道之一。景区由草原观光区、哈萨克民俗风情区、旅游生活区组成。这里草原、沟谷、森林植物覆盖高，野生动物、植物资源丰富，被誉为"天山绿岛""绿色家园""五彩草原"。景点有天界台、游牧人家、塔吾萨尼、天仙台、沃尔塔观景台、雪莲谷等景观。那拉提是中国六大最美的草原之一，也是世界四大高山河谷草原之一。那拉提草原，是绿色的海洋，是生命的摇。草地上朵朵野花犹如星点珍珠，散落在绿色的地毯上，增添了一抹亮丽的色彩。

那拉提草原，三面环山、森林茂密、河流纵横、山谷平坦。景区"鹿苑"与河流、山谷、山峰、深峡，交相辉映。那拉提草原景色优美，蓝天白云下，一望无际的草原上，牛羊成群。这里是哈萨克民族的集聚地，他们住着毡房、骑马、射箭、挤羊奶，能歌善舞。

第六章　赛里木湖

赛里木湖是天山山脉中一个美丽的高山湖泊，风景魅力无疆，清澈的湖泊被雪山环抱，拥有"大西洋最后一滴眼泪"的美称。景区由草原游牧区域、环湖风光区域、生态景观保育区、珍稀鸟类栖息地等功能区组成。赛里木湖水，清澈如镜，透明度可高达 12 米。湖畔绿草如茵，牛羊成群。蓝天白云衬托着绿色的草地，充满了诗情画意，美不胜收。古时候，赛里木湖被称为"净海"，是古代丝绸之路北道的一个重镇。这里是成吉思汗点将征战的地方，留下了许多历史遗迹。赛里木湖的生态景观也十分独特。这里有着丰富的生物资源，包括冷水鱼、天鹅、珍稀鸟类。

据说赛里木湖中藏着一个巨大的宝藏。宝藏的故事跟一个神话传说有关，传说赛里木湖曾经是一个美丽的王国，水质异常清澈纯净，有脱胎换骨之神效。有一天，瑶池仙女从此路过，被美丽的湖水吸引，便常来湖里沐浴。湖里有一只怪兽大角多须的青羊，认为仙女侵犯了它的领地，便兴风作浪，把赛里木湖搅得天翻地覆，湖水翻腾浑浊得如泥浆，流到岸上祸及百姓。观世音菩萨普度众生，降服了大角多须青羊，阻止了水患，并用法宝把大角多须青羊镇压在湖底永绝后患，再用杨柳净瓶仙水，撒在赛里木湖里。湖水瞬间变得清澈透明，更胜从前。人们为感谢观世音菩萨救灾救难的功德，把赛里木湖叫作"净海"。

第七章　阿勒泰

　　阿勒泰风景区是新疆最著名的景点之一，包括喀纳斯湖、禾木村、白哈巴村、月亮湾等景点，是国家5A级景区、国家地质公园。阿勒泰还有着丰富的人文景观。中俄老码头风情街是阿勒泰地区具有历史和文化价值的景点，这里保存了大量的俄式建筑和历史遗迹，让人领略到中俄文化的交融。乌伦古湖也是阿勒泰的一个重要景点，是新疆的四大名湖之一。这里湖水清澈，沙滩平缓，生态良好，是观赏水鸟和体验自然风光的好去处。

　　阿勒泰拥有许多名胜古迹，历史文化悠久、风景独特。著名的是喀纳斯湖和禾木村。喀纳斯湖畔，山水相依，景色宜人。湖面碧波荡漾，周围群山环绕，林木茂密。在这里，你可以感受到大自然的神奇和美丽。禾木村则是阿勒泰地区另一有代表性的景点，保存了大量的原始森林和传统民居。阿勒泰还有许多名胜古迹，如福海景区、白沙湖景区等，每一个景点都有着自己独特的魅力和特色。阿勒泰的美食很有特色，如羊肉串、大盘鸡、手抓饭、烤包子、油糕、薄皮包子等。

第八章　葡萄沟

　　葡萄沟风景区位于吐鲁番市，是火焰山下的一个峡谷、国家5A风景旅游景区。沟谷悬崖对峙，崖壁陡峭，犹如屏障。沟内溪流环绕，水质纯净，有布依鲁克河流过，主要水源为高山融雪。葡萄沟是火焰山山谷中最大的一个沟谷，它像一条绿色的丝带，飘逸在盆地中央。葡萄沟溪流两侧，葡萄架遍布，葡萄藤蔓层层叠叠，绿意葱葱，四周是茂密的白杨林，是一个美丽而充满底蕴的地方。这里的葡萄诱人，文化历史独特。远处遥望，葡萄沟的景色就像一幅美丽的画卷。

绿色的葡萄藤蔓延开来，与周围的山坡和流水形成了一幅和谐的画面。置身在葡萄沟，仿佛畅游在葡萄的海洋。葡萄沟的民风乡情浓厚淳朴，幢幢农舍掩映在林荫下，错落有致地排列在缓坡上，满眼果树点缀其间，是夏天避暑好地方。葡萄沟是火洲的"桃花源"，葡萄沟的葡萄种类繁多，有甜美的红葡萄，也有清爽的白葡萄，还有适合酿酒的紫葡萄。这些葡萄口感极佳，营养丰富。这里的自然环境、土壤、气候、水分都为葡萄的生长提供了得天独厚的条件。葡萄沟历史悠久，文化底蕴深厚，是吐鲁番地区的重要组成部分。

第九章　喀什老城

　　喀什老城，街巷纵横交错，布局多变，民居大多为土木、砖木结构。传统民居已有几百年的历史，是中国唯一以伊斯兰文化为特色迷宫式老城区，也是新疆最具代表性的古城，有着丰富的历史文化遗产和独特的维吾尔民族风情，是国家5A级旅游景区、著名的旅游景点之一。老城内的建筑大多充满了伊斯兰和维族风情，风格统一。人们在老城街巷观光，犹如走进了中亚异域的感觉。喀什老城还是电影《追风筝的人》的取景地。

　　喀什老城，宗教氛围十分浓厚。保留下来最古老的维吾尔城区，如泥土房子、跨街楼等都非常独特。东侧河对面是中西亚国际贸易市场，是最著名的商场，有干果汇集、丝绸制品、精油、英吉沙小刀等新疆特产和手工艺品等。这里每一条街道都有自己的主题，名叫巴扎（维语指集市）。坎土曼巴扎（铁匠街）、朵帕巴扎（花帽街）、花盆巴扎、手工艺品巴扎、陶器巴扎等，各有特色。还有伊斯兰风情的茶馆，卖葡萄、馕、羊奶冰淇淋等特色小吃的摊贩，逛街时也可以吃吃逛逛，非常休闲惬意。

第十章　三五九旅屯垦纪念馆

三五九旅屯垦纪念馆位于新疆南部阿克苏地区的新疆生产建设兵团第一师阿拉尔市，总占地面积 35000 平方米，是爱国主义教育基地、国家第三批红色旅游经典景区、革命传统教育的红色旅游基地等。2016 年三五九旅屯垦纪念馆入选《全国红色旅游景点景区名录》；2018 年 4 月 13 日，入围"神奇西北 100 景"。纪念馆分 7 个区域、8 个展馆，分别是：西域屯垦，源远流长；英雄部队，功勋卓著；艰苦创业，屯垦荒原；五湖四海投身兵团；建设大军，铸就辉煌；中流砥柱，铜墙铁壁；建设城市，勾画家园；构建和谐，奔向小康等内容。再现了 20 世纪 50 年代以来新疆兵团军垦战士在塔里木屯垦戍边的艰苦历史。

三五九旅前身在土地革命时期是中国工农红军三大主力之一的红六军团；抗日战争时期是著名的八路军一二〇师三五九旅；解放战争时期，改编为中国人民解放军第一野战军一兵团第二军步兵五师。新疆解放后，奉毛泽东主席令，在塔里木盆地集体整编为新疆军区农业建设第一师，1954 年归入新疆生产建设兵团建制。"生在井冈山、长在南泥湾，转战数万里，屯垦在天山"，是对这支立过无数战功的英雄部队成长发展历史的概括。

第十一章　巴音布鲁克

巴音布鲁克景区位于新疆巴音郭楞蒙古自治州和静县西北部，地处天山中部南麓腹地，总面积约 1118.48 平方公里，是国家 5A 级旅游景区，以自然生态景观和人文景观为特色，被称为"绿色净土"，是全国最大亚高山高寒草甸草原所在地。景区包括"新疆·天山"世界自然遗产地之一、国家级天鹅自然保护区——

天鹅湖、中国绝品景点开都河九曲十八湾，中国首批特色景观旅游名镇、中国最美村镇——巴音布鲁克镇。景区有草原之恋、天鹅家园、扎克斯台观鸟台、巴润库热、巴西里克观景台、草原圣山塔格椤山、胡参库热等景观，是集山丘、盆地、草原、湿地为一体的生态旅游景区，素有"天山南麓最肥美的牧场"的美誉。巴音布鲁克还是西蒙古土尔扈特部落的东归之地，孕育了浓厚的地域文化、草原游牧文化。这里幅员辽阔，绿草茵茵，牛羊成群，群山环抱，河流如带，植物种类繁多，纵横交错的泉水宛如晶莹剔透的蓝宝石，与四周的雪岭冰峰交相辉映。

第十二章　金湖杨国家森林公园

金湖杨国家森林公园位于喀什地区泽普县，是国家 5A 级旅游景区、国家级森林公园。风景区内天然胡杨林面积广达 1.8 万亩。"胡杨、湖水、绿洲、戈壁"独特自然风貌向人们展示魅力无疆的美景。美丽的叶尔羌河，广阔的水域，神秘的原始胡杨林，良好的植被基地，动植物资源丰富。森林公园内建有金索桥、银索桥、游廊、蒙古包、多功能厅、跑马场、垂钓园、湖心岛和沙枣长廊、生态游泳池、金湖杨宾馆、运动培训基地、度假基地、老年人疗养基地。这里是摄影爱好者创作基地，有玉石、奇石文化体验基地等。

泽普是古丝绸之路的重要驿站，亚斯墩林场是历史上的古战场。唐代时属于阗国领土，盛行佛教，历史文化底蕴深厚。原始胡杨林保护完好，叶尔羌河与其分支环绕公园，具有两河加一岛的特色，在西北地区较为罕见。戈壁、昆仑雪山作为背景，环境优美整体性强，层次丰富，特点突出，并有良好的观景平台，能欣赏到整个自然风光。

第三十二篇　香港——东方之珠

　　香港，简称"港"，全称为中华人民共和国香港特别行政区，位于中国南部、珠江口以东，西与澳门隔海相望，北与深圳相邻，南临珠海万山群岛，区域范围包括香港岛、九龙、新界和周围262个岛屿。陆地总面积1166平方公里，海域面积1648.6平方公里。它是世界上人口密度最高的地区之一、人均寿命全球第一、人类发展指数全球第四。香港自古以来就是中国的领土，1842-1997年间曾受英国殖民统治。二战以后，香港经济迅速发展，跻身"亚洲四小龙"行列，是全球最富裕、经济最发达和生活水准最高的地区之一。

　　1997年7月1日，中国政府对香港恢复行使主权，香港特别行政区成立。中央政府对香港拥有全面管治权，香港保持原有的资本主义制度长期不变，并享受外交及国防以外所有事务的高度自治权，以"中国香港"的名义参加众多国际组织和国际会议。"一国两制"，"港人治港"。香港是自由港和国际大都市，与纽约、伦敦，并称"纽伦港"，是全球第三大金融中心，重要的国际金融、贸易、航运中心和国际创新科技中心，也是全球最自由经济体和最具竞争力城市之一，在世界享有极高声誉，被 GaWC 评为世界一线城市第三位。香港是中西方文化交融之地，把华人智慧与西方社会管理经验合二为一，有东方之珠、美食天堂和购物天堂等美誉。

第一章　紫荆广场

　　紫荆广场位于香港湾仔香港会议展览中心新翼人工岛上，与对岸的尖沙咀对峙。它位于维多利亚港的中心位置，三面环水，独特的地理位置，成为观赏香港美景的绝佳之处。1997 年，香港回归祖国不久，为了庆祝这一历史时刻，香港特区政府在香港国际机场附近兴建一座公园，也就是现在的紫荆广场。1999 年公园建成开放，成为香港回归祖国重要历史遗迹和旅游景点。

　　紫荆广场是香港回归祖国的见证，广场上矗立着一座镀金的紫荆花，是中国人民赠送给香港的礼物，寓意着香港的繁荣昌盛。在临紫荆广场，眺望维多利亚港美景，寻觅追忆香港的历史故事和香港沉淀千年的沧桑奋斗崛起的历程，令人赞叹这座城市独特的魅力。

　　紫荆广场是一个欢聚的场所，家庭聚会、朋友聚会、情侣约会的佳地。紫荆广场的历史遗迹，是一种精神的寄托、一条情感的纽带。它承载着香港的繁荣稳定和美好生活的向往追求，这是中华民族大团结血浓于水的深厚情怀。

第二章　香港岛

　　香港岛是一个岛屿，位于香港特别行政区的南部，面积约为 78.1 平方千米。它是香港最繁华的地方之一，也是香港的政治中心，政府机构、立法会、许多国际组织设立的地方。这里的建筑庄重典雅，彰显着香港作为国际都市的地位与风范。在历史上，香港岛是英国殖民统治的中心地带，也是中国香港的开埠最早发展的地区。香港岛自古以来便是繁华的商业枢纽。从空中俯瞰，香港岛犹如一颗璀璨的翡翠，镶嵌在南海碧波之中。高楼大厦林立，形成了一道道靓丽的风景线。

这些摩天大楼仿佛是这座城市的脊柱，见证着香港的繁荣与昌盛。香港岛包罗万象，是中西文化共存的多元文化城市。香港历史文化遗迹丰富，百年古刹、历史建筑、博物馆等，都是香港历史的传承。在夜幕中的香港，独特迷人，华灯万盏，摩天大楼霓虹灯闪烁，五彩斑斓绽放着光芒，将整个城市装点得如梦如幻。站在太平山顶俯瞰，灯火辉煌，绚丽耀目，整个香港繁花似锦的美景无与伦比。

第三章　九　龙

　　九龙是香港三大区域之一，也是香港的主要组成部分。九龙半岛东南西三面被维多利亚港包围，地理位置独特。过去由于英国与中国的租约问题，一度分为"九龙"（即界限街以南）与"新九龙"（即界限街以北，狮子山以南）两部分。自从中英谈判使香港的前途明朗化，"新九龙"这种划分已经不再有意义，所以现时两地都一并称为九龙。九龙与一海之隔的港岛一样，是组成香港繁盛的市区重要一部分，以尖沙咀、油麻地、旺角为一体，是商业购物、饮食、娱乐、文化综合区域。尖沙咀为著名的商业中心、帝国中心、好时中心、南洋中心等，各式商店鳞次栉比，是聚集的购物天堂。著名的富豪酒店、海景假日酒店、香格里拉酒店等都在九龙。九龙代表着中国香港的繁华与历史。

　　九龙的传说，据说龙族中有九个兄弟，分别代表九个龙族，守护着这片安宁的土地。随着时间变换，九兄弟之间有了分歧，他们为了争夺土地的控制权，展开了战争。九龙各显神通，腾云驾雾，翻江倒海，难分胜负，九败俱伤。最终九龙意识到错误，决心团结一致，守护这片土地，便化身成为九座山峰，屹立在香港的版图上。这就是九龙名字的来历，也是香港的象征。

第四章　新　界

　　新界是香港三大地理分区之一，也是香港面积最大的部分。新界丘陵起伏，是全区地势最高的地方，大帽山海拔 957 米为香港最高峰。新界在历史上曾有自己的独特名称，1898 年 6 月 9 日，英国政府与清政府在北京签订《展拓香港界址专条》，将新租借的土地称为"新的租界"，简称"新界"。香港新界，土地广袤，是香港特别行政区中最大的区域，也是香港经济、文化与人口的第二大中心。新界风景优美，山清水秀，丘陵翠绿，古村落、古建筑、古桥、古巷保存完好。新界也是香港多元文化的发源地，华语、英语、粤语，各种方言交织在一起，文化内涵丰富。新界的商业发展十分繁荣，不仅满足了人们的生活需求，也展现了新界的繁华景象和国际都市的地位。

第五章　维多利亚港

　　香港维多利亚港简称维港，是香港岛和九龙半岛之间的海港，是世界三大天然良港之一。由于港阔水深，被誉为中国香港"东方之珠"及"世界三大夜景"的美称。维多利亚港之称，来自英国维多利亚女王的名字。维多利亚港是香港历史文化的缩影，主导香港的经济和旅游业发展，也是香港成为国际化大都市的关键之一。维多利亚港，可停靠航母，博大广阔的海水，流淌的是诗情画意，浪漫情怀的风雅。维多利亚港是香港的骄傲，也是世界的瑰宝。它见证了香港的辉煌与变迁，承载着梦想与希望。它是一部流动的历史长卷，记录着香港沧海桑田的历史更迭。维多利亚港是香港的标志性景点之一。

　　阳光下的维多利亚港，万道金光洒在海面上，波光粼粼。碧波荡漾中可见巨

轮逐浪行驶，海水拍打着沙滩。远处遥望，高楼林立与蔚蓝的天空交相辉映，唯美壮观。夜晚，维多利亚港呈现出最迷人的风采，它像一颗璀璨的明珠，发出绚丽耀眼的光芒。星月映在海水中如梦如幻，海风轻拂脸颊，犹如海神娘娘柔情地抚慰。风情万种的维多利亚港，充满了温馨的诱惑。港岸边，世界各地的游艇、渡轮、渔船等各式船只抛锚停泊，形成了一道靓丽的风景线，吸引着世界各地的人们前赴后继来观光。维多利亚港是香港繁华都市的明信片，也是中华文化与世界文化的交融与碰撞的港湾。

第六章　迪士尼乐园

香港迪士尼乐园位于新界大屿山，占地面积 126 公顷，是全球第五座、亚洲第二座、中国第一座迪士尼乐园。乐园分为 9 个主题园区，包括美国小镇大街、探险世界、幻想世界、明日世界、灰熊山谷、铁甲奇侠总部、反斗奇兵大本营、迷离庄园和魔雪奇缘世界。每个园区都有自己的特色和亮点，如灰熊山谷和迷离庄园为全球独有。

香港迪士尼乐园是孩子们的童话世界。园区内设有主题游乐设施、娱乐表演、互动体验、餐饮服务、商品店铺及小食亭。这座充满活力和魅力的城市，既是现代化的都市，也是历史文化的宝库，它所拥有的美丽，是繁华与自然的完美交融。

第七章　龙鼓滩

龙鼓滩位于香港新界屯门的西面，有沙堤遗址，形成距今有 6000 多年。龙鼓滩是香港西部海岸线最边陲的地方，其海滩狭长、呈半月形状。千年惶恐滩，文天祥笔下有《过零丁洋》："辛苦遭逢起一经，干戈寥落四周星。山河破碎风飘絮，身世浮沉雨打萍。惶恐滩头说惶恐，零丁洋里叹零丁。人生自古谁无死？留取丹心照汗青。"这是文天祥流放恐慌之地，借叙生平遭际，忧国忧民，慷慨激昂视死如归的爱国主义精神。

龙鼓滩视野宽广，流金黑沙，海景壮丽。晴天可远眺澳门、珠海；雨天沙滩被雨水冲洗后，乌金闪亮犹如煤炭铺就的海岸线。龙鼓滩，水质混浊，没有救生员驻守，亦缺乏防鲨网，不适合游泳。龙鼓滩的龙鼓水道是香港境内几个中华白海豚常出没的地点之一。龙鼓滩的青山龙门径，有不少奇石景观，如面包石、皇帝岩等。海滩边的小山岗上建有"中华白海豚"观景台，是欣赏日落和观看中华白海豚的最佳位置，也是香港看日落观看中华白海豚的著名标志景点。龙鼓滩的生态环境优质，不仅是"中华白海豚"的栖息地，还是红锯蛱蝶主要的繁殖地。

第八章　大屿山

香港大屿山位于香港西南面，是中国香港最大的岛屿，面积达147平方公里，比中国香港第二大的香港岛面积大近一倍。主峰凤凰山海拔935米，是全香港第二高峰。大屿山景点包括宝莲寺、大澳、天坛大佛等。大屿山的历史文化深厚，是古代的贸易港口、近代的军事重地。据史书记载，明朝时期已成为海上贸易的重要枢纽，商人通过大屿山进行瓷器、茶叶等商品的交易，逐渐成为繁荣的商业中心。大屿山曾是海盗的避风港，是海盗王国。

大屿山的历史文化是香港乃至整个中国历史的一部分。大屿山海岸线漫长曲折，大澳是一个渔村，保留着中国传统渔村风貌的旧建筑，走在古色古香的街道上，可以感受到浓郁的渔村风情。大屿山是一个融合了自然风光和人文景观的旅游胜地，有着丰富的旅游资源等待游客去探索。

大美中华

第九章　星光大道

　　香港星光大道位于中国香港九龙尖沙咀东部，是为了表扬香港电影界的杰出人士而建造。仿效好莱坞星光大道，为影视名人留芳名、手掌印、镶嵌在特制的纪念牌匾上，彰显名人风采。地面装嵌 73 名电影名人牌匾、30 多块名人手印，如谢贤、吴宇森、徐克、洪金宝、冯宝宝、紫琼、刘德华、张曼玉、成龙、林青霞等电影明星。星光大道可容纳 100 名电影工作者的纪念牌匾。武打巨星李小龙的铜像高 2 米，还有多尊电影名人塑像。星光大道的每一步都踏着璀璨的星辉而上，每一块石板都记载着香港电影历史的辉煌。星光大道上每一位影星的掌印都是一个故事、一段历史，诉说着他们电影的酸甜苦辣辛勤与荣耀。那些栩栩如生的塑像都是香港电影的代表人物，他们用自己的才华和努力，为香港电影留下了一段段传奇永恒经典作品。

第十章　浅水湾

　　浅水湾位于香港岛太平山南面，依山傍海，海湾呈新月形，号称"天下第一湾""东方夏威夷"，是中国香港最具代表性的海湾。浅水湾浪平沙细，滩床宽阔，坡度平缓，海水温暖。夏令时节，浅水湾沙滩上，人山人海，燕瘦环肥，争奇斗艳，各式泳装组成了色彩斑斓的丽人美绢。即使是在冬天，海滩上也可以看到身着泳装的青年男女。

　　在浅水湾，搏浪戏水后，可以品尝烧烤，休闲自娱。沙滩周围有许多酒家、快餐店、超市、临海茶座，欣赏海景，在高级住宅区豪宅遍布。巨商李嘉诚、包玉刚都在里设有豪华私宅。浅水湾东南端依山傍水，有座中国古典建筑——镇海楼，房顶盘旋飞舞巨龙装饰，是香港拯溺总会，是一个非政府志愿者组织，旨在救援溺水引致的意外。

第十一章　平顶山

平顶山是香港的标志性景点之一。风景如画，树木葱郁，流水清澈，花草芬芳。平顶山是香港新界屯门 6 座山峰合共组成，合称为平顶山群。平顶山最高峰为塔门峰，海拔 495 米，为全香港第三高峰。平顶山，顾名思义，山顶平坦如砥，与周围的山峦形成鲜明对照。登临其巅，眺望维多利亚港，船聚如织，汽笛起伏，高楼大厦连接云天非常美丽壮观。

平顶山是渔民心中的守护神，他们每到年节时登上山顶，祭拜海神，祈求平安顺遂。平顶山的山腰处是市民和游客的休闲胜地。在林间漫步，聆听鸟儿歌唱，感受山风清冽。每逢节假日，许多家庭携老扶幼来此共享天伦之乐。平顶山经历了香港的历史变迁，承载着港人的精神与情怀。平顶山每年都有成千上万的游客慕名而来，观光休闲。平顶山也是港人心灵的寄托和情感归宿地。

第十二章　士丹利街

士丹利街是香港一条环岛人流极多的街道，东起与德己立街垂直交界，西至嘉咸街垂直交界，全长约 350 米。街上牌档很多，是香港一大特色。士丹利街亦为史丹利街，属东西走向，在皇后大道中与威灵顿街之间平衡。士丹利街是具有历史性的街道，在士丹利街的尽头，是孙中山先生曾经革命活动的遗址。1900年国父孙中山在此对清朝的革命活动筹谋，指引时代风云变幻，为民族独立而奋斗。

　　士丹利街是香港知名地标。士丹利街虽然无高楼大厦的巍峨显丽，却温婉娴静，有着独特的风韵。街上商店云集，品种繁多。工艺饰品店、点心饼店、陆羽茶室、衣物鞋帽店、春回堂中医店、檀岛咖啡饼店等，朴实物美，深受欢迎。

第三十三篇　澳门——海上花园

　　澳门,简称"澳",全称为中华人民共和国澳门特别行政区,由澳门半岛和氹仔、路环二岛组成,土地总面积33平方公里。位于中国南部,与广东省珠海市隔海相望,北与珠海市拱北相邻,西与珠海市湾仔、横琴相邻。澳门特别行政区总部设在澳门半岛南湾大马路。澳门初建于明弘治元年(1488年),距今已有500多年的历史,别名妈港、濠江、梳打埠、马交、濠海、濠镜、濠镜澳、香山澳,地处珠江三角洲西岸。澳门历史城区是世界文化遗产的一部分,以澳门旧城区为核心历史街区有20多座历史建筑。海港城市和葡聚居地特色,形成了中西文化融汇交流的特点。大三巴牌坊是澳门的标志性建筑之一,妈阁庙是澳门最著名的名胜古迹之一。

第一章　金莲花广场

　　澳门金莲花广场位于新口岸高美士街、毕仕达大马路及友谊大马路之间。1999 年为庆祝澳门主权移交，中央人民政府送"盛世莲花"大、小各一雕塑，主体部分由花茎、花瓣和花蕊组成，共 16 个造型，采用青铜铸造，表面贴金，重 6.5 吨，雕塑总高 6 米，花体部分较大的直径为 3.6 米。基座部分由 23 块花岗岩相叠组成，三层红色花岗岩基座，形似莲叶，寓意澳门三岛。大型雕塑置广场，小型雕塑直径 1 米，高 0.9 米，于澳门回归纪念馆展出。

　　莲花是澳门的区花。莲花盛开，亭亭玉立，象征澳门永远繁荣昌盛，经济腾升。整个设计象征澳门坐落于中国疆土之内，澳门是中华人民共和国的一部分。花岗岩的正面有一块小牌匾，匾名是"盛世莲花"，而匾上的文字写着"中华人民共和国国务院赠澳门特别行政区政府"以及赠送日期，即"一九九九年十二月二十日"。金莲花广场是澳门特别行政区的重要纪念景点。

第二章　妈阁庙

　　妈阁庙，别称妈阁紫烟，是世界文化遗产——澳门历史城区的重要组成部分。妈阁庙背山面海，主要由大门、牌坊、正殿、弘仁殿、观音阁和正觉禅林组成，有石狮护门，飞檐凌空，饶有中华民族建筑特色。妈阁庙的历史，追溯到中国唐朝时期，据史书记载，当时澳门一带为岭南港市，妈阁庙原为航海者的避风港。随着时间的推移，妈阁庙逐渐成为当地渔民、市民和外国商人的重要信仰中心。每年妈阁诞的时候，人们都会举行盛大的庆祝活动。

　　妈阁庙的传说，犹如熠熠生辉的明珠，藏在人们心中。传说粤秀才，因仕途受挫流落到澳门，栖身在妈阁庙，他怀着感恩之情，为妈阁庙赋诗作词。在他创作中遇到难题，便向妈阁庙祈祷，最终获得灵感，完成了诗作。后粤秀才一生仕途顺畅，官至尚书令。妈阁庙的文化历史内涵非常丰富，它象征着澳门历史文化的传承发展，见证了澳门的发展和变迁。妈阁庙前地矗立的石碑，是人们信仰情感的寄托。

第三章　威尼斯人度假村

　　澳门威尼斯人度假村是亚洲最大的单幢式建筑，是集酒店、会展、表演、购物、体育、休闲于一体的综合性场所。金碧辉煌的澳门威尼斯人酒店是人们朝圣打卡的重要地标。酒店设计华丽极致，是亚洲最大的单幢式酒店及全球最大的赌场，集大型博彩娱乐、赌场、会展、酒店及表演、购物等元素。楼高 39 层，设有 3000 多间标准酒店套房。面积均超过 750 平方呎。酒店的主楼设计意念源于美国拉斯维加斯威尼斯人酒店项目，享有 7 种等级服务，如豪华皇室套房、豪华贝丽套房、天伦之乐套房，以及豪华维罗纳套房。澳门威尼斯人酒店设施包含室外泳池、健身中心、君度小型高尔夫球场，以及澳门威尼斯人会议展览中心。

　　澳门威尼斯人会议展览中心有地面底层、地面和上层，主要分为三个楼层，四个部分：第一部分金光综艺馆，可容纳 1.5 万人的多功能表演场，第二部分金光会展，设有 6 个大型展厅，以 3 个展厅为一组，分为 2 层；第三部分威尼斯人宴会厅，按需要分为 12 个小型宴会厅；第四部分是会议室，共设有 8 个会议厅。威尼斯人购物中心是澳门最大型的室内购物中心，面积达 96.8 万平方呎，云集超过 350 家购物商户。整个购物中心被一幅巨大的天幕覆盖，被誉为"全球最佳奢华度假区"。

第四章　大三巴牌坊

　　大三巴牌坊是"澳门八景"之一，位于炮台山下，左临澳门博物馆和大炮台名胜，为天主之母教堂（即圣保禄教堂）的前壁遗址，曾浴火重生。大三巴牌坊由三至五层三角金字塔形构成。其建筑糅合了欧洲文艺复兴时期与东方建筑的风格，着重体现了东西艺术的交融，雕刻精细，巍峨壮观。无论是牌坊顶端高耸的十字架，还是铜鸽下面的圣婴雕像天使、鲜花环绕的圣母塑像，都栩栩如生，充满了浓郁的宗教气氛，堪称"立体的圣经"。1583 年，著名的传教士利玛窦在这里绘《万国图》，加上中文标识，送给了中国地方政府。1569 年，大三巴牌坊附近建起了圣加扎西医院，西医开始流入华夏大地。葡萄牙医生戈梅斯也从澳门将"种牛痘"引入中国，治疗"天花"。"圣保禄学院"是东亚最早的一所西式大学，传教士将西方教育移介东方文化培训。澳门回归后，巍峨挺拔的大三巴牌坊的广场、石坊上，数以千计的澳门各界人士在这里集会、高歌。历经 400 多年沧桑的大三巴，迎来了辉煌的新生，见证澳门回归祖国的历史。

第五章　"镜海长虹"

　　"镜海长虹"包括"镜海"与"长虹"两部分，是澳门著名的一处风景。镜海是澳门的古地名，泛指澳门半岛与凼仔岛之间的海面，几百年来一直为澳门对外贸易的重要航道。如今"镜海"上架起两座大桥——澳凼大桥和友谊大桥，两座大桥仿佛"长虹"横跨"镜海"，成为澳门的交通大动脉。"镜海长虹"充满历史痕迹，两座大桥如同两条巨龙，横跨在海面上，形成极为壮丽的景观。

　　走在澳凼、友谊大桥上，心旷神怡，美景尽在眼帘。左边是澳门半岛的繁华市景，右边是氹仔岛的自然风光。桥下海水碧波荡漾，放眼望去，无论是澳门的摩天大楼，还是氹仔岛的自然风光，一座连接不同文化的桥梁，让人倍感亲切。"镜海长虹"是一幅展开的画卷，人们可以看到澳门的历史、文化和未来，还有这座城市独特的魅力和无限潜力。

第六章　渔人码头

　　渔人码头是澳门一个主题公园式的大型旅游区，坐落在於外港新填海区海岸。东向碧波潋潋的大海和现代设计概念的友谊大桥，三面有日夜繁忙的港澳码头、货品齐全的新八佰伴百货大楼、宫廷式的赌船"澳门皇宫"、五星级大酒店、文华东方酒店、雄伟的澳门文化中心、莲花广场等。澳门渔人码头占地 100 多万平方米，多个部分是填海而成，设有"宫廷码头""东西汇聚""励骏码头"3 个主题区域。"宫廷码头"是一个表现中国古老文化的区域，以金黄色为主体的中国传统建筑，亭台楼阁，古色古香。中宫殿式的四合院提供各种富有地方特色的民间小食，还有工艺品展览馆。海边设有多艘花艇食肆，供应中西式海鲜美食。

第七章　黑沙海滩

　　澳门黑沙海滩是中国澳门的天然海浴场，沙滩呈黝黑色，沙粒细腻，柔滑光洁。黑沙海滩是由于海洋特定的环境，海底的磁铁矿海绿石受海流影响，经风浪携带到海滩形成所致。黑沙海滩的美称"黑沙踏浪"是澳门的八景之一。澳门黑沙海滩有着世界 10 个著名黑色海滩（冰岛，维克海滩；西班牙，花园海滩；美国夏威夷，黑沙滩；南太平洋，大溪地（塔希提岛）；新西兰，穆里怀海滩；冰岛，冰湖海滩；印尼巴厘岛，罗威那海滩；加利福尼亚，黑沙海滩；日本，三

保松原；美国夏威夷，普纳鲁阿海滩）竞相媲美的奇观景观。

澳门黑沙海滩有着悠久的历史和特殊文化背景。在黑沙海滩的旁边，有一座古老的炮台，这里曾经是葡萄牙殖民时期的军事要地，如今已成为澳门的历史文化遗产。在黑沙海滩的岸边，矗立着一座古灯塔，历经了几百年风雨飘摇岁月的侵蚀，至今仍然屹立不倒。这座古灯塔见证了澳门的繁荣与兴衰，也见证了黑沙海滩的历史变迁。每当夜幕降临，古灯塔便会照亮整个海滩，为航海的人们指引回家的路。

澳门黑沙海滩风景独具魅力，吸引着无数人慕名而至。初见黑沙海滩，感觉海水黑乎乎不干净，当赤足走进海水里，海水非常清纯透明干净。黑沙细腻柔软，踩在脚下非常舒适，捧在手上乌金闪闪，惊喜超乎想象。澳门黑沙海滩延伸到大海的深处。黑沙海滩后是一片苍翠茂密的松林和木麻黄树林，还有黑沙海滩边古朴的黑沙村。澳门的黑沙海滩是一处宝藏，这美丽的海滩有迷人心智的风光，是大自然馈赠给人类最大的恩惠。

黑沙海滩咖啡色的海水，别致壮阔，海浪轻轻拍打着海岸，海风带着微咸吹拂在脸颊。眺望海面，依稀可见海豚、小鱼畅游。沙滩上的海藻、贝壳、鹅卵石在阳光下，如匠心雕琢的芝兰珠贝。时而漆黑的沙滩里钻出很多的小海龟，肆无忌惮地在沙滩上缓缓滚动。裸露的海岸线、海涛撞击着礁石，仿佛在演绎一曲舒雅的海浪歌。满眼如碾压的煤炭粉末黑墨细沙和乌金海洋连成一体，闪烁着黑曜石般的光芒。黑沙海滩是澳门独特的风景，展现给人们的是难以忘却的深厚情怀。

第八章　澳门旅游塔

澳门旅游塔是全球第二高的自由落体塔，高达 338 米，港澳地区习惯称为"观光塔"。它的最高点，总高度为 338 米。主观光层位于离地面 223 米，732 英尺高的位置。它是全球独立式观光塔第十位的观光塔，是世界高塔联盟的成员之一。澳门旅游娱乐有限公司董事总经理何鸿燊在 90 年代曾到新西兰前首都奥克兰游览，并对市内的天空塔留下了深刻的印象。回到澳门后决定要在澳门建设一座类

似的高塔，他邀请新西兰之著名建筑师 Gordon Moller 来设计。澳门旅游塔 2001
年 12 月 19 日建成开幕。澳门旅游塔集观光、会议、娱乐于一体，是全球十大观
光塔之一。澳门旅游塔为亚洲第八、全球第十高塔，也是超越巴黎埃菲尔铁塔的
东南亚最高观光钢塔。澳门旅游塔顶层设有大型旋转餐厅，可俯瞰全澳景色。站
在塔的观光廊，澳门、珠海尽收眼底，晴天还可以看到香港的大屿山。塔中部分
为室外观光廊、360°旋转餐厅、180°空中酒吧，以及观光塔主层。在这里可以
远眺澳门、珠海及部分香港离岛的景观，同时，还可以品尝到各地的至尊美食之享。
塔中"皇虎"老虎机娱乐中心为澳门首家采用"WildCard 储值插卡系统"，不用
投币及携带辅币，就可以玩遍场内的每台角子老虎机。

第九章　澳门博物馆

澳门博物馆是一个综合性博物馆，总面积为 2800 平方米，实际展览面积约
为 2100 平方米。1998 年 4 月 19 日落成并对外开放，由葡萄牙总理古特雷斯 (安
东尼奥古特雷斯) 主持剪彩仪式。澳门博物馆主要分为三层，第一层展示澳门的
早期历史，第二层展示了澳门民间艺术与传统，第三层第一层展示当代澳门的物
品。澳门博物馆利用了立体、光、声、像等高新技术，利用复制品、模型来强化
陈列效果，主要收藏了书画、火柴业、外销瓷、民俗礼仪、路环黑沙考古遗址、
爆竹业的物品等。

第十章　澳门海洋公园

澳门海洋公园位于澳门半岛的南面，路环岛的竹湾。这座公园以海洋主题丰
富娱乐设施而闻名，为人们提供了探索海洋世界、享受刺激游乐设施和欣赏精彩

动物表演的绝佳场所。澳门海洋公园占地广阔，设施齐全，拥有世界级的游乐设施和娱乐项目。过山车、云霄飞车、海盗船等惊险刺激的项目应有尽有。分为主题景区和机动游戏区。公园有多个主题馆，如鲨鱼馆、水母馆、珊瑚馆等，可以近距离观赏到各种珍稀的海洋动物，鲨鱼、海龟、海豚等。还有定时各类动物表演，如海豚表演和水上芭蕾等。这些表演融合了音乐、舞蹈和戏剧等多种艺术形式，为人们献上精彩绝伦的视听盛宴。澳门海洋公园内设有多个餐厅和商店，人们可以在这里品尝到各种美食，购买纪念品等。

第三十四篇　台湾——珍珠宝岛

　　台湾地区，简称"台"，是中华人民共和国省级行政区，省会台北。位于中国东南沿海的大陆架上，东临太平洋，西隔台湾海峡与福建省相望，北濒东海，南界巴士海峡与菲律宾群岛相对。台湾是中国第一大岛，由台湾岛、兰屿、绿岛、钓鱼岛等附属岛屿和澎湖列岛组成。纵跨温带与热带，物产富饶。东经119° 18′ 03″至124° 34′ 30″，北纬20° 45′ 25″至25° 56′ 30″之间。人口约2341万人。台湾海峡两岸同胞，同根同源同宗，同文同种。三国孙吴政权和隋朝时期都曾先后派万余人去台湾。明末清初，大量福建、广东居民移垦台湾，最终形成以汉族为主体的社会。少数民族高山族与华南壮侗人群同源，中国历代政府对台湾行使管辖权。台湾山川秀丽、民族风俗、客家文化、历史遗迹，是"宝岛"的标签。台湾历史文化丰厚，风景名胜很多，如台北故宫博物院、阿里山、淡水老街、金山老街、基隆老街、赛冷草原、三义木雕村、赤炭楼、安平古堡、莲池潭、龙虎塔等。

第一章　台　北

　　台北是台湾的政治、文化、经济、科技、金融中心。台北是个多姿多彩的城市，人文风情极为丰富，有着多样化的民族特色，每个族群都为台湾的文化注入了新的元素。从宗教信仰到艺术文化，台湾的多元文化魅力，吸引着人们流连忘返。台北的美食独具风格，如夜市小吃，臭豆腐、台南的肉粽、嘉义的鸡肉饭等，都是台湾美食的代表。台北的风景名胜底蕴深厚，古时文人雅士游山玩水来到这里，都会题诗词，赞咏述怀。台阳八景，记载之八景为玉山积雪、阿里云海、双潭秋月、大屯春色、安平夕照、清水断崖、鲁谷幽峡、澎湖渔火。 1996 年台湾举办十二景选拔，名次为：太鲁阁（鲁谷幽峡）、阿里山（阿里晓日）、溪头（溪头朝雾）、阳明山、玉山（玉山层峰）、合欢山（合欢积雪）、日月潭（明潭清波）、鹅銮鼻（鹅銮观海）、故宫文物（故宫瑰宝）、野柳（野柳听涛）、大霸尖山（大霸九仞）、秀姑峦溪（秀姑漱玉）。

第二章　台北 101 大楼

　　台北 101 大楼于 2003 年 10 月竣工，位于台北市信义区，高耸入云巍为壮观，是台北的标志性建筑，也是台北著名的国际金融中心，高 508 米，位列世界第七，因有 101 层楼，又名台北 101 大楼，曾经是世界上最高的建筑。

　　其建筑结构采用钢管混凝土耐久性材料，外观呈八角形，以逐节收缩的方式向上延伸，形成了独特的造型。台北 101 大楼是台湾文化的代表，设计灵感来源于中国的传统建筑，如悬索桥和风筝等。在台北 101 大楼第 89 层，有一个"风之走廊"的观景台，是欣赏台北美景的最佳位置，可以俯瞰台北市区的高楼大厦、远处的山脉和城市景观。第88层有一个"水之廊"的餐厅，可以品尝到台湾美食和国际美食。

台北101大楼以独特的造型八角形状，象征着地球的八个方向，也代表着全球的金融中心。在傍晚，站在台北101大楼观景台看日落，非常壮丽。当太阳缓缓落下时，整个城市仿佛被染成了金色，光芒四射，形成了一个美丽的画面。夜晚星光璀璨，灯光辉煌，照亮每个角落，闪耀的光芒整体散发出梦幻般的美感。台北101大楼丰富的文化内涵和历史意义，不仅是一座建筑，更是一方灵魂和标志。

第三章　日月潭

日月潭，湖光山色，景色迷人。湖泊清澈见底，波光粼粼，湖中倒映着周围的山峦，恍若一幅天然的山水画。在湖畔，是一片郁郁葱葱的森林，各种植被层层叠叠，宛如一个绿色的宝藏。远从清代，便流传"日月潭八景"的美艳。潭中浮屿、潭口九曲、万点渔火、独木番舟、水社朝霞、荷叶重钱、番家杵声、山水拱秀。关于日月潭有着一个美丽的故事。据说，日月潭是古代邵族人的圣地。在湖底有一个水晶宫，住着一位美丽的小龙女。湖中还住着两条龙，顽劣吃掉了太阳与月亮，使得天地黑暗不分白昼。为了救出日月，小龙女好言相劝，两龙不肯归还太阳、月亮。小龙女拿出龙王传给镇湖之宝，降服了两龙，让日月重见光明，普照天下。

日月潭是台湾最大的天然淡水湖。夏季的日月潭温度适宜，是处避暑胜地。人们在湖上划船，欣赏湖光山色，在湖边钓鱼、休闲娱乐、露营野炊，在放松心情、享受大自然赋予的美好时光的同时，也寻觅到心灵的宁静和惬意。日月潭湖畔，有许多古代文化的遗迹，如石器、陶器和青铜器等，这些都是历史的见证。这些文化和历史背景为日月潭增添了无尽的魅力。

第四章　阿里山

　　台湾阿里山共由十八座高山组成，属于玉山山脉的支脉。阿里山五奇，有日出、云海、晚霞、森林、高山铁路。阿里山国家风景区涵盖了阿里山森林，瑞里、丰山、太和等汉人村落，以及邹族的达邦、山美、茶山等部落。

　　阿里山的自然风光非常迷人，山峦连绵起伏，云海、日出、晚霞和森林等自然景观令人惊叹。在阿里山沿着山道漫步，欣赏到迷人的风景。阿里山著名的景点，如高山铁路和千年古刹。阿里山是一颗镶嵌在台湾大地上的璀璨宝石。这里的山水、森林、历史、文化等元素交织在一起，共同勾勒出一幅迷人的画卷。从山脚到山巅，葱茏的森林、清澈的溪流、壮丽的云海、千姿百态的岩石，都是大自然的神奇与美丽。登至山巅，俯瞰延绵的山峦，翻腾的云海，广袤的森林，领略大自然的壮丽景色，直抒心臆，令人陶醉。

　　阿里山的历史文化丰富。相传很久以前，这里山高林森，毒蛇猛兽盘踞，无人敢靠近。有一位邹人酋长阿里只身进山打猎，满载而归，为族人创造了生存环境。族人感念他，将此山命名为阿里山。阿里山的民族文化独特，传统的美学观念和民俗文化相融合，传承着千年的古老的村落，神秘的图腾，高山族的歌舞、服饰、美食等元素，这些文化特色都让人们感受到阿里山独特的魅力。

第五章　垦丁国家公园

　　垦丁国家公园是台湾最大的自然保护区之一、非物质文化遗产，位于台湾岛最南端的恒春半岛上，拥有丰富的海洋资源和海岸线风光，总面积33269公顷，南北长约24公里，东西宽约24公里，全境属热带。垦丁国家公园拥有得天独厚的地理环境、丰饶的自然资源，风景如画、四季如春，是一个集沙滩、珊瑚礁、山峦和热带雨林的多样化生态环境于一体的宝地。其中红树林和珊瑚礁尤为珍贵。马鞍山、大尖山、龙銮潭等自然景观优美。这里保留了许多原住民的文化遗迹，如雕刻、舞蹈和音乐。同时，在垦丁国家公园还可以体验到丰富的户外活动，如潜水、海钓、徒步、每年的年祭和渔民节等具有浓厚地方特色的活动。垦丁国家公园采取了一系列的生态保护措施，维护生态平衡、限制游客数量、设立自然保护区、推广环保教育等，提高了游客的环保意识。

第六章　台北故宫博物院

　　台北故宫博物院，又称中山博物院，位于台湾台北市士林区至善路二段221号。该博物院总占地面积为160000平方米，于1965年开馆，并进行了多次扩建和修缮。台北故宫博物院是中国三大博物馆之一，现有典藏品数量近70万件，其中以陶书青铜器最为完整，各类藏品种类繁多。截至2021年4月30日，台北故宫博物院总计收藏了698854件/册文物，其中包括铜器、绘画、陶瓷器、法书、玉器、法帖、漆器、丝绸、珐琅器、成扇、雕刻、印拓、文具、善本书籍、钱币、档案文献和杂项等。

　　台北故宫博物院，藏品很多，拥有许多稀世珍品，如翠玉白菜、毛公鼎、散氏盘、快雪时晴帖、《早春图》《华子冈图》《永乐大典》《四库全书》等。台北故宫博物院为中国三大博物馆之一，于2019年6月，在世界主题娱乐协会TEA和AECOM联合推出的《主题公园和博物馆报告》中，位列全球第18名。

第七章　太鲁阁峡谷

太鲁阁峡谷为台湾八景之冠，1937 年更被指定为"次高·太鲁阁国立公园"。峭壁危崖、峡谷清流、献嵝林木，为黎溪（今立雾溪）大峡谷。它是台湾最美丽的峡谷之一，有壮观的悬崖、清澈的水流，丰富的动植物，各种鸟类、昆虫和哺乳动物，如山猪、长臂猿等。在一些季节，可以见到一些特殊的动物，如蝴蝶和萤火虫。人文景观丰富，除了自然景观，太鲁阁峡谷还有丰富的人文景观。古老的村庄和原住民文化遗址、历史建筑和纪念碑，如太鲁阁牌坊、燕子口步道等。太鲁阁峡谷是一个自然与人文相融合的景区，是台湾风景名胜自然风光最美的地方。

第八章　阳明山

阳明山位于台湾地区台北市近郊。阳明山是台湾地区最早的国家公园之一，前身为"大屯国立公园"，包括台北市，北投区、士林区，新北市（现为新北区）的万里区、金山区、三芝区、淡水镇，属于大屯火山汇群区域。阳明山是台北市内最受欢迎的景点之一，以优美的花园、湖泊、自然风光而著名。区内有火山遗迹和多种自然景观，火山锥、火山口、喷气孔、温泉、地热、断层、瀑布、湖泊、盆地、平台、植物、动物等。阳明山温泉，水从七星山麓涌出，系纯硫化氢泉，水量很大，溢成溪流。

阳明山小油坑游憩区、冷水坑地区、大屯游憩区、二子坪游憩区、擎天岗地区、阳明书屋、林语堂故居、龙凤谷硫磺谷游憩区，需申请方可进入三个生态保护区：鹿角坑生态保护区、梦幻湖生态保护区与磺嘴山生态保护区。

阳明公园遍植台湾原生山樱花和多种樱花以及梅花、杜鹃花、茶花、碧桃、杏花等花木，每年春季阳明山花季吸引满山人潮，为全台湾最知名的赏花节。

阳明书屋建于 1969 年，原为蒋介石的行馆，占地面积约 15 公顷，过去称为"中兴宾馆"，1975 年改称为"阳明书屋"。"无善无恶心之体，有善有恶意之动，知善知恶是良知，为善去恶是格物"是王阳明的"四句教"。王守仁（1472 年 10 月 31 日—1529 年 1 月 9 日），字伯安，号阳明，浙江绍兴府余姚县人（今属宁波余姚市）明代著名的思想家、文学家、哲学家和军事家，精通儒家、道家、佛家，是蒋介石敬重的思想家，也是明代影响最大的哲学家，其文章博大昌达，行墨气吞山河。

第九章 基 隆

基隆位于台湾岛北端，为台湾第六大都市，旧名鸡笼，后取基地昌隆之意改名为基隆，有台湾头之称。总面积为 132.7589 平方公里，95% 为丘陵地，东、西、南三面环山与台北县相邻，仅北面有少量的平原迎向大海，自古即为深水谷湾之良港。基隆的山海风景很美观，"旭冈观日"是台湾八景之一。基隆旭冈丘山为清末大沙湾炮台所在。基隆的山海景致、名胜古迹很多，拥有鸡山骤雨、狮岭匝云、鲂顶瀑布、鲨鱼凝烟、仙洞听涛、社寮晓日、海门澄清、代峰耸翠、折叠淡水、小镇灯火、下弦之月、飘摇风帆，加上粼粼波光，淡水风光，红毛古城、炮台遗址、洋楼教堂、海滨浴场等。

庙口夜市是基隆最著名的景点，莫过于以开漳圣王庙，从日治时代就已存在的庙口夜市，为台湾最著名的夜市之一，由于基隆的海产丰盛，身为国际港埠，人资流通将各种物产带来基隆，造就出多元富有特色的小吃市集。

第十章　八仙山

　　八仙山高八千尺，原名"八千山"，与阿里山、太平山并称为台湾三大林场，其林场铁路横过合欢山支脉最高峰白姑大山南腰。诗人张李德和有诗："虚无缥缈现雄姿，历险方惊造化奇；闻说八仙曾奕此，我来空赋忆仙诗。"八仙山四周群山环抱，林木苍翠，层峰叠嶂，溪流环泻，巨桧老松，蓊郁浑朴，风光绮丽。山中有小孤原、翻身泷、岩松山、合流溪、佳保溪谷、斜头角、菊地台等佳景。老树危岩，岳灵木秀，竹影婆娑，颇有仙山之意境。溪谷中流水潺潺、清凉透彻，坐在溪石上戏水，非常清凉消暑。这里生态环境优良，动植物品种很多。青山绿水，百鸟齐鸣，碧树成荫，风景如画。

　　八仙山入选为台湾八景。作为台湾的美食王国，备受世界好评，台菜、客家菜、湘菜、川菜、日式、韩式料理，传统小吃、地方特产美食，呈现出多元丰富的美食飨宴。

第十一章　寿　　山

　　寿山海拔仅三百多公尺，矗立于高雄港口，登山可俯瞰高雄全景。山巅有台湾猕猴憩息，赖雨岩有《寿山观海》："振衣绝顶兴悠哉，帆影波光眼底来；偶听猿声喧洞窟，忽看蜃气幻楼台。"寿山珊瑚礁质丘陵，旧称麒麟山、埋金山、打狗山或打鼓山，是高雄市的天然地标。山上林木繁盛，有万寿山公园、忠烈祠、动物园、千光寺、法兴寺、元亨寺等景点，沿小径至石灰岩洞区，循曲折狭小的石灰岩洞穴前进，可见石笋、石柱等钟乳石结晶。

　　寿山公园旁的忠烈祠是中国宫殿式建筑，供奉国民革命烈士神位，两旁绿林浓荫，祠前遍植古松，并有两门清代大炮供人凭吊，其位置居高临下，是远眺高雄的绝佳地点。寿山公园有猕猴自然生态保护区，猕猴成群在林木间穿梭游戏跳跃，身姿敏捷。亦有大型哺乳动物、爬虫类，鸟类等各类珍禽异兽。

第十二章　鹅銮鼻

鹅銮鼻位于台湾屏东县恒春镇，意为"中央山脉尽处台地的最南端"，隔巴士海峡与菲律宾相望。一面背山，三面滨海，灯塔矗立在"台湾尾"，直耸云霄。"绝南一角屹灯台，落日登临海色开；奇胜如斯今始见，激涛高蹴九天来"。鹅銮是中国台湾少数民族语言"帆"的译音。鹅銮鼻是台湾南部海域夜航船重要坐标。塔身全体白色圆形，内分四层，每层各有铁梯 15 级，塔高 18 米，塔底周长 110 米，像巨人般巍然屹立在海岸。塔内灯光每隔 10 秒钟自动闪亮一次，光力可达 20 海里，是远东最大的海上灯塔，有"东亚之光"之称。

鹅銮鼻灯塔，始建于清光绪八年 (1882 年)，为航海安全所建。灯塔附近海域为珊瑚礁石灰岩地形，巨礁林立，怪石嶙峋，有好汉石、擎天石、猪石、草海洞、古洞等天然奇石怪洞，妙趣横生，旖旎多彩，素有蕉风椰雨、碧海白浪、热带海滨情调，被称为"台湾的夏威夷"。

第十三章　爱　河

爱河发源于高雄县仁武乡，流经高雄市区，为高雄主要河川之一，全长约16.4 公里，是高雄的母亲之河。爱河原本是日本殖民时期运木材的河，因殉情者得名。这里是情侣们大秀恩爱的地方。每年端午节划龙舟等重大节日或活动，都会在此举行。此外，爱河除了拥有浪漫的河岸风情，沿线还有多处停靠站，供人

们搭乘"爱之船"浏览河岸美景。爱河夜晚，两岸霓虹灯带光彩照人，东西两岸各具不同情调的爱河曼波与黄金爱河咖啡艺文广场，散发出迷人的咖啡香，快慢交替的美妙乐音，令人止步在水岸风情中，身心放松。爱之船小型观光船，以爱神丘比特七对国际知名情侣命名。在爱河沿线设许多停靠站供人们上下船，浏览河岸美景，起到画龙点睛作用。

后 记

　　《大美中华》是一部时间的印记。在历史的长廊里，中华大地历经了亿万年的风雨沧桑，跨越了 5000 年朝代更迭变迁，凝聚着中华民族不朽的文明和智慧，传承的是亘古不变的历史文化精髓。我执笔编著《大美中华》，查阅了大量的资料，采用交流、寻访、探索、征询、网络等方式，深入收集各方面资料，以足为据，翔实而写。当我沉浸在万卷历史书丛中寻觅，仿佛穿越时代，听到了历史的回声。《大美中华》是我的心血之作。在繁忙的工作之余抽出时间编写，起早贪黑，日夜兼程，坚持不懈，甚至带病仍然不间断。历时两年多，完成大小短文共计 474 篇，30 多万文字。自编神话传说故事有：如皇帝的来历、老子的来历、虎丘的来历、黑龙江的来历、八仙过海的来历、博鳌的来历、韶山的传说、天涯海角的传说、天池的传说、鸡鸣寺的传说、棒捶岛的传说、神泉的传说、君子津渡口的传说、四顶山的传说、蚌埠的传说、日月潭的传说、赛里木湖的传说、采石矶的传说、高山流水的故事、李白与玉真公主的故事、岳飞梦的故事、粤秀才的故事等。

　　《大美中华》一书领略的是古今风采，深感的是大千世界。在历史岁月里，涌现出无数的杰出人物，他们的思想是人类文明的精神反馈。《扬州八怪纪念馆》郑板桥一生坦荡，与竹为伴，高风亮节，刚正不阿，两任知县，勤勉政务，造福一方，史载"无留积，亦无冤民"，郑板桥生性桀骜不驯，不愿阿谀奉承，最终挂印而去，怪异的"傲骨"气节令人称颂。《白居易故居纪念馆》白居易一生为官清廉，勤政爱民，政绩突出；疏通八节滩，惠民百姓。自己出资修造一尊佛龛，名曰"西方净土变图"，现留存为国宝。叶挺将军的《囚歌》，大义凛然，浩然正气，震撼宇宙。冯白驹将军被誉为琼崖人民的一面旗帜等。还有草根艺术家李公涛先生，携全家自筹资金，历经 21 年，刻碑 3700 余块，创建了中国最大碑林，堪称世界之最；刘健荣先生 30 年在荒漠戈壁中耕耘探索，千万年坚守一季金黄粲然的美丽等。

《大美中华》一书以中国的风景新貌为主线，切入历史文化、名人古迹，汇编书写了中国 34 个省市自治区的风景名胜和人文景观，打开了历史广阔的窗户，传递中华民族历史文化的载体。通过阅读这本书，希望每一位读者都能找到契合自己的部分，给心灵和生活带来欣喜。"一撇一捺学写字，一生一世学做人"。《大美中华》一书，由于历史的复杂性和多样性，可能在编撰中还存在一些错误或不足之处。因为该书涉及面广泛、跨越历史长久，对名胜古迹、历史人物、景物、时间等，只能做概括缩减陈述，可能存在差异和出入，敬请读者谅解，多提宝贵意见，以便改进。书中所借鉴引用文，如无意影响到权益，请告知删除。在此也感谢家人朋友们的支持，向编辑、校正、审核、印刷，所有对《大美中华》关心支持的人致谢！